ANTOLOGIA DA LITERATURA FANTÁSTICA

ANTOLOGIA DA LITERATURA FANTÁSTICA

ADOLFO BIOY CASARES

JORGE LUIS BORGES

SILVINA OCAMPO

TRADUÇÃO DE JOSELY VIANNA BAPTISTA

COMPANHIA DAS LETRAS

Copyright © 1965 by Editorial Sudamericana s.a.
Copyright © 2013 by Random House Mondadori s.a.

Grafia atualizada segundo o Acordo Ortográfico da Língua Portuguesa de 1990, que entrou em vigor no Brasil em 2009.

Título original ANTOLOGÍA DE LA LITERATURA FANTÁSTICA
Capa e projeto gráfico DANIEL TRENCH
Ilustração de capa MARCELO CIPIS
Revisão ANA MARIA BARBOSA, ISABEL CURY

Dados Internacionais de Catalogação na Publicação [CIP]
[Câmara Brasileira do Livro, SP, Brasil]

Antologia da literatura fantástica / [organizadores] Adolfo Bioy
Casares, Jorge Luis Borges, Silvina Ocampo ; tradução Josely Vianna
Baptista. — 1ª ed. — São Paulo : Companhia das Letras, 2019.

Título original: Antología de la literatura fantástica.
Vários autores.
ISBN 978-85-359-3163-1

1. Contos — Coletâneas 2. Literatura fantástica I. Casares, Adolfo Bioy,
1914-99. II. Borges, Jorge Luis, 1899-1986. III. Ocampo, Silvina, 1903-93.

18-19584   CDD-808.83

Índice para catálogo sistemático:
1. Contos fantásticos : Antologia : Literatura 808.83

Maria Alice Ferreira — Bibliotecária — CRB-8/7964

1ª reimpressão

[2022]
Todos os direitos desta edição reservados à
EDITORA SCHWARCZ S.A.
Rua Bandeira Paulista, 702, cj. 32
04532-002 — São Paulo — SP
Telefone: (11) 3707-3500
www.companhiadasletras.com.br
www.blogdacompanhia.com.br
facebook.com/companhiadasletras
instagram.com/companhiadasletras
twitter.com/cialetras

ANTOLOGIA DA LITERATURA FANTÁSTICA

11 **Prólogo:**
   Adolfo Bioy Casares

23 **Nota breve**

25 **Akutagawa,**
   Ryunosuke
   Sennin

30 **Aldrich, Thomas**
   Bailey
   Sozinha com sua alma

30 **Aubrey, John**
   Em forma de cesto

31 **Beerbohm, Max**
   Enoch Soames

60 **Bianco, José**
   Sombras costuma vestir

96 **Bioy Casares, Adolfo**
   A lula opta por sua tinta

110 **Bloy, Léon**
   Quem é o rei?

110 **Bloy, Léon**
   Os prazeres
   deste mundo

111 **Bloy, Léon**
   Os cativos de
   Longjumeau

115 **Borges, Jorge Luis**
   Tlön, Uqbar,
   Orbis Tertius

132 **Borges, Jorge Luis,**
   e Ingenieros, Delia
   Odin

132 **Buber, Martin**
   O descuido

133 **Burton, R. F.**
   A obra e o poeta

134 **Cancela, Arturo**
   e Lusarreta, Pilar de
   O destino é bronco

149 **Carlyle, Thomas**
   Um fantasma
   autêntico

150 **Carroll, Lewis**
   O sonho do rei

151 **Chesterton, G. K.**
   A árvore do orgulho

152 **Chesterton, G. K.**
O pagode de Babel

153 **Chiruani, Ah'med Ech**
Os olhos culpados

153 **Chuang Tzu**
O sonho da borboleta

154 **Cocteau, Jean**
O gesto da morte

155 **Cortázar, Julio**
Casa tomada

160 **Dabove, Santiago**
Ser pó

167 **David-Neel, Alexandra**
Gulodice mística

167 **David-Neel, Alexandra**
No encalço do mestre

168 **Dunsany, Lord**
Uma noite na taberna

181 **Fernández, Macedonio**
Tantália

188 **Frazer, James George**
Viver para sempre

189 **Frost, George Loring**
Um crente

189 **Garro, Elena**
Um lar sólido

203 **Giles, Herbert A.**
O negador de
milagres

203 **Gómez de la Serna, Ramón**
Pior que o Inferno

204 **Gómez de la Serna, Ramón**
O sangue no jardim

205 **Horn, Holloway**
Os vencedores
de amanhã

210 **Ireland, I. A.**
Final para um
conto fantástico

210 **Jacobs, W. W.**
A pata de macaco

221 **Joyce, James**
Definição
de fantasma

221 **Joyce, James**
May Goulding

222 **Juan Manuel, D.**
O bruxo preterido

224 **Kafka, Franz**
Josefina, a cantora,
ou O povo dos ratos

238 **Kafka, Franz**
Diante da Lei

240 **Kipling, Rudyard**
"O conto mais belo
do mundo"

271 **Lieh Tsé**
O cervo escondido

272 **L'Isle Adam,
Villiers de**
A esperança

277 **Livro das mil
e uma noites**
História de Abdullah,
o mendigo cego

281 **Lugones, Leopoldo**
Os cavalos de Abdera

288 **Maupassant,
Guy de**
Quem sabe?

298 **Morgan, Edwin**
A sombra das jogadas

299 **Murena, H. A.**
O gato

302 **Niu Jiao**
História de raposas

303 **Ocampo, Silvina**
A expiação

316 **O'Neill, Eugene
Gladstone**
Onde a cruz está
marcada

336 **Papini, Giovanni**
A última visita do
Cavalheiro Enfermo

340 **Peralta, Carlos**
Rani

347 **Perowne, Barry**
Ponto morto

360 **Petrônio Árbitro,
Caio**
O lobo

361 **Peyrou, Manuel**
O busto

369 **Poe, Edgar Allan**
A verdade sobre o caso
de M. Valdemar

377 **Rabelais, François**
Como descemos na ilha
das Ferramentas

378 Saki
Sredni Vashtar

383 Sinclair, May
Onde seu fogo nunca
se apaga

394 Skeat, W. W.
O lenço que
se tece sozinho

394 Stapledon, Olaf
Histórias universais

395 Swedenborg, Emanuel
Um teólogo na morte

397 Tang
(Conto da dinastia)
O encontro

399 Tsao Hsue-Kin
O espelho de vento-e-lua

400 Tsao Hsue-Kin
O sonho infinito
de Pao Yu

402 Weil, Gustav
História dos dois
que sonharam

403 Wells, H. G.
O caso do finado
Mr. Elvesham

414 Wilcock, Juan Rodolfo
Os donguis

425 Wilhelm, Richard
A seita do Lótus Branco

426 Willoughby-Meade, G.
Os cervos celestiais

427 Willoughby-Meade, G.
A proteção pelo livro

428 Wu Cheng'en
A sentença

429 Zorrilla y Moral, José
Fragmento

431 Uma antologia
excêntrica e clássica:
Walter Carlos Costa

437 O livro da fantasia:
Ursula K. Le Guin

445 Sobre os organizadores
e colaboradores

Prólogo

História

Antigas como o medo, as ficções fantásticas são anteriores às letras. As assombrações povoam todas as literaturas: estão no *Avesta*, na Bíblia, em Homero, no *Livro das mil e uma noites*. Talvez os primeiros especialistas no gênero tenham sido os chineses. O admirável *Hong Lou Meng* [O sonho do aposento vermelho], e também romances eróticos e realistas, como *Jin Ping Mei* [Flor de ameixa no vaso de ouro] e *Shui Hu Chuan* [Na margem da água], e até mesmo os livros de filosofia são ricos em fantasmas e sonhos. Mas não sabemos como esses livros representam a literatura chinesa: ignorantes, não podemos conhecê-la diretamente, devendo contentar-nos com o que a sorte (professores muito sábios, comitês de aproximação cultural, a sra. Pearl S. Buck) nos apresenta. Circunscrevendo-nos à Europa e à América, podemos dizer: como gênero mais ou menos definido, a literatura fantástica surge no século XIX e na língua inglesa. Há precursores, decerto; citaremos: no século XIV, o infante d. Juan Manuel; no século XVI, Rabelais; no XVII, Quevedo; no XVIII, Defoe* e Horace Walpole;** já no século XIX, Hoffmann.

Técnica

Não se deve confundir a possibilidade de um código geral e permanente com a possibilidade de regras. Talvez a *Poética* e a *Retórica* de Aristóteles não sejam possíveis, mas as regras

---

* *A True Relation of the Apparition of One Mrs. Veal, The Next Day After Her Death, to One Mrs. Bargrave, at Canterbury, the 8th of September* e *The Botetham Ghost* são pobres em invenção: mais parecem anedotas contadas ao autor por pessoas que lhe disseram que haviam visto as assombrações, ou — algum tempo depois — que haviam visto pessoas que haviam visto as assombrações.

** *O castelo de Otranto* deve ser considerado antecessor da pérfida raça de castelos teutônicos, abandonados à decrepitude das teias de aranha, tormentas, correntes, do mau gosto.

existem; escrever é, continuamente, descobri-las ou fracassar. Se estudarmos a *surpresa* como efeito literário, ou os argumentos, veremos como a literatura vai transformando os leitores e, consequentemente, como estes exigem uma contínua transformação da literatura. Pedimos regras para o conto fantástico: logo veremos, porém, que não há só um, mas muitos tipos de contos fantásticos. É preciso averiguar as regras gerais para cada tipo de conto e as regras especiais para cada conto. Portanto, o escritor deverá considerar seu trabalho como um problema que pode ser resolvido, em parte, por regras gerais e preestabelecidas, e, em parte, por regras especiais que ele deve descobrir e acatar.

O ambiente ou a atmosfera. Os primeiros argumentos eram simples (por exemplo: mencionavam o mero fato da aparição de um fantasma) e os autores procuravam criar um ambiente propício ao medo. Criar um ambiente, uma "atmosfera", ainda é tarefa de muitos escritores. Uma persiana batendo, a chuva, uma frase que retorna, ou, mais abstratamente, memória e paciência para voltar a escrever, de tantas em tantas linhas, esses *leitmotive*, criam a mais sufocante das atmosferas. Alguns mestres do gênero, entretanto, não desprezaram tais recursos. Exclamações como "Horror!", "Espanto!", "Qual não seria minha surpresa!" são numerosas em Maupassant. Poe — por certo não no límpido "M. Valdemar" — tira proveito dos casarões abandonados, das histerias e melancolias, dos outonos tristonhos. Depois alguns autores descobriram a conveniência de fazer com que num mundo plenamente verossímil ocorresse um único fato inverossímil, que em vidas comuns e domésticas, como a do leitor, aparecesse o fantasma. Por contraste, o efeito era mais forte. Surge, então, o que poderíamos chamar de tendência realista na literatura fantástica (por exemplo: Wells). Mas com o tempo as cenas de calma, de felicidade, os projetos para depois das crises nas vidas dos personagens, são claros prenúncios das piores calamidades; e assim o contraste que se pensara conseguir, a surpresa, desaparecem.

A *surpresa*. Pode ser de pontuação, verbal, de argumento. Como todos os recursos literários, porém mais do que todos, sofre com o tempo. Mas poucas vezes um autor ousa não se valer de uma surpresa. Há exceções: Max Beerbohm, em "Enoch Soames", W. W. Jacobs, em "A pata de macaco". Max Beerbohm elimina, deliberadamente, acertadamente, toda possibilidade de surpresa relacionada à viagem de Soames a 1997. Para os leitores menos experientes haverá poucas surpresas em "A pata de macaco"; contudo, esse é um dos contos mais impressionantes da antologia. Prova disso é o seguinte caso, contado por John Hampden: um dos espectadores disse,[*] depois da apresentação da peça, que aquele fantasma horroroso que se viu ao abrir-se a porta era uma ofensa à arte e ao bom gosto, que o autor, em vez de mostrá-lo, devia ter deixado o público imaginá-lo; fora isso, justamente, que ele fizera. Para que a surpresa de argumento seja eficaz, deve ser preparada, atenuada. No entanto, a repentina surpresa do final de "Os cavalos de Abdera" é eficacíssima; também o é a que aparece neste soneto de Banchs:

> *Tornasolando el flanco a su sinuoso*
> *paso va el tigre suave como un verso*
> *y la ferocidad pule cual terso*
> *topacio el ojo seco y vigoroso.*
>
> *Y despereza el músculo alevoso*
> *de los ijares, lánguido y perverso*
> *y se recuesta lento en el disperso*
> *otoño de las hojas. El reposo...*
>
> *El reposo en la selva silenciosa.*
> *La testa chata entre las garras finas*
> *y el ojo fijo, impávido custodio.*

---

[*] O autor fez uma adaptação de seu conto para o teatro.

Espía mientras bate con nerviosa
cola el haz de las férulas vecinas,
en reprimido acecho... así es mi odio.*

"*O quarto amarelo*" *e o Perigo amarelo.* Chesterton assinala, com essa fórmula, um *desideratum* (um fato, num lugar limitado, com um número limitado de personagens) e um erro para as tramas policiais: creio que também pode se aplicar às fantásticas. É uma nova versão — jornalística, epigramática — da doutrina das três unidades. Wells teria incorrido no perigo amarelo se, em vez de um homem invisível, tivesse criado exércitos de homens invisíveis que invadissem e dominassem o mundo (plano tentador para romancistas alemães); se, em vez de insinuar sobriamente que Mr. Lewisham podia estar "saltando de um corpo para outro" desde tempos remotíssimos e de matá-lo rapidamente, ele nos apresentasse as histórias do percurso pelos tempos desse renovado fantasma.

Argumentos em que aparecem fantasmas. Em nossa antologia há dois,** brevíssimos e perfeitos: o de Ireland e o de Loring Frost. O fragmento de Carlyle (*Sartor Resartus*) que incluímos traz o mesmo argumento, mas pelo avesso.

Viagens no tempo. O exemplo clássico é *A máquina do tempo.* Nesse relato inesquecível, Wells não trata das modificações que as viagens determinam no passado e no futuro, e utiliza uma

---

* Soneto do livro *A urna*, de Enrique Banchs: "Irisando o flanco em seu sinuoso/passo segue o tigre suave como um verso/e a ferocidade lustra qual terso/topázio o olho seco e vigoroso.// E espreguiça o músculo aleivoso/das ilhargas, lânguido e perverso,/e se recosta lento no disperso/outono do folhedo. O repouso...//O repouso na selva silenciosa./A fronte plana entre as garras finas/e o olho fixo, impávido custódio.// Espia enquanto bate com a nervosa/cauda na moita de férulas vizinhas,/em refreada espreita... assim é o meu ódio." (N. T.)

** E um é variação do outro.

máquina que ele mesmo não sabe explicar. Max Beerbohm, em "Enoch Soames", faz uso do diabo, que não requer explicações, e discute, e tira proveito dos efeitos da viagem sobre o futuro. Por seu argumento, sua concepção geral e seus detalhes — muito bem pensados, muito estimulantes para o pensamento e a imaginação —, pelos personagens, pelos diálogos, pela descrição do ambiente literário da Inglaterra do final do século passado, creio que "Enoch Soames" seja um dos contos longos mais admiráveis da antologia. "'O conto mais belo do mundo'", de Kipling, também possui riquíssima invenção de detalhes. Mas o autor parece ter se distraído sobre um dos pontos mais importantes. Ele afirma que Charlie Mears estava prestes a lhe comunicar a mais bela história; mas não acreditamos nele; se não recorresse a suas "invenções precárias", teria alguns dados fidedignos ou, no máximo, uma história com toda a imperfeição da realidade, ou algo equivalente a um maço de jornais velhos, ou — segundo H. G. Wells — à obra de Marcel Proust. Se não esperamos que as confidências de um barqueiro do Tigre sejam a mais bela história do mundo, tampouco devemos esperar que o sejam as confidências de um galeote grego, que vivia num mundo menos civilizado, mais pobre. Nesse relato não há, propriamente, viagem no tempo; há lembranças de passados longínquos. Em "O destino é bronco", de Arturo Cancela e Pilar de Lusarreta, a viagem é alucinatória. Das narrativas de viagens no tempo, talvez a mais elegante em invenção e organização seja "O bruxo preterido", de d. Juan Manuel.

Os três desejos. Este conto começou a ser escrito há mais de dez séculos; nele colaboraram escritores ilustres de épocas e terras distantes; um obscuro escritor contemporâneo soube terminá--lo com felicidade. As primeiras versões são pornográficas; podemos encontrá-las no *Sendebar*, no *Livro das mil e uma noites* (Noite 596: "O homem que queria ver a noite da onipotência"), na frase "mais infeliz que Banus", registrada no *Qamus*, do persa Firuzabadi. Depois, no Ocidente, aparece uma versão ordinária. "Entre nós", diz Burton, "[o conto dos três desejos] foi rebaixado a encheção de linguiça." Em 1902, W. W. Jacobs, autor de esquetes humorísticos, escreve uma terceira versão, trágica, admirável. Nas primeiras versões, os desejos são feitos a um deus ou a um talismã que permanece no mundo. Jacobs escreve para leitores mais céticos. Depois do conto, finda o poder do talismã (que era conceder três desejos a três pessoas, e o conto relata o que aconteceu com os que pediram os últimos três desejos). Talvez até possamos encontrar a pata do macaco — Jacobs não a destrói —, mas não poderemos utilizá-la.

Argumentos com ação que se desenrola no inferno. Há dois na antologia que não serão esquecidos: o fragmento de *Arcana Cœlestia*, de Swedenborg, e "Onde seu fogo nunca se apaga", de May Sinclair. O tema deste último é o do Canto v da *Divina comédia*:

> *Questi, che mai da me non fia diviso,*
> *La bocca mi baciò tutto tremante.* *

Com personagem sonhado. Incluímos o impecável "Sonho infinito de Pao Yu", de Tsao Hsue Kin; o fragmento de *Alice através do espelho*, de Lewis Carroll; "A última visita do Cavalheiro Enfermo", de Papini.

Com metamorfoses. Podemos citar: *A metamorfose*, de Kafka; "Sábanas de Tierra", de Silvina Ocampo; "Ser pó", de Dabove; *Lady into Fox*, de Garnett.

Ações paralelas que operam por analogia. "O sangue no jardim", de Ramón Gómez de la Serna; "A seita do Lótus Branco".

---

* "Este, que nunca seja-me apartado,// tremendo, a boca me beijou no instante". Dante Alighieri, *A divina comédia — Inferno*. Trad. e notas Italo Eugenio Mauro. São Paulo: Editora 34, 1998, p. 54. (N. T.)

Tema da imortalidade. Citaremos: "O judeu errante"; "O caso do finado Mr. Elvesham", de Wells; "Las islas nuevas", de María Luisa Bombal; *Ela*, de Rider Haggard; *L'Atlantide*, de Pierre Benoît.

Fantasias metafísicas. Aqui o fantástico, mais do que nos fatos, está na argumentação. Nossa antologia inclui "Tantália", de Macedonio Fernández; um fragmento de *Star Maker*, de Olaf Stapledon; a história de Chuang Tzu e da borboleta; o conto da negação dos milagres; "Tlön, Uqbar, Orbius Tertius", de Jorge Luis Borges. Com "Aproximação a Almotásim", com "Pierre Menard, autor do *Quixote*", com "Tlön, Uqbar, Orbius Tertius", Borges criou um novo gênero literário, que partilha do ensaio e da ficção; são exercícios de incessante inteligência e de imaginação feliz, carentes de qualquer languidez, de todo *elemento humano*, patético ou sentimental, e destinados a leitores intelectuais, estudiosos de filosofia, quase especialistas em literatura.

Contos e romances de Kafka. As obsessões pelo infinito, pela postergação infinita, pela subordinação hierárquica, definem essas obras; Kafka, com ambientes cotidianos, medíocres, burocráticos, alcança a depressão e o horror: sua imaginação metódica e seu estilo incolor jamais tolhem o desenrolar dos argumentos.

Vampiros e castelos. Sua passagem pela literatura não foi feliz; lembremos *Drácula*, de Bram Stoker (presidente da Sociedade Filosófica e campeão de atletismo da Universidade de Dublin), e *Mrs. Amworth*, de Benson. Não integram esta antologia.

Os contos fantásticos podem ser classificados, também, pela explicação: a) os que se explicam pela ação de um ser ou de um fato sobrenatural; b) os que têm explicação fantástica, mas não sobrenatural ("científica" não me parece o adjetivo conveniente para essas invenções rigorosas, verossímeis, à força de sintaxe); c) os que se explicam pela intervenção de um ser ou de um fato sobrenatural, mas insinuam, também, a possibilidade de uma explicação natural ("Sredni Vashtar", de Saki); os que admitem uma alucinação explicativa. Essa possibilidade de explicações naturais pode ser um acerto, uma complexidade maior; geralmente é uma fraqueza, um subterfúgio do autor, que não soube propor o fantástico com verossimilhança.

A antologia que apresentamos

Para organizá-la, seguimos um critério hedônico: não partimos da intenção de publicar uma antologia. Numa noite de 1937, conversávamos sobre literatura fantástica, discutíamos os contos que nos pareciam melhores; um de nós disse que, se os reuníssemos e acrescentássemos os trechos sobre o gênero anotados em nossos cadernos, obteríamos um bom livro. Fizemos este livro. Analisado sob um critério histórico ou geográfico, ele pode parecer irregular. Não procuramos nem desprezamos os nomes célebres. Este volume é, simplesmente, a reunião dos textos da literatura fantástica que nos parecem melhores.

Omissões. Tivemos de nos conformar, por razões de espaço, com algumas omissões. Temos material para uma segunda antologia de literatura fantástica. Omitimos deliberadamente E. T. A. Hoffmann, Sheridan Le Fanu, Ambrose Bierce, M. R. James, Walter de la Mare.

Esclarecimento. A história intitulada "O destino é bronco" pertenceu a um projeto de romance de Arturo Cancela e Pilar de Lusarreta sobre a Revolução de 90.

Agradecimentos. Agradecemos à sra. Juana González de Lugones e ao sr. Leopoldo Lugones (filho), pela autorização para incluir um conto de Leopoldo Lugones. Aos amigos, escritores e leitores, por sua colaboração.

Buenos Aires, 1940

Postscriptum

Vinte e cinco anos depois, a sorte favorável permite uma nova edição de nossa *Antologia da literatura fantástica* de 1940, enriquecida com textos de Akutagawa, Blanco, Léon Bloy, Cortázar, Elena Garro, Murena, Carlos Peralta, Barry Perowne, Wilcock. Além disso, acrescentamos contos de Silvina Ocampo e de Bioy, pois entendemos que sua inclusão já não era sem tempo. O editor se opõe à supressão do prólogo da edição original e me pede que escreva outro. Deixarei que me convença, e redigirei ao menos um postscriptum, pois naquele prólogo há afirmações das quais sempre me arrependi. Para consolar-me, argumentei, certa vez, que se um escritor viver bastante vai descobrir em sua obra uma variada gama de erros, e que não se conformar com tal destino indicaria presunção intelectual. No entanto, tentarei não desperdiçar a oportunidade de emenda.

No prólogo, para descrever os contos de Borges, encontro uma fórmula admiravelmente adequada aos mais rápidos lugares-comuns da crítica. Desconfio que não faltam provas de sua eficácia para estimular a deformação da verdade. Deplorável. Em outro parágrafo, levado pelo anseio de análise ou ao sabor das frases, assinalo detidamente um suposto erro no relato de Kipling. Tal reparo e nem uma palavra sobre méritos configuram uma opinião que não é a minha. Provavelmente o parágrafo em questão estava amaldiçoado. Não só ataco, nele, um conto predileto, como também encontro um modo, a despeito do ritmo natural da linguagem, que não tolera parênteses tão longos, de acrescentar uma referência a Proust, tão arbitrária quanto depreciativa. Aceito que muito fique por dizer, mas não que diga o que não penso. Irreverências ocasionais podem ser saudáveis, mas por que dirigi-las aos que mais admiramos? (Agora penso recordar que houve um momento na juventude em que o sacrifício incompreensível me enchia de orgulho.)

O que tão reiteradamente me impelia ao erro talvez fosse um bem-intencionado ardor sectário. Quando compilamos esta antologia, nós acreditávamos que o romance, em nosso país e em nossa época, sofria de uma grave fraqueza na trama, porque os autores tinham esquecido o que poderíamos chamar de propósito primordial da profissão: contar histórias. Desse esquecimento surgiam monstros, romances cujo plano secreto consistia num minucioso registro de tipos, lendas, objetos representativos de qualquer folclore, ou simplesmente no assalto ao dicionário de sinônimos, quando não do *Rebusco de voces castizas* do padre Mir. Por exigirmos adversários menos ridículos, investimos contra os romances psicológicos, aos quais imputávamos falta de rigor construtivo: neles, alegávamos, o argumento limita-se a uma soma de episódios, equiparáveis a adjetivos ou ilustrações, que servem para definir os personagens; a invenção de tais episódios não reconhece normas além dos caprichos do romancista, posto que, psicologicamente, tudo é possível e mesmo verossímil. Basta ver "Yet each man kills the thing he loves",[*] te bato porque te amo et cetera. Como panaceia, recomendávamos o conto fantástico.

Naturalmente, o romance psicológico não correu riscos por conta de nossos embustes: tem sua subsistência garantida, pois reflete, como um espelho inesgotável, rostos diversos nos quais o leitor sempre se reconhece. Mesmo nos relatos fantásticos encontramos personagens em cuja realidade irresistivelmente acreditamos; atrai-nos neles, como nas pessoas de carne e osso, um amálgama sutil de elementos conhecidos e de misterioso destino. Quem já não topou, numa tarde qualquer, na Sociedade de Escritores ou no PEN Club, com o pobre Soames do inesquecível conto de Max Beerbohm? Entre as próprias peças que integram a presente antologia há uma, o curioso apólogo de Kafka, em que a descrição dos personagens, a delicada análise idiossincrática da heroína e de seu povoado, é mais importante do que a circunstância fantástica de os personagens serem ratos. Contudo, porque são ratos — o autor jamais se

---

[*] "Apesar disso — escutem bem — todos os homens/matam a coisa amada". Oscar Wilde, *A balada do cárcere de Reading*. Trad. e introdução Paulo Vizioli. São Paulo: Nova Alexandria, 1997, p. 29. (N. T.)

esquece disso —, o admirável retrato mostra-se mais genérico que individual.

O conto fantástico também não corre riscos por conta do desdém daqueles que pedem uma literatura mais séria, que traga alguma resposta às perplexidades do homem — não se detenha aqui minha pena, estampe a prestigiosa palavra —: moderno. Dificilmente a resposta significará uma solução, que está fora do alcance de romancistas e contistas; provavelmente insistirá em comentários, considerações, divagações, talvez comparáveis ao ato de ruminar, sobre um tema da atualidade: política e economia hoje, ontem ou amanhã, a obsessão correspondente. A um anseio do homem, menos obsessivo, mais permanente ao longo da vida e da história, corresponde o conto fantástico: ao desejo inesgotável de ouvir histórias; esse o satisfaz mais que qualquer outro, porque é a história das histórias, a das coleções orientais e antigas e, como dizia Palmerim da Inglaterra, o pomo de ouro da imaginação.

Perdoe o amável leitor as efusões pessoais. Este livro — o primeiro no gênero em que colaboramos com Borges — sempre esteve muito ligado a nossa vida. Na última parte da frase falo, por fim, em nome dos três antologistas.

ADOLFO BIOY CASARES
Rincón Viejo, Pardo
16 de março de 1965

Nota breve

A editora traduziu todos os contos da presente coletânea a partir das versões de Borges e Bioy Casares, entendendo que assim respeitaria a poética dos autores.

Em 1982, quando foi publicada uma edição italiana da *Antologia*, Borges afirmou: "Não traduziram nossa antologia: procuraram as fontes e traduziram. Agiram assim em prejuízo do leitor, naturalmente. Não deveriam ter escolhido um livro de autores que se distinguem por suas transcrições e citações infiéis". (Em A. Bioy Casares, *Borges*. Barcelona: Destino, 2006, p. 1562.)

AKUTAGAWA, RYUNOSUKE

Ryunosuke Akutagawa (1892-1927), escritor japonês. Antes de tirar a própria vida, expôs friamente os motivos que o levavam a isso e fez uma lista de suicidas históricos, na qual incluiu Cristo. Entre suas obras, estão *Tales Grotesque and Curious*, *Os três tesouros*, *Kappa e o levante imaginário*, *Rashômon*, *Contos breves japoneses*. Traduziu obras de Browning para o japonês.

Sennin

Um homem que tencionava empregar-se como criado chegou, certo dia, à cidade de Osaka. Não sei seu verdadeiro nome, era conhecido pelo nome de criado, Gonsuké, pois ele era, afinal de contas, um criado para todo tipo de trabalho.

Esse homem — que vamos chamar de Gonsuké — foi a uma Agência de Colocações para Qualquer Trabalho e disse a um funcionário que fumava seu longo cachimbo de bambu:

— Por favor, senhor funcionário, eu gostaria de ser um *sennin*. O senhor faria a gentileza de procurar uma família que pudesse me ensinar o segredo de ser um deles, enquanto trabalho como criado?

O funcionário, atônito, perdeu a fala por um momento, diante do ambicioso pedido de seu cliente.

— O senhor não me ouviu, funcionário? — disse Gonsuké. — Eu quero ser um *sennin*. O senhor poderia procurar uma família que me empregue como criado e me revele o segredo?

— Lamentamos desiludi-lo — murmurou o funcionário, voltando a fumar seu esquecido cachimbo —, mas nunca, em nossa longa carreira comercial, tivemos de procurar um emprego para aspirantes ao grau de *sennin*. Se for a outra agência, talvez...

Gonsuké aproximou-se dele, tocando-o com seus pretensiosos joelhos, de calça azul, e começou a arguir dessa forma:

— Ora, ora, senhor, isso não está certo. Por acaso o cartaz não diz COLOCAÇÕES PARA QUALQUER TRABALHO? Considerando que promete *qualquer* trabalho, o senhor deve conseguir qualquer trabalho que lhe peçam. Está mentindo intencionalmente, se não cumprir o que promete.

Diante de argumento tão razoável, o funcionário não reprovou aquela explosão de raiva:

— Eu lhe garanto, senhor forasteiro, que não há nenhum engano. Está tudo certo — apressou-se a alegar o funcionário —; mas, se insiste em seu estranho pedido, vou lhe pedir que volte aqui amanhã. Tentaremos conseguir o que nos pede.

O funcionário fez essa promessa para se safar, e conseguiu, ao menos momentaneamente, que Gonsuké fosse embora. Desnecessário dizer que ele não tinha como arranjar uma casa onde pudessem ensinar a um criado os segredos para se tornar um *sennin*. De maneira que, ao se livrar do visitante, o funcionário foi até a casa de um médico vizinho.

Contou-lhe a história do estranho cliente e perguntou, ansioso:

— Doutor, que família o senhor acha que poderia fazer desse rapaz um *sennin*, com rapidez?

Aparentemente, a pergunta desconcertou o doutor. Ele pensou um pouco, os braços cruzados no peito, contemplando vagamente um grande pinheiro do jardim. Foi a mulher do doutor, uma mulher muito esperta, conhecida como Velha Raposa, que respondeu por ele ao ouvir a história do funcionário.

— Nada mais simples. Mande-o para cá. Em alguns anos nós faremos dele um *sennin*.

— A senhora vai mesmo fazer isso? Seria maravilhoso! Não sei como agradecer sua amável oferta. Mas confesso que desde o início percebi que havia alguma relação entre um médico e um *sennin*.

Ignorante, felizmente, dos objetivos da mulher, o funcionário agradeceu diversas vezes e afastou-se com grande contentamento.

Nosso doutor seguiu-o com os olhos; parecia muito contrariado; depois, virando-se para a mulher, repreendeu-a com rispidez:

— Sua tonta, tem noção da bobagem que fez e disse? O que vai fazer se o sujeito um dia começar a reclamar por não termos lhe ensinado coisa nenhuma de sua bendita promessa depois de tantos anos?

A mulher, longe de se desculpar, virou-se para ele e grasnou:

— Estúpido. Melhor não se intrometer. Um estabanado tão estupidamente sonso como você, que mal consegue amealhar o suficiente neste mundo em que o maior come o menor, para manter alma e corpo unidos.

Essa frase fez seu marido se calar.

Na manhã seguinte, como combinado, o funcionário levou seu tosco cliente até a casa do médico. Como fora criado no campo, Gonsuké apresentou-se naquele dia cerimoniosamente vestido com *haori* e *hakama*, talvez em homenagem a essa ocasião tão importante. Gonsuké aparentemente não se diferenciava em nada do camponês comum: foi uma pequena surpresa para o doutor, que esperava ver algo inusitado na aparência do aspirante a *sennin*. O doutor olhou para ele com curiosidade, como se fosse um animal exótico trazido da distante Índia, e depois disse:

— Disseram-me que você almeja ser um *sennin*, e estou muito curioso para saber quem lhe pôs essa ideia na cabeça.

— Bem, senhor, não há muito a dizer — replicou Gonsuké.

— Na verdade, é muito simples: quando vim pela primeira vez a esta cidade e vi o grande castelo, pensei que se até nosso grande governante Taiko, que vive lá, um dia vai morrer; que aqueles que podem viver suntuosamente também voltarão ao pó, como o resto de nós... Em suma, toda a nossa vida é um sonho passageiro... bem o que eu sentia naquele momento.

— Então — a Velha Raposa entrou prontamente na conversa —, está disposto a fazer qualquer coisa desde que se torne um *sennin*?

— Sim, senhora, desde que me torne um.

— Pois muito bem. Então você vai morar aqui e trabalhar para nós durante vinte anos a partir de hoje, e, no final desse prazo, será o feliz possuidor do segredo.

28

— Verdade, senhora? Eu lhe serei muito grato.

— Mas — acrescentou ela —, durante vinte anos você não receberá nenhum centavo de salário. Concorda?

— Sim, senhora. Obrigado, senhora. Concordo com tudo.

E assim começaram a transcorrer os vinte anos que Gonsuké passou a serviço do doutor. Gonsuké tirava água do poço, cortava lenha, preparava as refeições, era pau para toda obra. Mas isso não era tudo; tinha de acompanhar o doutor em suas visitas, carregando nas costas a grande caixa de remédios. Mesmo com todo esse trabalho, Gonsuké nunca pediu um centavo sequer. Na verdade, não se encontraria em todo o Japão um criado melhor por um salário menor.

Finalmente se passaram os vinte anos, e Gonsuké, vestido outra vez cerimoniosamente com seu *haori*, engomado como da primeira vez em que o viram, apresentou-se aos donos da casa.

Expressou-lhes seu agradecimento por todas as bondades recebidas durante os últimos vinte anos.

— E agora, senhor — prosseguiu Gonsuké —, hoje poderiam me ensinar, conforme prometeram há vinte anos, como posso me tornar um *sennin* e alcançar a juventude eterna e a imortalidade?

— E agora, o que vamos fazer? — suspirou o doutor ao ouvir o pedido. Depois de tê-lo feito trabalhar durante longos vinte anos por nada, como poderia, em nome da humanidade, dizer a seu criado que nada sabia a respeito do segredo dos *sennin*? O doutor se esquivou dizendo que não era ele, mas a mulher, que conhecia os segredos.

— Você terá de pedir que ela lhe conte — concluiu o doutor, afastando-se desajeitadamente.

Porém a mulher, suave e imperturbável, disse:

— Pois bem, então vou ensiná-lo; mas tenha em mente que deve fazer tudo o que eu disser, por mais difícil que lhe pareça. Senão, jamais chegará a ser um *sennin*; e terá de trabalhar para nós por mais vinte anos, sem pagamento; do contrário, acredite, o Deus Todo-Poderoso o destruirá no ato.

— Muito bem, senhora, farei qualquer coisa, por mais difícil que seja — respondeu Gonsuké. Estava muito contente, aguardando as ordens dela.

— Bem — disse a mulher —, então trepe nesse pinheiro do jardim.

Desconhecendo por inteiro os segredos, suas intenções eram simplesmente impor-lhe qualquer tarefa impossível de ser cumprida, para garantir seus serviços gratuitamente por mais vinte anos. Mas, ao ouvir a ordem, Gonsuké foi trepando na árvore sem hesitar.

— Mais alto — gritava ela —, mais alto, até o topo.

De pé na beira da varanda, ela erguia o pescoço para melhor observar seu criado sobre a árvore; viu seu *haori* flutuando no alto, entre os galhos mais altos daquele pinheiro tão alto.

— Agora solte a mão direita.

Gonsuké agarrou-se ao pinheiro o mais que pôde com a mão esquerda e, cuidadosamente, deixou livre a direita.

— Solte também a mão esquerda.

— Chega, chega, minha boa mulher — disse finalmente o marido, espiando as alturas. — Você sabe que se o camponês soltar o galho vai cair no chão. Lá embaixo há uma grande pedra e, tão certo quanto eu sou um médico, ele será um homem morto.

— Neste momento não quero nenhum de seus preciosos conselhos. Deixe-me em paz. Ei, homem! Solte a mão esquerda. Está me ouvindo?

Quando ela falou, Gonsuké levantou a vacilante mão esquerda. Com as duas mãos fora do galho, como poderia se manter sobre a árvore? Quando o médico e a mulher recuperaram o fôlego, viram Gonsuké e seu *haori* soltos do galho, e depois... e depois... Mas o que é isso? Gonsuké ficou parado!, parado no ar!, e em vez de cair como um tijolo, permaneceu no alto, em plena luz do meio-dia, suspenso feito um fantoche.

— Sou grato a vocês dois, do fundo do coração. Os senhores me transformaram num *sennin* — disse Gonsuké lá de cima.

Foi visto fazendo uma respeitosa reverência e depois foi subindo, cada vez mais alto, dando passos suaves no céu azul até virar um pontinho e sumir por entre as nuvens.

ALDRICH, THOMAS BAILEY

Thomas Bailey Aldrich, poeta e romancista norte-americano, nascido em New Hampshire em 1836; falecido em Boston em 1907. Autor de: *Cloth of Gold* (1874); *Wyndham Towers* (1879); *An Old Town by the Sea* (1893).

Sozinha com sua alma
The Works of Thomas Bailey, v. 9, p. 341, 1912

Uma mulher está sentada sozinha em sua casa. Sabe que não há mais ninguém no mundo: todos os outros seres estão mortos. Batem à porta.

AUBREY, JOHN

John Aubrey, arqueólogo inglês nascido em Wiltshire em 1626; falecido em Oxford em 1697. Suas obras incluem *Architectonica Sacra* e *Miscellanies* (1696), que tratam de sonhos e de fantasmas.

Em forma de cesto
Miscellanies, 1696

Contava Thomas Traherne que, estando acamado, viu um cesto flutuando no ar, perto da cortina; creio que disse ter visto fruta no cesto: era um Fantasma.

BEERBOHM, MAX

Max Beerbohm, escritor e caricaturista, nascido em Londres em 1872; falecido em Rapallo em 1956. Autor de *A Defense of Cosmetics* (1894); *The Happy Hypocrite* (1897); *More* (1899); *Zuleika Dobson* (1911); *Seven Men* (1919); *And Even Now* (1920).

Enoch Soames
Seven Men, 1919

Quando o sr. Holbrook Jackson publicou um livro sobre a literatura da penúltima década do século XIX, fui ansioso olhar o índice, em busca do nome SOAMES, ENOCH. Receava não encontrá-lo. De fato, não o encontrei. Todos os outros nomes estavam lá. Muitos escritores e seus livros já esquecidos, ou dos quais só tinha uma vaga lembrança, renasceram para mim nas páginas do sr. Holbrook Jackson. Era uma obra exaustiva, escrita com brilho. Aquela omissão confirmava o fracasso total do pobre Soames.

Desconfio ser o único que o notou. A que ponto chegou o fracasso de Soames! Também não é consolo imaginar que, se tivesse feito algum sucesso, eu teria me esquecido dele, como dos outros, e só voltaria a lembrá-lo pela citação do historiador. É verdade que, se tais dotes, assim como eram, tivessem sido reconhecidos em vida, ele não teria feito o pacto que fez, aquele estranho pacto cujas consequências sempre o destacaram em minha memória. Essas consequências, no entanto, sublinham o auge de seu infortúnio.

Mas não é compaixão o que me leva a escrever sobre ele. Para seu próprio bem, pobre amigo, eu teria preferido o silêncio. Não devemos zombar dos mortos. E como escrever sobre Enoch Soames sem expô-lo ao ridículo? Ou melhor, como ocultar o fato funesto de que ele era um ser ridículo? Não serei capaz de fazer isso. Mais cedo ou mais tarde, porém, terei de escrever sobre ele. Vocês irão perceber, em seu devido tempo, que não me resta alternativa. Dá na mesma se eu fizer isso agora.

32

No verão de 1893, uma bólide caiu sobre Oxford. Mergulhou profundamente na terra. Um tanto pálidos, professores e estudantes se aglomeraram em volta dela e não falavam de outra coisa. De onde viera esse meteoro? De Paris. Seu nome? Will Rothenstein. Seu objetivo? Fazer vinte e quatro retratos em litografia para serem publicados pela Bodley Head, de Londres. O assunto era urgente. O diretor de A, o de B, e também o reitor de C haviam posado com humildade. Anciãos majestosos e confusos, que nunca antes se dignaram a posar, não resistiram ao forasteiro. Ele não suplicava: convidava; não convidava: mandava. Tinha vinte e um anos. Seus óculos brilhavam. Conhecia Whistler, Edmond de Goncourt, conhecia todo mundo em Paris. Murmurava-se que, ao encerrar sua coleção de professores, incluiria alguns estudantes. Foi um dia de orgulho para mim quando me incluíram. Eu admirava e temia Rothenstein; surgiu entre nós uma amizade que os anos enriqueceram.

Quando as férias chegaram, ele se estabeleceu em Londres. Graças a ele conheci Chelsea. Foi Rothenstein quem me levou para conhecer, em Pimlico, um jovem cujos desenhos eram famosos entre uma minoria. Chamava-se Aubrey Beardsley. Ele me levou também a outro centro de inteligência e ousadia, o Café Royal.

Ali, naquele entardecer de outubro, ali, naquele exuberante cenário de ornamentos dourados e veludo carmesim, entre espelhos opostos e cariátides laboriosas, entre colunas de fumaça de tabaco que subiam até o teto pintado e pagão, entre o burburinho das conversas, sem dúvida cínicas, interrompidas pelas peças de dominó nas mesas de mármore, respirei profundamente e disse para mim mesmo:

— Isso sim, isso sim é que é vida.

Anoitecia. Bebemos vermute. Os que conheciam Rothenstein o apontavam para os que só o conheciam de nome.

Era incessante o vaivém de homens de um lado para outro procurando mesas vagas ou mesas ocupadas por amigos. Um deles me interessou, pois parecia querer chamar a atenção de Rothenstein. Passou duas vezes, com olhar indeciso; mas

Rothenstein, absorto num discurso sobre Puvis de Chavannes, não o viu... Era uma pessoa encurvada, hesitante, mais alta que baixa, muito pálida, com os cabelos meio compridos e negros. Tinha uma barba rala, imprecisa, ou melhor, tinha um queixo sobre o qual muitos pelos se retorciam para cobrir a lacuna de outros tantos. Era uma pessoa de aspecto estranho, mas no final do século passado, se não estou enganado, os aspectos estranhos eram mais frequentes do que agora. Os jovens escritores daquela época — e eu tinha certeza de que esse homem era um deles — buscavam impressionar pela aparência. Esse sujeito buscava isso inutilmente. Usava um chapéu de corte clerical, mas de intenção boêmia, e uma capa impermeável cinza, que, talvez por ser impermeável, não conseguia ser romântica. Decidi que "impreciso" era o *mot juste* que lhe cabia. Eu também tentara escrever e era perturbado pelo *mot juste*, o talismã daquela época.

O homem impreciso passou novamente; dessa vez parou.

— Não se lembra de mim — disse com voz insípida. Rothenstein olhou para ele.

— Sim, eu me lembro — replicou depois de um instante, mais orgulhoso que efusivo, orgulhoso de sua memória eficaz. — Edwin Soames.

— Enoch Soames — disse Enoch.

— Enoch Soames — repetiu Rothenstein, como quem sugere que já era muito ter se lembrado do sobrenome. — Nós nos vimos em Paris duas ou três vezes, quando você morava lá. Encontramo-nos no Café Groche.

— E eu fui ao seu estúdio uma vez.

— Lamento que não tenha me encontrado.

— Mas eu o encontrei. Você me mostrou alguns de seus quadros. Não se lembra? Ouvi dizer que mora em Chelsea agora.

— Sim.

Surpreendeu-me que Mr. Soames não fosse embora depois desse monossílabo. Ele ficou pacientemente onde estava, como um animal inerte, como um burrico olhando para uma porteira. Figura melancólica, a dele. Ocorreu-me que "faminto" talvez fosse o *mot juste* que lhe correspondia, mas faminto de quê?

Estava mais para inapetente. Senti pena dele; e Rothenstein, embora não o convidasse para ir a Chelsea, convidou-o a sentar-se e beber alguma coisa.

Sentado, ele se mostrou mais altivo. Jogou para trás as abas de sua capa, com um gesto que — se as abas não fossem impermeáveis — podia ter parecido um desafio a todas as coisas. E pediu um absinto.

— *Je me tiens toujours fidèle* — disse a Rothenstein — *à la sorcière glauque.*

— Vai lhe fazer mal — disse Rothenstein secamente.

— Não pode fazer mal — disse Soames. — *Dans ce monde il n'y a ni de bien ni de mal.*

— Nada de bom e nada de mau? O que quer dizer com isso?

— Expliquei tudo isso no prefácio de *Negações.*

— *Negações?*

— Sim; eu lhe dei um exemplar.

— Sim, é claro. Mas você chegou a explicar, por exemplo, que não há diferença entre sintaxe boa e sintaxe ruim?

— Não — disse Soames. — Na arte existem o bem e o mal. Mas na vida... não. — Estava enrolando um cigarro. Tinha mãos frágeis e brancas, não muito limpas e com as pontas dos dedos manchadas de nicotina. — Na vida temos a ilusão do bem e do mal, mas... — Sua voz se apagou, até virar um murmúrio em que as palavras *vieux jeux* e *rococó* mal se podiam ouvir. Deve ter compreendido que não estava muito eloquente e ficou com receio de que Rothenstein o flagrasse em alguma falácia. Tossiu e disse:

— *Parlons d'autre chose.*

Talvez vocês considerem Soames um imbecil. Não era essa minha opinião. Eu era jovem e não tinha o discernimento de Rothenstein. Soames era cinco ou seis anos mais velho que nós. Além disso, ele escrevera um livro.

Era maravilhoso ter escrito um livro.

Se Rothenstein não estivesse ali, eu teria reverenciado Soames. Mesmo assim, eu o respeitava. E estive bem próximo da reverência quando ele disse que logo publicaria outro. Perguntei se podia perguntar que tipo de livro seria.

— Meus poemas — respondeu. Rothenstein perguntou se era esse o título da obra.

O poeta estudou a sugestão, mas disse que estava pensando em não lhe dar nenhum título.

— Se um livro é bom... — murmurou, agitando o cigarro.

Rothenstein observou que a falta de título poderia prejudicar a venda do livro. Insistiu:

— Se eu fosse a uma livraria e perguntasse: Você tem...? Você tem um exemplar de...? Como iriam saber o que eu quero?

— Naturalmente, terá meu nome na capa — respondeu Soames vivamente. — E gostaria — acrescentou, cravando o olhar em Rothenstein — de ter um retrato meu na capa. — Rothenstein admitiu que a ideia era esplêndida e mencionou que estava indo para o campo e que não voltaria por algum tempo. Depois olhou para o relógio, espantou-se com a hora, pagou o garçom e saiu comigo para jantar. Soames permaneceu em seu posto, fiel à feiticeira glauca.

— Por que estava tão decidido a não desenhá-lo?

— Desenhá-lo? Ele? Como é possível desenhar um homem que não existe?

— É impreciso — admiti. Mas meu *mot juste* caiu no vazio. Rothenstein repetiu que Soames não existia.

Mas Soames escrevera um livro. Perguntei a Rothenstein se ele lera *Negações*. Disse que dera uma olhada, "mas", acrescentou vivamente, "não entendo nada de literatura". Uma ressalva típica da época. Os artistas plásticos de então não permitiam que nenhum leigo julgasse a arte. Essa lei, gravada nas tábuas que Whistler trouxe do pico do Fujiyama, impunha certas limitações. Se as outras artes fossem compreensíveis para os homens que não as praticavam, a lei cairia por terra. Por conseguinte, nenhum artista julgava um livro sem avisar que seu julgamento não tinha autoridade. Ninguém é melhor juiz literário que Rothenstein: mas não seria conveniente dizer-lhe isso naqueles dias. Compreendi que não me ajudaria a formar uma opinião sobre *Negações*.

Naquele tempo, não comprar um livro de um autor que eu conhecia pessoalmente seria um sacrifício impossível. Ao vol-

36

tar para Oxford, levava comigo um exemplar de *Negações*. Costumava deixá-lo sobre a mesa, e quando algum amigo me interrogava, eu dizia:

— É um livro bastante notável. Conheço o autor. — Nunca fui capaz de dizer do que se tratava. O prefácio não continha a chave do exíguo labirinto; o labirinto, nada que explicasse o prefácio. *Incline-se sobre a vida. Incline-se bem perto, mais perto. A vida é um tecido e, portanto, não é trama nem urdidura, mas tecido. Por isso sou católico na igreja e na ideia, mas deixo que a fugaz fantasia teça o que a lançadeira da fantasia desejar.*

Estes eram os parágrafos iniciais do prólogo, mas os seguintes eram menos fáceis de compreender. Depois vinha um conto, "Stark", sobre uma *midinette* que, pelo que pude entender, havia assassinado ou estava para assassinar um modelo. Era como um conto de Catulle Mendès do qual tivessem traduzido frase sim, frase não. Depois, um diálogo entre Pã e santa Úrsula, carente, a meu ver, de vivacidade. Depois alguns aforismos (intitulados *Aphorismata*). O livro possuía grande variedade de formas; essas formas haviam sido elaboradas com muito cuidado. A substância me escapava um pouco. Havia substância? Cheguei a pensar: E se Enoch Soames fosse um idiota... Surgiu de imediato uma hipótese rival: Se o idiota fosse eu... Resolvi conceder a Soames o benefício da dúvida. Lera "L'Après-midi d'un faune" sem vislumbrar nenhum sentido. Mas Mallarmé era um mestre. Como saber se Soames também não o era? Havia em sua prosa certa música, não muito chamativa, talvez, mas obsessiva. Carregada, quem sabe, de significações tão profundas quanto as de Mallarmé. Aguardei seus poemas com o espírito aberto.

Aguardei-os com verdadeira impaciência depois de meu segundo encontro com Soames. Foi numa tarde de janeiro, no Café Royal. Passei ao lado de um homem pálido, sentado diante de uma mesa, com um livro aberto nas mãos. Ele ergueu os olhos; fitei-o com a vaga sensação de tê-lo reconhecido. Voltei para cumprimentá-lo. Depois de algumas palavras, disse-lhe:

— Vejo que o estou interrompendo — e já estava me despedindo, quando Soames respondeu com sua voz opaca:

— Prefiro que me interrompam. — Acatando seu gesto, sentei-me. Perguntei-lhe se costumava ler ali.

— Sim; aqui leio esse tipo de coisa — respondeu indicando o título do livro: *Poemas de Shelley*.

— Coisas que você realmente... — e ia dizer admira, mas deixei a frase inconclusa e me felicitei por isso, pois Soames disse com uma ênfase inusitada:

— Coisas de segunda ordem.

Eu não conhecia quase nada de Shelley, mas murmurei:

— Claro, ele é muito desigual.

— Eu diria que é justamente a igualdade que o mata. Uma igualdade mortal. Por isso o leio aqui. O barulho deste lugar quebra o ritmo. Aqui ele é tolerável — Soames pegou o livro e folheou as páginas. Começou a rir. A risada de Soames era um som gutural, solitário e triste, não acompanhado por nenhum movimento do rosto, nem de brilho nos olhos. — Que época! — exclamou fechando o livro. — Que país!

Um pouco nervoso, perguntei se Keats não se sustentava apesar das limitações da época e do país. Admitiu que havia "passagens" em Keats, sem nomeá-las. Dos "maiores", como ele os chamava, só parecia gostar de Milton.

— Milton — disse — não era sentimental. Além disso, Milton tinha uma obscura intuição. — E depois: — Sempre consigo ler Milton na sala de leitura.

— Sala de leitura?

— Do Museu Britânico. Vou lá todos os dias.

— Vai? Só estive lá uma vez. Mas achei o lugar meio deprimente. Suga nossa vitalidade.

— Isso mesmo. É por isso que eu vou lá. Quanto menos vitalidade, mais sensível se é à grande arte. Moro perto do museu. Meu apartamento fica na Dyott Street.

— E você vai à sala de leitura ler Milton?

— Quase sempre Milton — olhou-me. — Foi Milton quem me converteu ao satanismo.

38

— Satanismo? É mesmo? — disse eu, com o vago desconforto e o desejo intenso de ser cortês que sentimos quando um homem fala de sua religião. — Você... adora o Diabo?

Soames aquiesceu com um movimento de cabeça.

— Não é bem adoração — emendou, sorvendo o absinto. — É mais uma questão de confiança e estímulo.

— Ah, sei... mas o prefácio de *Negações* me levou a pensar que você fosse católico.

— *Je l'étais à cette époque.* Talvez ainda seja. Sim, sou um satanista católico.

Fez essa profissão de fé de modo casual. Notei que o que mais lhe importava era o fato de eu ter lido *Negações.* Seus olhos pálidos brilharam pela primeira vez. Tive a sensação característica daquele que vai ser testado em voz alta sobre o tema que menos conhece. Perguntei-lhe no ato quando é que seus poemas seriam publicados.

— Na semana que vem — respondeu-me.

— E serão publicados sem título?

— Não. Acabei encontrando o título. Mas não vou lhe dizer qual é — declarou, como se eu tivesse cometido a impertinência de perguntar qual era. — Acho que não me agrada totalmente. Mas é o melhor que consegui encontrar. Sugere, de certo modo, a qualidade dos poemas... Desenvolvimentos estranhos, naturais e selvagens, mas refinados e matizados, e repletos de venenos.

Perguntei-lhe o que pensava de Baudelaire. Ele soltou aquele som que era sua risada e disse:

— Baudelaire é um *bourgeois malgré lui.* — A França só teve um poeta: Villon; e dois terços de Villon eram puro jornalismo. Verlaine era um *épicier malgré lui.* Pensava que a literatura francesa era, em seu conjunto, inferior à inglesa, apreciação que me surpreendeu. No entanto, algumas passagens de Villiers de L'Isle Adam... — Mas eu não devo nada à França — vaticinou. — Você verá.

Quando chegou a hora, eu não vi nada. Pensei que o autor de *Fungoides* devia algo, é claro que inconscientemente, aos jovens simbolistas de Paris ou aos jovens simbolistas de Londres, que deviam algo aos franceses. Continuo pensando isso. Tenho à vista o breve livro que comprei em Oxford. A capa cinza, pálida, e as letras de prata não resistiram ao tempo. Nem o texto, que percorri novamente com um interesse melancólico. Quando foi publicado fiquei com a vaga suspeita de que era bom. É bem possível que minha fé tenha se enfraquecido; não a obra de Soames.

TO A YOUNG WOMAN
Thou art, who hast not been!
Pale tunes irresolute
And traceries of old sounds
Blown from a rotted flute
Mingle with noise of cymbals roughed with dust,
Nor not strange forms and epicene
Lie bleeding in the dust,
Being wounded with wounds.
For this it is
That in thy counterpart
Of age-long mockeries
*Thou hast not been nor art!**

Pensei descobrir certa contradição entre o primeiro verso e o último. Tentei, não sem esforço, resolver a discórdia. Não imaginei que meu fracasso fosse demonstrar que esses versos não queriam dizer nada. Será que não demonstraria, antes, a profundidade de seu sentido? Quanto à técnica, "enfeitados de mofo" pareceu-me um acerto; em "e tampouco" havia uma curiosa felicidade. Eu me perguntava quem seria a jovem e o

---

* "A uma jovem": "*Tu que és sem teres sido!*/ Pálidas melodias inseguras,/ rastros de antigos sons/ soprados por uma flauta apodrecida/ misturados aos címbalos enfeitados de mofo,/ e tampouco estranhas formas e epicenos/ sangrando jazem no pó,/ feridas com feridas./ É por isso/ que em tua réplica/ de troças milenares/ *tu não foste nem és!*".

40

que teria concluído de tudo aquilo. Desconfio, com pesar, que Soames não poderia ajudá-la muito. Porém, mesmo agora, se não tento entender o poema e o leio somente pelo ritmo, vejo nele certa graça. Soames era um artista, se é que o coitado era alguma coisa.

Quando li *Fungoides* pela primeira vez, o lado satânico de Soames pareceu-me o melhor. O satanismo parecia exercer uma alegre e até saudável influência em sua vida.

NOCtuRNE
Round and round the shutter'd Square
I stroll'd with the Devil's arm in mine.
No sound but the scrape of his hoof was there
And the ring of his laughter and mine.
We had drunk black wine.

I scream'd, "I will race you, Master!"
"What matter", he shriek'd, "to-night
Which of us runs the faster?
There is nothing to fear to-night
In the foul moons' light!"

Then I look'd him in the eyes,
And I laugh'd full shrill at the lie he told
And the gnawing fear he would fain disguise.
It was true, what I'd time and again been told:
He was old — old.*

---

* "Noturno": "Ao redor e ao redor da praça deserta/ passeamos de braço dado com o Diabo./ Nenhum som, salvo o bater de seus cascos/ e o eco de sua risada e da minha./ Tínhamos bebido o negro vinho // *Gritei: "Apostemos uma corrida, Mestre!"/ "Que importa", gritou, "qual de nós/ corre mais esta noite?"/ Não há nada a temer esta noite/ sob a impura luz da lua!"* // Então olhei-o nos olhos,/ e ri de sua mentira/ e do medo constante que tentava disfarçar./ Era verdade o que haviam dito e repetido:/ Estava velho — velho."

Senti que havia ímpeto na primeira estrofe, um tom de jovial camaradagem. Talvez a segunda fosse um pouco histérica. Gostava da terceira; sua heterodoxia era muito atrevida, apesar de nos submeter aos princípios da seita peculiar de Soames. Sem muita "confiança e estímulo"! Soames, mostrando o Diabo como um mentiroso e rindo dele, era uma figura estimulante. Foi essa minha impressão, na época. Agora, à luz do acontecido, nenhum poema seu me deprime mais do que "Noturno".

Fui atrás das críticas nos jornais. Pareciam se dividir em dois tipos: as que diziam muito pouco e as que não diziam nada. O segundo tipo era mais numeroso e as palavras do primeiro eram frias; a ponto de que: "Consegue dar uma nota de modernidade... Esses versos ágeis", do *Preston Telegraph*, ser o único chamariz oferecido ao público pelo editor de Soames. Eu esperava poder cumprimentar o poeta pelo sucesso do livro; desconfiava que Soames não estava muito certo de sua grandeza intrínseca. Quando o vi, só fui capaz de dizer, meio desajeitadamente, que esperava que *Fungoides* vendesse muito bem. Ele me olhou sobre seu copo de absinto e perguntou se eu comprara um exemplar. Seu editor tinha dito que vendera três. Eu ri, como se fosse uma piada.

— Você não está imaginando que eu me importe com isso, não é? — disse com um esgar. Rejeitei a suposição. Ele acrescentou que não era comerciante. Respondi com delicadeza que eu também não era e murmurei que os artistas que dão ao mundo coisas verdadeiramente novas e grandiosas estão fadados a esperar por muito tempo até que seu mérito seja reconhecido. Ele disse que o reconhecimento não lhe importava um *sou*. Compartilhei sua opinião de que o próprio ato de criar é a recompensa do poeta.

Se eu tivesse me considerado uma nulidade, teria evitado seu mau humor. Mas John Lane e Aubrey Beardsley não haviam sugerido que eu escrevesse um artigo para a grande revista que planejavam fazer, *The Yellow Book*? Heary Harland, o diretor, não aceitara meu artigo? Em Oxford eu ainda me encontrava *in statu pupillari*. Em Londres já era formado e nenhum Soames

42

podia me assustar. Com um misto de orgulho e boa vontade, disse a Soames que ele devia colaborar com *The Yellow Book*. Um ruído desdenhoso saiu de sua garganta.

Porém, um ou dois dias mais tarde perguntei a Harland se ele conhecia alguma coisa da obra de um tal de Enoch Soames. Harland, que andava pelo quarto a passos largos, parou bruscamente, levantou as mãos para o teto e protestou. Já se encontrara muitas vezes com esse "personagem absurdo" e naquela manhã recebera manuscritos, vários poemas dele.

— Não tem talento? — perguntei.

— Ele tem renda. Está em boa situação.

Harland era o mais alegre, o mais generoso dos críticos, e detestava falar de algo que não o entusiasmasse. Não se falou mais de Soames. A notícia de que Soames tinha renda atenuou minha ansiedade. Depois eu soube que ele era filho de um livreiro arruinado, de Preston, e que havia herdado, de uma tia, uma renda anual de trezentas libras esterlinas. Não tinha parentes. Então, ele estava em boa situação material. Mas continuava num páthos espiritual, agora mais evidente para mim, ao suspeitar que os elogios do *Preston Telegraph* se deviam ao fato de Soames ser filho de um morador de Preston. Meu amigo tinha uma espécie de frouxa obstinação que eu não podia deixar de admirar. Nem ele nem sua obra receberam o menor estímulo; mas ele insistiu em comportar-se como um personagem. Onde quer que os *jeunes féroces* das artes se reunissem — em qualquer restaurante descoberto no Soho —, lá estava Soames, no meio deles, ou melhor, à margem, uma figura vaga, mas inevitável. Jamais tentou se enturmar com seus colegas, jamais renunciou a sua atitude arrogante quando se tratava de sua própria obra, nem a seu desprezo pela alheia. Era humildemente respeitoso com os artistas; mas sempre falou com desprezo dos poetas e prosadores do *Yellow Book* e depois do *Savoy*. Ninguém ficava ressentido. Ninguém reparava nele, nem em seu satanismo católico. No outono de 96, ao publicar às próprias custas seu terceiro livro, o último, ninguém disse uma palavra, nem a favor, nem contra. Pensei em comprá-lo, mas me esqueci. Jamais o vi, e envergonho-me de dizer que nem do título consigo me lembrar. Mas quando foi publicado eu disse a Rothenstein que o coitado do Soames era uma figura trágica e que ia morrer, literalmente, de falta de sucesso. Rothenstein achou graça. Disse que eu fingia compaixão; talvez fosse verdade. Mas no *vernissage* da exposição do New English Art Club, poucas semanas depois, vi um retrato, em pastel, de "Enoach Soames, Esq.". Estava idêntico, e era típico de Rothenstein tê-lo feito. Soames passou a tarde toda ao lado do quadro, com a capa impermeável e seu chapéu. Quem o conhecia identificava imediatamente o retrato, mas o retrato não permitia a identificação do modelo. "Existia" muito mais do que ele. Faltava-lhe a expressão de vaga felicidade perceptível no rosto de Soames naquela tarde. Voltei duas vezes ao salão e nas duas vezes Soames estava se exibindo. Agora penso que o encerramento dessa exposição foi o encerramento virtual de sua carreira. A fama, a proximidade da fama, chegara tarde, e por muito pouco tempo; finda essa adulação, Soames capitulou. Ele, que nunca se sentira forte, agora parecia um fantasma, uma sombra da sombra que era antes. Continuava frequentando o Café Royal, mas, como já não queria surpreender ninguém, não lia mais ali.

— Agora você só lê no museu? — perguntei-lhe, com deliberada jovialidade. Respondeu-me que não ia mais lá. — "Lá não tem absinto" — murmurou. Era o tipo de frase que antes ele diria para impressionar; agora parecia verdadeira. O absinto, antes um mero detalhe da personalidade que tanto se esforçara para construir, agora era consolo e necessidade. Já não o chamava de *la sorcière glauque*. Abandonara todas as frases francesas. Era um homem de Preston, simples e sem verniz.

O fracasso, quando é um fracasso total, simples e sem verniz, sempre guarda certa dignidade. Eu evitava Soames, porque a seu lado me sentia um pouco vulgar. John Lane publicara dois livros meus, que alcançaram um agradável *succès d'estime*. Eu mesmo tinha uma sutil, mas inquestionável, personalidade. Frank Harris me tornara colaborador da *Saturday Review*; Alfred Hammersworth, do *Daily Mail*. Eu era justamente o que

44

Soames não era. Sua presença embaçava um pouco meu brilho. Se eu soubesse que ele acreditava firmemente na grandeza de sua obra, não o teria evitado. O homem que não perdeu sua vaidade não fracassou totalmente. A dignidade de Soames era ilusão minha. Um dia, na primeira semana de junho de 1897, essa ilusão se dissipou. Na tarde desse dia, porém, Soames também se dissipou. Eu estivera fora de casa a manhã toda, e como já era tarde para voltar para almoçar, fui ao Vingtième. Esse modesto Restaurant du Vingtième Siècle fora descoberto em 96 por poetas e prosadores; mas estava mais ou menos abandonado em virtude de alguma *trouvaille* posterior. Creio que não durou o bastante para justificar seu nome; mas lá estava, na Greek Street, a poucos passos da Soho Square e quase em frente da casa onde, nos primeiros anos do século, uma mocinha, e com ela um moço chamado De Quincey, acampavam de noite, no escuro e com fome, em meio à poeira e ratos e velhos pergaminhos jurídicos. O Vingtième era um quartinho caiado que, de um lado, dava para a rua, e, do outro, para uma cozinha. O proprietário e cozinheiro era um francês, que chamavam de Monsieur Vingtième; os garçons eram suas filhas, Rose e Berthe; a comida, diziam, era boa. As mesas eram tão estreitas e estavam tão juntas que cabiam doze, seis de cada lado.

Quando entrei, só as duas mais próximas da porta estavam ocupadas. A uma delas sentara-se um homem alto, vulgar, com ar mefistofélico, que eu já vira no Café Royal e em alguma outra parte. Na outra estava Soames. Havia um estranho contraste entre eles na sala ensolarada: Soames, pálido, com o impermeável e o indefectível chapéu, e o outro, aquele homem de ofensiva vitalidade, cujo aspecto sempre me fazia pensar que fosse prestidigitador, ou traficante de diamantes, ou diretor de uma agência de detetives. Eu tinha certeza de que Soames não me queria por perto; mas perguntei, pois seria grosseiro não fazê-lo, se podia lhe fazer companhia, e ocupei uma cadeira à sua frente. Ele fumava um cigarro em silêncio, diante de meia garrafa de Sauternes e de um escabeche que nem chegara a provar. Eu disse que os preparativos para o Jubileu transformavam Londres num lugar impraticável. (Mas, na verdade, gostava deles.) Disse que gostaria de ficar fora da cidade até as festas acabarem. Em vão compartilhei sua tristeza. Senti que sua conduta tornava-me ridículo aos olhos do desconhecido. O corredor entre as duas fileiras de mesas tinha menos de setenta centímetros de largura (Rose e Berthe, quando ali esbarravam, mal conseguiam passar e brigavam em voz baixa), e de uma mesa a outra dava para ouvir toda a conversa. Pensei que o desconhecido se divertia com meu fracasso em chamar a atenção de Soames, e como não podia explicar que minha insistência era meramente caritativa, permaneci em silêncio. Mesmo sem virar a cabeça eu o via perfeitamente. Esperava parecer menos vulgar que ele, em comparação com Soames. Tinha certeza de que não era inglês; mas qual seria, então, sua nacionalidade? Embora seu cabelo, de um preto retinto, estivesse cortado *en brosse*, não me pareceu francês. Falava um francês fluente com Berthe, que o servia, mas não como se esse fosse seu idioma. Deduzi que era sua primeira visita ao Vingtième; Berthe o tratava com indiferença; não causara boa impressão. O desconhecido tinha olhos bonitos, mas — como as mesas do Vingtième — muito estreitos e juntos. O nariz era aquilino e as rígidas guias do bigode gelavam seu sorriso. Ele era, decididamente, sinistro. O colete vermelho (tão extemporâneo) que cobria seu peito enorme aumentava meu desconforto. Esse colete era nefando. Destoaria na estreia de *Ernani*... Soames, de modo brusco e esquisito, rompeu o silêncio:

— Daqui a cem anos! — murmurou, como se estivesse em transe.

— Não estaremos aqui — observei, com mais vivacidade que engenho.

— Não estaremos aqui. Não — disse em tom de zombaria —, mas o museu estará exatamente onde está agora. E a sala de leitura estará exatamente onde está agora. E haverá gente que poderá ir lá e ler. — Tragou a fumaça do cigarro e um espasmo, como de dor, contraiu-lhe o rosto.

Perguntei-me que ilação de ideias o pobre Soames estaria seguindo. E fiquei sem saber quando ele acrescentou, após longa pausa:

— Você acha que eu não me importei.

— Que não se importou com o quê, Soames?

— Com a indiferença, com o fracasso.

— Com o fracasso? — disse cordialmente. — Com o fracasso? — repeti vagamente. — Com a indiferença, sim, talvez; mas esse é outro assunto. Certamente, você não foi valorizado. Mas que importa? Os artistas que, que dão... — O que eu queria dizer era: "Os artistas que dão ao mundo coisas verdadeiramente novas e grandiosas estão fadados a esperar por muito tempo até que seu mérito seja reconhecido". Mas a frase não me saía dos lábios; sua aflição, tão genuína, tão evidente, emudeceu-me.

E então, ele a disse por mim. Enrubesci.

— É isso que você queria dizer? — perguntou.

— Como sabia?

— Foi o que me disse há três anos, quando *Fungoides* foi lançado. — Enrubesci ainda mais. Não devia ter feito isso, pois ele continuou. — Foi a única coisa importante que ouvi você dizer na vida, e nunca mais a esqueci. É verdade. É uma verdade assustadora. Mas se lembra de minha resposta? "O reconhecimento não me importa um *sou*." E você acreditou em mim. Continuou pensando que estou acima dessas coisas. Você é superficial. Que pode saber dos sentimentos de um homem como eu? Imagina que a fé que um grande artista tem em si mesmo e no julgamento da posteridade basta para fazê-lo feliz... Nunca percebeu a amargura e a solidão, a... — sua voz se quebrou; depois prosseguiu com um vigor que eu jamais vira nele. — A posteridade. Que me importa! Um homem morto ignora se as pessoas estão visitando seu túmulo, visitando seu local de nascimento, inaugurando estátuas suas. Um morto não pode ler os livros que se escrevem sobre ele. Daqui a cem anos! Imagine! Se então eu pudesse voltar à vida por umas poucas horas e ir à sala de leitura, e ler! Ou melhor: se pudesse projetar-me, neste momento, até esse futuro, até essa sala, nesta mesma tarde. Para conseguir isso eu me venderia ao Diabo, corpo e alma. Pense nas páginas e páginas do catálogo: SOAMES, ENOCH, infinitamente, infinitas edições, comentários, prolegômenos, biografias... — Mas nesse ponto foi interrompido pelo ranger de uma cadeira. Nosso vizinho levantara-se de seu assento. Inclinou-se para nós, intrometido e apologético.

— Com licença — disse suavemente. — Mas me foi impossível não ouvir. Posso tomar a liberdade? Neste restaurante *sans façon* — estendeu as mãos —, posso, como se diz, meter a colher na conversa?

Tive de assentir. Berthe apareceu na porta da cozinha, pensando que o forasteiro estivesse pedindo a conta. Ele fez uns gestos com o charuto para que ela se afastasse e um instante depois estava a meu lado, olhando para Soames.

— Embora eu não seja inglês — explicou —, conheço bem Londres. Seu nome e fama (e os de Mr. Beerbohm também) me são muito conhecidos. Vocês devem estar se perguntando quem eu sou. — Olhou rapidamente para trás e disse em voz baixa: — Sou o Diabo.

Não pude me conter; caí na risada. Tentei segurá-la; compreendi que era injustificada. Minha grosseria me envergonhou; mas ri ainda mais. A serena dignidade do Diabo, o espanto e a contrariedade revelados por suas sobrancelhas arqueadas aumentaram minha hilaridade. Comportei-me de forma deplorável.

— Sou um cavalheiro, e — acrescentou com ênfase — pensei estar entre *cavalheiros*.

— Não prossiga — disse eu, ofegante —, não prossiga.

— Curioso, *nicht wahr?* — ouvi-o dizer a Soames. — Há um tipo de gente para quem a simples menção de meu nome soa ridícula. Nos teatros, basta que o ator mais estúpido diga "o Diabo!" para que se ouça "a gargalhada sonora que delata a mente vazia". Não é assim?

Mal consegui lhe pedir desculpas. Ele as aceitou, mas com frieza, e dirigiu-se novamente a Soames.

— Sou um homem de negócios — disse — e gosto de ir direto ao ponto. Você é um poeta. Detesta *les affaires*. Pois bem. Mas vamos nos entender. O que você disse há pouco me enche de esperança. Soames não se movera, salvo para acender outro cigarro. Continuava com os cotovelos na mesa, olhando fixamente para o Diabo.

— Continue — disse. Agora eu não tinha mais vontade de rir.

— Nosso pequeno trato será ainda mais agradável — prosseguiu o Diabo — por você ser, se não estou enganado, um satanista.

— Um satanista católico — disse Soames.

O Diabo aceitou a emenda, cordialmente.

— Você quer — prosseguiu — visitar agora, nesta mesma tarde, a sala de leitura do Museu Britânico, mas daqui a cem anos, não é isso? *Parfaitement*. O tempo: uma ilusão. O passado e o futuro são tão onipresentes quanto o presente, ou estão, como se diz, logo ali. Posso conectá-lo a qualquer data. Eu o arremesso, e paf! Você quer estar na sala de leitura, tal como estará no entardecer de 3 de junho de 1997? Você quer estar nessa sala, ao lado das portas giratórias, nesse exato momento, não é?, e ficar lá até que sejam fechadas? Estou certo?

Soames assentiu.

O Diabo conferiu as horas.

— Duas e dez — disse. — Daqui a um século, o horário de verão é o mesmo: fecham às sete. Isso lhe dará quase cinco horas. Às sete, paf!, você vai estar de volta aqui, nesta mesa. Janto esta noite *dans le monde, dans le higlif*. Isso coroa esta visita a sua grande cidade. Virei apanhá-lo aqui, Mr. Soames, e levá-lo para minha casa.

— Para sua casa? — repeti.

— É humilde, mas é minha — disse o Diabo sorrindo.

— De acordo — disse Soames.

— Soames! — supliquei. Mas meu amigo não moveu um músculo.

O Diabo fez menção de estender a mão e tocar o antebraço de Soames, mas se deteve.

— Daqui a cem anos, como agora — sorriu —, não se permite fumar na sala de leitura. Por conseguinte, convido-o para...

Soames tirou o cigarro da boca e o deixou cair no copo de Sauternes.

— Soames! — gritei novamente. — Você não deve... — mas o Diabo já estendera a mão. Lentamente, deixou-a cair sobre a toalha. A cadeira de Soames estava vazia. O cigarro boiava no copo de vinho. Não havia nenhum outro sinal de Soames. Durante alguns segundos o Diabo não moveu a mão: observava-me de soslaio, vulgarmente triunfal.

Fui sacudido por um tremor. Com esforço, consegui controlar-me e levantei-me da cadeira.

— Muito engenhoso — falei, com insegura condescendência. — Mas *A máquina do tempo* é mesmo um livro delicioso, não acha? Tão original...

— Gosta de caçoadas — disse o Diabo, que também se levantara —, mas uma coisa é escrever sobre uma máquina impossível; outra, bem diferente, é ser uma Potência Sobrenatural. — No entanto, eu conseguira zombar dele.

Berthe apareceu quando estávamos saindo. Contei-lhe que Mr. Soames tivera de ir embora, e que ele e eu voltaríamos para jantar. Lá fora, senti-me mal. Só me resta uma vaga lembrança do que fiz, dos lugares que percorri sob o sol brilhante daquela tarde infinita. Lembro-me das marteladas dos carpinteiros em Piccadilly e da aparência nua, caótica, das tribunas sendo levantadas. Foi no Green Park ou em Kensington Gardens, ou onde foi que me sentei numa cadeira, sob uma árvore, e tentei ler? Uma das frases do editorial se apossou de mim: "Muito poucas coisas permanecem ocultas para esta augusta Senhora, repleta da sabedoria entesourada em sessenta anos de reinado". Em meu desespero, lembro-me de ter planejado uma carta (que um mensageiro levaria a Windsor, com a ordem de esperar a resposta):

"Senhora: Como me consta que Sua Majestade está repleta da sabedoria entesourada em sessenta anos de reinado, atrevo-me a pedir-lhe conselho para um assunto confidencial. Mr. Enoch Soames, cujos poemas a senhora pode ou não conhecer..."

50

Não haveria uma forma de ajudá-lo, de salvá-lo? Trato é trato, e jamais incitarei alguém a se furtar a uma obrigação. Não teria levantado um dedo para salvar Fausto. Mas o pobre Soames, condenado a pagar com uma eternidade de tormento uma busca infrutífera e uma amarga desilusão...

Parecia-me estranho e monstruoso que Soames, em carne e osso, com sua capa impermeável, estivesse, nesse momento, na última década do outro século, folheando livros ainda não escritos e sendo olhado por homens ainda não nascidos. Ainda mais estranho e monstruoso era pensar que nessa noite e para sempre ele estaria no inferno. Não à toa dizem que a verdade é mais estranha que a ficção.

A tarde foi interminável. Cheguei a desejar ter ido com Soames: não para ficar na sala de leitura, mas para dar uma boa caminhada de inspeção pela futura Londres. Inquieto, fiquei andando sem parar. Em vão tentei me imaginar um deslumbrado turista do século XVIII. Os minutos, lentíssimos e vazios, eram insuportáveis. Muito antes das sete voltei ao Vingtième.

Sentei-me no mesmo lugar. O ar entrava indiferente pela porta às minhas costas. De vez em quando, Rose ou Berthe apareciam. Disse-lhes que não faria o pedido antes da chegada de Mr. Soames. Um realejo começou a tocar, abafando o barulho de uma briga de rua. Entre uma valsa e outra, eu ouvia as vozes da briga. Havia comprado outro jornal vespertino. Abri-o, mas meus olhos procuravam o relógio sobre a porta da cozinha.

Faltavam apenas cinco minutos para as sete! Lembrei que nos restaurantes os relógios são adiantados em cinco minutos. Fixei a vista no jornal. Jurei que não afastaria mais os olhos dele. Levantei-o, a fim de não ver nenhuma outra coisa... A folha tremia. É a corrente de ar, disse para mim mesmo.

Meus braços ficavam rígidos pouco a pouco; doíam; mas eu não conseguia abaixá-los. Tinha uma suspeita, uma certeza. Os passos rápidos de Berthe me permitiram, obrigaram-me a largar o jornal e perguntar:

— Que vamos comer, Soames?

— *Il est souffrant, ce pauvre Monsieur Soames?* — perguntou Berthe.

— Só está... cansado. — Pedi a ela que trouxesse um vinho Borgonha e algum prato já pronto. Soames estava curvado sobre a mesa, exatamente como antes, como se não tivesse se movido, ele, que havia ido tão longe! Uma ou duas vezes ocorreu-me que sua viagem talvez não tivesse sido estéril; que talvez todos nós estivéssemos enganados ao julgar a obra de Soames. Seu rosto demonstrava terrivelmente que havíamos terrivelmente acertado. — Mas não desanime — murmurei. — Talvez não tenha esperado o suficiente. Daqui a dois ou três séculos, quem sabe... Ouvi sua voz novamente.

— É. Eu pensei nisso.

— E agora... voltando a um futuro imediato. Onde vai se esconder? O que acha de pegar o expresso para Paris, em Charing Cross? Você tem quase uma hora. Não vá até Paris. Pare em Calais. More em Calais. Ele jamais pensará em procurá-lo em Calais.

— Que sina — disse ele. — Passar minhas últimas horas com um asno. — Não me ofendi. — Um asno pérfido — acrescentou estranhamente, entregando-me um papel amarrotado que segurava na mão — num primeiro relance, uma baboseira. Afastei-o, impaciente.

— Vamos, Soames! Ânimo! Não se trata de uma simples questão de vida ou morte. É uma questão de tormentos eternos. Acorde! Você vai capitular e esperar que venham buscá-lo?

— Que posso fazer? Não tenho opção.

— Ora, isto já é mais do que incentivo e confiança. É o cúmulo do satanismo. — Enchi seu copo. — Sem dúvida, agora que você *viu* aquele bruto...

— Por que insultá-lo?

— Admita que ele não tem nada de miltoniano, Soames.

— Não nego que eu o imaginava um pouco diferente.

— É um patife, um ladrão internacional. É o tipo de homem que se esgueira pelos corredores dos trens e rouba as joias das senhoras. Imagine os tormentos eternos presididos por *ele*!

52

— Você acha que essa perspectiva me alegra?

— Então por que não desaparece, calmamente?

Enchi seu copo várias vezes; e ele, como um robô, sempre o esvaziava; mas o vinho não lhe dava ânimo. Não comeu nada, e eu só belisquei um pouco. Já não acreditava que nenhuma tentativa de fuga pudesse salvá-lo. A perseguição seria rápida; a captura, fatal. Mas qualquer coisa era preferível a essa espera passiva, mansa, miserável. Disse a Soames que, para honrar a espécie humana, ele devia oferecer alguma resistência. Respondeu que não devia nada à espécie humana.

— Além disso — acrescentou —, você não entende que estou em poder dele? Você viu quando ele tocou em mim, não? Não há mais nada a fazer. Não tenho ânimo. Estou condenado.

Fiz um gesto de desespero. Soames repetia a palavra "condenado". Comecei a perceber que o vinho lhe anuviara o cérebro. Não era de estranhar: ele fora sem comer para o futuro; e de lá regressara sem comer. Insisti para que engolisse um pouco de pão. Pensar que ele, que tinha tanto para contar, talvez não contasse nada...

— E como foi tudo? — perguntei. — Vamos. Conte-me suas aventuras.

— Dariam para escrever um conto muito bom. Não é mesmo?

— Entendo seu estado, Soames, e não lhe faço o menor reparo. Mas que direito você tem de insinuar que eu vou escrever um conto com sua desgraça?

O pobre homem apertou a cabeça com as mãos.

— Não sei — disse. — Tinha algum motivo, acho... Vou tentar me lembrar.

— Está bem. Tente se lembrar de tudo. Coma outro pedaço de pão. Que aparência tinha a sala de leitura?

— A de sempre — murmurou finalmente.

— Tinha muita gente lá?

— Como de costume.

— Como eram?

Soames tentou recordá-los.

— Todos — disse — se pareciam entre si.

Minha mente deu um salto espantoso.

— Todos vestidos de lã?

— Acho que sim. De um tom cinza-amarelado.

— Uma espécie de uniforme? — Ele assentiu. — Com um número, talvez? Um número num disco de metal, costurado na manga esquerda? DKF 78910, algo assim?

— Isso mesmo.

— E todos, homens e mulheres, com um ar muito bem tratado?, muito utópico?, e com cheiro de enxofre?, e todos depilados? — Acertei todas, Soames só não sabia ao certo se estavam depilados ou raspados.

— Não tive tempo de olhá-los detidamente — explicou.

— Não, claro. Mas...

— Eles não tiravam os olhos de mim, juro. Chamei muito a atenção. Finalmente consegui! Acho que os assustei um pouco. Afastavam-se quando eu me aproximava. Seguiam-me à distância, por toda parte. Os funcionários do balcão central entravam numa espécie de pânico quando eu lhes pedia informações.

— O que fez assim que chegou?

Naturalmente, foi direto olhar o catálogo, os volumes da letra S, e parou muito tempo diante do SN-SOF, incapaz de tirá-lo da estante porque seu coração batia muito forte... Disse que no início não sentiu nenhuma decepção; pensou que novas classificações podiam ter sido feitas. Foi até o balcão de atendimento e perguntou pelo catálogo de livros do século XX. Disseram que só havia um catálogo. Foi procurar seu nome novamente. Fixou-se nos três títulos que conhecia tão bem.

Depois ficou sentado por um bom tempo.

— E então — murmurou — consultei o *Dicionário biográfico* e algumas enciclopédias... Voltei ao atendimento central e perguntei qual era o melhor livro moderno sobre a literatura do final do século XIX. Disseram-me que o livro de Mr. T. K. Nupton era considerado o melhor. Procurei-o no catálogo e o solicitei. Trouxeram-no para mim. Meu nome não aparecia no índice, mas... sim — disse com uma repentina mudança de tom. — É disso que ele se esquecera. Onde está o papel? Me dê aqui.

Eu também me esquecera daquela folha cifrada. Encontrei-a no chão e lhe passei.

Alisou-a, sorrindo de maneira desagradável.

— Comecei a folhear o livro de Nupton — prosseguiu. — Não era de fácil leitura. Uma espécie de escrita fonética... Todos os livros modernos que vi eram fonéticos.

— Chega, Soames, não quero saber mais nada.

— Os nomes próprios eram escritos como hoje. Não fosse por isso, talvez não tivesse visto o meu.

— Seu nome? É mesmo? Soames, isso me alegra muito.

— E o seu.

— Não acredito!

— Então lembrei que nos veríamos esta noite. Por isso me dei ao trabalho de copiar o parágrafo. Leia.

Arranquei-lhe o papel das mãos. A letra de Soames era tipicamente confusa. Essa letra, e a ortografia deplorável, e minha excitação, dificultavam meu entendimento do que T. K. Nupton quisera dizer.

Tenho o documento à vista. É muito estranho que as palavras que transcrevo já tenham sido transcritas por Soames daqui a setenta e oito anos.

Da p. 274 de *Literatura Britaniqa 1890-1900* p T. K. Nupton, publicado p Estado, 1992: p ezemplo, I sqritor da epoqa, Max Beerbohm, qe viveu ateh o século XX, esqreveu I qonto onde há I sujeito fiqtíssio chamado *Enoch Soames* — I poeta de terceira qategoria qe se qonsiderava I gênio e fez I paqto com o Diabo para saber o qe a posteridade pensaria dele. É uma sátira um pouqo forssada mas não sem valor p qe mostra como os omens jovens dessa déqada se levavam a sério. Agora qe a profissão literária foi organizada como I setor do servisso públiqo, os esqritores enqontraram seu nível e aprenderam a fazer sua obrigassão sem pensar no amanhan. *O diarista stá à altura da paga*; e isso é tudo. Felismente não restam Enoch Soame nesta époqa.

Descobri que dando aos "ss" o valor do "ç" e ao "q" o do "c" (artifícios que demonstram a progressiva incompetência dos filólogos), o texto podia ser decifrado. Então minha perplexidade, meu horror, minha angústia aumentaram. Era um pesadelo. Ao longe, o espantoso futuro das letras; aqui, na mesa, encarando-me a ponto de me fazer corar, o coitado a quem, a quem, evidentemente... Mas não: por mais que os anos me depravassem, não incorreria na crueldade de...

Olhei novamente o manuscrito. "Fiqtíssio"... mas Soames, ai!, era tão pouco fictício quanto eu.

— Tudo isso é muito desconcertante — consegui balbuciar.

Soames não disse nada, mas, cruelmente, não parou de me olhar.

— Você tem certeza — intervim — de ter copiado isto sem se equivocar?

— Absoluta.

— Bem, então é o maldito do Nupton, que cometeu (que cometerá) um erro estúpido... Olhe, Soames, você me conhece bem demais para imaginar que eu... No fim das contas, o nome Max Beerbohm não tem nada de excepcional e deve haver um punhado de Enoch Soames em circulação (ou melhor, o nome Enoch Soames pode ocorrer a qualquer contista). E eu não escrevo contos: sou um ensaísta, um observador, um espectador... Reconheço que é uma coincidência extraordinária. Mas você deve entender que...

— Entendo perfeitamente — disse Soames com serenidade. E acrescentou, com um quê de seus antigos modos, mas com uma dignidade que era nova nele. — *Parlons d'autre chose.*

Aceitei a sugestão no ato. Encarei imediatamente o futuro imediato. Passei aquelas horas intermináveis instando-o a se esconder em algum lugar. Lembro-me de ter dito que, se eu realmente estivesse fadado a escrever o suposto "qonto", era preferível um desenlace feliz. Soames repetiu as últimas palavras com intenso desprezo.

— Na vida e na arte — disse —, o que importa é um final *inevitável.*

— Mas — insisti com uma confiança que não sentia — um final que se pode evitar não é inevitável.

— Você não é um artista — replicou. — Você é tão pouco artista que, em vez de conseguir imaginar uma coisa e dar a ela aparência de verdade, o que vai conseguir é que uma coisa verdadeira pareça imaginária. Você não passa de um impostor.

Protestei; o impostor não era eu... não seria eu, mas sim T. K. Nupton; tivemos uma discussão agitada, em meio à qual percebi que Soames, bruscamente, compreendeu que não estava com a razão: encolheu-se todo. Perguntei-me por que olhava fixo para um ponto atrás de mim. Adivinhei, com um calafrio. O portador do "inevitável" final assomava ao pórtico.

Consegui virar a cadeira e dizer, fingindo despreocupação:

— Ah!, entre. — Tinha um aspecto absurdo de vilão de melodrama que atenuou meu temor. O brilho de sua cartola inclinada e de seu peitilho, o retorcido contínuo do bigode e, principalmente, a magnificência de seu desdém, prometiam que só estava ali para fracassar.

Um passo e já estava em nossa mesa.

— Lamento — disse implacavelmente — dissolver esta amena reunião, mas...

— Você não está dissolvendo a reunião, você a completa — afirmei. — Mr. Soames e eu precisávamos mesmo conversar com você. Não quer sentar-se? Mr. Soames não tirou nenhum proveito (francamente, nenhum) da viagem de hoje à tarde. Não estamos sugerindo que todo esse assunto seja um embuste, um embuste vulgar. Ao contrário, acreditamos que o senhor procedeu de modo leal. Mas o pacto, se é que é possível lhe dar este nome, fica obviamente anulado.

O Diabo não me respondeu. Olhou para Soames e com o indicador em riste apontou para a porta. Soames se levantava desolado quando, com um desesperado gesto rápido, peguei duas facas de sobremesa e coloquei-as em cruz. O Diabo recuou virando o rosto e estremecendo.

— Você é um supersticioso! — protestou.

— De maneira nenhuma — respondi com um sorriso.

— Soames! — disse ele, como quem se dirige a um subalterno, mas sem virar a cabeça —, ponha essas facas no lugar.

Fazendo um gesto para meu amigo, eu disse enfaticamente ao Diabo:

— Mr. Soames é um satanista católico — mas meu pobre amigo acatou a ordem do Diabo, não a minha; e então, com os olhos de seu amo fixos nele, esgueirou-se até a porta. Tentei falar; foi ele quem falou.

— Trate — suplicou-me enquanto o Diabo o empurrava —, trate de fazer com que saibam que existi.

Eu também saí. Fiquei olhando a rua. À direita, à esquerda, defronte. Havia luz da lua e luz de lampiões; mas nada de Soames nem do outro. Eu estava atordoado. Atordoado, entrei no restaurante; e imagino que paguei a conta para Berthe ou para Rose. Assim espero, pois nunca mais voltei ao Vingtième. Também nunca mais passei pela Greek Street. E durante anos não pisei na Soho Square, porque ali dei voltas e mais voltas naquela noite, com a esperança obscura do homem que não se afasta do lugar no qual perdeu alguma coisa... "Ao redor e ao redor da praça deserta", esse verso retumbava em minha solidão e, com esse verso, toda a estrofe, ressaltando a trágica diferença da cena feliz imaginada pelo poeta e seu verdadeiro encontro com aquele príncipe que, de todos os príncipes do mundo, é o menos digno de nossa fé.

Mas — como divaga e vagueia a mente de um ensaísta, por mais atormentada que esteja! — lembro-me de ter parado diante de um extenso mural, perguntando-me se não teria sido justamente ali que o jovem De Quincey ficara prostrado, nauseado e doente, enquanto a pobre Ann corria a Oxford Street, essa "madrasta de coração de pedra", e voltava com a taça de vinho do porto que lhe salvou a vida. Não seria este o mesmo umbral que o velho De Quincey, reverente, vinha visitar? Pensei no destino de Ann, nos motivos de seu brusco desaparecimento; e me recriminei por deixar que o passado se superpusesse ao presente. Pobre Soames, desaparecido!

Também comecei a ficar preocupado comigo. Que devia fazer? Haveria um escândalo? — Misterioso Desaparecimento de um Autor, e tudo o mais. — Da última vez que viram Soames, ele estava comigo. Não seria conveniente pegar um carro e ir direto à Scotland Yard? Pensariam que eu estava louco. No fim das contas, pensei, Londres é muito grande; uma figura tão vaga poderia facilmente desaparecer sem ninguém se dar conta, especialmente agora, sob a deslumbrante luz do Jubileu. Resolvi não dizer nada. Eu estava certo. O desaparecimento de Soames não causou a menor inquietação. Foi totalmente esquecido antes que alguém notasse que ele já não andava por ali. Talvez algum poeta ou prosador tenha perguntando: e aquele sujeito, o Soames?, mas nunca ouvi essa pergunta. Talvez o advogado que lhe pagava sua renda anual tenha feito investigações, mas não houve repercussão.

Há um problema naquele parágrafo do repugnante livro de T. K. Nupton. Como explicar que o autor, ainda que eu tenha mencionado seu nome e tenha citado as palavras exatas que vai escrever, não percebe que não inventei nada? Só há uma resposta: Nupton não deve ter lido as últimas páginas desse documento. Essa omissão é muito grave num erudito. Espero que meu trabalho seja lido por algum rival contemporâneo de Nupton e que isso seja a ruína dele.

Gosto de pensar que entre 1992 e 1997 alguém terá lido esse documento e terá imposto ao mundo suas conclusões espantosas e inevitáveis. Tenho meus motivos para pensar que acontecerá assim. Vocês compreenderão que a sala de leitura para onde Soames foi arremessado pelo Diabo era, em todos os detalhes, igual à que irá recebê-lo em 3 de junho de 1997. Vocês compreenderão que nesse entardecer o próprio público encherá a sala e que Soames também estará lá, todos fazendo exatamente o que já fizeram. Mas lembrem-se do que Soames disse sobre a sensação que provocou. Poderão replicar que a mera vestimenta diferente bastava para torná-lo notável naquela turba uniformizada. Não diriam isso se alguma vez o tivessem visto. Juro que em nenhum período Soames poderia ser notável. O fato de as pessoas não despregarem os olhos dele e de o seguirem e de parecerem temê-lo só pode ser aceito mediante a hipótese de que estão esperando, de algum modo, sua visita espectral. Estarão esperando horrorizados que ele realmente venha. E quando vier, o efeito será terrível.

Um fantasma autêntico, certificado, provado, mas apenas um fantasma! Mais nada. Em sua primeira visita, Soames era uma criatura de carne e osso, mas os seres que o receberam eram fantasmas, fantasmas sólidos, palpáveis, vocais, mas inconscientes e automáticos, num edifício que também era uma ilusão. Da próxima vez, o edifício e as pessoas serão verdadeiros. De Soames haverá apenas o simulacro. Gostaria de pensar que está predestinado a visitar o mundo realmente, fisicamente, conscientemente. Gostaria de pensar que lhe foi concedida essa breve fuga, esse modesto recreio, para animar sua esperança. Não passo muito tempo sem lembrá-lo. Está onde está. E para sempre. Os moralistas rígidos vão pensar que a culpa é dele. Já eu acho que o destino se enfureceu com ele. É justo que a vaidade seja castigada; e a vaidade de Enoch Soames era, admito, extraordinária e exigia um tratamento especial. Mas a crueldade é sempre supérflua. Vocês dirão que ele se comprometeu a pagar o preço que está pagando; sim, mas afirmo que houve fraude. O Diabo, sempre bem informado, deve ter sabido que meu amigo não ganharia nada com sua visita ao futuro. Tudo não passou de um miserável engano. Quanto mais penso nisso, mais odioso o Diabo me parece.

Desde aquele dia no Vingtième, eu o vi várias vezes. Mas de perto, só uma vez. Foi em Paris. Eu caminhava, certa tarde, pela Rue d'Antin, quando o avistei vindo, muito vistoso, como sempre, fazendo volteios com uma bengala de ébano, como se fosse o dono da rua. Ao pensar em Enoch Soames e nos milhares de vítimas que gemem sob o poder dessa besta, fui assaltado por uma raiva fria; aprumei-me o mais que pude. Pois bem; é tão comum sorrir e cumprimentar um conhecido na rua, que é um gesto quase automático. Ao cruzar com o Diabo, sei, desgraçadamente, que o cumprimentei e sorri. Minha vergonha foi dolorosa quando ele me olhou fixamente e passou ao largo. Ser desdenhado, deliberadamente desdenhado por ele. Fiquei, ainda estou, indignado por isso ter me acontecido.

BIANCO, JOSÉ

José Bianco [1908-86], escritor argentino nascido em Buenos Aires. Em 1932 publicou um livro de contos, *La pequeña Gyaros*. Seu romance *Las ratas* é de 1943. O conto que publicamos, editado em *Cuadernos de la Quimera* (Emecé), apareceu pela primeira vez na revista *Sur*, em outubro de 1941.

Sombras costuma vestir

O sonho, autor de representações, em
seu teatro sobre o vento armado, sombras
costuma vestir de vulto belo.
GÓNGORA

— Vou sentir sua falta; gosto dele como se fosse meu filho — disse d. Carmen.

Responderam:

— Sim, a senhora tem sido muito boa para ele. Mas é melhor assim.

Nos últimos tempos, quando ia até a pensão da rua Paso, evitava o olhar de d. Carmen para não turvar a vaga sonolência que acabara se transformando em seu estado de espírito definitivo. Hoje, como de costume, deteve os olhos em Raúl. O rapaz enovelava uma meada de lã disposta no espaldar de duas cadeiras; aparentava uns vinte anos, no máximo, e tinha aquela expressão atônita das estátuas, repleta de doçura e desapego.

Da cabeça de Raúl, passou ao avental da mulher; observou os quatro dedos tenazes, dobrados sobre cada bolso; pouco a pouco chegou ao rosto de d. Carmen. Pensou, admirada: "Era tudo imaginação minha. Talvez nunca a tenha odiado". E também pensou, com tristeza: "Não vou mais voltar à rua Paso". Havia muitos móveis no quarto de d. Carmen; alguns pertenciam a Jacinta: a escrivaninha de mogno onde sua mãe jogava complicadas paciências ou escrevia cartas ainda mais complicadas aos amigos de seu marido, pedindo dinheiro; a poltrona, com o estofamento saindo pelos rasgos... Observava com interesse o espetáculo da miséria. De longe parecia um bloco negro, resistente; lentamente iam surgindo penumbras amistosas (não faltava experiência a Jacinta), e distinguiam-se as sombras claras dos nichos onde era possível refugiar-se. A miséria não era incompatível com momentos de intensa felicidade.

Lembrou-se de uma época em que seu irmão não queria comer. Para conseguir que provasse algo, precisavam esconder um prato de carne debaixo do guarda-roupa, numa gaveta da escrivaninha... De noite, Raúl se levantava: no dia seguinte o prato aparecia vazio onde elas o haviam deixado. Por isso, depois do jantar, enquanto o rapaz tomava a fresca na calçada, mãe e filha ficavam planejando algum esconderijo. E Jacinta evocou certa manhã de outono. Ouvia gemidos no cômodo contíguo. Entrou, aproximou-se da mãe sentada na poltrona, afastou-lhe as mãos do rosto e viu seu semblante contraído, deformado pelo riso.

A sra. de Vélez não conseguia lembrar onde escondera o prato na noite anterior.

Sua mãe se adaptava a todas as circunstâncias com uma jovial sabedoria infantil. Nada a pegava de surpresa; por isso, cada nova desgraça encontrava o terreno preparado. Impossível dizer em que momento havia surgido, a tal ponto se tornava instantaneamente familiar, e o que fora uma alteração, um vício, de modo imperceptível transformava-se em lei, em norma, em propriedade inata à própria vida. Como um político e um guerreiro famosos conversando na embaixada da Inglaterra eram, para Delacroix, dois pedaços rutilantes da natureza visível, um homem azul ao lado de um homem vermelho, as coisas, contempladas por sua mãe, pareciam despojar-se de todo significado moral ou convencional, perdiam seu veneno, substituíam-se umas pelas outras e alcançavam uma espécie de categoria metafísica, de pureza transcendente que as nivelava. Pensava no ar sigiloso e um pouco ridículo que d. Carmen assumiu ao levá-la à casa de María Reinoso. Era um apartamento de fundos. Na porta havia uma placa de bronze que dizia: REINOSO, COMISSÕES. Antes de entrar, enquanto caminhavam pelo longo corredor, d. Carmen balbuciou algumas palavras: aconselhava-a a não mencionar María Reinoso para sua mãe; e Jacinta, ao vislumbrar um lampejo de inocência nessa mulher tão esperta, pensou na capacidade de ilusão, nessa inclinação natural para o melodrama que as chamadas "classes baixas" têm. Mas sua mãe teria realmente se importado com isso? Jamais saberia. Agora era impossível dizer.

Começou a ir à casa de María Reinoso. D. Carmen não precisou mais sustentá-los (havia mais de um ano, sem que ninguém desconfiasse do motivo, ela custeava as necessidades da família Vélez). No entanto, não era tarefa fácil evitar a zeladora da pensão. Jacinta topava com ela, conversando com os fornecedores no amplo saguão para o qual davam as portas, ou instalada em seu próprio quarto. Como tirá-la dali? Além disso, graças à zeladora da pensão, havia um pouco de ordem nos três cômodos ocupados por Jacinta, sua mãe e um irmão. Uma vez por semana, d. Carmen investia sobre a família Vélez: abria as portas, esfregava o chão e os móveis com uma espécie de raiva contida; no pátio, diante dos olhos dos vizinhos, trazia à tona o impudor dos colchões e da duvidosa roupa de cama. Eles se submetiam a isso, entre agradecidos e envergonhados. Passado o furacão, a desordem começava a envolvê-los em sua morna, resistente complicação. Jacinta a encontrava tricotando, sentada ao lado de sua mãe. No dia em que Jacinta conheceu María Reinoso, d. Carmen tentou trocar impressões com ela. Jacinta respondeu com monossílabos. Mas, mesmo silenciosa, a presença da zeladora da pensão tinha a virtude de transportá-la para a outra casa, de onde acabara de sair. E Jacinta, naquelas tardes, depois de apaziguar os desejos de algum homem, também precisava se apaziguar, esquecer; precisava se perder no mundo infinito e desolado criado por sua mãe e Raúl. A sra. de Vélez jogava Metternich ou Napoleão. Embaralhava as cartas e cobria a mesa de números vermelhos e pretos, de casais de homens e mulheres sem pescoço, cheios de coroas e estandartes, que compartilhavam sua melancólica grandeza na breve cartolina. De tempos em tempos, sem parar de jogar, aludia a minúcias cuja posse ninguém gostaria de disputar com ela, ou a seus parentes e amigos de outra época que não falavam com ela havia vinte anos e talvez pensassem que estivesse morta. Às vezes, Raúl parava ao lado da mãe. De pé, com o queixo apoiado numa das mãos e o cotovelo sustentado na outra, seguiam a lenta trajetória das cartas. A sra. de Vélez, para distraí-lo, fazia-o participar, num afetuoso monólogo entrecortado por silêncios ofegantes dentro dos quais suas palavras pareciam se prolongar e perder todo o sentido. Dizia:

— Vamos embaralhar. Aqui está a rainha. Já podemos tirar o valete. De perfil, com o cabelo preto, o valete de espadas se parece com você. Um jovem moreno de olhos claros, como diria d. Carmen, que joga baralho muito bem. Mais uma rodada, dessa vez bem devagar. Enfim, o Napoleão está quase saindo. E é difícil. Vai nos acontecer alguma coisa ruim? Certa vez, em Aix-les-Bains, tirei-o três vezes na mesma noite e no dia seguinte a guerra foi declarada. Tivemos de fugir para Gênova e embarcar num navio mercante, *tous feux éteints*. E eu continuava a jogar Napoleão — paus sobre paus, oito sobre nove. Onde está o dez de espadas? — com um medo terrível das minas e dos submarinos. Seu pobre pai me dizia: "Você tem esperança de tirar o Napoleão para que naufraguemos. Confia, mas com seu azar...".

O narcótico começava a agir sobre os nervos de Jacinta. Aquietava-se o tumulto de impressões recentes formado por tantas partículas atrozmente ativas que lutavam entre si, cada uma delas trazendo sua própria evidência, sua minúscula realidade. Jacinta sentia o cansaço tomar conta dela, apagar os vestígios do homem com quem estivera duas horas antes na casa de María Reinoso, enevoar o passado imediato com suas mil imagens, seus gestos, seus cheiros, suas palavras, e começava a não distinguir a linha divisória entre esse cansaço ao qual se entregava um pouco solenemente e o descanso supremo. Entreabrindo os olhos, observou seus dois queridos fantasmas naquela atmosfera cinzenta. A sra. de Vélez terminara de jogar. A lâmpada iluminava suas mãos inertes, ainda apoiadas na mesa. Raúl continuava de pé, mas as cartas, espalhadas sobre o marroquim amarelado, não lhe interessavam mais. D. Carmen devia estar a seu lado, possivelmente à sua direita. Jacinta, para vê-la, precisaria virar a cabeça. D. Carmen estava a seu lado? Tinha a sensação de ter eludido sua presença, talvez para sempre. Entrara num âmbito em que a zeladora da pensão não podia ingressar. E por instantes a paz se tornava mais íntima, mais aguda, mais tocante. Em plena beatitude, com a cabeça jogada para trás até a nuca tocar no encosto, os olhos ausentes, as comissuras dos lábios distendidos para cima, Jacinta mostrava a expressão de um doente queimado, purificado pela febre, no exato momento em que a febre o abandona e ele para de sofrer.

D. Carmen continuava tricotando. De quando em quando, o vaivém das agulhas imprimia, através do longo fio imperceptível, um tremor sub-reptício, quase animal, ao grosso novelo de lã que jazia a seus pés. Como o sopor dos leões de pedra que guardam os pórticos, com uma bola entre as patas, sua indiferença era um pouco enganosa e parecia destinada a atenuar uma súbita atividade. De repente, Jacinta percebe que a atmosfera se enche de pensamentos hostis. D. Carmen a recupera, e María Reinoso, e os diálogos que as duas mulheres travam.

Uma tarde, quando saía da casa de María Reinoso, por uma porta entreaberta flagrara-as conversando. Ambas se calaram, mas Jacinta teve certeza de que falavam dela. Os olhos de d. Carmen eram pequenos, com a íris tão escura que se confundia com as pupilas. Ao observar as pessoas, estas se sentiam esquadrinhadas, sem possibilidade de defesa, observando, por seu turno, pois esses olhos opacos interceptavam a tácita troca de impressões que é um olhar recíproco. Na tarde em que as flagrou, os olhos de d. Carmen tinham se dado um descanso: brilhavam, bem abertos, e naquelas duas gelosias complacentes iam parar os comentários de María Reinoso, que estendia em direção à zeladora da pensão seu rosto anêmico, com a boca ainda retorcida pelas palavras obscenas que acabara de pronunciar.

Não desgostava de seus encontros na casa de María Reinoso. Eles lhe permitiram tornar-se independente de d. Carmen, sustentar sua família. Além do mais, eram encontros inexistentes: o silêncio os aniquilava. Jacinta sentia-se livre, limpa de seus atos no plano intelectual. Mas as coisas mudaram a partir dessa tarde. Entendeu que alguém examinava, interpretava seus atos; agora o próprio silêncio parecia conservá-los, e os homens desejosos e distantes para os quais se prostituía começaram a gravitar estranhamente em sua consciência. D. Carmen evocava a imagem de uma Jacinta degradada, unida a eles; talvez a verdadeira imagem de Jacinta; uma Jacinta criada pelos outros e que, justamente por isso, fugia a seu controle, que a vencia previamente ao lhe comunicar a prostração que nos invade perante o irreparável. Então, em vez de acabar com ela, Jacinta dedicou-se a sofrer por ela, como se o sofrimento fosse o único meio que tinha a seu alcance para resgatá-la, e à medida que sofria agia de tal modo que conseguia infundir-lhe uma exasperada realidade. Abandonou toda vontade de mudar seu modo de vida. Não se esforçou mais. Começara a traduzir uma obra do inglês. Eram capítulos de um livro científico, em parte inédito, que apareciam concomitantemente em várias revistas médicas do mundo. Uma vez por semana lhe entregavam cerca de trinta páginas impressas em mimeógrafo, e quando ela as devolvia traduzidas e datilografadas (comprou uma máquina de escrever num leilão do Banco Municipal), entregavam-lhe outras tantas. Foi à agência de traduções, devolveu os últimos capítulos, não aceitou outros.

Pediu a d. Carmen que vendesse a máquina de escrever.

E veio o dia em que a sra. de Vélez descansou entre uma aromática desordem de junquilhos, ramos de nardos, frésias e gladíolos. O médico do bairro, que d. Carmen tirou da cama naquela madrugada, diagnosticou uma embolia pulmonar. A cerimônia fúnebre ocorreu no primeiro apartamento, ao lado da porta da rua, que uma vizinha cedeu para esse fim. Os inquilinos entravam no quarto na ponta dos pés, e uma vez junto ao caixão deixavam seus olhares caírem sobre o rosto da sra. de Vélez com todo o alvoroço que haviam contido em seus passos. Mas a sra. de Vélez não parecia se incomodar com esses olhares, nem com os cochichos dos condolentes (sentados em volta de Jacinta e Raúl), nem com o ir e vir de d. Carmen, que distribuía com infrutífero sigilo xícaras de café, ajeitava coroas de palmas ou dispunha novos raminhos ao pé do caixão. Em determinado momento, Jacinta saiu da roda, foi até a portaria, discou um número de telefone.

Depois disse, em voz bem baixa:

— Ninguém perguntou por mim?

— Ontem — responderam —, Stocker ligou para vê-la hoje, às sete. Ficou de ligar de novo. Achei inútil telefonar para você.

— Diga-lhe que vou. Obrigada.

Foi o começo de uma tarde difícil de esquecer. Primeiro, no quarto de sua mãe, Jacinta ficou por um bom tempo com os sentidos anormalmente despertos, alheia a tudo e ao mesmo tempo muito consciente, pairando sobre seu próprio corpo, e os objetos familiares que se animavam com uma vida fictícia em homenagem a ela refulgiam, exibiam seus planos lógicos, suas rigorosas três dimensões. "Querem ser meus amigos" — não pôde deixar de pensar — "e fazem um esforço para que eu os veja", porque

esse aspecto inesperado parecia corresponder à identidade secreta dos próprios objetos e ao mesmo tempo coincidir com seu
eu recôndito. Deu alguns passos pelo quarto enquanto perdurava
em seus lábios, com toda a agressividade de uma presença estranha, o gosto do café. "E eu não olhava para eles. O costume me
afastava deles. Hoje eu os vejo pela primeira vez."

No entanto, ela os reconhecia. Lá estava aquele extravagante
móvel barroco (os dois maços de baralho sobre o marroquim
amarelado) que rematava numa prateleira com um espelho
incrustado. Lá estavam os remédios de sua mãe, um frasco de
digitalina, um copo, um jarro de água. E lá estava ela no espelho, com seu rosto de planos vacilantes, seus traços inocentes e finos. Ainda jovem. Mas os olhos, de um cinza indeciso,
tinham envelhecido antes que o resto de sua pessoa.

"Tenho olhos de morta." Pensou nos olhos de sua mãe, pro-
tegidos por uma dupla cortina de pálpebras venosas, nos de
Raúl. "Não, são olhares diferentes, não têm nada em comum
com o meu." Havia em seus olhos o orgulho dos que são "senhores e donos de seu próprio rosto", mas agora a estrofe final
despontava neles: "açucenas que apodrecem", uma espécie de
clarividência inútil que se contenta com sua falta de aplicação.
Traziam-lhe reminiscências de outras pessoas, de alguém, de
algo. Onde vira um olhar igual? Por um segundo sua memória
girou no vazio. Num quadro, talvez. O vazio foi sendo preen-
chido, adquiriu matizes azuis, rosados. Jacinta afastou os olhos
do espelho e viu abrir-se diante dela uma sacada sobre um fundo
noturno; viu ânforas, cães extáticos, outros animais: um pavão,
pombas brancas e cinza. Era o *Le due dame*, de Carpaccio.

E lá estava Stocker, no apartamento de María Reinoso. Tinha
uma cara murcha e um corpo juvenil, muito branco, que a
roupa falsamente modesta parecia destinada essencialmente
a proteger. Quando a tirava sem pressa, dobrando-a com esmero, verificando o lugar em que deixava cada peça, conquis-
tava a infância. Parecia mais nu que os outros homens, mais
vulnerável: um menino quase desinteressado por Jacinta que

acariciava as diversas partes do corpo dela sem se preocupar com o nexo humano que as vinculava entre si, como quem apanha objetos aqui e ali para celebrar um culto só por ele conhecido e, depois de usá-los, vai deixando-os cuidadosamente em seu lugar. Uma atenção quase dolorosa se refletia em seu semblante: o contrário do desejo de esquecer, de aniquilar-se no prazer. Como se procurasse alguma coisa, não nela, mas em si mesmo, e também, apesar do ritmo mecânico que já não conseguia controlar por vontade própria, parecia imóvel, a tal ponto era contida sua expressão, voltada para dentro, à espreita desse segundo fulgurante de cuja súbita iluminação esperava a resposta a uma pergunta insistentemente formulada.

Ele recobrara seu ar perplexo. Ela pensava com amargura no retorno aos vizinhos, ao cheiro das flores, ao caixão. Mas o homem não dava mostras de querer ir embora. Andou pelo quarto, acomodou-se numa poltrona, aos pés da cama. Quando Jacinta quis dar por terminado o encontro, obrigou-a a sentar-se novamente, apoiando as mãos em seus ombros.

— E agora — disse —, o que está pensando em fazer? Resta-lhe mais alguém?

— Meu irmão.

— Seu irmão, é verdade. Mas é...

Embora não as tivesse pronunciado, as palavras idiota ou imbecil pairavam no ar. Jacinta sentiu necessidade de dissipá-las. Repetiu uma frase de sua mãe:

— É um inocente, como o de *L'Arlésienne*. — E caiu no choro.

Estava sentada na beira da cama. O cobertor dobrado em quatro, e sob ele os lençóis que momentos antes eles mesmos haviam empurrado com os pés, formando um montinho que a obrigava a encurvar as costas, seguindo uma linha um pouco inclinada, para fixar os olhos no feltro cinza que cobria o chão e desaparecia debaixo da cama, de um cinza muito claro, banhado de luz, no centro do quarto. Talvez essa posição do corpo tenha causado suas lágrimas. Suas lágrimas escorriam pelas faces, arrastavam-na encosta abaixo, levavam-na dissimuladamente a confundir-se com a água cinza do feltro, num estado de dissolução semelhante ao que sentia durante as tardes, quando sua mãe jogava paciência e falava sem parar, dirigindo-se a Raúl. E na nuca, nas costas, sentia também o leve peso de uma chuva doce, penetrante. O homem lhe dizia:

— Não chore. Escute: vou propor uma coisa que pode lhe parecer estranha. Eu moro sozinho. Venha morar comigo. Depois, como se respondesse a uma objeção:

— Vamos acabar nos entendendo. Enfim, é o que espero, quero acreditar nisso. Há serpentes, ratos e corujas que confraternizam na mesma caverna. O que nos impede de confraternizar também?

E depois, cada vez mais insistente:

— Responda. Você virá? Não chore, não se preocupe com seu irmão. Por enquanto ele fica aqui, onde está. Depois veremos, mais para a frente, o que eu posso fazer por ele.

"Mais para a frente" foi o sanatório.

2.

O sofrimento alheio lhe inspirava demasiado respeito para tentar consolá-lo: Bernardo Stocker não se atrevia a ficar do lado da vítima e a subtraí-la ao domínio da dor. Mais um pouco e teria agido como esses nativos de certas tribos africanas que, quando um deles cai acidentalmente na água, batem no infeliz com os remos e afastam a chalupa, impedindo que se salve. Na correnteza os répteis reconhecem a ira divina: é possível lutar contra as potências invisíveis? Seu companheiro já está condenado: ajudá-lo não significa se colocar, em relação a elas, num temerário pé de igualdade? Assim levado por seus escrúpulos, Bernardo Stocker aprendeu a desconfiar dos impulsos generosos. Mais tarde conseguiria reprimi-los. Temos pena do próximo, pensava, conforme somos capazes de ajudá-lo. Sua dor nos gratifica com a consciência de nosso poder, por um instante nos igualamos aos deuses. Mas a verdadeira dor não admite consolo. Como essa dor nos humilha, preferimos ignorá-la. Recusamos o estímulo que nos levaria a um processo análogo, embora de sinal trocado, e o orgulho, que antes alinhavava nossas

70

faculdades do lado do coração e nos induzia facilmente à ternura, agora se volta para a inteligência em busca de argumentos com os quais sufocar os ímpetos do coração. E nos fechamos para a única tristeza que, ferindo nosso amor-próprio, poderia realmente entristecer-nos. Sua impassibilidade permitia a Bernardo Stocker vislumbrar a magnitude da aflição alheia. No entanto, diante da dor de Jacinta, reagiu de maneira instantânea, pouco frequente nele. Isso não se devia, justamente, ao fato de Jacinta não sofrer? Jacinta se mudou e foi morar num apartamento na praça Vicente López. Esse inverno não se anunciava particularmente frio, mas ao acordar, nem bem entrada a manhã, Jacinta ouvia o tamborilar dos aquecedores e um leve cheiro de fogueira chegava até seu quarto: Lucas e Rosa acendiam as lareiras da biblioteca e da copa. Às dez, quando Jacinta saía do quarto, os empregados já se haviam refugiado na ala oposta da casa.

Bernardo Stocker herdara do pai esse casal de negros de Tucumán, assim como suas atividades de agente financeiro, suas coleções de livros antigos e sua não desprezível erudição em matéria de exegese bíblica. O velho Stocker, de origem suíça, chegara ao país setenta anos antes: a pecuária, o comércio e as estradas de ferro começavam a se desenvolver, o Banco da Província estava prestes a ocupar o terceiro lugar do mundo, e o Comptoir d'Escompte, Baring Brothers, Morgan & Company trocavam por reluzentes francos, ouro e libras esterlinas as ações do governo. O sr. Stocker trabalhou, fez fortuna, conseguiu esquecer diariamente suas tarefas na Bolsa, depois de um momento de conversa no Clube dos Residentes Estrangeiros, com o estudo do Antigo e do Novo Testamento. Em religião também era partidário do livre exame, da liberdade cristã, da liberalidade evangélica. Participara dos tempestuosos debates em torno de *Bibel und Babel*, pertencia à União Monista Alemã, rejeitava toda autoridade e todo dogmatismo.

Viajou à Europa. Bernardo (na época com dezesseis anos) acompanhou seu pai, por duas noites consecutivas, ao Jardim Zoológico de Berlim. Os professores laicos, os rabinos, os pastores licenciados e os teólogos oficiais desatavam a língua no grande auditório: discutiam sobre cristianismo, evolucionismo, monismo; sobre a *Gottesbewusstsein* e a influência libertadora de Lutero; sobre tradição sinóptica e tradução joanina. Jesus existira ou não? As epístolas de são Paulo eram documentos doutrinais ou escritos de circunstância? O rugido noturno dos leões aumentava a efervescência da assembleia. O presidente lembrava ao público que a União Monista Alemã não se propunha inflamar as paixões, e que se abstivesse de manifestar sua aprovação ou seu vitupério. Em vão: cada discurso terminava numa balbúrdia de aplausos e assovios. As mulheres desmaiavam. Fazia muito calor. Na saída, pai e filho desfilaram diante dos pavilhões egípcios, dos pagodes chineses, dos templos hindus. Transpuseram o Grande Portão dos Elefantes. O sr. Stocker parou, deu a bengala ao filho, secou os óculos, a barba e os olhos com um lenço xadrez. Tinha suado ou chorado, contivera decorosamente seu entusiasmo. "Que noite!", murmurava. "E depois se fala da moderna apatia religiosa! O estudo da Bíblia, a crítica dos textos sagrados e a teologia nunca são inúteis, caro Bernardo. Lembre-se bem disso. Até nos leva a pensar que Cristo não existiu como personalidade meramente histórica. Hoje o fazemos viver em cada um de nós. Com a ajuda de seu espírito o mundo foi transformado, com a ajuda de seu espírito ainda conseguiremos transformá-lo, e até criar uma nova terra. Discussões como a de hoje só nos enriquecem."

Assim, acompanhado do espírito de Cristo e de seu filho Bernardo, em cujo braço se apoiava, continuou discorrendo dessa forma. Pegaram um carro de praça. Deixaram para trás a fronde cárdea do Tiergarten, entraram na Friedrichstrasse, chegaram ao hotel.

Muitos anos se passaram, mas Bernardo continuava assentando seus passos nas pegadas do sr. Stocker, fazendo tudo o que aquele fizera em vida. Agia sem convicção, talvez, mas de modo não menos fiel. Seguiu esse exemplo como poderia ter escolhido qualquer outro: as circunstâncias lhe forneceram esse. A bem da verdade, não lhe foi difícil adaptar-se à imagem do pai. Casou-se muito jovem e pouco tempo depois ficou viúvo, como o sr. Stocker. Sua mulher ainda morava na casa (ou melhor, na escrivaninha da biblioteca), numa moldura de couro. Durante as manhãs, no escritório, Bernardo lia jornais e conversava com os clientes, enquanto seu sócio, Julio Sweitzer, despachava a correspondência, e um funcionário, atrás de uma divisória de vidros azuis, anotava nos livros as operações do dia anterior. O sr. Stocker também moldara Sweitzer. Em outra época, este cuidara da contabilidade da casa; fora assistente do pai, hoje era sócio do filho, e os admirava como se admira uma única pessoa. D. Bernardo, depois de morrer, compareceu pontualmente ao escritório (vinte, trinta, quantos anos mais jovem?) barbeado e falando espanhol sem sotaque estrangeiro, mas a substituição era perfeita quando Bernardo e seu atual sócio (agora chegara a vez de Sweitzer ser chamado de d. Julio) discutiam temas bíblicos em francês ou em alemão.

Ao meio-dia e meia os sócios se separavam; Sweitzer voltava para a pensão, Bernardo almoçava num restaurante próximo ou no Clube de Residentes Estrangeiros; de tarde, geralmente era Bernardo quem ia à Bolsa. E assim vai-se vivendo, como dizia Stocker pai. No edifício da rua 25 de Mayo os homens correm de um quadro-negro a outro, decifram num relance os dividendos dos valores por cuja sorte se preocupam e recebem como uma confidência, entre o uivo opaco das vozes, as palavras que devem ser dirigidas expressamente a seus ouvidos. Em volta de Bernardo os homens dialogam e gesticulam e trabalham e se agitam com mais ou menos sorte, mas aqueles que se tornaram solidários à meticulosa prosperidade de "Stocker e Sweitzer" (Agentes Financeiros, Sociedade Anônima Bancária) podem dedicar-se a outra espécie de atenção; podem deixar que as lembranças, os dias, as paisagens os amadureçam, e vislumbrar o milagre imperceptível das nuvens fugazes, do vento e da chuva.

Jacinta ia quase todas as manhãs à pensão da rua Paso. Raúl frequentemente estava fora, com outros rapazes do bairro; Jacinta, quase indo embora, já na porta, via-o avançar em sua direção com seu passo irregular, um pouco afastado do grupo, mais alto que os outros. Entrava novamente na pensão, dessa vez acompanhada de Raúl; sentada a seu lado, atrevia-se a tocá-lo timidamente com os dedos. Tinha medo de que o rapaz se irritasse, porque quanto mais ela se esforçava para se comunicar, mais esquivo ele ficava. Em certa ocasião, desanimada com tanta indiferença, Jacinta parou de visitá-lo. Ao voltar, uma semana depois, o rapaz lhe disse: "Por que você não veio esses dias?".

Parecia alegrar-se ao vê-la.

Jacinta deixou de lado seu desejo de dominação e passou a sentir por Raúl uma necessidade puramente estética. Por que procurar nele as reações estéreis dos humanos, a conivência das palavras, o fulgor sentimental de um olhar? Raúl estava ali, simplesmente, e a olhava sem fixar a vista nela; olhavam-na sua testa reta e dourada pelo sol, suas mãos amplas com os dedos separados, cuja forma lembrava as reproduções em gesso que servem de modelo nas academias de desenho, seu costume de andar de um lado para o outro e parar de modo insólito no vão das portas, sua destreza para enovelar as meadas de d. Carmen. Repleta de sua presença, Jacinta saía da pensão, atravessava lentamente a cidade.

A essa hora as pessoas tinham entrado para almoçar e deixavam a rua tranquila. Jacinta, depois de caminhar em direção ao leste, chegava a um bairro propício e modesto, de calçadas sombreadas. E adentrava esse bairro como se obedecesse a um obscuro protesto de seu instinto. Pegava uma rua, virava na outra, lia os nomes nas placas, seguia o muro inclinado do Asilo de Velhos, onde de vez em quando assomavam estátuas amarelas, que ia morrer num parque sombrio; dobrava à esquerda, resistia ao chamado das abóbadas rematadas em cruzes ou em desmedidos anjos marmóreos. De repente, o aspecto de uma casa sólida e firme, com o pórtico amplo e duas sacadas de cada lado, as paredes pintadas a óleo, um pouco descascadas, deixava-a repleta de felicidade. Via certa semelhança espiritual entre essa casa e Raúl. E também as árvores a faziam pensar em seu irmão, as árvores da praça Vicente López. Antes de atravessá-la, na calçada defronte Jacinta se apossava da praça com um olhar que abarcava gramado, crianças, bancos, galhos, céu. Os troncos pretos e sinuosos das tipas emergiam da terra como uma afirmação desdenhosa. Havia um enorme caudal de indiferença nesse impulso um pouco petulante, desinteressado de tudo o que não fosse seu próprio crescimento e destinado a encostar nas nuvens, como um pretexto para justificar sua altura, a folhagem estremecida e leve, quase imaterial! Quando Jacinta subia ao terceiro andar, observava de perto o desenho variado das folhinhas verdes. Então abria as janelas e deixava que o ar puro refrescasse o quarto.

Sobre a mesa esperavam-na uma garrafa térmica com sopa, travessas com avelãs e nozes. Jacinta ficava ali; em outros dias, descansava por um momento, descia à rua novamente, pegava um táxi e seguia para o restaurante onde Bernardo almoçava.

Encontrava-o com a cabeça inclinada sobre o prato, mastigando, pensativo. Bernardo erguia a vista quando Jacinta já estava sentada à mesa. Então, saindo de seu ensimesmamento, pedia para ela uma vistosa salada e lhe servia uma taça de vinho, na qual Jacinta mal molhava os lábios.

Ele parecia aturdido com esses encontros. Sempre o surpreendiam. Tentava animar a conversa, receando o momento em que se separariam. Perguntava o que fizera de manhã. E o que ela fez de manhã? Caminhou, viu uma casa pintada de verde, olhou as árvores, esteve com Raúl. Ele pedia notícias de Raúl. Outras vezes, tentando reconstruir a vida anterior de Jacinta, conseguia arrancar-lhe alguns detalhes materiais que destacavam os grandes espaços desérticos onde ambos se perdiam. Pois tinha a sensação de que Jacinta perdera seu passado, ou estava em vias de perdê-lo. Perguntava:

— Que tipo de homem era seu pai?

— Um homem com barba.

— Como o meu.

— Meu pai deixou a barba crescer porque não queria mais se dar ao trabalho de se barbear. Era alcoólatra.

Sim, esses detalhes não lhe eram de muita valia. O pai de Jacinta não passava de um velho fracassado, como tantos outros. E Bernardo continuava perguntando, agora totalmente imerso em banalidades.

— Ele gostava de jogar paciência, como sua mãe? Não? Me diga, como se joga Napoleão?

— Já expliquei.

— É verdade. Três fileiras de cartas fechadas, três abertas; separam-se os ases... Mas, estou aqui pensando, joga-se com dois baralhos...

— Não vamos falar de jogos de paciência. Só minha mãe se divertia com isso.

— Se você se aborrece, não falamos mais nisso, mas uma noite dessas, quando tiver vontade, podemos jogar juntos, quer?

Também não conseguia definir o caráter da sra. de Vélez. Bernardo não era rigoroso em questões de moral e simpatizava com a pobre senhora. No entanto, para que Jacinta fosse mais explícita sobre ela, surpreendia-se censurando seus hábitos.

— Mas que espécie de mulher era sua mãe? Não podia ignorar que você trazia dinheiro de algum lugar, e se você não trabalhava e não fazia mais traduções...

— Não sei.

— É tão estranho o que você me conta...

— Não conto — respondia Jacinta. — Respondo a suas perguntas. Por que você quer saber como era minha mãe? Por que quer saber como nós vivíamos? Vivíamos, simplesmente. No começo, minha mãe pedia dinheiro emprestado. Depois não davam mais, mas ela sempre encontrou alguma pessoa para ajeitar a situação. Nos últimos tempos, antes de eu conhecer María Reinoso, foi d. Carmen.

— D. Carmen é uma boa mulher.

— Sim.

— Mas você a odeia.

— Tinha ciúmes — respondia Jacinta. — Cheguei a repreendê-la por ter me apresentado María Reinoso, como se eu...

Interrompia a fala. Bernardo, bloqueado por aquele silêncio, lançava mão de novos assuntos. Agora se esforçava para ressuscitar seu miserável passado comum.

— Lembra a primeira vez em que nos encontramos? Sempre nos vimos no mesmo quarto. E a última? Eu esperei você por muito tempo, meia hora, quarenta e cinco minutos. Você não chegava nunca. Acho que meus desejos fizeram você vir. E mesmo agora acho que meus desejos a dominam e a seguram aqui. Receio que um dia você desapareça, e se for embora não me restaria nada, nem uma fotografia sua. Por que é tão insensível? Só uma vez se entregou a mim por inteiro. Estava indefesa. Chorava. Conseguiu me comover. Por isso compreendi que você não sofria. Foi nosso último encontro na casa de María Reinoso.

Sua aparência era lamentável. Embora Jacinta mal o escutasse, ele continuava falando:

— Na casa de María Reinoso você era humana. Naquela época, tinha uma personalidade atormentada. Contava para mim o que lhe acontecia. Às vezes penso que gostaria de me encontrar com você lá, novamente. Como eram os outros quartos? Você esteve naqueles quartos, com outros homens. Quem eram esses homens? Como eram?

E em face do silêncio de Jacinta:

— Tenho interesse por esses homens porque estiveram ligados a sua vida, como tenho interesse por mim mesmo, por meu eu de antes, com uma espécie de afeto retrospectivo. Antes, eu lhe inspirava algum sentimento. Gosto desses homens como gosto de sua mãe, de Raúl, de d. Carmen... embora você a deteste. O ódio é a única coisa que subsiste em você.

— Queria — disse Jacinta — que Raúl fosse morar num sanatório.

— Para afastá-lo de d. Carmen?

— Ontem — continuou Jacinta, sem responder à pergunta —, visitei um sanatório em Flores, na rua Boyacá. Há homens parecidos com Raúl. Caminham entre as árvores, jogam bocha.

— Será muito frio.

— Raúl não é friorento.

Bernardo consultava o relógio. Já passava das três, tinha de ir à Bolsa. E se despedia com a sensação de ter se portado mal. Jacinta não iria mais encontrá-lo à hora do almoço. Dito e feito. Poucas semanas depois, quando ela entrou no restaurante e o viu na mesa de sempre, teve um momento de hesitação. Voltou atrás, pegou o corredor interno e se viu no extremo de saída, mas separada da rua pelas vidraças divididas por losangos e enfeitadas com o escudo inglês. Duas pessoas se levantaram de uma mesa. Jacinta resolveu sentar ali. No entanto os garçons não se aproximaram dela. Talvez pensassem que já tivesse almoçado. Jacinta ficou lá por um momento, beliscou umas migalhas de pão e saiu. Ninguém pareceu notar sua presença.

Na tarde desse dia Bernardo voltou para casa com excelente estado de espírito. Jacinta estava descansando. Bernardo foi até o quarto e, da porta, disse a ela:

— Estive no sanatório de Flores. Pode levar Raúl. Mas será que ele vai querer ir?

— Vamos buscá-lo juntos — respondeu Jacinta, frisando a última palavra. — Você precisa falar com d. Carmen. Só você pode fazer isso.

Bernardo se deitou ao lado dela.

— Você estava certa — disse. — O lugar é simpático e Raúl pode até ficar contente lá, se conseguirmos levá-lo, é claro. — Falava com os lábios colados ao pescoço de Jacinta, quase sem movê-los, como se tentasse fazer dessas palavras carícias que passassem despercebidas. — O diretor, um homem muito solícito, mostrou-me o edifício central e os pavilhões. Passeamos pelo parque. Há várias seringueiras magníficas e umas tipas altas, sem folhas. Perdem as folhas mais cedo que as de nossa praça. O jardim está um pouco descuidado.

Depois, sem transição:

— A vista, do pavilhão que Raúl ocuparia, é sinistra. Aqueles canteiros de capim alto, preto, aqueles galhos secos... Só faltou um enforcado.

Levantou-se. De um salto, passando as pernas por cima do

corpo de Jacinta, ficou em pé, junto da cama. Ajeitou o colarinho e a gravata, pôs água-de-colônia.

— Hoje à noite Sweitzer vem para o jantar — disse. — Não me deixe sozinho com ele a noite toda. Estou suplicando.

— Não me sentarei à mesa.

— Não me deixe sozinho — repetiu. — Eu suplico.

— Por que ele vem?

— Quer que escrevamos uma carta.

— Uma carta?

— Uma carta sobre Jesus.

Jacinta não estava entendendo.

— Ah, se eu preciso lhe dar explicações... Enfim, está em cartaz uma peça de teatro chamada *A família de Jesus*. Um católico enviou uma carta para o jornal, protestando, dizendo que Jesus nunca teve irmãos. Sweitzer quer escrever outra dizendo que sim, que Jesus teve muitos irmãos.

— E é verdade?

— Pode-se afirmar qualquer coisa. Mas por que você estranha? Leu os Evangelhos? Quando fez a primeira comunhão e a catequese? Não? Na catequese não ensinam os Evangelhos, mas o catecismo... E também o livro de Renan? O que você está dizendo? Nunca poderia imaginar uma coisa dessas.

As respostas de Jacinta eram reticentes. Bernardo não podia saber com exatidão se fora ela quem lera os Evangelhos e a *Vie de Jésus*, ou sua mãe, a sra. de Vélez.

— Bem, você se sentará à mesa? Amanhã vamos juntos até a pensão, mas esta noite você janta conosco. É um pedido especial que lhe faço. É só isso que lhe peço. Você promete?

— Sim.

Sweitzer o esperava na biblioteca, examinando uma reprodução colorida do *Le due dame* que haviam posto sobre a escrivaninha, numa moldura de couro. Bernardo, ao cumprimentá-lo, pensava na ambiguidade de Jacinta. E de repente começou a ficar triste consigo mesmo, pensando em como essas bobagens podiam preocupá-lo, e sua tristeza se manifestou num exasperado desdém por Jacinta, a sra. de Vélez, os Evangelhos, a *Vie de Jésus*. Atacou de Renan:

— Com razão já se disse que a *Vie de Jésus* é uma espécie de Belle Hélène do cristianismo. Uma concepção de Jesus típica do Segundo Império!

E repetiu uma galhofa sobre Renan. Lera-a dias antes, ao folhear umas coleções velhas do *Mercure de France*.

— Renan teve duas grandes paixões na vida: a exegese bíblica e Paul de Kock. A esse costume sacerdotal, que contraiu no seminário, ele devia seu apego ao estilo simples, à ironia suave, ao *sous-entendu mi-tendre, mi-polisson*, mas também adquiriu em Paul de Kock a arte das hipóteses romanescas, das deduções caprichosas ou precipitadas. Parece que nos últimos tempos a mulher de Renan precisava recorrer a verdadeiras astúcias para arrancar das mãos de seu ilustre marido *La Femme aux trois culottes* ou *La Pucelle de Belleville*. "Ernest — dizia-lhe —, seja complacente, primeiro escreva o que M. Buloz lhe pediu e depois eu devolverei seu brinquedo."

Sweitzer deu um sorriso seco: não via graça nessas irreverências. E Bernardo, dirigindo-se a Jacinta:

— Paul de Kock é um escritor licencioso.

Ouviu a voz de Jacinta. Falava de uns romances em inglês que havia lido, mas suas palavras pareciam sugerir que se tratava de romances pornográficos, para estivadores.

— Tinham capas de cores violentas, vermelhas, amarelas, azuis. Eram comprados no Paseo de Julio, os vendedores os escondiam em seus armários portáteis, atrás de uma fileira de tamancos, com os cigarros de contrabando.

Foram para a sala de jantar.

Jacinta ocupou a cabeceira da mesa. Quando Lucas entrou com a travessa, havia um talher a menos. Bernardo fez-lhe uns sinais: mal conseguia conter sua impaciência. Lucas teve de largar a travessa, voltou instantes depois com uma bandeja e dispôs o talher que faltava com impertinente lentidão.

Sweitzer, muito confuso, tirou da pasta um recorte e alguns

papéis escritos com sua letra bonapartina. "Esbocei uma resposta", disse. Começou a ler:

— Não é só no capítulo 13,55, de Mateus, como parece entender o sr. X, que se trata desse assunto que motivou tantas discussões (aqui, para maior clareza, transcrevo as demais passagens alusivas de Mateus, Marcos, Lucas, João, dos Coríntios e dos Gálatas). Da leitura desses textos surgiram três teorias — a elvidiana a que se refere o sr. X: sustenta que os irmãos e irmãs de Jesus nasceram de José e Maria, depois dele; a epifânica: nasceram de um primeiro casamento de José; a hierominiana, de são Jerônimo: eram filhos de Cleofas e de uma irmã da Virgem, também chamada Maria. É a doutrina sustentada pela Igreja e defendida por seus grandes pensadores.

Enquanto lia, vez por outra levava à boca uma amêndoa ou pedacinhos de nozes ou avelãs, colocadas num prato à sua esquerda. Às vezes, com a mão no ar, girava entre os dedos o pedaço de noz até despojá-lo de sua película fulva. Com o pretexto de servir-se, Bernardo pôs o prato fora de seu alcance, entre Jacinta e ele. Sweitzer olhou-o com espanto. Bernardo perguntou-lhe:

— Por que não cita os Atos dos Apóstolos?

— É verdade; depois do jantar, se me emprestar uma Bíblia...

— Não é preciso uma Bíblia. Anote: 1,14: "... perseveravam unânimes em oração e rogo, com as mulheres e com Maria, a mãe de Jesus, e com seus irmãos". Bem, o preâmbulo finaliza aqui. E agora, a qual das teorias você pretende aderir?

— À primeira, sem dúvida nenhuma. Como você começaria?

Bernardo não resistiu ao desejo de exibir-se.

— Eu começaria dizendo isto — respondeu com ar professoral. — É verdade que em hebraico e aramaico existe uma única palavra para designar os termos irmão e primo, mas isso não é motivo suficiente para deturpar o sentido dos textos. Porque estamos na presença de um idioma como o grego, rico em vocábulos, que tem uma palavra para designar o irmão (*adelphos*), outra para designar o primo-irmão (*adelphidus*) e outra para designar o primo (*anepsios*). A comunidade de Antioquia era bilíngue e lá se deu a passagem da forma aramaica à forma grega da tradição. Goguel cita um versículo de Paulo (Colossenses 4,10), onde se diz: "e Marcos, *sobrinho* de Barnabé". Se Paulo, em seus outros escritos, fala dos irmãos de Jesus, não há motivo para que se confunda um termo com outro.

Fez uma pausa. E prosseguiu:

— Haveria tanto a acrescentar... Tertuliano aceita que Maria teve muitos filhos de José. A seita dos Ebionitas e Vitório de Patau, mártir cristão, morto no ano 303, também afirmava isso. Hegésipo diz que Judas era irmão *de sangue* do Salvador. A Didascália diz que Jacó, bispo de Jerusalém, era irmão *de sangue* de Nosso Senhor. Epifânio reprova a cegueira de Apolônio, que pregava que Maria tivera filhos depois do nascimento de Jesus.

Sweitzer fazia anotações em sua caderneta. Bernardo continuava sua exposição. Com as palavras, seu mau humor dos primeiros momentos desaparecia. Voltara a encontrar-se, estava satisfeito com sua segurança, sua memória, sua erudição. Recebia como homenagem o respeitoso silêncio de Sweitzer. Buscou a aprovação de Jacinta.

Jacinta permanecia alheia a tudo, vaga, distante, parecia dissolvida na atmosfera da sala de jantar. Bernardo gaguejou, bebeu vinho, inclinou a cabeça; ainda restava uma nódoa rosada na taça. Levantou a cabeça; diante de seus olhos as labaredas da lareira dançavam nos encostos verdes das cadeiras vazias, encostadas na parede, as madeiras de cedro entalhado e o rosto de Lucas pulsavam com uma espécie de vida intermitente, revelando partes avermelhadas e imprevistas, e as gotas de cristal do lustre vienense pareciam aumentar de tamanho, mais pesadas do que nunca, ameaçando desfazer-se sobre a toalha de um momento para outro. (Poder-se-ia dizer que Lucas, ao se aproximar da mesa, não saía da penumbra para retirar os pratos, mas para ascender a esse óvalo resplandecente de humano bem-estar.) Mas Bernardo perdera o fio da meada de seu discurso. Tentou retomá-lo:

— Há motivos para se pensar — disse, fazendo um esforço — que nos primeiros séculos da Era Cristã falava-se com frequência nos irmãos de Jesus. Guignebert...

Sweitzer interrompeu-o:

— Como quem escreveu a carta é católico, convém terminarmos com uma citação católica. Algo assim: lembremos a exemplar sinceridade do padre Lagrange ao reconhecer que, historicamente, não se provou que os irmãos de Jesus fossem seus primos.

Foi sentar-se ao pé da lareira, levando sua xícara de café. Dois grossos troncos ardiam com entusiasmo. Distinguia a chama ondulante e vermelha, o vermelho ocre, quase alaranjado, dos tições e o delicado tom azul que se insinuava até contaminar a brancura de um montinho de cinzas. Para Jacinta, o espetáculo do fogo era repugnante. E ele, que gostaria de consumir-se como esses troncos, de sumir de uma vez por todas! Aproximava-se cada vez mais da lareira, parecia disposto a queimar os pés. "Sou muito friorento." Levantou-se para entreabrir uma janela. Sweitzer, erguendo-se da poltrona com dificuldade, começou a se despedir.

— Obrigado. Amanhã vou redigir a resposta. Se passar pelo escritório, quando sair da Bolsa, poderá assiná-la.

Mas Bernardo respondeu que preferia não fazer isso, e como o outro lhe perguntasse o motivo:

— Essas discussões são inúteis — disse. — E, quem sabe?, talvez alimentem o erro. A cada dia que passa, a humanidade (pronunciemos a palavra: a "historicidade") de Jesus me parece mais duvidosa.

Ia e vinha pelo quarto, com os olhos secos, ardentes. Saiu e entrou quase em seguida, trazendo um livro com uma encadernação nobre e roída pelas traças; abriu o livro: a lombada, soltando-se das capas pardas, ficou em suas mãos. Sweitzer olhou o título:

— *Antiquities of the Jews.* Ah, a edição de Havercamp... Está pensando em ler a bendita interpolação para mim? Não vale a pena.

Mas ninguém podia detê-lo. Bernardo leu a citação interpolada e desenvolveu, dessa vez com dificuldade, a tese de que o cristianismo era anterior a Cristo. Falou de Flávio Josefo, de Justo de Tiberíades... O sr. Sweitzer escutava com ironia sua apaixonada incoerência.

— Mas a questão é outra — dizia. — Além disso, esses argumentos estão muito batidos. E não me parecem convincentes.

— Não estou me baseando neles — respondia Bernardo. — Minha convicção pertence à ordem de verdades que acatamos com o sentimento, não com o raciocínio.

Depois, como se falasse para si mesmo:

— Penso na famosa história do quadro... Como era mesmo?

Ouviu Jacinta dizer com sua voz monótona:

— Você sabe. O quadro caiu no chão e descobrimos que Cristo não era Cristo.

"Contando assim não dá para entender", pensou Bernardo. Ele mesmo narrou a história.

— Era uma estampa antiga, *un collage* da época colonial com as bordas enfeitadas de veludo azul, enrugado, coberta por um vidro convexo. Quando o vidro quebrou deu para ver que a imagem era uma Mater Dolorosa. Haviam desenhado cachos e barba com uma caneta, acrescentaram-lhe a coroa de espinhos, o manto estava disfarçado pelo veludo.

Continuou, num sussurro:

— Jacinta Vélez era pequena e sofreu uma decepção terrível. Sua incredulidade data dessa época.

Escutou novamente sua voz monótona:

— Não — disse Jacinta —, agora eu acredito.

Cristo se sacrificara pelos homens, por esses homens que, quanto mais perfeitos eram, menos se pareciam com seu Redentor: turbulentos, eruditos, complicados, espertos, destruidores, insatisfeitos, sensuais, fracos, curiosos... E à margem daquele rebanho vegetavam outros seres num estado de misteriosa bem-aventurança, desligados da realidade e desprezados pelos outros homens. Mas Cristo os amava. Eram os únicos, no mundo, com chances de salvação.

Bernardo se despedia de Sweitzer. Jacinta pensava em Raúl. Queria urgentemente estar ao lado dele, cercada pelas árvores, no sanatório de Flores.

3.

Sweitzer releu a carta de Bernardo dentro de um carro de praça barulhento. Estava escrita em papel azul, telado, e no cabeçalho se reproduzia a fachada de um edifício com telhado de ardósia e inumeráveis janelas. A carta dizia:

> Caro d. Julio: Nos últimos tempos não consigo me interessar pelos negócios. Qualquer esforço me cansa. Então resolvi consultar um médico, e atualmente, sob a assistência dele, estou fazendo um tratamento de repouso. Esse tratamento pode prolongar-se por vários meses. Por isso lhe proponho duas soluções: procure um homem de confiança para desempenhar minhas tarefas, pagando-lhe um salário conveniente e uma porcentagem que você descontará dos ingressos que me cabem, ou, então, vamos dissolver a sociedade.

Em seguida, como se quisesse desmentir o parágrafo em que mencionava seu atual desinteresse pelos negócios, Bernardo fazia algumas observações muito sagazes, na opinião de d. Julio, sobre um investimento em títulos que ainda estava pendente. Por fim, acrescentava: *Não se incomode em vir me visitar. Responda-me por escrito.*

D. Julio depois ficaria pensando nesta última frase.

Chegou ao sanatório, perguntou por Bernardo, entregou um documento. Fizeram-no esperar numa sala com grandes janelas que não se abriam para o jardim em toda a sua altura, mas somente na parte superior. Dez minutos depois entrou um homem alto, de rosto sanguíneo.

— Sr. Sweitzer? — disse. — Eu sou o diretor. Acabo de chegar.

E ajustava, ao redor dos punhos, os botões de seu guarda-pó.

— Posso ver o sr. Stocker? — perguntou Sweitzer.

— O senhor é sócio dele, não? "Stocker e Sweitzer", conheço a firma. Tive a oportunidade de tratar com o sr. Stocker em março de 1926. Lembro-me exatamente da data. Eu tinha alguns fundos disponíveis, pouca coisa, mas o sr. Stocker recomendou-me a segunda emissão de consolidados da Lignito San Luis Company: nunca vou me esquecer desse nome. Os valores, nas mãos de vocês, tiveram ótimo rendimento. Com esse suporte montei meu sanatório.

— Posso ver meu sócio? — insistiu Sweitzer.

— Claro, sr. Sweitzer. O sr. Stocker não é um doente, como sabe. Veio ao sanatório trazendo um conhecido, Raúl Vélez. Aqui se respira um ambiente de tranquilidade que deve tê-lo seduzido. Um belo dia apareceu com suas malas; disse-me: "Doutor, resolvi tirar uma folga e internar-me também. Mas guarde segredo. Não quero que me incomodem, não quero falar com ninguém, nem mesmo com os médicos". O senhor deve ser a única pessoa a quem ele comunicou seu endereço.

— Ele me escreveu.

— Está alojado no último pavilhão, o mais independente. O sr. Stocker ocupa um quarto. Raúl Vélez o outro.

Teve um momento de hesitação:

— ... O caso desse rapaz é doloroso — continuou. — Nós, médicos, somos discretos, sr. Sweitzer. Há coisas que não temos por que saber, que não queremos saber, mas involuntariamente acabamos por nos inteirar de certas circunstâncias familiares. Enfim, de qualquer forma, o sr. Stocker sente por esse rapaz um afeto verdadeiramente *paternal*. Pode me dizer por que demorou tanto tempo para confiá-lo a um psiquiatra?

— Não é mais possível curá-lo? — perguntou Sweitzer.

— Não se trata de curar, mas de adaptar. A adaptação impõe um processo muito delicado para o doente e para o meio que o cerca. É preciso adaptar-se ao paciente, é certo, mas ao mesmo tempo exigir dele um pequeno esforço para que ele, na verdade, vá se adaptando aos demais. Conseguir colocá-lo em contato com seus semelhantes. É claro que nunca se alcançará uma verdadeira comunicação intelectual como a que nós estabelecemos neste momento, mas sim uma comunicação primária. Fazer com que o doente compreenda certas formas da vida cotidiana e obedeça a elas. O progresso deve seguir nesse sentido.

— E agora é tarde demais...

86

O outro o olhou com desconfiança.

— Nunca é tarde demais — respondeu. — Raúl Vélez está no sanatório há quinze dias. O diagnóstico diferencial de sua demência precoce hebefrênica catatônica com a deficiência mental é muito difícil. Em ambos os casos, há ausência de sinais físicos: o doente mantém uma fisionomia inteligente, mas parece viver à margem de si mesmo, indiferente a tudo e a todos. No entanto, é dócil, suave, de aparência afetuosa. Precisa ver-se cercado de bondade, mas de uma bondade firme, cujos limites ele percebe. Ocorre que descuidaram desse rapaz de forma lamentável. Estava nas mãos de uma mulher ignorante, que gosta muito dele, sem dúvida, mas com um carinho no qual não há o menor discernimento. Dobrava-se a todos os caprichos dele, e o rapaz abusava, afundava deliberadamente na loucura. Essa, neles, é a linha de menor resistência. No começo a mulher estava indignada conosco. Teve até a ousadia de afirmar que iria recorrer à Justiça, porque o senhor Stocker não tinha o direito de interná-lo em nosso sanatório.

Sweitzer, dessa vez, fez um gesto de espanto. No entanto, perguntou:

— E é verdade?

— Parece que o sr. Stocker não o reconheceu legalmente. Mas ela tem menos direito ainda de dispor do rapaz. Trata-se de um demente sem família ou bens de qualquer espécie. Quem, melhor do que o sr. Stocker, para cuidar dele? Falei com o Juizado de Menores e consegui que o juiz nomeasse o sr. Stocker como tutor do incapaz. E como não queria ouvir as histórias da mulher, eu a proibi de entrar no sanatório. Agora permitimos que ela venha, a pedido do próprio sr. Stocker. Consenti, mas não estou de acordo. É preciso afastar Raúl Vélez de todas as influências que possam fazê-lo lembrar, prolongar em seu espírito a antiga desordem em que vivia.

Parou.

— Estou tomando o seu tempo — acrescentou. — O senhor queria ver o sr. Stocker. Eu mesmo o acompanharei.

Precedido pelo médico, que se desculpava de ir na frente, Sweitzer chegou a um terraço, desceu uma escadaria em forma de leque, atravessou um jardim com canteiros bordejados de caracóis, onde crescia um longo capim emaranhado; aqui e ali, alguma seringueira com as folhas envernizadas pela chuva recente; outras árvores, sem folhas, elevavam para o céu seus galhos gesticulantes. Sweitzer pisava com cuidado para não se enlamear. Ao redor do jardim viam-se casinhas de tijolos, separadas umas das outras por labirintos de buxinhos.

— Aqui eu o deixo — disse o médico. — Siga reto por esta trilha. À direita, no último pavilhão, mora o sr. Stocker.

Apareceu-lhe bruscamente, ao pisar na soleira da porta aberta de par em par. Bernardo Stocker, por seu turno, já de longe o vira chegar. Estava sentado, envolto em duas mantas escocesas: uma sobre os ombros, a outra enrolada nas pernas. "D. Julio, nem posso me levantar para cumprimentá-lo. Esta manta..." Repreendeu-o por ter se dado ao trabalho de vir: "Devia ter me escrito". Depois, olhando-o nos olhos:

— Esteve com o diretor?

— Sim.

— Como deve tê-lo amolado! Lamento por você. Está com frio? — perguntou Stocker. — Quer que fechemos a porta?

— Não, descobri que o frio é saudável. Gosto dele.

Fez-se um silêncio. Sweitzer esquecera o motivo de sua visita, ou não queria confessá-lo a si mesmo. Ficou consternado. Procurava algo para dizer, uma trivialidade qualquer que lhe permitisse sair daquela situação. Lembrava o parágrafo da carta: "Não se incomode em vir me visitar. Responda-me por escrito", e recorreu à carta como a um pretexto para justificar sua presença no sanatório. Mas limitava-se a repetir as proposições de Bernardo como se tivessem ocorrido a ele, Julio Sweitzer, naquele instante. Era um pouco absurdo. Bernardo veio em sua ajuda e iniciaram um diálogo de inesperada fluidez. Bernardo começava, nem bem Sweitzer havia terminado de falar, e seu interlocutor, nesse ínterim, assentia com a cabeça, murmurava "sim", "claro", "é o melhor", "perfeitamente". Temerosos de um novo silêncio, não davam fé nem atenção ao que diziam. Bernardo foi o primeiro a calar-se. Sweitzer avistara, além da sebe de buxinho, um rapaz alto, corpulento, em companhia de uma velha. De repente o rapaz avançou na direção deles e ao chegar à sebe, em vez de dar a volta, pegou direto a trilha, esgueirando-se entre os galhos do buxinho com uma agilidade surpreendente. Caminhava com os olhos fixos em Bernardo. Bernardo, por sua vez, também o fitava. Um sorriso lento e profundo desenhara-se em seu rosto. Mas houve um incidente imprevisto. O vento fez voar um pedaço de jornal que foi cair aos pés do rapaz. Este se deteve a poucos metros dos dois homens, apanhou o papel, olhou-o com a expressão de alguém que pensa "é importante demais para ler agora", dobrou-o cuidadosamente, guardou-o no bolso e, girando sobre os calcanhares, afastou-se. Dessa vez, ao chegar à sebe, em vez de atravessar o buxinho, deu a volta, seguiu pela trilha. Os dois homens o perderam de vista.

Bernardo ficou com os lábios entreabertos; Sweitzer não pôde se conter e perguntou com uma voz fraca, ofegante, que mal reconhecia, a tal ponto soava estranha a seus ouvidos:

— É Raúl Vélez?

— Sim — disse Bernardo. — Veja você: ele me procura espontaneamente. Mas sempre haverá algo para se interpor entre nós. Agora foi esse maldito papel.

Depois, rapidamente, na mesma toada com que haviam conversado momentos antes:

— Tive um relacionamento com Jacinta Vélez, irmã desse rapaz. Ela morou vários meses em minha casa. Pediu-me que cuidasse de Raúl. Antes de partir, ela mesma escolheu este sanatório.

— Antes de partir... para onde?

— Não sei. Nós discutíamos. Eu lhe fazia perguntas, ela se exasperava. A gente sempre exaspera as pessoas que ama. Ela foi embora.

— Não lhe escreveu?

— Na pensão, onde viveu até a morte de sua mãe, procurei numa escrivaninha e encontrei várias cartas. Mas eram cartas escritas pela sra. de Vélez, que o correio havia devolvido. Eram dirigidas a pessoas com domicílio desconhecido. A numeração das ruas mudou e não coincide com os endereços dos envelopes, ou levantaram-se novos edifícios nesses endereços. Não contente com isso, fui ver muitas pessoas de sobrenome Vélez. Ninguém os conhece. No entanto, um homem com quem conversei, mais velho do que eu, que se chama Raúl Vélez Ortúzar, disse-me que em sua famíla existia um personagem um pouco mitológico, a tia Jacinta, que sua mãe costumava mencionar. Parece que essa Jacinta era uma mulher de vida airada, que morreu na Europa.

— Mas não pode ser a Jacinta — respondeu imediatamente Sweitzer. Seu espírito de investigador já estava de sobreaviso.

— Não, mas podia ser a sra. de Vélez. Além disso, ele não tinha certeza de que estivesse morta.

— E você espera que Jacinta volte?

— Ela virá ao sanatório ver o irmão. Gosta muito dele. O "autismo" de Raúl, como dizem os médicos, para ela não é um defeito. Vê nisso um sinal de superioridade. Tenta se parecer com ele.

— Mas ela é doente? — perguntou Sweitzer, cada vez mais intrigado.

— Doente ou não, preciso dela. Acha que ela virá, d. Julio? Antes eu acreditava nisso, mas agora duvido por completo. Acredita em sonhos, d. Julio? Eu também não acreditava, mas ultimamente...

— Ela lhe apareceu em sonhos?

— Sim... e não. Só consegui ver seus pés, como se estivesse diante de mim, e eu olhasse para o chão. É estranho como os pés são expressivos, inconfundíveis. Via os pés dela como se estivesse olhando seu rosto. Então, ao erguer os olhos, não consegui seguir em frente. Tudo se dissolveu numa atmosfera cinzenta.

"Ontem à noite sonhei novamente com essa atmosfera. É cinzenta, mas às vezes fica branca, translúcida. Fiquei admirado. Tinha medo de acordar. Então, compreendendo que Jacinta es-

90

tava ali, disse-lhe que ela havia me enganado, que tinha me usado como pretexto para que internasse Raúl no sanatório. Supliquei-lhe que se deixasse ver novamente. Falamos de coisas íntimas, de nós dois, de uma mulher da qual Jacinta tinha ciúmes. Eu tremia de raiva. Mas Jacinta fazia graça, em vez de se irritar. Dizia, observando meu tremor: 'Friorento como todos os homens'. De repente, começou a me repreender. Em certa ocasião, eu lhe atribuí sentimentos que ela condena. Afirmei que a vi chorar. Isso a magoou. 'Nós não choramos', dizia, aludindo a ela e a Raúl. Chamei sua atenção para o fato de que suas lágrimas não correspondiam a seu verdadeiro estado de espírito, que mais tarde eu o explicaria de uma forma mais verossímil. Foram minhas explicações, principalmente, que a deixaram fora de si. 'Você também me enganou', dizia ela em alemão."

— Você fala alemão?

— Nem uma palavra, mas eu a ouvia pronunciar claramente *Auch du hast betrogen!* Então me vi jogando paciência e senti que alguém apertava minha mão contra a mesa nos momentos em que ia levantar indevidamente uma carta. Acordei.

Sweitzer animou-o. Jacinta voltaria para ver o irmão. Era o mais lógico. Ele não devia se deixar influenciar pelos sonhos.

Com essas palavras, despediram-se.

Sweitzer caminhava distraidamente. Pegou uma trilha equivocada e por duas vezes se viu cercado pelo buxinho, no patiozinho de outros pavilhões. Não conseguia chegar ao jardim que tinha diante dos olhos. Por fim abriu caminho e andou entre as árvores, atento às janelas iluminadas do edifício principal. De repente surgiu-lhe à frente um vulto imponente e escuro, mais escuro que as sombras. Recuou, sobressaltado.

— Não sou uma paciente — disseram-lhe. — Sou Carmen, a zeladora da pensão. Preciso falar com o senhor.

Caminharam até a grade. Era uma anciã altiva, de cabelos brancos. Sweitzer observou-a sob os focos de luz, aureolados de insetos, da porta de entrada: um chapéu alto e cilíndrico, uma pelerine e um manguito de pele (os focinhos das lontras fincavam seus dentes pontiagudos nas próprias caudas, amarronzadas). Depois procurou o táxi que o esperava. A mulher atravessou a rua, Sweitzer se adiantou, abriu instintivamente a porta e ajudou-a a entrar.

— Gostaria de lhe pedir — disse sua companheira, e assumiu uma voz queixosa que contrastava com a dignidade de seu aspecto e que não parecia sincera, como se copiasse o estilo das pessoas cujas súplicas tinha por hábito escutar. — O senhor é bom. Tem influência sobre Stocker. Que deixem Raúl em paz e permitam que ele volte à pensão. Eu o amo como se fosse meu filho.

— Então deveria agradecer ao sr. Stocker pelo que tem feito por ele. No sanatório poderão curá-lo.

— Curá-lo? — gritou a mulher. — Raúl não é doente. É diferente, só isso. No sanatório eles o fazem sofrer. Na primeira noite o trancaram. Como o rapaz sentia minha falta, tentou fugir. Bateram nele: no dia seguinte tinha manchas roxas pelo corpo. Raúl não cai nunca. E ontem...

— O que aconteceu ontem?

— Ontem eu o vi jogado no chão, com a boca cheia de espuma! E o enfermeiro me dizia: "Não é nada, é a reação da insulina. Um ataque de epilepsia provocado". Provocado! Canalhas!

— Os médicos sabem dessas coisas melhor do que nós — protestou frouxamente Sweitzer. — Espere os resultados do tratamento. Por ora, conforme-se em visitá-lo no sanatório.

— E o senhor fica cuidando da pensão? — respondeu a mulher com insolência. — Não posso vir de carro. Stocker não me dá mais dinheiro. Ele ia lá de manhã, revirava as gavetas, levava papéis, livros, quadros. Dizia: "Não vai faltar nada para o Raúl no sanatório, d. Carmen. Nem para a senhora. A senhora foi muito boa para ele. Mas é melhor assim". Melhor! Como zombou de mim!

Sweitzer estava perdendo a paciência.

— A senhora não quer entender. O sr. Stocker internou Raúl Vélez acatando um pedido da irmã do rapaz, Jacinta Vélez.

— Sim, ele me disse isso. Já sei.

— Ela é a única que pode dar um jeito nessa situação. Infelizmente, não vive mais com o sr. Stocker. Em vez de caluniá-lo, a senhora deveria ajudá-lo, procurar Jacinta.

A mulher respondeu, martelando cada sílaba:

— Jacinta se suicidou no dia em que sua mãe morreu. Foram enterradas juntas.

Acrescentou:

— Olhe, não interessa o que Stocker possa ter dito ao senhor. Ele conheceu Jacinta graças a mim. Uma amiga minha, María Reinoso, apresentou-a a ele. — E lhe explicou com naturalidade: — María Reinoso é uma cafetina.

Como teve a impressão de que Sweitzer, ao se calar, estivesse duvidando de suas palavras, teve um ataque de raiva:

— Que foi? Não acredita em mim? María Reinoso o convencerá. Pode falar com ela a qualquer momento. Agora mesmo, se quiser.

Inclinando-se bruscamente para a frente, gritou um endereço para o motorista; depois, ao se acomodar no fundo do assento, tocou com seus ombros pesados o rosto de Sweitzer. Este sentiu no nariz o cheiro de mofo da pelerine de pele.

— Não gosto — disse — de falar mal de Jacinta, mas jamais gostei dela. Não se parecia com a mãe, um doce, nem com Raúl. Amo Raúl como se fosse meu filho. Jacinta era orgulhosa, desprezava os pobres. Enfim, agora está morta. Tomou um frasco de digitalina.

O carro parou. Enquanto Sweitzer pagava o motorista, a anciã avançava por um longo corredor. Sweitzer teve de apurar o passo para alcançá-la.

Uma mulher de idade incerta entreabriu a porta. D. Carmen lhe disse:

— Não é o que está pensando, María. Este senhor só veio para conversar com você sobre Stocker e Jacinta Vélez. Quer que lhe conte a verdade.

— Entrem. Se ele for seu amigo, eu conto tudo que souber. Mas vai ficar decepcionado... — respondeu a outra com afetação.

Arrastava as chinelas ao caminhar. Convidou-os a se sentar, ofereceu-lhes uma bebida.

— O senhor era amigo de Jacinta? — perguntou. — Não? De Stocker? Ah, um homem muito sério, muito distinto. Faz muito tempo que frequenta esta casa. Foi aqui que conheceu Jacinta, coitadinha, e simpatizou com ela imediatamente. Viram-se durante um mês, duas ou três vezes por semana. Sempre na minha casa. Stocker falava comigo, e eu dava o recado para a Jacinta. No dia em que a sra. de Vélez morreu, Jacinta tinha ficado de vir. Achei estranho, mas ela mesma insistiu. Stocker chega, e nada de Jacinta. Eu lhe explico a demora. Esperamos. No fim, já preocupada, telefono e fico sabendo da desgraça. Stocker ficou muitíssimo impressionado. Disse-me: "María, me deixe sozinho neste quarto". E ficou ali até bem tarde. É um sentimental. Depois, veja só o que fez por esse retardado. Acho um gesto belíssimo.

D. Carmen interrompeu-a:

— Não fale do que você não sabe.

A outra sorria.

— Está furiosa — disse, olhando para Sweitzer — porque não pode vê-lo o dia todo. Carmen, Carmen, parece mentira! Uma mulher séria, com a sua idade...

— Gosto dele como se fosse meu filho.

— Melhor dizer, como se fosse um neto.

Sweitzer foi embora quando o diálogo entre as duas mulheres começava a subir de tom. As ruas estavam desertas. No centro da calçada a luz elétrica fazia o asfalto brilhar: grandes poças d'água onde era perigoso aventurar-se. Depois a escuridão e de novo, na outra quadra, o reflexo fictício do tanque. Sweitzer mal se atrevia a atravessá-lo. Assim andou por um bom tempo, vacilando ao chegar a cada esquina, colado às paredes, confundido com elas como o inseto com a folha. De vez em quando a abertura de um saguão iluminado o revelava. Estava cansado, com frio, não conseguia se aquecer. Também não podia parar. O próprio cansaço o impelia a caminhar. Chegou a uma praça, atravessou a rua. Stocker morava ali. Olhou o painel com as campainhas. Quando Lucas desceu, quinze minutos mais tarde, em trajes menores e coberto por um sobretudo, ele continuava apertando o botão do terceiro andar.

— Sr. Sweitzer! — exclamou o negro. — O patrão não está.

— Eu sei, Lucas. Tenho um recado para você. Passei pela casa e me atrevi a chamar. Desculpe-me por tê-lo acordado.

— Não é nada, sr. Sweitzer. Entre, não fique aí fora. Vamos subir pelo elevador de serviço porque eu desci sem as chaves.

Entraram na cozinha. O negro abria portas, acendia luzes. "Agora desligam a calefação muito cedo. Como não tem ninguém, eu não acendi as lareiras." Chegaram ao hall. Sweitzer pensava em algum recado para lhe dar em nome de seu sócio.

— Seu patrão me escreveu. Disse para você mandar as contas para o escritório. Ele vai voltar mais dia menos dia.

— Mas se ele me deixou dinheiro suficiente... — respondeu o negro.

— Repito o que ele me escreveu.

— O patrão está viajando.

— É isso mesmo, Lucas.

O negro parecia ansioso por falar. Após um momento, acrescentou entre os dentes:

— ... com a sra. Jacinta.

Sweitzer lhe perguntou bem devagar:

— Me diga, Lucas, ela morou aqui?

— O senhor também sabe...

— Você tem certeza? Chegou a vê-la alguma vez?

— Ver mesmo, o que se diz ver... Eu a encontrei na porta da rua. Foi depois do almoço. Ela saía do apartamento nas horas em que eu entrava. Eu logo a reconhecia.

— Mas se nunca a vira antes.

— Não importa.

— Como ela era?

— Tinha olhos cinzentos.

— E como soube que era ela? — perguntou Sweitzer.

— Percebi — respondeu o negro. — Olhava para mim, sorridente. Parecia me dizer: "Finalmente você me descobriu!", mas com simpatia. Parecia me dizer: "Obrigada pela sopa e pela salada que prepara para mim todos os dias, pelas avelãs, pelas nozes! Obrigada por sua discrição!". É uma mulher muito bondosa.

— Mas você nunca a viu dentro de casa?

— Tomavam tantos cuidados! Até eles saírem, não podíamos arrumar o quarto. De tarde, o patrão era o primeiro a chegar. Trancava a entrada do hall. Quando eu abria a porta, a senhora não estava mais no quarto. O sr. Sweitzer lembra a última vez que veio jantar aqui? O patrão estava muito agitado, queria que a sra. Jacinta os acompanhasse, queria apresentá-la ao senhor. Enquanto eu punha a mesa, ouvi sua voz: "Jacinta, eu suplico! Jante conosco. Não me deixe sozinho esta noite". Esperou-a até o último momento. O sr. Sweitzer lembra que ele me obrigou a pôr três talheres? Mas a sra. Jacinta não apareceu. Era uma mulher muito prudente.

— Em suma, você nunca a viu dentro da casa.

— Como se fosse preciso vê-la! — exclamou o negro. — Agora nem me dou mais ao trabalho de preparar-lhe a sopa fria, pergunte para a Rosa, e olhe que o patrão me mandou deixar comida para ela, como sempre. Mas agora ela não está aí, eu sei, assim como sei que antes morou mais de três meses nesta casa.

Sweitzer repetia:

— Mas você nunca a encontrou dentro da...

E o outro, com insistência:

— Como se precisasse encontrá-la! E o cheiro? Olhe, sr. Sweitzer, não quero ofendê-lo, mas a sra. Jacinta não tem esse cheiro desagradável dos brancos. O dela é diferente. Um cheiro fresco, de samambaias, de lugares sombreados, onde há um pouco de água estagnada, talvez, mas não totalmente. Sim, é isso; na abóbada, quando vamos ao Cemitério dos Dissidentes, há o mesmo cheiro. O cheiro da água que começa a se espessar nas floreiras.

Sweitzer foi se deitar. "Não jantei esta noite", pensou, enquanto enfiava a cabeça em seu pijama de flanela. Aconchegou-se na cama, procurou com os pés a bolsa de água quente, fechou os olhos, tirou uma das mãos, apagou o abajur. Mas a claridade do quarto não se dissipava. Deixara o lustre do teto aceso, um lustre de bronze com três braços pontiagudos de cujos extremos saíam pequenas chamas de gás e que, posteriormente, haviam sido adaptados para bocais elétricos. Levantou-se. Ao passar junto do armário viu-se refletido no espelho, com a papada trêmula e mais baixo que de costume, pois estava descalço. Rejeitou essa imagem pouco sedutora de si mesmo, apagou a luz, procurou a cama às cegas. Depois, acariciando os ombros por cima do pijama, tentou dormir.

BIOY CASARES, ADOLFO

Adolfo Bioy Casares [1914-99], escritor argentino, nascido em Buenos Aires. Autor de *A invenção de Morel* (1940), *Plan de evasión* (1945), *La trama celeste* (1948), *O sonho dos heróis* (1954), *Historia prodigiosa* (1956), *Guirnalda con amores* (1959), *El lado de la sombra* (1962), entre outros.

A lula opta por sua tinta
El lado de la sombra, 1962

Aconteceu mais coisa nesta cidade nos últimos dias do que em toda a sua história. Para avaliar a propriedade de minha palavra, lembrem que estou falando de uma das velhas cidades da província, uma cidade com uma vida repleta de fatos notáveis: sua fundação, em pleno século XIX; um pouco depois o cólera — um surto que felizmente não se agravou — e o risco de ataques indígenas, embora isso nunca se concretizasse, mantiveram as pessoas em alerta ao longo de um lustro em que comarcas limítrofes conheceram a atribulação pelo índio. Deixando para trás a época heroica, passarei por cima de tantas outras visitas de governadores, deputados, candidatos de toda espécie, além de atores e de um ou dois gigantes do esporte. Para morder o próprio rabo, concluirei esta breve lista com a festa do centenário da fundação, genuíno torneio de oratória e homenagens.

Como vou comunicar um fato importante, apresento ao leitor minhas credenciais. De espírito amplo e ideias avançadas, devoro todos os livros que apanho na livraria de meu amigo, o galego Villarroel, do dr. Jung a Hugo, Walter Scott e Goldoni, sem esquecer o último volumezinho de *Escenas matritenses*. Minha meta é a cultura, mas estou chegando aos "malditos trinta anos" e realmente temo que me reste por aprender mais do que sei. Em suma, procuro seguir o movimento e inculcar as luzes entre os vizinhos, todos eles boas pessoas, pratinha lavrada, decerto muito apegados à sesta que hereditariamente acalentam desde os tempos medievais e o obscurantismo. Sou docente — professor do primário — e jornalista. Exerço a cátedra da pena em modestos órgãos locais, ora factótum de *El Mirasol* (título mal escolhido, que provoca troças e atrai uma enormidade de correspondência equivocada, pois nos tomam por tribuna cerealista), ora do *Nueva Patria*.

O tema desta crônica tem uma particularidade que não quero omitir: o fato não ocorreu em minha cidade, apenas: ocorreu na quadra onde passei toda a minha vida, onde fica minha casa, minha escolinha — segundo lar — e o bar de um hotel defronte da estação, no qual fomos, noite após noite, a altas horas, o núcleo inquieto da juventude do lugar. O epicentro do fenômeno, o foco, se preferirem, foi o armazém de d. Juan Camargo, cujos fundos limitam, pelo lado leste, com o hotel, e pelo norte com o pátio de casa. Algumas circunstâncias, que nem todos relacionariam, anunciaram-no: refiro-me ao pedido de livros e à retirada do aspersor de irrigação.

Las Margaritas, o *petit-hôtel* particular de d. Juan, verdadeiro *chalet* com um jardim florido na rua, ocupa a metade da frente e apenas parte do fundo do terreno do armazém, onde se amontoam incontáveis materiais, como relíquias de navios no fundo do mar. Quanto ao aspersor, sempre girou no mencionado jardim, a ponto de configurar-se como uma das tradições mais antigas e uma das mais interessantes peculiaridades de nossa cidade.

Num domingo, no começo do mês, o aspersor sumiu misteriosamente. Como no final de semana ele ainda não havia reaparecido, o jardim perdeu cor e brilho. Enquanto muitos olharam sem ver, houve um que foi tomado pela curiosidade desde o primeiro instante. Este contaminou os outros, e de noite, no bar defronte à estação, a rapaziada fervia de perguntas e comentários. Dessa forma, ao calor de uma comichão ingênua, natural, destampamos algo que tinha pouco de natural e tivemos uma surpresa.

Sabemos muito bem que d. Juan não era homem de cortar a água do jardim, por descuido, num verão seco. Não à toa nós o considerávamos o baluarte da cidade. A estampa retrata fielmente o caráter de nosso cinquentão: estatura elevada, porte corpulento, cabelos brancos penteados em dóceis metades, simétricas aos arcos paralelos do bigode e, mais para baixo, aos volteios da corrente do relógio. Outros detalhes revelam o cavalheiro afeito à moda antiga: *breeches*, polainas de couro, botina. Em sua vida, regida pela moderação e pela ordem, ninguém, que eu me lembre, computou uma fraqueza, fosse uma bebedeira, uma rameira ou um tropeço político. Num passado que de bom grado esqueceríamos — quem de nós, em matéria de infâmia, não deu as suas saidinhas? —, d. Juan se manteve limpo. Não à toa, teve sua autoridade reconhecida pelos próprios interventores da Cooperativa, et cetera, gente muito pouco respeitável, vagabundos consumados. Não à toa, em anos ingratos aquele bigodão foi o leme que norteou as boas famílias da cidade.

É forçoso reconhecer que esse notável varão milita por ideias de velho cunho e que nossas fileiras, naturalmente idealistas, até agora não produziram próceres de têmpera comparável. Num país novo, as ideias novas carecem de tradição. E, como se sabe, sem tradição não há estabilidade.

Nossa hierarquia *ad usum* não põe ninguém acima dessa figura, salvo d. Remedios, mãe e conselheira, a única, de tão avultado filho. Não só porque *manu militari* resolve todo conflito que lhe submetem ou não, nós a chamamos de Remédio Heroico. Apesar do tom de galhofa, o apelido é carinhoso.

E para completar o quadro dos que moram no *chalet*, pois agora só falta um apêndice inquestionavelmente menor, há o afilhado, d. Tadeíto, aluno do turno da noite de minha escola. Como d. Remedios e d. Juan quase nunca toleram estranhos em casa, nem na qualidade de colaboradores nem na de convidados, o rapaz leva na testa os títulos de peão e balconista do armazém, e de criadinho de Las Margaritas. Acrescentem ao já dito que o pobre-diabo assiste regularmente a minhas aulas e entenderão por que respondo com rispidez a todos que, por escárnio e pura maldade, impingem-lhe com sarcasmo um apelido. Que olimpicamente o tenham dispensado do serviço militar não me interessa, porque a inveja não é um de meus pecados.

No domingo em questão, a uma hora que não registrei, entre as duas e as quatro da tarde, bateram à minha porta, com o fim deliberado, a julgar pelos golpes, de derrubá-la. Cambaleando, levantei-me e murmurei: "Não pode ser outro", proferi palavras que não ficam bem na boca de um professor, e como se esta não fosse época de visitas desagradáveis, abri-a, certo de encontrar d. Tadeíto. E tinha razão. Lá estava o aluno, sorrindo, com a face tão magrela que nem mesmo servia de anteparo contra o sol, batendo em cheio nos meus olhos. Pelo que entendi, solicitava, à queima-roupa e com aquela voz que de repente se espanta, textos do primeiro, do segundo e do terceiro ano. Irritado, inquiri:

— Poderia me dizer para quê?

— O padrinho está pedindo — respondeu.

Entreguei os livros no ato e esqueci o episódio como se fosse parte de um sonho.

Horas depois, quando me dirigia à estação e prolongava o caminho dando uma volta para matar o tempo, percebi em Las Margaritas a falta do aspersor. Comentei isso na plataforma, enquanto esperávamos o expresso de Plaza das 19h30, que chegou às 20h54, e comentei isso de noite, no bar. Não me referi ao pedido de textos, muito menos liguei um fato ao outro, porque o primeiro, como disse, eu mal registrei na memória.

Imaginei que depois de um dia tão agitado retomaríamos o passo habitual. Na segunda, à hora da sesta, pensei, alvoroçadamente: "Agora vai", mas a franja do poncho ainda fazia cócegas no nariz quando a balbúrdia começou. Murmurando: "E hoje, o que deu nele? Se eu o pego aos pontapés na porta, vai verter lágrimas de sangue", calcei as alpargatas e fui até o saguão.

— Agora virou hábito interromper seu professor? — alfinetei, ao receber de volta a pilha de livros.

A surpresa me confundiu inteiramente, porque sua única resposta foi:

— O padrinho está pedindo os do terceiro, do quarto e do quinto anos.

Consegui articular:

— Para quê?

— O padrinho está pedindo — explicou d. Tadeíto.

Entreguei os livros e voltei para a cama, tentando dormir. Admito que dormi, mas fiz isso, peço que acreditem, no ar.

Depois, a caminho da estação, percebi que o aspersor ainda não estava no lugar e que um tom amarelado se espalhava pelo jardim. Conjecturei, logicamente, despropósitos, e em plena plataforma, enquanto o físico se exibia diante de frívolas bandadas de senhoritas, a mente ainda trabalhava na interpretação do mistério.

Olhando a lua, enorme lá no céu, um de nós, creio que Di Pinto, sempre entregue à quimera romântica de permanecer um homem do campo (francamente, diante dos amigos de toda a vida!), comentou:

— A lua anuncia seca. Não vamos atribuir, então, a uma previsão de chuva a retirada do artefato. D. Juan deve ter um motivo!

Badaracco, moço esperto, mas com mácula, porque em outra época, além do salário do banco, recebia um tanto por delação, perguntou-me:

— Por que você não dá um arrocho no retardadinho a esse respeito?

— Em quem? — interroguei por decoro.

— Em seu aluno — respondeu.

Aprovei a proposta e a apliquei nessa mesma noite, depois da aula. Primeiro tentei enrolar d. Tadeíto com a obviedade de que a chuva fortalece o vegetal, para depois ir fundo no assunto. O diálogo foi o seguinte:

— O aspersor está estragado?

— Não.

— Não o vi mais no jardim.

— Como poderia vê-lo?

— Como assim, como poderia vê-lo?

— Porque está regando o depósito.

Esclareço que entre nós chamamos de depósito o último canto do armazém, onde d. Juan amontoa os materiais que vendem pouco, como, por exemplo, estapafúrdias estufas e estátuas, monólitos e cabrestantes.

Urgido pelo desejo de notificar os rapazes da novidade sobre o aspersor, já despachava meu aluno sem interrogá-lo sobre o outro ponto. Lembrar isso e gritar foram uma coisa só. Do saguão, d. Tadeíto me olhou com olhos de ovelha.

— O que d. Juan está fazendo com os textos? — gritei.

— Ah... — gritou ele de volta —, ele os deposita no depósito.

Corri para o hotel, atordoado. Com minhas informações, como eu havia previsto, a perplexidade tomou conta da juventude. Todos demos alguma opinião, pois silenciar naquele momento era uma vergonha, e por sorte ninguém deu ouvidos a ninguém. Ou talvez dessem ouvidos ao patrão, o enorme d. Pomponio do ventre hidrópico, que nós do grupo, engatinhando, distinguimos das colunas, das mesas e da louça, porque a soberba do intelecto nos ofusca. A voz de bronze de d. Pomponio, apagada por rios de gim, chamou à ordem. Sete rostos olharam para cima e catorze olhos ficaram atentos a um único rosto vermelho e brilhante, que se partia na boca, para inquirir:

— Por que não vão até lá em comitiva e pedem explicações ao próprio d. Juan?

102

O sarcasmo inflamou um deles, de sobrenome Aldini, que estuda por correspondência e usa gravata branca. Arqueando as sobrancelhas, disse:

— Por que não manda seu aluno espionar as conversas entre d. Remedios e d. Juan? Depois você desce vara em cima dele.

— Que vara?

— Sua autoridade de professor metido a sabichão — esclareceu com ódio.

— D. Tadeíto tem memória? — perguntou Badaracco.

— Tem — afirmei. — O que entra naquela cachola por um momento fica fotografado.

— D. Juan — continuou Aldini — pede conselho a d. Remedios para tudo.

— Diante de uma testemunha como o afilhado — declarou Di Pinto —, conversarão com total liberdade.

— Se existe algum mistério, ele virá à tona — vaticinou Toledo.

Chazarreta, que trabalha na feira como ajudante, grunhiu:

— Se não existir mistério, o que é que existe?

Como o diálogo estava perdendo o rumo, Badaracco, famoso pela equanimidade, conteve os polemistas.

— Rapazes — repreendeu-os —, não estão em idade de desperdiçar energia.

Para ter a última palavra, Toledo repetiu:

— Se existe algum mistério, ele virá à tona.

E veio à tona, mas não sem que antes dias inteiros passassem.

Na outra sesta, quando estava caindo no sono, ressoaram, como não?, as batidas. A julgar pelas palpitações, ressoaram ao mesmo tempo na porta e em meu coração. D. Tadeíto trazia os livros da véspera e pedia os do primeiro, segundo e terceiro anos do ciclo secundário. Uma vez que o texto mais avançado está fora de minha alçada, foi preciso ir até a livraria do Villarroel, e com vivas batidas na porta acordar o galego para depois acalmá-lo com a explicação de que d. Juan estava pedindo os tais livros. Como era de recear, o galego perguntou:

— Mas que bicho mordeu esse sujeito? Nessa droga de vida ele só comprou um livro, e agora isso, depois de velho? É bem capaz que aquele pernóstico esteja pedindo emprestado.

— Não entorne o caldo, galego — argumentei, dando-lhe umas palmadinhas. — Com esse amargor todo você mais parece um *criollo*.[*]

Falei dos pedidos prévios de textos do primário e mantive a mais estrita reserva quanto ao aspersor, de cujo desaparecimento, segundo ele mesmo me deu a entender, estava perfeitamente ciente. Com os livrecos debaixo do braço, acrescentei:

— De noite vamos nos reunir no bar do hotel para debater sobre tudo isso. Se quiser contribuir com seu grão de areia, encontre-nos lá.

No trajeto de ida e volta, não vimos vivalma, salvo o cão malhado do açougueiro, que devia estar novamente empanturrado, porque, em sã consciência, nem o mais humilde irracional se expõe ao sol abrasador das duas da tarde.

Doutrinei o discípulo para que me reportasse *verbatim* as conversas entre d. Juan e d. Remedios. Não à toa afirmam que no pecado está o castigo. Nessa mesma noite passei por uma tortura que, em minha gula de curioso, eu não havia previsto: escutar aqueles colóquios pontualmente comunicados, intermináveis e dos mais insossos. De quando em quando, vinha-me à ponta da língua alguma ironia cruel sobre o fato de não me importar com as opiniões de d. Remedios sobre o último carregamento de sabão amarelo e a flanelinha para o reumatismo de d. Juan; mas me contive, pois como deixar a critério do rapaz a avaliação do que era ou não importante?

No dia seguinte, evidentemente, ele interrompeu minha sesta com os livros a serem devolvidos para Villarroel. Aí surgiu a primeira novidade: d. Juan, disse d. Tadeíto, não queria mais textos; queria jornais velhos, que ele deveria procurar por atacado na mercearia, no açougue e na padaria. Em seu devido

---

[*] Descendente de pais europeus nascido na América Hispânica. (N. T.)

tempo fiquei sabendo que os jornais, como antes os livros, iam parar no armazém.

Depois houve um período em que nada aconteceu. A alma não tem jeito: senti falta das mesmas batidas que antes me tiravam da sesta. Queria que acontecesse alguma coisa, boa ou ruim. Habituado à vida intensa, já não me resignava à pachorra. Finalmente, certa noite o aluno, depois de um minucioso inventário dos efeitos do sal e de outras matérias nutritivas no organismo de d. Remedios, sem a menor alteração de tom que preparasse uma mudança de assunto, pronunciou:

— O padrinho disse para a d. Remedios que eles têm uma visita morando no depósito que quase sucumbiu dias atrás, porque parecia uma espécie de gangorra de parquinho aquele que nem abrira os livros e que ele não perdeu a calma embora o estado dela fosse de dar dó e lhe recordasse um bagre agonizando fora do lago. Disse que pensou em trazer um balde cheio de água, porque intuiu que pedia água e ele não ia ficar de braços cruzados e deixar morrer um semelhante. Não obteve resultado apreciável e preferiu trazer um bebedouro a tocar na visita. Encheu o bebedouro com muitos baldes de água e não obteve resultado apreciável. De repente se lembrou do aspersor e como o médico de cabeceira que testa, às cegas, remédios para salvar um moribundo, foi correndo buscar o aspersor e o conectou. O resultado foi apreciável a olhos vistos, porque o moribundo reviveu como se lhe fizesse muito bem respirar o ar molhado. O padrinho disse que perdeu um tempo com sua visita, porque perguntou como pôde se precisava de alguma coisa, e que a visita era francamente esperta, e depois de uns quinze minutinhos já bicava aqui e ali alguma palavra em espanhol e lhe pedia rudimentos para se instruir. O padrinho disse que mandou o afilhado pedir os textos do primeiro grau para o professor. Como a visita era francamente esperta, aprendeu tudo em dois dias, e em um dia tudo o que ele quis do segundo grau. Depois, disse o padrinho, começou a ler os jornais para inteirar-se de como andava o mundo.

Arrisquei a pergunta:

— A conversa foi hoje?

— Ah, claro — respondeu —, enquanto tomavam café.

— Seu padrinho disse mais alguma coisa?

— Ah, claro, mas não me lembro.

— Como assim, não me lembro? — protestei, irritado.

— Ah, o senhor me interrompeu — explicou o aluno.

— Eu lhe dou razão. Mas você não vai me deixar assim — argumentei —, morto de curiosidade. Vamos lá, faça um esforço.

— Ah, o senhor me interrompeu.

— Sei disso. Eu o interrompi. A culpa é toda minha.

— A culpa toda — repetiu.

— D. Tadeíto é bom. Não vai deixar seu professor assim, na metade da conversa, para continuar amanhã ou nunca.

Com profundo pesar, ele repetiu:

— Ou nunca.

Eu estava contrariado, como se me tivessem tirado um bem muito valioso. Não sei por que pensei que nosso diálogo era feito de repetições e de repente entrevi nisso uma esperança. Repeti a última frase do relato de d. Tadeíto:

— Leu os jornais para se inteirar de como andava o mundo.

Meu aluno continuou, com indiferença:

— O padrinho disse que a visita ficou pasma ao saber que o governo deste mundo não estava nas mãos de gente melhorzinha, e sim de gente de meia-tigela, quando não de pés-rapados. Que tal ralé tivesse sob seu controle a bomba atômica, disse a visita, era algo para se ver de camarote. Que se a gente melhorzinha a tivesse sob seu controle, ia acabar por jogá-la, porque já se sabe que, se alguém a tem, a joga; mas como estava nas mãos dessa ralé não podia ser sério. Disse que em outros mundos antes de agora descobriram a bomba e que esses mundos fatalmente explodiram. Que eles não se preocuparam com isso, porque estavam longe, mas que nosso mundo está próximo e que eles temem que uma explosão em cadeia os envolva.

A incrível suspeita de que d. Tadeíto estivesse caçoando de mim levou-me a interrogá-lo com severidade:

106

— Você andou lendo *Sobre coisas vistas no céu*, do dr. Jung?

Por sorte ele não ouviu a interrupção e prosseguiu:

— O padrinho disse que a visita disse que veio de seu planeta num veículo especialmente fabricado no peito e na raça, porque lá falta material adequado e que ele é resultado de anos de pesquisa e de trabalho. Que veio como amigo e libertador e pedia o pleno apoio do padrinho para levar adiante um plano para salvar o mundo. O padrinho disse que a conversa com a visita foi hoje à tarde e que ele, diante de sua gravidade, não hesitou em incomodar d. Remedios para saber a opinião dela, que desde já, decerto, era a sua.

Como a pausa imediata não acabava, perguntei qual fora a resposta da senhora.

— Ah, não sei — respondeu.

— Como assim, ah, não sei? — repeti, novamente irritado.

— Deixei os dois conversando e vim para cá, porque estava na hora da aula. Pensei: quando eu não me atraso o professor fica contente.

Envaidecida, a cara de ovelha esperava parabéns. Com admirável presença de espírito, pensei que os rapazes não iriam acreditar em meu relato se eu não levasse d. Tadeíto como testemunha. Segurei-o violentamente pelo braço e levei-o aos trancos até o bar. Lá estavam os amigos e com eles o galego Villarroel.

Enquanto eu tiver memória, não me esquecerei daquela noite.

— Senhores — gritei, enquanto empurrava d. Tadeíto contra nossa mesa. — Estou trazendo a explicação para tudo isso, uma novidade de monta e uma testemunha que não me deixará mentir. Com luxo de detalhes, d. Juan comunicou o fato à senhora sua mãe e meu fiel aluno não perdeu uma só palavra. No depósito do armazém, logo aqui, parede com parede, está hospedado — adivinhem quem? — um habitante de outro mundo. Não se alarmem, senhores: aparentemente o viajante não tem uma constituição robusta, já que tem dificuldade em suportar o ar seco de nossa cidade — ainda seremos adversários de Córdoba —, e para que não morra como um peixe fora d'água

d. Juan ligou-lhe o aspersor, que umedece continuamente o ambiente do depósito. E não é só: aparentemente o motivo da vinda do monstro não deve causar inquietação. Chegou para nos salvar, convencido de que o mundo está prestes a ir pelos ares pela bomba atômica, e, sem papas na língua, informou a d. Juan seu ponto de vista. Naturalmente, d. Juan, enquanto saboreava seu café, consultou d. Remedios. É lamentável que este moço aqui presente — sacudi d. Tadeíto, como se ele fosse um fantoche — tenha saído justamente a tempo de não ouvir a opinião de d. Remedios, de modo que não sabemos o que resolveram.

— Sabemos — disse o livreiro, movendo como uma tromba os lábios molhados e gordos.

Incomodou-me que botassem reparo numa novidade da qual eu pensava ser o único depositário. Inquiri:

— Sabemos o quê?

— Não se apoquente — pediu Villarroel, que enxergava longe. — Se é assim como você diz, que o viajante morre se tirarem o aspersor, d. Juan o condenou à morte. Quando estava vindo de casa para cá passei diante de Las Margaritas e à luz da lua vi perfeitamente o aspersor regando o jardim, como antes.

— Eu também vi — confirmou Chazarreta.

— Com a mão no coração — murmurou Aldini —, eu lhes digo que o viajante não mentiu. Mais cedo ou mais tarde vamos explodir com a bomba atômica. Não vejo saída.

Como se falasse sozinho, Badaracco perguntou:

— Não me digam que esses velhos, lá entre eles, liquidaram nossa última esperança.

— D. Juan não quer que o tirem de seu lugar — opinou o galego. — Prefere que este mundo vá pelos ares a que a salvação venha de outros. Veja você, é uma forma de amar a humanidade.

— Medo do desconhecido — comentei. — Obscurantismo.

Afirmam que o medo aviva a mente. A verdade é que alguma coisa estranha flutuava no bar naquela noite, e que todos nós estávamos cheios de ideias.

— Coragem, rapazes, vamos fazer alguma coisa — exortou Badaracco. — Por amor à humanidade.

— Por que, sr. Badaracco, tem tanto amor pela humanidade? — perguntou o galego.

Ruborizado, Badaracco respondeu:

— Não sei. Todos nós sabemos.

— Sabemos o quê, sr. Badaracco? Se pensa nos homens, acha-os admiráveis? Eu penso exatamente o contrário: são estúpidos, cruéis, mesquinhos, invejosos — declarou Villarroel.

— Quando há eleições — reconheceu Chazarreta —, sua bela humanidade se desnuda rapidamente e se mostra exatamente como é. O pior sempre ganha.

— O amor pela humanidade é uma frase vazia?

— Não, senhor professor — respondeu Villarroel. — Chamamos de amor à humanidade a compaixão pela dor alheia e a veneração pelas obras de nossos grandes gênios, pelo *Quixote* do Manco Imortal, pelos quadros de Velázquez e Murillo. Em nenhuma dessas formas esse amor é válido como argumento para retardar o fim do mundo. As obras só existem para os homens e depois do fim do mundo — o dia chegará, pela bomba ou por morte natural — não terão nem justificativa nem motivo, acredite. Quanto à compaixão, sai ganhando, com um fim próximo... Como ninguém escapa da morte mesmo, que ela venha logo, para todos, pois assim a totalidade de dor será mínima!

— Perdemos tempo com o preciosismo de uma palestra acadêmica quando aqui mesmo, do outro lado da parede, está morrendo nossa última esperança — disse eu, com uma eloquência que fui o primeiro a admirar.

— Precisamos agir agora — observou Badaracco. — Depois será tarde.

— Se invadirmos o armazém, talvez d. Juan fique bravo — assinalou Di Pinto.

D. Pomponio, que se aproximou sem que ouvíssemos e quase nos derrubou com o susto, propôs:

— Por que não destacam esse moço, d. Tadeíto, como piquete de guarda avançada? Seria o mais prudente.

— Certo — aprovou Toledo. — Que d. Tadeíto ligue o aspersor no depósito e que dê uma espiada, para depois nos contar como é o viajante de outro planeta.

Em tropel, saímos para a noite, iluminada pela lua impassível. Quase chorando, Badaracco pedia:

— Generosidade, rapazes. Não importa que ponhamos em risco a própria pele. Todas as mães e todas as crianças do mundo dependem de nós.

Reunimo-nos diante do armazém, houve marchas e contramarchas, conluios e corridas. Por fim, Badaracco tomou coragem e empurrou d. Tadeíto para dentro. Meu aluno voltou depois de um momento interminável, para comunicar:

— O bagre morreu.

Debandamos tristemente. O livreiro voltou comigo. Por algum motivo que não entendo direito, sua companhia me confortava.

Diante de Las Margaritas, enquanto o aspersor monótono regava o jardim, exclamei:

— Jogo na cara dele a falta de curiosidade — para acrescentar com o olhar absorto nas constelações. — Quantas Américas e Terranovas infinitas não perdemos esta noite...

— D. Juan — disse Villarroel — preferiu viver em sua lei de homem limitado. Admiro essa coragem. Nós dois não nos atrevemos nem mesmo a entrar lá.

Eu disse:

— É tarde.

— É tarde — repetiu.

BLOY, LÉON

Léon Bloy, literato francês, nascido em Périgueux em 1846, falecido em Bourg-la-Reine em 1917. Autor de: *Le Désespéré* (1887); *Christophe Colomb devant les Taureaux* (1890); *Le Salut par les Juifs* (1892); *Sueur de Sang* (1894); *La Femme pauvre* (1897); *Léon Bloy devant les Cochons* (1898); *Celle qui pleure* (1906); *L'Âme de Napoléon* (1912).

Quem é o rei?
Le Mendiant ingrat, 1898

Lembro-me de uma de minhas ideias mais antigas. O tsar é o chefe e o pai espiritual de cento e cinquenta milhões de homens. Uma responsabilidade atroz, que é apenas aparente. Talvez não seja responsável, perante Deus, senão por uns poucos seres humanos. Se os pobres de seu império são oprimidos durante seu reinado, se desse reinado surgem catástrofes imensas, quem sabe se o criado encarregado de lustrar suas botas não é o verdadeiro e único culpado? Nas disposições misteriosas da Profundidade, quem é realmente o tsar, quem é rei, quem pode se gabar de ser um mero criado?

Os prazeres deste mundo
Le Vieux de la montagne, 1909

Assustadora ideia de Joana sobre o texto *per speculum in aenigmate*: os prazeres deste mundo seriam os tormentos do inferno, vistos *pelo avesso*, num espelho.

Os cativos de Longjumeau

El Postillon de Longjumeau anunciava ontem o lamentável fim dos Fourmi. Essa gazeta, tão recomendável pela abundância e qualidade de sua informação, perdia-se em conjecturas sobre as misteriosas causas do desespero que precipitara o suicídio deste casal, considerado tão feliz.

Casados muito jovens, e acordando a cada dia para uma nova lua de mel, não haviam saído da cidade nem por um *único* dia.

Aliviados por previsão paterna das inquietações pecuniárias que costumam envenenar a vida conjugal, amplamente providos, ao contrário, do requerido para adoçar um gênero de união legítima, sem dúvida, mas pouco afim a esse anseio de vicissitudes amorosas que impulsiona o versátil ser humano, realizavam, aos olhos do mundo, o milagre da ternura perpetuada.

Numa bela tarde de maio, no dia seguinte à queda do sr. Thiers, apareceram na estação de trem com seus pais, vindos para instalá-los na propriedade deliciosa que abrigaria sua felicidade.

Os longjumelianos de coração puro contemplaram, enternecidos, o lindo casal, que o veterinário comparou, sem titubear, a Paulo e Virgínia.

De fato, nesse dia estavam muito bem e pareciam crianças pálidas de boa cepa.

Maître Piécu, o notário mais importante da região, adquirira para eles, às portas da cidade, um ninho de verdor que daria inveja aos mortos. Pois é preciso convir que o jardim lembrava um cemitério abandonado. Esse aspecto não deve tê-los desagradado, pois não fizeram, nos dias que se sucederam, nenhuma mudança, e deixaram que as plantas crescessem à vontade.

Para me valer de uma expressão profundamente original de Maître Piécu, viveram *nas nuvens*, sem ver quase ninguém, não por maldade ou desprezo, mas simplesmente porque nem pensavam nisso.

Além do mais, seria preciso que se deixassem por algumas horas ou alguns minutos, que interrompessem os êxtases, e a meu ver, dada a brevidade da vida, faltava-lhes coragem para isso.

Um dos maiores homens da Idade Média, o mestre Johann Tauler, conta a história de um ermitão a quem um visitante inoportuno pediu um objeto que estava em sua cela. O ermitão teve de entrar para buscar o objeto. Mas ao entrar esqueceu qual era, pois a imagem das coisas exteriores não conseguia gravar-se em sua mente. Então ele saiu e pediu ao visitante que lhe repetisse o que queria. Este renovou o pedido. O solitário entrou novamente, mas antes de pegar o objeto já esquecera qual era. Depois de muitas tentativas, viu-se obrigado a dizer ao importuno:

— Entre e procure você mesmo o que deseja, pois eu *não consigo conservar vossa imagem* o suficiente para fazer o que me pede.

Com frequência, o sr. e a sra. Fourmi me fizeram pensar no ermitão. Teriam dado com prazer tudo que lhes fosse pedido se pudessem lembrar-se disso por um instante.

Suas distrações eram célebres e comentadas até em Corbeil. No entanto, isso não parecia afetá-los, e a *funesta* resolução que acabou com suas vidas, em geral tão invejadas, só pode parecer inexplicável.

Uma carta já antiga desse infeliz Fourmi, que conheci solteiro, permitiu-me reconstruir, por indução, toda a sua lamentável história.

Eis a carta. Nela se verá, talvez, que meu amigo não era um louco, nem um imbecil.

... Pela décima ou vigésima vez, caro amigo, faltamos com nossa palavra de um modo infame. Por mais paciente que você seja, suponho que já deve estar cansado de nos convidar. A verdade é que dessa última vez, como das anteriores, não temos desculpa, minha mulher e eu. Tínhamos lhe escrito dizendo que contasse conosco e que não tínhamos absolutamente nada para fazer. No entanto, perdemos o trem, como sempre.

Faz *quinze anos* que perdemos todos os trens e veículos públicos, *façamos o que façamos*. É horrivelmente estúpido, é de um ridículo atroz, mas começo a acreditar que o mal não tem remédio. Somos vítimas de uma grotesca fatalidade. Não há nada a fazer. Para pegar o trem das oito, por exemplo, planejamos nos levantar às três da manhã, e até passar a noite em claro. Ora, meu amigo, pois no último momento a lareira se incendiava, no meio do caminho eu torcia um pé, o vestido de Julieta enganchava em algum espinheiro, acabávamos dormindo na sala de espera, sem que nem a chegada do trem nem os gritos do funcionário nos acordassem a tempo et cetera et cetera... Da última vez esqueci meu porta-moedas. Enfim, repito, há quinze anos que isso ocorre e sinto que aí está nosso princípio de morte. Por esse motivo, você sabe, fiz tudo errado, indispus-me com todo mundo, sou visto como um monstro de egoísmo, e minha pobre Julieta se vê atingida, é claro, pelo mesmo reproche. Desde nossa chegada a este lugar maldito, faltamos a setenta e quatro enterros, a doze casamentos, a trinta batismos, a umas mil visitas ou diligências indispensáveis. Deixei que minha sogra morresse sem voltar a vê-la uma única vez, embora ela tenha estado doente por mais ou menos um ano, e tal ausência nos privou de três quartos de sua herança, que ela nos surrupiou, furiosa, num codicilo, na véspera de sua morte.

Não teria fim minha enumeração das torpezas e dos fracassos causados pela circunstância incrível de que jamais conseguimos nos afastar de Longjumeau. Para dizer tudo em uma palavra, *somos cativos*, já sem esperança, e vemos aproximar-se o momento em que esta condição de galeotes se tornará insuportável para nós...

Suprimo o restante, em que meu pobre amigo me confiava coisas íntimas demais. Mas dou minha palavra de honra de que não era um homem vulgar, de que foi digno da adoração de sua mulher e de que esses dois seres mereciam algo melhor do que acabar estúpida e indecentemente como acabaram.

Certas particularidades que me permito reservar sugerem-me a ideia de que o desafortunado casal era realmente vítima de uma maquinação tenebrosa do Inimigo do homem, que os levou, por meio de um notário evidentemente infernal, a esse rincão maléfico de Longjumeau de onde não havia poder humano que pudesse arrancá-los. No fundo, creio que não *podiam* fugir, que havia ao redor de sua casa um cordão de *tropas* invisíveis, cuidadosamente escolhidas para sitiá-los, contra as quais toda energia era inútil.

Para mim, o sinal de uma influência diabólica é que os Fourmi viviam devorados pela paixão das viagens. Esses cativos eram, por natureza, essencialmente migratórios.

Antes de se unirem, haviam experimentado a sede de rodar por diversas terras. Quando ainda eram noivos, foram vistos em Enghien, em Choisy-le-Roy, em Meudon, em Clamart, em Montre-tout. Um dia chegaram até Saint-Germain.

Em Longjumeau, que lhes parecia uma ilha da Oceania, essa fúria de explorações audazes, de aventuras por mar e terra, chegara à exasperação.

Sua casa estava abarrotada de globos terrestres e planisférios, de atlas ingleses e atlas germânicos. Tinham até um mapa da Lua publicado pela Gotha sob a direção de um pedante chamado Justus Perthes.

Quando não se entregavam ao amor, liam juntos histórias de navegantes célebres, livros exclusivos dessa biblioteca; não havia diário de viagens, *Tour du Monde* ou boletim de sociedade geográfica do qual não fossem assinantes. Choviam na casa, sem intermitência, guias de trens e prospectos de agências marítimas.

Coisa incrível, suas malas estavam sempre prontas. Sempre estiveram prestes a partir, a fazer uma viagem interminável pelos países mais distantes, mais perigosos ou mais inexplorados.

Recebi uns quarenta telegramas anunciando-me sua partida iminente para Bornéu, Terra do Fogo, Nova Zelândia ou Groenlândia.

Muitas vezes, com efeito, estiveram a um instante da partida. Mas o fato é que não partiam, que jamais partiram porque não podiam ou não deviam partir. Os átomos e as moléculas se coligavam para prendê-los.

Mas um dia, deve fazer uns dez anos, pensaram ter escapado. Tinham conseguido, contra toda esperança, entrar num vagão da primeira classe que os levaria a Versalhes. Liberdade! Ali, sem dúvida, o círculo mágico se romperia.

O trem se pôs em marcha, mas eles não se moviam. Tinham se acomodado, naturalmente, num vagão destinado a permanecer na estação. Era preciso começar de novo. A única viagem que deviam completar era evidentemente a que acabavam de empreender, coitados!, e seu caráter, que conheço tão bem, leva-me a crer que, trêmulos, eles a prepararam.

BORGES, JORGE LUIS

Jorge Luis Borges [1899-1986], nascido em Buenos Aires. Autor de *Fervor de Buenos Aires* (1923), *El idioma de los argentinos* (1928), *Cuaderno San Martín* (1929), *Evaristo Carriego* (1930), *Discussão* (1932), *História universal da infâmia* (1935), *História da eternidade* (1936), *O jardim de veredas que se bifurcam* (1941), *Ficções* (1944), *O Aleph* (1949), *Outras inquisições* (1952), *O fazedor* (1960) e *Obra poética* (1964).

Tlön, Uqbar, Orbis Tertius
O jardim de veredas que se bifurcam, 1941

Devo à conjunção de um espelho e de uma enciclopédia a descoberta de Uqbar. O espelho inquietava o fundo de um corredor numa chácara da rua Gaona, em Ramos Mejía; a enciclopédia ardilosamente se chama *The Anglo-American Cyclopaedia* (Nova York, 1917), e é uma reimpressão literal, mas também tardia, da *Encyclopaedia Britannica* de 1902. O fato ocorreu há mais ou menos cinco anos. Bioy Casares jantara comigo naquela noite e nos estendemos numa vasta polêmica sobre a elaboração de um romance em primeira pessoa, cujo narrador omitisse ou desfigurasse os fatos e incorresse em diversas contradições, que permitissem a alguns poucos leitores — a muito poucos leitores — adivinhar uma realidade atroz ou banal. Do fundo remoto do corredor, o espelho nos espreitava. Descobrimos (tarde da noite essa descoberta é inevitável) que os espelhos têm algo de monstruoso. Então Bioy Casares lembrou que um dos heresiarcas de Uqbar declarara que os espelhos e a cópula são abomináveis, porque multiplicam o número de homens. Perguntei-lhe a origem dessa memorável sentença e ele respondeu que *The Anglo-American Cyclopaedia* a registrava, em seu artigo sobre Uqbar. A chácara (que tínhamos alugado mobiliada) possuía um exemplar dessa obra. Nas últimas páginas do volume XLVI encontramos um artigo sobre Upsala; nas primeiras do XLVII, um sobre *Ural-Altaic Languages*, mas nem uma palavra sobre Uqbar. Bioy, um pouco aturdido, consultou os tomos do índice. Esgotou em vão todos os verbetes imagináveis: Ukbar, Ucbar, Ooqbar, Ookbar, Oukbahr... Antes de ir embora, disse-me que era uma região do Iraque ou da Ásia Menor. Confesso que assenti com certo desconforto. Conjeturei que esse país indocumentado e esse heresiarca anônimo eram uma ficção improvisada pela modéstia de Bioy para justificar uma frase. O exame estéril de um dos atlas de Justus Perthes reforçou minha dúvida.

No dia seguinte, Bioy me ligou de Buenos Aires. Disse que tinha em mãos o artigo sobre Uqbar, no volume XLVI da enciclopédia. O nome do heresiarca não constava, mas, sim, a notícia de sua doutrina, formulada em palavras quase idênticas às repetidas por ele, embora — talvez — literariamente inferiores. Ele se lembrara: "*Copulation and mirrors are abominable*". O texto da enciclopédia dizia: "Para um desses gnósticos, o universo visível era uma ilusão ou (mais precisamente) um sofisma. Os espelhos e a paternidade são abomináveis (*mirrors and fatherhood are abominable*) porque o multiplicam e o divulgam". Disse-lhe, sem faltar à verdade, que gostaria de ver esse artigo. Poucos dias depois ele o trouxe. O que me surpreendeu, porque os minuciosos índices cartográficos da *Erdkunde* de Ritter ignoravam completamente o nome de Uqbar.

O volume que Bioy trouxe era efetivamente o XLVI da *Anglo--American Cyclopaedia*. Na falsa folha de rosto e na lombada, a indicação alfabética (Tor-Ups) era a mesma de nosso exemplar, mas em vez de 917 páginas continha 921. Essas quatro páginas adicionais compreendiam o artigo sobre Uqbar: não previsto (como o leitor já terá percebido) pela indicação alfabética. Depois comprovamos que não havia outra diferença entre os volumes. Os dois (conforme penso ter indicado) são reimpressões da décima *Encyclopaedia Britannica*. Bioy adquirira seu exemplar em um de muitos leilões.

Lemos o artigo com certo cuidado. A passagem lembrada por Bioy talvez fosse a única surpreendente. O resto parecia muito verossímil, muito ajustado ao tom geral da obra e (como é natural) um pouco maçante. Relendo-o, descobrimos sob sua escrita rigorosa uma vagueza fundamental. Dos catorze nomes que figuravam na parte geográfica, só reconhecemos três — Khorasan, Armenia, Erzerum —, interpolados no texto de maneira ambígua. Dos nomes históricos, somente um: o impostor Esmerdis, o mago, invocado mais como metáfora. A nota parecia definir as fronteiras de Uqbar, mas seus nebulosos pontos de referência eram rios e crateras e cadeias dessa mesma região. Lemos, *verbi gratia*, que as terras baixas de Tsai Jaldun e o delta do Axa definem a fronteira do sul e que nas ilhas desse delta os cavalos selvagens procriam. Isso no começo da página 918. Na seção histórica (página 920) soubemos que, em virtude das perseguições religiosas do século XIII, os ortodoxos buscaram refúgio nas ilhas, onde ainda perduram seus obeliscos e onde não é raro exumar seus espelhos de pedra. A seção "Idioma e literatura" era breve. Apenas um traço memorável: assinalava que a literatura de Uqbar era de caráter fantástico e que suas epopeias e lendas jamais se referiam à realidade, e sim às duas regiões imaginárias de Mlejnas e de Tlön... A bibliografia enumerava quatro volumes que ainda não encontramos, embora o terceiro — Silas Haslam: *History of the Land Called Uqbar*, 1874 — figure nos catálogos da livraria de Bernard Quaritch.* O primeiro, *Lesbare und lesenswerthe Bemerkungen über das Land Ukkbar in Klein-Asien*, data de 1641 e é obra de Johannes Valentinus Andreä. O fato é significativo; alguns anos depois, encontrei esse nome nas inesperadas páginas de De Quincey (*Writings*, décimo terceiro volume) e soube que era o de um teólogo alemão que, no início do século XVII, descreveu a comunidade imaginária da Rosa-Cruz — que outros depois fundaram, à semelhança do que ele prefigurou.

Nessa noite visitamos a Biblioteca Nacional. Em vão esgotamos atlas, catálogos, anuários de sociedades geográficas, memórias de viajantes e historiadores: ninguém jamais estivera em Uqbar. O índice geral da enciclopédia de Bioy tampouco registrava esse nome. No dia seguinte, Carlos Mastronardi (a quem eu mencionara o assunto) avistou numa livraria da Corrientes com a Talcahuano as lombadas negras e douradas da *Anglo--American Cyclopaedia*... Entrou e consultou o volume XLVI. Naturalmente, não encontrou o menor indício de Uqbar.

2.

Alguma lembrança limitada e minguante de Herbert Ashe, engenheiro das ferrovias do Sul, persiste no hotel Adrogué, entre as efusivas madressilvas e no fundo ilusório dos espelhos. Em vida sofreu de irrealidade, como tantos ingleses; morto, não é sequer o fantasma que já era então. Era alto e apático e sua cansada barba retangular já fora ruiva. Acho que era viúvo, sem filhos. De tempos em tempos ia para a Inglaterra: visitar (presumo, por umas fotografias que nos mostrou) um relógio de

---

* Haslam publicou também *A General History of Labyrinths*.

sol e uns carvalhos. Meu pai tinha estreitado com ele (o verbo é excessivo) uma dessas amizades inglesas que começam por excluir a confidência e que bem depressa omitem o diálogo. Costumavam fazer um intercâmbio de livros e revistas; costumavam bater-se no xadrez, taciturnamente... Lembro-o no corredor do hotel, com um livro de matemática na mão, olhando vez por outra as cores irrecuperáveis do céu. Uma tarde, conversamos sobre o sistema duodecimal de numeração (no qual doze se escreve dez). Ashe disse que estava justamente mudando não sei que tabelas duodecimais para sexagesimais (nas quais sessenta se escreve dez). Acrescentou que esse trabalho lhe fora encomendado por um norueguês: no Rio Grande do Sul. Há oito anos que o conhecíamos e ele nunca mencionara sua estada nessa região... Falamos de vida pastoril, de *capangas*, da etimologia brasileira da palavra *gaucho* (que alguns velhos uruguaios ainda pronunciam *gaúcho*) e nada mais se disse — Deus me perdoe — sobre funções duodecimais. Em setembro de 1937 (nós não estávamos no hotel) Herbert Ashe faleceu devido ao rompimento de um aneurisma. Dias antes, ele recebera do Brasil um pacote selado e registrado. Era um livro in-oitavo maior. Ashe deixou-o no bar, onde — meses depois — eu o encontrei. Comecei a folheá-lo e senti uma vertigem assombrada e ligeira que não vou descrever, porque esta não é a história de minhas emoções e sim a de Uqbar e Tlön e Orbis Tertius. Numa noite do islã chamada a Noite das Noites, abrem-se de par em par as secretas portas do céu e é mais doce a água nos cântaros; se essas portas se abrissem, não sentiria o que senti nessa tarde. O livro estava escrito em inglês e constava de 1001 páginas. Na lombada amarela li estas curiosas palavras que a falsa folha de rosto repetia: *A First Encyclopaedia of Tlön. v. XI. Hlaer to Jangr.* Não havia indicação de data nem de local. Na primeira página e numa folha de papel de seda que cobria uma das lâminas coloridas fora impresso um óvalo azul com esta inscrição: *Orbis Tertius*. Fazia dois anos que eu descobrira num volume de certa enciclopédia pirata uma sucinta descrição de um falso país; agora o acaso me deparava algo mais precioso e mais árduo.

Agora tinha em mãos um vasto fragmento metódico da história total de um planeta desconhecido, com suas arquiteturas e seus baralhos, com o pavor de suas mitologias e o rumor de suas línguas, com seus imperadores e seus mares, com seus minerais e seus pássaros e seus peixes, com sua álgebra e seu fogo, com sua controvérsia teológica e metafísica. Tudo isso articulado, coerente, sem propósito doutrinário visível ou tom paródico.

No décimo primeiro volume de que falo há alusões a volumes ulteriores e precedentes. Néstor Ibarra, num artigo já clássico da n. *R. F.*, negou a existência de tais volumes; Ezequiel Martínez Estrada e Drieu de La Rochelle refutaram, talvez vitoriosamente, essa dúvida. O fato é que até agora as pesquisas mais diligentes foram estéreis. Em vão vasculhamos as bibliotecas das duas Américas e da Europa. Alfonso Reyes, farto dessas fadigas subalternas de índole policial, propõe que todos juntos empreendamos a tarefa de reconstruir os muitos e maciços volumes que faltam: *ex ungue leonem*. Calcula, entre sério e divertido, que uma geração de tlönistas pode bastar. Esse arriscado cômputo nos leva de volta ao problema fundamental: quem são os inventores de Tlön? O plural é inevitável, porque a hipótese de um único inventor — de um infinito Leibniz agindo nas trevas e na modéstia — foi unanimemente descartada. Conjetura-se que este *brave new world* seja obra de uma sociedade secreta de astrônomos, de biólogos, de engenheiros, de metafísicos, de poetas, de químicos, de algebristas, de moralistas, de artistas, de geômetras... dirigidos por um obscuro homem de gênio. São muitos os indivíduos que dominam essas diversas disciplinas, mas não são muitos os capazes de invenção, menos ainda os capazes de subordinar a invenção a um rigoroso plano sistemático. Esse plano é tão vasto que a contribuição de cada escritor é infinitesimal. A princípio acreditou-se que Tlön fosse um mero caos, uma irresponsável licença da imaginação; agora se sabe que é um cosmo e as leis íntimas que o regem foram formuladas, ainda que em caráter provisório. Baste-me lembrar que as contradições aparentes do décimo primeiro volume são a pedra fundamental da prova de que existem os outros:

tão lúcida e tão justa é a ordem nele observada. As revistas populares divulgaram, com perdoável excesso, a zoologia e a topografia de Tlön; penso que seus tigres transparentes e suas torres de sangue talvez não mereçam a contínua atenção de *todos* os homens. Atrevo-me a pedir alguns minutos para seu conceito de universo.

Hume observou que, definitivamente, os argumentos de Berkeley não admitiam a menor réplica nem causavam a menor convicção. Esse parecer é totalmente verídico em sua aplicação à Terra; totalmente falso em Tlön. As nações desse planeta são — congenitamente — idealistas. Sua linguagem e as derivações de sua linguagem — a religião, as letras, a metafísica — pressupõem o idealismo. Para eles o mundo não é uma reunião de objetos no espaço; é uma série heterogênea de atos independentes. É sucessivo, temporal, não espacial. Não há substantivos na conjectural *Ursprache* de Tlön, da qual procedem os idiomas "atuais" e os dialetos: há verbos impessoais, qualificados por sufixos (ou prefixos) monossilábicos de valor adverbial. Por exemplo: não há palavra que corresponda à palavra "lua", mas há um verbo que em espanhol seria "*lunecer*" ou "*lunar*". "Surgiu a lua sobre o rio" se diz "*hlör u fang axaxaxas mlö*", ou seja, na ordem: "para cima (*upward*) atrás duradouro-fluir luneceu". (Xul Solar traduz concisamente: "*upa tras perfluye lunó*". "*Upward behind onstreaming it mooned.*")

O que foi dito anteriormente se refere aos idiomas do hemisfério austral. Nos do hemisfério boreal (de cuja *Ursprache* há bem poucos dados no décimo primeiro volume) a célula primordial não é o verbo, mas o adjetivo monossilábico. O substantivo se forma por acumulação de adjetivos. Não se diz "lua": diz-se "aéreo-claro sobre escuro-redondo" ou "alaranjado-tênue-do--céu" ou qualquer outra aglutinação. No caso escolhido a massa de adjetivos corresponde a um objeto real; o fato é meramente fortuito. Na literatura deste hemisfério (como no mundo subsistente de Meinong) são muitos os objetos ideais, convocados e dissolvidos num instante, conforme as necessidades poéticas.

Às vezes são determinados pela mera simultaneidade. Há objetos compostos de dois termos, um de caráter visual e outro auditivo: a cor do nascente e o remoto grito de um pássaro. Há alguns de múltiplos: o sol e a água contra o peito do nadador, o vago rosa trêmulo que se vê com os olhos fechados, a sensação de quem se deixa levar por um rio e também pelo sonho. Esses objetos de segundo grau podem se combinar com outros; o processo, mediante certas abreviaturas, é praticamente infinito. Há poemas famosos compostos de uma única e enorme palavra. Essa palavra integra um *objeto poético* criado pelo autor. O fato de ninguém acreditar na realidade dos substantivos faz, paradoxalmente, com que seu número seja interminável. Os idiomas do hemisfério boreal de Tlön possuem todos os nomes das línguas indo-europeias e muitos outros mais.

Não é exagero afirmar que a cultura clássica de Tlön compreende apenas uma disciplina: a psicologia. As outras estão subordinadas a ela. Eu disse que os homens desse planeta concebem o universo como uma série de processos mentais, que não se desenvolvem no espaço, mas de modo sucessivo no tempo. Spinoza atribui à sua inesgotável divindade os atributos da extensão e do pensamento; ninguém compreenderia em Tlön a justaposição do primeiro (que só é típico de certos estados) e do segundo, que é um sinônimo perfeito do cosmo. Para dizer de outro modo: não concebem que o espacial perdure no tempo. A percepção de uma nuvem de fumaça no horizonte e depois do campo incendiado e depois do charuto meio apagado que causou a queimada é considerada um exemplo de associação de ideias.

Esse monismo ou idealismo total invalida a ciência. Explicar (ou julgar) um fato é uni-lo a outro; essa vinculação, em Tlön, é um estado posterior do sujeito, que não pode afetar ou iluminar o estado anterior. Todo estado mental é irredutível: o simples fato de nomeá-lo — *id est*, de classificá-lo — implica um falseamento. Disso caberia deduzir que não há ciência em Tlön, nem mesmo raciocínio. Mas a paradoxal verdade é que existem, em número quase inumerável. Com as filosofias acontece o que acontece com os substantivos no hemisfério boreal. O fato de que toda filosofia seja, de antemão, um jogo dialético, uma *Philosophie des Als Ob*, contribuiu para multiplicá-las. Sobram sistemas inacreditáveis, mas de arquitetura agradável ou de tipo sensacional. Os metafísicos de Tlön não buscam a verdade, nem mesmo a verossimilhança: buscam o assombro. Julgam que a metafísica é um ramo da literatura fantástica. Sabem que um sistema não passa da subordinação de todos os aspectos do universo a qualquer um deles. Até a frase "todos os aspectos" é inadmissível, porque supõe o impossível acréscimo do instante presente e dos pretéritos. Tampouco é lícito o plural "os pretéritos", porque supõe outra operação impossível... Uma das escolas de Tlön chega a negar o tempo: argumenta que o presente é indefinido, que o futuro não tem realidade a não ser como esperança presente, que o passado não tem realidade a não ser como lembrança presente.* Outra escola declara que *todo o tempo* já transcorreu e que nossa vida é apenas a lembrança ou o reflexo crepuscular, e sem dúvida falseado e mutilado, de um processo irrecuperável. Outra, que a história do universo — e nela nossas vidas e o mais tênue detalhe de nossas vidas — é a escritura que um deus subalterno produz para se entender com um demônio. Outra, que o universo é comparável a essas criptografias nas quais nem todos os símbolos valem e que só é verdade o que acontece a cada trezentas noites. Outra, que enquanto dormimos aqui estamos acordados em outro lugar e que assim cada homem é dois homens.

Entre as doutrinas de Tlön, nenhuma mereceu tanto escândalo quanto o materialismo. Alguns pensadores formularam-no, com menos clareza que fervor, como quem antecipa um paradoxo. Para facilitar um entendimento dessa tese inconcebível, um heresiarca do século XI** ideou o sofisma das nove

---

* Russell (*The Analysis of Mind*, 1921, p. 159) supõe que o planeta foi criado há poucos minutos, provido de uma humanidade que "recorda" um passado ilusório.

** Século, de acordo com o sistema duodecimal, significa um período de cento e quarenta e quatro anos.

moedas de cobre, cujo renome escandaloso equivale em Tlön ao das aporias eleáticas. Desse "raciocínio especioso" há muitas versões, em que variam o número de moedas e o número de achados; eis aqui a mais comum:

> Na terça-feira, X atravessa um caminho deserto e perde nove moedas de cobre. Na quinta-feira, Y encontra no caminho quatro moedas, um pouco enferrujadas pela chuva da quarta-feira. Na sexta-feira, Z descobre três moedas no caminho. Na sexta-feira de manhã, X encontra duas moedas no corredor de sua casa. [O heresiarca queria deduzir dessa história a realidade — *id est*, a continuidade — das nove moedas recuperadas.] É absurdo [afirmava] imaginar que quatro das moedas não existiram entre terça e quinta-feira, três entre terça-feira e a tarde de sexta-feira, duas entre a terça-feira e a madrugada de sexta. É lógico pensar que existiram — ainda que de algum modo secreto, de compreensão velada aos homens — em todos os momentos desses três prazos.

A linguagem de Tlön se opunha a formular esse paradoxo; os demais não o entenderam. Os defensores do senso comum se limitaram, no início, a negar a veracidade da anedota. Repetiram que era uma falácia verbal, baseada no emprego temerário de duas palavras neológicas, não autorizadas pelo uso e alheias a todo pensamento severo: os verbos "encontrar" e "perder", que comportavam uma petição de princípio, porque pressupunham a identidade das nove primeiras moedas e das últimas. Lembraram que todo substantivo (homem, moedas, quinta-feira, quarta-feira, chuva) tem um valor apenas metafórico. Denunciaram a pérfida circunstância "um pouco enferrujadas pela chuva da quarta-feira", que pressupõe o que se procura demonstrar: a persistência das quatro moedas, entre a quinta e a terça-feira. Explicaram que uma coisa é *igualdade* e outra, *identidade*, e formularam uma espécie de *reductio ad absurdum*, ou seja, o caso hipotético de nove homens que em nove noites sucessivas sofrem uma viva dor. Não seria ridículo — questionaram — pretender que essa dor igual seja a mesma?* Disseram que o heresiarca era movido apenas pelo propósito blasfematório de atribuir a divina categoria de *ser* a umas simples moedas e que às vezes negava a pluralidade, outras não. Argumentaram: se a igualdade comporta a identidade, seria preciso admitir também que as nove moedas são uma só.

Inacreditavelmente, essas refutações não foram definitivas. Cem anos depois de enunciado o problema, um pensador não menos brilhante que o heresiarca, mas de tradição ortodoxa, formulou uma hipótese muito audaz. Essa conjetura feliz afirma que há apenas um sujeito, que esse sujeito indivisível é cada um dos seres do universo e que estes são os órgãos e máscaras da divindade. X é Y e é Z. Z descobre três moedas porque lembra que X as perdeu; X encontra duas no corredor porque lembra que as outras foram recuperadas... O décimo primeiro volume dá a entender que três razões capitais determinaram a vitória total desse panteísmo idealista. A primeira, o repúdio do solipsismo; a segunda, a possibilidade de conservar a base psicológica das ciências. A terceira, a possibilidade de conservar o culto dos deuses. Schopenhauer (o apaixonado e lúcido Schopenhauer) formula uma doutrina muito parecida no primeiro volume de *Parerga und Paralipomena*.

A geometria de Tlön compreende duas disciplinas um pouco diferentes: a visual e a tátil. A última corresponde à nossa e a subordinam à primeira. A base da geometria visual é a superfície, não o ponto. Essa geometria desconhece as paralelas e declara que o homem que se desloca modifica as formas que o circundam. A base de sua aritmética é a noção de números indefinidos. Frisam a importância dos conceitos de maior e me-

---

* Hoje em dia, uma das igrejas de Tlön sustenta platonicamente que tal dor, que tal matiz esverdeado do amarelo, que tal temperatura, que tal som, são a única realidade. Todos os homens, no instante poderoso do coito, são o mesmo homem. Todos os homens que repetem uma linha de Shakespeare são William Shakespeare.

nor, que nossos matemáticos simbolizam por > e <. Afirmam que a operação de contar modifica as quantidades e as transforma de indefinidas em definidas. O fato de que vários indivíduos que contam uma mesma quantidade obtenham um resultado igual é, para os psicólogos, um exemplo de associação de ideias ou de bom exercício da memória. Já sabemos que em Tlön o sujeito do conhecimento é uno e eterno.

Nos hábitos literários também é todo-poderosa a ideia de um sujeito único. É raro que os livros estejam assinados. Não existe o conceito de plágio: estabeleceu-se que todas as obras são obra de um único autor, que é intemporal e anônimo. A crítica tem o costume de inventar autores: escolhe duas obras distintas — o *Tao Te King* e as *Mil e uma noites*, digamos —, atribui-as a um mesmo escritor e depois determina com probidade a psicologia desse interessante *homme de lettres...*

Também são diferentes os livros. Os de ficção abarcam um único argumento, com todas as permutações imagináveis. Os de natureza filosófica invariavelmente contêm a tese e a antítese, o rigoroso pró e o contra de uma doutrina. Um livro que não encerra seu contralivro é considerado incompleto.

Séculos e séculos de idealismo não deixaram de influir na realidade. Não é infrequente, nas regiões mais antigas de Tlön, a duplicação de objetos perdidos. Duas pessoas procuram um lápis; a primeira o encontra e não diz nada; a segunda encontra um segundo lápis não menos real, porém mais ajustado a sua expectativa. Esses objetos secundários se chamam *hrönir* e são, ainda que de forma desajeitada, um pouco mais longos. Até pouco tempo atrás, os *hrönir* foram filhos casuais da distração e do esquecimento. Parece mentira que sua produção metódica tenha apenas cem anos, mas assim o declara o décimo primeiro volume. As primeiras tentativas foram estéreis. O *modus operandi*, no entanto, merece ser lembrado. O diretor de uma das prisões do Estado comunicou aos presos que no antigo leito de um rio havia certos sepulcros e prometeu a liberdade para os que trouxessem um achado importante. Durante os meses que precederam a escavação lhes mostraram lâminas fotográficas do que iam encontrar. Essa primeira tentativa provou que a esperança e a avidez podem inibir; uma semana de trabalho com a pá e a picareta não conseguiu exumar outro *hrön* que não fosse uma roda enferrujada, de data posterior ao experimento. Este se manteve secreto e se repetiu depois em quatro escolas. Em três o fracasso foi quase total; na quarta (cujo diretor morreu casualmente durante as primeiras escavações) os discípulos exumaram — ou produziram — uma máscara de ouro, uma espada arcaica, duas ou três ânforas de barro e o esverdeado e mutilado torso de um rei com uma inscrição no peito que ainda não se conseguiu decifrar. Assim revelou-se a improcedência das testemunhas que conheceram a natureza experimental da busca... As pesquisas em massa produzem objetos contraditórios; agora se preferem os trabalhos individuais e quase improvisados. A metódica elaboração de *hrönir* (diz o décimo primeiro volume) prestou serviços prodigiosos aos arqueólogos. Permitiu questionar e até modificar o passado, que agora não é menos plástico e menos dócil que o futuro. Fato curioso: os *hrönir* de segundo e de terceiro graus — os *hrönir* derivados de outro *hrön*, os *hrönir* derivados do *hrön* de um *hrön* — exageram as aberrações do inicial; os de quinto são quase informes; os de nono se confundem com os de segundo; nos de décimo primeiro, há uma pureza de linhas que os originais não têm. O processo é periódico: o *hrön* de décimo primeiro grau já começa a decair. Mais estranho e mais puro que o *hrön* é, às vezes, o *ur*: a coisa produzida por sugestão, o objeto deduzido pela esperança. A grande máscara de ouro que mencionei é um exemplo ilustre.

As coisas se duplicam em Tlön; também tendem a se apagar e a perder os detalhes quando as pessoas os esquecem. É clássico o exemplo de um umbral que perdurou enquanto um mendigo o visitava e que se perdeu de vista com sua morte. Às vezes alguns pássaros, um cavalo, salvaram as ruínas de um anfiteatro.

1940, Salto Oriental

Pós-escrito de 1947. Reproduzo o artigo anterior tal como apareceu na *Antología de la Literatura Fantástica* (Editorial Sudamericana, 1940), sem outro corte senão o de algumas metáforas e de uma espécie de resumo jocoso que agora se tornou frívolo. Passaram-se tantas coisas desde essa data... Vou me limitar a recordá-las.

Em março de 1941 descobriu-se uma carta manuscrita de Gunnar Erfjord num livro de Hinton que havia sido de Herbert Ashe. O envelope tinha um selo de Ouro Preto; a carta elucidava inteiramente o mistério de Tlön. Seu texto corrobora a hipótese de Martínez Estrada. No início do século XVII, numa noite em Lucerna ou em Londres, teve início a esplêndida história. Uma sociedade secreta e benévola (que teve entre seus afiliados Dalgarno e depois George Berkeley) surgiu para inventar um país. No vago programa inicial figuravam os "estudos herméticos", a filantropia e a cabala. Dessa primeira época data o curioso livro de Andreä. Ao fim de alguns anos de conciliábulos e de sínteses prematuras compreenderam que uma geração não bastava para articular um país. Resolveram que cada um dos mestres que a integravam elegesse um discípulo para a continuação da obra. Essa disposição hereditária prevaleceu; depois de um hiato de dois séculos a perseguida fraternidade ressurge na América. Em 1824, em Memphis (Tennessee), um dos afiliados conversa com o ascético milionário Ezra Buckley. Este o deixa falar, com algum desdém, e ri da modéstia do projeto. Diz que na América é absurdo inventar um país e lhe propõe a invenção de um planeta. A essa ideia gigantesca acrescenta outra, filha de seu niilismo:* a de manter em silêncio a enorme empreitada. Circulavam na época os vinte volumes da *Encyclopaedia Britannica*; Buckley sugere uma enciclopédia metódica do planeta ilusório. Irá deixar-lhes suas cordilheiras auríferas, seus rios navegáveis, suas pradarias pisadas pelo touro e pelo bisão, seus negros, seus prostíbulos

---

* Buckley era livre-pensador, fatalista e defensor da escravidão.

e seus dólares, com uma condição: "A obra não pactuará com o impostor Jesus Cristo". Buckley não acredita em Deus, mas quer demonstrar ao Deus não existente que os homens mortais são capazes de conceber um mundo. Buckley é envenenado em Baton Rouge em 1828; em 1914 a sociedade envia a seus colaboradores, que são trezentos, o volume final da *Primeira Enciclopédia de Tlön*. A edição é secreta: os quarenta volumes que compreende (a obra mais vasta que os homens já produziram) seriam a base de outra mais minuciosa, agora não redigida em inglês, mas em alguma das línguas de Tlön. Essa revisão de um mundo ilusório denomina-se provisoriamente *Orbis Tertius* e um de seus modernos demiurgos foi Herbert Ashe, não sei se como agente de Gunnar Elfjord ou como afiliado. Seu recebimento de um exemplar do décimo primeiro volume parece favorecer o segundo. Mas, e os outros? Em 1942, os fatos recrudesceram. Lembro-me com singular nitidez de um dos primeiros e penso que vislumbrei seu caráter premonitório. Aconteceu num apartamento da rua Laprida, diante de uma sacada alta e clara que mirava o ocaso. A princesa de Faucigny Lucinge recebera de Poitiers sua baixela de prata. Do vasto fundo de um baú rubricado de selos internacionais iam saindo finas peças imóveis: prataria de Utrecht e de Paris com dura fauna heráldica, um samovar. Entre elas — com um tremor perceptível e tênue de pássaro adormecido — pulsava misteriosamente uma bússola. A princesa não a reconheceu. A agulha azul indicava o norte magnético; a caixa de metal era côncava; as letras da esfera correspondiam a um dos alfabetos de Tlön. Essa foi a primeira intrusão do mundo fantástico no mundo real. Um acaso que me inquieta fez com que eu também testemunhasse a segunda. Aconteceu alguns meses depois, na mercearia de um brasileiro, em Cuchilla Negra. Amorim e eu voltávamos de Sant'Anna. Uma enchente do rio Tacuarembó obrigou-nos a provar (e a suportar) essa hospitalidade temerária... O dono da mercearia nos acomodou numas camas rangentes num quarto grande, atravancado de barris e couros. Deitamo-nos, mas até o alvorecer não nos deixou dormir a bebedeira de um vizinho invisível, que alternava insultos inextricáveis com rajadas de milongas, ou melhor, com rajadas de uma só milonga. Como se pode imaginar, atribuímos à fogosa aguardente do proprietário aquela gritaria insistente... De madrugada, o homem estava morto no corredor. A aspereza da voz nos enganara: era um rapaz jovem. No delírio, caíram de seu cinturão algumas moedas e um cone de metal reluzente, do diâmetro de um dado. Em vão um menino tentou pegar esse cone. Um homem mal conseguiu levantá-lo. Eu o tive na palma da mão por alguns minutos: lembro que seu peso era insuportável e que, depois de retirado o cone, a opressão perdurou. Também lembro o círculo preciso que me ficou gravado na carne. Essa evidência de um objeto muito pequeno e ao mesmo tempo pesadíssimo deixava uma impressão desagradável de asco e de medo. Um camponês propôs que o atirassem na correnteza do rio; Amorim o adquiriu por alguns pesos. Ninguém sabia nada do morto, salvo "que vinha da fronteira". Esses cones pequenos e muito pesados (feitos de um metal que não é deste mundo) são imagem da divindade, em certas religiões de Tlön.

Aqui termino a parte pessoal de minha narrativa. O resto está na memória (quando não na esperança ou no temor) de todos os meus leitores. Para mim basta recordar ou mencionar os fatos subsequentes, com mera brevidade de palavras que a côncava lembrança geral enriquecerá ou ampliará. Em 1944, um pesquisador do jornal *The American* (de Nashville, Tennessee) exumou numa biblioteca de Memphis os quarenta volumes da *Primeira Enciclopédia de Tlön*. Até hoje se discute se essa descoberta foi casual ou se foi permitida pelos diretores do ainda nebuloso *Orbis Tertius*. É verossímil a segunda hipótese. Alguns traços incríveis do décimo primeiro volume (*verbi gratia*, a multiplicação dos *hrönir*) foram eliminados ou atenuados no exemplar de Memphis; é razoável imaginar que essas rasuras obedeçam ao plano de exibir um mundo que não seja incompatível demais com o mundo real. A disseminação de objetos de Tlön em diversos países complementaria esse plano...* O fato

---

* Resta, naturalmente, o problema da *matéria* de alguns objetos.

é que a imprensa internacional alardeou infinitamente esse "achado". Manuais, antologias, resumos, versões literais, reimpressões autorizadas e reimpressões piratas da Obra Maior dos Homens abarrotaram e continuam abarrotando a Terra. Quase de imediato, a realidade cedeu em mais de um ponto. A verdade é que desejava ceder. Há dez mil anos bastava qualquer simetria com aparência de ordem — o materialismo dialético, o antissemitismo, o nazismo — para embevecer os homens. Como não se submeter a Tlön, à minuciosa e vasta evidência de um planeta organizado? Inútil responder que a realidade também está organizada. Talvez esteja, mas conforme leis divinas — traduzo: com leis desumanas que nunca percebemos completamente. Tlön pode ser um labirinto, mas é um labirinto urdido por homens, um labirinto destinado a ser decifrado pelos homens.

O contato e o hábito de Tlön desintegraram esse mundo. Encantada com seu rigor, a humanidade esquece e volta a esquecer que é um rigor de enxadristas, não de anjos. Já tomou as escolas o (conjetural) "idioma primitivo" de Tlön; agora o ensino de sua história harmoniosa (e repleta de episódios comoventes) obliterou a que presidiu minha infância; agora nas memórias um passado fictício ocupa o lugar de outro, do qual nada sabemos com certeza, nem mesmo que é falso. Foram reformadas a numismática, a farmacologia e a arqueologia. Creio que a biologia e a matemática também aguardam seu avatar... Uma dispersa dinastia de solitários mudou a face do mundo. Sua tarefa prossegue. Se nossas previsões não estiverem erradas, daqui a cem anos alguém descobrirá os cem volumes da *Segunda Enciclopédia de Tlön*.

Nesse momento, irão desaparecer do planeta o inglês e o francês e o mero espanhol. O mundo será Tlön. Eu não me importo, continuo revisando nos dias quietos do hotel de Adrogué uma indecisa tradução quevediana (que não pretendo publicar) do *Urn Burial* de Browne.

Odin

Em colaboração com Delia Ingenieros [1915-95]

Conta-se que à corte de Olaf Tryggvason, que se convertera à nova fé, chegou certa noite um homem velho, envolto numa capa escura e com a aba do chapéu sobre os olhos. O rei lhe perguntou se sabia fazer alguma coisa; o forasteiro respondeu que sabia tocar harpa e contar histórias. Tocou na harpa antigas árias, falou de Gudrun e de Gunnar e, finalmente, narrou o nascimento de Odin. Disse que vieram três Parcas, que as duas primeiras lhe prometeram grandes felicidades e que a terceira disse, colérica: "O menino não viverá mais que a vela que está ardendo a seu lado". Então os pais apagaram a vela para que Odin não morresse. Olaf Tryggvason não acreditou na história; o forasteiro repetiu que era verdade, pegou a vela e acendeu-a. Enquanto a viam queimar, o homem disse que era tarde e que devia ir embora. Quando a vela se consumiu, foram procurá-lo. A poucos passos da casa do rei, Odin estava morto.

BUBER, MARTIN

Martin Buber, nascido na Áustria em 1878; falecido em Israel em 1965. Historiador da seita dos piedosos e filósofo existencialista.

O descuido

Contam:

O rabino Elimelekl estava jantando com seus discípulos. O criado lhe trouxe um prato de sopa. O rabino entornou-o e a sopa derramou sobre a mesa. O jovem Mendel, que seria rabino de Rimanov, exclamou:

— Rabino, o que fizestes? Vão nos mandar para a prisão. Os outros discípulos sorriram, e teriam, mesmo, rido abertamente, se não os tolhesse a presença do mestre. Este, no entanto, não sorriu. Moveu afirmativamente a cabeça e disse a Mendel:

— Não temas, meu filho.

Algum tempo depois, soube-se que naquele dia um édito dirigido contra os judeus de todo o país fora apresentado ao imperador para que o assinasse. Repetidas vezes o imperador pegara na pena, mas alguma coisa sempre o interrompia. Por fim, ele assinou. Estendeu a mão em busca do areeiro, mas por engano pegou o tinteiro e o verteu sobre o papel. Então ele o rasgou e proibiu que lhe fosse trazido novamente.

BURTON, R. F.

R. F. Burton. O capitão sir Richard Francis Burton [1821-90] distinguiu-se como explorador, orientalista, poliglota e antropólogo. Traduziu *Os lusíadas* de Camões e o *Livro das mil e uma noites*.

A obra e o poeta

O poeta hindu Tulsidas compôs a gesta de Hanuman e de seu exército de macacos. Anos depois, um rei o encarcerou numa torre de pedra. Na cela, começou a meditar, e da meditação surgiu Hanuman com seu exército de macacos, e conquistaram a cidade e irromperam na torre e o libertaram.

CANCELA, ARTURO E LUSARRETA, PILAR DE

Arturo Cancela, escritor argentino, nascido em Buenos Aires em 1892; falecido na mesma cidade em 1957. Autor de *Tres relatos porteños* (1922), *El burro de Maruf* (1925), *Palabras socráticas* (1928), *Film porteño* (1933).

Pilar de Lusarreta, romancista e crítica de arte argentina [1914-67]. Autora dos livros de contos fantásticos *Job el opulento y otras andanzas del espiritu* (1928) e *Celimena sin corazón* (1935) e da obra de teatro *El culto de los héroes* (em colaboração com Arturo Cancela, 1939). Em 1964, publicou *El manto de Noé*.

O destino é bronco

De como Juan Pedro Rearte fez sua entrada no século XX
A discutível máxima popular de que "não há dois sem três" nunca foi mais questionável do que no caso de Juan Pedro Rearte. Esse velho *criollo*, que durante quinze anos foi cocheiro da Companhia de Bondes Cidade de Buenos Aires, quebrou a perna no final do século passado. Seu acidente foi uma alegoria do fim de século: o bonde que conduzia atropelou o último carro de bois que cruzava as ruas do centro. *El Diario* de Láinez destacou esse episódio urbano como um derradeiro incidente da luta entre a Civilização e a Barbárie; e assim, em virtude do descuido que o impediu de deter os cavalos de seu veículo numa ladeira da rua Comercio,[*] Rearte foi investido pelo anônimo cronista em atributo de símbolo do Progresso.

O involuntário agressor do último carro de bois de Tucumán foi levado para o Hospital de Caridade, onde esperou numa das salas, com a paciência dos humildes, que o tempo soldasse os dois fragmentos de tíbia, violentamente separados pelo cho-

---

[*] Humberto I ainda passeava triunfante pelas cidades da Itália a coroa e os galhardos bigodes herdados de seu pai...

que e não menos violentamente postos na presença um do outro pelo precipitado cirurgião que lhe ministrou os primeiros cuidados. O bom discípulo de Pirovano — que tinha um compromisso de caráter não profissional com uma das possíveis frequentadoras da quermesse do parque Lezama, organizada pelas Damas do Padroado —, a fim de poupar alguns minutos, encurtou em quatro centímetros a perna direita do pobre condutor de bonde.

Apressado para ir àquele ato de beneficência, ele tratara a fratura, que era direta e total, como se fosse simples e incompleta, e dado que entre os milagres que a Natureza pode fazer, que são muitos, não se conta, no entanto, o de corrigir os erros dos médicos, Juan Pedro Rearte deixou o hospital mancando, e mancando ingressou no século XX.

Breve parêntese sobre Filosofia da História
Fez sua entrada, em sua nova condição de inválido, um pouco precipitadamente. (Já viram um coxo que não caminhe apressado, ou um gago que não fale aos atropelos? A lentidão majestosa é o sinal mais evidente da segurança no esforço. Nossos provincianos conhecem instintivamente essa lei e abusam dela a ponto de combinar, em alguns casos, a solenidade e a gagueira.)

Insistimos em que o condutor Rearte adiantou intempestivamente sua entrada no presente século, pois ainda não fora decretada a lei de acidentes de trabalho que devia ampará-lo. Esta foi promulgada apenas dezesseis anos mais tarde, mas mesmo que ele a tivesse previsto, não poderia esperar esse tempo todo no hospital.

O fato é que o efeito mais notável dessa lei consistiu em prolongar as convalescenças. Quando não estava vigente, os feridos no trabalho diário encontravam rapidamente a cura ou a morte, que é o remédio mais completo para todos os males, mesmo o mais resistente...

Juan Pedro Rearte optou por restabelecer-se o quanto antes sem questionar a injustiça de seu destino nem o egoísmo da

Empresa que, depois de quinze anos de serviço, abandonava-o a seu infortúnio.

Nada mais estranho a seu espírito que tais especulações. Elas pertencem inteiramente ao historiador deste episódio, que, como todos os historiadores, em suas reflexões mistura o passado e o presente, o real e o possível, o que "foi", o que "deve ter sido" e o que "deveria ser".

A Filosofia da História consiste essencialmente nesse anacronismo constante que altera com a imaginação, em todos os sentidos, o inflexível determinismo dos fatos.

O *"compadrito"* e a ordem social

Juan Pedro Rearte não conseguiu imaginar, nem mesmo sentir confusamente, nada do que foi exposto no capítulo anterior, porque, como todos os indivíduos de sua profissão, era o que na linguagem familiar da época se chamava de *"compadrito"*. Vejamos: o *compadrito* era instintivamente conservador, como todos os homens satisfeitos consigo mesmos,[*] e ninguém mais cheio

---

[*] É o descontentamento consigo mesmo, seja pela origem obscura, por um defeito de conformação física ou pela ausência de condições espirituais brilhantes, que leva muitos homens à ação revolucionária.

E, ao contrário, em todo espírito rebelde há um grande fundo de timidez. A atividade revolucionária é a reação violenta dos tímidos que transtornam a sociedade a fim de se animar. O que é a mesma coisa que atear fogo a uma casa alheia para se aquecer.

Às vezes ocorre que no curso da ação revolucionária, quando esta é bem-sucedida, os tímidos perdem seu retraimento, tornando-se, então, conservadores. Talvez seja a secreta causa psicológica da detecção de tantos profetas arrebatados que deixaram a meio caminho a emancipação de seu povo, só por terem alcançado antes sua própria libertação espiritual.

Quando eu perder minha timidez literária, escreverei sobre esse assunto uma comédia repleta de observações sagazes — entre outras, a de que a austeridade, virtude revolucionária por excelência, é uma atitude natural em todos os curtos de gênio — comédia que intitularei *Os rodeios do tímido* e que, desde já estou certo disso, não fará sucesso. Seria diferente se estreasse em Paris e com o título: *Le Détour du timide.*

de si do que os condutores de requintado boné com viseira, cravo atrás da orelha, lenço de seda no pescoço, calças abombachadas à francesa e botinas de salto alto militar. O orgulho de sua condição evidenciava-se a cada momento, nos arabescos que desenhavam no ar com o chicote ao incitar os cavalos; nos floreios com que ornamentavam em sua corneta de haste as frases mais conhecidas das árias populares; na vertiginosa destreza com que giravam a manivela do freio; na doçura graciosa dos galanteios que faziam para as mucamas e no desprezo zombeteiro de suas advertências aos rivais no tráfego.

Só quando deixava a elevada plataforma — tribuna ambulante de galanteios e insultos — o condutor do bonde retornava a sua humilde condição de proletário. Mas esse retorno à obscuridade era breve demais para lhe dar tempo de refletir sobre a inutilidade de seu orgulho.

Trabalhando dez horas por dia, faltava-lhes o ócio, pai de todos os vícios e, em particular, do mais terrível de todos: o vício filosófico do pessimismo e da timidez...

As relíquias de um contubérnio

No entanto, nos dias subsequentes a sua saída do hospital, Rearte dispôs de alguns momentos de ócio. Uma vez na rua, dirigira-se à Administração da Companhia, onde, timidamente, como se houvesse desertado de seu posto por vontade própria, formulou seu desejo de voltar ao trabalho. Fizeram-no dar alguns passos "para ver como ficou a perna", e, embora a manqueira fosse bem evidente, Mr. McNab, o administrador, dispôs que ele retomasse o serviço dali a quinze dias. Além disso, deu-lhe cinquenta pesos, junto com o conselho de que diminuísse em três centímetros o salto da botina esquerda para restabelecer, em parte, o equilíbrio de sua postura. Rearte gastou o dinheiro, mas não seguiu o conselho.

Nos quinze dias que se passaram até sua volta ao trabalho, quase não saiu de seu organizado quarto de solteiro, que ocupava havia dez anos numa casa tranquila da rua Perú. Consagrou todo esse tempo ao cuidado das duas dúzias de casais de canários que eram o luxo de sua existência e o orgulho de sua condição de criador e pedagogo. Do primeiro, porque toda aquela multidão canora tinha sua origem num só casal legitimamente herdado de um colega de quarto, que seis anos antes batera asas com todas as suas economias e seus dois únicos ternos; e do segundo, porque possuía um dom especial para ensinar aos filhotes os temas melódicos que ele executava em sua corneta de condutor de bonde.

Daquele malfadado contubérnio restaram para Rearte, além do casal de canários que, como forma de compensação, tão fecundo se mostrara, duas oleografias coloridas e alguns volumes. Ocioso dizer que nem os quadros nem os livros tinham se reproduzido como os pássaros. Uns e outros continuavam sendo os mesmos que o desleal companheiro abandonara em sua fuga: *El Mitin del Frontón*, no qual sobre um mar de três mil galés, todas iguais, erguia-se como um penhasco a silhueta de um orador ilustre; *La Revolución de Julio*, onde o cenário belicoso do parque contrasta com a atitude estupidamente tribunícia de Alem; *La Unión Cívica: su Origen y sus Tendencias. Publicación Oficial*, imponente calhamaço que o condutor do bonde nunca se atrevera a folhear; *Magia Blanca y Clave de los Sueños*, obra que frequentemente as vizinhas lhe pediam emprestada; *El Secretario de los Amantes*, a cujo auxílio epistolar nunca lhe ocorrera recorrer e, por fim, *Los Negocios de Carlos Lanza*, de Eduardo Gutiérrez, crônica novelesca que despertara em Rearte uma sombria desconfiança em relação a bancos e casas de câmbio.

De como uma única e mesma causa pode produzir efeitos contrários

Depois daquele breve repouso doméstico em que Rearte dedicou-se a ensinar os primeiros compassos da valsa "Sobre as ondas" a seus quarenta e oito canários, nosso herói voltou à cena de seus triunfos. Voltou um pouco diminuído em sua estatura física, mas engrandecido moralmente pela gloriosa desgraça que lhe valera a nota alegórica em *El Diario*.

O obscuro condutor foi, por um tempo, o campeão do progresso, o destruidor de carros de boi, o símbolo das grandes conquistas de seu século no campo dos transportes urbanos. Mas, como diz a *Imitação de Cristo*, toda glória humana é efêmera, e depois de muito poucos meses desfrutando-a, o próprio progresso que o sagrou campeão deixou-o para trás.

Chegaram os bondes elétricos, e embora Rearte pretendesse virar um *motorman*, não o conseguiu, devido a sua manqueira, que lhe dificultava tocar o sino de aviso. Durante a aprendizagem, cada vez que tentava dar a pisada de advertência, perdia o equilíbrio... Esse episódio, que causou grande satisfação nos outros aprendizes, foi motivo de amargas reflexões para o pobre condutor.

"Assim", disse para si mesmo, com profunda melancolia, "o progresso me deixou manco e minha própria manqueira me impede de segui-lo e agora faz de mim o campeão do atraso."

E foi de fato o que houve, pois concluída a eletrificação das linhas, Mr. Bright, o novo administrador, destinou-o ao engate de vagões na estação Caridad. Com uma parelha de cavalos cada vez mais magros, Rearte levava, várias vezes por dia, do interior da estação até o centro da rua, os velhos bondes, cada vez mais velhos, destinados agora a ser um modesto apêndice dos veículos motores.

Assim, ele acabou sendo, pelo espaço de vários minutos, uma paródia de si mesmo: daquele Rearte conquistador e gaiato que desenhava com o açoite arabescos no ar, levava um cravo atrás da orelha e tocava na corneta "Me gustan todas... Me gustan todas", cada vez que se encontrava com uma negra.

Um acidente de trânsito

Quinze anos depois de se resignar a ser um espectro de sua antiga glória das ruas, Rearte chegou à estação mais cedo que de costume. O "mal de Bright" — certamente não o daquele Bright da Companhia Anglo-Argentina — torna os homens madrugadores. Lamentando-se, com as palmas das mãos na cintura e praguejando entre dentes, sentou-se o velho condutor no parapeito de uma janela baixa, sob o depósito no qual se alinhavam os bondes com um ar ajuizado de animais no presépio. Diante dele uma torneira mal fechada pingava isócrona, melancolicamente, aumentando com imperceptível constância um olho-d'água que avivava com seu brilho a fisionomia hostil do galpão.

"Deve ter ficado assim a noite toda" pensou; "esses guardas-noturnos estão cada vez mais relaxados. Filhos da mãe! Se lidassem comigo iam andar na linha direitinho."

Tentou apertar a válvula, mas depois de várias tentativas infrutíferas, nas quais só conseguiu enlamear as botas e machucar um dedo, a torneira rebelde continuou pingando, agora acompanhada de uma espécie de assovio afônico de professora em fim de curso. Em poucos instantes a água transbordou da vasilha de pedra que a continha e escorreu sinuosa para o leito reto e seguro das vias.

A minguada correnteza trouxe-lhe à memória os tempos antigos, quando com quatro gotas de chuva inundavam-se as ruas mal niveladas de Buenos Aires. Ali nas Cinco Esquinas... que lamaçal! Nem com correntes se saía do atoleiro, e era preciso esperar que amainasse, sentando com os passageiros no espaldar dos assentos para desviar da água que chegava ao estribo, inundando, às vezes, o interior dos veículos... Mas era outra coisa, as pessoas eram todas conhecidas, todas amigas, a gente sabia com quem lidava e a quem levava; podia-se ter um dedo de prosa e fumar um Sublime ou um Ideal com qualquer um, e das portas, no verão, as famílias que tomavam a fresca nos mandavam lembranças para a família...

O sino, avisando da hora regulamentar de saída do primeiro bonde, afastou-o da torneira, e ele, sorrindo com as lembranças e ainda imerso nelas, trouxe e engatou no veículo a hirsuta parelha de pangarés. Era isso que ele jamais conseguira encarar com tranquilidade: ir conduzindo pelas melhores ruas da cidade, ele, *criollo* de pura cepa espanhola, apreciador e amigo dos bons animais, esses cavalos esquálidos, alimentados como porcos, com uma lavagem de farelo e água.

"A verdade", pensou, "é que nem isso eles valem."

Ajustou as correntes, subiu na boleia depois de enrolar o lenço no pescoço, assoviou entre dentes uma alvorada alegre, fustigou os infelizes cavalinhos com um estalar de língua, e com um irônico "Vamos, Bonito! Vamos, Pipón!", o bonde arrancou guinchando e fazendo ranger todas as dobradiças, junções, vidros e ripas.

Lá fora, "o elétrico" já devia esperar por ele. Milagre que a sineta não tilintava sob o salto cambaio do galego Pedrosa. Mas não: o caminho estava livre e na gélida neblina matinal a cidade se esfumava empalidecida e melancólica feito fotografia antiga. O ar frio picou as têmporas e as mãos do condutor. "Daria uma volta de boa vontade", pensou; mas foi distraído pelos sinais desesperados que lhe fazia da rua uma mulata enorme, segurando uma cesta coberta por um pano branco.

— Para aí, ora! — gritou ela. — Anda distraído, moço?

Rearte parou em seco e a negra içou a grande massa trêmula de suas carnes flácidas; o estribo rangeu ao peso de sua alpargata enorme, e com um relâmpago de brancura entre o beiço carnudo, ela pediu ao condutor:

— Me passa a cesta, agora?

Ele acedeu galantemente e, enquanto a negra revirava o bolso cheio de migalhas e medalhas atrás dos dois pesos da viagem, falaram sobre o clima:

— Manhã fresquinha, não?

— Boa prum banho de rio.

— Se for pra congelar...

Um pouco mais longe, de uma sacada baixa, uma moçoila bochechuda mandou-o parar, enquanto gritava para dentro:

— O trâmuei, patrão, tá passando o trâmuei!

Saiu agitadamente pelo pórtico um solene cavalheiro com levita e chapéu de abas em forma de barco, protestando energicamente:

— Que horário desastroso! Não dá nem para tomar o café da manhã, e mesmo assim chega-se tarde a todo lugar! Péssimo serviço... esses abusos...

— Bom dia, d. Máximo — cortou humildemente a mulata.

142

— Bom dia, Rosario — e referindo-se a algo subentendido:
— São fresquinhas?
— Acabaram de sair da frigideira. Se gostar...
O cavalheiro aceitou solenemente uma empanada crocante
que deitou escamas de ouro na fosca lapela de sua levita.
Rearte se lembrava daquelas vozes, daquele delicado aroma
culinário; sentia-se remoçado e involuntariamente levou a mão
à orelha para verificar se estava no lugar o cravo desabrochado,
furtivamente arrancado do craveiro do pátio, que florescia
numa lata grande de café. Não, não estava ali, mas claro!, se era
inverno...
— Saia daí, mocinho, saia já daí, se não quiser que eu conte
para o seu pai! — gritou d. Máximo a um garoto que corria atrás
do bonde com o desígnio evidente de nele se infiltrar.
— É assim que acontecem as desgraças — comentou a negra.
Rearte soltou a torto e a direito umas chicotadas formidá-
veis, das quais o garoto se esquivou pulando e caçoando dele
lá da rua.
Rezavam missa na Balvanera; a negra persignou-se devo-
tamente, d. Máximo tirou o chapéu. No átrio, dois padres, um
deles barrigudo e sujo, mirrado e igualmente sujo o outro, conversavam animadamente, o balandrau solto e o chapéu de abas
curvas na mão. Sem que ninguém desse o sinal, o condutor
parou o bonde. Saindo depois de rezar a missa, o padre Prudencio Helguera o tomava todo dia. Esperou dois minutos, boné
na mão, que sua reverência se despedisse; d. Máximo tossiu
discretamente, a negra pigarreou e com um revoo de saias acomodou-se o sacerdote, cumprimentando como quem concede
indulgência plenária.
Rosario disfarçava sua cesta, fingindo olhar pela janela, girando os anéis de prata que reluziam em sua mão retinta e ossuda.
— Madrugou, d. Máximo?
— Fazer o quê, reverência, padre Prudencio, com este péssimo serviço da Companhia!...
— A manhã está imensamente fresca, é saudável respirar
este ar, abre o apetite... e depois da missa...

— O senhor compareceu à conferência de ontem à noite no Colégio Nacional, padre?

— Foi impossível, tinha de preparar um sermão...

— O salão de atos era pequeno para abrigar todo o público, com os oitocentos e quarenta alunos, os professores e os convidados...

— Versou sobre o quê?

— Sobre os Evangelhos...

O padre se remexia em seu assento.

— E você, Rosario, sempre uma boa cristã?

— Enquanto não me mandarem mudar...

— E mesmo que mandassem... As de hoje estão com um cheiro bom...

Com um fio de voz a negra ofereceu:

— Quer?

Dom Máximo atirou algumas moedas no regaço, dizendo:

— Está pago.

— De maneira nenhuma, de maneira nenhuma — protestou o padre com melindres, e depois, distraindo-se: — Nenhuma notícia de nossos salários?

— Que eu saiba...

— Não somos pagos desde março...

— E nós, desde janeiro...

— Os salários do magistério e do sacerdócio deviam ser sagrados para este país; estão em nossas mãos seu presente e seu futuro. É escandaloso quando penso que na sessão de ontem aprovaram duzentos mil pesos para o mobiliário do arquivo dos tribunais...

Uma charrete de *mazamorra*[*] atravessou a toda a pressa o lameiro da Piedad com a Andes, encharcando o condutor e os passageiros.

— Barbeiro!

— Selvagem!

---

[*] Tradicional doce argentino à base de milho. (N. T.)

— Paz, paz — interveio o padre, conciliador.

Aproveitando a parada, duas velhas que passavam pela rua perguntaram na janela:

— Vai ouvir confissão amanhã, padre Prudencio?

Sua reverência, preocupado com a honradez do comércio, deixava que lhe enchessem até a borda uma medida de *mazamorra* com leite, daquela *mazamorra* de que os velhos ainda se lembram e que desapareceu com o empedrado.

Um sol pálido se filtrava pela carapaça de neblina; a rua começava a se povoar e os gritos familiares dos abastecedores se juntaram às cornetadas do *tramway*; vendedores de lenha e de jornais, de doces, bascos com o tarro de leite no flanco de sua montaria e pregoeiros de laranjas paraguaias e bananas do Brasil depois fizeram coro ao concerto da carrocinha, que acordou, todas as manhãs, as gerações de 85.

— Não quer subir para dar uma volta? Eu a levo de graça — perguntou Rearte a uma moreninha gorducha que lavava a soleira de uma casa.

A moça respondeu rispidamente:

— E você não quer que eu esfregue de graça sua cara de pau?

Diante da Piedad o bonde se encheu de gente; muito deferente, o padre Prudencio deu lugar a uma dama elegante com um véu sobre os olhos e o rosário enredado entre os dedos muito finos. Ela respondeu apenas com condescendência e fez um gesto amistoso para um senhor de barba vermelha já um pouco grisalha.

— Tão cedinho e você sozinha?

— Da igreja; sabe que todos os meses venho expressamente para comungar. E o senhor, aonde vai a esta hora e de *tramway*?

— Estou voltando, Teodorita, estou voltando...

— E ainda me conta! Que escândalo!

— É que, infelizmente, estou vindo do clube; a noite toda discutindo o programa de propaganda.

— E isso para lançar a candidatura de Juárez...

— É do único que me atrevo a lhe dizer que não, Teodorita; d. Bernardo tem o apoio da razão.

— E Juárez, o do povo. Mas me diga, então você não esteve ontem à noite no Colón?

— Não tenho o dom da ubiquidade. Que tal *Lucrecia*?

— *Lucrecia*, mal; mas, em compensação, se tivesse visto a Guillermina...

— Não seja fofoqueira. Vamos falar de outra coisa.

— Está com medo? Enfim, como acabei de me confessar e prometi não pecar pela língua...

O cavalheiro tentou distraí-la.

— Então, a Borghi Mamo não é lá grande coisa?

— Não brilhou, isso eu garanto. Quando a gente lembra aquela *Lucrecia* da Teodorini! E o baixo? Em "Vieni, mia vendetta" pensei que meus tímpanos fossem estourar!...

Um senhor caspento com grossas botinas de elástico gastas nos joanetes, que lia as notícias do *La Nación*, soltou um espirro.

— Homem, a coisa vai mal...

— Que foi? — perguntou um jovem que se entretinha fazendo anagramas, em voz alta, com os anúncios que decoravam o interior do bonde.

— Estão pedindo capachos nos *tramways* de San José de Flores, para evitar que os passageiros sintam frio nos pés: eu sofro muito com isso...

Um senhor de bigodes ganchudos cumprimentou deferentemente outro senhor de gabão cor de avelã e ar de estrangeiro.

— Meus cumprimentos, amigo Icaza; sua proposta para a prefeitura, que tanto se descuida nesses assuntos, a meu ver não podia ser melhor...

— É a única forma de acabar com as pragas de mosquitos e com o contágio de tantas doenças...

— De que se trata? — perguntou lá da outra ponta o dr. Vélez.

— De uma coisa muito simples. Simplesmente arar dez quadras de terreno ao redor dos currais e levar para lá por meio de valetas as águas servidas, para que desapareçam por absorção...

— Sem contar que com a irrigação e os adubos a terra vai ficar fertilíssima.

O bonde deu um solavanco que jogou uns passageiros contra os outros, despertando terríveis protestos.

— Machucou-se, Teodorita?

— Jesus, nunca mais pego um *tramway*, nem que tenha de pedir o carro para o Cabral às quatro da manhã!

— Esses veículos deveriam ser só para homens...

O leitor de *La Nación* comentou um fato terrível das "Notícias":

— Imaginem vocês, um pobre carregador descansava tranquilamente sentado no meio-fio, na esquina da Cangallo com La Florida, e passa uma carroça e lhe esmaga o pé...

Deram as sete no relógio de San Ignacio. O professor se despediu do sacerdote com seus protestos habituais, e este, com as pálpebras semicerradas, começou a murmurar o terço. Desceram também a dama elegante e o distinto cavalheiro. Dois senhores que viajavam na plataforma ocuparam os assentos, prevendo a crise do gabinete inglês.

— Gladstone e os seus vão cair; a situação é iminente...

— E como vê o resultado da gestão do dr. Pellegrini?

— Hábil diplomata, inteligência superior, conseguirá o financiamento, sem dúvida...

O mais jovem inquiriu:

— Diga-me, sr. Poblet, é verdade que o campo de Rodríguez, em San Juan, será leiloado?

— Que esperança, meu amigo! D. Ernesto está cada vez mais endinheirado. Galego de sorte esse, se é!

— Soube que estavam sendo vendidas trinta léguas de terreno limpo ao lado de La Rosita e imaginei... Se o senhor puder me fornecer dados exatos... Tenho interesse.

— Como não!, é o campinho dos Arcadini, velha família que passeia pela Europa enquanto aqui um esperto administra tudo para eles... Quem o comprar vai ficar rico, terra de futuro, amigo Cambaceres...

Naquele momento um apressado consultou o relógio.

— Que embromação! Já são sete e vinte!

Como?! Rearte havia deixado os magros animais seguirem a passo, interessado nos comentários, e de repente percebeu o atraso... Era preciso chegar para o engate no Bajo del Retiro às sete e meia...

Fustigou energicamente os cavalos, que pegaram a curva da Maipú no galope, correndo o risco de descarrilhar, e rumaram para o norte.

Onde Juan Pedro Rearte dá um salto de trinta anos

Um formidável estrondo de vidros e tábuas abafava o rumor das conversas dos passageiros. Ungido por uma impaciência de pesadelo, Rearte tocava desesperadamente a corneta e atravessava os cruzamentos como um tufão. Os guardas, de quepes com viseira e polainas brancas, cumprimentavam-no ironicamente ao passar, e da alta boleia de seus cupês, os cocheiros de longos bigodes e barbicha pontuda incitavam-no a correr mais.

Orgulhoso de seus cavalos, Rearte não se importava com os desesperados toques de campainha dos passageiros...

De repente sua visão se nublou e com um estouro de balão a paisagem familiar desapareceu: os guardas de quepes e polainas brancas, os cocheiros de barba, as charretes de *mazamorra*, os bascos leiteiros a cavalo, as senhoras de mantilha e os cavalheiros de cartola... Até a dupla fileira de casas baixas se perdeu no horizonte, fundindo-se como os últimos trechos de uma estrada de ferro.

Rearte fechou os olhos com resignada tristeza para não ver os derradeiros fantasmas de seu mundo serem aniquilados: um lanterneiro que se afastava elasticamente com sua lança no ombro e uma carroça aguadeira arrastada pesadamente por três mulas pequenas.

Quando voltou a abri-los, viu-se jogado junto da soleira de uma porta e à sombra de uma casa de sete andares. Estava cercado por um círculo de pessoas por entre cujas pernas pôde ver, na calçada, os escombros do veículo e numa poça de sangue os corpos inertes dos pangarés.

Junto dele, um guarda loiro interrogava, caderneta e lápis na mão, como um repórter oficioso, um *motorman* pálido e loquaz.

148

Rearte conseguiu perceber que havia atropelado um bonde elétrico e, pelos sintomas já conhecidos, percebeu que acabara de quebrar a outra perna.

Ao recobrar a lucidez junto com a dor, só se preocupou em saber qual era a data.

— Que dia é hoje? — perguntou ansioso.

— Vinte e seis de julho — respondeu o enfermeiro que lhe apalpava o tornozelo.

— De que ano? — insistiu Rearte.

— Mil novecentos e dezoito — respondeu o enfermeiro. E acrescentou, como se falasse consigo mesmo: — A tíbia parece fraturada em três partes.

— Não é muito para um salto de trinta anos... — comentou filosoficamente o velho condutor.

Porque trinta anos antes — em 26 de julho de 1888 — seus cavalos também se desenfrearam no mesmo trajeto e, segundo o médico, ele quase quebrara os ossos da canela.

Depois dessa reflexão estoica, Juan Pedro Rearte fechou os olhos, simulando um desmaio. Sentia vergonha de se ver transformado em objeto de curiosidade pública e de ter de responder às perguntas urgentes dos policiais. Ele gostaria de ser interrogado por um daqueles guardas de quepe com viseira, ao mesmo tempo tão arbitrários e tão bonachões, os guardas de sua juventude. Os de agora lhe pareciam estrangeiros, e fazer declarações diante deles pressupunha abdicar de sua nacionalidade.

Incomodava-o principalmente o espanto do *motorman* que não parava de repetir: "Mas como é possível que este trambolho tenha atravessado a cidade inteira a essa hora e na contramão? Como é possível...?".

Rearte sabia como fora possível, porque nos choques entre os alucinados e a realidade, eles possuem a chave inefável do mistério. Mas como explicar isso àquele rude servente de uma máquina?

O Destino é bronco...

Já na ambulância, com a loquacidade que a morfina lhe emprestava, Rearte pôs-se a explicar o mistério:

— É que o Destino é esperto e bronco como os gringos... Era a vontade de Deus, desde que subi num bonde, que eu iria quebrar a perna esquerda. Já devia tê-la quebrado há trinta anos, mas um milagre me salvou. Em noventa, na Lavalle com a Paraná, no primeiro dia da revolução, três balas atravessaram a plataforma na altura de meu joelho, sem sequer tocarem minha calça. Depois, quando houve o choque com a carroça, o Destino se enganou e quebrou minha perna direita. E agora, temendo que eu fosse lhe escapar, urdiu esta armadilha para se dar bem. Mas veja só que Diabo! Não?

CARLYLE, THOMAS

Thomas Carlyle, historiador e ensaísta escocês. Nascido em Ecclefechan em 1795; falecido em Londres em 1881. Autor de: *História da Revolução Francesa* (1837), *Os heróis* (1841), *Letters and Speeches of Oliver Cromwell* (1845), *Latter Day Pamphlets* (1850), *History of Frederick the Great* (1851) etc.

Um fantasma autêntico
Sartor Resartus, 1834

Haveria algo mais prodigioso do que um fantasma autêntico? O inglês Johnson quis, a vida toda, ver um, mas não conseguiu, mesmo tendo descido nas criptas das igrejas e batido em ataúdes. Pobre Johnson! Nunca viu as marulhadas de vida humana que amava tanto? Não olhou nem para si mesmo? Johnson era um fantasma, um fantasma autêntico; um milhão de fantasmas andavam de braços dados com ele pelas ruas de Londres. Apaguemos a ilusão do Tempo, compendiemos os sessenta anos em três minutos, afinal quem era Johnson, afinal quem somos nós? Por acaso não somos espíritos que assumiram um corpo, uma aparência, e que depois se dissolvem no ar e na invisibilidade?

CARROLL, LEWIS

Lewis Carroll (Charles Lutwidge Dodgson), escritor e matemático inglês. Nascido em Daresbury em 1832; falecido em Guildford em 1898. Autor de *Alice no País das Maravilhas* (1865), *Alice através do espelho* (1871), *Phantasmagoria and Other Poems* (1869), *Curiosa Mathematica* (1888-93), *Algumas aventuras de Sílvia e Bruno* (1889), *Symbolic Logic* (1896).

O sonho do rei
Alice através do espelho, 1871

— Agora está sonhando. Com quem sonha? Sabes?
 — Ninguém sabe.
 — Sonha contigo. E se deixasse de sonhar, que seria de ti?
 — Não sei.
 — Desaparecerias. És uma figura de seu sonho. Se esse Rei acordasse, tu te apagarias feito uma vela.

CHESTERTON, G. K.

G. K. Chesterton, polígrafo inglês. Nascido em Londres em 1874; falecido nessa cidade em 1936. Sua obra é vasta, mas continuamente lúcida e fervorosa. Exerceu, e renovou, o romance, a crítica, a lírica, a biografia, a polêmica e as ficções policiais. É autor de *Robert Browning* (1903), *G. F. Watts* (1904), *Heretics* (1905), *Charles Dickens* (1906), *O homem que foi quinta-feira* (1908), *Ortodoxia* (1908), *Manalive* (1912), *Magic* (1913), *The Crimes of England* (1915), *A Short History of England* (1917), *The Uses of Diversity* (1920), *R. L. Stevenson* (1927), *Father Brown Stories* (1927), *Collected Poems* (1927), *The Poet and the Lunatics* (1929), *Four Faultless Felons* (1930), *The Paradoxes of Mr. Pond* (1936), *Autobiography* (1937), *The End of the Armistice* (1940).

A árvore do orgulho
The Man Who Knew Too Much, 1922

Se descerem até a Costa da Berbéria, onde se estreita a última cunha dos bosques entre o deserto e o grande mar sem marés, ouvirão uma estranha lenda sobre um santo dos séculos obscuros. Ali, no limite crepuscular do continente obscuro, perduram os séculos obscuros. Só visitei essa costa uma vez; e embora ela fique defronte da tranquila cidade italiana onde vivi muitos anos, a insensatez e a transmigração da lenda quase não me espantaram, diante da selva em que os leões retumbavam e do obscuro deserto vermelho. Dizem que o ermitão Securis, vivendo entre árvores, começou a gostar delas como amigas; pois, embora fossem grandes gigantes de muitos braços, eram os seres mais inocentes e mansos; não devoravam, como os leões devoram; abriam os braços para os pássaros. Rogou que as soltassem de quando em quando para que andassem como as outras criaturas. Com as preces de Securis as árvores caminharam, como antes com o canto de Orfeu. Os homens do deserto se espantavam, vendo ao longe o passeio do monge com seu arvoredo, feito um mestre com seus discípulos. As árvores tinham essa liberdade sob uma estrita disciplina; deviam voltar ao toque da sineta do ermitão e não podiam imitar os animais a não ser no movimento, nunca na voracidade ou na destruição. Mas uma das árvores ouviu uma voz que não era a do monge; na verde penumbra calorenta de uma tarde, algo pousara nela e lhe falava, algo que tinha a forma de um pássaro e que outra vez, em outra solidão, teve a forma de uma serpente. A voz acabou abafando o sussurro das folhas, e a árvore sentiu um desejo imenso de capturar os pássaros inocentes e de fazê-los em pedaços. Por fim, o tentador a cobriu com os pássaros do orgulho, com a pompa estelar dos pavões. O espírito da besta venceu o espírito da árvore, e esta dilacerou e consumiu os pássaros azuis, voltando depois para a tranquila tribo das árvores. Dizem, porém, que ao chegar a primavera todas as árvores deram folhas, menos essa, que deu penas estreladas e azuis. E por essa monstruosa assimilação, revelou-se o pecado.

O pagode de Babel
The Man Who Knew Too Much, 1922

Esse conto do buraco no chão, que desce sabe-se lá até onde, sempre me fascinou. Agora é uma lenda muçulmana; mas não me espantaria que fosse anterior a Maomé. Trata do sultão Aladim; não o da lâmpada, naturalmente, mas um que também tem relação com gênios ou gigantes. Dizem que ordenou aos gigantes que lhe erigissem uma espécie de pagode, que subisse e subisse até ultrapassar as estrelas. Algo como a Torre de Babel. Mas os arquitetos da Torre de Babel eram gente doméstica e modesta, como ratos, se comparados a Aladim. Só queriam uma torre que chegasse até o céu. Aladim queria uma torre que *superasse* o céu e que se elevasse lá no alto e continuasse se elevando para sempre. E Deus a fulminou, e afundou-a na terra, abrindo um buraco interminável até fazer um poço sem fundo, tal qual a torre sem teto. E por essa invertida torre de escuridão, a alma do soberbo sultão despenhou-se para sempre.

CHIRUANI, AH'MED ECH

Os olhos culpados

Contam que um homem comprou uma moça por quatro mil denários. Um dia olhou para ela e começou a chorar. A moça lhe perguntou por que estava chorando; ele respondeu:

— Tens olhos tão belos que me esqueci de adorar a Deus.

Quando ficou sozinha, a moça arrancou os próprios olhos. Ao vê-la nesse estado, o homem ficou aflito e disse:

— Por que te maltrataste assim? Diminuíste teu valor.

Ela respondeu:

— Não quero que haja nada em mim que te afaste de adorar a Deus.

De noite, o homem ouviu em sonhos uma voz que dizia: "A moça diminuiu seu valor para ti, mas o aumentou para nós e a tiramos de ti". Ao acordar, encontrou quatro mil denários sob o travesseiro. A moça estava morta.

CHUANG TZU

Chuang Tzu, filósofo chinês, da escola taoista, viveu nos séculos III e IV a.C. De sua obra, rica em alegorias e anedotas, só nos restam trinta e três capítulos. Há versões inglesas de Giles e de Legge; e uma versão alemã, de Wilhelm.

O sonho da borboleta

Chuang Tzu sonhou que era uma borboleta. Ao despertar não sabia se era Tzu que havia sonhado ser uma borboleta ou se era uma borboleta e estava sonhando que era Tzu.

COCTEAU, JEAN

Jean Cocteau [1889-1963]. Lúcido polígrafo francês, comparável em fecundidade ao "nosso" Tostado [Alonso Fernández de Madrigal (c. 1410--55)]. Entre seus livros, lembraremos: poesia: *Opéra* (1927), *L'Ange heurtebise* (1925); romance: *Le Grand Écart* (1923), *Les Enfants terribles* (1929); crítica: *Le Rappel à l'ordre* (1926), *Le Mystère laïc* (1932), *Portraits-souvenir* (1935); teatro: *A voz humana* (1930), *Les Parents terribles* (1938), *Les Monstres sacrés* (1940).

O gesto da morte

Um jovem jardineiro persa diz para seu príncipe:

— Salve-me! Encontrei a Morte esta manhã. Fez-me um gesto de ameaça. Esta noite, por um milagre, gostaria de estar em Isfahan.

O bondoso príncipe lhe empresta seus cavalos. De tarde, o príncipe encontra a Morte e lhe pergunta:

— Por que, esta manhã, fez um gesto de ameaça a nosso jardineiro?

— Não foi um gesto de ameaça — responde-lhe —, mas um gesto de surpresa. Pois o via longe de Isfahan esta manhã e devo pegá-lo esta noite em Isfahan.

CORTÁZAR, JULIO

Julio Cortázar, escritor argentino, nascido em Bruxelas [1914-84]. Autor de *Os reis* (1949), *Bestiário* (1951), *Final do jogo* (1956), *As armas secretas* (1959), *Os prêmios* (1960), *Histórias de cronópios e de famas* (1962), *O jogo da amarelinha* (1963).

Casa tomada

Gostávamos da casa porque, além de espaçosa e antiga (hoje que as casas antigas sucumbem à liquidação mais vantajosa de seus materiais), ela guardava as lembranças de nossos bisavôs, do avô paterno, de nossos pais e de toda a infância.

Irene e eu nos acostumamos a persistir ali sozinhos, o que era uma loucura, pois na casa podiam morar oito pessoas sem incomodar umas às outras. Fazíamos a limpeza de manhã, levantando-nos às sete, e por volta das onze eu deixava para Irene os últimos cômodos por arrumar e ia para a cozinha. Almoçávamos ao meio-dia, sempre pontuais; já não restava nada a fazer além de uns poucos pratos sujos. Era gratificante almoçar pensando na casa profunda e silenciosa e em como nos bastávamos para mantê-la limpa. Por vezes chegamos a pensar que fora ela que não deixou que nos casássemos. Irene rejeitou dois pretendentes sem maiores motivos, e minha María Esther morreu antes que chegássemos a nos comprometer. Entramos nos quarenta anos com a ideia não manifesta de que o nosso, um simples e silencioso casamento de irmãos, era clausura necessária da genealogia assentada pelos bisavôs em nossa casa. Um dia morreríamos ali, uns primos ociosos e esquivos ficariam com a casa e a demoliriam para enriquecer com o terreno e os tijolos; ou talvez ela fosse justiceiramente tombada por nós mesmos antes que fosse tarde demais.

Irene era uma menina nascida para não incomodar ninguém. Além de seus afazeres matinais, passava o resto do dia tricotando no sofá do quarto. Não sei por que tricotava tanto, acho que as mulheres tricotam quando encontram nesse labor

156

o grande pretexto para não fazer nada. Irene não era assim, sempre tricotava coisas necessárias, suéteres para o inverno, meias para mim, xales e coletes para ela. Às vezes tricotava um colete e depois o desfazia num instante porque não gostava de algum detalhe; era engraçado ver na cestinha o monte de lã encrespada resistindo a perder sua forma de algumas horas. Aos sábados eu ia até o centro comprar lã; Irene confiava em meu gosto, alegrava-se com as cores e nunca tive de devolver novelos. Eu aproveitava essas saídas para dar uma volta pelas livrarias e perguntar inutilmente se havia novidades em literatura francesa. Desde 1939 nada de valor chegava à Argentina.

Mas é da casa que me interessa falar, da casa e de Irene, pois eu não tenho importância. Pergunto-me o que Irene faria sem o tricô. Alguém pode reler um livro, mas quando um pulôver está pronto não se pode repeti-lo sem escândalo. Um dia encontrei a gaveta de baixo da cômoda de canforeira cheia de xales brancos, verdes, lilases. Estavam com naftalina, empilhados, como numa loja de miudezas; não tive coragem de perguntar a Irene o que ela pretendia fazer com eles. Não precisávamos ganhar a vida, recebíamos todo mês a renda dos campos e o dinheiro aumentava. Mas Irene só se distraía com o tricô, mostrava uma destreza maravilhosa e minhas horas voavam ao ver suas mãos como ouriços prateados, agulhas indo e vindo e uma ou duas cestinhas no chão onde se agitavam constantemente os novelos. Era bonito.

Como não me lembrar da distribuição da casa? A sala de jantar, um cômodo com gobelins, a biblioteca e três quartos grandes ficavam na parte mais retirada, a que dá para a Rodríguez Peña. Apenas um corredor, com uma porta de carvalho maciça, isolava essa parte da ala dianteira, onde havia um banheiro, a cozinha, nossos quartos e a sala de estar central para a qual davam os quartos e o corredor. Entrava-se na casa por um saguão com maiólica, e a porta gradeada dava para a sala de estar. De maneira que a pessoa entrava pelo saguão, abria a porta e entrava na sala de estar; nas laterais ficavam as portas de nossos quartos, e defronte o corredor que levava à parte mais retirada; avançando pelo corredor abria-se a porta de carvalho, e além dela começava o outro lado da casa, ou então dava para virar à esquerda justamente antes da porta e seguir por um corredor mais estreito que levava à cozinha e ao banheiro. Quando a porta estava aberta notava-se que a casa era muito grande; caso contrário, dava a impressão de um apartamento, desses que se constroem agora, onde mal dá para se movimentar; Irene e eu vivíamos sempre nessa parte da casa, quase nunca ultrapassávamos a porta de carvalho, a não ser para fazer a limpeza, pois é incrível como junta poeira nos móveis. Buenos Aires é uma cidade limpa, mas isso se deve a seus habitantes e não a outra coisa. Há pó demais no ar, à primeira lufada já se apalpa a poeira nos mármores dos consoles e entre os losangos dos tapetes de macramê; dá trabalho tirar bem o pó com o espanador, pois ele voa, paira no ar, e logo depois se deposita novamente nos móveis e pianos.

Sempre me lembrarei disso com nitidez porque foi simples e sem circunstâncias inúteis. Irene estava tricotando em seu quarto, eram oito da noite e resolvi levar ao fogo a chaleirinha do mate. Segui pelo corredor até confrontar-me com a porta de carvalho encostada, e estava dobrando o canto em L que levava à cozinha quando ouvi algo na sala de jantar ou na biblioteca. O som chegava impreciso e surdo, como cadeiras tombando no tapete ou um sussurro abafado de conversa. Escutei-o também, ao mesmo tempo ou um segundo depois, no fundo do corredor que vinha daqueles cômodos até a porta. Joguei-me contra a porta antes que fosse tarde demais, fechei-a de golpe apoiando o corpo; felizmente a chave estava posta do nosso lado, e também tranquei o ferrolho grande, para maior segurança.

Fui até a cozinha, esquentei a chaleirinha, e ao voltar com a bandeja de mate disse para Irene:

— Tive de fechar a porta do corredor. Tomaram a parte dos fundos.

Ela deixou o tricô cair e me fitou com os olhos sérios e cansados.

— Tem certeza?

Assenti.

— Então — disse, recolhendo as agulhas —, teremos de viver deste lado.

Fiquei cevando o mate com muito cuidado, mas ela demorou um pouco para retomar seu trabalho. Lembro que estava usando um colete cinza; eu gostava daquele colete.

Foi difícil nos primeiros dias, porque tínhamos deixado na parte tomada muitas coisas de que gostávamos. Meus livros de literatura francesa, por exemplo, estavam todos na biblioteca. Irene sentia falta de uns tapetes, de um par de pantufas que tanto a abrigavam no inverno. Eu sentia falta de meu cachimbo de zimbro e acho que Irene pensou numa garrafa de Hesperidina de muitos anos. Volta e meia (mas isso aconteceu apenas nos primeiros dias), fechávamos alguma gaveta das cômodas e nos olhávamos com tristeza.

— Não está aqui.

Mas também tivemos vantagens. A limpeza da casa se simplificou tanto que mesmo nos levantando tardíssimo, às nove e meia, por exemplo, não eram nem onze horas e já estávamos de braços cruzados. Irene se acostumou a ir comigo para a cozinha e me ajudava a preparar o almoço. Pensamos bem e decidimos o seguinte: enquanto eu cuidava do almoço, Irene prepararia alguns pratos frios para comermos à noite. Ficamos contentes, porque sempre fora incômodo ter de deixar os quartos ao entardecer para cozinhar. Agora nos bastavam a mesa no quarto de Irene e as travessas de fiambre.

Irene estava contente porque tinha mais tempo para tricotar. Eu andava um pouco perdido por causa dos livros, mas para não afligir minha irmã comecei a examinar a coleção de selos de papai e isso me serviu para matar o tempo. Nós nos divertíamos muito, cada um com suas coisas, quase sempre reunidos no quarto de Irene, o mais confortável. Às vezes Irene dizia:

— Veja este ponto que inventei. Não parece o desenho de um trevo?

Pouco depois era eu quem lhe punha diante dos olhos um quadradinho de papel para que visse a excelência de algum selo de Eupen e Malmédy. Estávamos bem, e pouco a pouco começamos a não pensar. Pode-se viver sem pensar.

(Quando Irene sonhava em voz alta, eu logo perdia o sono. Jamais consegui me acostumar com aquela voz de estátua ou de papagaio, voz que vem dos sonhos, não da garganta. Irene dizia que meus sonhos consistiam em grandes solavancos que às vezes derrubavam o cobertor. A sala ficava entre nossos quartos, mas de noite se escutava qualquer coisa na casa. Ouvíamos a respiração e a tosse um do outro, pressentíamos o gesto que leva ao interruptor do abajur, as insônias, mútuas e frequentes. Afora isso, tudo na casa estava quieto. De dia eram os rumores domésticos, o roçar metálico das agulhas de tricô, o farfalhar das folhas do álbum filatélico sendo viradas. A porta de carvalho, acho que já disse isso, era maciça. Na cozinha e no banheiro, que ficavam ao lado da casa tomada, começávamos a falar mais alto, ou então Irene entoava umas canções de ninar. Numa cozinha há muito barulho de louça e vidros para que outros sons irrompam. Pouquíssimas vezes, ali, ficávamos em silêncio, mas quando voltávamos para os quartos e para a sala a casa ficava quieta, na penumbra, e até passávamos mais devagar para não incomodá--los. Acho que era por isso que de noite, quando Irene começava a sonhar em voz alta, eu perdia o sono imediatamente.)

É quase a repetição da mesma coisa, sem as consequências. De noite costumo sentir sede, e antes de irmos nos deitar eu disse a Irene que ia até a cozinha pegar um copo d'água. Da porta do quarto (ela tricotava), ouvi barulho na cozinha: talvez na cozinha, talvez no banheiro, porque o corredor em L abafava o som. Parei de forma brusca e isso chamou a atenção de Irene, e ela veio até o meu lado sem dizer palavra. Ficamos escutando os ruídos, percebendo claramente que eram deste lado da porta de carvalho, na cozinha e no banheiro, ou no próprio corredor, quase do nosso lado.

Nem sequer nos olhamos. Apertei o braço de Irene e fomos correndo até a porta gradeada sem olhar para trás. Os ruídos soavam mais fortes, porém sempre surdos, às nossas costas. Fechei a porta de um só golpe e ficamos no saguão. Já não se ouvia nada.

— Tomaram esta parte — disse Irene. O tricô pendia de suas mãos e os fios iam até a porta e sob ela se perdiam. Ao ver que os novelos tinham ficado do outro lado, soltou o tricô sem olhá-lo.

— Teve tempo de trazer alguma coisa? — perguntei-lhe inutilmente.

— Não, nada.

Só tínhamos a roupa do corpo. Lembrei dos quinze mil pesos no armário do meu quarto. Tarde demais.

Como ainda me restava o relógio de pulso, vi que eram onze da noite. Rodeei com o braço a cintura de Irene (acho que ela estava chorando) e assim fomos para a rua. Antes de nos afastarmos senti pena, fechei bem a porta da entrada e joguei a chave no bueiro. Vai que algum pobre-diabo resolve roubar a casa e se enfiar ali, a essa hora e com a casa tomada.

DABOVE, SANTIAGO

Santiago Dabove, escritor argentino, nascido em Morón, província de Buenos Aires, em 1889; falecido em 1951. *La muerte y su traje* (1961), volume publicado postumamente, reúne seus contos fantásticos.

Ser pó
La muerte y su traje, 1961

A inexorável severidade das circunstâncias! Os médicos que me atendiam tiveram de me dar, com meus pedidos insistentes, com minhas súplicas desesperadas, várias injeções de morfina e de outras substâncias, a fim de vestir uma espécie de luva suave na garra com que habitualmente me torturava a implacável doença: uma atroz nevralgia do trigêmeo.

Eu, por minha vez, tomava mais venenos que Mitrídates. O caso era aplicar uma surdina a essa espécie de pilha voltaica ou bobina que atormentava meu trigêmeo com sua corrente de viva pulsação dolorosa. Mas que nunca se diga: esgotei meu sofrimento; essa dor não pode ser superada. Pois sempre haverá mais sofrimento, mais dor, mais lágrimas a engolir. E que não se veja nessas queixas e expressões de amargura nada além de uma das variações deste texto único, terrivelmente duro: "Não há esperança para o coração do homem!". Despedi-me dos médicos e saí levando a seringa para injeções hipodérmicas, as pílulas de ópio e todo o arsenal de minha farmacopeia habitual.

Montei a cavalo, como de hábito, para vencer os quarenta quilômetros entre esses vilarejos, que eu percorria com frequência.

Bem defronte ao cemitério abandonado e poeirento que me sugeria a ideia de uma morte dupla, a que já abrigava e a dele mesmo, que desmoronava e se transformava em ruínas, tijolo por tijolo, torrão por torrão, a desgraça me apanhou. Bem defronte dessa ruína coube a mim essa fatalidade, como a Jacó o anjo que nas trevas lhe tocou a coxa e a deslocou, não podendo vencê-lo. A hemiplegia, a paralisia que há tempos me ameaçava, derrubou-me do cavalo. Depois que caí, ele ficou pastando por um tempo e logo se afastou. Lá ficava eu abandonado naquela estrada solitária onde às vezes, dias a fio, não passava nenhum ser humano. E sem amaldiçoar minha sina; a maldição já se gastara em minha boca, não representava mais nada. Porque essa maldição fora para mim como a expressão de agradecimento que dá à vida um ser constantemente agradecido pela prodigalidade com que o mima uma existência abundante em dons.

Como o chão onde caí, a um lado do caminho, era duro, e talvez eu tivesse de permanecer ali por muito tempo e quase não conseguia me mover, dediquei-me a cavar pacientemente, com um canivete, a terra ao redor de meu corpo. A tarefa mostrou-se fácil, afinal, porque sob a superfície dura a terra era porosa. Pouco a pouco fui me enterrando numa espécie de fossa que virou um leito tolerável e quase abrigado pela umidade quente. A tarde fugia. Minha esperança e meu cavalo desapareceram no horizonte. Veio a noite, escura e fechada. Assim eu a esperava, horrenda e pegajosa de negrume, com desesperança de mundos, de lua e de estrelas. Nessas primeiras noites negras o espanto me venceu. Léguas de espanto, desespero, lembranças! Não, não, os tempos idos, lembranças! Não vou chorar por mim, nem por... Um chuvisco fino e persistente chorou por mim. No amanhecer do outro dia meu corpo estava bem colado à terra. Dediquei-me a engolir, com entusiasmo e regularidade "exemplares", pílula após pílula de ópio, e isso deve ter determinado o "sonho" que precedeu "minha morte".

Era um estranho sono-vigília e uma morte-vida. Às vezes meu corpo era mais pesado que o chumbo, outras eu absolutamente não o sentia, exceto pela cabeça, que mantinha sua sensibilidade.

Acho que passei muitos dias nessa situação e as pílulas negras continuavam rolando por minha boca e, sem serem engolidas, desciam em declive, assentando-se lá embaixo para transformar tudo em negror e em terra.

A cabeça sentia e sabia pertencer a um corpo terroso, habitado por minhocas e escaravelhos e transpassado por galerias frequentadas por formigas. O corpo experimentava certo calor e certo prazer em ser de barro e esvaziar-se cada vez mais. Assim foi, e, coisa extraordinária, os mesmos braços que no início conservavam certa autonomia de movimento, também caíram na horizontal. Apenas a cabeça parecia permanecer incólume e nutrida pelo barro, como uma planta. Mas como nenhuma condição tem repouso, teve de defender-se a dentadas das aves de rapina que tentavam comer-lhe os olhos e a carne do rosto. Pelo formigamento que sinto por dentro, acho que devo estar com um ninho de formigas perto do coração. Isso me alegra, mas me impele a andar e não se pode ser barro e andar. Tudo tem de vir a mim; não irei ao encontro de nenhum amanhecer nem entardecer, de nenhuma sensação.

Coisa curiosa: o corpo está sendo atacado pelas forças roedoras da vida e é uma massa disforme na qual nenhum anatomista distinguiria outra coisa senão barro, galerias e lavores esmerados de insetos que instalam sua casa, e todavia o cérebro conserva sua inteligência.

Eu notava que minha cabeça recebia o alimento poderoso da terra, mas de forma direta, idêntica à dos vegetais. Em vez do sangue que comanda nervosamente o coração, a seiva subia e descia lentamente. Mas o que está acontecendo agora? As coisas mudam. Minha cabeça estava quase contente por estar virando uma espécie de bulbo, de batata, de tubérculo, e agora está cheia de medo. Teme que um desses paleontólogos que passam a vida farejando a morte a descubra. Ou que esses historiadores políticos, que são os outros empresários de pompas fúnebres que chegam depois da inumação, reparem na vegetalização de minha cabeça. Mas, por sorte, não me viram.

... Que tristeza! Ser quase como a terra e ainda ter esperanças de andar, de amar.

Se tento me mover sinto como se estivesse colado, solidarizado com a terra. Estou me difundindo, logo vou virar defunto. Que planta estranha é minha cabeça! Vai ser difícil que sua singularidade incógnita perdure. Os homens descobrem tudo, até uma moeda de dois centavos enlameada.

Maquinalmente minha cabeça se inclinava em direção ao relógio de bolso que eu pusera do meu lado ao cair. A tampa que fechava a máquina estava aberta e uma fileira de pequenas formigas entrava e saía. Gostaria de poder limpá-lo e guardá-lo, mas em que farrapo do meu terno, se tudo o que tinha era quase terra?

Sentia que minha transição para vegetal não progredia muito porque uma grande vontade de fumar me torturava. Ideias absurdas me passavam pela mente. Queria ser uma planta de tabaco para não ter necessidade de fumar!

O imperioso desejo de mover-me ia cedendo ao de estar firme e nutrido por uma terra rica e protetora.

Por momentos me distraio e olho com interesse para as nuvens. Quantas formas pensam adotar antes de virarem apenas máscaras de vapor d'água? Todas vão secar? As nuvens divertem quem não pode fazer outra coisa senão olhar o céu, mas quando repetem à exaustão sua tentativa de imitar formas animais, sem maior sucesso, fico tão decepcionado que poderia observar, impávido, uma grade de arado vindo direto sobre minha cabeça.

Vou ser vegetal e não lamento, porque os vegetais descobriram sua forma de vida estática e egoísta. Seu modo de consumação e realização amorosa, por meio de telegramas de pólen, pode não nos satisfazer como nosso amor carnal e estreito. Mas é questão de experimentar e ver como são suas voluptuosidades.

Não é fácil se conformar, porém, e apagaríamos o que está escrito no livro do destino se isso já não estivesse ocorrendo.

Como odeio, agora, essa história de "árvore genealógica das famílias"; lembra-me demais minha condição trágica de estar regredindo a um vegetal. Não faço questão de dignidade nem de prerrogativas; a condição de vegetal é tão honrosa quanto a de animal, mas, para sermos lógicos, por que não representavam as ascendências humanas com a galhada de um cervo? Estaria mais de acordo com a realidade e a animalidade da questão.

Sozinho naquele deserto, os dias transcorriam lentamente sobre meu sofrimento e meu tédio. Calculava o tempo que já estava enterrado pelo comprimento de minha barba. Achava-a um pouco inchada, e sua natureza córnea, igual à da unha e da epiderme, esponjava-se como algumas fibras vegetais. Consolava-me pensando que há árvores tão expressivas como um animal ou um ser humano. Lembro-me de ter visto um álamo, corda estendida do céu até a terra. Era uma árvore com muitas folhas e galhos curtos, muito alta, mais bonita que um mastro enfeitado de navio. O vento, conforme a intensidade, tirava da folhagem uma expressão cambiante, um murmúrio, um rumor, quase um som, como um arco de violino que faz as cordas vibrarem com velocidade e intensidade graduadas.

Ouvi os passos de um homem, planta do pé de um caminhante, talvez, ou de alguém que, por não ter com que pagar a passagem de longos percursos, pôs algo parecido com um êmbolo nas pernas e uma pressão de vapor d'água no peito. Parou como se tivesse freado de repente diante de minha cara barbuda. Levou um susto e ensaiou fugir. Depois, vencido pela curiosidade, tentou me desenterrar escavando com uma navalha. Eu não sabia como fazer para falar com ele, pois, pela quase ausência de pulmões, minha voz beirava o silêncio. Como que em segredo, eu dizia: Deixe-me, deixe-me! Se me tirar da terra, como homem já não tenho nada de efetivo, e como vegetal vai me matar. Se quer proteger a vida e não ser um mero policial, não mate essa forma de existência, que também tem um quê de grato, inocente e desejável.

O homem, decerto acostumado às grandes vozes do campo, não ouvia nada, e continuou cavoucando. Então cuspi na cara dele. Ele se ofendeu e me bateu com as costas da mão. Sua simplicidade de camponês, de reações rápidas, impunha-se, sem dúvida, a toda inclinação de investigação ou pesquisa. Mas tive a impressão de que uma onda de sangue me subia à cabeça, e meus olhos coléricos estavam desafiantes como os de um esgrimista enterrado junto com espadas, pista e ponta hábil que procura ferir.

A expressão de boa pessoa, desolada e serviçal que o homem fez, advertiu-me de que ele não era da raça cavalheiresca e duelista. Deu a impressão de querer se retirar sem se aprofundar mais no mistério... e foi embora, de fato, virando o pescoço por um bom tempo para continuar olhando... Mas havia algo nisso tudo que me fez estremecer, algo referente a mim mesmo.

Como é comum acontecer com muita gente quando se encoleriza, o rubor subiu-me às faces. Vocês devem ter observado que sem espelho não conseguimos ver do rosto senão um lado do nariz e uma parte muito pequena do queixo e lábio correspondente, e tudo isso bem borrado e fechando um olho. Eu, que fechara o olho esquerdo como se fosse duelar com uma pistola, pude entrever nos planos confusos pela proximidade demasiada, do lado direito, nesse rosto que em outros tempos a dor tanto teria fatigado, pude entrever, ah!... a ascensão de um "rubor verde". Seria seiva ou sangue? Se fosse este último: a clorofila das células periféricas lhe daria um ilusório aspecto esverdeado?... Não sei, mas acho que sou menos homem a cada dia.

... Diante do antigo cemitério eu me transformava pouco a pouco num cacto solitário no qual os rapazes ociosos provariam seus canivetes. Eu, com essas mãozorras enluvadas e carnudas que os cactos têm, daria palmadinhas em suas costas suadas e sentiria com prazer "seu cheiro humano". Seu cheiro?, mas ora, com o quê?, se a acuidade de todos os meus sentidos está diminuindo em progressão geométrica.

Assim como o ruído tão variado e agudo das dobradiças das portas nunca se tornará música, minha agitação de animal, estridência na criação, não combinava com a atividade calada e serena dos vegetais, com seu grave repouso. E eu só podia entender justamente o que esses últimos não sabem: que são elementos da paisagem.

Sua tranquilidade e inocência, seu possível êxtase, talvez equivalham à intuição de beleza que a "cena" de seu conjunto oferece ao homem.

Por mais que se valorizem a atividade, a mudança, a translação humanas, na maioria dos casos o homem se move, anda, vai e vem num calabouço filiforme, prolongado. Quem tem por horizonte as quatro paredes bem conhecidas e apalpadas não difere muito daquele que percorre as mesmas rotas diariamente para cumprir tarefas sempre iguais, em circunstâncias não muito diferentes. Esse cansaço todo não vale o que vale o beijo mútuo, e nem sequer pactuado, entre o vegetal e o sol.

Mas tudo isso não passa de sofisma. Cada vez mais morro como homem e essa morte me cobre de espinhos e camadas clorofiladas.

E agora, diante do cemitério poeirento, diante da ruína anônima, o cacto "ao qual pertenço" se desagrega, seu caule cortado por uma machadada. Que venha o pó igualitário! Neutro? Não sei, mas teria de ter vontade o fermento que novamente se pusesse a trabalhar com matéria ou coisa como "a minha", tão trabalhada de decepções e desmoronamentos!

DAVID-NEEL, ALEXANDRA

Alexandra David-Neel, orientalista francesa, nascida em Paris [1868-1969]. Viveu muitos anos no Tibete; conhece intimamente o idioma, a hagiografia e os costumes da região. É autora de *Iniciações tibetanas* (1930), *O lama das cinco sabedorias* (1929); *Le Bouddhisme, ses doctrines et ses méthodes* (1936); *Les Théories individualistes dans la philosophie chinoise* (1909).

Gulodice mística
Parmi les Mystiques et les magiciens du Tibet, 1929

Na beira de um rio, um monge tibetano encontrou um pescador preparando uma sopa de peixes numa caçarola. O monge, sem dizer palavra, bebeu toda a caçarola de sopa fervente. O pescador reprovou sua gulodice. O monge entrou na água e urinou: os peixes que ele comera saíram e foram embora nadando.

No encalço do mestre
Parmi les Mystiques et les magiciens du Tibet, 1929

Então o discípulo atravessou o país em busca do mestre predestinado. Sabia seu nome: Tilopa; sabia-o imprescindível. Perseguia-o de cidade em cidade, sempre com atraso.

Uma noite, faminto, bate à porta de uma casa e pede comida. Sai um bêbado e com voz troante lhe oferece vinho. O discípulo recusa, indignado. A casa inteira desaparece; o discípulo

fica sozinho no meio do campo, a voz do bêbado grita para ele:
Eu era Tilopa.

De outra feita, um aldeão lhe pede ajuda para esfolar um cavalo morto; enojado, o discípulo se afasta sem responder; uma voz zombeteira grita para ele: Eu era Tilopa.

Num desfiladeiro, um homem arrasta uma mulher pelos cabelos. O discípulo ataca o foragido e consegue que ele solte sua vítima. Bruscamente se vê sozinho e a voz lhe repete: Eu era Tilopa.

Uma tarde, chega a um cemitério; vê um homem encolhido junto a uma fogueira de enegrecidos restos humanos; compreende, prosterna-se, segura os pés do mestre e coloca-os sobre sua cabeça. Dessa vez Tilopa não desaparece.

DUNSANY, LORD

Lord Dunsany, escritor irlandês, nascido em Londres em 1878; falecido na Irlanda em 1957. Lutou na Guerra dos Bôeres e na de 1914. Autor de *Time and the Gods* (1906), *The Sword of Welleran and Other Stories* (1908), *A Dreamer's Tales* (1910), *King Argimenes and the Unkwown Warrior* (1911), *Unhappy Far-off Things* (1919), *The Curse of the Wise Woman* (1933), *Patches of Sunlight* (1938). Seus livros de memórias, da época da Segunda Guerra Mundial, são admiráveis.

Uma noite na taberna

A. E. SCOTT-FORTESCUE (O MENINO): um cavalheiro decadente

WILLIAM JONES (BILL): marinheiro

ALBERT THOMAS: marinheiro

JACOB SMITH (SNIGGERS): marinheiro

TRÊS SACERDOTES DE KLESH

KLESH

Sniggers e Bill conversam; o Menino lê um jornal; Albert está sentado mais longe.

SNIGGERS Gostaria de saber o que pretende fazer.

BILL Não sei.

SNIGGERS E por mais quanto tempo vai nos segurar aqui?

BILL Já se passaram três dias.

SNIGGERS E não vimos vivalma.

BILL E nos custou uns bons cobres de aluguel.

SNIGGERS Até quando alugou a taberna?

BILL Com ele, nunca se sabe.

SNIGGERS Isso aqui é bastante solitário.

BILL Menino, até quando alugou a taberna?

O Menino continua lendo um jornal de corridas; não presta atenção no que dizem.

SNIGGERS Também... é um menino...

BILL Mas é esperto, sem dúvida.

SNIGGERS Esses espertos são mandados para causar desastres. Têm ótimas ideias, mas não trabalham, e para eles as coisas dão mais errado do que para mim e para você.

BILL Ah!

SNIGGERS Não gosto deste lugar.

BILL Por quê?

SNIGGERS Não gosto do aspecto.

BILL Ele nos mantém aqui para que aqueles negros não nos encontrem. Os três sacerdotes que nos procuravam. Mas queremos ir embora e vender o rubi.

ALBERT Mas não tem motivo para isso.

BILL Por quê, Albert?

ALBERT Porque despistei aqueles demônios, em Hall.

BILL Despistou-os, Albert?

ALBERT Os três, os indivíduos com as manchas de ouro na testa. Eu estava com o rubi e os despistei, em Hall.

BILL Como fez isso, Albert?

ALBERT Eu tinha o rubi e eles estavam me seguindo.

BILL Quem disse para eles que você estava com o rubi? Você lhes mostrou a pedra?

ALBERT Não, mas eles sabiam.

BILL Sabiam, Albert?

ALBERT Sim, eles sabem quando alguém está com ele. Bem, então me perseguiram e eu contei para um guarda, que me disse que eram três pobres negros e que não me fariam nada. Quando penso no que fizeram em Malta ao pobre Jim!

BILL Sim, e a Jorge em Bombaim, antes de embarcarmos; por que você não tentou detê-los?

ALBERT Está se esquecendo do rubi.

BILL Ah!

ALBERT Bem, fiz uma coisa melhor ainda. Caminhei por Hall de uma ponta a outra. Ando bem devagar. De repente, dobro uma esquina e corro. Não passo uma esquina sem dobrá-la, embora de vez em quando eu pule uma, para enganá-los. Disparo como uma lebre, depois me sento e espero. Não os vi mais.

SNIGGERS Como?

ALBERT Não apareceram mais demônios negros com manchas douradas na cara. Eu os despistei.

BILL Fez bem, Albert.

SNIGGERS (*depois de olhá-lo com satisfação*) Por que não nos contou?

ALBERT Porque não se pode falar. Ele tem seus planos e pensa que somos idiotas. As coisas têm de ser feitas como ele quer. Mas eu os despistei. Talvez já tenham levado uma facada, faz tempo, mas eu os despistei.

BILL Fez bem, Albert.

SNIGGERS Ouviu isso, Menino? Albert os despistou.

O MENINO Sim, eu ouvi.

SNIGGERS E o que acha?

O MENINO Ah! Fez bem, Albert.

ALBERT E o que vai fazer?

O MENINO Esperar.

ALBERT Nem ele sabe o que espera.

SNIGGERS É um lugar horrível.

ALBERT Isso está ficando chato, Bill. Nosso dinheiro está acabando e queremos vender o rubi. Vamos até uma cidade.

BILL Mas ele não vai querer vir.

ALBERT Pois então que fique.

SNIGGERS Se nos aproximarmos de Hall, entraremos pelo cano.

ALBERT Iremos a Londres.

BILL Mas ele tem de receber a parte dele.

SNIGGERS Tudo bem. Mas nós temos de ir. *(para o Menino)* Vamos embora. Está me ouvindo?

O MENINO Tomem.

Tira um rubi do bolso do colete e o entrega; é do tamanho de um ovo de galinha. Continua lendo o jornal.

ALBERT Vamos, Sniggers.

Saem Albert e Sniggers.

BILL Adeus, velho. Vamos lhe dar sua parte, mas não há nada a fazer aqui, não há mulheres, não há festas e temos de vender o rubi.

O MENINO Não sou idiota, Bill.

BILL Não, é claro que não. E nos ajudou muito. Tchau. Dê tchau para nós.

O MENINO Mas é claro. Tchau.

Continua lendo o jornal. Bill sai. O Menino põe um revólver sobre a mesa e continua a leitura.

SNIGGERS *(sem fôlego)* Voltamos, menino.

O MENINO Sei.

ALBERT Menino, como eles chegaram até aqui?

O MENINO Caminhando, naturalmente.

ALBERT Mas são oitenta milhas.

SNIGGERS Sabia que estavam aqui, menino?

O MENINO Estava esperando por eles.

ALBERT Oitenta milhas!

BILL Velho, o que vamos fazer?

O MENINO Pergunte para o Albert.

BILL Se conseguem fazer coisas como esta, ninguém pode nos salvar, só você, Menino. Eu sempre disse que você era muito esperto. Deixemos de idiotices. Vamos obedecer a você, Menino.

O MENINO Vocês são bastante corajosos e bastante fortes. Não há muitos capazes de roubar um olho de rubi da cabeça de um ídolo, e de um ídolo como aquele, e naquela noite. Você é bastante corajoso, Bill. Mas os três são idiotas. Jim não queria ouvir meus planos. Onde está Jim? E Jorge, o que fizeram com ele?

SNIGGERS Chega, Menino.

O MENINO Bem, a força não lhes serve de nada. Precisam de inteligência; caso contrário, vão acabar com vocês como acabaram com o Jorge e o Jim.

TODOS Ui!

O MENINO Esses sacerdotes negros vão nos seguir ao redor do mundo, em círculos.

Ano após ano, até recuperarem o olho de seu ídolo. Se morrermos, vão perseguir nossos netos. E esse tonto pensa que pode se salvar de homens assim, dobrando algumas esquinas em Hall.

ALBERT Você também não escapou deles, pois estão aqui.

O MENINO Era o que eu esperava.

ALBERT *Esperava?*

O MENINO Sim, embora não esteja anunciado nas colunas sociais. Mas aluguei esta chácara especialmente para recebê-los. Querendo, tem-se bastante espaço; é bem localizada, e, o que é mais importante, fica num bairro muito tranquilo. Então, para eles estou em casa esta tarde.

BILL Você é astuto.

O MENINO Lembrem que só há meu engenho entre vocês e a morte; não queiram opor seus planos aos de um cavalheiro.

ALBERT Se é um cavalheiro, por que não anda entre cavalheiros em vez de andar conosco?

O MENINO Porque fui inteligente demais para eles, como sou inteligente demais para vocês.

ALBERT Inteligente demais para eles?

O MENINO Nunca perdi uma partida de baralho em minha vida.

BILL Nunca perdeu uma partida!

O MENINO Quando jogava por dinheiro.

BILL Bom, bom.

O MENINO Vamos jogar uma partida de pôquer?

TODOS Não, obrigado.

O MENINO Então façam o que os mandarem fazer.

BILL Está bem, Menino.

SNIGGERS Acabei de ver alguma coisa. Será que não é melhor fechar as cortinas?

O MENINO Não.

SNIGGERS Quê?

O MENINO Não feche as cortinas.

SNIGGERS Bom, tudo bem.

BILL Mas, Menino, eles podem nos ver. Não se deve permitir isso ao inimigo. Não vejo por quê...

O MENINO Não, claro que não.

BILL Bom, está bem, Menino.

Todos começam a sacar revólveres.

O MENINO (*guardando o seu*) Nada de revólveres, por favor.

ALBERT Por que não?

O MENINO Porque não quero barulho na minha festa. Poderiam entrar comensais que não foram convidados. Facas, tudo bem.

Todos sacam suas facas. O Menino faz um sinal para que não as saquem ainda; já retomou o rubi.

BILL Acho que estão vindo, Menino.

O MENINO Ainda não.

ALBERT Quando virão?

O MENINO Quando eu estiver pronto para recebê-los; não antes disso.

SNIGGERS Queria que isso acabasse de uma vez.

O MENINO Queria? Bem, estão aí agora.

SNIGGERS Agora?

O MENINO Sim, escutem. Façam o que me virem fazer. Finjam todos que vão sair. Vou lhes mostrar como. O rubi está comigo. Quando me virem sozinho, virão buscar o olho do ídolo.

BILL Como vão saber que o rubi está com você?

O MENINO Confesso que não sei, mas eles sabem.

SNIGGERS Que vai fazer quando eles entrarem?

O MENINO Nada, nada.

SNIGGERS Como?

O MENINO Vão se aproximar devagar, e de repente me atacarão pelas costas. Então meus amigos Sniggers, Bill e Albert, que os despistaram, farão o que puderem.

BILL Tudo bem, Menino. Confie em nós.

O MENINO Se se atrasarem um pouco, vão ver a representação do animado espetáculo que acompanhou a morte de Jim.

SNIGGERS Não, Menino. Vamos nos portar bem.

O MENINO Ótimo. Agora, observem-me.

Vai até a porta da direita, passando diante da janela. Abre-a para dentro; protegido pela porta aberta, cai de joelhos e a fecha para que pensem que saiu. Faz um sinal para os outros, que o entendem. Fingem entrar do mesmo modo.

O MENINO Agora vou me sentar de costas para a porta. Vocês saem, um por um. Agachem-se bem. Eles não podem vê-los pela janela.

Bill efetua seu simulacro de saída.

O MENINO Lembrem-se, não quero revólveres. A polícia tem fama de curiosa.

Os outros dois seguem Bill. Os três estão agachados atrás da porta da direita. O Menino põe o rubi sobre a mesa e acende um cigarro. A porta de trás se abre tão suavemente que é impossível dizer quando o movimento começou. O Menino apanha o jornal. Um hindu se esgueira lentamente, tentando se esconder atrás das cadeiras. Move-se para a esquerda do Menino. Os marinheiros estão à sua direita. Sniggers e Albert se inclinam para a frente. O braço de Bill os segura. O sacerdote se aproxima do Menino. Bill confere se não entra nenhum outro. Pula descalço e esfaqueia o sacerdote. O sacerdote quer gritar, mas a mão esquerda de Bill aperta sua boca. O Menino continua lendo o jornal. Sem ao menos se virar.

BILL (*sotto voce*) Só tem um, menino. Que fazemos?

O MENINO (*sem mover a cabeça*) Só um?

BILL Sim.

O MENINO Um momento. Deixe-me pensar. (*ainda lendo o jornal*) Ah, sim. Recue, Bill. Devemos atrair outro hóspede. Está pronto?

BILL Sim.

O MENINO Ótimo. Agora vocês verão minha morte em minha residência de Yorkshire. Vocês terão de receber as visitas em meu nome.

Pula diante da janela. Agita os braços e cai perto do sacerdote morto.

O MENINO Estou pronto.

Seus olhos se fecham. Uma longa pausa. A porta se abre de novo, lentamente. Outro sacerdote se esgueira dentro do quarto. Tem três manchas de ouro na testa. Olha ao redor, esgueira-se até onde está seu companheiro, vira-o e examina suas mãos fechadas. Aproxima--se do Menino. Bill se precipita sobre ele e o esfaqueia. Com a mão esquerda tapa sua boca.

BILL (*sotto voce*) Pegamos só dois, Menino.

O MENINO Falta um.

BILL Que fazemos?

O MENINO (*sentando*) Hum!

BILL Este é, de longe, o melhor método.

O MENINO Nem pensar. Não faça duas vezes o mesmo jogo.

BILL Por que não, Menino?

O MENINO Não dá resultado.

BILL Quando?

O MENINO Pronto, Albert. Agora vai entrar. Já lhe mostrei como deve fazer.

ALBERT Sim.

O MENINO Corra até aqui e lute contra esses dois homens na janela.

ALBERT Mas estão...

O MENINO Sim, estão mortos, meu perspicaz Albert. Mas Bill e eu vamos ressuscitá-los.

Bill segura um morto.

O MENINO Está bem, Bill. (*faz o mesmo*) Sniggers, venha nos ajudar. (*Sniggers se aproxima*) Fiquem agachados, bem agachados; Sniggers, mova os braços deles. Não se deixe ver. Agora, Albert, para o chão. Mataram nosso Albert. Para trás, Bill. Para trás, Sniggers. Quieto, Albert. Não se mova, quando ele entrar. Nem um músculo.

Surge um rosto na janela, e ali permanece por um momento. A porta se abre e entra o terceiro sacerdote olhando cautelosamente ao redor. Vê os corpos de seus companheiros e olha para trás. Desconfia de algo. Pega uma das facas e com uma faca em cada mão dá as costas para a parede. Olha para a esquerda e a direita.

O MENINO Vamos, Bill.

O sacerdote corre para a porta. O Menino esfaqueia pelas costas o último sacerdote.

O MENINO Bom trabalho, meus amigos.

BILL Muito bem-feito. Você é um gênio.

ALBERT Se é.

SNIGGERS Acabaram os negros, Bill?

O MENINO Não há mais nenhum no mundo.

BILL Aí estão todos. Só havia três no templo. Três sacerdotes e seu ídolo imundo.

ALBERT Quanto será que vale, menino? Mil libras esterlinas?

O MENINO Vale todo o dinheiro que existe. Vale quanto quisermos pedir. Podemos pedir o que quisermos por ele.

ALBERT Então estamos milionários.

O MENINO Sim, e o que é melhor, já não temos herdeiros.

BILL Agora precisamos vendê-lo.

ALBERT Não vai ser tão fácil. É uma pena que seja tão grande e que não tenhamos meia dúzia. O ídolo não tinha outros?

BILL Não. Era todo de jade verde e tinha só este olho. Ficava no meio da testa, era horrível de ver.

SNIGGERS Devemos ser muito gratos ao Menino.

BILL Sem dúvida.

ALBERT Se não fosse ele...

BILL Claro, se não fosse o Menino...

SNIGGERS Ele é muito esperto.

O MENINO Eu tenho o dom de adivinhar as coisas.

SNIGGERS Agora acredito.

BILL Acho que não pode acontecer nada que o Menino não adivinhe. Não é verdade, Menino?

O MENINO Sim, também acho difícil.

BILL Para o Menino a vida é como uma partida de baralho.

O MENINO Bem, esta partida nós ganhamos.

SNIGGERS (*olhando pela janela*) Não convém que nos vejam.

O MENINO Não há perigo. Estamos sozinhos neste ermo.

BILL Onde vamos metê-los?

O MENINO Enterrem-nos na adega; mas não há pressa.

BILL E depois, menino?

O MENINO Depois iremos a Londres e agitaremos o mercado de rubis. Nós nos saímos muito bem dessa.

BILL A primeira coisa que devemos fazer é oferecer um banquete para o menino. E os sujeitos nós enterraremos esta noite.

ALBERT De acordo.

SNIGGERS Muito bem.

BILL E todos nós beberemos à sua saúde.

ALBERT Viva o Menino!

SNIGGERS Devia ser general ou primeiro-ministro.

Tiram da cristaleira garrafas etc.

O MENINO Bem, ganhamos a comida.

BILL (*com o copo na mão*) À saúde do Menino, que adivinhou tudo.

ALBERT e SNIGGERS Viva o Menino!

BILL O Menino que salvou nossa vida e nos deixou ricos.

ALBERT e SNIGGERS Bravo, bravo!

O MENINO E à saúde de Bill, que me salvou duas vezes esta noite.

BILL Consegui fazer isso graças a sua astúcia, menino.

SNIGGERS Bravo, bravo, bravo!

ALBERT Adivinha tudo.

BILL Discurso, Menino. Um discurso do nosso general.

TODOS Sim, um discurso.

SNIGGERS Um discurso.

O MENINO Bem, me dê um pouco de água. Este uísque me subiu à cabeça e preciso mantê-la clara até que nossos amigos estejam guardados no porão.

BILL Água. Claro que sim. Traga-lhe um pouco de água, Sniggers.

SNIGGERS Ainda não usamos água aqui. Onde será que tem?

BILL No jardim.

Sniggers sai.

ALBERT Um brinde à nossa boa sorte.

Todos bebem.

BILL Um brinde a sir Albert Thomas. (*bebe*)
O MENINO A sir Albert Thomas.
ALBERT A sir William Jones.
O MENINO A sir William Jones.

O Menino e Albert bebem. Entra Sniggers, aterrorizado.

O MENINO Aqui temos de volta sir Jacob Smith, juiz de paz, aliás, Sniggers.
SNIGGERS Estive pensando na parte que me cabe pelo rubi. Não quero nada, não quero nada.
O MENINO Que absurdo, Sniggers, que absurdo!
SNIGGERS Você terá a sua, Menino, você terá a sua; mas diga que Sniggers não vai receber nada pelo rubi. Diga, Menino, diga.
BILL Vai se dedicar à delação, Sniggers?
SNIGGERS Não, não. Mas não quero o rubi, menino.
O MENINO Chega de despropósitos, Sniggers. Todos nós estamos envolvidos neste assunto. Se enforcarem um, enforcam todos. Mas eu não vou ser embromado. Além disso, não é questão de forca: eles tinham facas.
SNIGGERS Menino, Menino, eu sempre me portei bem com você, menino. Eu sempre disse: não tem ninguém como o Menino. Mas que me deixem devolver minha parte, Menino.
O MENINO O que está querendo? O que houve?
SNIGGERS Aceite-a, Menino.
O MENINO Responda, o que anda tramando?
SNIGGERS Eu não quero a minha parte.
BILL Você viu a polícia?

Albert saca sua faca.

O MENINO Não, facas não, Albert.
ALBERT Então o quê?

O MENINO A pura verdade no tribunal, sem contar do rubi. Fomos agredidos.

SNIGGERS Não se trata da polícia.

O MENINO Então o que é?

BILL Fale, fale.

SNIGGERS Juro por Deus...

ALBERT E aí?

O MENINO Não interrompa.

SNIGGERS Juro que vi uma coisa de que não gosto.

O MENINO De que não gosta?

SNIGGERS (*chorando*) Oh, Menino, Menino! Aceite minha parte! Diga que aceita!

O MENINO O que será que ele viu?

Silêncio, interrompido apenas pelos soluços de Sniggers. Ouvem-se passos de pedra. Entra um ídolo atroz. Está cego. Dirige-se às cegas para o rubi. Pega-o e o encaixa na testa. Sniggers continua chorando. Os outros olham, horrorizados. O ídolo sai com altivez: agora vê. Seus passos se afastam, depois param.

O MENINO Meu Deus.

ALBERT (*com voz infantil e chorosa*) O que era aquilo, menino?

BILL É o terrível ídolo que veio da Índia.

ALBERT Foi embora.

BILL Levou o olho.

SNIGGERS Estamos salvos.

UMA VOZ (*lá fora, com sotaque estrangeiro*) Sir William Jones, marinheiro.

O Menino, imóvel e mudo, olha estupidamente. Com horror.

BILL Albert, o que é isso?

Levanta-se e sai. Ouve-se um gemido, Sniggers olha pela janela. Recua, transtornado.

ALBERT (*murmura*) O que houve?
SNIGGERS Eu vi. Eu vi.

Volta para a mesa.

O MENINO (*pegando suavemente o braço de Sniggers*) O que era, Sniggers?
SNIGGERS Eu vi.
ALBERT O quê?
SNIGGERS Ah!
A VOZ Sir Albert Thomas, marinheiro.
ALBERT Devo sair, Menino, devo sair?
SNIGGERS (*agarrando-o*) Não se mova.
ALBERT (*saindo*) Menino, Menino... (*sai*)
A VOZ Sir Jacob Smith, marinheiro.
SNIGGERS Não posso sair, Menino, não posso, não posso. (*sai*)
A VOZ Sir Arnold Everett Scott-Fortescue, marinheiro.
O MENINO Isto eu não previ. (*sai*)

Cai o pano.

FERNÁNDEZ, MACEDONIO

Macedonio Fernández, metafísico e humorista argentino, nascido em Buenos Aires em 1874; falecido em 1952. Sua obra, originalíssima, distingue-se pelo fervor e pelas contínuas invenções. Lembremos: *No toda es vigilia la de los ojos abiertos* (1928) e *Papeles de recienvenido* (1930).

Tantália

O mundo é de inspiração tantálica.

Primeiro momento: o cuidador de uma plantinha

Ele acaba de se convencer de que sua sentimentalidade, capacidade de simpatia, que há tempos vem lutando para recuperar, está totalmente esgotada, e, nas aflições dessa descoberta, reflete e chega à conclusão de que cuidar de uma plantinha frágil, de uma vida mínima, daquilo que mais precisa de carinho, talvez deva ser o começo de sua reeducação sentimental.

Poucos dias depois dessa meditação e dos projetos pendentes, Ela, sem desconfiar de tais cismas, mas movida por uma leve desconfiança do empobrecimento afetivo que se dava com ele, manda-lhe de presente uma muda de trevo.

Ele resolve adotá-la para dar início ao procedimento imaginado. Entusiasmado, cuida dela por um tempo e vai percebendo a infinidade de atenções e proteções, passíveis de um descuido fatal, exigidas para assegurar a vida de um ser tão frágil, que um gato, uma geada, um golpe, a sede, o calor, o vento, ameaçam. Amedronta-o a possibilidade de vê-la morrer um dia, ao menor descuido; não é só o medo de perdê-la para seu amor, como também, conversando com Ela, suscetíveis como todos os que estão às voltas com a paixão, ainda mais quando um sente diminuir essa paixão, ficam obcecados com a ideia de que o destino da vida da plantinha e o de sua própria vida ou de seu amor estão, de alguma forma, vinculados. Foi Ela que veio um dia lhe dizer que esse trevo seria o símbolo da existência de seu amor.

Passam a ter receio de que a plantinha morra e de que com ela morra um deles, ou o pior: o amor deles, única morte que há. Desse dia em diante são vistos se remoendo em conversas, dominados por um pavor crescente. Resolvem então anular a identidade reconhecível da plantinha para que, escapando do mau agouro de matá-la, no mundo não haja nada identificável a cuja existência a vida e o amor deles estejam subordinados; e ainda se colocam, assim, na firme ignorância de nunca saber se aquele ser vegetal, que tão singularmente se tornara parte das vicissitudes de uma paixão humana, está morto ou vivo. E de noite decidem, numa paragem que não lhes é reconhecível, fazê-la desaparecer num vasto campo de trevos.

Segundo momento: identidade de um pé de trevo

Mas a agitação que Ele sentia crescer já há algum tempo, e o desencanto dos dois por terem de renunciar à iniciada tentativa de reeducação de sua sensibilidade e ao costume e ao apego de cuidar da plantinha que nele alvorecia, traduzem-se num ato oculto que traz de volta esse labor de esquecimento nas sombras. No caminho, sem perceber com clareza, não obstante certa palpitação angustiante que Ela sente, Ele se inclina e colhe outro pé de trevo.

— O que está fazendo?

— Nada.

Separaram-se ao amanhecer, Ela com algum sobressalto, em ambos o alívio de não se reconhecerem mais dependentes da existência simbólica dessa plantinha, e em ambos também o pavor que sentimos em todas as situações irreparáveis, quando acabamos de criar uma impossibilidade qualquer, como, neste caso, a impossibilidade de saber se ainda estava viva ou qual era a plantinha que fora, no início, um presente de amor.

Terceiro momento: o torturador de um trevo

"De múltiplos modos e males vejo-me sem os prazeres da inteligência e da arte, e dos sensuais, que se oferecem em torno. Vou ficando surdo, tendo sido a música meu maior deleite; os longos passeios pelos arredores se tornam impossíveis em virtude de minha decadência fisiológica. E assim por diante...

"Este pé de trevo foi escolhido por mim para a Dor, entre muitos outros: escolhido, coitadinho! Verei se consigo inventar para ele um mundo de Dor. Verei se sua Inocência e sua Tortura alcançam um ponto em que alguma coisa irrompa no Ser, na Universalidade, algo que clame e que obtenha o Nada para ele e para o todo, a total Cessação, pois o mundo é tal que não há sequer a morte individual; o cessar do Todo ou a eternidade inexorável para todos. A única cessação inteligível é a do Todo; a particular, de que o que "sentiu" uma vez pare de sentir, ficando inexistente, tendo ele cessado, a realidade restante é uma contradição verbal, uma concepção impossível.

"Escolhido entre milhões, a ti coube ser, ser para a Dor! Ainda não; a partir de amanhã serei contigo um artista da Dor!

"Durante três dias, sessenta, setenta horas, o vento do verão foi constante, oscilando dentro de um breve ângulo, foi e voltou de um som e direção a uma pequena variação de som e direção; e a porta de meu quarto, contida entre a dobradiça e uma cadeira que posicionei para diminuir sua oscilação, batia sem parar, e o postigo de minha janela também batia sem parar ao sabor do vento. Sessenta, setenta horas, e a folha da porta e o postigo cedendo minuto a minuto sob a pressão diversa, e eu ciente, sentado ou me embalando na cadeira de balanço.

"Parece, então, que pensei: isto é a Eternidade. Parece que foi por tudo isso que eu estava vendo, por essa formulação de tédio, de falta de sentido, de não finalidade, de tudo é a mesma coisa, dor, prazer, crueldade, bondade, que me veio o pensamento de virar torturador de uma plantinha.

"Vou experimentar — repetia comigo —, agora sem tentar amar de novo, torturar o ser mais frágil e indefeso, a forma de vida mais mansa e vulnerável: serei o torturador desta plantinha. Esta é a coitadinha escolhida entre milhares para suportar meu engenho e meu empenho torturadores. Posto que ao me animar a fazer a felicidade de um trevo fui obrigado a renunciar à tentativa e a desterrá-lo de mim com uma sentença de irreconhecibilidade, o pêndulo de minha vontade pervertida e arruinada foi até o outro extremo e despontou mudado em seu contrário, no mal-querer, e iluminou prontamente a ideia de martirizar a inocência e o desamparo a fim de levar o Cosmo ao suicídio, envergonhado de que em seu seio prosperasse uma cena tão repulsiva e covarde. Afinal de contas, o Cosmo também me criou!

"Eu nego a Morte, não existe a Morte nem como ocultação de um ser para o outro, quando para eles existiu o amor completo; e a nego não somente como morte para si mesmo. Se não existe a morte de quem sentiu uma vez, por que não há de haver o deixar de ser total, aniquilamento do Todo? Tu, sim, és possível, Cessação eterna. Em ti nos abrigaríamos todos que não acreditamos na Morte e que tampouco estamos conformes com o ser, com a vida.

E acredito que o Desejo pode chegar a agir diretamente, sem a mediação de nosso corpo, sobre o Cosmo, e que a Fé pode mover montanhas; eu acredito mesmo que ninguém mais acredite.

"Não posso reavivar a lacerante lembrança da vida de dor que sistematizei, inventando a cada dia novas maneiras cruéis para fazê-la sofrer sem matá-la.

"Como quem pisa em brasas direi que a assentava todos os dias próxima e intocada dos raios de sol, e tinha a minuciosa crueldade de desviá-la dos avanços da luz solar. Regava-a apenas para que não morresse, mas a rodeava de vasilhas de água e inventava fiéis rumores de chuva e de chuviscos vizinhos, que não chegavam a refrescá-la. Tentar, e não dar... O mundo é uma mesa posta da Tentação com infinitos obstáculos interpostos e não menor variedade de estorvos que de dádivas. O mundo é de inspiração tantálica; desdobramento de um imenso fazer-se desejar que se chama Cosmo, ou melhor, Tentação. Tudo o que um trevo deseja e tudo o que um homem deseja lhe é dado e negado. Pensei também; tente e depois negue. Meu lema interior, meu tantalismo, era buscar as requintadas e máximas condições de sofrimentos sem tocar na vida, procurando, ao contrário, a vida mais plena, a sensibilidade mais viva e exaltada para o padecimento. E aí consegui que estremecesse com a dor da privação tantálica. Mas não podia olhar para ele, nem tocá-lo; a repulsa por minha própria obra me vencia (quando o arranquei, naquela noite tão negra para meu espírito, não olhei para onde estava e seu contato me foi por demais odioso). O rumor da chuva que não lhe estendia seu úmido frescor fazia com que se retorcesse.

"Escolhido entre milhões para um destino de martírio! Escolhido! Coitadinho! Oh, tua dor há de saltar o mundo! Quando te arranquei, tu já havias sido escolhido por minha ânsia de atormentar."

Quarto momento: novo sorrir
A fórmula radical, íntima, do que Ele miseravelmente estava fazendo, era a ambição e a ansiedade de obter a substituição, pelo Nada da Totalidade, de tudo que existe, do que existiu,

do que é, de toda a Realidade material e espiritual. Acreditava que o Cosmo, o Real, não poderia suportar aquilo por muito tempo, envergonhando-se de abrigar em seu âmbito tal cena de tortura exercida sobre um primeiro elo do ser mais frágil e delicado, pelo maior poder e dotação do ser. O Homem tiranizando um trevo! Era para isso que o Homem existira! A irritação pela recusa ao que se oferece enlouquece de perversidade um homem de máximo pensamento. Daí o martírio covarde, o repugnante contentamento do poder maior e sua perfídia sobre uma existência mínima.

Seu pensamento conhecia a igual possibilidade do Nada e do Ser e acreditava ser plenamente inteligível e possível uma total substituição do Todo-Ser pelo Todo-Nada. Ele, como o máximo da Consciência de Vida, como homem, e homem excepcional em dotes, era quem poderia, num refinamento último do pensamento, encontrar a mola, o talismã que poderia determinar a opção do Ser pelo Nada, opção ou substituição ou "empuxo para fora" do Ser pelo Nada. Porque, na verdade, me diga se não é assim, se não é verdade que não há nenhum elemento mental que possa decidir que o Nada ou o Ser diferem em sua *possibilidade* de se dar em qualquer grau; se não é totalmente possível que se dê o Nada em vez do Ser. Isso é verdade, evidentemente, porque o mundo é ou não é, mas se é, é causalístico, e assim, sua cessação, seu não ser, é causável; embora a mola procurada não determine a cessação do Ser, talvez uma outra venha a determiná-la... Se a ocorrência do Mundo ou do Nada tem absoluta igual possibilidade, nesse equilíbrio ou balança de Ser e de Nada, um fiapo, uma gota de orvalho, um suspiro, um desejo, uma ideia, podem ser eficazes para precipitar a alternativa a um Mundo de Não-Ser de um Mundo de Ser.

Um dia chegaria o Salvador-do-Ser...

(Digo isso comentando, teorizando o que Ele fez, mas não sou Ele.)

Um dia, porém, Ela veio:

— Me diga, o que fez naquela noite?, pois ouvi o barulho surdo de uma plantinha sendo arrancada, o som da terra que abafa o arrancar de uma raiz tenra. Foi isso que eu ouvi?

Mas Ele, após longa peregrinação em busca de uma resposta, sentiu-se novamente em seu estado natural e começou a chorar nos braços d'Ela, e a amou de novo, imensamente, como antes. Era um choro que havia uns dez ou doze anos não conseguia derramar, que inchava seu coração, que o fez querer explodir o mundo, e ao ser-lhe recordado o gritinho, o murmúrio abismante da dorzinha vegetal, de pequena raiz arrancada, foi disso que sua natureza precisou para que o choro, transbordando, lavasse todo o seu ser e o fizesse retornar aos dias de sua plenitude amorosa! Um gritinho sufocado de raiz lastimosa entre a terra, assim como pôde decidir para o Não-Ser toda a Realidade, pôde então mudar toda a vida interior d'Ele.

Acredito nisso. E aquilo em que as pessoas acreditam é muito maior do que nossa capacidade de acreditar naquilo — quem se mede pela capacidade de acreditar? —; não me diga, pois, ser absurdo temerário acreditar. Toda mulher acredita que a vida do amado pode depender do murchar de um cravo que ela lhe der, se por acaso o amado se descuidar e não o puser no vaso que ela lhe presenteou em outros tempos. Toda mãe acredita que o filho que parte com sua "bênção" está protegido do mal; toda mulher acredita que sua reza fervorosa tem poder sobre os destinos. Tudo-é-possível é minha crença. Assim, pois, Eu acredito.

A verborragia de muitos metafísicos, com seus juízos fundados em juízos, não me engana. Um Fato, um fato que enlouqueça de humilhação, de horror, o Segredo, o Ser-Mistério, o martírio da Inocência Vegetal pela máxima personalização da Consciência: o Homem, pelo máximo poder não mecânico. Creio que um fato como esse, que não precisa ser verificado, que se concebe, simplesmente, por uma consciência humana, possa estremecer para o Não-Ser tudo o que é.

Concebido está; logo, a Cessação está potencialmente causada; podemos esperá-la. Mas a milagrosa re-criação de amor concebida ao mesmo tempo pelo autor, talvez lute com aquela ou, mais tarde, triunfe, depois de realizado o Não-Ser. Na verdade, o contínuo psicológico consciencial é, mais que um contínuo, uma série de cessações e re-criações.

Eu os vi se amando novamente; mas não consigo olhá-lo nem ouvi-lo sem um súbito horror. Quem dera nunca me tivesse feito sua terrível confissão.

FRAZER, JAMES GEORGE

James George Frazer, etnólogo inglês, nascido em Glasgow em 1854; falecido em 1941. Autor, entre outras obras, de *O ramo de ouro* (1890-1915), *The Devil's Advocate: A Plea for Superstition* (1909) e *Totemism and Exogamy* (1910).

Viver para sempre
"Balder, o belo", in *O ramo de ouro*, v. I, 1913

Outro relato, compilado perto de Oldenburg, no ducado de Holstein, trata de uma dama que comia e bebia alegremente e tinha tudo o que um coração pode almejar, e que desejou viver para sempre. Nos primeiros cem anos tudo correu bem, mas depois ela começou a encolher e a ficar enrugada, até que não conseguiu mais andar, nem ficar de pé, nem comer, nem beber. Mas também não conseguia morrer. No começo a alimentavam como se fosse uma menininha, mas acabou ficando tão diminuta que a puseram numa garrafa de vidro e a penduraram numa igreja. Ainda está lá, na igreja de St. Marien, em Lübeck. É do tamanho de uma ratazana, e uma vez por ano se move.

FROST, GEORGE LORING

George Loring Frost, escritor inglês, nascido em Brentford em 1887. Autor de *Foreword* (1909); *The Island* (1913); *Love of London* (1916); *The Unremembered Travelller* (1919); *The Sundial* (1924); *The Unending Rose* (1931).

Um crente
Memorabilia, 1923

Ao cair da tarde, dois desconhecidos se encontram nos corredores escuros de uma galeria de quadros. Com um leve calafrio, um deles diz:

— Este lugar é sinistro. Você acredita em fantasmas?

— Eu, não — respondeu o outro. — E você?

— Eu, sim — disse o primeiro, e desapareceu.

GARRO, ELENA

Elena Garro, escritora mexicana, nascida em Puebla [1920-98]. Entre seus livros, citaremos o volume de comédias *Un hogar sólido y otras piezas* (1958) e o romance *Los recuerdos del porvenir* (1963).

Um lar sólido

CLEMENTE (60 anos)

DONA GERTRUDIS (40 anos)

MAMÃE JESUSITA (80 anos)

CATALINA (5 anos)

VICENTE MEJÍA (23 anos)

MUNI (28 anos)

EVA, estrangeira (20 anos)

LIDIA (32 anos)

190

Interior de um quarto pequeno, com as paredes e o teto de pedra. Não há janelas nem portas. À esquerda, embutidos na parede e também de pedra, uns beliches. Num deles, Mamãe Jesusita, de camisola de renda e touca de dormir de renda. O cenário é bem escuro.

VOZ DE DONA GERTRUDIS Clemente, Clemente! Estou ouvindo passos!

VOZ DE CLEMENTE Você sempre está ouvindo passos. Por que as mulheres são tão impacientes? Sempre se antecipando ao que vai acontecer, prevendo calamidades.

VOZ DE DONA GERTRUDIS Pois estou ouvindo.

VOZ DE CLEMENTE Não, mulher, você sempre se engana; está se deixando levar por sua nostalgia de catástrofes.

VOZ DE DONA GERTRUDIS É verdade... Mas desta vez não estou enganada.

VOZ DE CATALINA São muitos pés, Gertrudis!

Sai Catita, com um vestido branco, daqueles usados em 1865, botinas pretas e um colar de corais no pescoço; traz o cabelo preso na nuca por um laço vermelho.

VOZ DE CATALINA Que bom! Que bom! Tralalá! Tralalá! (*Catita pula e bate palmas*)

DONA GERTRUDIS (*com um vestido rosa de 1930*) As crianças não se enganam. É verdade, tia Catalina, que está chegando alguém?

CATALINA Sim, eu sei disso! Soube desde a primeira vez que vieram. Sentia tanto medo aqui, sozinha!

CLEMENTE (*terno preto e punhos brancos*) Acho que você tem razão. Gertrudis! Gertrudis! Me ajude a achar meus metacarpos! Eu sempre os perco e sem eles não posso dar a mão.

VICENTE MEJÍA (*em traje de partidário de Juárez*) O senhor leu muito, d. Clemente; daí vem seu mau hábito de se esquecer das coisas. Olhe para mim, inteirinho em meu uniforme, sempre pronto para qualquer ocorrência!

MAMÃE JESUSITA (*endireitando-se no beliche e mostrando a cabeça coberta com a touca rendada*) Catita tem razão! Os passos vêm daqui (*coloca a mão atrás da orelha, em gesto de escuta*), os primeiros pararam... A não ser que tenha acontecido uma desgraça com os Ramírez... Essa vizinhança já nos causou muitas decepções.

CATALINA (*pulando*) Vá dormir, Jesusita! Você só gosta de dormir mesmo:

Dormir, dormir,
que cantan los gallos
de San Agustín.
Ya está el pan?[*]

MAMÃE JESUSITA E o que quer que eu faça? Se me deixaram de camisola...

CLEMENTE Não se queixe, d. Jesús. Pensamos que por respeito...

MAMÃE JESUSITA Por respeito! E por respeito uma falta de respeito dessas?

GERTRUDIS Se fosse eu que estivesse lá, mamãe... Mas o que você queria que as meninas e Clemente fizessem?

Em cima ouvem-se muitos passos. Param. O ruído de passos retorna.

MAMÃE JESUSITA Catita! Venha cá e lustre minha testa; quero que brilhe como a estrela polar. Feliz o tempo em que eu corria pela casa como um raio, varrendo, sacudindo a poeira que caía sobre o piano em enganosas torrentes de ouro, para depois, quando cada coisa já estava reluzente como um cometa, quebrar o gelo de meus baldes deixados ao relento e banhar-me com a água coalhada de estrelas de inverno. Lembra, Gertrudis? Isso era viver; rodeada de minhas crianças hirtas e limpas como giz.

---

[*] "Dormir, dormir,/ já cantam os galos/ de San Agustín./ O pão já saiu?" (N. T.)

GERTRUDIS Sim, mamãe. E me lembro também da rolha queimada que você usava para fazer suas olheiras; e dos limões que você comia para que seu sangue se tornasse água; e daquelas noites em que ia com papai ao Teatro de los Héroes. Que bonita você era com seu leque e os brincos pendentes nas orelhas!

MAMÃE JESUSITA Veja você, minha filha, a vida é um sopro! Cada vez que chegava ao camarote...

CLEMENTE (*interrompendo*) Tenha dó, agora não encontro meu fêmur!

MAMÃE JESUSITA Que falta de consideração! Interromper uma senhora! (*Catita, nesse ínterim, estava ajudando Mamãe Jesusita a arrumar a touca*)

VICENTE Eu vi a Catita brincando com ele de trompete.

GERTRUDIS Tia Catalina, onde você largou o fêmur do Clemente?

CATALINA Jesusita! Jesusita! Querem tirar minha corneta de mim!

MAMÃE JESUSITA Gertrudis, deixe a menina em paz! E quanto a você, vou dizer:

no es tan malo que mi niña enfermara,
*como la maña que le quedara...**

GERTRUDIS Mas, mamãe, não seja injusta, é o fêmur do Clemente!

CATALINA Feia, malvada! Vou te pegar! Não é o fêmur dele, é a minha cornetinha de açúcar!

CLEMENTE (*para Gertrudis*) Será que ela a comeu? Sua tia é insuportável.

GERTRUDIS Não sei, Clemente. Sumiu com minha clavícula quebrada. Adorava os caminhozinhos de cal deixados pela cicatriz. E era meu osso favorito! Me lembrava as cercas vivas de minha casa, cheias de girassóis. Eu lhe contei que caí, não é?

---

* "Não é tão ruim que minha menina adoecesse,/ como a manha que lhe restasse..." (N. T.)

Na véspera tínhamos ido ao circo. Toda Chihuahua estava nas arquibancadas para ver Ricardo Bell; de repente, surgiu uma equilibrista, que parecia uma borboleta e da qual eu nunca me esqueci...

Lá em cima ouve-se uma batida e Gertrudis se interrompe.

GERTRUDIS (*continuando*) ... de manhã fui até a cerca, dançar sobre um pé só, pois tinha sonhado a noite toda que era ela...

Lá em cima ouve-se uma batida mais forte.

GERTRUDIS Claro, não sabia que tinha ossos. A gente, quando é criança, não sabe de nada. Como o quebrei, sempre digo que foi o primeiro ossinho que tive. A gente leva cada susto!

As batidas se sucedem com maior rapidez.

VICENTE (*cofiando o bigode*) Não resta dúvida. Alguém está chegando, temos hóspedes. (*canta*)

> *Cuando en tinieblas*
> *riela la luna*
> *y en la laguna*
> *canta el alción...*[*]

MAMÃE JESUSITA Cale-se, Vicente! Não é hora de cantar. Olha só esses inoportunos! Na minha época as pessoas se faziam anunciar antes de aparecer para uma visitinha. Havia mais respeito. Vamos ver quem é que estão nos trazendo agora, qualquer um desses estranhos que se casaram com as meninas! Deus abate os humildes, como dizia o pobre Ramón, que Deus o tenha em sua santa glória...

---

[*] "Quando nas trevas/ a lua cintila/ e na laguna/ o alcíone canta..." (N. T.)

VICENTE Você não mudou para melhor, Jesusita! Põe senões em tudo... Antes era tão risonha; só gostava de dançar polcas. (*cantarola "Jesusita em Chihuahua" e ensaia uns passos*) Lembra-se da gente dançando naquele Carnaval? (*continua dançando*) Seu vestido cor-de-rosa girava, girava, e seu pescoço estava bem perto da minha boca...

MAMÃE JESUSITA Por Deus, primo Vicente! Não me faça lembrar essas bobagens.

VICENTE (*rindo*) O que o Ramón vai dizer agora? Ele, tão ciumento... e você e eu aqui juntos, enquanto ele apodrece sozinho, lá no cemitério de Dolores.

GERTRUDIS Tio Vicente! Cale-se, vai provocar dissabores.

CLEMENTE (*alarmado*) Já lhe expliquei, d. Jesús, que naquele momento não tivemos dinheiro para transladá-lo.

JESUSITA E as meninas, estão esperando o quê para trazê-lo? Não me dê explicações, sempre lhe faltou delicadeza.

Ouve-se uma batida mais forte.

CATALINA Vi luz! (*entra um raio de luz*) Vi um sabre! É são Miguel que vem outra vez nos visitar! Vejam sua lança!

VICENTE Estamos completos? Pois então, sentido, avançar!

CLEMENTE Faltam Muni e minha cunhada.

MAMÃE JESUSITA Vocês, estrangeiros, sempre se apartando.

GERTRUDIS Muni! Muni! Vem vindo alguém; talvez seja uma de suas primas. Não está contente, filho? Vai poder brincar e rir com elas outra vez. Vamos ver se essa sua tristeza acaba.

Aparece Eva, estrangeira, loira, alta, triste, muito jovem, em traje de viagem de 1920.

EVA Muni estava aí agorinha mesmo. Muni, filhinho! Está ouvindo essa batida? O mar bate assim contra as rochas de minha casa... Nenhum de vocês a conheceu... Ficava sobre uma rocha, alta como uma onda. Batida pelos ventos que nos acalentavam de noite. Redemoinhos de sal cobriam seus vidros de estrelas marinhas. A cal da cozinha se dourava com as mãos solares de meu pai... De noite, as criaturas do vento, da água, do fogo, do sal, entravam pela chaminé, acocoravam-se nas chamas, cantavam na gota dos lavadouros... Tin, tan! Tin, tin, tin, tin, tan!... E o iodo se espalhava pela casa como o sono... A cauda de um golfinho resplandecente nos anunciava o dia. Assim! Com esta luz de escamas e corais!

Eva, ao dizer a última frase, levanta o braço e aponta para a torrente de luz que entra na cripta. Lá em cima afastam a primeira laje. O quarto se inunda de sol. Os trajes luxuosos estão empoeirados e os rostos pálidos. A menina Catalina pula de prazer.

CATALINA Olhe, Jesusita! Tem alguém vindo! Quem será que o traz aqui, Jesusita: d. Difteria ou são Miguel?

MAMÃE JESUSITA Espere, menina, já vamos ver!

CATALINA Quem me trouxe foi d. Difteria. Lembra-se dela? Tinha os dedos de algodão e não me deixava respirar. Você teve medo dela, Jesusita?

MAMÃE JESUSITA Sim, irmãzinha. Lembro que levaram você, e o pátio da casa ficou semeado de pétalas roxas. Mamãe chorou muito e nós, as meninas, também.

CATALINA Bobinha! Pois não sabia que viria brincar aqui comigo? Naquele dia são Miguel sentou-se a meu lado e com sua lança de fogo escreveu isso no céu da minha casa. Eu não sabia ler... E li. E a escola das srtas. Simson, era bonita?

MAMÃE JESUSITA Muito bonita, Catita. Minha mãezinha nos mandou com laços pretos... e você já não podia ir.

CATALINA E você aprendeu o alfabeto? Mamãe ia me mandar para isso. E como é...

MUNI (*entra de pijama, com o rosto azul e o cabelo loiro*) Quem será?

Lá em cima, pelo vão de abóbada aberta para o céu, veem-se os pés de uma mulher suspensos num círculo de luz.

GERTRUDIS Clemente, Clemente, são os pés de Lidia! Que bom, filhinha, que bom que você morreu tão rápido!

Todos se calam. Começa o descenso de Lidia, suspensa por cordas. Está rígida, com um vestido branco, os braços cruzados no peito, os dedos em cruz, a cabeça inclinada, os olhos fechados.

CATALINA Quem é Lidia?

MUNI Lidia? É a filha do tio Clemente e da tia Gertrudis, Catita. *(acaricia a menina)*

MAMÃE JESUSITA Quanto mais eu rezo mais assombração me aparece! É sombra que não acaba mais... Quanta aparição! Ora, ora, o forno crematório não é mais moderno? Pelo menos para mim, parece mais higiênico.

CATALINA É verdade, Jesusita, que a Lidia é de mentirinha?

MAMÃE JESUSITA Quem dera, minha menina! Aqui tem lugar para todo mundo, menos para o pobre do Ramón!

EVA Como cresceu! Quando eu vim era tão pequenina quanto o Muni.

Lidia fica de pé, no meio de todos, que a olham. Depois abre os olhos.

LIDIA Papai! *(abraça-o)* Mamãe! Muni! *(abraça-os)*

GERTRUDIS Você está ótima, filha.

LIDIA E a vovó?

CLEMENTE Não consegue se levantar. Lembra que cometemos o erro de enterrá-la de camisola?

MAMÃE JESUSITA Sim, Lilí, cá estou eu deitada *per secula seculorum.*

GERTRUDIS Coisas de minha mãe, você sabe, Lilí, como ela sempre foi alinhada...

MAMÃE JESUSITA O pior, filhinha, será apresentar-me assim diante de Deus Nosso Senhor. Não acha isso uma infâmia? Como não pensou em me trazer um vestido? Aquele cinza, com os debruns de brocado e o raminho de violetas no pes-

coço. Lembra-se dele? Eu o vestia para ir às visitas de cerimônia... Mas ninguém se lembra dos velhos...
CATALINA Quando são Miguel nos visita, ela se esconde.
LIDIA E quem é você, linda?
CATALINA Catita!
LIDIA Ah, claro! Nós a deixávamos em cima do piano. Agora está na casa de Evita. Que tristeza quando a víamos, tão melancólica, pintada em seu vestido branco! Tinha me esquecido de que estava aqui.
VICENTE E não é um prazer me conhecer, minha sobrinha?
LIDIA Tio Vicente! Nós também o deixávamos na sala, em seu uniforme, e, numa caixinha de veludo vermelho, sua medalha.
EVA E da sua tia Eva, não se lembra?
LIDIA Tia Eva! Sim, me lembro um pouco, com seu cabelo loiro solto sob o sol... E me lembro da sua sombrinha roxa e do seu rosto desvanecido sob suas luzes, como o de uma afogada bonita... e da cadeira se balançando no compasso do seu canto, depois que você já havia partido.

Do círculo de luz brota uma voz. Um discurso.

VOZ DO DISCURSO A generosa terra de nosso México abre seus braços para te dar amoroso refúgio. Virtuosa dama, mãe exemplaríssima, esposa modelo, deixas um vazio irreparável...
MAMÃE JESUSITA Quem lhe fala com tanta confiança?
LIDIA É d. Gregorio de la Huerta y Ramírez Puente, presidente da Associação de Cegos.
VICENTE Que loucura! E o que fazem tantos cegos juntos?
MAMÃE JESUSITA Mas por que lhe fala com essa intimidade?
GERTRUDIS É a moda, mamãe, falar assim com os mortos.
VOZ DO DISCURSO Perda crudelíssima, cuja ausência lamentaremos mais tristemente com o passar do tempo, tu nos privas de tua avassaladora simpatia e deixas também um lar cristão e sólido na orfandade mais atroz. Tremem os lares ante a inexorável Parca...

CLEMENTE Valha-me Deus! Mas esse imbecil ainda anda por aí?

MAMÃE JESUSITA O que não serve é o que mais tem por aí!

LIDIA Sim. E agora é o presidente da Banca, dos Caballeros de Colón, da Bandeira e do Dia das Mães...

VOZ DO DISCURSO Somente a fé inquebrantável, a resignação cristã e a piedade...

CATALINA D. Hilario diz sempre a mesma coisa.

MAMÃE JESUSITA Não é d. Hilario, Catita. D. Hilario morreu há meros sessenta e sete anos...

CATALINA (*sem ouvi-la*) Quando me trouxeram, dizia: "Um anjinho voou!". E não era verdade. Eu estava aqui embaixo, sozinha, muito assustada. Não é verdade, Vicente, não é verdade que eu não digo mentiras?

VICENTE Diga isso para mim! Imaginem, eu chego aqui, todo atarantado pelas fuzilações, com minhas feridas abertas, e... o que vejo? Catita chorando: quero a mamãe, quero a mamãe! Como essa menina me perturbou! Se lhes conto que sentia falta dos franceses...

VOZ DO DISCURSO *Requiescat in pace!*

Começam a pôr as lajes. Pouco a pouco o cenário escurece.

CATALINA Ficamos muito tempo sozinhos, não é mesmo, Vicente? Não sabíamos o que estava acontecendo, nem por que nunca mais ninguém apareceu.

JESUSITA Eu já lhe disse, Catita, fomos para o México. Depois veio a Revolução...

CATALINA Até que um dia a Eva chegou. Você disse, Vicente, que ela era estrangeira, porque não a conhecíamos.

VICENTE A situação era um pouco tensa e Eva não abria a boca.

EVA Eu também estava acanhada... E além disso pensava em Muni... e em minha casa... Aqui estava tudo tão quieto.

Silêncio. Põem a última laje.

LIDIA E agora, o que vamos fazer?

CLEMENTE Esperar.

LIDIA Esperar mais?

GERTRUDIS Sim, filha, você já vai ver.

EVA Vai ver tudo o que quiser ver, menos sua casa com a mesa de pinho branco e nas janelas as ondas e as velas dos barcos...

MUNI Não está contente, Lilí?

LIDIA Sim, Muni, sobretudo de ver você. Quando eu o vi jogado naquela noite no pátio da delegacia com aquele cheiro de urina que vinha das lajotas quebradas, e você dormindo na maca, entre os pés dos guardas, com o pijama amarrotado e a face azul, me perguntei: por quê? por quê?

CATALINA Eu também, Lilí. Eu também nunca tinha visto um morto azul. Depois Jesusita me contou que o cianureto tem muitos pincéis e só um tubo de cor: azul.

MAMÃE JESUSITA Não incomodem mais este rapaz! Os loiros ficam muito bem de azul.

MUNI Por quê, prima Lilí? Você não viu os vira-latas andando sem parar pelas calçadas, procurando ossos nos açougues, cheios de moscas, e o açougueiro, com os dedos encharcados de sangue de tanto destrinchar? Pois eu não queria andar pelas calçadas atrozes procurando um osso entre o sangue. Nem olhar as esquinas, apoio de bêbados, mictório de cães. Eu queria uma cidade alegre, cheia de sóis e de luas. Uma cidade sólida, como a casa que tivemos quando eu era menino: com um sol em cada porta, uma lua para cada janela e estrelas errantes nos quartos. Lembra-se dela, Lilí? Tinha um labirinto de risadas. A cozinha era um cruzamento de caminhos; o jardim, leito de todos os rios; e ela toda, o nascimento dos povos...

LIDIA Um lar sólido, Muni! Eu também queria isso... E você sabe, fui levada para uma casa estranha e nela só encontrei relógios e uns olhos sem pálpebras, que olharam durante anos. Eu lustrava o chão, para não ver as milhares de palavras mortas que as criadas varriam todas as manhãs. Lustravam os espelhos, para afugentar nossos olhares hostis. Esperava que um dia de manhã surgisse de seu azougue a imagem amorosa.

Abria livros, para abrir avenidas naquele inferno circular. Bordava guardanapos com iniciais enlaçadas, para encontrar o fio mágico, indestrutível, que faz de dois nomes um...

MUNI Eu sei, Lilí.

LIDIA Mas tudo em vão. Os olhos furiosos não paravam de me olhar. Se eu conseguisse achar a aranha que morou em minha casa — dizia para mim mesma —, com seu fio invisível que une a flor à luz, a maçã ao aroma, a mulher ao homem, poderia costurar amorosas pálpebras nestes olhos que me fitam, e esta casa entraria na ordem solar. Cada sacada seria uma pátria diferente; seus móveis floresceriam; de suas taças brotariam fontes; dos lençóis, tapetes mágicos para viajar ao sonho; das mãos de minhas crianças, castelos, bandeiras e batalhas... Mas não achei o fio, Muni...

MUNI Você me disse isso na delegacia. Naquele pátio estranho, longe para sempre do outro pátio em cujo céu um campanário nos contava as horas que ainda nos sobravam para as brincadeiras.

LIDIA Sim, Muni. E em você guardei o último dia em que fomos crianças. Depois só restou uma Lidia sentada de cara para a parede, esperando...

MUNI Eu também não consegui crescer, viver nas esquinas. Eu queria minha casa...

EVA Eu também, Muni, meu filho, desejava um lar sólido. E tanto, que o mar nele batesse todas as noites, bum!, bum!, e ele risse, com a risada de meu pai, cheia de peixes e de redes.

CLEMENTE Lilí, você não está contente? Vai encontrar o fio e vai encontrar a aranha. Agora sua casa é o centro do sol, o coração de cada estrela, a raiz de todas as plantas, o ponto mais sólido de cada pedra.

MUNI Sim, Lilí, você ainda não sabe, mas de repente não precisa mais de casa, e sim de rio. Não vamos nadar no Mezcala: seremos o Mezcala.

GERTRUDIS Às vezes, sentirá muito frio; e será a neve caindo numa cidade desconhecida, sobre telhados cinzentos e gorros vermelhos.

CATALINA O que mais me agrada é ser um bombom na boca de uma menina, ou um relâmpago para fazer chorar os que leem perto de uma janela!

MUNI Não se aflija quando seus olhos começarem a desaparecer, porque então você será todos os olhos dos cães olhando para pés absurdos.

MAMÃE JESUSITA Ai, tomara, e que nunca lhe toque ser olhos cegos de peixe cego no mais profundo dos mares. Não sabe a impressão terrível que eu tive: era como ver e não ver.

CATALINA (*rindo e batendo palmas*) Você também se assustou muito quando era o verme que entrava e saía por sua boca!

VICENTE Pois para mim o pior foi ser o punhal do assassino.

MAMÃE JESUSITA Agora as toupeiras voltarão. Não grite quando você mesma correr pelo seu rosto.

CLEMENTE Não lhe contem isso, vão assustá-la. Dá medo aprender a ser todas as coisas.

GERTRUDIS Principalmente porque no mundo mal aprendemos a ser gente.

LIDIA E poderei ser um pinheiro com um ninho de aranhas e construir um lar sólido?

CLEMENTE Claro. E você será o pinheiro e a escada e o fogo.

LIDIA E depois?

MAMÃE JESUSITA Depois Deus nos chamará para seu seio.

CLEMENTE Depois de ter aprendido a ser todas as coisas, aparecerá a lança de são Miguel, centro do Universo. E com sua luz surgirão as hostes divinas dos anjos e entraremos na ordem celestial.

MUNI Eu quero ser a dobra da túnica de um anjo!

MAMÃE JESUSITA Sua cor cairá muito bem, dará belos reflexos. E o que farei, enfronhada nesta camisola?

CATALINA Eu quero ser o dedo indicador de Deus Pai!

TODOS EM CORO Menina!

EVA E eu uma onda salpicada de sal, transformada em nuvem!

LIDIA E eu os dedos costureiros da Virgem, bordando... bordando...!

GERTRUDIS E eu a música da harpa de santa Cecília.

VICENTE E eu o furor da espada de são Gabriel.

CLEMENTE E eu uma partícula da pedra de são Pedro.

CATALINA E eu uma janela que olhe para o mundo!

MAMÃE JESUSITA Não haverá mais mundo, Catita, porque seremos tudo isso depois do Juízo Final.

CATALINA (*chora*) Não haverá mais mundo? E quando poderei ver? Eu não vi nada. Nem aprendi o beabá. Eu quero que o mundo exista.

VICENTE Veja-o agora, Catita!

Ao longe se ouve uma trombeta.

MAMÃE JESUSITA Jesus, Virgem Puríssima! A trombeta do Juízo Final! E eu de camisola! Me perdoe, meu Deus, esta impudicícia...

LIDIA Não, vovozinha, é o toque de recolher. Há um quartel ao lado do cemitério.

MAMÃE JESUSITA Ah! Sim, já me disseram: e eu sempre esqueço. Quem teve a ideia de pôr um quartel tão perto de nós? Que governo! Presta-se a tantas confusões!

VICENTE O toque de recolher! Vou indo. Sou o vento. O vento que abre todas as portas que não abri, que sobe em redemoinho as escadas que nunca subi, que corre pelas ruas novas para meu uniforme de oficial e levanta as saias das belas desconhecidas... Ah, frescor! (*desaparece*)

MAMÃE JESUSITA Pícaro!

CLEMENTE Ah, a chuva sobre a água! (*desaparece*)

GERTRUDIS Lenho em chamas! (*desaparece*)

MUNI Podem ouvir? Um cão uivando. Ah, melancolia! (*desaparece*)

CATALINA A mesa onde nove crianças comem! Sou a brincadeira! (*desaparece*)

MAMÃE JESUSITA O brotinho tenro de uma alface! (*desaparece*)

EVA Centelha que afunda no mar negro! (*desaparece*)

LIDIA Um lar sólido! Eu sou isso! As lajes de meu túmulo! (*desaparece*)

GILES, HERBERT A. [1845-1935]

O negador de milagres
Citado em *Confucianism and its Rivals*, Lecture VIII, 1915

Chu Fu Tze, negador de milagres, tinha morrido; seu genro o velava. Ao amanhecer, o caixão se elevou e ficou suspenso no ar, a dois palmos do chão. O piedoso genro ficou horrorizado.

— Oh, venerado sogro — suplicou —, não destrua minha fé de que os milagres são impossíveis.

O caixão, então, desceu lentamente, e o genro recuperou a fé.

GÓMEZ DE LA SERNA, RAMÓN

Ramón Gómez de la Serna, humorista espanhol, nascido em Madri em 1888; falecido em Buenos Aires em 1963. Foi um dos mais inventivos escritores da Espanha. De sua vastíssima obra, citaremos *El drama del palacio deshabitado* (1909), *El laberinto* (1910), *El teatro en soledad* (1912), *Ruskin, El apasionado* (1912), *El rastro* (1914), *Greguerías* (1917), *Muestrario* (1918), *El novelista* (1923), *Efigies* (1929) e *Ismos* (1931).

Pior que o Inferno
Muestrario, 1918

Oh, a crueldade incompreensível, inadmissível! Deus o condenou a muitos milhares de séculos de Purgatório porque se os homens que não são mortos, que são absolvidos da pena última, recebem quase a mesma sentença de trinta anos, Deus às vezes condena aos que perdoa do Inferno a toda a eternidade menos um dia, e embora esse dia mate por completo toda a eternidade, quão velha e quão prostrada não estará a alma no dia em que se cumprir a pena! Estará idiota como a alma da rameira Elise, de Goncourt, quando sai do presídio silencioso.

"Quantas folhas de almanaque, quantas segundas-feiras, quantos domingos, quantos primeiros de ano esperando um primeiro de ano separado por tantíssimos anos!", pensava o condenado, e não conseguindo resistir àquilo, pediu ao Deus tão abusivamente cruel que o desterrasse para o Inferno definitivamente, porque lá não há nenhuma impaciência.

— Matai-me a esperança! Matai essa esperança que pensa na data derradeira, na data imensamente distante! — gritava aquele homem que finalmente foi mandado para o Inferno, onde encontrou alívio para seu desespero.

O sangue no jardim
Los muertos, las muertas y otras fantasmagorías, 1933

Aquele crime teria ficado envolto em segredo por muito tempo não fosse pelo chafariz central do jardim, que, depois do assassinato, começou a jorrar água morta e sangrenta.

A relação entre o dissimulado crime de dentro do palácio e o veio de água avermelhada sobre a fonte putrefata de verbosidades deu toda a chave do acontecido.

HORN, HOLLOWAY

Holloway Horn, matemático inglês, nascido em Brighton em 1901. Célebre por sua polêmica com J. W. Dunne, na qual demonstrou: 1º) que a infinita regressão do tempo é puramente verbal; 2º) que em geral é mais inseguro utilizar os sonhos para profetizar a realidade do que utilizar a realidade para profetizar os sonhos. Publicou *A New Theory of Structures* (1927), *The Old Man and Other Stories* (1927), *The Facts in the Case of Mr. Dunne* (1936).

Os vencedores de amanhã
The Old Man and Other Stories, 1927

Martin "Knocker" Thompson dificilmente seria um cavalheiro. Fora empresário de duvidosas lutas de boxe e de partidas (amistosas) de pôquer, que já não deixavam a menor dúvida. Faltava-lhe imaginação, mas não esperteza e certa habilidade. Seu chapéu de abas curvas, suas polainas e o pregador de gravata de ouro, em forma de ferradura, poderiam ser mais toscos, mas estava tentando despistar.

Nem sempre a sorte ia favorecê-lo, mas o homem se defendia. A explicação não era difícil: "Para cada tonto que morre, nascem mais dez".

No entanto, no fim de tarde em que se encontrou com o velho, estava pobre. Knocker dedicara a sesta a uma palestra sobre finanças num hotel. As opiniões profusamente emitidas por seus dois sócios não lhe causavam o menor incômodo, mas o fato de lhe cortarem seu crédito, isso sim.

Dobrou na Whitcomb e se dirigiu a Charing Cross. A raiva acentuava a feiura habitual de sua cara, e o resultado do conjunto inquietou as poucas pessoas que o olharam.

Às oito, não há muito movimento na Whitcomb Street, e não havia ninguém perto dos dois quando o velho falou com ele. Estava agachado num portão perto de Pall Mall, e Knocker não conseguia enxergá-lo direito.

— Olá, Knocker! — gritou.

Knocker se virou.

Na escuridão, decifrou aquela figura vaga, cujo único traço memorável era uma imensa barba branca.

— Olá! — respondeu com desconfiança. (Sua memória lhe assegurava que ele não conhecia aquela barba.)

— Está frio... — disse o velho.

— O que quer? — disse Thompson com frieza. — Quem é você?

— Sou um velho, Knocker.

— Se isso é tudo o que tem a dizer...

— É quase tudo. Quer comprar um jornal? Garanto que não é como os outros.

— Não estou entendendo. Como assim, não é como os outros?

— É o *Eco* de amanhã à noite — disse o velho calmamente.

— Você deve estar meio embriagado, meu amigo; é isso que está acontecendo. Olhe, os tempos andam bicudos, mas tome aqui um trocado, que lhe dê sorte!... — Cara de pau ou não, Thompson tinha a generosidade natural dos que vivem precariamente.

— Sorte! — O velho riu com uma doçura que crispou os nervos de Knocker.

— Olhe — disse outra vez, consciente de que havia algo inverossímil e estranho na figura imprecisa do portão. — Que brincadeira é essa?

— A brincadeira mais antiga do mundo, Knocker.

— Dê um descanso para meu nome, por favor.

— Seu nome o envergonha?

— Não — disse Knocker com firmeza. — Diga de uma vez o que quer. Estou cansado de perder meu tempo.

— Então vá embora, Knocker.

— Mas o que você quer? — insistiu Knocker, estranhamente inquieto.

— Nada. Não quer levar este jornal? Não há outro igual no mundo. Nem haverá, por vinte e quatro horas.

— Claro. Se só vai aparecer amanhã — disse Knocker, sarcástico.

— Tem os vencedores de amanhã — disse o outro com simplicidade.

— Está mentindo.

— Veja você mesmo. Aqui estão eles.

Um jornal saiu da escuridão e os dedos de Knocker o aceitaram, quase com medo. Uma gargalhada retumbou no portão, e Knocker ficou sozinho.

Sentiu, indisposto, as batidas de seu coração, mas foi até uma vidraça iluminada que lhe permitiu enxergar o jornal.

"Quinta-feira, 29 de julho de 1926", leu.

Pensou um pouco. Hoje era quarta-feira, tinha certeza disso. Pegou uma agenda no bolso e consultou-a. Era quarta-feira, 28 de julho, último dia de corridas de cavalos em Kempton. Não restava dúvida.

Olhou outra vez a data: 29 de julho, 1926. Procurou instintivamente a última página, a página das corridas.

Deparou com os cinco vencedores do hipódromo de Gatwick. Passou a mão na testa: estava molhada de suor.

— Isso é uma cilada — disse em voz alta, e conferiu novamente a data do jornal. Estava repetida em todas as páginas, clara e evidente. Depois conferiu os numerais do ano, mas o seis também estava perfeitamente nítido.

Olhou, apressado, a primeira página. Havia uma manchete de oito colunas sobre a greve. Isso não podia corresponder ao ano passado. Depois voltou às corridas. O vencedor da primeira era Inkerman, e Knocker resolvera jogar em Clip. Percebeu que os transeuntes o fitavam com curiosidade. Meteu o jornal no bolso e foi em frente. Nunca precisara tanto de um pouco de álcool. Entrou num bar próximo da estação, que felizmente estava vazio. Depois de tomar um drinque, apanhou o jornal. Sim, Inkerman ganhara a primeira e pagara seis por um. (Knocker fez alguns cálculos apressados, mas satisfatórios.) Salmon levara a segunda; era o que ele sempre dizia. Bala Perdida — quem diabos poderia imaginar? — ganhara a terceira, o clássico. E por sete corpos! Knocker umedeceu os lábios ressecados. Não havia nenhum truque. Conhecia muito bem os cavalos que correriam em Gatwick, e lá estavam os vencedores.

Hoje já estava tarde. Seria melhor ir amanhã a Gatwick e apostar lá mesmo.

Bebeu outro copo... e outro. Pouco a pouco, no ambiente ameno do bar, sua inquietação o deixou. Agora o assunto lhe parecia mais um entre tantos. Veio-lhe à mente turvada pelo álcool a lembrança de um filme do qual gostara muitíssimo. Havia um bruxo hindu nesse filme, com uma barba branca, uma enorme barba branca, igual à do velho. O bruxo fizera as coisas mais incríveis... na tela. Knocker tinha certeza de que não se tratava de truque. O velho não lhe pedira dinheiro, nem sequer pegara o trocado que Knocker lhe oferecera.

Knocker pediu outro uísque e convidou o barman.

— Tem algum palpite para amanhã? — o barman lhe perguntou. (Conhecia-o de vista e de fama.)

Knocker hesitou.

— Sim — disse depois. — Salmon no segundo páreo.

Knocker cambaleava um pouco ao sair. O médico lhe proibira o álcool, mas numa noite como essa...

No dia seguinte pegou o trem para Gatwick. Esse hipódromo sempre lhe dera sorte, mas hoje não se tratava de sorte. Fez as primeiras apostas com certa moderação, mas a vitória de Inkerman o convenceu. O cavalo e a bolada! Não tinha mais nenhuma dúvida. Salmon, o favorito, levou o segundo páreo.

No páreo principal quase ninguém apostou em Bala Perdida. Não estava em forma e não havia motivo para isso. Knocker dividiu as apostas. Vinte aqui, vinte lá. Dez minutos antes do início da corrida mandou um telegrama a um escritório de West End. Resolvera ganhar uma fortuna. E ganhou.

Essa corrida não foi emocionante para Knocker. Ele já sabia o resultado. Seus bolsos estavam cheios de dinheiro, e isso não era nada em comparação com o que ganharia no West End. Pediu uma garrafa de champagne e bebeu-a à saúde do velho de barba branca. Teve de esperar pelo trem durante meia hora. Estava cheio de apostadores, aos quais também não interessava o páreo final. Os dias de sorte costumavam deixar Knocker muito conversador, mas nessa tarde ele estava calado. Não conseguia parar de pensar no velho do portão. Não tanto em seu aspecto e em sua barba, mas na gargalhada final.

O jornal ainda estava em seu bolso: teve um impulso e o pegou. Afora as corridas, as outras notícias não lhe interessavam. Folheou-o; era um jornal como os demais. Resolveu comprar outro na estação para ver se o velho mentira.

Súbito, seu olhar se deteve; uma notícia chamou sua atenção. Seu título era "Morte no trem". O coração de Knocker estava agitadíssimo; mas ele continuou lendo. "O conhecido esportista sr. Martin Thompson faleceu esta tarde no trem ao voltar de Gatwick."

Não leu mais nada: o jornal caiu de suas mãos.

— Vejam o Knocker — disse alguém. — Deve estar doente. — Knocker respirava pesadamente, com dificuldade.

— Parem... parem o trem — balbuciou, e procurou a campainha de alarme.

— Calma, meu amigo — disse um dos passageiros, segurando-o pelo braço. — Sente-se, não tem por que puxar a campainha...

Sentou-se, ou melhor, deixou-se cair no assento. Sua cabeça inclinou-se sobre o peito.

Derramaram uísque entre seus lábios, mas foi inútil.

— Está morto — disse a voz espantada do homem que o amparava.

Ninguém reparou no jornal caído no chão. No tumulto, empurraram-no para debaixo do assento, e não é possível dizer onde foi parar. Talvez tenha sido varrido pelos guardas da estação.

Talvez.

Ninguém sabe.

IRELAND, I. A.

I. A. Ireland, erudito inglês, nascido em Hanley em 1871. Afirma ser descendente do famoso impostor William H. Ireland, que improvisou um antepassado, William Henrye Irelaunde, a quem Shakespeare teria legado seus manuscritos. Publicou *A Brief History of Nightmares* (1899), *Spanish Literature* (1911), *The Tenth Book of the Annals of Tacitus, newly done into English* (1911).

Final para um conto fantástico
Visitations, 1919

— Que estranho! — disse a moça, avançando cautelosamente.

— Que porta mais pesada! — Tocou-a, ao falar, e ela se fechou de repente, com uma batida.

— Meu Deus! — disse o homem. — Parece que não tem maçaneta do lado de dentro. Mas como?, você nos trancou aqui! Nós dois!

— Nós dois, não. Só um — disse a moça.

Passou através da porta e desapareceu.

JACOBS, W. W.

W. W. Jacobs, humorista inglês, nascido em 1863; falecido em 1943. Publicou *Many Cargoes* (1896), *The Skipper's Wooing* (1897), *Sea Whispers* (1926).

A pata de macaco
The Lady of the Barge, 1902

A noite estava fria e úmida, mas na pequena sala de Laburnum Villa os postigos estavam fechados e o fogo ardia vivamente. Pai e filho jogavam xadrez; o primeiro tinha ideias próprias sobre a partida e expunha o rei a riscos tão desesperados e inúteis que provocava os comentários da velha senhora, sossegada a tricotar ao pé da lareira.

— Ouçam o vento — disse o sr. White; cometera um erro fatal e tentava desviar a atenção de seu filho.

— Estou ouvindo — disse este, movendo implacavelmente a rainha. — Xeque.

— Acho que ele não virá hoje à noite — disse o pai, com a mão sobre o tabuleiro.

— Mate — respondeu o filho.

— Esse é o lado ruim de morar tão longe — vociferou o sr. White com uma violência imprevista e repentina. — De todos os bairros, este aqui é o pior. O caminho é um pântano. Não sei o que as pessoas pensam. Como só há duas casas alugadas, ninguém se importa.

— Não se aflija, querido — disse a mulher, com suavidade —, da próxima vez você vai ganhar.

O sr. White ergueu a vista e surpreendeu um olhar cúmplice entre mãe e filho. As palavras morreram em seus lábios, e disfarçou um gesto de aborrecimento.

— Aí está ele — disse Herbert White ao ouvir o portão batendo e passos se aproximando. Seu pai se levantou com apressada hospitalidade e abriu a porta; ouviram-no confortar o recém-chegado.

Depois entraram. O forasteiro era um homem robusto, de olhos saltados e faces vermelhas.

— O sargento-mor Morris — disse o sr. White, apresentando-o. O sargento estendeu-lhes a mão, aceitou a cadeira oferecida e observou, satisfeito, que o dono da casa trazia uísque e copos e punha uma pequena chaleira de cobre no fogo.

No terceiro copo, seus olhos faiscaram e ele começou a falar. A família olhava com interesse aquele forasteiro que contava de guerras, epidemias e povos estranhos.

— Faz vinte e um anos — disse o sr. White, sorrindo para a mulher e o filho. — Quando ele foi embora era apenas um garoto. Olhem-no agora.

— Ele não parece ter sido muito judiado — disse a sra. White com polidez.

— Gostaria de ir à Índia — disse o sr. White. — Só para dar uma olhada.

— Melhor ficar por aqui — replicou o sargento, com um movimento de cabeça. Largou o copo e, suspirando mansamente, sacudiu outra vez a cabeça.

— Gostaria de ver aqueles velhos templos e faquires e malabaristas — disse o sr. White. — Que foi mesmo, Morris?, que você começou a me contar outro dia, sobre uma pata de macaco, ou algo parecido?

— Nada — respondeu o soldado apressadamente. — Nada que valha a pena ouvir.

— Uma pata de macaco? — perguntou a sra. White.

— Bem, é o que se chama de magia, talvez — disse sem ênfase o sargento.

Seus três interlocutores o olharam com avidez. Distraído, o forasteiro levou o copo vazio aos lábios; largou-o novamente. O dono da casa tornou a enchê-lo.

— À primeira vista, é uma patinha mumificada que não tem nada de especial — disse o sargento mostrando uma coisa que tirou do bolso.

Com uma careta, a senhora recuou. O filho pegou a pata de macaco e a examinou com atenção.

— E o que tem de extraordinário? — perguntou o sr. White, tomando-a do filho para observar.

— Um velho faquir deu-lhe um poder mágico — disse o sargento-mor. — Um homem muito santo... Queria provar que o destino governa a vida dos homens e que ninguém pode se opor a ele impunemente. Deu-lhe este poder: três homens podem lhe pedir três desejos.

Falou com tanta seriedade que os outros sentiram suas risadas desafinarem.

— E você, por que não lhe pede as três coisas? — perguntou Herbert White.

O sargento olhou para ele com indulgência.

— Já pedi — disse, e seu rosto curtido empalideceu.

— E os três desejos foram mesmo satisfeitos? — perguntou a sra. White.

— Foram satisfeitos — disse o sargento.

— E ninguém mais pediu nada? — insistiu a senhora.

— Sim, um homem. Não sei quais foram as duas primeiras coisas que pediu; a terceira foi a morte. Por isso fiquei com a pata de macaco.

Falou num tom tão grave que os demais ficaram em silêncio.

— Morris, se você obteve seus três desejos, o talismã não lhe serve mais — disse, por fim, o sr. White. — Por que ainda o guarda consigo?

O sargento meneou a cabeça:

— Pensei em vendê-lo, mas acho que mudei de ideia. Já causei desgraças suficientes. E as pessoas também não querem comprá-lo. Alguns desconfiam que é história da carochinha; outros querem primeiro experimentar e só depois pagar.

— E se lhe concedessem mais três desejos — disse o sr. White —, você os pediria?

— Não sei — respondeu o outro. — Não sei.

Pegou a pata de macaco, agitou-a entre o polegar e o indicador e a jogou no fogo. White a recolheu.

— Melhor que ela queime — disse o sargento, solene.

— Se não a quer mais, Morris, dê-a para mim.

— Não quero — respondeu, categórico. — Lancei-a no fogo; se você guardá-la, depois não vá me jogar a culpa pelo que possa acontecer. Seja razoável, jogue-a fora.

O outro balançou a cabeça e conferiu sua nova aquisição. Perguntou:

— O devo fazer?

— É preciso segurá-la na mão direita e pedir os desejos em voz alta. Mas lhe previno que deve temer as consequências.

— Parece coisa das *Mil e uma noites* — disse a sra. White. Levantou-se para arrumar a mesa. — Não acha que poderiam pedir outro par de mãos para mim?

O sr. White tirou o talismã do bolso; os três riram ao ver a expressão alarmada do sargento.

— Se está decidido a pedir-lhe alguma coisa — disse, segurando o braço de White —, peça algo razoável.

O sr. White guardou a pata de macaco no bolso. Convidou

Morris a sentar-se à mesa. Durante o jantar o talismã foi, de certo modo, esquecido. Fascinados, ficaram ouvindo novos relatos da vida do sargento na Índia.

— Se na história da pata de macaco há tanta verdade quanto nas outras — disse Herbert quando o forasteiro fechou a porta e se afastou com pressa, para pegar o último trem —, não conseguiremos grande coisa.

— Você lhe deu alguma coisa em troca? — perguntou a senhora, olhando atentamente para o marido.

— Uma mixaria — respondeu o sr. White, com um leve rubor. — Ele não queria aceitar. Mas eu o obriguei. Insistiu para que eu jogasse o talismã fora.

— Na certa — disse Herbert, com um horror fingido —, seremos felizes, ricos e famosos. Para começar, você tem de pedir um império, assim não será dominado por sua mulher.

O sr. White tirou o talismã do bolso e observou-o, perplexo.

— Não me ocorre nada para pedir — disse devagar. — Acho que tenho tudo o que desejo.

— Se pagasse a hipoteca da casa ficaria feliz, não é verdade? — disse Herbert, pondo a mão em seu ombro. — Basta pedir duzentas libras.

O pai sorriu, envergonhado de sua própria credulidade, e levantou o talismã; Herbert fez uma expressão solene, piscou para a mãe e tirou uns acordes graves do piano.

— Quero-duzentas-libras — pronunciou o sr. White.

Um fragor do piano foi a resposta a suas palavras. O sr. White deu um grito. A mulher e o filho correram até ele.

— Ela se mexeu — disse, olhando com desagrado o objeto, e deixando-o cair. — Retorceu-se em minha mão, como uma cobra.

— Mas não estou vendo o dinheiro — observou o filho, recolhendo o talismã e pondo-o sobre a mesa. — Posso apostar que nunca o verei.

— Deve ter sido sua imaginação, querido — disse a mulher, olhando para ele ansiosamente.

Balançou a cabeça.

— Não importa. Não foi nada. Mas levei um susto.

Sentaram-se ao pé do fogo e os dois homens terminaram de fumar seus cachimbos. O vento estava mais forte do que nunca. O sr. White se assustou com a batida de uma porta no andar de cima. Um silêncio inusitado e deprimente os envolveu até que se levantaram para ir para a cama.

— Acho que você vai encontrar o dinheiro numa grande sacola, bem no meio da cama — disse Herbert ao dar boa-noite. — Um fantasma horroroso, encolhido em cima do armário, ficará espreitando você quando estiver guardando seus bens ilegítimos.

Já sozinho, o sr. White sentou-se na escuridão e olhou as brasas, e nela viu rostos. O último era tão simiesco, tão horrível, que o olhou com espanto; riu, incomodado, e procurou na mesa o copo de água para jogar em cima dele e apagar a brasa; sem querer, tocou na pata de macaco; estremeceu, limpou a mão no casaco e subiu para o quarto.

2.

No dia seguinte, enquanto tomava o café da manhã na claridade do sol de inverno, riu de seus temores. No quarto havia um ambiente de prosaica saúde que faltara na noite anterior; e aquela pata de macaco, enrugada e suja, jogada sobre o aparador, não parecia terrível.

— Todos os velhos militares são iguais — disse a sra. White.

— Que ideia a nossa, dar ouvidos a essas bobagens! Como alguém pode acreditar em talismãs em nossa época? E se conseguisse as duzentas libras, que mal poderiam lhe fazer?

— Podem cair lá do alto e machucar sua cabeça — disse Herbert.

— Segundo Morris, as coisas aconteciam com tanta naturalidade que pareciam coincidências — disse o pai.

— Bem, não vá achar o dinheiro antes de eu voltar — disse Herbert levantando-se da mesa. — Não vá se transformar num avaro e nos fazer abandoná-lo.

A mãe riu, acompanhou-o até lá fora e o viu afastar-se pelo caminho; de volta à mesa da copa, caçoou da credulidade do marido. Mas quando o carteiro bateu à porta, correu a abri-la e ao ver que só trazia a conta do alfaiate, referiu-se com certo mau humor aos militares de costumes intemperantes.

— Acho que Herbert terá assunto para suas caçoadas — disse ao sentar-se.

— Sem dúvida — disse o sr. White. — Mas, apesar de tudo, a pata se mexeu em minha mão. Posso jurar.

— Deve ter sido sua imaginação — disse, com delicadeza, a senhora.

— Estou afirmando que ela se mexeu. Eu não estava sugestionado. Era... O que está havendo?

A mulher não respondeu. Observava os misteriosos movimentos de um homem que rondava a casa sem se decidir a entrar. Notou que o homem estava bem-vestido e com uma cartola nova e reluzente; pensou nas duzentas libras. O homem parou três vezes no portão; finalmente resolveu bater. Apressada, a sra. White tirou o avental e o escondeu debaixo da almofada da cadeira.

Abriu a porta para o desconhecido. Ele parecia incomodado. Olhava-a furtivamente, enquanto ela lhe pedia desculpas pela desordem do cômodo e pelo guarda-pó do marido. A senhora esperou cortesmente que ele lhes dissesse o motivo da visita; o desconhecido ficou em silêncio por um momento.

— Venho da parte de Maw & Meggins — disse por fim.

A sra. White teve um sobressalto.

— O que houve? O que houve? Aconteceu alguma coisa com o Herbert?

Seu marido se interpôs.

— Espere, querida. Não se adiante aos acontecimentos. Imagino que não traz más notícias, senhor. — E olhou para ele, estremecido.

— Sinto muito... — começou o outro.

— Está ferido? — perguntou, enlouquecida, a mãe.

O homem assentiu.

— Gravemente ferido — disse pausadamente. — Mas não sofre.

— Graças a Deus — disse a sra. White, juntando as mãos. — Graças a Deus.

Compreendeu bruscamente o sentido sinistro que havia nessa certeza e viu, na expressão do rosto do homem, seus temores se confirmarem. Prendeu a respiração, olhou para o marido, que parecia ter dificuldade em entender, e segurou-lhe a mão, trêmula. Houve um longo silêncio.

— Foi pego pelas máquinas — disse em voz baixa o visitante.

— Pego pelas máquinas — repetiu o sr. White, atordoado.

Sentou-se, olhando fixo pela janela; segurou a mão da mulher, apertou-a na sua, como nos tempos em que eram apaixonados.

— Ele era tudo que tínhamos — disse para o visitante. — É duro.

O outro se levantou e se aproximou da janela.

— A companhia me encarregou de lhe dar os pêsames por esta grande perda — disse sem se virar. — Peço-lhe que compreenda que sou apenas um funcionário e que obedeço às ordens que me deram.

Não houve resposta. O rosto da sra. White estava lívido.

— Fui enviado para declarar que Maw e Meggins negam qualquer responsabilidade no acidente — prosseguiu o outro. — Mas em consideração aos serviços prestados por seu filho, enviaram uma determinada quantia.

O sr. White soltou a mão da mulher e, levantando-se, olhou para o visitante com horror. Seus lábios secos pronunciaram a palavra: quanto?

— Duzentas libras — foi a resposta.

Sem ouvir o grito de sua mulher, o sr. White esboçou um sorriso, estendeu os braços, como um cego, e desabou, desfalecido.

3.

No cemitério novo, a cerca de duas milhas de distância, marido e mulher deram sepultura a seu morto e voltaram para casa, tomados de sombra e de silêncio.

Tudo aconteceu tão rápido que de início quase não entenderam e ficaram esperando alguma coisa que pudesse aliviar sua dor. Mas os dias se passaram e a expectativa se transformou em resignação, nessa resignação desesperada dos velhos, que

218

alguns chamam de apatia. Conversavam muito pouco, porque não tinham nada a dizer um ao outro; seus dias eram incansavelmente intermináveis.

Uma semana depois, o sr. White, acordando bruscamente durante a noite, estendeu a mão e viu que estava sozinho. O quarto estava às escuras; ouviu, perto da janela, um choro contido. Levantou-se da cama para escutar.

— Vá se deitar de novo — disse com ternura. — Vai se resfriar.

— Meu filho sente mais frio — disse a sra. White, e caiu no choro novamente.

Os soluços se dissiparam nos ouvidos do sr. White. A cama estava morna, e seus olhos, pesados de sono. Um grito apavorado da mulher o despertou.

— A pata de macaco — gritava, desvairada —, a pata de macaco.

O sr. White se levantou alarmado.

— Onde? Onde está? O que houve?

Ela se aproximou:

— Quero a pata. Não a destruiu, não?

— Está na sala, na prateleira — respondeu espantado. — Por que a quer?

Chorando e rindo ela se inclinou para beijá-lo e disse histericamente:

— Só agora eu pensei... Por que não pensei nisso antes? Por que você não pensou?

— Pensou em quê? — perguntou.

— Nos outros dois desejos — respondeu de imediato. — Só fizemos um pedido.

— Não foi o bastante?

— Não — gritou ela, triunfante. — Vamos fazer mais um. Vá pegá-la depressa e peça que nosso filho volte a viver.

O homem sentou-se na cama, tremendo.

— Meu Deus, você está louca.

— Pegue-a depressa e faça o pedido — balbuciou ela. — Meu filho, meu filho!

O homem acendeu a vela:

— Volte para a cama. Você não sabe o que está dizendo.

— Nosso primeiro desejo se cumpriu. Por que não podemos pedir o segundo?

— Foi uma coincidência.

— Pegue-a e faça o pedido — gritou a mulher, exaltada.

O marido se virou, encarando-a:

— Ele está morto há dez dias; e tem mais, tem uma coisa que eu não ia lhe contar, mas só o reconheci pela roupa. Se naquele dia ele já estava horrível demais para que você o visse...

— Vá pegá-la — gritou a mulher arrastando-o para a porta.

— Acha que tenho medo do filho que criei?

O sr. White desceu no escuro, entrou na sala e se aproximou da prateleira. O talismã estava no lugar. Temeu que o desejo ainda não formulado trouxesse seu filho em pedaços, antes que ele pudesse fugir do quarto. Perdeu o rumo. Não achava a porta. Andou às cegas ao redor da mesa e ao longo da parede e de repente se viu no saguão, com o objeto maligno na mão.

Quando entrou no quarto, até o rosto de sua mulher lhe pareceu mudado. Estava ansioso e branco e tinha um quê de sobrenatural. Teve medo dela.

— Faça o pedido — gritou com violência.

— É absurdo e perverso — balbuciou.

— Faça o pedido — repetiu a mulher.

O homem levantou a mão.

— Desejo que meu filho viva de novo.

O talismã caiu no chão. O sr. White continuou a olhar para ele, aterrorizado. Depois, tremendo, deixou-se cair numa poltrona enquanto a mulher se aproximava da janela e abria a cortina. O homem não se moveu dali, até que o frio da madrugada o transpassou. Às vezes olhava para a mulher, ainda na janela. A vela se extinguira; até apagar-se, projetara nas paredes e no teto sombras bruxuleantes.

Com um alívio inexplicável diante do fracasso do talismã, o homem voltou para a cama; um minuto depois, a mulher, apática e silenciosa, deitou-se ao lado dele.

Não conversaram; ouviam o tique-taque do relógio. Um degrau rangeu. A escuridão era sufocante. O sr. White juntou coragem, acendeu um fósforo e desceu para buscar uma vela. Ao pé da escada o fósforo se apagou. O sr. White parou para acender outro; simultaneamente, ouviu-se uma batida furtiva, quase imperceptível, na porta de entrada.

Os fósforos caíram. Ele permaneceu imóvel, sem respirar, até que o golpe se repetiu. Fugiu para o quarto e fechou a porta. Ouviu-se uma terceira batida.

— O que é isso? — gritou a mulher.

— Uma ratazana — disse o homem. — Uma ratazana. Cruzou por mim na escada.

— É o Herbert! É o Herbert! — a sra. White correu para a porta, mas seu marido a alcançou.

— O que vai fazer? — disse-lhe, aflito.

— É o meu filho, é o Herbert! — gritou a mulher, lutando para que a soltasse. — Tinha esquecido que o cemitério fica a duas milhas. Me solte, preciso abrir a porta.

— Pelo amor de Deus, não o deixe entrar — disse o homem, tremendo.

— Está com medo do seu próprio filho? — gritou. — Me solte. Já vou, Herbert, já vou.

Ouviram-se mais duas batidas. A mulher se esquivou e fugiu do quarto. O homem foi atrás, chamando-a, enquanto ela descia a escada. Ouviu o ruído da tranca lá de baixo; ouviu o ferrolho; e depois a voz da mulher, ofegante:

— A tranca — disse. — Não consigo alcançá-la.

Mas o marido, ajoelhado, estava apalpando o chão, em busca da pata de macaco.

— Se conseguisse encontrá-la antes que *isso* entrasse... — As batidas voltaram a ressoar por toda a casa. O sr. White ouviu sua mulher arrastar uma cadeira; ouviu o ruído da tranca se abrindo; nesse instante encontrou a pata de macaco e, freneticamente, balbuciou o terceiro e último desejo.

As batidas cessaram de repente, embora os ecos ainda ressoassem pela casa. Ouviu a cadeira ser retirada e a porta se abrir. Um vento gelado subiu a escada; e um longo e desconsolado grito da mulher lhe deu coragem para correr até ela e depois até o portão. O caminho estava deserto e tranquilo.

JOYCE, JAMES

James Joyce, literato irlandês, nascido em Dublin em 1882; falecido em Zurique em 1941. Suas virtudes são de ordem técnica, especialmente verbal. Publicou *Música de câmara* (1907), *Dublinenses* (1914), *Retrato do artista quando jovem* (1916), *Exilados* (1918), *Ulysses* (1921), *Finnegan's Wake* (1939).

Definição de fantasma
Ulysses, 1921

O que é um fantasma?, perguntou Stephen. Um homem que se desvaneceu até se tornar impalpável, por morte, por ausência, por mudança de hábitos.

May Goulding
Ulysses, 1921

A mãe de Stephen, extenuada, surge rigidamente do chão, leprosa e turva, com uma coroa de flores de laranjeira murchas e um véu de noiva rasgado, o rosto gasto e sem nariz, verde de mofo sepulcral. O cabelo é liso, ralo. Fixa em Stephen as órbitas vazias aneladas de azul e abre a boca desdentada, dizendo uma silenciosa palavra.

A MÃE
(*com o sorriso sutil da demência da morte*)
Eu fui a bela May Goulding. Estou morta.

JUAN MANUEL, D.

D. Juan Manuel, príncipe espanhol, nascido em Escalona em 1282; falecido em Córdoba em 1348. Foi sobrinho de Alfonso X, o Sábio. Homem de cultura latina e erudição islâmica, é um dos pais da prosa espanhola.

O bruxo preterido

Libro de los enxiemplos, 1575; versão de Jorge Luis Borges, em *História universal da infâmia*, 1935.

Em Santiago havia um decano que tinha muita vontade de conhecer a arte da necromancia. Ouviu dizer que d. Illán de Toledo sabia mais sobre isso do que ninguém, e foi a Toledo procurá-lo.

No dia em que chegou a Toledo foi até a casa de d. Illán e encontrou-o lendo num quarto bem retirado. Este o recebeu bondosamente; disse-lhe que adiasse o motivo de sua visita até depois do almoço. Indicou-lhe um alojamento muito fresco e disse que se alegrava muito com sua vinda. Depois do almoço, o decano lhe contou o motivo da visita e pediu que ele lhe ensinasse a ciência mágica. D. Illán disse que adivinhava ser ele um decano, homem de boa posição e bom futuro, e que receava ser depois esquecido por ele. O decano lhe prometeu e assegurou que nunca se esqueceria daquele favor e que estaria sempre às suas ordens. Acertado esse assunto, d. Illán explicou que as artes mágicas só podiam ser aprendidas num lugar afastado e, tomando-o pela mão, levou-o a uma peça contígua em cujo chão havia uma grande argola de ferro. Antes, pediu a uma criada que trouxesse perdizes para o jantar, mas que não as pusesse para assar até que ele assim ordenasse. Levantaram a argola entre os dois e desceram por uma escada de pedra bem lavrada, desceram tanto que o decano imaginou estar com o leito do Tejo sobre eles. Ao pé da escada havia uma cela e depois uma biblioteca. Examinaram os livros e estavam nisso quando entraram dois homens com uma carta para o decano, escrita pelo bispo, seu tio, na qual lhe fazia saber que estava muito doente e que, se quisesse encontrá-lo vivo, que não se demorasse. O decano ficou muito contrariado com essas notícias, primeiro pela doença do tio, depois por ter de interromper os estudos. Optou por escrever uma desculpa e mandou-a ao bispo. Três dias depois chegaram uns homens de luto com outras cartas para o decano, nas quais se lia que o bispo havia falecido, que estavam escolhendo seu sucessor e que esperavam pela graça de Deus que o elegessem. Diziam também que não se incomodasse em vir, posto que parecia muito melhor que o elegessem durante sua ausência.

Dez dias mais tarde chegaram à casa do decano dois escudeiros muito bem-vestidos e se lançaram a seus pés, beijando--lhe as mãos e saudando-o bispo. Quando d. Illán soube disso, foi com muita alegria até o novo prelado e disse que agradecia ao Senhor que tão boas-novas alcançassem a sua casa. Depois lhe pediu o decanato vago para um de seus filhos. O bispo comunicou-lhe que havia reservado o decanato para seu próprio irmão, mas que havia deliberado favorecê-lo e que partissem juntos para Santiago. Os três partiram para Santiago, onde foram recebidos com honras. Seis meses depois o bispo recebeu mandatários do papa, que lhe oferecia o arcebispado de Toulouse, deixando em suas mãos a nomeação de um sucessor. Quando d. Illán soube disso, lembrou-o da antiga promessa e pediu esse título para seu filho. O arcebispo o informou que reservara o bispado para seu próprio tio, irmão de seu pai, mas que havia deliberado favorecê-lo e que partissem juntos para Toulouse. D. Illán teve de concordar.

Partiram os três para Toulouse, onde foram recebidos com honras e missas. Dois anos depois o arcebispo recebeu mandatários do papa, que lhe oferecia o capelo de cardeal, deixando em suas mãos a nomeação de um sucessor. Quando d. Illán soube disso, lembrou-o da antiga promessa e lhe pediu esse título para seu filho. O cardeal o informou que havia reservado o arcebispado para seu próprio tio, irmão de sua mãe, mas que havia deliberado favorecê-lo e que partissem juntos para Roma.

D. Illán teve de concordar. Partiram os três para Roma, onde foram recebidos com honras e missas e procissões. Quatro anos mais tarde o papa morreu e o cardeal foi eleito para o papado por todos os demais. Quando d. Illán soube disso, beijou os pés de Sua Santidade, lembrou-o da antiga promessa e lhe pediu o cardinalato para seu filho. O papa o ameaçou com o cárcere, dizendo-lhe que ele bem sabia que o outro não passava de um bruxo que em Toledo fora professor de artes mágicas. O desgraçado d. Illán disse que ia voltar para a Espanha e lhe pediu algo para comer durante o caminho. O papa não acedeu. Então d. Illán disse com uma voz sem o menor tremor:

— Pois terei de comer as perdizes que encomendei para esta noite. — A criada se apresentou, e d. Illán disse a ela para assá-las. A essas palavras, o papa se viu novamente na cela subterrânea, somente decano de Santiago, e tão envergonhado de sua ingratidão que não conseguia se desculpar. D. Illán disse que essa prova era suficiente, negou-lhe sua parte das perdizes e o acompanhou até a rua, onde lhe desejou boa viagem e se despediu com grande cortesia.

KAFKA, FRANZ

Franz Kafka, escritor austríaco, nascido em Praga em 1883, falecido em Viena em 1924. Em todos os seus livros está presente o tema da solidão; em quase todos repete-se o procedimento da infinita e minuciosa postergação. Integram sua obra *O processo* (1925), *O castelo* (1926), *Amerika* (1927) e numerosos contos.

Josefina, a cantora, ou O povo dos ratos
Um artista da fome, 1924

Nossa cantora se chama Josefina. Quem nunca a ouviu não conhece o poder do canto. Não há quem não se extasie com seu canto: isso é digno de nota porque nossa espécie, em geral, não gosta de música. A quietude é a música que mais apreciamos. Nossa vida é dura, e não conseguimos — nem mesmo quando tentamos nos desligar de todas as preocupações cotidianas — alcançar coisas tão elevadas quanto a música. Mas não nos queixamos: não vamos tão longe, nossa maior virtude é considerada uma astúcia prática que nos é, naturalmente, urgente em extremo, e com um sorriso de astúcia costumamos nos consolar de tudo, até da nostalgia da felicidade que a música pode dar (mas isso não acontece). Josefina, porém, é a exceção: adora música e também sabe comunicá-la; ela é única, e quando nos deixar, a música desaparecerá de nossas vidas, quem sabe por quanto tempo.

Muitas vezes me pergunto o que realmente acontece com essa música. Sendo tão desafinados, como podemos compreender o canto de Josefina? (mas Josefina nega nossa compreensão, talvez nós apenas acreditemos entendê-la). A resposta mais simples seria de que é tamanha a beleza desse canto que até os sentidos mais obtusos não resistem a ela, mas essa resposta não é satisfatória. Se assim fosse, diante desse canto deveríamos ter, imediatamente e sempre, a sensação de que nessa garganta ressoa algo que nunca se ouviu e que podemos ouvir porque Josefina, e somente ela, nos capacita a ouvi-lo. Mas, em minha opinião, isso não acontece, não sinto isso e não percebi ninguém sentindo alguma coisa parecida. Nos círculos íntimos confessamos abertamente que o canto de Josefina não é nada extraordinário como canto.

É um canto, de fato? Apesar de não sentirmos a música, temos tradições de canto. Em tempos passados nosso povo cultivou o canto, as lendas o mencionam e até se preservaram canções que, decerto, agora ninguém consegue cantar. Temos, portanto, uma ideia de canto: a arte de Josefina não cabe nessa ideia. E é arte, de fato, ou somente canto? Não passará, talvez, de um guincho? Todos nós sabemos guinchar, mas essa é uma forma de expressão própria de nossa vida, não uma habilidade artística. Muitos de nós guinchamos sem perceber, sem ao menos saber que guinchar é uma de nossas peculiaridades. Se for mesmo verdade que Josefina não canta, mas guincha, ou que não vai muito além de nosso guincho habitual (talvez sua força não alcance a de qualquer trabalhador que assovia todo dia, além de trabalhar), se tudo isso, repito, for verdade, o que Josefina exibe como arte seria refutado; mas ainda teríamos que resolver o mistério de seu grande desempenho.

Porque não é só um guincho que ela emite. Se nos afastamos um pouco quando Josefina canta em meio a outras vozes e tentamos reconhecer a dela, só ouvimos um guincho comum, que se distingue apenas por sua delicadeza ou fraqueza. Mas se estamos diante de Josefina, a coisa muda: para sentir sua arte, além de ouvi-la é preciso vê-la, e mesmo que seu canto se reduzisse a nosso guincho de cada dia, o mais estranho é que nos preparemos com solenidade para uma ação costumeira. Quebrar uma noz não é, certamente, uma arte difícil, e por isso ninguém ousaria reunir um público e começar a quebrar nozes para entretê-lo. Mas se alguém o fizer e obtiver sucesso, deve haver algo, em sua execução, que supere essa arte, pois todos a possuímos, e pode até ser útil para o desempenho do novo quebrador ele se mostrar menos eficiente em quebrar nozes do que a maioria de nós.

Talvez aconteça o mesmo com o canto de Josefina: admiramos nela o que não admiramos em nós, e nisso ela está de pleno acordo conosco. Eu estava presente certa vez em que alguém, como costuma acontecer, mencionou modestamente o guincho popular, e isso bastou para irritar Josefina. Nunca vi um sorriso tão desdenhoso e arrogante como aquele; ela, que por fora é a delicadeza personificada (notável, por isso, até em nosso povo, tão rico em tipos femininos), ela, com sua grande sensibilidade, percebeu que esse sorriso era vulgar e se recompôs, mas negou qualquer relação entre sua arte e o chiado comum. Sente apenas desprezo e, provavelmente, ódio inconfesso por aqueles que pensam o contrário. Isso não é vaidade, pois tais opositores, entre os quais, de algum modo, eu me incluo, não a admiramos menos que a multidão, mas para Josefina a admiração não basta; ela exige uma admiração especial. Quando se está diante dela, pode-se compreendê-la (só a atacam de longe: diante dela sabe-se que o que ela guincha não é guincho).

Já que guinchar é um de nossos hábitos inconscientes, seria de se supor que a plateia de Josefina também guincha. Sentimo-nos satisfeitos com sua arte, e guinchamos quando estamos satisfeitos; mas sua plateia não guincha, está muda, cala-se como se participasse da ansiada paz da qual nosso guinchar nos afasta. O que nos extasia, seu canto ou o solene silêncio que cerca sua voz fraca? Certa vez aconteceu de uma ratinha começar inocentemente a guinchar enquanto Josefina cantava. Ora: esse guincho era idêntico ao que Josefina nos fazia ouvir. No palco, guinchos meio tímidos, apesar da maestria da cantora; na plateia, guinchos involuntários; era impossível distingui-los. No entanto, na mesma hora silenciamos a intrusa com vaias e apupos, mesmo não sendo necessário, porque ao se dar conta ela mesma se arrastou para fora, de medo e de vergonha, enquanto Josefina entoava, fora de si, seu guincho triunfal, com os braços estendidos e o pescoço espichado.

E depois, ela é sempre assim. Qualquer detalhe, qualquer eventualidade, qualquer aborrecimento, um estalo do piso, um ranger de dentes, um defeito na iluminação lhe parecem apropriados para que seu canto sobressaia. Para ela, todos os ouvidos são surdos, e, embora não lhe faltem aplauso e entusiasmo, há muito desistiu de ser realmente compreendida. Por isso as interrupções e os incômodos lhe convêm: tudo o que, de fora, opõe-se à pureza de seu canto e que, em luta fácil ou mesmo sem luta, é vencido num simples confronto, pode ajudar para que a multidão acorde e lhe demonstre, se não compreensão, um respeito religioso.

Se ela aproveita assim as pequenas coisas, imagine as grandes! Nossa vida é muito agitada: cada dia nos traz surpresas, temores, esperanças e sustos; seria impossível suportá-la sem o apoio dos camaradas; mesmo assim é muito difícil. Às vezes, milhares de costas cambaleiam sob uma carga destinada a apenas um. Então Josefina pensa que chegou sua hora. E logo a delicada criatura está pronta, seu peito vibrando de forma assustadora, como se reunisse toda a sua pouca força no canto, como se estivesse nua e inteiramente entregue à proteção de espíritos benévolos, como se ao arrebatar-se no canto lhe restasse tão pouca coisa fora da música que um leve sopro frio poderia matá-la. E ao ver isso, nós, os presentes, costumamos dizer: "Não consegue nem guinchar direito; é terrível o esforço que ela faz, não para cantar — não estamos falando de cantar —, mas para conseguir, bem ou mal, o guincho de sempre". É essa nossa impressão, inevitável mas passageira, e logo estamos imersos no sentimento da turba que, prendendo o fôlego, ouve timidamente, em cálida proximidade.

E para reunir a sua volta essa multidão de um povo errante como o nosso, quase sempre basta Josefina jogar a cabeça para trás, olhar para cima e entreabrir a boca: sinais que anunciam sua intenção de cantar. E ela pode fazê-lo onde tiver vontade, mesmo que seja num local escolhido ao acaso. Logo a notícia se espalha e a procissão de seus devotos começa a chegar. Mas às vezes surgem obstáculos, pois Josefina canta, de preferência, em épocas de agitação, quando os afazeres e as necessidades nos dispersam por múltiplos caminhos, e então, apesar de toda a boa vontade do mundo, não conseguimos nos reunir tão rápido quanto Josefina gostaria. Ela permanece por um tempo em sua postura grandiloquente, sem um número suficiente de ouvintes, e então fica realmente furiosa, chutando o chão, blasfemando de uma forma pouco virginal e até mordendo. Mas essa conduta não chega a prejudicar sua fama; em vez de tentar refrear suas pretensões exageradas, todos tentam satisfazê-la secretamente; enviam mensageiros por todos os caminhos para trazer ouvintes e são vistos apressando com gestos os que chegam. Essa faina prossegue até que se reúna um número passável.

O que leva o povo a se importar tanto com Josefina? Esse problema não é mais fácil de solucionar que o próprio canto de Josefina. Dir-se-á que o povo é incondicionalmente afeiçoado a Josefina em virtude de seu canto. Mas não é esse o caso: nosso povo é incapaz de uma adesão incondicional. É um povo que, acima de tudo, ama a astúcia inócua, a fala infantil e inocente que mal move os lábios. A própria Josefina sabe, e luta contra isso com toda a força de sua frágil garganta.

Evidentemente, não devemos ir tão longe com essas observações. O povo é submisso a Josefina, mas até certo ponto. Por exemplo: é incapaz de rir dela. Chega a admitir que Josefina é bastante ridícula; apesar de todas as misérias de nossa vida, rimos com facilidade; um leve riso nos é peculiar. Mas de Josefina não rimos. Muitas vezes tenho a impressão de que o povo imagina sua relação com Josefina como se esse ser frágil, carente de indulgência, de alguma forma notável, segundo ela mesma, pelo canto, estivesse confiado a ele. O motivo não é claro para ninguém. Mas o fato é indiscutível. Não se deve rir do que nos foi confiado. Seria faltar com um dever. A maior maldade de que os mais malvados são capazes consiste em dizer: "Nossa risada acaba quando vemos a Josefina".

Assim, o povo cuida de Josefina como um pai cuida de um filhinho que lhe estende a mão, não se sabe se para pedir ou exigir. Seria de se pensar que nosso povo é incapaz desses deveres paternais; mas ele os cumpre de maneira exemplar, pelo menos nesse caso; nenhum indivíduo seria capaz do que o povo faz em conjunto.

Decerto, a diferença de forças entre o povo todo e um indivíduo é imensa. Basta que o povo abrigue seu protegido no calor de sua proximidade para que este se encontre seguro. É claro que ninguém se atreve a tratar dessas coisas com Josefina. "A proteção de vocês não me interessa", diz ela. "Tem razão; talvez nós é que devêssemos nos proteger de você", pensamos em silêncio. Além disso, não há contradição se ela se insurge contra nós; são apenas modos e gratidão infantis, e o modo do pai é não levá-los em consideração.

Há outra coisa mais difícil de explicar no trato do povo com Josefina. Pois Josefina pensa que é ela que deve proteger o povo. E poderia parecer, realmente, que seu canto nos salva de más situações políticas ou econômicas; quando não espanta a desgraça, ele ao menos nos dá forças para suportá-la. Josefina não afirma isso, exatamente, pois fala pouco, e é silenciosa, comparada conosco. Mas essa afirmação brilha em seus olhos e pode ser lida em sua boca fechada (entre nós muito poucos conseguem manter a boca fechada; ela consegue).

A cada má notícia — e em certos períodos há diariamente más notícias de sobra, entre elas também as falsas e as semiverdadeiras —, Josefina se levanta de chofre (ela que em geral se arrasta pesadamente pelo chão), endireita-se, espicha o pescoço e tenta dominar seu rebanho com o olhar, como um pastor diante de uma tempestade. É verdade que há crianças com pretensões análogas, mas em Josefina essas pretensões não deixam de ter mais fundamento do que nas crianças... Não nos salva nem nos dá força alguma, é claro, e é fácil arvorar-se em salvador a posteriori desse povo tão acostumado com a desgraça, nem um pouco indulgente consigo mesmo, rápido em tomar decisões, bom conhecedor da morte, temeroso apenas na aparência, nessa atmosfera de temeridade em que sempre vive e, além disso, tão fecundo quanto arrojado; é fácil — digo — fingir-se, a posteriori, salvador desse povo, que sempre soube, bem ou mal, salvar-se a si mesmo, mesmo que mediante sacrifícios que fazem tremer de espanto o pesquisador histórico (em geral, descuramos por completo da pesquisa histórica). No entanto, é verdade que em situações aflitivas escutamos melhor a voz de Josefina do que em outras ocasiões.

As ameaças que pairam sobre nós ficam mais quietas, mais modestas, mais dóceis sob o comando de Josefina; com prazer nos reunimos, com prazer nos amontoamos, principalmente porque, agora, o motivo é bem diferente da tortura dominante. É como se bebêssemos rápido, conjuntamente — sim, é preciso se apressar: Josefina sempre se esquece disso —, uma taça de paz antes do combate. Acaba sendo menos um recital de canto e mais um comício popular, e um comício, certamente, no qual todos permanecemos mudos; menos Josefina. A hora é séria demais para perder tempo com conversas.

Naturalmente, essas circunstâncias não satisfazem Josefina. Apesar de toda a sua inquietação e nervosismo, há coisas que muitas vezes ela não vê (seu convencimento a cega), e também, sem muito esforço, podem fazê-la preterir muitas outras, pois um enxame de aduladores se encarrega disso. Mas cantar sem ser notada, em papel secundário ou num cantinho de uma assembleia popular, jamais.

Isso não acontece, pois sua arte não passa despercebida. Ainda que, no fundo, ocupados com outra coisa, não fiquemos em silêncio apenas devido ao canto, muitos sequer olhando para ela, afundando o focinho no pelo do vizinho, e que Josefina, lá em cima, pareça se agitar em vão, não há dúvida de que um pouco de seu guincho nos toca. Esse guincho que se eleva sobre o forçado silêncio geral é quase uma mensagem do povo para o indivíduo. O guincho frouxo de Josefina, em meio a graves decisões, é quase como a existência miserável de nosso povo em meio ao tumulto inimigo. Josefina se firma e abre caminho até nós. É reconfortante pensar que se firma essa voz nenhuma, essa destreza nenhuma.

Se entre nós existisse um verdadeiro artista do canto, não o suportaríamos em momentos como esse. Rejeitaríamos, unanimemente, seu recital como uma insensatez. Tomara que Josefina não descubra que o mero fato de nós a ouvirmos é uma prova contra seu canto. Sem dúvida ela vislumbra isso, e não à toa nega, tão ardorosamente, que possamos escutá-la; todavia, sempre volta a cantar, a diluir-se em seu guincho, para além dessa suspeita.

Mas sempre terá um consolo: talvez nós a escutemos da mesma forma que se escuta um artista do canto. E Josefina alcança resultados que um grande artista tentaria inutilmente alcançar, e que correspondem, justamente, a seus precários recursos vocais. Isso se deve, sobretudo, ao nosso modo de vida.

Em nosso povo se desconhece a juventude. Mal se conhece uma mínima infância. É verdade que asseguramos às crianças uma liberdade especial, e que devemos reconhecer seu direito a certa negligência e a certa travessura, e também ajudá-los um pouco; nada mais plausível que essas exigências: todos as reconhecem; mas nada menos admissível na realidade de nossa vida, e os esforços que fazemos nesse sentido são efêmeros.

Na época em que a criança pode perambular um pouco e conhecer o que está à sua volta, já precisa em nosso meio ganhar a vida como um adulto. Os distritos em que vivemos dispersos, por razões econômicas, são muito grandes. Nossos inimigos são tão numerosos e os perigos que nos espreitam tão incalculáveis, que não podemos manter as crianças afastadas dessa luta pela vida. Se não lutassem, elas também morreriam. A essas tristes causas se soma outra, muito relevante: a fecundidade de nossa raça. Uma geração empurra a outra; as crianças não têm tempo de ser crianças. Nos outros povos, os pequenos são criados com um zelo especial, e ainda que se construam escolas e delas saia uma enxurrada de crianças, sempre, durante algum tempo, são as mesmas crianças que estudam ali. Nós não temos escolas, e de nosso povo, a intervalos exatíssimos, manam bandos incontáveis de crianças, balbuciando ou piando até conseguirem guinchar; espojando-se ou rolando sob a pressão do bando até conseguirem andar sozinhas; atropelando desajeitadamente com sua massa tudo o que encontram pela frente até conseguirem enxergar. E não como as crianças das escolas, que são sempre as mesmas. Não, aqui são sempre novas, infindáveis, ininterruptas. Mal uma criança aparece, já não é mais criança, e é empurrada por novos focinhos, indistinguíveis na multidão apressada. Por mais bonito que isso seja e por mais que outros nos invejem, não nos é permitido dar a nossas crianças uma verdadeira infância. Isso tem consequências: uma perpétua e arraigada puerilidade permeia nosso povo. Em contraste direto com nossa melhor aptidão, que é o entendimento prático, muitas vezes agimos do modo mais bobo, justamente como as crianças, esbanjadores imprudentes e generosos. E embora nossa alegria já não consiga manter a força da alegria infantil, alguma coisa ainda nos resta, sem dúvida. Faz tempo que Josefina tira proveito dessa puerilidade.

Mas nosso povo não é apenas infantil; também é prematuramente velho. Não temos juventude, viramos adultos num instante e permanecemos adultos durante tanto tempo que certo desespero e certo cansaço deixam sua marca no temperamento aplicado e otimista de nosso povo. Talvez essa seja a causa de nossa falta de musicalidade. Somos velhos demais para a música: sua agitação, seu voo não combinam com nossa seriedade. Cansados, nós a rejeitamos com um gesto: limitamo-nos a guinchar. Bastam-nos alguns guinchos, de quando em quando. É possível que não haja talentos musicais entre nós, mas, se houvesse, a índole de nossa gente os suprimiria antes da maturidade. Josefina, por sua vez, pode guinchar, ou cantar, ou como quer que ela queira chamá-lo. Isso não nos incomoda. Suportamos bem isso. Se há alguma música nos sons que ela emite, essa música é mínima. Dessa forma, certa tradição musical se mantém, sem que ela nos pese.

Em seus recitais, apenas os muito jovens se interessam pela cantora, olham-na com espanto quando ela move os lábios e solta o ar entre os incisivos miúdos, embevecida com seus próprios tons. Perde a força e utiliza essa languidez para destacar novas habilidades cada vez menos compreensíveis, até para ela mesma. Mas a multidão se mantém reunida e na expectativa. Sonhamos nas raras tréguas da batalha; é como se nossas pernas bambeassem, é como se pudéssemos, por uma vez, deitar e relaxar na cama aconchegante do povo. E em meio ao sonho, a intervalos, ouve-se o guincho de Josefina. Ela diz que é brilhante. Para nós, é enfadonho. Há nessa música um pouco de nossa pobre e breve infância, um pouco da felicidade perdida que não recuperaremos. Mas há também um pouco de nossa ativa vida presente, de sua vivacidade pequena, incompreensível e, no entanto, tão obstinada. Isso tudo não se expressa com uma grande voz, mas bem devagar. Sussurrando com intimidade, muitas vezes roucos de tanto soltar os guinchos, por mais fracos que sejam, pois assim é a língua de nosso povo, embora muitos guinchem a vida toda e nem percebam. Aqui, ao contrário, o guincho está livre das amarras do cotidiano e também nos liberta, ainda que por um momento.

Na verdade, seria uma pena deixarmos de ouvir esses recitais. Mas daí à afirmação de Josefina de que sua música infunde novas forças, há uma grande distância. Estou falando, bem entendido, da gente comum e não de alguns partidários incondicionais. "Como seria diferente?", dizem estes com arrogância. "Como se poderia explicar a grande afluência de público, principalmente em momentos de perigo grave e imediato, o que prejudicou, mais de uma vez, nossa oportuna defesa contra esse perigo?" Infelizmente, a última afirmação é verdadeira, e não é exatamente um título de glória para Josefina, sobretudo se considerarmos que muitas vezes o inimigo dispersou nossas reuniões, matando muitos dos nossos, e que Josefina, a culpada de tudo — talvez tenha atraído o inimigo com seus guinchos —, sempre reservou para si mesma o lugar mais seguro e foi a primeira a desaparecer, com a cumplicidade de seus partidários. Sabemos disso tudo, mas mesmo assim corremos a rodeá-la cada vez que ela volta a cantar. Daí se poderia deduzir que Josefina está acima da lei, que se permite que ela faça o que bem entender, mesmo que prejudique a comunidade, e que a ela tudo é perdoado. Se assim fosse, as pretensões de Josefina estariam explicadas. Até poderíamos ver nessa liberdade que seu povo lhe concede, nesse extraordinário presente, e, por certo, contrário às leis, a ninguém jamais concedido, o reconhecimento de que seu povo — como ela afirma — não a entende, espanta-se e fica pasmo com sua arte e, sentindo-se indigno dela, tenta compensar com um favor supremo, que chega até a morte, os sofrimentos que lhe causa com sua incompreensão. Assim como a arte de Josefina está além do alcance geral, o povo também deixa fora do poder de suas ordens a pessoa de Josefina e seus caprichos: nas pequenas coisas, talvez aconteça assim, talvez o povo capitule rápido demais perante Josefina. Mas não é seu fã incondicional.

Há muito tempo, talvez desde o início de sua carreira, Josefina luta para que não a obriguem a trabalhar; deveriam eximi-la, portanto, de toda preocupação econômica. Um entusiasta fácil — houve alguns entre nós — poderia pensar que o mero fato de formular semelhante exigência a justifica. Mas nosso povo não entende dessa forma e recusa tranquilamente a exigência da cantora. Também não se esforça muito para refutar os motivos da demanda. Josefina esclarece, por exemplo, que os esforços do trabalho prejudicam sua voz; que o trabalho a priva de qualquer possibilidade de descansar depois do canto e de se fortalecer para o próximo espetáculo; que dessa forma fica completamente esgotada e não consegue alcançar sua capacidade máxima.

O povo a escuta e passa para outro assunto. Esse povo, tão fácil de comover, também sabe se mostrar insensível. A recusa é às vezes tão categórica que a própria Josefina se surpreende e fica mais razoável. Então trabalha como se deve, canta o melhor que pode. Mas depois volta à carga.

No fundo, é evidente que Josefina não deseja verdadeiramente o que exige. É razoável, não tem medo do trabalho — temor desconhecido entre nós —, e, além disso, se lhe dessem o que exige, continuaria vivendo como sempre: o trabalho não a impediria de cantar; o canto não seria mais belo. O que Josefina deseja é o reconhecimento público, unânime, imorredouro, de sua arte. Isso, ainda que todo o resto pareça acessível, fracassa obstinadamente. Talvez lhe fosse conveniente encarar a questão de outra forma; talvez ela mesma reconheça o erro. Mas não pode voltar atrás. Isso lhe pareceria uma deslealdade consigo mesma; é obrigada a prosseguir até a vitória ou a morte.

Se fosse verdade que ela tem inimigos, eles poderiam se divertir com essa luta; mas não tem inimigos, e mesmo quando a criticam, essa luta não diverte ninguém. O povo se mostra em fria atitude de juiz. Tanto na recusa do povo quanto na pretensão de Josefina, o mais significativo não é o assunto, e sim o fato de sermos implacáveis com uma pessoa que, por outro lado, protegemos paternalmente.

Se em vez do povo se tratasse de um indivíduo, poderíamos pensar que este fora cedendo aos ardentes pedidos de Josefina, até finalmente se cansar e estabelecer limites para as concessões; também poderíamos pensar que concordaram com todas as exigências para provocar uma última exigência excessiva e depois negá-la. Mas o povo não precisa de tais ardis e sua veneração por Josefina é sincera e comprovada; além disso, a vaidade de Josefina é tão grande que até uma criança poderia prever o resultado; mas pode ser que, dada a ideia que Josefina tem do assunto, essas suposições também estejam em jogo e tornem mais amarga sua dor. Porém, mesmo que imagine essas coisas, ela não se deixa intimidar, e nos últimos tempos acirrou a luta; se antes lutava com a palavra, agora começa a usar outros meios, segundo ela mais eficazes, mas, a nosso ver, mais perigosos para ela mesma.

Muitos acreditam que Josefina fica tão aflita assim por estar se sentindo velha, porque sua voz apresenta falhas e lhe parece urgente travar o último combate para ser definitivamente reconhecida. Não acredito nisso. Josefina não seria quem é se isso fosse verdade. Para ela não há nem velhice nem enfraquecimento da voz. Quando quer alguma coisa não é por motivos superficiais, mas por lógica íntima. Estende a mão para a coroa mais alta; se dependesse dela, mais alto ainda a exibiria.

Esse desprezo pelas dificuldades externas não a impede de utilizar os meios mais indignos. Considera indiscutível seu direito. Além do mais, julga que os meios dignos fracassariam neste mundo. Talvez por isso mesmo tenha deslocado a luta para outro terreno, menos importante para ela. Seu séquito fez circular frases suas, segundo as quais ela é capaz de cantar de forma a encantar o povo todo. Contudo, acrescenta Josefina, não se deve bajular a plebe: as coisas devem permanecer como estão.

Assim, por exemplo, espalhou-se o boato de que Josefina tem a intenção, se não a satisfizerem, de abreviar os trinados. Eu não entendo nada de trinados e nunca os notei em seu canto. Mas Josefina quer abreviar os trinados, não suprimi-los, só abreviá-los. Tornou pública sua ameaça; eu, por minha vez, não percebi nenhuma diferença entre seus recitais de agora e os de antes. O povo escuta como sempre, sem se manifestar quanto aos trinados, e não mudou sua conduta diante das exigências de Josefina. O modo de pensar de Josefina, bem como sua figura, tem um quê de engraçado. Assim, por exemplo, como se sua decisão a respeito dos trinados fosse excessivamente implacável, declarou que com o tempo voltaria a cantar seus trinados completos. Mas no outro recital repensou e resolveu que os grandes trinados tinham acabado e não voltariam, a não ser depois de uma decisão favorável a ela. O povo continua benévolo, mas inacessível, como um adulto preocupado que não escuta as palavras de uma criança.

Mas Josefina não cede. Há pouco afirmou que se machucara no trabalho e não conseguia ficar de pé durante o canto; e como só consegue cantar de pé, agora tem de abreviar seus cantos. Embora manque e se deixe amparar por seu séquito, ninguém acredita em seu ferimento; mesmo considerando a sensibilidade especial de seu corpo, não se pode esquecer que Josefina pertence a um povo de trabalhadores; se a cada esfoladura começássemos a mancar, o povo todo andaria de muletas. Então que a carreguem como se fosse inválida, que ela se exiba nesse estado lamentável, não importa; o povo ouve seu canto, agradecido, e não liga muito para a abreviação dos trinados. Como não pode mancar eternamente, ela inventa outras coisas: cansaço, fraqueza, mau humor. Estamos condenados a ver o séquito de Josefina suplicando-lhe cantos. Consolam-na, afagam-na, só falta levá-la sobre um andor ao lugar escolhido. Ela consente, finalmente, com lágrimas inexplicáveis; mas quando vai começar, não com os braços abertos, como das outras vezes, e sim pensos — o que faz com que pareçam mais curtos —, quando quer entoar, um estremecimento involuntário a interrompe e ela desaba diante de nossos olhos. Depois se controla com energia e canta, acho que mais ou menos como sempre; quem percebe os matizes mais sutis talvez possa distinguir uma leve excitação que a favorece. No final, parece menos cansada do que antes: caminha confiante, se é lícito falar assim de seu esperneio arisco, e se afasta recusando qualquer ajuda de seus cortesãos e desafiando com um olhar frio a multidão respeitosa que lhe abre passagem.

No entanto, da última vez em que se esperava seu canto, Josefina desapareceu. Agora não só seu séquito está à sua procura; muitos se alistam na busca; Josefina desapareceu, não quer cantar nem quer que lhe peçam isso; agora nos abandonou de vez.

É estranho como essa espertinha calcula mal, tão mal que nos leva a pensar que não calcula, mas que é levada pela correnteza de seu destino, que em nosso mundo só pode ser triste. Ela mesma se afasta do canto, ela mesma destrói o poder que havia conquistado. Como adquiriu esse poder, conhecendo tão mal seu próprio povo? Ela se esconde e não canta mais; o povo, porém, tranquilo, sem desilusão aparente, senhoril, uma massa descansando em si mesma, que formalmente, embora dê a impressão contrária, só pode dar presentes, nunca recebê-los, nem mesmo de Josefina, esse povo — repito — segue seu caminho. Mas Josefina deve estar decadente. Logo vai chegar o momento em que seu último guincho soará e ela ficará muda para sempre. Josefina é um episódio na história eterna de nosso povo, e esse povo vai superar sua perda. Não é fácil para nós; como serão possíveis as assembleias em completo silêncio? Mas não eram silenciosas também com Josefina? E seus guinchos eram mesmo efetivos ou mais fortes e vívidos do que serão na lembrança? Será que, em vida, não passaram de mera lembrança? Ou será que enaltecemos o canto de Josefina por ele ser imperdível?

Talvez nossa perda não seja grande; mas Josefina, redimida dos anseios terrenos a que, segundo ela, estão predestinados os eleitos, irá se perder, cheia de júbilo, entre os incontáveis seres de nosso povo. E depois, dado que a história não nos interessa, entrará, como todos os seus irmãos, na exaltada libertação do esquecimento.

Diante da Lei
Um médico rural, 1919

Há um guardião diante da Lei. Um homem do campo vem até esse guardião pedindo para ser admitido na Lei. O guardião lhe responde que naquele dia não pode permitir sua entrada. O homem reflete e pergunta se depois poderá entrar.

— É possível — diz o guardião —, mas não agora.

Como a porta da Lei continua aberta e o guardião está ao lado dela, o homem se agacha para espiar. O guardião ri e diz:

— Preste bem atenção: sou muito forte. E sou o guardião mais subalterno. Lá dentro não há uma sala que não esteja vigiada por um guardião, cada um mais forte que o anterior. O terceiro tem uma aparência que eu mesmo não consigo suportar.

O homem não previra esses entraves. Pensa que a Lei deve ser acessível, mas ao observar o guardião com sua capa de pele, seu grande nariz agudo e sua longa e esfiapada barba de tártaro, resolve que é melhor esperar. O guardião lhe dá um banco e o deixa sentar-se junto à porta. Ali ele passa os dias e os anos. Tenta muitas vezes ser admitido e cansa o guardião com suas petições. O guardião entabula com ele diálogos limitados e o interroga sobre seu lar e outros assuntos, mas de forma impessoal, como se fosse um senhor importante, e sempre acaba repetindo que ele ainda não pode entrar. O homem, que se munira de muitas coisas para sua viagem, vai se despojando de todas para subornar o guardião. Ele não as recusa, mas declara:

— Aceito para que você não pense que não tentou tudo.

Em todos esses anos o homem não deixa de olhá-lo. Esquece os outros e pensa que *esse* é o único entrave que o separa da Lei. Nos primeiros tempos amaldiçoa, aos gritos, seu destino perverso; com a velhice, a maldição se transforma em queixume. O homem se torna infantil, e como em sua vigília de anos passou a reconhecer as pulgas na capa de pele, acaba lhes pedindo que o socorram e que intercedam junto ao guardião. Por fim seus olhos se turvam e não sabe se são eles que o enganam ou se o mundo escureceu. Mal se percebe na sombra uma claridade que flui imortalmente da porta da Lei. Já não lhe resta muito que viver. Em sua agonia as lembranças formam uma única pergunta, que ainda não fez ao guardião. Como não consegue se levantar, tem de chamá-lo por meio de sinais. O guardião se agacha bastante, pois a diferença de estaturas aumentou muitíssimo.

— Que quer agora? — diz o guardião. — Você é insaciável.

— Todos buscam a Lei — diz o homem. — Será possível que em todos esses anos que fiquei esperando ninguém tenha tentado entrar, além de mim?

O guardião percebe que o homem está se acabando e tem de gritar para que ele o ouça:

— Ninguém quis entrar por aqui porque esta porta estava destinada somente a você. Agora vou fechá-la.

KIPLING, RUDYARD

Rudyard Kipling, ilustre romancista, contista, poeta épico. Nasceu em Bombaim, em 1865; faleceu na Inglaterra em 1936. Recebeu o prêmio Nobel de literatura em 1907. De sua vasta obra, mencionaremos *Plain Tales from the Hills* (1888), *A luz que se apagou* (1891), *The Seven Seas* (1896), *Stalky and Co.* (1899), *Kim* (1901), *The Five Nations* (1903), *Actions and Reactions* (1909), *A Diversity of Creatures* (1917), *The Years Between* (1919), *Debits and Credits* (1926), *Limits and Renewals* (1932), *Something of Myself* (1937).

"O conto mais belo do mundo"
Many Inventions, 1893

Chamava-se Charlie Mears; era filho único de mãe viúva; morava no norte de Londres e ia ao centro todos os dias, para seu emprego num banco. Tinha vinte anos e estava cheio de sonhos. Encontrei-o numa sala de bilhar, onde o marcador o tratava com familiaridade. Charlie, um pouco nervoso, disse-me que estava ali como espectador; sugeri que voltasse para casa.

Foi o primeiro marco de nossa amizade. Em vez de perder tempo nas ruas com os amigos, costumava me visitar, de tarde;

falando de si mesmo, como cabe aos jovens, não tardou a me confiar suas aspirações: eram literárias. Queria forjar-se um homem imortal, principalmente por meio de poemas, embora não se recusasse a mandar contos de amor e de morte aos jornais vespertinos. Foi meu destino permanecer imóvel, enquanto Charles Mears lia composições de muitas centenas de versos e volumosos trechos de tragédias que, sem dúvida, comoveriam o mundo. Meu prêmio era sua total confiança; as confissões e problemas de um jovem são quase tão sagrados quanto os de uma mocinha. Charlie nunca se apaixonara, mas queria se apaixonar na primeira oportunidade; acreditava em todas as coisas boas e em todas as coisas honrosas, mas não me deixava esquecer que era um homem do mundo, como qualquer empregado de banco que ganha vinte e cinco xelins por semana. Rimava *amor* com *dor*, *bela* com *estrela*, ingenuamente seguro da novidade de suas rimas. Tapava com apressadas desculpas e descrições os grandes buracos incômodos de seus dramas, e seguia em frente, vendo com tanta clareza o que pretendia fazer que já o considerava feito, e esperava meu aplauso.

Acho que sua mãe não o encorajava; sei que sua mesa de trabalho era um canto do banheiro. Ele me contou isso logo de início, quando saqueava minha biblioteca e pouco antes de suplicar que eu lhe dissesse a verdade sobre suas esperanças de "escrever alguma coisa, você sabe, realmente grande". Talvez eu o tenha encorajado demais, porque ele veio me ver uma tarde, com os olhos brilhando, e me disse, trêmulo:

— Se não for incômodo... posso ficar aqui todas as tardes para escrever? Não vou incomodá-lo, prometo. Na casa de minha mãe não tenho onde escrever.

— O que houve? — perguntei, embora já soubesse muito bem.

— Tenho uma ideia na cabeça, que pode se transformar no melhor conto do mundo. Deixe-me escrevê-lo aqui. É uma ideia espetacular.

Impossível resistir. Preparei-lhe uma mesa; nem bem me agradeceu, já começou a trabalhar. Durante meia hora a pena correu sem parar. Charlie suspirou. A pena correu mais devagar, as rasuras se multiplicaram, a escrita se interrompeu. O mais belo conto do mundo não queria sair.

— Agora parece tão ruim — disse lugubremente. — Mas era bom enquanto eu pensava nele. Onde está a falha? Não quis desanimá-lo com a verdade. Respondi:

— Talvez você não esteja com ânimo para escrever.

— Sim, mas quando leio este absurdo...

— Leia para mim o que escreveu — disse-lhe.

Ele leu. Era prodigiosamente ruim. Nas frases mais empoladas, ele parava à espera de algum aplauso, porque estava, naturalmente, orgulhoso delas.

— Você precisaria encurtá-lo — sugeri com cautela.

— Odeio mutilar o que escrevo. Aqui não dá para mudar uma palavra sem prejudicar o sentido. Ficou melhor lido em voz alta do que enquanto eu escrevia.

— Charlie, você sofre de uma doença alarmante e muito comum. Guarde esse manuscrito e revise-o dentro de uma semana.

— Quero terminá-lo logo. O que acha?

— Como julgar um conto pela metade? Conte-me o argumento.

E Charlie contou. Disse tudo que sua inabilidade o impedira de transpor à palavra escrita. Olhei para ele, perguntando-me se era possível que não percebesse a originalidade, o poder da ideia com que se deparara. De ideias infinitamente menos exequíveis e excelentes muitos homens já se haviam orgulhado. Mas Charlie prosseguiu com serenidade, interrompendo a torrente pura da imaginação com exemplos de frases abomináveis que pretendia utilizar. Escutei-o até o fim. Era absurdo deixar essa ideia em suas mãos ineptas quando eu podia fazer tanto com ela. Não tudo o que seria possível fazer, mas muitíssimo.

— O que acha? — disse ele, por fim. — Penso em lhe dar o título de *A história de um navio*.

— Acho a ideia muito boa; mas você ainda está longe de poder aproveitá-la. Já eu...

— Você se interessa? Você a quer? Seria uma honra para mim — disse Charlie.

Há poucas coisas mais doces neste mundo que a inocente, fantástica, desmedida, franca admiração de um homem mais jovem. Nem mesmo uma mulher cega de amor imita a maneira de caminhar do homem que adora, inclina o chapéu como ele ou intercala na conversa seus ditados preferidos. Charlie fazia tudo isso. No entanto, antes de me apossar de suas ideias, eu queria ficar em paz com minha consciência.

— Vamos fazer um acerto. Eu lhe dou cinco libras pelo argumento — disse a ele.

Num piscar de olhos, Charlie se transformou no funcionário de banco:

— Em hipótese alguma. Entre camaradas, se me permite chamá-lo assim, e falando como um homem do mundo, eu não posso. Pegue o argumento, se lhe servir. Tenho muitos outros.

E ele tinha — ninguém mais do que eu sabia disso —, mas eram argumentos de outros.

— Encare isso como um negócio entre homens do mundo — repliquei. — Com cinco libras você pode comprar uma porção de livros de poesia. Negócio é negócio, e pode ter certeza de que eu não pagaria esse preço se...

— Se vê as coisas desse modo... — disse Charlie, visivelmente impressionado com a ideia dos livros.

Fechamos o acordo com a promessa de que ele me traria periodicamente todas as ideias que lhe ocorressem, teria uma mesa para escrever e o inquestionável direito de me infligir todos os seus poemas e fragmentos de poemas. Depois eu disse:

— Conte-me como teve essa ideia.

— Veio sozinha.

Charlie abriu os olhos levemente.

— Sim, mas você me contou muitas coisas sobre o herói, deve ter lido em algum lugar.

— Não tenho tempo para ler, a não ser quando você me deixa ficar aqui. E aos domingos saio de bicicleta ou passo o dia inteiro no rio. Tem alguma coisa faltando no herói?

— Conte-me de novo e compreenderei melhor. Você diz que o herói era um pirata. Como ele vivia?

— Estava no convés de baixo daquele tipo de barco que mencionei.

— Que tipo de barco?

— Desses que se movem com remos, e o mar entra pelos buracos dos remos, e os homens remam com a água pelos joelhos. Há um banco entre as duas fileiras de remos, e um capataz com um chicote anda de um extremo ao outro do banco, para que os homens trabalhem.

— Como sabe disso?

— Está no conto. Há uma corda esticada, na altura de um homem, amarrada ao convés de cima, para que o capataz se agarre a ela quando o barco balança. Certa vez, o capataz não encontrou a corda e caiu entre os remeiros; o herói riu e foi chicoteado. Está acorrentado a seu remo, naturalmente.

— Como ele está acorrentado?

— Com um bracelete de ferro, pregado no banco, e com uma argola que o prende ao remo. Está no convés de baixo, onde ficam os piores, e a luz entra pelas escotilhas e pelos buracos dos remos. Consegue ver a luz do sol se filtrando entre o buraco e o remo e movendo-se com o barco?

— Sim, mas não consigo imaginar você imaginando isso.

— Como poderia ser diferente? Agora me escute. Os remos compridos do convés de cima são movimentados por quatro homens em cada banco; os remos intermediários, por três; os que estão mais embaixo, por dois. Lembre que no convés inferior não tem nenhuma luz, e que ali todos os homens enlouquecem. Quando morre um remador nesse convés, não o arremessam borda afora: despedaçam-no, acorrentado, e jogam os pedacinhos no mar pelo buraco do remo.

— Por quê? — perguntei espantado, menos pela informação que pelo tom assertivo de Charlie Mears.

— Para poupar trabalho e para assustar os companheiros. São necessários dois capatazes para subir o corpo de um homem até o outro convés, e se deixassem os remadores sozinhos no convés de baixo, eles não remariam e tentariam arrancar os bancos, erguendo-se todos ao mesmo tempo com suas correntes.

— Você tem uma imaginação muito precavida. O que andou lendo sobre galeotes?

— Que eu me lembre, nada. Quando tenho oportunidade, remo um pouco. Mas talvez tenha lido alguma coisa, se você está dizendo.

Então saiu em busca de livrarias e fiquei me perguntando como um funcionário de banco, de vinte anos, conseguira me entregar, com pródiga abundância de pormenores, fornecidos com absoluta segurança, esse conto de extravagante e sangrenta aventura, motim, pirataria e morte, em mares sem nome.

Ele impelira o herói a uma desesperada odisseia, fizera-o rebelar-se contra os capatazes, dera-lhe uma nave para comandar e depois uma ilha "por aí no mar, sabe"; e, encantado com as modestas cinco libras, saíra para comprar os argumentos de outros homens, para aprender a escrever. Restava-me o consolo de saber que seu argumento era meu, por direito de compra, e pensava que poderia aproveitá-lo de alguma forma.

Quando voltamos a nos ver ele estava extasiado, extasiado com os muitos poetas que lhe haviam sido revelados. Suas pupilas estavam dilatadas, suas palavras se atropelavam e ele se enrolava em citações, como um mendigo na púrpura dos imperadores. Estava extasiado principalmente com Longfellow.

— Não é esplêndido? Não é soberbo? — gritou-me depois de um cumprimento apressado. — Escute isto:

Wouldst thou — so the helmsman answered —,
Know the secret of the sea?
Only those who brave its dangers
Comprehend its mystery.*

— Tremendo!

---

* "Quer — disse o timoneiro —/ saber o segredo do mar?/ Só os que enfrentam seus perigos/ compreendem o seu mistério." ["The Secret of the Sea", Henry Wadsworth Longfellow]

— "Only those who brave its dangers comprehend its mystery" — repetiu vinte vezes, caminhando de um lado para o outro, esquecendo-se de mim.

— Mas eu também posso compreendê-lo — disse. — Não sei como lhe agradecer pelas cinco libras. Escute isto:

> I remember the black wharves and the slips
> And the sea-tides tossing free;
> And the Spanish sailors with bearded lips,
> And the beauty and mystery of the ships,
> And the magic of the sea.*

— Nunca enfrentei perigos, mas acho que entendo tudo isso.

— Realmente, você parece dominar o mar. Já o viu alguma vez?

— Quando eu era pequeno estivemos em Brighton. Morávamos em Coventry antes de vir para Londres. Nunca o vi...

> When descends on the Atlantic
> The gigantic
> Storm wind of the Equinox.**

Segurou-me pelo ombro e me sacudiu, para que eu entendesse a paixão que o comovia.

— Quando essa tormenta chega — prosseguiu —, todos os remos do barco se quebram, e os cabos dos remos dilaceram o peito dos remeiros. A propósito, você já usou meu argumento?

— Não, estava esperando você me contar mais alguma coisa. Diga-me como conhece tão bem os detalhes do barco. Você não sabe nada sobre barcos.

---

* "Lembro-me dos embarcadouros negros, das enseadas,/ da agitação das marés,/ e dos marinheiros espanhóis, de lábios barbudos,/ e da beleza e do mistério das naves/ e da magia do mar." ["My lost youth", Henry Wadsworth Longfellow]

** "Quando desce sobre o Atlântico/ o titânico/ vento tempestuoso do Equinócio." ["Seaweed", Henry Wadsworth Longfellow]

— Não sei explicar. É totalmente real para mim até que tento escrever. Ontem de noite, na cama, estive pensando, depois de concluir *A ilha do tesouro*. Inventei uma porção de coisas para o conto.

— Que tipo de coisas?

— Sobre o que os homens comiam: figos podres e favas pretas e vinho num odre de couro que passavam de um banco para o outro.

— O barco era tão antigo assim?

— Eu não sei se era antigo. Às vezes me parece tão real como se fosse de verdade. Não fica entediado com tudo isso que lhe conto?

— Nem um pouco. Teve mais alguma ideia?

— Sim, mas é um absurdo — Charlie corou levemente.

— Não importa, conte-me.

— Bem, estava pensando no conto, e na mesma hora saí da cama e anotei num pedaço de papel as coisas que eles podiam ter gravado nos remos, com o gume das algemas. Achei que isso lhe daria mais realidade. É tão real, para mim, sabe.

— Tem o papel aí?

— Sim, mas para que mostrá-lo? São só uns rabiscos. Contudo, poderiam ir na primeira página do livro.

— Já vou cuidar desses detalhes. Mostre-me o que seus homens escreviam.

Tirou do bolso um papel de carta, com uma única linha escrita, e eu a guardei.

— O que acha que significa em inglês?

— Ah, não sei. Pensei que podia significar: "Estou cansadíssimo". É absurdo — repetiu —, mas essas pessoas do barco me parecem tão reais quanto nós. Escreva logo o conto; gostaria de vê-lo publicado.

— Mas todas as coisas que me disse dariam um livro muito extenso.

— Faça-o, então. Só precisa sentar e escrever.

— Dê-me tempo. Não tem mais ideias?

— Por enquanto, não. Estou lendo todos os livros que comprei. São esplêndidos.

248

Quando ele saiu, observei a folha de papel com a inscrição. Depois... creio que não houve transição entre sair de casa e me encontrar discutindo com um guarda, diante de uma porta marcada "Entrada proibida" num corredor do Museu Britânico. O que eu procurava, com toda a cortesia possível, era "o homem das antiguidades gregas". O guarda ignorava tudo, exceto o regulamento do museu, e foi necessário explorar todos os pavilhões e escritórios do edifício. Um senhor de idade interrompeu seu almoço e deu fim a minha busca pegando a folha de papel entre o polegar e o indicador e estudando-a com desdém.

— Que significa isto? Vejamos — disse. — Se não me engano, é um texto em grego sumamente corrompido, redigido por alguém — aqui me cravou os olhos — extraordinariamente iletrado.

Leu com lentidão:

— Pollock, Erkmann, Tauchnitz, Hennicker, quatro nomes que me são familiares.

— Pode me dizer o que significa este texto?

— Fui... muitas vezes... vencido pelo cansaço neste mister. Significa isso.

Devolveu-me o papel; escapei sem uma palavra de agradecimento, de explicação ou desculpa.

Minha distração era perdoável. Entre todos os homens, a mim fora dada a oportunidade de escrever a história mais admirável do mundo, nada menos que a história de um galeote grego, contada por ele mesmo. Não era de estranhar que os sonhos parecessem reais a Charlie. As Parcas, tão cuidadosas em fechar as portas de cada vida, uma após outra, dessa vez tinham se distraído, e Charlie viu, embora não soubesse, o que a ninguém fora permitido ver, com visão plena, desde o início dos tempos. Ignorava inteiramente o conhecimento que me vendera por cinco libras; e perseveraria nessa ignorância, porque funcionários de banco não compreendem a metempsicose, e uma boa educação comercial não inclui o conhecimento do grego. Ele me forneceria — aqui dancei, entre os mudos deuses egípcios, e ri de seus rostos mutilados — materiais que dariam veracidade a meu conto: uma veracidade tão grande que o mundo o receberia como uma ousada e artificiosa ficção. E eu, só eu saberia que era absoluta e literalmente verdadeiro. Essa joia estava em minha mão para que eu a polisse e lapidasse. Dancei novamente entre os deuses do pátio egípcio, até que um guarda me viu e apressou-se em minha direção.

Só era preciso estimular a conversa de Charlie, e isso não era difícil; mas eu me esquecera dos malditos livros de versos. Ele voltava, inútil como um fonógrafo recarregado, extasiado com Byron, Shelley ou Keats. Sabendo o que o rapaz fora em suas vidas anteriores, e desesperadamente ansioso para não perder uma única palavra de sua fala, não pude esconder meu respeito e meu interesse por ele. Encarou isso como respeito pela alma atual de Charlie Mears, para quem a vida era tão nova como foi para Adão, e como interesse por suas leituras; quase acabou com minha paciência recitando versos, não dele, mas de outros. Cheguei a desejar que todos os poetas ingleses sumissem da memória dos homens. Caluniei as glórias mais puras da poesia, porque desviavam Charlie da narração direta e o incitavam à imitação; mas refreei minha impaciência até que o ímpeto inicial de entusiasmo se esgotou e o rapaz voltou aos sonhos.

— Mas para que vou lhe contar o que penso, quando esses sujeitos escreveram para os anjos? — exclamou ele uma tarde. — Por que não escreve alguma coisa parecida?

— Acho que você não está se portando muito bem comigo — disse, contendo-me.

— Já lhe dei o argumento — disse secamente, prosseguindo na leitura de Byron.

— Mas eu quero detalhes.

— Essas coisas que invento sobre o maldito barco que você chama de galé? São facílimas. Você mesmo pode inventá-las. Suba um pouco a chama, quero continuar lendo.

Quase quebrei a lâmpada de gás na cabeça dele. Poderia inventar se soubesse o que Charlie ignorava que sabia. Mas como as portas estavam fechadas atrás de mim, tinha de aceitar seus caprichos e manter aceso seu bom humor. Uma distração momentânea poderia atrapalhar uma revelação preciosa. Às vezes ele deixava os livros — guardava-os em minha casa, porque sua mãe teria se escandalizado com o gasto de dinheiro que representavam — e se perdia em sonhos marinhos. Amaldiçoei novamente todos os poetas da Inglaterra. A mente plástica do funcionário de banco estava recarregada, colorida e deformada pelas leituras, e o resultado era uma rede confusa de vozes alheias como o ruído múltiplo de um telefone de escritório, na hora mais atarefada.

Falava da galé — de sua própria galé, mesmo sem saber disso — com imagens de *A noiva de Abydos*. Sublinhava as aventuras do herói com citações do *Corsário* e acrescentava desesperadas e profundas reflexões morais de *Caim* e de *Manfred*, esperando que eu as aproveitasse. Só quando falávamos de Longfellow esses redemoinhos se aquietavam, e eu sabia que Charlie dizia a verdade, tal como a recordava.

— O que acha disto? — disse-lhe certa vez, quando percebi que o ambiente estava mais favorável a sua memória, e antes que protestasse li quase na íntegra "A saga do rei Olaf".

Ele escutava atônito, tamborilando no espaldar do sofá. Até que cheguei à canção de Einar Tamberskelver e à estrofe:

> *Einar then, the Arrow taking*
> *From the loosened string,*
> *Answered, "That was Norway breaking*
> *'Neath thy hand, O King".**

Ele teve um frêmito de puro gozo verbal.

— É um pouco melhor que Byron? — aventurei.

— Melhor! *É verdade*. Como Longfellow podia saber?

Repeti uma estrofe anterior:

---

* "Einar, tirando a flecha/ da afrouxada corda/ respondeu, 'Era a Noruega que se quebrava/ Oh, Rei, em suas mãos'." ["The Saga of King Olaf", Henry Wadsworth Longfellow]

"What was that?", said Olaf, standing
On the quarter-deck.
"Something heard I like the stranding
Of a shattered wreck."[*]

— Como podia saber de que forma os barcos se despedaçam e os remos voam e fazem z-zzzp ao ir de encontro à costa? Ontem à noite, mal... Mas continue lendo, por favor, quero ouvir novamente "The Skerry of Shrieks".

— Não, estou cansado. Vamos conversar. O que aconteceu ontem à noite?

— Tive um sonho terrível sobre essa nossa galé. Sonhei que estava me afogando durante uma batalha. Abordamos outro barco, num porto. A água estava morta, salvo onde os remos batiam. Você sabe qual é a minha posição na galé?

No começo falava com hesitação, com aquele belo temor inglês de que rissem dele.

— Não, para mim isso é novidade — respondi humildemente, já com o coração disparando.

— O quarto remo à direita, a partir da proa, no convés de cima. Éramos quatro nesse remo, todos acorrentados. Lembro-me de ficar olhando para a água, tentando tirar as algemas antes de começar a luta. Depois encostamos no outro barco, e os adversários nos abordaram, e meu banco quebrou, e fiquei imóvel, com os três companheiros por cima e o remo grande atravessado sobre nossas costas.

— E?

Os olhos de Charlie estavam acesos e vivos. Contemplava a parede atrás de mim.

— Não sei como lutamos. Os homens me pisotearam as costas e eu me quedei prostrado. Depois, nossos remadores da

---

[*] "'Que foi isso?', disse Olaf, aprumado/ no tombadilho, ouço/ algo como o barulho/ de um quebrado destroço." ["The Saga of King Olaf", Henry Wadsworth Longfellow]

esquerda — amarrados, é claro, a seus remos — gritaram e começaram a remar para trás. Eu ouvia o murmulhar da água, giramos como um escaravelho e então compreendi, sem necessidade de ver, que uma galé ia investir seu esporão contra nós, pelo lado esquerdo. Mal pude levantar a cabeça e vislumbrar seu velame sobre a borda. Queríamos recebê-la com a proa, mas era tarde demais. Só conseguimos girar um pouco, porque o barco da direita se enganchara em nós e nos segurava. Então veio o choque. Os remos da esquerda se quebraram quando o outro barco, o que se movia, meteu-lhes a proa. Os remos do convés de baixo arrebentaram as tábuas do piso, com o cabo para cima, e um deles passou perto da minha cabeça.

— Como isso aconteceu?

— A proa da galé que se movia os empurrava para dentro e havia um estrondo ensurdecedor nos conveses inferiores. O esporão nos atingiu bem no meio e nos inclinamos, e os homens da outra galé soltaram os ganchos e as amarras, e jogaram coisas no convés de cima — flechas, alcatrão ardendo ou algo que pegava fogo —, e nos empinamos, cada vez mais, pelo lado esquerdo, e o direito submergiu, e virei a cabeça e vi a água, imóvel ao ultrapassar a borda, e depois se encurvando e desabando sobre nós, e recebi o golpe nas costas, e então acordei.

— Um momento, Charlie. Quando o mar ultrapassou a borda, com o que se parecia?

Tinha meus motivos para lhe perguntar isso. Um conhecido meu certa vez naufragara num mar calmo e vira a água se deter um segundo antes de cair no convés.

— Parecia uma corda de violino, esticada, e parecia durar séculos — disse Charlie.

Exatamente. O outro havia dito: "Parecia um fio de prata esticado sobre a borda, e pensei que nunca fosse arrebentar". Ele dera tudo, exceto a vida, por essa partícula de conhecimento, e eu atravessara dez mil léguas para encontrá-lo e recolher essa informação de outro. Mas Charlie, com seus vinte e cinco xelins semanais, com sua vida ordenada e urbana, sabia muito bem disso. Não me consolava saber que, em suas vidas, ele devesse ter morrido para aprender. Também devo ter morrido muitas vezes, mas atrás de mim, para que eu não utilizasse meu conhecimento, as portas haviam sido fechadas.

— E então? — disse, tentando afastar o demônio da inveja.

— O mais estranho, no entanto, é que todo esse fragor não me causava medo nem espanto. Tinha a impressão de ter estado em muitas batalhas, porque ficava repetindo isso a meu companheiro. Mas o canalha do capataz não queria soltar nossas correntes e nos dar uma chance de salvação. Sempre dizia que nos daria a liberdade depois de uma batalha. Mas isso nunca acontecia, nunca.

Charlie moveu a cabeça tristemente.

— Que canalha!

— Sem dúvida. Nunca nos dava comida suficiente e às vezes tínhamos tanta sede que bebíamos água salgada. Ainda sinto esse gosto na boca.

— Fale-me um pouco sobre o porto onde se deu o combate.

— Não sonhei sobre isso. Mas sei que era um porto; estávamos presos a uma argola numa parede branca e a superfície da pedra, sob a água, era recoberta de madeira, para que nosso esporão não se estilhaçasse com o balanço das ondas.

— Isso é interessante. O herói comandava a galé, não é?

— Claro, estava na proa e gritava como um diabo. Foi ele que matou o capataz.

— Mas vocês se afogaram todos juntos, Charlie?

— Não consigo entender direito — disse, perplexo. — Sem dúvida a galé afundou com todos que estavam a bordo, mas acho que o herói continuou vivo. Talvez tenha passado para a outra embarcação. Não pude ver isso, naturalmente; eu estava morto.

Teve um leve calafrio e repetiu que não conseguia se lembrar de mais nada.

Não insisti, mas para me certificar de que ele ignorava o funcionamento de sua alma, dei-lhe a *Transmigração* de Mortimer Collins e lhe resumi o argumento.

— Que absurdo — disse com franqueza, depois de uma hora.

254

— Não entendo esse enredo sobre o *Planeta Vermelho Marte e o Rei*, e todo o resto. Pode me passar o livro do Longfellow?

Entreguei-o e escrevi o que pude recordar de sua descrição da batalha naval, consultando-o vez por outra para que confirmasse um detalhe ou um fato. Ele respondia sem levantar os olhos do livro, com segurança, como se tudo o que sabia estivesse impresso nas folhas. Eu o interrogava em voz baixa, para não romper o fluxo, e sabia que ele ignorava o que dizia, porque seus pensamentos estavam no mar, com Longfellow.

— Charlie — perguntei —, quando os remadores se amotinavam nas galés, como matavam os capatazes?

— Arrancavam os bancos e os quebravam na cabeça deles. Isso aconteceu durante uma tormenta. Um capataz, no convés de baixo, escorregou e caiu entre os remadores. Sem fazer barulho, estrangularam-no contra a borda, com as mãos acorrentadas; estava escuro demais para que o outro capataz pudesse ver. Quando ele perguntou o que estava acontecendo, arrastaram-no também e o estrangularam; e os homens foram abrindo caminho para cima, convés por convés, golpeando o ar com os pedaços dos bancos quebrados. Como vociferavam!

— E o que aconteceu depois?

— Não sei. O herói foi embora, com cabelo vermelho, barba vermelha e tudo o mais. Mas creio que antes conquistou nossa galé.

O som de minha voz o irritava. Fez um leve gesto com a mão esquerda como se uma interrupção o incomodasse.

— Você não me falou, antes, que ele tinha o cabelo vermelho, ou que havia conquistado a galé — disse-lhe, um momento depois.

Charlie não ergueu os olhos.

— Era vermelho como um urso vermelho — disse distraído.

— Vinha do norte, foi o que disseram na galé quando ele pediu remadores, não escravos: homens livres. Depois, anos e anos depois, outro barco nos trouxe notícias dele, ou ele voltou...

Seus lábios se moviam em silêncio. Repetia, absorto, o poema que tinha diante dos olhos.

— Aonde ele tinha ido?

Perguntei quase num sussurro, para que a frase chegasse suavemente à parte do cérebro de Charlie que trabalhava para mim.

— Às Praias, às Longas e Prodigiosas Praias — respondeu depois de um momento.

— A Furdurstrandi? — perguntei, tremendo dos pés à cabeça.

— Sim, a Furdurstrandi — pronunciou a palavra de uma forma nova. — E eu vi, também...

A voz se apagou.

— Você sabe o que disse? — gritei com imprudência.

Levantou os olhos, desperto.

— Não — disse secamente. — Deixe-me ler em paz. Escute isto:

> *But Othere, the old sea captain,*
> *He neither paused nor stirred*
> *Till the king listened, and then*
> *Once more took up his pen*
> *And wrote down every word.*
>
> *And to the King of the Saxons*
> *In witness of the Truth.*
> *Raising his noble head,*
> *He stretched his Brown hand, and said,*
> *"Behold this walrus-tooth".* [*]

— Que homens devem ter sido esses, para navegar pelos mares sem saber quando tocariam terra!

— Charlie — pedi —, se você se portar bem um minuto ou dois, farei com que nosso herói valha tanto quanto Othere.

---

[*] "Mas Othere, o velho capitão,/ não se deteve nem se moveu/ até que o rei escutou,/ e a pena, então, retomou/ e palavra por palavra inscreveu.// E ao Rei dos Saxões, depois,/ da verdade em defesa,/ levantando a nobre face,/ a mão curtida estendeu, e disse,/ 'Veja da morsa esta presa'." ["The Discoverer of the North Cape", Henry Wadsworth Longfellow]

— O poema é de Longfellow. Não me interessa escrever. Quero ler.

Agora ele estava em outra sintonia; amaldiçoando minha má sorte, deixei-o.

Imaginem-se diante da porta dos tesouros do mundo, guardada por um menino — um menino irresponsável e folgazão, jogando cara ou coroa —, de cujo capricho depende a entrega da chave, e entenderão meu tormento. Até essa tarde, Charlie não falara nada que não correspondesse às experiências de um galeote grego. Mas agora (ou os livros mentem) ele se lembrara de alguma desesperada aventura dos vikings, da viagem de Thorfin Karlsefne a Vinland, que é a América, no século IX ou X. Tinha visto a batalha no porto; mencionara sua própria morte. Mas essa outra imersão no passado era ainda mais estranha. Teria omitido uma dúzia de vidas e agora se lembrava, obscuramente, de um episódio de mil anos depois? Era um enredo inextricável e Charlie Mears, em seu estado normal, era a última pessoa do mundo capaz de solucioná-lo. Só me restava ficar atento e esperar, mas nessa noite as imaginações mais ambiciosas me deixaram inquieto. Nada era impossível se a detestável memória de Charles não falhasse.

Eu poderia reescrever a *Saga de Thorfin Karlsefne*, como nunca a haviam escrito, poderia contar a história da primeira descoberta da América, sendo eu mesmo o descobridor. Mas eu estava nas mãos de Charlie e, enquanto ele tivesse ao seu alcance um exemplar de Clássicos para Todos, não falaria. Não ousei xingá-lo abertamente, só me atrevia a estimular sua memória, porque se tratava de experiências de mil anos atrás narradas pela boca de um rapaz de hoje, e um rapaz de hoje é influenciado pelas mudanças da opinião, e mesmo que queira dizer a verdade acaba mentindo.

Passei uma semana sem ver Charlie. Encontrei-o em Gracechurch Street com o livro-caixa acorrentado à cintura. Precisava atravessar a London Bridge e eu o acompanhei. Estava muito cioso daquele livro-caixa. Paramos no meio da ponte para olhar um vapor que descarregava grandes lajes de mármore branco e amarelo. Numa barcaça que passou junto do vapor, uma vaca solitária mugiu. O rosto de Charlie se alterou; não era mais o de um funcionário de banco, mas outro, desconhecido e mais desperto. Estendeu os braços sobre o parapeito da ponte e, rindo alto, disse:

— Quando *nossos* touros bramaram, os Skroelings fugiram.

A barcaça e a vaca tinham desaparecido atrás do vapor antes que eu encontrasse palavras.

— Charlie, o que você imagina que são Skroelings?

— É a primeira vez na vida que ouço falar deles. Parece o nome de uma nova espécie de gaivotas. Cada pergunta que você faz! — respondeu. — Preciso me encontrar com o caixa da empresa de ônibus. Espere um momento e podemos ir almoçar em algum restaurante. Tenho uma ideia para um poema.

— Não, obrigado. Estou indo. Tem certeza de que não sabe nada sobre os Skroelings?

— Não, a menos que esteja registrado no "Clássico" de Liverpool.

Despediu-se e desapareceu na multidão.

Está escrito na Saga de Eric, o Vermelho, ou na de Thorfin Karlsefne, que novecentos anos atrás, quando as galés de Karlsefne chegaram às barracas de Leif, erigidas por este na desconhecida terra de Markland, que talvez fosse Rhode Island, os Skroelings — só Deus sabe quem eram — vieram comerciar com os vikings e fugiram porque ficaram horrorizados com o bramido dos touros que Thorfin trouxera nas naves. Mas que podia saber dessa história um escravo grego? Perambulei pelas ruas, tentando resolver o mistério, e quanto mais pensava nele, menos o entendia. Só tive uma certeza, que me deixou atônito. Se eu viesse a ter algum conhecimento mais completo de tudo isso, não seria o de uma das vidas da alma no corpo de Charlie Mears, mas o de muitas, muitas existências individuais e diferentes, vividas nas águas azuis na manhã do mundo.

Depois estudei a situação.

Pareceu-me amargamente injusto que a memória de Charlie falhasse quando eu mais precisava dela. Através da neblina e da fumaça, ergui os meus olhos: os Senhores da Vida e da

Morte tinham noção do que isso significava para mim? Nada menos que a eterna glória concedida e dividida com apenas uma pessoa. Eu me contentaria — lembrando Clive, fiquei impressionado com minha própria moderação — com o mero direito de escrever um único conto, de dar uma pequena contribuição à literatura frívola da época. Se concedessem a Charlie uma hora — sessenta pobres minutos — de perfeita memória de existências que haviam abarcado mil anos, eu renunciaria a todo proveito e fama que sua confissão pudesse me proporcionar. Não participaria da comoção que sobreviria naquele canto da terra que se chama "o mundo". A história seria publicada anonimamente. Faria outros homens acreditarem que a haviam escrito. Eles pagariam ingleses empertigados para que a proclamassem pelo mundo. Os moralistas fundariam uma nova ética, jurando que haviam afastado dos homens o medo da morte. Todos os orientalistas da Europa a apadrinhariam com eloquência, com textos em páli e em sânscrito. Mulheres cruéis inventariam variantes impuras das crenças dos homens para instruir suas irmãs. Igrejas e religiões a disputariam. Ao subir num ônibus previ as polêmicas de meia dúzia de seitas, igualmente fiéis à "Doutrina da verdadeira Metempsicose em suas aplicações à Nova Era e ao Universo"; e vi também os decentes jornais ingleses atarantados, como em estouro de boiada, diante da cristalina simplicidade de minha história. A imaginação percorreu cem, duzentos, mil anos de futuro. Vi, pesaroso, que os homens mutilariam e perverteriam a história; que as seitas rivais a deturpariam até que o mundo ocidental, aferrado ao temor da morte e não à esperança da vida, iria descartá-la como uma superstição interessante e se entregaria a alguma fé que, de tão esquecida, pareceria nova. Então modifiquei os termos de meu pacto com os Senhores da Vida e da Morte. Que me deixassem saber, que me deixassem registrar essa história tendo certeza de que escrevi a verdade, e eu sacrificaria o manuscrito queimando-o. Cinco minutos depois de redigir a última linha, eu o queimaria. Mas que me deixassem escrevê-lo em confiança absoluta.

Não houve resposta. As cores berrantes de um cartaz do cassino me impressionaram; não seria conveniente pôr Charlie nas mãos de um hipnotizador? Falaria de suas vidas passadas? Mas a repercussão poderia assustar Charlie, ou deixá-lo cheio de si. Por vaidade, ou por medo, acabaria mentindo. Em minhas mãos estaria seguro.

— Vocês, ingleses, são hilários — disse uma voz. Virei-me e vi um conhecido, um jovem bengali que estudava direito, um tal de Grish Chunder, que o pai mandara à Inglaterra para educá-lo. O velho era um funcionário hindu aposentado; com uma renda mensal de cinco libras esterlinas, conseguia dar ao filho duzentas libras esterlinas por ano e total liberdade numa cidade onde ele fingia ser um príncipe e contava histórias dos brutais burocratas da Índia, opressores dos pobres.

Grish Chunder era um jovem e obeso bengali, esmeradamente vestido de redingote e calça clara, chapéu alto e luvas amarelas. Mas eu o havia conhecido nos dias em que o brutal governo da Índia pagava seus estudos universitários e ele publicava artigos sediciosos no *Sachi Durpan* e tinha casos com as esposas de seus colegas de catorze anos de idade.

— Isso é hilário — disse, apontando para o cartaz. — Vou ao Northbrook Club. Quer vir comigo?

Caminhamos juntos por um momento.

— Você não está bem — disse-me. — O que o preocupa? Está muito quieto.

— Grish Chunder, você é educado demais para acreditar em Deus, não é mesmo?

— *Aqui* sim. Mas quando voltar terei de me reconciliar com as superstições populares e realizar cerimônias de purificação, e minhas esposas ungirão ídolos.

— E pendurarão ramos de *tulsi* e celebrarão o *purohit*, e o reintegrarão na casta e farão de você um livre-pensador avançado, um bom *khuttri*. E você se alimentará com comida *desi*, e gostará de tudo, do cheiro do pátio ao óleo de mostarda em seu corpo.

— Vou gostar muitíssimo — disse afavelmente Grish Chunder. —

260

Uma vez hindu, sempre hindu. Mas gosto de saber o que os ingleses pensam que sabem.

— Vou lhe contar uma coisa que um inglês sabe. Para você é uma velha história.

Comecei a contar a história de Charlie em inglês; mas Grish Chunder me fez uma pergunta em hindustâni, e o conto prosseguiu no idioma que mais lhe convinha. Afinal, jamais poderia ser contada em inglês. Grish Chunder me escutava, assentindo de tempo em tempo, e depois subiu ao meu apartamento, onde terminei a história.

— *Beshak* — disse filosoficamente. — *Lekin darwaza band hai.* (Sem dúvida; mas a porta está fechada.) Ouvi, entre minha gente, essas memórias de vidas passadas. É uma velha história entre nós, mas isso acontecer com um inglês... — com um *mlechh* entupido de carne de vaca —, sem casta... Céus, isso é raríssimo.

— Mais sem casta deve ser você, Grish Chunder! Come carne de vaca todo dia. Vamos pensar nisso direito. O rapaz se lembra de suas encarnações.

— Ele sabe disso? — disse calmamente Grish Chunder, sentado sobre minha mesa, balançando as pernas. Agora falava em inglês.

— Não sabe de nada. E eu estaria lhe contando, se ele soubesse? Vamos em frente.

— Não há como ir em frente. Se você contar a seus amigos, dirão que está louco e publicarão isso nos jornais. Vamos supor, agora, que você os processe por calúnia.

— Não vamos nos meter nisso, por enquanto. Há alguma esperança de fazê-lo falar?

— Há esperança. Mas se falasse, todo este mundo — *instanto* — desabaria sobre sua cabeça. Você sabe, essas coisas estão proibidas. A porta está fechada.

— Nem um pingo de esperança?

— Como poderia haver? Você é cristão e em seus livros o fruto da Árvore da Vida é proibido, ou você nunca morreria. Como vão temer a morte se todos souberem o que seu amigo não sabe que sabe? Tenho medo dos açoites, mas não tenho medo de morrer porque sei o que sei. Vocês não temem os açoites, mas temem a morte. Se não a temessem, vocês ingleses virariam tudo de ponta-cabeça de uma hora para outra, desequilibrando a balança do poder e causando desordem. Não seria bom, mas... nada de medo. Ele vai se lembrar cada vez menos e dirá que é um sonho. Depois se esquecerá. Quando fiz o bachalerado em Calcutá, isso estava na antologia de Wordsworth, *Trailing Clouds of Glory*, lembra?

— Parece uma exceção à regra.

— Não há exceções. Umas regras parecem menos rígidas que outras, mas são iguais. Caso seu amigo contasse tal coisa, mostrando que se lembra de todas as suas vidas anteriores ou de uma parte de uma vida anterior, seria expulso do banco. Seria, como dizem, posto no olho da rua e internado num hospício. Admita isso, meu caro amigo.

— Claro que sim, mas não estava pensando nele. Seu nome não tem por que aparecer na história.

— Ah, sei, estou vendo que essa história nunca será escrita. Pode tentar.

— É o que farei.

— Pelo prestígio e pelo dinheiro que você vai ganhar, naturalmente.

— Não, só pelo fato de escrevê-la. Palavra de honra.

— Mesmo assim não vai conseguir. Não se brinca com os deuses. Agora, é uma linda história. Não mexa em nada. E se apresse, pois isso não vai durar muito.

— O que quer dizer?

— O que estou dizendo. Que até agora ele não pensou em mulher.

— Como assim? — Lembrei-me de algumas confidências de Charlie.

— Quero dizer que nenhuma mulher pensou nele. Quando isso acontecer — *bus* — *hogya* —, vai ser o fim. Sei disso. Há milhões de mulheres aqui. Criadas, por exemplo. Ficam de beijos pelos cantos.

A sugestão me incomodou. Mas nada mais verossímil.

Grish Chunder sorriu.

— Sim, também lindas garotas, de seu sangue ou não. Um único beijo correspondido que fique em sua lembrança irá curá-lo dessas loucuras, ou...

— Ou o quê? Lembre que ele não sabe que sabe.

— Lembro. Ou, se nada acontecer, irá se entregar ao comércio e à especulação financeira, como os demais. Tem de ser assim. Você não vai negar que tem de ser assim. Mas a mulher virá primeiro, acho.

Bateram à porta; Charlie entrou. Tinham lhe dado a tarde livre, no escritório; seu olhar denunciava o propósito de uma longa conversa, e talvez poemas nos bolsos. Os poemas de Charlie eram muito enfadonhos, mas às vezes o faziam falar da galé.

Grish Chunder lançou-lhe um olhar penetrante.

— Desculpe — disse Charlie, incomodado. — Não sabia que estava com visita.

— Estou de saída — disse Grish Chunder.

Levou-me até o vestíbulo, ao despedir-se:

— Este é o seu homem — disse rapidamente. — Repito que jamais lhe contará o que você quer saber. Mas deve ser muito bom para ver coisas. Poderíamos fingir que é um jogo — nunca vi Grish Chunder tão animado — e fazê-lo olhar fixo o espelho de tinta na mão. O que acha? Garanto que ele pode ver tudo o que um homem pode ver. Vou buscar a tinta e a cânfora. É um vidente e vai nos revelar muitas coisas.

— Pode ser que ele seja tudo isso que você diz, mas não vou entregá-lo a seus deuses e demônios.

— Não lhe fará mal; um pouco de enjoo ao acordar. Não vai ser a primeira vez que você terá visto rapazes olhando o espelho de tinta.

— Por isso mesmo não quero ver de novo. É melhor você ir, Grish Chunder.

Ele saiu, repetindo que eu estava perdendo minha única chance de interrogar o futuro.

Isso não tinha importância, porque só o passado me interessava, e rapazes hipnotizados consultando espelhos de tinta não poderiam me ajudar.

— Que negro desagradável — disse Charlie quando voltei. — Veja, acabei de escrever um poema; escrevi-o em vez de jogar dominó, depois do almoço. Posso ler?

— Eu leio por conta própria.

— Mas você não lhe dá a entonação adequada. Além disso, quando os lê, as rimas parecem ruins.

— Leia-o em voz alta, então. Você é como todo mundo.

Charlie declamou seu poema; não era muito inferior à média de sua obra. Ele lera seus livros com obediência, mas não gostou de ouvir que eu preferia meu Longfellow sem a contaminação de Charlie.

Depois percorremos o manuscrito, linha por linha. Charlie se esquivava de todas as objeções e correções com esta frase:

— Sim, talvez fique melhor, mas você não percebe aonde quero chegar.

Nisso Charlie se parecia com muitos poetas.

No verso do papel havia alguns apontamentos feitos a lápis.

— O que é isso? — perguntei.

— Não são versos nem nada. São umas bobagens que escrevi ontem à noite, antes de me deitar. Era muito trabalhoso procurar rimas e os escrevi em versos livres.

Aqui estão os *versos livres* de Charlie:

We pulled for you when the wind was against us and the sails were low.

Will you never let us go?

We ate bread and onions when you took towns, or ran aboard quickly when you were beaten boak by the foe.

The captains walked up and down the deck in fair weather singing songs, but we were below.

We fainted with our chins on the oars and you did not see that we were idle for we still swung to and fro.

Will you never let us go?

Tha salt made the oar-handles like shark skin; our knees were cut to the bone with salt cracks; our hair was stuck to our foreheads; and our lips were cut to our gums, and you whipped us because we could not row.

Will you never let us go?

But in a little time we shall run out of the portholes as the water runs along the oar blade, and though you tell the others to row after us you will never catch us till you catch the oar-thresh and tie up the winds in the belly of the sail. Aho!

Will you never let us go![*]

— Eles podiam cantar algo parecido na galé, não? Você nunca vai terminar esse conto e me dar parte dos ganhos?

— Depende de você. Se desde o começo tivesse me falado um pouco mais do herói, eu já teria terminado. Você é muito impreciso.

— Só quero lhe dar uma ideia geral... as andanças de um lado para o outro, e as lutas, e tudo o mais. Você não pode completar o que falta? Faça o herói salvar uma moça dos piratas e se casar com ela, ou algo parecido.

---

[*] "Com o vento contra e as velas baixas, estivemos a remar./ *Nunca irás nos soltar?*// Comemos pão e cebola quando te apoderavas das cidades; e corremos para bordo com o inimigo a te rechaçar./ Com tempo bom os capitães zanzavam pelo convés a cantar; e nós lá embaixo a remar./ Desmaiávamos com o queixo nos remos; não vias que estávamos ociosos, porque ainda estávamos a balançar./ *Nunca irás nos soltar?*// Com o sal, os cabos dos remos ficavam ásperos como a pele dos tubarões; a água salgada rachava nossos joelhos até os ossos; nosso cabelo grudava na testa; nossos lábios rachados mostravam as gengivas. Tu nos açoitavas porque não conseguíamos mais remar./ *Nunca irás nos soltar?*// Mas em breve fugiremos pelas vigias como a água que escorre pelo remo, e embora outros remem atrás de nós, não irás nos pegar até que pegues o que os remos arrojam, e os ventos no bojo da vela consigas amarrar./ *Nunca irás nos soltar!*"

— Você é um colaborador realmente valioso. Imagino que o herói tenha vivido algumas aventuras antes de se casar.

— Bem, faça dele um sujeito muito esperto, uma espécie de canalha — que viva fazendo acordos e quebrando-os —, um homem de cabelo preto que se esconde atrás do mastro, nas batalhas.

— Outro dia você disse que ele tinha o cabelo vermelho.

— Não posso ter dito isso. Faça-o moreno, claro. Você não tem imaginação.

Como eu tinha acabado de descobrir os fundamentos da memória imperfeita que se chama imaginação, estive a ponto de rir, mas me contive, para salvar o conto.

— É verdade; você, sim, tem imaginação. Um sujeito de cabelo preto num navio de três conveses — disse.

— Não, um navio aberto, como um grande bote.

Era de enlouquecer.

— Seu barco foi descrito e construído, com tetos e conveses; assim você o descreveu.

— Não, não esse barco. Esse era aberto, ou semiaberto, porque... Claro, tem razão. Você me fez pensar que o herói é o sujeito de cabelo vermelho. Claro, se é o de cabelo vermelho, o barco tem de ser aberto, com as velas pintadas.

Agora ele vai se lembrar, pensei, que serviu em duas galés, uma grega, de três conveses, sob o comando do "canalha" de cabelo preto; outra, um *drácar* aberto de viking, sob o comando do homem "vermelho como um urso vermelho", que aportou em Markland. O diabo me impeliu a falar.

— Por que "claro", Charlie?

— Não sei. Está rindo de mim?

O fluxo fora interrompido. Apanhei uma caderneta e fingi estar fazendo muitas anotações.

— Dá gosto trabalhar com um rapaz imaginativo como você — disse então. — É realmente admirável como definiu o caráter do herói.

— Acha mesmo? — respondeu, corando. — Às vezes me digo que tenho mais valor que o que minha ma... que o que as pessoas pensam.

— Você tem muito valor.

— Então posso mandar um artigo sobre Costumes dos Funcionários de Banco para a revista *Tit-Bits* e ganhar uma libra esterlina de prêmio?

— Não foi bem isso o que eu quis dizer. Talvez valha a pena esperar um pouco e avançar a história da galé.

— Sim, mas não terá minha assinatura. *Tit-Bits* vai publicar meu nome e meu endereço, se eu ganhar. Do que está rindo? Claro que publicariam.

— Eu sei. Por que não vai dar uma volta? Quero revisar as anotações de nosso conto.

Esse jovem infame que partira, um pouco ofendido e desanimado, talvez tenha sido um remador do *Argos*, e sem dúvida foi escravo ou companheiro de Thorfin Karlsefne. Por isso ele tinha grande interesse nos concursos da *Tit-Bits*. Lembrando o que Grish Chunder me dissera, caí na risada. Os Senhores da Vida e da Morte nunca permitiriam que Charlie Mears falasse plenamente de seus passados, e para completar sua revelação eu teria que recorrer a minhas invenções precárias, enquanto ele fazia seu artigo sobre funcionários de banco.

Reuni minhas notas e as li: o resultado não era satisfatório. Li tudo novamente. Não havia nada que não pudesse ter sido extraído de livros alheios, a não ser, talvez, a história da batalha no porto. As aventuras de um viking já haviam sido romanceadas muitas vezes; a história de um galeote grego também não era novidade, e embora eu escrevesse as duas, quem poderia confirmar ou impugnar a veracidade dos detalhes? Eu poderia muito bem escrever um conto do futuro. Os Senhores da Vida e da Morte eram tão espertos quanto Grish Chunder insinuara. Não deixariam passar nada que pudesse inquietar ou apaziguar o ânimo dos homens. Embora estivesse convencido disso, não podia abandonar o conto. Meu entusiasmo se alternava com a depressão, não uma, mas muitas vezes, nas semanas seguintes. Meu ânimo variava com o sol de março e com as nuvens indecisas. De noite ou na beleza de uma manhã de primavera, pensava que poderia escrever essa história e assim mover continentes. Nos fins de tarde chuvosos, percebi que o conto poderia ser escrito, mas que não passaria de uma peça de museu apócrifa, com falsa pátina e falsa ferrugem. Então amaldiçoei Charlie de muitas formas, embora a culpa não fosse dele.

Ele parecia muito ocupado com concursos literários; a cada semana eu o via menos, à medida que a primavera alvoroçava a terra. Não lhe interessavam os livros nem falar sobre eles, e havia uma nova altivez em sua voz. Quando nos encontrávamos, eu não propunha o tema da galé; era Charlie que o iniciava, sempre pensando no dinheiro que sua escrita poderia arrecadar.

— Acho que mereço pelo menos vinte e cinco por cento — disse com uma bela franqueza. — Forneci todas as ideias, não é mesmo?

Essa avidez era nova em seu caráter. Imaginei que a adquirira na City University, que começara a influir em seu sotaque de maneira desagradável.

— Quando a história estiver concluída, conversaremos sobre isso. Por enquanto, não consigo avançar. O herói vermelho e o herói moreno são igualmente difíceis.

Estava sentado junto à lareira, olhando as brasas.

— Não vejo qual é a dificuldade. É claríssimo para mim — respondeu. — Vamos começar pelas aventuras do herói vermelho, desde que capturou meu barco no sul e navegou para as Praias.

Tomei muito cuidado para não cortá-lo. Não tinha lápis nem papel e não me atrevi a buscá-los para não interromper o fluxo. A voz de Charlie virou um sussurro e narrou a história da navegação de uma galé até Furdurstrandi, dos poentes em mar aberto, vistos sob a curva da vela, tarde após tarde, quando o esporão se cravava no centro do disco declinante "e navegávamos nesse rumo, porque não tínhamos outro", disse Charlie. Falou do desembarque numa ilha e da exploração de seus bosques, onde os marinheiros mataram três homens que dormiam sob os pinheiros. Seus fantasmas, disse Charlie, seguiram a galé a nado, até que os homens a bordo tiraram a sorte e jogaram na água um dos seus, para aplacar os deuses desconhecidos que haviam ofendido. Quando as provisões escassearam, alimentara-

268

-se de algas marinhas e suas pernas incharam, e o capitão, o homem de cabelo vermelho, matou dois remadores amotinados, e ao cabo de um ano entre os bosques levantaram âncora rumo à pátria, e um vento incessante os conduzia com tanta fidelidade que dormiam todas as noites. Isto, e muito mais, contou Charlie. Às vezes a voz era tão baixa que as palavras ficavam imperceptíveis. Falava de seu chefe, o homem vermelho, como um pagão fala de seu deus; porque foi ele que os animou e os matou imparcialmente, conforme a conveniência; e foi ele que empunhou o timão durante três noites entre gelo flutuante, cada bloco cheio de estranhas feras que "queriam navegar conosco", disse Charlie, "e as espantávamos com os remos".

Uma brasa cedeu e o fogo, com um leve crepitar, desabou atrás dos barrotes.

— Caramba — disse ele com um sobressalto. — Fiquei olhando o fogo até ficar tonto. O que eu estava dizendo?

— Alguma coisa sobre a galé.

— Agora estou me lembrando. Vinte e cinco por cento dos lucros, não é?

— O que você quiser, quando o conto estiver pronto.

— Queria ter certeza. Agora preciso ir. Tenho um encontro.

E ele se foi.

Fosse eu menos ingênuo, teria compreendido que aquele entrecortado murmúrio junto ao fogo era o canto do cisne de Charlie Mears. Pensei que fosse o prelúdio de uma revelação total. Finalmente enganaria os Senhores da Vida e da Morte.

Quando ele voltou, recebi-o com entusiasmo. Charlie estava incomodado e nervoso, mas seus olhos brilhavam.

— Fiz um poema — disse.

E depois, rapidamente:

— É o melhor que já escrevi. Leia.

Deixou-o comigo e recuou até a janela.

Lamentei. Seria tarefa de uma meia hora criticar, ou seja, elogiar, o poema. Não sem razão me lamentei, porque Charlie, abandonado o longo metro preferido, ensaiara versos mais breves, versos com um motivo evidente. Eis o que li:

The day is most fair, the cheery wind
Halloos behind the hill,
Where he bends the wood as seemeth good,
And the sapling to his will!
Riot, o wind; there is that in my blood
That would not have thee still!
She gave me herself, O Earth, O Sky;
Grey sea, she is mine alone!
Let the sullen boulders hear my cry,
And rejoice tho'they be but stone!
Mine! I have won her, O good brown earth,
Make merry! 'Tis hard on Spring;
Make merry; my love is doubly worth
All worship your fields can bring!
Let the hind that tills you feel my mirth
At the early harrowing![*]

— O verso final é irrefutável — disse com medo na alma.
Charlie sorriu sem responder.

Red cloud of the sunset, tell it abroad
I am Victor. Greet me, O Sun,
Dominant master and absolute lord
Over the soul of one![**]

---

[*]   O dia está bonito, o vento aprazível/ Clama atrás da colina,/ Onde o bosque, a seu talante,/ E o renovo, a seu sabor, inclina!/ Amotina-te, ó vento, que há algo em meu sangue/ Que com sua mansidão não se afina!/ Ó Terra, ó Céu, a mim ela se entrega;/ Ó mar cinzento, é toda minha!/ Que escute meu grito a rude fraga/ E mesmo sendo pedra se alegre, ainda!/ Minha! Eu a ganhei, bom solo pardo,/ Regozija-te, a primavera é chegada!/ Regozija-te, meu amor vale dobrado/ O culto que seus campos lhe rendam porventura!/ Que o campônio que te lavra sinta minha ventura/ Arando na alvorada!"

[**] "Rubra nuvem do ocaso: sou um vencedor, revela;/ Saúda-me, ó Sol,/ Amo absoluto, soberano senhor/ da alma Dela."

— E então? — disse Charlie, olhando sobre meu ombro. Pousou silenciosamente, sobre o papel, uma fotografia. A fotografia de uma moça de cabelo crespo e boca entreaberta e tola.

— Não é... não é maravilhoso? — murmurou, corando até as orelhas. — Eu não sabia, eu não sabia... veio como um raio.

— Sim, veio como um raio. Você está muito feliz, Charlie?

— Meu Deus... ela... me ama!

Sentou-se, repetindo as últimas palavras. Olhei sua face imberbe, os ombros estreitos já caídos pelo trabalho de escritório e fiquei imaginando onde, quando e como ele havia amado em suas vidas anteriores.

Depois ele a descreveu, como Adão deve ter descrito, diante dos animais do Paraíso, a glória e a ternura e a beleza de Eva. Soube, de passagem, que ela estava trabalhando numa tabacaria, que se interessava por moda e que já dissera quatro ou cinco vezes que nenhum outro homem a beijara.

Charlie falava sem parar; eu, apartado dele por milhares de anos, ponderava sobre os princípios das coisas. Agora compreendera por que os Senhores da Vida e da Morte fecham tão cuidadosamente as portas atrás de nós. É para que não nos lembremos de nossos primeiros amores. Caso contrário, o mundo ficaria despovoado em menos de um século.

— Agora vamos voltar à história da galé — disse eu, aproveitando uma pausa.

Charlie olhou como se tivesse levado um tranco.

— A galé! Que galé? Meu Deus do Céu, não brinque comigo! Isso é sério. Você não sabe quanto.

Grish Chunder tinha razão. Charlie provara o amor, que mata a lembrança, e o conto mais belo do mundo jamais seria escrito.

LIEH TSÉ

Lieh Tsé, filósofo chinês da escola taoista, que floresceu no século IV a.c.

O cervo escondido

Um lenhador de Cheng topou no campo com um cervo assustado e o matou. Para evitar que outros o descobrissem, enterrou-o no bosque e o cobriu com folhas e galhos. Pouco depois esqueceu o lugar onde o escondera e pensou que tudo não passara de um sonho. Contou-o, como se fosse um sonho, a toda a gente. Entre os ouvintes houve um que foi procurar o cervo escondido e o encontrou. Levou-o para casa e disse para a mulher:

— Um lenhador sonhou que havia matado um cervo e esqueceu onde o escondera e agora eu o encontrei. Esse homem, sim, é um sonhador.

— Você deve ter sonhado que viu um lenhador que matou um cervo. Acredita mesmo que houve um lenhador? Mas como o cervo está aqui, seu sonho deve ser verdadeiro — disse a mulher.

— Mesmo supondo que encontrei o cervo por um sonho — respondeu o marido —, para que se preocupar averiguando qual dos dois o sonhou?

Naquela noite o lenhador voltou para casa, ainda pensando no cervo, e realmente sonhou, e no sonho sonhou com o lugar onde havia escondido o cervo e também sonhou com quem o havia encontrado. Ao alvorecer foi até a casa do outro e encontrou o cervo. Os dois discutiram e foram até um juiz, para que ele resolvesse o assunto. O juiz disse ao lenhador:

— Você realmente matou um cervo e pensou que era um sonho. Depois sonhou realmente e pensou que era verdade. O outro encontrou o cervo e agora o disputa com você, mas sua mulher pensa que sonhou que havia encontrado um cervo. Mas como o cervo está aqui, é melhor que vocês o repartam.

O caso chegou aos ouvidos do rei de Cheng e o rei de Cheng disse:

— E esse juiz não estará sonhando que reparte um cervo?

L'ISLE ADAM, VILLIERS DE

Villiers de L'Isle Adam, escritor francês, nascido em Saint-Brieuc em 1838; falecido em Paris em 1889. A literatura fantástica deve a ele romances, contos e obras de teatro. É autor de *Isis* (1862), *Claire Lenoir* (1867), *La Révolte* (1870), *Contos cruéis* (1883), *Axel* (1885), *L'Amour suprême* (1886), *A Eva futura* (1886), *Le Secret de l'échafaud* (1888), *Histoires insolites* (1888).

A esperança
Nouveaux Contes Cruels, 1888

Ao entardecer, o venerável Pedro Argüés, sexto prior dos dominicanos de Segóvia, terceiro Grande Inquisidor da Espanha, seguido de um frade redentor (encarregado do tormento) e precedido por dois familiares do Santo Ofício munidos de candeeiros, desceu a um calabouço. A fechadura de uma porta maciça rangeu; o Inquisidor penetrou num buraco mefítico, onde um triste fulgor do dia, caindo do alto, deixava perceber, entre duas argolas fixadas nas paredes, um cavalete ensanguentado, um fornilho, um cântaro. Sobre um leito de palha preso por grilhões, com uma argola de ferro no pescoço, estava sentado, arredio, um homem maltrapilho, de idade indecifrável.

Esse prisioneiro era o rabino Abarbanel, judeu aragonês que — condenado por seus empréstimos usurários e por seu desdém pelos pobres — fora diariamente submetido à tortura durante um ano. Por seu fanatismo, "duro como sua pele", havia recusado a abjuração.

Orgulhoso de uma filiação milenar — porque todos os judeus dignos desse nome são ciosos de seu sangue —, descendia talmudicamente da esposa do último juiz de Israel: fato que mantivera sua integridade nos momentos mais difíceis dos incessantes suplícios.

Com os olhos chorosos, pensando que a tenacidade dessa alma tornava impossível a salvação, o venerável Pedro Argüés, aproximando-se do trêmulo rabino, pronunciou estas palavras:

— Meu filho, alegra-te: teus trabalhos vão ter fim. Se em presença de tanta obstinação resignei-me a permitir o uso de tantos rigores, minha tarefa fraternal de correção tem limites. És a figueira resistente, que por sua ferrenha esterilidade está condenada a secar... Mas cabe somente a Deus determinar o que há de acontecer com tua alma. Talvez a clemência infinita brilhe para ti no instante supremo! Devemos esperar por isso! Há exemplos... Assim seja! Repousa, pois, em paz esta noite. Amanhã participarás do auto de fé; ou seja, serás levado ao queimadeiro, cuja brasa premonitória do fogo eterno não queima, tu sabes, senão à distância, meu filho. A morte demora pelo menos duas horas (em geral três) a chegar, em virtude dos envoltórios molhados e gelados com os quais preservamos dos holocaustos a testa e o coração. Serão quarenta e dois, apenas. Considera que, colocado na última fila, tens o tempo necessário para invocar Deus, para lhe oferecer esse batismo de fogo, que é o do Espírito Santo. Confia, pois, na Luz e dorme.

Proferidas essas palavras, o Inquisidor ordenou que soltassem das correntes o infeliz e abraçou-o ternamente. Depois o frade redentor o abraçou e, muito baixo, rogou-lhe que lhe perdoasse os tormentos. Depois o abraçaram os familiares, cujo beijo, sufocado pelos capuzes, foi silencioso. Finda a cerimônia, o prisioneiro ficou sozinho, nas trevas.

O rabino Abarbanel, a boca seca, o rosto emaciado pelo sofrimento, olhou, sem prestar muita atenção, para a porta fechada. "Fechada?..." Esta palavra despertou, no âmago de seus pensamentos confusos, um sonho. Avistara por um instante, pela fresta entre a parede e a porta, o resplendor dos candeeiros. Uma esperança mórbida o agitou. Suavemente, deslizando o dedo com extrema precaução, puxou a porta em sua direção. Por um acaso extraordinário, o familiar que a fechou tinha girado a chave um pouco antes de chegar à trava, contra os montantes de pedra. O trinco, mofado, não entrara no lugar e a porta ficara aberta.

O rabino arriscou olhar para fora.

Favorecido por uma obscuridade violácea, vislumbrou um semicírculo de paredes terrosas nas quais havia uns degraus lavrados; e no alto, depois de cinco ou seis degraus, uma espécie de pórtico negro que dava para um vasto corredor do qual não lhe era possível ver, lá de baixo, nada além dos primeiros arcos.

Arrastou-se até o nível do umbral. Era realmente um corredor, mas quase infinito. Uma luz pálida, com resplendores de sonho, iluminava-o. Lâmpadas suspensas das abóbadas azulavam aqui e ali a cor embaçada do ar; o fundo estava em sombras. Nem uma única porta em toda essa extensão. Por um lado, à esquerda, troneiras com grades, troneiras que pela espessura da parede deixavam passar um crepúsculo que devia ser o do dia, pois se projetava em quadrículas vermelhas sobre o empedrado. Talvez lá longe, na profundeza das brumas, uma saída pudesse lhe dar a liberdade. A vacilante esperança do judeu era tenaz, porque era a última.

Sem titubear, aventurou-se pelo corredor, desviando das troneiras, tentando se confundir com a penumbra tenebrosa das longas muralhas. Arrastava-se lentamente, segurando os gritos que teimavam em brotar quando uma chaga o martirizava.

De repente, um ruído de sandálias se aproximando alcançou-o no eco dessa senda de pedra. Estremeceu, a ansiedade o sufocava, seus olhos se turvaram. Agachou-se num canto e, meio morto, esperou.

Era um familiar que se apressava. Passou rapidamente com uma tenaz na mão, o capuz abaixado, terrível, e desapareceu. O rabino, quase suspensas as funções vitais, ficou cerca de uma hora sem conseguir iniciar um movimento. O medo de uma nova série de tormentos, se o prendessem novamente, levou-o a pensar em voltar ao calabouço. Mas a velha esperança lhe murmurava na alma aquele divino *talvez*, reconfortante nas piores circunstâncias. Um milagre o favorecia. Como duvidar? Então continuou se arrastando rumo à fuga possível. Debilitado pelas dores e pela fome, tremendo de angústia, ele avançava.

O corredor parecia se estender misteriosamente. Ele não deixava de avançar; fitava sempre a sombra distante, onde *devia* existir uma saída salvadora.

Os passos soaram novamente, mas dessa vez mais lentos e sombrios. As figuras brancas e pretas e os longos chapéus de bordas redondas de dois inquisidores emergiram ao longe na penumbra. Falavam em voz baixa e pareciam discutir algo muito importante, pois suas mãos gesticulavam com vivacidade.

Já perto dele, os dois inquisidores detiveram-se sob a lâmpada, sem dúvida por uma circunstância da discussão. Um deles, escutando seu interlocutor, pôs-se a olhar para o rabino. Sob esse olhar incompreensível, o rabino pensou que as tenazes ainda mordiam sua carne; logo voltaria a ser uma chaga e um grito.

Desfalecente, sem conseguir respirar, as pupilas trêmulas, estremecia com o toque incômodo da roupa. Mas aconteceu uma coisa ao mesmo tempo estranha e natural: os olhos do inquisidor eram os de um homem profundamente preocupado com o que ia responder, absorto nas palavras que escutava; estavam fixos e miravam o judeu sem vê-lo.

Ao fim de alguns minutos os dois sinistros debatedores continuaram seu caminho a passos lentos, sempre falando em voz baixa, em direção à encruzilhada de onde viera o rabino. Não o haviam visto. Essa ideia atravessou-lhe o cérebro: não me veem porque estou morto? De joelhos, sobre as mãos, sobre o ventre, prosseguiu sua dolorosa fuga e acabou entrando na parte escura do espantoso corredor.

De repente sentiu frio nas mãos que apoiava no empedrado; o frio vinha de uma fresta sob uma porta para cujo batente convergiam as duas paredes. Sentiu em todo o seu ser uma espécie de vertigem de esperança. Examinou a porta de cima a baixo, sem conseguir distingui-la bem, devido à escuridão que o rodeava. Tateou: nada de ferrolhos ou fechaduras. Uma aldrava! Levantou-se. A aldrava cedeu à sua mão e a porta silenciosa girou.

A porta se abria sobre jardins, sob um céu estrelado. Em plena primavera, a liberdade e a vida. Os jardins davam para o campo, que se estendia em direção à serra, no horizonte. Ali estava a salvação. Ah, fugir! Correria a noite toda, sob aqueles bosques de limoeiros cujos perfumes o buscavam. Uma vez nas montanhas, estaria a salvo. Respirou o ar sagrado, o vento o reanimou, seus pulmões ressuscitavam. E para abençoar outra vez seu Deus, que lhe concedia essa misericórdia, estendeu os braços, levantando os olhos para o firmamento. Foi um êxtase.

Então pensou ver a sombra de seus braços retornando sobre ele; pensou sentir que esses braços de sombra o rodeavam, envolviam-no e ternamente o apertavam contra seu peito. Uma figura alta estava, de fato, junto à sua. Despreocupado, desceu o olhar para essa figura e ficou ofegante, enlouquecido, os olhos sombrios, as faces inchadas e balbuciando de espanto. Estava nos braços do Grande Inquisidor, o venerável Pedro Argüés, que o contemplava, com os olhos cheios de lágrimas e um ar do pastor que encontra a ovelha desgarrada.

Enquanto o rabino, os olhos sombrios sob as pupilas, arfava de angústia nos braços do Inquisidor e adivinhava confusamente que todas as fases da jornada não eram mais que um suplício previsto, o da esperança, o sombrio sacerdote, com um comovente tom de reprovação e a vista consternada, murmurava em seu ouvido, com a voz enfraquecida pelos jejuns:

— Como, meu filho? Às vésperas, talvez, da salvação, querias nos abandonar?

LIVRO DAS MIL E UMA NOITES

O *Livro das mil e uma noites*, famosa compilação de contos árabes, feita no Cairo, em meados do século XV. A Europa pôde conhecê-lo graças ao orientalista francês Antoine Galland [1646-1715]. Em inglês, há versões de [Edward William] Lane, de [Sir Richard Francis] Burton e de [John] Payne; em espanhol, de Rafael Cansinos Assens.

História de Abdullah, o mendigo cego

... O mendigo cego que havia jurado não receber nenhuma esmola que não viesse acompanhada de uma bofetada, contou ao Califa sua história:

— Comendador dos Crentes, eu nasci em Bagdá. Com a herança de meus pais e meu trabalho, comprei oitenta camelos, que alugava para os mercadores das caravanas que se dirigiam às cidades e aos confins de nosso grande império.

"Uma tarde em que voltava de Bassorah com minha récua descarregada, parei para os camelos pastarem; estava a vigiá-los, sentado à sombra de uma árvore, diante de uma fonte, quando chegou um dervixe que estava indo a pé para Bassorah. Cumprimentamo-nos, pegamos nossas provisões e começamos a comer fraternalmente. O dervixe, vendo meus numerosos camelos, disse-me que, não longe dali, uma montanha guardava um tesouro tão infinito que, mesmo depois de abarrotar de joias e de ouro os oitenta camelos, não se notaria que ele havia diminuído. Extasiado, atirei-me ao pescoço do dervixe e lhe implorei que me indicasse o lugar, oferecendo-lhe em agradecimento um camelo carregado. O dervixe entendeu que a cobiça me privava do bom senso e respondeu:

— Irmão, deveis compreender que vossa oferta não é proporcional à gentileza que esperais de mim. Posso não falar mais nada sobre o tesouro e guardar meu segredo. Mas me sois simpático e vos farei uma proposta mais íntegra. Iremos à montanha do tesouro e carregaremos os oitenta camelos; vós me dareis quarenta e ficareis com os outros quarenta; depois nos separaremos e cada qual tomará seu próprio rumo.

Essa razoável proposta pareceu-me duríssima; via como um quebranto a perda dos quarenta camelos e me escandalizava que o dervixe, um homem esfarrapado, não fosse ficar menos rico que eu. Mas concordei, para não me arrepender até a morte por ter perdido uma oportunidade como aquela.

Reuni os camelos e fomos até um vale cercado de montanhas altíssimas, entrando nele por um desfiladeiro tão estreito que só um camelo conseguia passar de cada vez.

O dervixe formou um feixe de lenha com galhos secos que catou no vale, acendeu-o com uns pós aromáticos, pronunciou palavras incompreensíveis e então vimos, através da fumaceira, que a montanha se abria e que havia um palácio no centro. Entramos, e a primeira coisa que se ofereceu a minha vista deslumbrada foram montes de ouro sobre os quais minha cobiça se lançou como a águia sobre a presa, e comecei a encher os sacos que levava.

O dervixe encheu outro tanto; notei que preferia as pedras preciosas ao ouro e resolvi seguir seu exemplo. Com meus oitenta camelos já carregados, o dervixe, antes de fechar a montanha, tirou de uma jarra de prata uma caixinha de madeira de sândalo que, conforme me fez ver, continha uma pomada, e guardou-a consigo.

Saímos; a montanha se fechou; repartimos os oitenta camelos e, valendo-me das mais expressivas palavras, agradeci-lhe a gentileza; abraçamo-nos com grande satisfação e cada qual seguiu seu caminho.

Eu não havia dado cem passos quando o nume da cobiça me assaltou. Arrependido de ter cedido meus quarenta camelos e sua preciosa carga, resolvi tirá-los do dervixe, por bem ou por mal. O dervixe não precisa dessas riquezas, pensei; conhece o local do tesouro; além disso, está acostumado com a indigência.

Detive meus camelos e recuei, correndo e gritando para que o dervixe parasse. Alcancei-o.

— Irmão — disse-lhe —, estive pensando que sois um homem

afeito à vida pacífica, versado em prece e devoção, apenas, e que nunca podereis conduzir quarenta camelos. Acreditai em mim, ficai com apenas trinta; mesmo assim vos vereis em apuros para governá-los.

— Tendes razão — respondeu-me o dervixe. — Não havia pensado nisso. Escolhei os dez mais adequados para vós, levai--os e que Deus vos proteja.

Separei dez camelos, que incorporei aos meus; mas a prontidão com que o dervixe cedera atiçou minha cobiça. Voltei atrás novamente e repeti o mesmo argumento, encarecendo a dificuldade que ele teria para governar os camelos, e levei outros dez. Como o hidrópico que quanto mais bebe mais sede tem, minha cobiça aumentava com a condescendência do dervixe. Consegui, à força de beijos e bênçãos, que me fossem devolvidos todos os camelos com sua carga de ouro e pedrarias. Ao me entregar o último de todos, ele me disse:

— Fazei bom uso destas riquezas e lembrai que Deus, que as deu a vós, pode tirá-las se não socorrerdes os necessitados que a misericórdia divina deixa ao desamparo para que os ricos exerçam a caridade, e dessa forma possam merecer uma recompensa maior no Paraíso.

A cobiça me turvara de tal modo o entendimento que, ao agradecer ao dervixe a devolução de meus camelos, só pensava na caixinha de sândalo que ele guardara com tanto zelo.

Presumindo que a pomada devia encerrar alguma virtude maravilhosa, roguei-lhe que a desse a mim, dizendo que um homem como ele, que renunciou a todas as vaidades do mundo, não carecia de pomadas.

Estava intimamente decidido a tomá-la à força, mas, longe de recusá-la, o dervixe apanhou a caixinha e entregou-a a mim.

Assim que a tive nas mãos, abri-a; olhando a pomada que continha, disse-lhe:

— Considerando vossa imensa bondade, peço que me digais quais são as virtudes dessa pomada.

— São prodigiosas — respondeu ele. — Esfregando-a no olho esquerdo e fechando o direito, veem-se nitidamente todos os tesouros ocultos nas entranhas da terra. Esfregando-a no olho direito, perde-se a vista dos dois.

Maravilhado, pedi-lhe que esfregasse a pomada em meu olho esquerdo.

O dervixe concordou. Assim que friccionou meu olho, apareceram à minha vista tantos e tão diversos tesouros que minha cobiça acendeu-se novamente. Não me cansava de contemplar tão infinitas riquezas, mas como precisava manter o olho direito fechado e coberto com a mão, e isso me cansava, pedi ao dervixe que esfregasse a pomada em meu olho direito, para ver mais tesouros.

— Já vos disse — respondeu — que, se a pomada for aplicada no olho direito, perdereis a visão.

— Irmão — repliquei sorrindo —, é impossível que essa pomada tenha duas qualidades tão contrárias e duas virtudes tão diversas.

Discutimos por um bom tempo; finalmente o dervixe, tomando Deus por testemunha de que falava a verdade, cedeu a minhas instâncias. Fechei o olho esquerdo, o dervixe esfregou a pomada em meu olho direito. Quando os abri, estava cego.

Então eu soube, tarde demais, que o miserável anseio por riquezas me levara à desgraça, e amaldiçoei minha cobiça desmedida. Prostrei-me aos pés do dervixe.

— Irmão — disse-lhe —, vós que sempre me agradastes e sois tão sábio, devolvei-me a visão.

— Infeliz — respondeu-me —, por acaso não vos preveni e não fiz todos os esforços para vos proteger desse infortúnio? Eu conheço, sim, muitos segredos, como pudestes comprovar nesse tempo que passamos juntos, mas desconheço o segredo capaz de vos devolver a luz. Deus vos cumulou de riquezas que éreis indigno de possuir, e as tirou para punir vossa cobiça.

Reuniu meus oitenta camelos e prosseguiu com eles seu caminho, deixando-me sozinho e desamparado, sem atender a minhas lágrimas e súplicas. Desesperado, não sei quantos dias vaguei por aquelas montanhas; uns peregrinos me recolheram.

LUGONES, LEOPOLDO

Leopoldo Lugones, escritor argentino, nascido em Río Seco, província de Córdoba, em 1874; falecido no Tigre, província de Buenos Aires, em 1938. Exerceu com felicidade a lírica, a biografia, a história, os estudos homéricos e a ficção. De sua vasta obra, que ultrapassou as fronteiras do país e do continente, citaremos os seguintes títulos: *Las montañas del oro* (1897), *Los crepúsculos del jardín* (1905), *El imperio jesuítico* (1904), *Lunario sentimental* (1909), *Odas seculares* (1910), *Historia de Sarmiento* (1911), *El payador* (1916), *El libro de los paisajes* (1917), *Mi beligerancia* (1917), *La torre de Casandra* (1919), *Nuevos estudios helénicos* (1928), *La grande Argentina* (1930), *Roca* (1938).

Os cavalos de Abdera
As forças estranhas, 1906

Abdera, a cidade trácia do Egeu, que atualmente é Bouloustra, e que não deve ser confundida com sua homônima bética, era famosa por seus cavalos.

Destacar-se na Trácia por seus cavalos não era pouco; e Abdera se destacava a ponto de ser única. Todos os habitantes se empenhavam na educação de tão nobre animal, e essa paixão, cultivada sem trégua durante longos anos, até fazer parte das tradições fundamentais, produzira efeitos maravilhosos. Os cavalos de Abdera gozavam de fama excepcional, e todas as populações trácias, dos cicones aos bisaltas, eram tributárias, nesse particular, dos bistones, habitantes da referida cidade. É preciso acrescentar que esse empenho, que unia o útil ao agradável, ocupava do rei ao último cidadão.

Essas circunstâncias contribuíram, também, para estreitar as relações entre o bruto e seus donos, muito mais do que era e é habitual para as demais nações; chegava-se a considerar as cavalariças uma extensão do lar e, levando ao extremo os excessos comuns a toda paixão, até a admitir cavalos à mesa.

Eram corcéis realmente notáveis, mas, no fim das contas, ainda eram animais. Alguns dormiam em mantas de linho; algumas baias tinham afrescos simples, pois não eram poucos os veterinários que sustentavam o gosto artístico da raça cavalar, e o cemitério equino exibia entre pompas burguesas, sem dúvida com excesso de ornamentos, duas ou três obras-primas. O templo mais bonito da cidade era consagrado a Arion, o cavalo que Netuno fez sair da terra com um golpe de tridente; e acho que a moda de rematar as proas com cabeças de cavalo tem a mesma procedência; sendo certo, em todo caso, que os baixos-relevos hípicos foram a ornamentação mais comum de toda aquela arquitetura. O monarca era quem mais tomava o partido dos corcéis, chegando mesmo a tolerar, nos seus, verdadeiros crimes que os tornavam particularmente bravios; de modo que os nomes de Podargos e de Lampón passaram a figurar em fábulas sombrias; pois vale dizer que os cavalos tinham nomes, como as pessoas.

Tão adestrados estavam aqueles animais que as rédeas eram desnecessárias, sendo mantidas somente como adornos, muito apreciados, naturalmente, pelos próprios cavalos. A palavra era o meio usual de comunicação com eles; observe-se, ainda, que a liberdade favorecia o desenvolvimento de suas boas condições, e então eram deixados, durante todo o tempo não requerido pela albarda ou pelo arnês, livres para cruzar à vontade as magníficas pradarias criadas no subúrbio, à margem do Cossinites, para seu recreio e alimentação.

Quando necessário, eram convocados ao som de uma trompa, e tanto para o trabalho quanto para a forragem eram extremamente pontuais. Eram quase inacreditáveis a habilidade deles para todo tipo de jogos circenses e mesmo de salão, sua bravura nos combates, sua discrição nas cerimônias solenes. Assim, o hipódromo de Abdera, bem como suas companhias de acrobatas, sua cavalaria encouraçada de bronze e suas exéquias, conquistou tal renome que vinha gente de toda parte admirá-los: mérito compartilhado por igual entre domadores e corcéis.

Aquela educação persistente, aquele florescimento forçado de capacidades, e, para dizer tudo numa só palavra, aquela humanização da raça equina, criaram um fenômeno que os bistones comemoravam como outra glória nacional. A inteligência dos cavalos começava a se desenvolver a par de sua consciência, produzindo casos anormais que davam pasto ao comentário geral.

Uma égua exigira espelhos em sua baia, arrancando-os com os dentes da própria alcova de seus donos, e destruiu aos coices os de três folhas quando não atenderam a seu desejo. Capricho satisfeito, exibia sua faceirice ostensivamente.

Balios, o mais belo potro da comarca, um branco elegante e sentimental que fizera duas campanhas militares e se extasiava com declamações de hexâmetros heroicos, acabara de morrer de amor por uma dama. Era a mulher de um general, dono do apaixonado animal, e, certamente, aquele nem tentou esconder o episódio. Muitos até acreditavam que isso afagava sua vaidade, o que era, aliás, muito natural na metrópole equestre.

Havia também casos de infanticídio, cujo alarmante aumento foi preciso corrigir com a presença de velhas mulas adotivas; um gosto crescente por peixe e cânhamo, cujas plantações eram saqueadas pelos animais; e várias rebeliões isoladas que foi preciso sufocar, não bastando o chicote, por meio do ferro em brasa. O uso desse recurso recrudesceu, pois, apesar de tudo, o instinto de revolta aumentava.

Os bistones, cada vez mais encantados com seus cavalos, nem pensavam nisso. Logo se deram outros fatos, mais significativos. Dois ou três animais de tiro se uniram contra um carroceiro que açoitava sua égua rebelde. Os cavalos resistiam cada vez mais ao engate e ao jugo, de tal modo que começaram a preferir o asno. Alguns animais não aceitavam qualquer arreio; mas como pertenciam aos ricos, sua rebeldia era aceita com o comentário carinhoso de que aquilo não passava de um capricho.

Um dia os cavalos não obedeceram ao som da trompa, e foi preciso obrigá-los pela força; mas ninguém se rebelou nos dias subsequentes.

A revolta eclodiu, por fim, numa ocasião em que a maré cobriu a praia de peixes mortos, como costumava acontecer. Os cavalos se fartaram disso e foram vistos voltando para o campo suburbano com sombrio vagar. Era meia-noite quando o singular conflito estourou. De repente um trovão surdo e persistente abalou a cidade. O fato é que todos os cavalos se puseram em movimento ao mesmo tempo para tomá-la, mas isso, que no começo passara despercebido entre as sombras da noite e a surpresa do inesperado, logo foi descoberto.

Como os campos de pastoreio ficavam entre as muralhas, nada pôde conter a violência; esse fato, aliado ao conhecimento minucioso que os animais tinham das casas, agravou a catástrofe.

Noite das mais memoráveis, seus horrores só apareceram quando o dia veio evidenciá-los, além de multiplicá-los.

As portas arrebentadas a coices jaziam pelo chão dando passagem a ferozes manadas que se sucediam quase sem interrupção. O sangue correra à solta, pois não foram poucos os moradores que tombaram, esmagados sob os cascos e os dentes do bando, em cujas fileiras as armas humanas também causaram estragos.

Sacudida pelos tropéis, a cidade escurecia com as nuvens de pó que levantavam; e um estranho tumulto, formado de gritos de raiva ou de dor, de relinchos variados como palavras, pontuados por um ou outro zurro dolorido, de estampidos de coices sobre as portas atacadas, unia seu espanto ao pavor visível da catástrofe. Uma espécie de terremoto incessante estremecia o chão com o trote da massa sublevada, vez por outra exaltado, feito rajadas de um furacão, por frenéticos tropéis sem rumo e sem propósito; pois havendo saqueado todos os plantios de cânhamo e até algumas adegas cobiçadas por aqueles corcéis pervertidos pelos refinamentos da mesa, grupos de animais bêbados aceleravam a obra de destruição. E pelo lado do mar era impossível fugir. Os cavalos, conhecendo a missão das naves, fechavam o acesso ao porto.

Só a fortaleza continuava intacta, e a resistência começava a se organizar. Todo cavalo que passasse por ali era subitamente coberto de dardos, e se caísse por perto era arrastado para dentro e incorporado aos víveres.

Circulavam entre os refugiados rumores dos mais estranhos. Que o primeiro ataque não passara de uma pilhagem. Derrubadas as portas, as manadas entraram nos quartos de olho em dosséis suntuosos com que se cobrir, e em joias, e em objetos brilhantes, apenas nisso. Que fora a oposição a seus desígnios que os enfurecera.

Outros falavam de amores monstruosos, de mulheres atacadas e esmagadas em seus próprios leitos com ímpeto bestial; e até se mencionava uma nobre donzela que contara, aos soluços, entre uma crise e outra, seu transe: acordara na alcova à meia-luz da lâmpada, seus lábios roçados pelo ignóbil focinho de um potro negro cujo beiço respingava de prazer exibindo sua dentadura asquerosa; seu grito de pavor diante daquele animal transformado em fera, com o brilho humano e maléfico de seus olhos ardendo de lubricidade; o mar de sangue com que a encharcara ao cair atravessado pela espada de um servidor...

Mencionavam-se vários assassinatos em que as éguas tinham se divertido com fúria feminea, estripando as vítimas com mordiscos. Os asnos tinham sido exterminados, e as mulas também se rebelaram, mas com uma torpeza inconsciente, destruindo por destruir, e particularmente encarniçadas contra os cães. O troar das carreiras insanas continuava estremecendo a cidade, e o fragor dos desmoronamentos ia aumentando. Era urgente organizar uma saída, por mais que o número e a força dos que atacavam a tornassem particularmente perigosa, se não se quisesse abandonar a cidade à mais insensata destruição.

Os homens começaram a se armar; mas, passado o primeiro momento de dissipação, os cavalos também resolveram atacar.

Um silêncio brusco precedeu o assalto. Da fortaleza, podiam ver o terrível exército que se congregava, não sem trabalho, no hipódromo. Aquilo demorou várias horas, pois quando tudo parecia arrumado, súbitos corcoveios e agudíssimos relinchos, cuja causa era impossível discernir, desorganizavam enormemente as fileiras.

O sol já declinava quando houve a primeira investida. Não foi, se me permitem a frase, mais que uma demonstração, pois os animais se limitaram a passar correndo diante da fortaleza. Em troca, foram crivados pelas flechas dos defensores. Do mais remoto extremo da cidade, lançaram-se outra vez, e seu choque contra as defesas foi formidável. A fortaleza retumbou inteira sob aquela tempestade de cascos, e suas robustas muralhas ficaram, a bem da verdade, profundamente lavradas. Sobreveio uma reação, rapidamente seguida de um novo ataque.

Os que demoliam eram cavalos e burros ferrados que caíam às dúzias; mas suas fileiras cerravam-se com um encarniçamento furioso, sem que a massa parecesse diminuir. O pior era que alguns tinham conseguido vestir suas bardas de combate em cuja malha de aço se embotavam os dardos. Outros exibiam estandartes de tecido vistoso; outros, colares; e, pueris em seu próprio furor, ensaiavam saltos inesperados.

Das muralhas, eram reconhecidos. Dinos, Aethon, Ametea, Xanthos! E eles saudavam, relinchavam prazerosamente, arqueavam o rabo, e depois resfolegavam com respingos fogosos. Um deles, certamente um chefe, ergueu-se nos jarretes, caminhou assim por um trecho, manoteando galhardamente o ar como se dançasse uma marcha militar, girando o pescoço com serpentina elegância, até que um dardo cravou-se no meio de seu peito...

Enquanto isso, o ataque triunfava. As muralhas começavam a ceder.

Subitamente um alarme paralisou os animais. Uns sobre os outros, apoiando-se em ancas e lombos, alongaram o pescoço em direção à alameda que bordejava a margem do Cossinites; e os defensores, virando-se na mesma direção, contemplaram um terrível espetáculo.

Dominando o arvoredo negro, espantosa sobre o céu da tarde, uma colossal cabeça de leão olhava para a cidade. Era uma dessas feras antediluvianas cujos espécimes, cada vez mais raros, devastavam de tempos em tempos o monte Ródope.

Mas nunca se vira nada tão monstruoso, pois aquela cabeça dominava as árvores mais altas, emaranhando às folhas tingidas de crepúsculo as grenhas de sua juba.

Suas presas enormes brilhavam nitidamente, percebiam-se os olhos franzidos contra a luz, o hálito da brisa trazia seu odor bravio. Imóvel entre a folhagem pulsante, sua crina gigantesca enferrujada pelo sol quase até o dourado elevava-se na frente do horizonte como um desses blocos em que o pelasgo, contemporâneo das montanhas, esculpiu suas bárbaras divindades.

E de repente começou a andar, vagaroso como o oceano. Ouvia-se o rumor da fronde que seu peito afastava, seu alento de frágua que sem dúvida estremeceria a cidade ao se transformar em rugido.

Apesar da força prodigiosa e da vantagem numérica, os cavalos rebelados não resistiram a essa aproximação. Num só ímpeto arrastaram-se pela praia, em direção à Macedônia, levantando um verdadeiro furacão de areia e de espuma, pois não eram poucos os que disparavam ondas adentro.

Na fortaleza reinava o pânico. Que poderiam contra semelhante inimigo? Que dobradiça de bronze resistiria a suas mandíbulas? Que parede a suas garras...?

Já começavam a preferir o perigo anterior (afinal, aquela era uma luta contra animais civilizados), sem fôlego nem para armar flechas nos arcos, quando o monstro surgiu na alameda.

O que irrompeu de sua goela não foi um rugido, mas um grito de guerra humano, o bélico "alalé!" dos combates, ao qual responderam com triunfante júbilo os "hoyohei" e os "hoyotohó" da fortaleza.

Glorioso prodígio!

Sob a cabeça do felino, o rosto de um nume irradiava uma luz excelsa; e entremeados soberbamente à pele fulva, destacavam-se seu peito marmóreo, seus braços de azinheira, as coxas estupendas.

E um grito, um só grito de liberdade, de reconhecimento, de orgulho, tomou a tarde:

— Hércules, é Hércules que está chegando!

MAUPASSANT, GUY DE

Guy de Maupassant, contista francês, nascido no castelo de Miromesnil, em 1850, falecido em Auteuil, em 1893. Escreveu vários romances e duzentos e quinze contos. Entre seus livros, citaremos *A pensão Tellier* (1881), *Les Soeurs Rondoli* (1884), *Bel-ami* (1885), *Contes du jour et de la nuit* (1885), *Monsieur Parent* (1886), *Le Horla* (1887), *La Main gauche* (1889), *Nosso coração* (1890), *Le Lit* (1895).

Quem sabe?
L'Inutile Beauté, 1890

Meu Deus! Meu Deus! Será que escreverei, finalmente, o que aconteceu comigo? Conseguirei? Serei capaz? É tão estranho, tão inexplicável, tão incompreensível!

Se eu não tivesse certeza do que vi, certeza de que não houve nenhuma falha em meu raciocínio, nenhum erro em minhas comprovações, nenhuma lacuna na inflexível série de minhas observações, eu me consideraria um simples alucinado, um joguete de uma estranha visão. Ao fim e ao cabo, quem sabe?

Agora estou num sanatório; mas me internei voluntariamente, por prudência, por medo. Só uma pessoa conhece minha história. O médico daqui. Vou escrevê-la. Por quê? Para me livrar dela, porque eu a sinto como um pesadelo insuportável.

Sempre fui um solitário, um sonhador, uma espécie de filósofo isolado, benévolo, que se satisfaz com pouco, sem amargura contra os homens, sem rancor contra o céu.

Vivi sozinho, continuamente, porque a presença dos outros me causa certo desconforto. Como explicar isso? Não sei. Não renego a sociedade, o diálogo, os jantares com amigos, mas é só passar um tempo com eles, até com os mais familiares, e me aborrecem, me cansam, me enervam, e sinto uma vontade enorme de vê-los partir ou de ir embora, de ficar sozinho. Mais que vontade, é uma necessidade incontrolável. Se a presença das pessoas com quem estou perdurasse, se me obrigassem, não só a escutar, mas a continuar prestando atenção a suas conversas, eu sofreria, sem dúvida alguma, um acidente.

Gosto tanto da solidão que não suporto nem que outras pessoas durmam sob o meu teto; não consigo morar em Paris, porque lá agonizaria indefinidamente. Morro moralmente, e também é uma tortura para meu corpo e meus nervos essa imensa multidão que pulula, que vive ao meu redor, até quando dorme. Ah, o sono dos outros me é ainda mais penoso que suas palavras. E não consigo nunca descansar quando pressinto, quando sinto, do outro lado de uma parede, existências interrompidas por esses eclipses regulares da razão.

Algumas pessoas são aptas a viver para fora, outras, para dentro; no meu caso, a atenção exterior logo se esgota, e quando chega ao limite, sinto em meu corpo todo e em minha mente um mal-estar insuportável.

Daí meu apego aos objetos inanimados, que têm, para mim, a importância de seres, e a transformação de minha casa num pequeno mundo que eu habitava solitária e ativamente, cercado de coisas, de móveis, de bibelôs familiares, que me eram simpáticos como rostos. Eu a preenchera pouco a pouco e estava satisfeito, contente como se está nos braços de uma mulher cuja carícia habitual é uma necessidade serena e doce.

Eu construíra essa casa num belo jardim que a isolava das estradas e nos arredores de uma cidade capaz de me oferecer a companhia de que às vezes necessitava.

Os criados dormiam numa edificação afastada, atrás da horta. O escuro amparo das noites, no silêncio de minha casa perdida, escondida, sufocada sob as folhas das grandes árvores, era-me tão grato e agradável que eu costumava me deitar muito tarde, para prolongar esse prazer.

Naquele dia, haviam encenado *Sigurd* no teatro da cidade. Era a primeira vez que eu ouvia esse fantástico e belo drama musical, e gostara intensamente. Estava voltando a pé, a cabeça cheia de frases sonoras e a vista povoada de belas imagens. A noite estava bem escura: era difícil enxergar o caminho, e por um triz não caí na valeta. Da cidade até em casa há, mais ou menos, um quilômetro, talvez um pouco mais, uns vinte minutos de caminhada lenta. Era uma hora da manhã, uma ou uma e meia; o céu se desanuviou um pouco e a lua crescente apareceu.

Avistei ao longe o contorno escuro de meu jardim, e não sei por que a ideia de entrar ali me deixou estranhamente inquieto. Desacelerei a marcha. Suave era a noite. O grupo de árvores parecia um túmulo em que minha casa estava sepultada. Abri o portão e adentrei pela longa alameda de sicômoros que ia até a casa, arqueada como um túnel, atravessando gramados escuros, palidamente pintalgados de flores. Perto da casa senti--me estranhamente aflito. Parei. Não se ouvia nada. O ar estava imóvel entre as folhas. O que está acontecendo comigo? Faz anos que moro aqui, e nunca senti o menor desassossego. Nunca tive medo, jamais tive medo da noite. A presença de um vagabundo, de um ladrão teria me instigado e eu o enfrentaria sem vacilar. Além do mais, estava armado. Portava meu revólver. Não o saquei, queria enfrentar esse medo inesperado.

O que era? Um pressentimento? O misterioso pressentimento que se apodera dos homens que estão prestes a ver o inexplicável? Conforme eu avançava, estremecia, e ao chegar diante da parede, das persianas fechadas de minha casa, percebi que teria de esperar alguns minutos antes de abrir a porta e entrar. Sentei-me, então, num banco sob as janelas da sala. Ali fiquei, um pouco trêmulo, a cabeça apoiada na parede, os olhos fixos na sombra da folhagem. No primeiro instante, não percebi nada de insólito ao meu redor. Meus ouvidos zuniam; mas não era o zumbido habitual das artérias: era um ruído bastante específico, bastante confuso, que devia vir lá de dentro da casa. Através da parede consegui perceber que, mais que um ruído, parecia uma falta de quietude, um vago deslocamento de muitas coisas, como se arrastassem delicadamente todos os meus móveis. Por um momento, duvidei da fidelidade de meu ouvido; mas ao me aproximar de uma janela não tive dúvida de que na casa ocorria algo incompreensível e anormal. Não sentia medo, mas estava — como expressar isso? — apavorado de espanto. Não engatilhei o revólver. Intuí ser inútil. Esperei. Esperei longamente. Não conseguia decidir o que fazer. Ansioso, com o ânimo lúcido, esperei, sempre ouvindo aquele ruído, que aumentava com uma intensidade violenta, que parecia se transformar num surdo troar de impaciência, de ira, de misterioso motim. Depois, bruscamente envergonhado de minha covardia, girei duas vezes a chave na fechadura e entrei. A batida da porta soou como uma detonação; a casa toda respondeu com tremendo tumulto. Foi tão súbito, tão terrível, tão ensurdecedor, que recuei alguns passos. Mesmo sentindo que era inútil, saquei o revólver. Esperei novamente. Ah, muito pouco. Ouvi um rumor insólito de passos nos degraus, na madeira, nos tapetes, não de passos de sapatos, não de passos humanos, mas de muletas, muletas de madeira, muletas de ferro, que vibravam como címbalos. De repente vislumbrei, na soleira da porta, uma poltrona, minha grande poltrona de leitura, que saía rebolando. Foi embora pelo jardim. Outras a seguiam, as da sala, depois os sofás baixos, deslizando como crocodilos. Depois todas as cadeiras, com saltitos de cabra, e as banquetas, correndo como coelhos.

Que loucura! Tive de abrir espaço para esse brusco desfile de móveis. Todos iam saindo, uns atrás dos outros, com rapidez ou lentidão, conforme o tamanho e o peso. Meu piano, meu grande piano de cauda, passou como um cavalo desenfreado, com um rumor de música no flanco. Os objetos miúdos deslizavam sobre o cascalho como formigas; as vassouras, os cristais, as taças, onde a luz da lua acendia fosforescências de pirilampos, os víveres, arrastavam-se, desdobravam-se como polvos. E vi minha escrivaninha, uma curiosa peça do século XVIII, que continha todas as cartas que recebi, toda a história de meu coração, a velha história que tanto me fez sofrer. Também guardava fotografias.

Subitamente perdi o medo. Lancei-me sobre a escrivaninha. Agarrei-a como se agarra um ladrão, uma mulher que foge. Mas seu ímpeto era incontrolável. Apesar de meus esforços e de minha raiva, não consegui impedir sua fuga; derrubou-me. Depois me arrastou pelo cascalho; os outros móveis me pisaram, me machucaram; e me atropelaram como uma carga de cavalaria atropela um cavaleiro caído.

Enlouquecido de espanto, consegui chegar perto do caminho e abrigar-me entre as árvores. Vi desaparecerem os menores objetos, os mais modestos, os mais ignorados. Depois ouvi ao longe, em minha casa, que agora tinha uma sonoridade de objeto vazio, um estrondo ensurdecedor de portas se fechando. Ouvi suas batidas, de cima a baixo, até a última, a que eu mesmo — insensato — abrira para facilitar essa fuga.

Voltei correndo para a cidade. Nas ruas, recobrei meu sangue-frio. Fui a um hotel conhecido. Disse que perdera as chaves da chácara e que avisassem o pessoal lá de casa que eu estava ali.

Passei a noite acordado. Às sete da manhã meu criado apareceu. Apavorado, anunciou-me que acontecera uma grande desgraça.

— O que houve? — perguntei.

— Roubaram todos os móveis do senhor. Tudo, tudo, até os menores objetos.

A notícia me alegrou, sabe-se lá por quê. Sentia-me seguro de mim mesmo, capaz de disfarçar, de não revelar a ninguém o que havia visto, de esconder, enterrar isso em minha consciência como um segredo terrível. Respondi:

— Então, devem ter sido os mesmos que me roubaram as chaves. É preciso avisar a polícia imediatamente. — Esperamos, depois saímos juntos. A investigação durou cinco meses. Não se descobriu nada. Nem o menor objeto. Nem o mais leve rastro de ladrões. Se eu tivesse revelado meu segredo... se tivesse contado... não seriam os ladrões que seriam presos, mas eu, o homem que vira semelhante coisa.

Soube calar-me. Mas não mobiliei a casa novamente; era inútil; aquilo teria recomeçado, sempre. Não quis voltar para casa; não voltei, não quis vê-la.

Fui para um hotel em Paris. Consultei médicos sobre meu estado de nervos. Aconselharam-me a viajar. Segui o conselho.

2.

Comecei por uma excursão à Itália. O sol me fez bem. Durante seis meses, zanzei de Gênova a Veneza, de Veneza a Florença, de Florença a Roma, de Roma a Nápoles. Depois percorri a Sicília, terra admirável por sua natureza e por seus monumentos, relíquias dos gregos e dos normandos. Passei para a África, atravessei pacificamente aquele grande deserto amarelo e tranquilo, onde circulam camelos, gazelas e árabes vagabundos, o deserto cujo ar transparente e leve ignora, dia e noite, as obsessões.

Voltei para a França por Marselha, passei para a alegria provençal, entristeceu-me a diminuída claridade do céu. Regressando ao continente, tive a mesma impressão do doente que pensa estar curado e a quem uma dor surda anuncia que o foco de seu mal persiste.

Depois voltei a Paris. Ao fim de um mês, estava entediado. Era outono e quis fazer, antes do inverno, uma excursão pela Normandia, que eu não conhecia.

Comecei, naturalmente, por Rouen, e durante oito dias passeei distraído, encantado, entusiasmado, por aquela cidade medieval, um surpreendente museu de monumentos góticos. Uma tarde, por volta das quatro, ao descer por uma rua inverossímil, onde corre um riacho negro como tinta chamado Eau de Robec, minha atenção, absorta pela fisionomia estranha e antiga das casas, fixou-se numa série de lojas de antiguidades que se seguiam de porta em porta.

No fundo dos escuros estabelecimentos amontoavam-se baús esculpidos, porcelanas de Rouen, de Nevers, de Moustiers, estátuas pintadas, cristos, virgens, santos, adornos de igreja, casulas, capas fluviais e até vasos sagrados e um velho tabernáculo de madeira dourada, do qual já se fora o Senhor.

Minha ternura de colecionador foi despertada nessa cidade de antiquários. Ia de loja em loja, atravessando as pontes de tábuas sobre a correnteza fétida do Eau de Robec.

Um de meus armários mais bonitos estava ao lado de um arco abarrotado de objetos, que parecia a entrada de um cemitério de móveis antigos. Aproximei-me tremendo tanto que

294

não me atrevi a tocá-lo. Estendi a mão, hesitei. Mas era mesmo o meu: o armário Luís XV, reconhecível por qualquer pessoa que já o tivesse visto uma vez. Olhando um pouco mais longe, para as mais sombrias profundezas da galeria, divisei três de minhas poltronas cobertas de tapeçarias holandesas. Depois, mais longe ainda, minhas duas mesas Henrique II, tão raras que vinha gente de Paris para vê-las. Avancei, tolhido de emoção, mas avancei, porque sou corajoso, avancei como um cavaleiro das épocas tenebrosas penetrando num antro de sortilégios. Encontrei, um por um, tudo o que me pertencera: meus lustres, meus livros, meus quadros, minhas telas, minhas armas, tudo, exceto a escrivaninha cheia de cartas.

Prossegui, descendo a galerias escuras, para depois subir aos pisos de cima. Estava sozinho. Chamei, não houve resposta. Eu estava sozinho; não havia ninguém naquela casa enorme e tortuosa como um labirinto.

Veio a noite e tive de me sentar, no escuro, numa de minhas cadeiras; não queria ir embora. De tempos em tempos, batia inutilmente as mãos.

Depois de mais ou menos uma hora, ouvi passos, passos leves, lentos, vindos não sei de onde. Quase fugi; resoluto, porém, chamei novamente e vi uma luz no cômodo vizinho.

— Quem está aí? — disse uma voz.
Respondi:
— Um comprador.
Responderam:
— Já é tarde para entrar nas lojas.
Insisti:
— Estou esperando há uma hora.
— Pode voltar amanhã.
— Amanhã não estarei mais em Rouen.
Não me atrevi a avançar e ele não se aproximava.
Continuava vendo a luz de sua lâmpada iluminando uma tapeçaria na qual dois anjos voavam sobre os mortos num campo de batalha. Essa tapeçaria também era minha. Disse-lhe:
— E então, o senhor não vem?

Ele respondeu:

— Estou a sua espera.

Levantei-me e fui até ele.

No meio de um cômodo enorme havia um homenzinho muito pequeno e muito gordo, gordo e repugnante. Tinha uma barba rala, irregular e amarelada. Não tinha um fio de cabelo. A cara era enrugada e inchada, os olhos imperceptíveis.

Perguntei o preço das três cadeiras que me pertenciam; paguei por elas imediatamente: uma soma considerável. Dei-lhe o número de meu quarto de hotel. Elas seriam entregues às nove do dia seguinte. O homem me acompanhou até a porta muito gentilmente.

Então, na Delegacia Central, contei ao delegado sobre o roubo dos móveis e sobre minha descoberta recente.

Por telégrafo, ele solicitou um relatório ao tribunal que havia cuidado do assunto do roubo e me pediu que aguardasse a resposta. Ao cabo de uma hora chegou a resposta, totalmente satisfatória para mim.

— Mandarei prender esse homem. E depois vou interrogá-lo — disse-me. — Talvez desconfie de alguma coisa e suma com algum objeto de sua propriedade. Espero-o daqui a algumas horas, após o jantar. O homem estará aqui; em sua presença, eu o submeterei a novo interrogatório.

— Perfeitamente, senhor. Eu lhe sou muito grato.

Fui jantar no hotel; comi melhor do que esperava; apesar de tudo, estava bastante contente; o culpado estava em nosso poder. Na hora combinada fui ver o delegado.

— Não encontraram o homem. Meus agentes o procuraram em vão.

— Ah!

Sentia-me desfalecer.

— Mas encontraram a casa?

— Claro. Está sob vigilância, até que ele volte. O homem sumiu.

— Desapareceu?

— Costuma passar as noites na casa de uma vizinha. Moveleira, também. Uma bruxa, a velha Bidoin. Ela não o viu esta noite; não pode nos dar nenhuma informação. É preciso esperar até amanhã.

Fui embora. As ruas de Rouen me pareceram sinistras, inquietantes, enfeitiçadas.

Dormi mal, tendo pesadelos antes de cada despertar.

No dia seguinte, não quis parecer inquieto nem apressado. Esperei até as dez para ir à delegacia.

O homem não aparecera. A loja estava fechada.

O delegado me disse:

— Fiz todas as diligências necessárias. O tribunal está inteirado; iremos juntos a essa loja. O senhor me mostrará o que é seu.

Um cupê nos levou. Um chaveiro e os agentes abriram a porta. Ao entrar, não vi nem o armário, nem as poltronas, nem as mesas, nem nada daquilo tudo que antes mobiliara minha casa.

O delegado, atônito, olhava-me com desconfiança.

— Meu Deus — disse a ele —, o desaparecimento dos móveis coincide estranhamente com o sumiço do moveleiro.

Ele sorriu:

— É verdade. O senhor fez mal em comprar e em pagar ontem por seus próprios móveis.

— Isso o alertou.

Prossegui:

— O inexplicável é que o lugar que ontem era ocupado por meus móveis, agora está ocupado por outros.

— Ele teve cúmplices, e a noite inteira. Esta casa deve se comunicar com a dos vizinhos. Não se preocupe, senhor: vou cuidar desse assunto com empenho. O bandido não vai demorar a ser pego, já que estamos vigiando a toca dele.

Fiquei em Rouen durante quinze dias. O homem não voltou.

No décimo sexto dia, de manhã, recebi de meu jardineiro esta espantosa carta:

Senhor, tenho a honra de informar-lhe que ontem à noite aconteceu algo que ninguém entende, nem mesmo a polícia. Todos os móveis estão de volta, não falta nenhum, estão todos aqui, até o objeto mais diminuto. Agora a casa está como estava na véspera do roubo. É de enlouquecer. Isso aconteceu na noite da sexta para o sábado. Os caminhos estão marcados, como se tivessem arrastado tudo, do portão até a casa. Estavam assim no dia do desaparecimento. Esperamos o senhor, de quem sou o humilde servidor.

RAUDIN, Philippe

Mostrei a carta para o comissário de Rouen.

— É uma restituição habilíssima — disse. — Fiquemos quietos por enquanto. Mais dia, menos dia, vamos capturar esse homem.

3.

Mas não o capturaram. Nunca irão capturá-lo. E agora tenho medo dele, como se fosse um animal feroz no meu encalço.

Embora o esperem em sua casa, não o encontrarão. Só eu posso encontrá-lo. E não quero.

E se ele voltar, se voltar a sua loja, quem poderá provar que meus móveis estavam lá? Há somente o meu depoimento, e sinto que estão começando a duvidar de mim.

Assim, minha vida virou um inferno. Não conseguia guardar segredo do que testemunhara. Não conseguia continuar vivendo como todos, temendo que aquelas coisas se repetissem.

Vim ver o médico que dirige este sanatório e lhe contei tudo. Depois de um longo interrogatório, ele me disse:

— O senhor concordaria em permanecer aqui por algum tempo?

— Com prazer, senhor.

— O senhor dispõe de recursos?

— Sim, senhor.

— O senhor quer um pavilhão isolado?

— Sim, senhor.

— O senhor quer receber amigos?

— Não, senhor, ninguém.

O homem de Rouen pode se atrever, por vingança, a me perseguir até aqui...

4·

Faz três meses que estou sozinho. Estou relativamente calmo. Só tenho um temor. E se o homem de Rouen enlouquecesse, e se o trouxessem para cá...

Não há segurança, nem nas prisões.

MORGAN, EDWIN [1920-2010]

A sombra das jogadas

Num dos contos que integram a série dos Mabinogion, dois reis inimigos jogam xadrez enquanto num vale próximo seus exércitos lutam e se destroçam. Chegam mensageiros com notícias da batalha: os reis não parecem ouvi-los e, inclinados sobre o tabuleiro de prata, movem as peças de ouro. Aos poucos vai ficando evidente que as vicissitudes do combate seguem as vicissitudes do jogo. Perto do entardecer, um dos reis derruba o tabuleiro, porque lhe deram xeque-mate, e logo depois um cavaleiro ensanguentado lhe anuncia: "Vosso exército foge, perdestes o reino".

MURENA, H. A.

H. A. Murena, nascido em Buenos Aires [1923-75]. Publicou *Primer testamento* (1946), *La vida nueva* (1951), *El juez* (1953), *El pecado original de América* (1954), *La fatalidad de los cuerpos* (1955), *El centro del infierno* (1956), *Las leyes de la noche* (1958), *El Círculo de los Paraísos* (1958), *El escándalo y el fuego* (1959), *Homo Atomicus* (1961), *Relámpago de la duración realista* (1962), *Ensayos sobre subversión* (1963), *El demónio de la armonía* (1964).

O gato

Há quanto tempo estava trancado ali?

Coberta por um véu de neblina, a manhã de maio onde tudo acontecera era tão irreal para ele quanto o dia de seu nascimento, um fato, talvez, mais certo do que qualquer outro, mas que só vem à memória como uma ideia inacreditável. Ao descobrir, de repente, o domínio secreto e impressionante que o outro exercia sobre ela, decidiu fazer aquilo. Pensou que talvez agisse em nome dela, para livrá-la de uma sedução inútil e aviltante. Na verdade só pensava em si mesmo, seguia um caminho iniciado muito tempo antes. E naquela manhã, ao sair daquela casa, depois que tudo aconteceu, viu que o vento dispersara a neblina, e ao erguer os olhos para a claridade ofuscante observou no céu uma nuvem negra que parecia uma aranha enorme fugindo por um campo de neve. Mas o que ele nunca poderia esquecer era que, daquele momento em diante, o gato do outro, aquele gato cujo dono se gabara de jamais abandoná-lo, começou a segui-lo com certa indiferença, quase com paciência ante suas tentativas iniciais de espantá-lo, até se transformar em sua sombra.

Encontrou aquela pensãozinha, não muito suja nem desconfortável, pois ainda se preocupava com ele. O gato era grande e robusto, de pelagem cinzenta, com partes de um branco sujo. Dava a impressão de ser um deus velho e degradado, mas que

300

ainda não perdera toda a força para prejudicar os homens; ninguém lá gostou dele, olharam-no com asco e receio e, com a autorização de seu dono acidental, botaram-no para fora. No dia seguinte, ao voltar a seu quarto, encontrou o gato instalado; sentado na poltrona, mal levantou a cabeça para olhá-lo e continuou dormitando. Botaram-no para fora pela segunda vez, e ele de novo insinuou-se na casa, no quarto, sem que ninguém soubesse como. E assim ele venceu, pois daí em diante a dona da pensão e seus acólitos desistiram da luta.

É possível imaginar que um gato influencie a vida de um homem, que possa mudá-la?

No começo ele saía muito; os hábitos arraigados de uma vida de regalias faziam com que aquele quarto, com seu foquinho de luz amarelenta e frouxa que deixava muitos cantos ensombrecidos, com aqueles móveis que, reparando bem, eram surpreendentemente feios e desconjuntados, com as paredes revestidas de um papel listrado de cores berrantes, fosse quase insuportável para ele. Saía e voltava ainda mais inquieto; andava pelas ruas, andava, esperando que o mundo lhe devolvesse uma paz agora proibida. O gato nunca saía. Uma tarde em que estava com pressa de se trocar e ficou na porta esperando a empregada limpar o quarto, viu que nem mesmo nessa hora ele deixava o quarto: à medida que a mulher avançava com o pano e o espanador, ele ia se deslocando até se acomodar num lugar definitivamente limpo; raras vezes se descuidava, e então a empregada soltava uns *psius* suaves, de advertência, não de ameaça, e o bichano não se mexia. Será que evitava sair temendo que aproveitassem a ocasião para expulsá-lo de novo, ou aquilo era mero reflexo de seu instinto de comodidade? Qualquer que fosse a causa, ele decidiu imitá-lo, ainda que para forjar uma espécie de sabedoria com aquilo que, no animal, era medo ou indolência.

Seu plano consistia em privar-se primeiramente das saídas matutinas e depois também das vespertinas; e, mesmo tendo sofrido surdos ataques de nervos até se acostumar com o enclausuramento, conseguiu cumpri-lo. Lia um livrinho de capa preta que levava no bolso; mas também caminhava pelo cômodo horas a fio, esperando a noite, a saída. O gato mal olhava para ele; contentava-se em dormir, comer e se lamber com a língua rápida. No entanto, numa noite muito fria sentiu preguiça de se vestir e não saiu; logo dormiu. E a partir desse momento tudo foi extremamente fácil para ele, como se tivesse alcançado um cume do qual não precisava mais descer. As persianas do quarto eram levantadas apenas para receber a comida; sua boca só se abria para comer. Sua barba cresceu, e ele acabou dando fim também às caminhadas dentro do quarto.

Quase sempre jogado na cama, muito mais gordo, entrou num período de singular beatitude. Fixava a vista, repetidas vezes, nas empoeiradas rosetas de gesso que enfeitavam o teto, mas sem atentar para os detalhes, pois sua necessidade de ver era satisfeita com os dez minutos cotidianos de observação das capas do livro. Como se novas faculdades despertassem nele, os reflexos da luz amarelada da lâmpada sobre aquelas capas pretas o faziam ver sombras tão complexas, matizes tão sutis, que esse único objeto real bastava para saturá-lo, para afundá-lo numa espécie de hipnotismo. Seu olfato também devia ter se apurado, pois os mais leves odores se elevavam como grandes fantasmas e o envolviam, faziam-no imaginar vastos bosques arroxeados, o baque das ondas contra os rochedos. Sem saber por quê, começou a contemplar imagens agradáveis: a luz da lampadinha — eternamente acesa — minguava até esmorecer, e no ar pairavam mulheres cobertas por longas vestes, de faces cor de sangue ou verde-pálidas, ou cavalos de um pelo azul-celeste intenso...

O gato, entretanto, permanecia sereno em sua poltrona.

Certo dia, ouviu vozes de mulheres atrás da porta. Mesmo se esforçando, não conseguiu entender o que diziam, mas os tons lhe bastaram. Era como se ele tivesse uma enorme barriga flácida e a cutucassem com um pau, e ele sentisse esse estímulo, mas tão distante, apesar de imensamente forte, que soubesse que demoraria horas e horas para conseguir reagir. Porque uma das vozes era a da dona da pensão, mas a outra era a *dela*, que finalmente devia tê-lo achado.

Sentou-se na cama. Queria fazer alguma coisa e não conseguia. Observou o gato: ele também tinha se aprumado e fitava a persiana, mas estava muito calmo. Isso aumentou sua sensação de impotência. Seu corpo inteiro latejava, e as vozes não paravam. Queria fazer alguma coisa. De repente sentiu na cabeça tamanha tensão que parecia que quando cessasse ele ia se desmanchar, se dissolver. Então abriu a boca, ficou um momento sem saber o que pretendia com esse movimento, e por fim miou; agudamente, com infinito desespero, ele miou.

NIU JIAO

Niu Jiao, letrado e poeta chinês, do século IX. Sua obra compreende trinta livros.

História de raposas

Wang viu duas raposas de pé nas patas traseiras e apoiadas numa árvore. Uma delas segurava uma folha de papel e as duas riam como se compartilhassem uma piada.

Tentou espantá-las, mas elas se mantiveram firmes, e ele atirou na que segurava o papel; feriu-a no olho e levou consigo o papel. Na pousada, contou sua aventura aos outros hóspedes. Enquanto estava conversando, entrou um senhor com o olho machucado. Escutou com interesse o conto de Wang e pediu que lhe mostrasse o papel. Wang ia mostrá-lo quando o dono da pousada notou que o recém-chegado tinha cauda.

— É uma raposa! — exclamou, e na mesma hora aquele senhor se transformou numa raposa e fugiu.

As raposas tentaram repetidas vezes recuperar o papel, que estava coberto de caracteres ininteligíveis, mas fracassaram. Wang resolveu voltar para casa. No caminho encontrou toda a sua família, que se dirigia à capital. Contaram que ele os mandara fazer essa viagem, e sua mãe lhe mostrou a carta em que lhe pedia que vendesse todas as propriedades e se encontrasse com ele na capital. Wang examinou a carta e viu que era uma folha em branco. Embora já não tivessem teto que os abrigasse, Wang ordenou:

— Vamos voltar.

Certo dia, apareceu por lá um irmão caçula que todos consideravam morto. Perguntou dos infortúnios da família e Wang lhe contou toda a história. Quando Wang chegou à sua aventura com as raposas, o irmão disse:

— Ah, a raiz de todo mal está aí.

Wang lhe mostrou o documento. Arrancando-o dele, seu irmão guardou-o com pressa.

— Finalmente recuperei o que buscava — exclamou e, transformando-se numa raposa, foi-se embora.

OCAMPO, SILVINA

Silvina Ocampo, escritora argentina, nascida em Buenos Aires [1903-93]. Autora de *Viaje olvidado* (1937), *Enumeración de la patria* (1942), *Espacios métricos* (1945), *Los sonetos del jardín* (1946), *Autobiografía de Irene* (1948), *Poemas de amor desesperado* (1949), *Los nombres* (1953), *La furia y otros cuentos* (1959), *Las invitadas* (1961), *Lo amargo por dulce* (1962).

A expiação
Las invitadas, 1961

Antonio pediu que Ruperto e eu fôssemos até o quarto nos fundos da casa. Com voz imperiosa, mandou que sentássemos. A cama estava arrumada. Foi até o pátio para abrir a porta do viveiro, voltou e se deitou na cama.

— Vou fazer uma demonstração para vocês — disse.

— Vai ser contratado por um circo? — perguntei-lhe.

Assoviou duas ou três vezes e entraram no quarto Favorita, Maria Callas e Mandarim, que é vermelhinho. Olhando fixo para o teto, assoviou novamente, com um silvo mais agudo e trêmulo. Era essa a demonstração? Por que tinha chamado Ruperto e a mim? Por que não esperava Cleóbula chegar? Pensei que toda essa representação serviria para demonstrar que Ruperto não era cego, mas meio louco; que em algum momento de emoção diante da destreza de Antonio ele revelaria isso. O vaivém dos canários me dava sono. As lembranças voavam em minha mente com a mesma persistência. Dizem que na hora da morte a pessoa revive sua vida: eu a revivi naquela tarde com remoto desconsolo.

Vi, como se estivesse pintado na parede, meu casamento com Antonio às cinco da tarde, no mês de dezembro.

Fazia calor, então, e quando chegamos a nossa casa, da janela do quarto onde tirei o vestido e o véu de noiva, vi, com surpresa, um canário.

Agora me dou conta de que era o mesmo Mandarim que bicava a única laranja que sobrara na árvore do pátio.

Antonio não interrompeu seus beijos ao me ver tão interessada naquele espetáculo. A sanha do pássaro com a laranja me fascinava. Contemplei a cena até que Antonio me arrastou, tremendo, para a cama nupcial, cuja colcha, entre os presentes, às vésperas de nosso casamento fora para ele fonte de felicidade, e para mim de terror. A colcha de veludo grená exibia o bordado de uma viagem de diligência. Fechei os olhos e mal soube o que aconteceu depois. O amor também é uma viagem; durante muitos dias fui aprendendo suas lições. Sem ver nem compreender em que consistiam as doçuras e suplícios que concede prodigamente. No começo, acho que Antonio e eu nos amávamos por igual, sem dificuldade, salvo a que nos impunham minha consciência e sua timidez.

A casa diminuta com um jardim também diminuto fica na entrada do povoado. O ar saudável das montanhas nos rodeia: o campo fica próximo e podemos vê-lo ao abrir as janelas.

Já tínhamos um rádio e uma geladeira. Numerosos amigos frequentavam nossa casa nos feriados ou para festejar alguma comemoração familiar. Que mais podíamos pedir? Cleóbula e Ruperto nos visitavam com mais frequência por serem nossos amigos de infância. Antonio se apaixonara por mim, eles sabiam disso. Não me procurara, não me escolhera: fora eu, antes, que o escolhera. Sua única ambição era ser amado por sua mulher, manter sua fidelidade. Dava pouca importância ao dinheiro.

Ruperto sentava-se num canto do pátio e, sem preâmbulos, enquanto afinava o violão, pedia um mate ou uma laranjada quando fazia calor. Eu o considerava um dos tantos amigos ou parentes que fazem parte, por assim dizer, dos móveis de uma casa, cuja existência as pessoas só percebem quando eles estão estragados ou postos em algum lugar diferente do habitual.

"Os canários são cantores", dizia invariavelmente, mas se pudesse matá-los com uma vassoura eu os teria matado, pois os detestava. O que diria ao vê-los fazer tantas demonstrações ridículas sem que Antonio lhes oferecesse nem uma folhinha de alface, nem uma baunilha!

Eu passava o mate ou o copo de laranjada a Ruperto, mecanicamente, sob a sombra do parreiral, onde ele sempre se sentava, numa cadeira thonet, como um cão em seu canto. Eu não o encarava como uma mulher encara um homem, não observava as menores regras da boa aparência para recebê-lo. Muitas vezes, depois de lavar a cabeça, com o cabelo molhado, preso com grampos, feito um espantalho, ou então com a escova de dentes na boca e com pasta nos lábios, ou com as mãos cheias de espuma na hora de lavar roupa, com o avental recolhido na cintura, barriguda como uma mulher grávida, eu o mandava entrar abrindo a porta da rua, sem sequer olhá-lo. Muitas vezes, em meu descuido, acho que me viu sair do banheiro com uma toalha enrolada nos cabelos, arrastando os chinelos como uma velha ou como uma mulher qualquer.

Gracioso, Alfavaca e Serranito voaram até uma vasilha que continha pequenas flechas com espinhos. Levando as flechas voavam, laboriosos, até outras vasilhas que continham um líquido escuro, no qual umedeciam a diminuta ponta das flechas.

Pareciam passarinhos de brinquedo, paliteiros baratos, adornos de chapéu de uma tataravó.

Cleóbula, que não é maliciosa, tinha notado, e me disse que Ruperto me olhava com muita insistência. "Que olhos!", repetia sem parar. "Que olhos!"

— Consegui manter os olhos abertos ao dormir — murmurou Antonio —; é uma das provas mais difíceis que realizei na vida. Sobressaltei-me ao ouvir sua voz. Era essa a demonstração? Mas, afinal, o que havia nela de extraordinário?

— Como Ruperto — falei, com a voz estranha.

— Como Ruperto — repetiu Antonio. — Os canários, mais facilmente do que minhas pálpebras, obedecem a minhas ordens.

Nós três estávamos naquele quarto em penumbra como quem faz penitência. Mas que relação podia haver entre seus olhos abertos durante o sono e as ordens que dava para os canários? Não era de estranhar que Antonio me deixasse, de certa forma, perplexa: era tão diferente dos outros homens!

Cleóbula também me garantira que enquanto Ruperto afinava o violão seus olhares me percorriam da ponta do cabelo à ponta dos pés, e que uma noite, ao adormecer no pátio, meio bêbado, seus olhos tinham permanecido fixos em mim. Isso me fez perder a naturalidade, talvez a falta de cerimônia. Que ilusão. Ruperto me olhava através de uma espécie de máscara na qual se engastavam seus olhos de animal, aqueles olhos que ele não fechava nem para dormir. Com o mesmo olhar misterioso fixo no copo de laranjada ou no mate que eu lhe servia, ele me cravava suas pupilas quando tinha sede. Só Deus sabe com que intenção. Em toda a província, no mundo todo, não havia outros olhos que olhassem tanto: um brilho azul e profundo, como se o céu tivesse entrado neles, diferenciava- -os dos outros, cujos olhares pareciam apagados ou mortos. Ruperto não era um homem: era um par de olhos, sem rosto, sem voz, sem corpo; era o que eu achava, mas Antonio não sentia isso. Durante muitos dias, nos quais minha falta de tino chegou a exasperá-lo, por qualquer bobagem me falava com maus modos ou me infligia trabalhos penosos, como se em vez de ser sua mulher eu fosse sua escrava. A mudança no temperamento de Antonio me deixou aflita.

Como os homens são estranhos! Em que consistiria a tal demonstração? A história do circo tinha sido uma brincadeira. *Logo depois que nos casamos, ele faltou ao trabalho muitas vezes, alegando dor de cabeça ou uma inexplicável indisposição estomacal. Todos os maridos eram iguais?*

Nos fundos da casa, o enorme viveiro cheio de canários, do qual Antonio sempre cuidara com desvelo, estava abandonado. De manhã, quando tinha tempo, eu limpava o viveiro, deitava alpiste, água e alface nas vasilhas brancas, e quando as fêmeas estavam para pôr ovos, eu preparava os ninhozinhos. Antonio sempre cuidara de tudo, mas já não mostrava o menor interesse em fazê-lo, tampouco em que eu o fizesse.

Estávamos casados havia dois anos! Nem um filho! Em compensação, quantos filhotes os canários tinham tido!

Um perfume de almíscar e verbena encheu o quarto. Os canários tinham cheiro de galinha, Antonio, de tabaco e de suor, mas Ruperto, ultimamente, só cheirava a álcool. Contavam-me que ele andava se embebedando. E o quarto, como estava sujo! Alpiste, migalhinhas de pão, folhas de alface, bitucas e cinza se espalhavam pelo chão.

Desde a infância Antonio se dedicara, nos momentos de folga, a amestrar animais: primeiro fez uso de sua arte, pois era um verdadeiro artista, com um cão, com um cavalo, depois com um gambá operado, que levou no bolso durante um tempo; depois, quando me conheceu e porque me agradavam, teve a ideia de amestrar canários. Nos meses de noivado, para me conquistar ele os despachava portando papeizinhos com frases de amor ou flores amarradas com uma fitinha para mim. Da casa onde morava até a minha havia quinze longas quadras: os mensageiros alados iam de uma casa a outra sem hesitar. Por incrível que pareça, chegaram a pôr flores em meus cabelos e um papelzinho dentro do bolso da minha blusa.

Introduzir flores nos meus cabelos e papeizinhos no meu bolso não era mais difícil do que aquelas bobagens que os canários estavam fazendo com as benditas flechas?

No povoado, Antonio chegou a gozar de grande prestígio. "Se hipnotizasse as mulheres como os pássaros, ninguém resistiria

a seus encantos", comentavam as tias, na esperança de que o sobrinho se casasse com alguma milionária. Como eu disse antes,
Antonio não se interessava por dinheiro. Desde os quinze anos trabalhava como mecânico, tinha tudo o que queria, e foi o que me
ofereceu com o casamento. Não nos faltava nada para ser felizes.
Eu não conseguia entender por que Antonio não buscava um pretexto para afastar Ruperto. Qualquer motivo teria servido, uma
desavença qualquer por questões de trabalho ou de política que, sem
chegar a uma luta corpo a corpo ou com armas, proibisse a entrada
desse amigo em nossa casa. Antonio não deixava transparecer nenhum sentimento, a não ser essa mudança de temperamento, que
eu soube interpretar. Contrariando minha modéstia, percebi que
o ciúme que eu podia inspirar estava enlouquecendo um homem
que eu sempre vira como um exemplo de normalidade.

Antonio assoviou, tirou a camiseta. Seu torso nu parecia de
bronze. Estremeci ao vê-lo. Lembro que antes de me casar fiquei corada diante de uma estátua muito parecida com ele. Por
acaso nunca o vira nu? Por que me admirava tanto?!

Mas o temperamento de Antonio sofreu outra mudança que em
parte me tranquilizou: de inerte, ele passou a ser extremamente
ativo; de melancólico, tornou-se aparentemente alegre. Sua vida se
encheu de misteriosas ocupações, de um ir e vir que indicava um
interesse extremo pela vida. Depois do jantar, não tínhamos nem
ao menos um momento de distração para ouvir rádio, ou para ler os
jornais, ou para não fazer nada, ou para conversar um pouco sobre
os acontecimentos do dia. Os domingos e feriados tampouco eram
um pretexto para nos dar uma folga: eu, que sou como um espelho de Antonio, contagiada por sua inquietação, ia e vinha pela casa,
arrumando armários já arrumados ou lavando fronhas impecáveis,
por uma misteriosa necessidade de contemporizar com as ocupações
enigmáticas de meu marido. Redobrados cuidados de amor e solici-
tude para com os pássaros ocuparam parte de seus dias. Ajeitou novas
dependências no viveiro; a arvorezinha seca, que ficava no centro, foi
substituída por outra, maior e mais bonita, que o enfeitava.

Largando as flechas, dois canários começaram a brigar:
peninhas voaram pelo quarto, o rosto de Antonio escureceu de

raiva. Seria capaz de matá-los? Cleóbula me disse que ele era cruel. "Tem cara de quem leva uma faca na cinta", esclarecera. *Antonio não me deixava mais limpar o viveiro. Naqueles dias, passou a ocupar um quarto que servia de depósito nos fundos da casa e abandonou nosso leito nupcial. Numa cama turca, onde meu irmão costumava fazer a sesta quando vinha nos visitar, Antonio passava as noites sem dormir, imagino, pois até o amanhecer eu ouvia seus passos incansáveis sobre os ladrilhos. Às vezes ele se trancava durante horas nesse quarto maldito.*

Um por um os canários deixaram cair dos bicos as pequenas flechas, pousaram no espaldar de uma cadeira e entoaram um canto suave. Antonio se levantou e, olhando para Maria Callas, a quem sempre chamara de "rainha da desobediência", disse uma palavra incompreensível para mim. Os canários começaram a esvoaçar novamente.

Através dos vidros pintados da janela eu tentava espiar seus movimentos. Machuquei a mão intencionalmente, com uma faca: desse modo, atrevi-me a bater a sua porta. Quando ele a abriu, um bando de canários saiu voando e voltou para o viveiro. Antonio fez um curativo em meu machucado, mas, como se soubesse que era um pretexto para chamar sua atenção, tratou-me com secura e desconfiança. Naqueles dias, fez uma viagem de duas semanas num caminhão, não sei para onde, e voltou com uma sacola cheia de plantas.

Olhei de viés minha saia manchada. Os pássaros são tão minúsculos e tão sujos. Quando foi que me sujaram? Observei-os com ódio: gosto de estar limpa mesmo na penumbra de um quarto.

Ruperto, ignorando o desconforto que suas visitas causavam, vinha com a mesma frequência e os mesmos hábitos. Às vezes, quando eu saía do pátio para evitar seus olhares, meu marido inventava alguma desculpa e me fazia voltar. Pensei que, de alguma forma, ele gostava daquilo que tanto desgosto lhe causava. Os olhares de Ruperto agora me pareciam obscenos: desnudavam-me sob a sombra do parreiral, ordenavam-me atos inconfessáveis quando, à tardinha, uma brisa fresca me afagava o rosto. Antonio, por sua vez, nunca me olhava ou fingia não me olhar, afirmava Cleóbula. Não tê-lo conhecido, não ter me casado com ele nem conhecido suas carícias, para poder encontrá-lo, descobri-lo e me entregar a ele novamente, foi, por um tempo, um de meus desejos mais ardentes. *Mas quem consegue ter de volta o que perdeu?* Levantei-me, minhas pernas doíam. Não gosto de ficar parada tanto tempo. Que inveja sinto dos pássaros que voam! Mas dos canários tenho dó. Parecem sofrer quando obedecem.

Ao invés de tentar impedir as visitas de Ruperto, Antonio as encorajava. No carnaval, chegou ao cúmulo de convidá-lo para dormir em nossa casa numa noite em que ele ficou até muito tarde. Tivemos de acomodá-lo no quarto que Antonio ocupava provisoriamente. Naquela noite, como se fosse a coisa mais natural do mundo, voltamos a dormir juntos, meu marido e eu, na cama de casal. Daí em diante, minha vida retomou sua antiga normalidade: pelo menos foi o que pensei. Avistei num canto, sob o criado-mudo, o famoso boneco. Pensei que pudesse pegá-lo. Ao me inclinar para ele, Antonio disse:

— Não encoste.

Lembrei-me daquele dia em que, ao arrumar os quartos, na semana de carnaval, descobri, para o meu azar, jogado sobre o armário de Antonio, aquele boneco feito de estopa, com os olhos grandes e azuis, de um material macio como tecido, com dois círculos escuros no centro imitando as pupilas. Vestido de gaúcho, teria enfeitado nosso quarto. Rindo, mostrei-o a Antonio, que o tirou de minhas mãos, irritado.

— É uma lembrança de infância — disse. — Não gosto que pegue nas minhas coisas.

— Que mal há em pegar um boneco com o qual você brincava na infância? Conheço meninos que brincam com bonecos, por acaso você tem vergonha disso? Já não é um homem? — disse eu.

— Não tenho que dar nenhuma explicação. É melhor você ficar quieta.

Antonio, mal-humorado, pôs o boneco de novo em cima do armário e não falou mais comigo durante vários dias. Mas voltamos a nos abraçar como em nossos melhores tempos.

Passei a mão pela testa úmida. Meus cachos estariam desfeitos? Por sorte não havia nenhum espelho no quarto, pois eu não teria resistido à tentação de me olhar em vez de ficar olhando para os canários, que eu achava uns bobos.

Antonio se trancava com frequência no quarto dos fundos e percebi que deixava a porta do viveiro aberta para que um dos passarinhos entrasse pela janela. Levada pela curiosidade, uma tarde fui espiá-lo, de pé numa cadeira, pois a janela era muito alta (o que, naturalmente, não me permitia olhar para dentro do quarto quando eu passava pelo pátio).

Olhava o torso nu de Antonio. Era meu marido ou uma estátua? Acusava Ruperto de louco, mas talvez o mais louco fosse ele. Quanto dinheiro tinha gastado comprando canários, em vez de me comprar uma máquina de lavar!

Um dia entrevi o boneco deitado na cama. Um enxame de passarinhos o rodeava. O quarto tinha virado uma espécie de laboratório. Numa vasilha de barro havia um monte de folhas, talos, cascas escuras; na outra, flechinhas feitas de espinhos; numa outra, ainda, um líquido castanho, brilhante. Tive a impressão de já ter visto esses objetos em sonhos e, para me refazer da surpresa, contei a cena a Cleóbula, que me respondeu:

— Os índios são assim: usam flechas com curare.

Não perguntei o que era curare. Nem sabia se ela me falava aquilo com desprezo ou admiração.

— São dados a feitiçarias. Seu marido é um índio. — E, ao ver meu espanto, perguntou: — Você não sabia?

Sacudi a cabeça, incomodada. Meu marido era meu marido.

Não tinha pensado que pudesse pertencer a outra raça ou a outro mundo que não o meu.

— Como sabe disso? — perguntei com veemência.

— Não viu os olhos dele, seus pômulos salientes? Não percebe como ele é astuto? O Mandarim, a própria Maria Callas, são mais sinceros do que ele. Esse jeito retraído, essa maneira de não responder quando lhe perguntam alguma coisa, esse modo que ele tem de tratar as mulheres, não bastam para lhe demonstrar que ele é um índio? Minha mãe sabe de tudo. Ele foi tirado de um acampa-

mento quando tinha cinco anos. *Talvez você tenha gostado disto nele: desse mistério que o torna diferente dos outros homens.* Antonio transpirava e o suor fazia seu torso brilhar. Tão bonito e perdendo tempo! Se eu tivesse me casado com Juan Leston, o advogado, ou com Roberto Cuentas, o contador, não teria sofrido tanto, com certeza. Mas que mulher sensível se casa por interesse? Dizem que há homens que amestram pulgas, de que adianta?

Perdi a confiança em Cleóbula. Na certa falava que meu marido era um índio para me provocar ou para me fazer perder a confiança nele: mas, ao folhear um livro de história onde havia fotos de acampamentos indígenas e índios a cavalo, com boleadeiras, encontrei uma semelhança entre Antonio e aqueles homens nus, com penas. Percebi, ao mesmo tempo, que o que me atraíra em Antonio talvez fosse a diferença que havia entre ele e meus irmãos e os amigos de meus irmãos, a cor bronzeada da pele, os olhos rasgados e aquele ar astuto que Cleóbula mencionava com um prazer perverso.

— E a demonstração? — perguntei.

Antonio não respondeu. Olhava fixo para os canários, que esvoaçavam novamente. Mandarim se afastou de seus companheiros e ficou sozinho na penumbra, modulando um canto parecido com o das calandras.

Minha solidão foi crescendo. Não falava a ninguém de minha inquietação.

Na Semana Santa, pela segunda vez Antonio insistiu para que Ruperto se hospedasse em nossa casa. Chovia, como costuma chover na Semana Santa: fomos com Cleóbula à igreja fazer a via-crúcis.

— Como está o índio? — perguntou-me Cleóbula, com insolência.

— Quem?

— O índio, seu marido — respondeu ela. — No povoado todo mundo o chama assim.

— Gosto dos índios; mesmo que meu marido não fosse um, eu continuaria gostando deles — respondi, tentando continuar minhas orações.

Antonio estava em atitude de oração. Será que já rezara alguma vez? No dia de nosso casamento minha mãe lhe pediu que comungasse; Antonio não lhe fez o gosto.

Enquanto isso, a amizade de Antonio com Ruperto se estreitava. Uma espécie de camaradagem, da qual eu estava de certo modo excluída, unia-os de uma forma que me pareceu verdadeira. Naqueles dias, Antonio exibiu seus poderes. Para se distrair, mandou mensagens para Ruperto, até a casa dele, pelos canários. Diziam que jogavam truco por meio deles, pois certa vez trocaram algumas cartas do baralho napolitano. Caçoavam de mim? Aborreceu-me o jogo desses dois homens grandes e resolvi não levá-los a sério. Tive que admitir que a amizade é mais importante do que o amor? Nada havia separado Antonio e Ruperto; por outro lado Antonio, de certo modo injustamente, afastara-se de mim. Sofri em meu orgulho de mulher. Ruperto continuou me olhando. Todo aquele drama fora apenas uma farsa? Sentia falta do drama conjugal, esse martírio a que me levaram os ciúmes de um marido enlouquecido por dias e dias a fio?

Apesar dos pesares, continuamos nos amando.

Antonio podia ganhar dinheiro num circo com suas demonstrações, por que não? Maria Callas inclinou a cabecinha para um lado, depois para o outro, e pousou no espaldar de uma cadeira.

Certa manhã, como se me anunciasse o incêndio da casa, Antonio entrou em meu quarto e disse:

— Ruperto está morrendo. Mandaram me chamar. Estou indo vê-lo.

Esperei Antonio até o meio-dia, distraída com os afazeres domésticos. Ele voltou quando eu estava lavando a cabeça.

— Vamos — disse-me —, Ruperto está no pátio. Eu o salvei.

— Como? Foi uma brincadeira?

— Não. Eu o salvei, com respiração artificial.

Apressadamente, sem entender nada, ajeitei o cabelo, me vesti e fui para o pátio. Ruperto, imóvel, de pé junto à porta, olhava, já sem ver, os ladrilhos do pátio. Antonio trouxe uma cadeira para que ele sentasse.

Antonio não olhava para mim, olhava para o teto como se estivesse prendendo o fôlego. De repente, Mandarim voou até

Antonio e lhe cravou uma das flechas no braço. Aplaudi: pensei que fazia isso para alegrar Antonio. Mas era uma demonstração absurda. Por que não usava seu engenho para curar Ruperto? *Naquele dia fatal, Ruperto, ao sentar-se, cobriu o rosto com as mãos. Como havia mudado! Olhei sua face inanimada, fria, suas mãos escuras. Quando me deixariam sozinha? Precisava enrolar o cabelo ainda molhado. Perguntei a Ruperto, disfarçando meu aborrecimento:*

— Que foi que aconteceu?

Um longo silêncio que realçava o canto dos pássaros estremeceu ao sol. Ruperto finalmente respondeu:

— Sonhei que os canários estavam bicando meus braços, meu pescoço, meu peito; que não conseguia fechar as pálpebras para proteger os olhos. Sonhei que meus braços e minhas pernas pesavam como sacos de areia. Minhas mãos não conseguiam espantar aqueles bicos monstruosos que bicavam minhas pupilas. Dormia sem dormir, como se tivesse ingerido um narcótico. Quando acordei desse sonho, que não era sonho, só vi a escuridão: mas ouvi o canto dos pássaros e os ruídos habituais da manhã. Com grande esforço chamei minha irmã, que me acudiu. Com uma voz que não era a minha, disse-lhe: "Você precisa chamar Antonio para que ele me salve". "Do quê?", perguntou minha irmã. Não consegui articular mais nenhuma palavra. Minha irmã saiu correndo e, acompanhada de Antonio, voltou meia hora depois. Meia hora que me pareceu um século! Lentamente, à medida que Antonio movia meus braços, recuperei as forças, mas não a visão.

— Vou confessar uma coisa para vocês — murmurou Antonio, acrescentando lentamente —, mas sem palavras.

Favorita seguiu Mandarim e cravou uma flechinha no pescoço de Antonio, Maria Callas por um momento sobrevoou sobre seu peito, onde lhe cravou outra flechinha. Os olhos de Antonio, fixos no teto, mudaram, diríamos, de cor. Antonio era um índio? Um índio tem olhos azuis? De algum modo seus olhos se pareceram com os de Ruperto.

— Que significa tudo isso? — sussurrei.

— O que está fazendo? — disse Ruperto, que não entendia nada.

Antonio não respondeu. Imóvel como uma estátua recebia as flechas de aspecto inofensivo que os canários lhe cravavam. Aproximei-me da cama e o sacudi.

— Responda — disse-lhe. — Responda. Que significa tudo isso? Ele não respondeu. Chorando, abracei-o, jogando-me sobre seu corpo; esquecendo todo pudor, beijei-o na boca, como só uma estrela de cinema faria. Um enxame de canários esvoaçou sobre minha cabeça.

Naquela manhã Antonio olhava para Ruperto com horror. Agora eu compreendia que Antonio era duplamente culpado: para que ninguém descobrisse seu crime, dissera para mim e depois dissera para todo mundo:

— Ruperto ficou louco. Pensa que está cego, mas vê como qualquer um de nós.

Como a luz se afastara dos olhos de Ruperto, o amor se afastou de nossa casa. É como se aqueles olhares fossem indispensáveis para o nosso amor. Faltava animação às reuniões no pátio. Antonio caiu numa tristeza tenebrosa. Explicava-me:

— Pior que a morte é a loucura de um amigo. Ruperto vê, mas pensa que está cego.

Pensei com despeito, talvez com ciúme, que na vida de um homem a amizade é mais importante que o amor.

Quando parei de beijar Antonio e afastei meu rosto do dele, percebi que os canários estavam prestes a bicar seus olhos. Cobri seu rosto com o meu e com minha cabeleira, que é espessa como um manto. Mandei Ruperto fechar a porta e as janelas para que o quarto ficasse em completa escuridão, esperando que os canários dormissem. Minhas pernas doíam. Quanto tempo fiquei naquela posição? Não sei. Aos poucos fui entendendo a confissão de Antonio. Foi uma confissão que me uniu a ele com o frenesi do infortúnio. Compreendi a dor que ele havia suportado para sacrificar e dispor-se a sacrificar tão engenhosamente, com aquela dose infinitesimal de curare e com aqueles monstros alados que obedeciam a suas caprichosas ordens como enfermeiros, os olhos de Ruperto, seu amigo, e os dele, para que nunca mais, coitadinhos, pudessem me olhar.

O'NEILL, EUGENE GLADSTONE

Eugene Gladstone O'Neill, dramaturgo norte-americano, nascido em Nova York em 1888; falecido em Boston em 1953. Na Argentina, na América Central, no mar, levou uma vida intrépida e aventureira. Em 1936, ganhou o prêmio Nobel de literatura. Escreveu diversas peças teatrais, entre elas *Além do horizonte* (1918), *O imperador Jones* (1920), *Anna Christie* (1922), *The Great God Brown* (1925), *Estranho interlúdio* (1926-7).

Onde a cruz está marcada
The Moon for the Caribees, 1923

CAPITÃO ISAÍAS BARTLETT
DANIEL BARTLETT
SUSANA BARTLETT, sua filha
DR. HIGGINS
SILAS HORNE, piloto
CATES, contramestre da goleta *Mary Allen*
JIMMY KANAKA, arpoador

(Os três últimos não falam.)

Ato único
O cenário mostra a cabine do capitão Bartlett: um quarto edificado como um mirante no alto de sua casa, situada numa elevação da costa da Califórnia. O interior do quarto está arrumado como uma cabine de capitão. À esquerda, um olho de boi. No fundo, à esquerda, um aparador com um candeeiro. No fundo, no centro,

uma porta que dá para as escadas que levam à parte baixa da casa. À direita da porta, contra a parede, uma cama de marinheiro, com um cobertor. Na parede da direita, cinco olhos de boi. Exatamente abaixo, um banco de madeira. Diante do banco uma mesa comprida, com duas cadeiras de encosto reto, uma na frente e a outra à esquerda. No chão, um tapete comum de cor escura. Na metade do teto, uma claraboia que se estende da parte dianteira do teto até a ponta esquerda da mesa. Da extremidade direita da claraboia pende uma bússola de câmara. A luz da bitácula projeta no piso a vaga sombra redonda da bússola de câmara.

A cena se desenrola nas primeiras horas de uma noite clara e de vento do outono de 1900. A luz da lua movida pelo vento, que geme contra os ângulos toscos da velha casa, arrasta-se fatigosamente pelos olhos de boi e repousa como pó cansado em manchas circulares sobre o chão e a mesa. Uma insistente monotonia de ondas que reboam, amortecida e distante, sobe da praia.

Depois que a cortina se levanta, a porta do fundo se abre lentamente e os ombros e a cabeça de Daniel Bartlett aparecem sobre o umbral. Ele dá uma olhada e, vendo que não há ninguém, sobe os degraus que faltam e entra. Faz um sinal para alguém que está na escuridão, lá embaixo: "Suba, suba, doutor", diz. O dr. Higgins o segue e, fechando a porta, olha com grande curiosidade ao redor. É um homem esguio, de estatura mediana, com um ar profissional, de cerca de trinta e cinco anos. Daniel Bartlett é bem alto, ossudo e desajeitado. Amputaram seu braço direito até o ombro e a manga desse lado pende frouxamente ou adere ao corpo quando ele se move. Aparenta ter mais que os seus trinta anos. Seus ombros parecem oprimidos pela cabeça maciça, com cabelos negros e embaraçados. O rosto é largo, ossudo e azeitonado; tem olhos negros muito fundos, nariz aquilino, boca de lábios finos, grande, sombreada por um bigode descuidado e cerdoso. A voz é baixa e profunda, de tom penetrante, oco, metálico. Usa um paletó grosso e calças de couro enfiadas em botas altas, fechadas por cordões.

DANIEL Está vendo bem, doutor?

318

HIGGINS (*num tom indiferente demais que delata um desconforto interior*) Sim... Perfeitamente... Não se incomode. A lua brilha tanto...

DANIEL Felizmente. (*caminhando devagar até a mesa*) Ele já não quer luz... ultimamente... Só a que vem da claraboia.

HIGGINS Ahn? Ah... Você quer dizer seu pai?

DANIEL Quem mais seria?

HIGGINS (*um pouco espantado, olhando ao redor com estranheza*) Imagino que tudo isto é para parecer a cabine de um barco...

DANIEL Sim, como eu o preveni.

HIGGINS (*surpreso*) Me preveniu? Mas para que me prevenir? Acho muito natural... muito interessante esse capricho.

DANIEL (*expressivamente*) Interessante, pode ser.

HIGGINS E ele mora aqui em cima, você disse?... Nunca desce?

DANIEL Nunca... de três anos para cá. Minha irmã leva a comida para ele lá em cima. (*senta numa cadeira, à esquerda da mesa*) Há um candeeiro naquele aparador, doutor. Pegue-o e sente--se. Vamos acender a luz. Desculpe-me por tê-lo trazido a este cômodo no teto... Mas aqui ninguém nos ouve; e vendo com seus próprios olhos a vida de louco que ele leva... O que eu quero é deixá-lo ciente de todos os fatos... Isso mesmo, fatos!... E para isso precisamos de luz. Sem luz, até os fatos... aqui em cima... se tornam sonhos... Sonhos, doutor.

HIGGINS (*com um sorriso de alívio, traz o candeeiro*) É verdade, este cômodo é meio fantástico...

DANIEL (*ignorando essa observação*) Ele nem vai notar a luz. Está com os olhos ocupados demais... olhando lá para fora. (*estende o braço esquerdo num gesto amplo, para o mar*) E se notar... Bem, então que desça. Mais cedo ou mais tarde você terá de vê-lo mesmo. (*pega um fósforo e acende o candeeiro*)

HIGGINS Onde está... ele?

DANIEL (*apontando para cima*) Lá em cima, no convés. Sente-se, homem! Ele não virá... por enquanto.

HIGGINS (*sentando na borda da cadeira, diante da mesa*) Ele também arrumou o teto como se fosse um barco?

DANIEL Já lhe disse. Igual a um convés. O timão, a bússola, a luz de bitácula, a escadinha... Ali (*aponta para ela*), uma ponte para caminhar de cima a baixo e servir de vigia. Se o vento não estivesse soprando tão forte, você poderia ouvi-lo agora... De cima a baixo... toda santa noite. (*com brusca aspereza*) Eu não disse que ele estava louco?

HIGGINS (*com tom profissional*) Não me surpreende. Ouvi todos dizendo a mesma coisa desde que estou no hospício. Você diz que ele só caminha de noite... lá em cima?

DANIEL Sim, só de noite. (*rispidamente*) As coisas que ele quer ver não podem ser vistas à luz do dia... Sonhos e coisas assim...

HIGGINS Mas o que ele quer ver? Alguém sabe? Ele fala sobre isso?

DANIEL (*impaciente*) Todo mundo sabe o que o velho está esperando! Está esperando o barco.

HIGGINS Que barco?

DANIEL O barco dele... O *Mary Allen*... O nome de minha falecida mãe.

HIGGINS Mas... Não entendo... O barco não chega nunca... O que houve?

DANIEL Perdeu-se num temporal, diante das ilhas Célebes, com toda a tripulação... Três anos atrás.

HIGGINS (*maravilhado*) Ah! (*depois de uma pausa*) Mas, apesar de tudo, seu pai mantém a esperança...

DANIEL Não há esperança nem nada a manter. O barco foi visto com a quilha no ar, despedaçado pela baleeira *John Slocum*. Isso foi duas semanas depois da tempestade. Mandaram um bote para conferir o nome...

HIGGINS E seu pai nunca soube...?

DANIEL Foi o primeiro a saber, naturalmente. Sabe disso muito bem, se é isso que me pergunta. (*inclina-se para o doutor, de maneira intensa*) Ele sabe, doutor, ele sabe... Mas não quer acreditar. Não consegue acreditar... e seguir vivendo.

HIGGINS (*impaciente*) Vamos ao que interessa, Bartlett. Você não me trouxe aqui para complicar as coisas ainda mais, não é mesmo? Vamos aos fatos de que me falou. Vou precisar deles

320

para prescrever um tratamento adequado quando ele estiver no hospício.

DANIEL (*baixa ansiosamente a voz*) E ele será levado esta noite... com toda a certeza?

HIGGINS Depois que eu sair estarei de volta com o carro em vinte minutos. Pode ter certeza.

DANIEL E você conhece bem o caminho até aqui em cima?

HIGGINS Claro que sim... Mas não entendo por quê...

DANIEL Vamos deixar a porta da rua aberta para você. Não espere para subir. Minha irmã e eu estaremos aqui... com ele. Você entende... Nenhum dos dois sabe nada sobre isso. As autoridades receberam queixas... Não de nós, lembre-se... mas de alguém. Ele não pode desconfiar...

HIGGINS Sim, sim... Mas ainda não... Será que ele vai resistir?

DANIEL Não, não. Está sempre calmo... Calmo demais, mas de repente pode fazer alguma coisa...

HIGGINS Conte comigo. Ele não vai desconfiar; no entanto, vou trazer dois enfermeiros para o caso de... (*interrompe-se e prossegue, num tom plano*) E agora... se me fizer o favor. Vamos aos fatos, Bartlett.

DANIEL (*movendo a cabeça sombriamente*) Há casos em que os fatos... Bem, vamos aos fatos. Meu pai era capitão de uma baleeira, como meu avô. A última viagem que fez foi há sete anos. Pretendia ficar fora por dois anos. Quatro se passaram antes que o víssemos outra vez. Seu barco naufragou no oceano Índico. Ele e outros seis conseguiram alcançar terra, uma ilhota da borda do arquipélago: uma ilha pelada como o diabo, doutor. Depois de sete dias remando num bote aberto. Nunca se soube nada do resto da tripulação... Decerto foram comidos pelos tubarões. Dos seis que aportaram na ilha com meu pai, só três estavam vivos quando umas canoas malaias os recolheram, loucos de sede e de fome. Esses quatro homens chegaram, finalmente, a San Francisco. (*com muita ênfase*) Eram eles: meu pai; Silas Horne, o piloto; Cates, o contramestre; e Jimmy Kanaka, um arpoador havaiano. Esses quatro! (*com uma risada forçada*)

Aí estão os fatos. Todos os jornais da época registraram a história de meu pai.

HIGGINS Mas o que aconteceu com os outros três que estavam na ilha?

DANIEL Mortos de inanição, talvez. Enlouqueceram e se jogaram no mar, talvez. Essa é a história que contaram. Teve outra, que circulou à boca pequena: mortos e comidos, talvez. Mas perdidos... desaparecidos... Isso sem dúvida. É isso. Além disso... quem sabe? E que importa?

HIGGINS (*com um estremecimento*) Acho que importa... e muito.

DANIEL (*ferozmente*) Estamos diante dos fatos! (*com uma gargalhada*) E eis mais alguns. Meu pai trouxe os três para esta casa: Horne, Cates e Jimmy Kanaka. Quase não reconhecemos meu pai. Estivera no inferno... e dava para notar. Seu cabelo estava branco. Mas você mesmo verá... logo mais. E os outros... estavam meio estranhos, também... Loucos, se preferir (*com outra gargalhada*). Até aqui chegam os fatos. Aqui eles terminam... e os sonhos começam.

HIGGINS (*hesitante*) Daria para pensar que... bem, basta de fatos.

DANIEL Espere. (*prossegue deliberadamente*) Um dia, meu pai mandou me buscar e me contou o sonho diante dos outros. Eu seria o herdeiro de seu segredo. No segundo dia na ilha, disse-me, descobriram numa enseada o casco perdido de um parau malaio... Um parau de guerra como os que os piratas usavam. Estava apodrecendo lá... Só Deus sabe desde quando. A tripulação se perdera... Só Deus sabe onde, porque na ilha não havia o menor sinal de gente. Os havaianos se jogaram do convés... Você sabe que eles são uns verdadeiros demônios para nadar debaixo d'água... E encontraram... em dois baús (*inclina-se para trás na cadeira e sorri ironicamente*): adivinhe, doutor!

HIGGINS (*responde-lhe com outro sorriso*) Um tesouro, naturalmente.

DANIEL (*inclinando-se para a frente e apontando o indicador acusadoramente para seu interlocutor*) Veja só! O princípio da credulidade também se encontra em você! (*joga-se para trás com uma risada sufocada*) Claro que sim. Um tesouro, naturalmente. Que mais seria? Levaram-no para a terra e... também pode adivinhar o resto... Diamantes, esmeraldas, joias de ouro... inumeráveis, naturalmente. Para que limitar o caudal dos sonhos? (*ri ironicamente, como se risse de si mesmo*)

HIGGINS (*profundamente interessado*) E depois?

DANIEL Começaram a enlouquecer... Fome, sede e tudo o mais... e começaram a se esquecer. Ah, se esqueceram de um monte de coisas... E talvez tenha sido bom. Mas meu pai compreendeu o que estava acontecendo com eles e lhes ordenou que, enquanto ainda sabiam o que estavam fazendo... Adivinhe outra vez, doutor. (*ri ironicamente*)

HIGGINS Enterrassem o tesouro?

DANIEL (*ironicamente*) Fácil, não é mesmo? E fizeram um mapa... o eterno sonho, veja você... com um pedaço de pau tisnado, e meu pai o guardou. Foram recolhidos, completamente loucos, como eu já disse, por uns malaios. (*abandona o tom de zombaria e adota outra vez um tom calmo e deliberado*) Mas o mapa não é um sonho, doutor. Estamos voltando aos fatos. (*enfia a mão no bolso e pega um papel mal dobrado*) Aqui está. (*desdobra-o sobre a mesa*)

HIGGINS (*esticando o pescoço com avidez*) Diabos! Isso é interessante. Imagino que o tesouro esteja...

DANIEL Onde a cruz está marcada.

HIGGINS Estas são as assinaturas, não? E essa marca?

DANIEL É do Jimmy Kanaka. Não sabia escrever.

HIGGINS E ali embaixo? Aquela é a sua, não é?

DANIEL Como herdeiro do segredo. Todos assinamos na manhã em que a goleta *Mary Allen* zarpou em busca do tesouro. Meu pai hipotecou a casa para fretá-la. (*ri*)

HIGGINS O barco que ele ainda está esperando...? O que se perdeu há três anos?

DANIEL O *Mary Allen*, sim. Os outros três homens partiram nele. Somente meu pai e o piloto sabiam, mais ou menos, a posição da ilha, e eu... como herdeiro. Está (*hesita e franze o sobrolho*)... não importa. Guardarei esse segredo absurdo.

Meu pai queria ir com eles... Mas minha mãe estava morrendo. Eu também não me animei a deixá-la.

HIGGINS Então você também queria ir? Acreditava no tesouro?

DANIEL Claro. (*ri*) Fazer o quê? Eu acreditei, até a morte de mamãe. Então "ele" enlouqueceu, ficou completamente louco. Daí construiu esta cabine... para esperar... E com o tempo foi percebendo que eu duvidava cada vez mais. Então, como prova definitiva, ele me deu uma coisa que havia guardado às escondidas de todos... Uma amostra do melhor do tesouro. (*ri*) Olhe! (*tira do bolso um pesado bracelete com pedras incrustadas e o joga sobre a mesa, junto do candeeiro*)

HIGGINS (*pegando-o com ávida curiosidade, como que esquecido de si mesmo*) Legítimas?

DANIEL (*ri*) Você também gostaria de acreditar. Não... Vidro e lata... bugigangas malaias...

HIGGINS Mandou examiná-las?

DANIEL Sim, como um bobo. (*guarda o bracelete no bolso e sacode a cabeça como se estivesse se aliviando de um peso*) Agora já sabe por que ele está louco... Esperando esse barco... E por que, por fim, tive de lhe pedir que o leve para onde ele ficará bem. A hipoteca... o preço desse barco... venceu. Minha irmã e eu vamos ter de nos mudar. Não podemos levá-lo conosco. Ela está para se casar. Longe da vista do mar, ele talvez possa...

HIGGINS (*convencionalmente*) Vamos esperar o melhor. Entendo muito bem sua situação. (*levanta-se, sorrindo*) E lhe agradeço pelo interessante relato. Saberei como agir quando ele começar a delirar a respeito do tesouro.

DANIEL (*sombriamente*) Ele está sempre calmo... Calmo demais. Só fica andando, de cima para baixo... vigiando...

HIGGINS Bem, agora preciso ir. Acha que é melhor levá-lo esta noite?

DANIEL (*enfaticamente*) Sim, doutor. Os vizinhos... claro que estão longe... Mas minha irmã... você sabe...

HIGGINS Sei. Deve ser doloroso para ela. Bem... (*vai até a porta, que Daniel lhe abre*) Voltarei logo. (*começa a descer*)

DANIEL (*com urgência*) Não falhe conosco, doutor. E não espere para subir. Ele estará aqui. (*fecha a porta e caminha na ponta dos pés até a escadinha. Sobe alguns degraus e se detém para ver se escuta algum barulho lá de cima. Depois vai até a mesa abaixando a mecha do candeeiro e senta, com o queixo na mão, olhando sombriamente para a frente. A porta dos fundos se abre devagar, Daniel se levanta de um salto e com uma voz densa de medo*) Quem está aí?

A porta se abre completamente e aparece Susana Bartlett. Sobe até o cômodo e fecha a porta atrás de si. É uma mulher alta e esbelta, de vinte e cinco anos, com um rosto pálido, triste, emoldurado por uma massa de cabelo ruivo-escuro. O cabelo é a única nota de cor. Seus lábios cheios são pálidos; o azul dos olhos, cinzento. A voz é baixa e melancólica. Usa um batom escuro e está de sandálias.

SUSANA Sou só eu. Por que está assustado?

DANIEL (*desvia o olhar e cai novamente sobre a cadeira*) Não é nada. Eu não sabia... Pensei que você estivesse em seu quarto.

SUSANA (*aproxima-se da mesa*) Estava lendo. Ouvi alguém descendo as escadas e saindo. Quem era? (*com um brusco terror*) Não era o papai?

DANIEL Não. Ele está lá em cima... vigiando... como sempre.

SUSANA (*senta-se, insistente*) Quem era?

DANIEL (*evasivamente*) Um homem... Um conhecido.

SUSANA Que homem? Quem era? Você está me escondendo alguma coisa. Fale.

DANIEL (*erguendo os olhos, desafiante*) Um médico.

SUSANA (*alarmada*) Ah! (*com súbita intuição*) Você o trouxe aqui em cima... para que eu não ficasse sabendo!

DANIEL (*obstinadamente*) Não. Eu o fiz subir para que visse como estão as coisas, para consultá-lo sobre papai.

SUSANA (*meio assustada com a provável resposta*) É um desses... do asilo? Oh, Daniel! Espero que não tenha...

DANIEL (*interrompendo-a com voz rouca*) Não, não! Pode ficar tranquila.

SUSANA Isso seria... o último horror.

DANIEL (*desafiador*) Por quê? Você vive repetindo isso. O que pode ser mais horrível do que as coisas como estão agora? Acho que seria melhor para ele ficar longe... onde não pudesse ver o mar. Vai esquecer essa ideia absurda de esperar por um barco perdido e um tesouro que nunca existiu. (*como se tentasse se convencer, veemente*) É o que eu penso!

SUSANA (*reprovando-o*) Você não acredita nisso, Daniel. Sabe muito bem que ele vai morrer se lhe faltar o mar.

DANIEL (*com amargura*) E você sabe muito bem que o velho Smith está prestes a executar a hipoteca. Isso não é nada? Não podemos pagar. Ele veio aqui ontem e falou comigo. Ele age como se essa casa já lhe pertencesse. Fala como se fôssemos seus inquilinos, o maldito!, e jurou que a executaria imediatamente, a não ser que...

SUSANA (*ansiosamente*) Quê?

DANIEL (*com voz opaca*) A não ser que levem o papai.

SUSANA (*angustiada*) Ah, mas por quê?, por quê? Qual o interesse dele no papai?

DANIEL O valor da propriedade, de nossa casa, que é dele, do Smith. Os vizinhos têm medo. Passam pelo caminho de noite voltando para o povoado, para suas chácaras. Veem-no lá em cima... caminhando de cima para baixo... agitando os braços contra o céu; têm medo. Falam em dar queixa. Dizem que é preciso interná-lo, para seu próprio bem. Chegam a murmurar que esta casa está assombrada. O velho Smith teme por sua propriedade. Acha que ele é capaz de incendiar a casa...

SUSANA (*desesperadamente*) Mas você disse que isso é bobagem, não? Que papai está calmo, sempre calmo?

DANIEL Não há o que dizer... Pois estão convencidos do contrário... têm medo. (*Susana esconde o rosto entre as mãos. Depois de uma pausa, Daniel sussurra com voz rouca*) Eu mesmo tive medo... às vezes.

SUSANA Oh, Daniel! De quê?

DANIEL (*violentamente*) Dele, e desse mar para o qual ele implora. Desse maldito mar que ele me impôs quando eu era menino... O mar que roubou meu braço, o mar que fez de mim essa coisa troncha que eu sou!

SUSANA (*em tom de súplica*) Não pode culpar o papai... por sua desgraça.

DANIEL Ele me tirou da escola e me meteu no barco dele, não é? O que eu seria além de um marinheiro ignorante como ele se tivesse feito sua vontade? Não. Não é o mar o culpado, esse mar que frustrou seus propósitos, que me levou o braço e depois me jogou na terra... como outro de seus dejetos!

SUSANA (*aos soluços*) Está amargurado, Daniel... e cruel. Já se passou tanto tempo. Por que não tenta esquecer?

DANIEL (*amargamente*) Esquecer! É fácil falar! Quando Tom voltar dessa viagem você vai se casar e estará livre de tudo isso, com a vida toda pela frente, mulher de um capitão, como nossa mãe. Boa sorte.

SUSANA (*suplicante*) E você virá conosco, Daniel... e papai também... e então...

DANIEL Vai incomodar seu jovem marido com um louco e um aleijado? (*violento*) Não, não, eu não! (*vingativamente*) Nem ele! (*passando brusca e deliberadamente a um tom cheio de significação*) Preciso ficar aqui. Três quartos de meu livro estão prontos... do livro que me libertará! Mas eu sei, eu sinto, tão certo quanto o fato de nós dois estarmos aqui, que devo terminá-lo aqui. Acho que o livro não poderia viver fora desta casa onde nasceu. (*olhando-a fixamente*) Ficarei aqui apesar do inferno! (*Susana soluça sem esperança; depois de uma pausa, Daniel continua*) O velho Smith me disse que eu podia morar aqui indefinidamente sem pagar, como zelador... se...

SUSANA (*temerosamente, como um eco*) Se...?

DANIEL (*olhando para ela, com voz dura*) Se eu o mandar para onde não prejudique mais a si mesmo, nem aos outros.

SUSANA (*horrorizada*) Não, não, Daniel! Por nossa mãe morta!

DANIEL (*contestador*) Eu disse que tinha feito isso? Por que está me olhando desse jeito?

SUSANA Daniel, por nossa mãe!

DANIEL (*aterrorizado*) Chega! Chega! Está morta... e em paz.

Entregaria a ele outra vez essa alma cansada, para que bata nela e a machuque?

SUSANA Daniel!...

DANIEL (*agarrando a própria garganta, como se quisesse estrangular algo dentro de si, roucamente*) Susana! Tenha piedade! (*sua irmã o olha com um temeroso pressentimento. Daniel se acalma com esforço e continua, decidido*) Smith disse que me dará dois mil à vista, se eu lhe vender a casa, e que me deixará sem pagar aluguel, como zelador.

SUSANA (*com desprezo*) Dois mil! Como, se além da hipoteca vale...

DANIEL Não é o que vale, mas é o que posso conseguir à vista, para meu livro... para a liberdade!

SUSANA Por isso quer que levem o papai, aquele canalha! Ele deve conhecer o testamento que o papai fez...

DANIEL Ele deixa a casa para mim. Sim, ele sabe, eu lhe contei.

SUSANA (*de modo sombrio*) Ah, como os homens são vis!

DANIEL (*persuasivamente*) Se isso for feito... se isso for feito, eu lhe digo... a metade do dinheiro ficaria para você, para seu dote. É justo.

SUSANA (*horrorizada*) O dinheiro de Judas! Acha que eu poderia tocar nele?

DANIEL (*exortando*) Seria justo. Eu o daria a você.

SUSANA Meu Deus, Daniel! Está tentando me subornar?

DANIEL Não. É o que lhe cabe. (*com um sorriso torto*) Você se esquece de que sou herdeiro do tesouro, também, e posso me dar ao luxo de ser generoso... (*ri*)

SUSANA (*alarmada*) Daniel! Você está estranho. Está doente, Daniel. Não falaria assim se estivesse bem. Ah, temos que nos afastar daqui, você, papai e eu! Que Smith execute a hipoteca. Vai nos sobrar alguma coisa depois; e nos mudaremos para outra casinha... perto do mar, para que o papai...

DANIEL (*violento*) Possa continuar com seu jogo maluco comigo, murmurando sonhos em meus ouvidos, apontando para o mar, caçoando de mim com bugigangas como esta. (*tira o bracelete do bolso. A vista do bracelete o enfurece, e ele o joga num canto, exclamando com voz terrível*) Não, não! Já é tarde demais para sonhar! Tarde demais! Esta noite abandonei os sonhos para trás... para sempre!

SUSANA (*olha para ele e compreende que o que ela temia finalmente aconteceu; deixa a cabeça cair nos braços inquietos, com uma longa queixa*) Então você já fechou questão! Você o vendeu! Daniel, está amaldiçoado!

DANIEL (*fitando o teto, aterrorizado*) Psiu! Que está dizendo? Ele ficará melhor... longe do mar.

SUSANA (*inexpressiva*) Você o vendeu.

DANIEL (*agitado*) Não! Não! (*tira o mapa do bolso*) Me escute, Susana! Por Deus, me escute! Olhe. O mapa da ilha! (*desdobra-o sobre a mesa*) E o tesouro... onde a cruz está marcada. (*engasga-se e suas palavras são incoerentes*) Faz anos que o levo comigo. Isso não é nada? Não sabe o que isso significa. Ele se interpõe entre mim e meu livro. Ele se interpôs entre mim e a vida... e me deixou louco! Ele me ensinou a aguardar e esperar com ele... aguardar e esperar... dia após dia. Fez com que eu duvidasse de meu cérebro e que não acreditasse em meus olhos... Quando a esperança morreu... quando eu soube que tudo não passava de um sonho... não consegui matá-la dentro de mim! (*com os olhos saltados das órbitas*) Que Deus me perdoe, se ainda continuo acreditando! Isso tudo é uma loucura... uma loucura, entende?

SUSANA (*olhando para ele com horror*) E por isso... você o odeia?

DANIEL Não, não o odeio... (*num arroubo brusco*) Sim, eu o odeio! Ele roubou meu cérebro. Preciso me libertar, entende?, dele e de sua loucura.

SUSANA (*aterrorizada, suplicando*) Daniel! Não! Você fala como se...

DANIEL Como se estivesse louco? Tem razão, mas logo não estarei mais. Preste atenção! (*abre o candeeiro e ateia fogo ao mapa. Quando fecha novamente o candeeiro, ele vacila e se apaga. Olha o papel queimar, fascinado, enquanto fala*) Veja como me livro e paro de ser louco. E agora vamos aos fatos, como disse o doutor. O que eu lhe disse dele era mentira. Era um médico do hospício. Veja como queima! É preciso destruir direito... essa venenosa loucura! Sim, eu menti para você... veja... acabou... a última chispa... e o outro igual que havia é o que Silas Horne levou consigo para o fundo do mar. (*deixa que a cinza caia no chão e a esmaga com o pé*) Acabou! Estou livre... finalmente! (*tem o rosto muito pálido, mas continua calmo*) Sim, eu o vendi, se prefere assim... para salvar minha alma. Agora estão vindo do hospício para levá-lo.

Há um grito forte, sufocado, lá em cima: "Barco à vista!", e um barulho de passos. Entreabre-se o alçapão de acesso à escadinha. Uma corrente de ar atravessa o quarto. Daniel e Susana se levantam bruscamente e parecem petrificados. O capitão Bartlett desce pesadamente as escadas.

DANIEL (*com um estremecimento*) Meu Deus! Será que ele ouviu?

SUSANA (*leva um dedo aos lábios*) Psiiu!...

(*Entra o Capitão Bartlett. É muito parecido com o filho, mas seu rosto é mais severo e mais belo, a figura mais robusta, ereto e musculoso. Tem uma cabeleira branca, um bigode cerdoso, branco, contrastando com a cor de couro curtido da cara enrugada. Povoadas sobrancelhas cinzentas sombreiam a expressão obcecada dos ferozes olhos escuros. Usa um pesado paletó azul transpassado, calças do mesmo tecido e botas de borracha até os joelhos.*)

BARTLETT (*num estado de louco entusiasmo, avança para o filho e aponta para ele um dedo acusador. Daniel recua um passo*) Pensando que estou louco, não é? Louco há três anos, não é? Desde que aqueles imbecis do *Slocum* espalharam a mentira do naufrágio do *Mary Allen*.

DANIEL (*sufocando, gaguejando*) Não, pai, eu...

BARTLETT Não minta! Você, que eu fiz meu herdeiro, tentando me pôr de lado. Tentando me empurrar para trás das grades da prisão para loucos!

SUSANA Papai, não!

BARTLETT (*ordenando que se calem, com um gesto amplo*) Você não, mocinha, você é como sua mãe...

DANIEL Papai, pode acreditar que eu?...

BARTLETT (*triunfalmente*) Vejo em seus olhos que está mentindo! Tenho prestado atenção neles! Maldito seja!

SUSANA Papai, não!

BARTLETT Me deixe agir, mocinha. Ele acreditava, não é mesmo? E não é um traidor... rindo de mim, e dizendo que é tudo mentira, rindo de si mesmo, também, por acreditar naquilo que ele chama de sonhos?

DANIEL (*conciliador*) Está enganado, papai. Eu acredito.

BARTLETT (*triunfante*) Ah! Agora você acredita! Quem não vai acreditar em seus próprios olhos?

DANIEL (*perplexo*) Olhos?

BARTLETT Não o viu, então? Não ouviu quando o avistei?

DANIEL (*confuso*) Ouvi um grito. Mas avistar, o quê...? Ver, o quê?...

BARTLETT (*severo*) Esse é seu castigo, Judas... (*desabafando*) O *Mary Allen*, cego, imbecil, que voltou dos mares do Sul... que voltou como eu jurei que voltaria!

SUSANA (*tentando apaziguá-lo*) Papai, se acalme, não é nada.

BARTLETT (*sem ligar para ela, com os olhos fixos hipnoticamente nos do filho*) Deve fazer meia hora que dobrou o cabo... o *Mary Allen*... carregado de ouro, como eu jurei que estaria... com todas as velas desfraldadas... sem uma avaria, chegando a seu destino, como eu jurei que chegaria... Tarde demais para traidores, rapaz, tarde demais!... Soltando a âncora justo quando o avistei.

DANIEL (*com uma expressão estranha nos olhos, que estão fixos nos do pai*) O *Mary Allen*! Mas, como você sabe?

BARTLETT E não vou reconhecer meu próprio barco? Você é louco!

DANIEL Mas de noite... Alguma outra goleta...

BARTLETT Não é outra, estou dizendo! É a *Mary Allen*... claramente, à luz da lua. E escute isto, lembra-se do sinal que combinamos com Silas Horne, se ele chegasse de noite?

DANIEL (*devagar*) Uma cruz vermelha e verde na ponta do mastro principal.

BARTLETT (*triunfal*) Então vá lá, caso se anime! (*aproxima-se do olho de boi*) Daqui pode ver muito bem. (*ordenando-lhe*) Vai acreditar em seus olhos? Olhe... e depois me chame de louco! (*Daniel espia pelo olho de boi e volta espantado, apalermado*)

DANIEL (*devagar*) Uma luz verde e vermelha no mastro principal. Sim... Claro como o dia.

SUSANA (*com um olhar de preocupação*) Me deixe ver. (*aproxima-se do olho de boi*)

BARTLETT (*para o filho, com feroz satisfação*) Ah! Agora vê com clareza... mas já é tarde demais para você. (*Daniel olha para ele como se estivesse possuído*) E lá de cima eu vi bem Horne, Cates e Jimmy Kanaka. Estavam no convés, à luz da lua, me olhando. Venha!

(*Avança para a escada, seguido por Daniel. Os dois sobem. Susana volta do olho de boi, perplexa e assustada. Move tristemente a cabeça. Lá em cima a voz de Bartlett grita: "Mary Allen, hooo!", seguido como um eco pelo mesmo grito de Daniel. Susana cobre o rosto com as mãos, tremendo. Daniel desce a escada, com os olhos enlouquecidos e vitoriosos.*)

SUSANA (*entrecortadamente*) Está muito mal esta noite, Daniel. Você fez bem em concordar. É o melhor a fazer.

DANIEL (*furioso*) Concordar? Que diabos você quer dizer com isso?

SUSANA (*apontando para o olho de boi*) Não há nada ali, Daniel. Não há nenhum barco ancorado.

DANIEL Está louca... ou cega! O *Mary Allen* está ali, à vista de qualquer um, com os sinais vermelho e verde. Aqueles imbecis mentiram ao dizer que ele tinha naufragado. E eu também fui um imbecil.

SUSANA Mas, Daniel, não há nada ali. (*vai outra vez até o olho de boi*) Nenhum barco. Olhe.

DANIEL Eu vi, estou dizendo! Lá de cima dá para ver bem. (*deixa-a e volta para seu assento, junto à mesa. Susana o segue, suplicando atemorizada*) SUSANA Daniel! Não tem que se deixar... Você está nervoso e tremendo, Daniel. (*põe uma mão tranquilizadora em sua testa*) DANIEL (*afastando-a asperamente*) Cega, imbecil.

Bartlett volta para o quarto. Seu rosto está transfigurado pelo êxtase de um sonho que se realizou.

BARTLETT Estão trazendo um bote... os três... Horne e Cates e Jimmy Kanaka. Estão remando para a margem. Estou ouvindo o ruído dos remos. Escutem! (*uma pausa*) DANIEL (*agitado*) Estou ouvindo! SUSANA (*sentada junto do irmão; num murmúrio cauteloso*) É o vento, é o mar que você está ouvindo, Daniel. Por favor! BARTLETT (*bruscamente*) Escutem! Desembarcaram. Voltaram, como eu jurei que iam voltar. Devem estar subindo agora pela trilha. (*permanece numa atitude de rígida atenção. Daniel se estende para a frente na cadeira. O som do vento e do mar cessa de repente, e há um grave silêncio. Um denso resplendor verde inunda lentamente o quarto, como um líquido de rítmicas marejadas, como de grandes profundezas do mar, em que a luz mal consegue penetrar*) DANIEL (*agarrando a mão da irmã, afobado*) Veja como a luz muda! Verde e ouro! (*estremece*) Bem no fundo do mar! Faz anos que estou afogado! Salve-me! Salve-me! SUSANA (*dando palmadinhas em sua mão, para acalmá-lo*) Não é nada além da luz da lua, Daniel. Não mudou nada. Acalme-se, meu irmão, não é nada.

A luz verde se intensifica, cada vez mais.

BARTLETT (*com um cantarolar monótono*) Movem-se lentamente... lentamente. São pesadíssimos... os dois baús. Escutem! Estão lá embaixo, na porta, vocês ouvem?

DANIEL (*levantando-se bruscamente*) Estou ouvindo! Deixei a porta aberta.

BARTLETT Para eles?

DANIEL Para eles.

SUSANA (*estremecendo*) Pssiu! (*ouve-se o barulho de uma porta batendo lá embaixo*)

DANIEL (*para a irmã*) Aí está. Você ouviu?

SUSANA Uma persiana que bate com o vento.

DANIEL Não há vento.

BARTLETT Estão subindo! Força, rapazes! São pesadíssimos... pesadíssimos! (*o chapinhar de pés descalços soa lá embaixo, depois sobe as escadas*)

DANIEL Está ouvindo, agora?

SUSANA São os ratos. Não é nada, Daniel.

BARTLETT (*precipitando-se contra a porta e abrindo-a de par em par*) Entrem, rapazes... Deus os abençoe... Estão de volta!

As formas de Silas Horne, Cates e Jimmy Kanaka emergem sem ruído no quarto, vindas das escadas. Os dois últimos carregam pesados baús com incrustações. Horne é um velho com jeito intratável, com nariz de papagaio, veste uma calça cinza de algodão e uma camisa aberta sobre o peito peludo. Jimmy é um malaio alto, nervudo, bronzeado e jovem. Não usa nada além de um tapa-sexo. Cates é baixo e gordo, veste calças de tecido ordinário e um paletó branco, de marinheiro, manchado de ferrugem. Todos estão descalços. Jorra água de suas roupas podres e encharcadas. Seus cabelos estão embaraçados, entretecidos com algas viscosas. Seus olhos, enquanto se deslocam silenciosamente pelo quarto, estão bem abertos, mas é como se não vissem nada. Suas peles, sob a luz verde, parecem putrefatas. Seus corpos balançam de maneira frouxa, apática e ritmada, como se seguissem o movimento das grandes correntes submarinas.

DANIEL (*adiantando um passo na direção deles*) Olhe. (*freneticamente*) Bem-vindos, rapazes!

SUSANA (*pegando-o pelo braço*) Sente-se, Daniel. Não é nada. Não tem ninguém aqui. Papai, sente-se!

BARTLETT (*sorrindo, zombeteiramente, e pondo um dedo sobre os lábios*) Aqui não, rapazes, aqui não... não diante dele. (*aponta para o filho*) Ele não tem mais nenhum direito. Venham. O tesouro é só nosso. Iremos embora com ele. Venham! (*vai até a escadinha. Os três o seguem. Ao pé da escada, Horne põe sua mão ondulante no ombro de Bartlett, e com a outra lhe estende um pedaço de papel. Bartlett o apanha e ri, triunfante*) Bem feito... para ele... Bem feito! (*sai. As figuras o seguem, balançando compassadamente*)

DANIEL (*arrebatado*) Me esperem. (*precipita-se para a escada*)

SUSANA (*tentando segurá-lo*) Daniel, não! (*ele a repele e sobe a escada. Bate no alçapão, que parece ter sido fechado para mantê-lo lá embaixo*)

SUSANA (*histérica, corre enlouquecida para a porta dos fundos*) Socorro! Socorro!

Quando ela se aproxima da porta aparece o dr. Higgins, subindo a escada apressado.

HIGGINS (*nervoso*) Um momento, senhorita. O que está havendo?

SUSANA (*com dificuldade*) Meu pai... lá em cima!

HIGGINS Não consigo enxergar... onde está o candeeiro? Ah! (*projeta sua luz sobre o rosto aterrorizado de Susana, depois por todo o quarto. O resplendor verde desaparece. Ouvem-se outra vez o vento e o mar. A clara luz da lua entra pelos olhos de boi. Higgins se precipita pela escada. Daniel continua batendo na parte de baixo do alçapão*) Vamos, Bartlett. Deixe eu tentar.

DANIEL (*desce, olhando sinistramente para o doutor*) Eles fecharam o alçapão. Não consigo subir.

HIGGINS (*olha para cima, com voz espantada*) O que você tem, Bartlett? Está aberto. (*começa a subir*)

DANIEL (*como se o prevenisse*) Cuidado, homem! Cuidado com eles!

HIGGINS (*lá de cima*) Eles? Eles quem? Não tem ninguém aqui. (*de repente alarmado*) Venham. Me ajudem! Ele desmaiou!

Daniel sobe lentamente. Susana atravessa o cenário, acende o candeeiro e o leva até o pé da escada. Lá em cima, rumores de esforços físicos. Reaparecem trazendo o corpo do Capitão Bartlett.

HIGGINS Com cuidado! (*deitam-no na cama dos fundos. Susana põe o candeeiro no chão, junto ao leito. Higgins se inclina para auscultá-lo. Levanta-se, depois, movendo a cabeça*) Lamento...

SUSANA (*funestamente*) Está morto?

HIGGINS (*assentindo*) Acho que o coração dele falhou. (*tentando consolá-la*) Talvez seja melhor assim, considerando que...

DANIEL (*como numa visão*) Horne entregou alguma coisa para ele. Você viu?

SUSANA (*contorcendo as mãos*) Ah, Daniel, fique quieto. Ele está morto. (*para Higgins, num lamento*) Por favor, vá embora... vá embora...

HIGGINS Não posso ser útil em algo?

SUSANA Vá embora... por favor... (*Higgins se despede friamente e sai. Daniel vai se aproximando do corpo do pai, como se atraído por um fascínio irresistível*)

DANIEL Não viu? Horne entregou alguma coisa para ele.

SUSANA (*soluçando*) Daniel! Daniel! Deixe-o! Não toque nele, Daniel! Deixe-o!

Mas o irmão não lhe faz caso. Continua olhando para a mão direita do pai, que pende a um lado da cama. Precipita-se sobre ela e abrindo com muito esforço os dedos rígidos se apodera de uma bolinha de papel.

DANIEL (*agitando-a sobre a cabeça com um grito de triunfo*) Olhe. (*inclina-se e a desdobra à luz do candeeiro*) O mapa da ilha! Veja! Não o perdi, afinal! Ainda resta uma oportunidade... minha oportunidade! (*com grave decisão insensata*) Quando vendermos a casa eu irei... e o encontrarei! Veja!

Veja!, está escrito por seu próprio punho e letra: "O tesouro está sepultado onde a cruz está marcada".

SUSANA (*cobrindo o rosto com as mãos*) Meu Deus! Meu Deus! Vamos, Daniel. Vamos embora!

Cai o pano.

PAPINI, GIOVANNI

Giovanni Papini, contista e polemista italiano. Nasceu em Florença, em 1881; faleceu em Florença, em 1956. Tradutor de Berkeley, Bergson, Boutroux, James e Schopenhauer. Autor de *Il tragico quotidiano* (1906), *Vita de nessuno* (1912), *Um homem acabado* (1912), *L'uomo carducci* (1918), *L'Europa occidentale contro la Mitteleuropa* (1918), *A vida de Santo Agostinho* (1929).

A última visita do Cavalheiro Enfermo
Il tragico quotidiano, 1906

Nunca se soube o verdadeiro nome daquele a quem todos chamavam de Cavalheiro Enfermo. Não restou dele, depois de seu desaparecimento imprevisível, nada além da lembrança de seus sorrisos e um retrato de Sebastiano del Piombo, que o representa envolto numa peliça, com a mão enluvada caindo frouxamente, como a de alguém adormecido. Algumas das pessoas que mais gostaram dele — eu estou entre essas poucas — lembram também sua tez de um amarelo pálido, transparente, a leveza quase feminina dos passos e a languidez habitual dos olhos.

Era, verdadeiramente, um *semeador de espanto*. Sua presença dava uma cor fantástica às coisas mais simples; quando sua mão tocava algum objeto, este parecia ingressar no mundo dos sonhos... Ninguém nunca lhe perguntou qual era sua doença nem por que não se cuidava. Vivia sempre andando, sem parar, dia e noite. Ninguém nunca soube onde ficava sua casa, ninguém conheceu os pais ou irmãos dele. Apareceu um dia na cidade e, alguns anos depois, num outro dia, desapareceu.

Na véspera desse dia, na primeira hora da manhã, assim que o céu começou a se iluminar, veio me acordar em meu quarto. Senti a carícia de sua luva sobre minha testa e o vi diante de mim, com aquele sorriso que parecia a lembrança de um sorriso e os olhos mais perdidos que de costume. Percebi, pelas pálpebras avermelhadas, que passara a noite toda em vigília e devia ter esperado a aurora com grande ansiedade, pois suas mãos estavam trêmulas e todo o seu corpo parecia tomado pela febre.

— O que você tem? — perguntei. — Sua doença o faz sofrer mais que nos outros dias?

— Minha doença? — respondeu. — Você pensa, como todos, que eu *tenho* uma doença? E que se trata de uma doença *minha*? Por que não dizer que eu *sou uma doença*? Nada me pertence. Mas eu sou de alguém e há alguém a quem pertenço!

Eu já estava acostumado com seus discursos estranhos, por isso não respondi. Aproximou-se da cama e tocou novamente minha testa com a luva.

— Você não tem sinal de febre — continuou dizendo —, está perfeitamente saudável e tranquilo. Então posso lhe dizer uma coisa que talvez o assuste; posso lhe dizer quem sou. Escute-me com atenção, eu lhe peço, porque talvez eu não possa repetir as mesmas coisas, mas é necessário que eu as diga ao menos uma vez.

Disse isso e se jogou na poltrona, prosseguindo com a voz mais alta:

— Não sou um homem real. Não sou um homem como os outros, um homem com ossos e músculos, um homem gerado por homens. Eu sou — e quero lhe dizer isso, ainda que você possa não acreditar em mim —, eu não sou nada mais que a figura de um sonho. Uma imagem de Shakespeare, no que me diz respeito, é literal e tragicamente exata: *eu sou da mesma substância de que são feitos os sonhos!* Existo porque há *alguém* que me sonha, há *alguém* que dorme e sonha e me vê agir e viver e me mover e neste momento sonha que estou dizendo tudo isto.

Quando esse *alguém* começou a me sonhar, eu comecei a existir; quando ele acordar, deixarei de existir. Eu sou uma imaginação, uma criação, um hóspede das longas fantasias noturnas dele. O sonho desse *alguém* é tão intenso que me tornou visível até mesmo para os homens que estão acordados. Mas meu mundo não é o da vigília. Minha verdadeira vida é a que transcorre lentamente na alma de meu adormecido criador.

"Não pense que falo por enigmas ou por meio de símbolos. O que lhe digo é a verdade, a simples e terrível verdade.

"Ser o ator de um sonho não é o que mais me atormenta. Há poetas que disseram que a vida dos homens é a sombra de um sonho e há filósofos que sugeriram que a realidade é uma alucinação. Eu, por minha vez, estou preocupado com uma outra ideia. Quem é aquele que sonha? Quem é esse *alguém*, esse desconhecido que me fez surgir de repente e que ao acordar me apagará? Quantas vezes penso nesse meu dono que dorme, nesse meu criador! Seus sonhos devem ser tão vivos e tão profundos que podem projetar suas imagens até fazê-las aparecer como coisas reais. Talvez o mundo inteiro não seja nada além do produto de um entrecruzamento de sonhos de seres semelhantes a ele. Mas não quero generalizar. Basta-me a tremenda certeza de que eu sou a criatura imaginária de um grande sonhador.

"Quem é ele? Talvez seja esta a pergunta que me aflige desde que descobri a matéria de que sou feito. Você pode entender como essa questão é importante para mim. Meu destino depende da resposta. Os personagens dos sonhos têm uma liberdade bastante ampla e por isso minha vida não é totalmente determinada por minha origem, posso exercer meu arbítrio. Nos primeiros tempos me assustava pensar que bastava a menor coisa para acordá-lo, ou seja, para me aniquilar. Um grito, um ruído podiam me precipitar no nada. Tremia a todo instante diante da ideia de fazer algo que pudesse ofendê-lo, assustá-lo e, portanto, acordá-lo. Por um tempo, imaginei que ele era uma espécie de divindade evangélica e procurei levar a vida mais virtuosa do mundo. Em outro momento, acreditei estar no sonho de um sábio e passei longas noites velando, debruçado sobre os números das estrelas e as medidas do mundo e a composição dos mortais.

"Finalmente me senti cansado e humilhado ao pensar que devia servir de espetáculo para esse dono desconhecido e incognoscível. Compreendi que essa ficção de vida não valia tanta baixeza. Desejei ardentemente o que antes me causava horror, isto é, que ele acordasse. Tentei preencher minha vida com espetáculos horríveis que o acordassem. Tentei de tudo para obter o repouso da aniquilação, fiz de tudo para interromper essa triste comédia de minha vida aparente, para destruir essa ridícula larva de vida que me torna semelhante aos outros homens. Não deixei de cometer nenhum delito, nada de ruim ignorei, nenhum terror me fez retroceder. Acho que aquele que me sonha não se espanta com o que faz os outros homens tremerem. Ou ele se diverte com a visão do que é mais horrível, ou não dá importância e não se assusta. Até hoje não consegui acordá-lo e ainda devo arrastar esta vida ignóbil, irreal e servil.

"Quem me libertará, então, de meu sonhador? Quando despontará o amanhecer que o chamará para o trabalho? Quando tocará o sino, quando cantará o galo, quando gritará a voz que deve acordá-lo? Já faz tempo que espero minha libertação. Espero ardorosamente o fim deste sonho, do qual sou uma parte tão monótona.

"O que faço neste momento é a última tentativa. Digo a meu sonhador que sou um sonho, quero que ele sonhe que está sonhando. Isso acontece também com os homens. Não é verdade? Não acontece de acordarem ao perceber que estão sonhando? Por isso vim vê-lo e lhe contei tudo e gostaria que meu sonhador percebesse, neste momento, que eu não existo como homem real, e então deixarei de existir, até como imagem irreal. Acha que conseguirei? Acredita que de tanto repetir e gritar isso conseguirei que meu proprietário invisível desperte, sobressaltado?"

Ao pronunciar essas palavras, o Cavalheiro Enfermo ficava pondo e tirando a luva da mão esquerda. Parecia esperar que, de um momento para outro, alguma coisa maravilhosa e atroz acontecesse.

— Acha que estou mentindo? — disse. — Por que não consigo desaparecer, por que não tenho liberdade para acabar? Será que sou parte de um sonho que nunca vai ter fim? O sonho de um eterno sonhador? Console-me um pouco, sugira-me algum estratagema, alguma intriga, alguma fraude que me elimine. Não tem piedade deste espectro tedioso?

Como eu continuava calado, ele me olhou e se levantou. Pareceu-me muito mais alto do que antes, e observei que sua pele estava um pouco diáfana. Era visível seu enorme sofrimento. Seu corpo se agitava, como um animal que tenta escapar de uma rede. A mão enluvada apertou a minha; foi a última vez. Murmurando alguma coisa em voz baixa, saiu de meu quarto e só *alguém* pôde vê-lo desde então.

PERALTA, CARLOS

Carlos Peralta, escritor argentino. Autor de um livro satírico, *Manual del gorila*, e de outro de ensaios. Foi secretário de redação e diretor de várias revistas, colaborando nelas e em outras publicações. Assina seu trabalho em sátira e humorismo com o pseudônimo Carlos del Peral. Fez numerosas traduções e trabalhou em roteiros cinematográficos.

Rani

Entre mim e seu Pedro, o açougueiro, só cabiam, no momento, relações bastante restritas. Nossas vidas eram muito diferentes. Para ele, existir era retalhar animais, incansavelmente, no frescor fétido do açougue; para mim, era arrancar numerosas folhas de um bloco barato e colocá-las na máquina de escrever. Quase todos os nossos atos cotidianos estavam submetidos a um ritual diferente. Eu ia vê-lo para pagar minha conta, mas não compareci à festa de noivado de sua filha, por exemplo. Também não teria sido nenhum inconveniente fazê-lo, se fosse o caso. O que mais me interessava, no entanto, não eram as atitudes privadas que eu pudesse ter, e sim a busca genérica do estreitamento das relações entre os homens, de um maior intercâmbio entre esses rituais.

Esses pensamentos me ocupavam distraidamente quando percebi que o balconista saía levando, a duras penas, uma cesta com um quarto de rês.

— Isso deve ser para o restaurante da esquina, não é? — perguntei.

— Não. É para o 40 B, aí na frente.

— Devem ter *frigidaire* — disse um fantasma verbal feminino que se apossou de mim.

— Todos os dias eles encomendam a mesma coisa — respondeu seu Pedro.

— Não diga... Comem tudo isso?

— E se não comerem, pior para eles, não acha? — disse o açougueiro.

Depois eu soube que no 40 B morava um casal. O homem era baixinho e "de marrom". A mulher devia ser muito preguiçosa, porque sempre recebia o entregador desarrumada. Além disso e do quarto de rês, que pelo visto era seu único vício, eram pessoas ordeiras. Nunca voltavam para casa depois do anoitecer, por volta das oito horas, no verão, e das cinco, no inverno. O porteiro contou a seu Pedro que um dia eles devem ter feito uma festa muito barulhenta, porque dois vizinhos reclamaram. Parece que algum engraçadinho ficou imitando vozes de animais.

— Psiu! — disse seu Pedro, levando aos lábios um trágico dedo manchado de sangue. Entrou um homem de marrom: sem dúvida nenhuma, o mesmo que consumia duas vacas semanais, ou pelo menos uma, se uma digna consorte o ajudasse. Apressado, ele não me viu. Pegou a carteira e começou a contar notas grandes, bem novas.

— Quatro mil — disse. — Seiscentos... e dois. Aqui está.

— Oi, Carracido — disse eu. — Lembra de mim? — Conhecera-o anos atrás. Era advogado. — Parece que somos vizinhos. — Mas o que me diz, Peralta? Como vai? Mora aqui perto? — perguntou, com sua velha cordialidade administrativa.

— Do lado da sua casa. Você está indo bem, pelo visto. Comendo muito, não?

— Não — disse. — Eu me viro com qualquer coisinha. E, além disso, sabe como é, o fígado.

— Mas então, como...?

— Ah, você diz isso por causa da carne? Não, isso é outra coisa. — Pareceu entristecer-se e depois soltou uma espécie de risada falsa, semelhante a uma tosse. — Tenho muito o que fazer. Até mais ver, amigo. Apareça uma tarde dessas, cedo, num sábado, ou num domingo, lá em casa. Moro aqui no 860, 40 B. — Hesitou. — Sabe, gostaria de conversar com você. — Eu poderia jurar que havia em sua voz um viés suplicante que me intrigou.

— Vou sim — respondi. — Até sábado.

Seu Pedro seguiu-o com o olhar.

— Vai saber o que acontece lá — disse. — Cada família é um mundo.

Anos se passam sem que a gente veja algum velho colega de escola, da universidade, de um lugar onde trabalhamos: naquele dia encontrei dois. Primeiro Carracido, depois Gómez Campbell. Com este fui tomar um café no Boston, e contei que havia visto Carracido. Lembrou-se dele e não gostou da lembrança: era evidente.

— Não gosto desse sujeito — disse depois. — É um verme, cheio de rodeios e subterfúgios.

— Parece-me inofensivo — comentei.

Ele se calou enquanto o garçom servia o café.

— Eu o conheci há muitos anos — disse. — Antes de entrar no Ministério estava no Banco de Créditos. Já era casado. Veja que tive que denunciá-lo porque ele tinha levado um monte de dinheiro para apostar em corridas de cavalos. Quase foi demitido, mas era amigo do gerente e conseguiu devolver o que faltava e se safou. Depois foi nomeado assessor no Ministério: se deu bem, o homem. Acho que também recebeu uma herança. Esse Gómez Campbell, eu ainda não disse, era bastante canalha.

— E eu, palavra — continuou Gómez —, fiquei contente e fui cumprimentá-lo. Sabe o que ele me disse? "Cale-se, hipócrita", foi como me qualificou. Logo eu, que fui o primeiro a cumprimentá-lo, de braços abertos, com a maior estima. Não é possível uma coisa dessas. O homem tem de saber esquecer as desavenças e as mesquinharias. E se não souber, como esse Carracido, mais cedo ou mais tarde se estrepa. — Fez uma pausa para frisar a severidade de sua admoestação. — Consegui o posto por meio dele, depois de muito pelejar. E agora, sabe, acho que está indo mal com a mulher. Ela anda por um lado e ele por outro. Dá para ver que é linda e grande demais para ele; e como a herança era do sogro, um monte de casas, ele precisa aturá-la.

A orquestra destruía alegremente uma valsinha.

— Por mim, que se dane — concedeu Gómez Campbell. — Veja só como são as coisas: andou se engraçando com todas as funcionárias do Ministério. A mulher não vai mais dar a mínima para ele, claro.

Logo nos despedimos. Esse encontro fortuito, sustentado pelo vilipêndio e pela curiosidade, foi rápido. Gómez Campbell me estendeu a mão friamente e se perdeu na Florida. Carracido cada vez me parecia mais apaixonante, grande carnívoro, dom--juan, casado com uma mulher bonita e provavelmente infiel, fã de apostas e um pouco ladrão. Na verdade nunca se conhece ninguém a fundo.

No sábado pensei em ir cedo, mas não pude. Tencionava terminar um conto que devia entregar na segunda-feira (talvez este mesmo) e não consegui. Tomei banho, troquei de roupa, senti-me um pouco frustrado e fui até o 860, 40 B. Eram sete e meia. Carracido recebeu-me muito corretamente, mas estava um pouco inquieto, abrindo a porta aos poucos e devagar.

— Olá — disse. — Não o esperava. Está um pouco tarde.

344

— Homem, se você tem outra coisa para fazer, deixamos para amanhã ou depois.

— Não — disse com genuína cordialidade. — Não, entre. Um segundo, vou chamar minha mulher.

Os móveis, de estilos diversos, não estavam dispostos com mau gosto. A única coisa escandalosa era o manto de peles que cobria o sofá, parecia ter sido rasgado ao comprido por uma faca e estava quase dividido em dois. Por outro lado, os pés do sofá estavam demasiadamente arriados. Acariciei o manto e o larguei ao ouvir a voz de Carracido.

— Esta é a Rani — disse.

Olhei-a, fascinado. Tudo o que eu disser será pouco. Não sei, acho que nunca vi uma mulher tão bonita, uns olhos verdes tão intensos, um andar tão louvável e delicado. Levantei-me e lhe estendi a mão, sem deixar de olhá-la nos olhos. Baixou levemente as pálpebras e sentou-se a meu lado no sofá, silenciosa, sorridente, com uma graça fácil e felina. Fazendo esforço, afastei dela a vista e olhei para a janela, mas sem deixar de lembrar daquelas pernas que se moviam com a suavidade e o empuxo das ondas. Lá fora, o azul leve do entardecer de Buenos Aires era manchado apenas por uma rápida nuvem que, naquele exato momento, passava do acobreado ao lilás. Um ruído incongruente me distraiu: Carracido tamborilava com as unhas sobre a mesa na velocidade de um trem expresso. Olhei-o e ele parou.

— Rani, seu banho já deve estar pronto — disse.

— Sim, querido — respondeu ela amorosamente, esticando a mão fechada, encolhida, sobre o manto de peles.

— Rani — insistiu Carracido.

"Ordem tácita", pensei. "Está com ciúme; quer que ela saia."

A mulher se levantou e desapareceu por uma porta. Antes, virou a cabeça e me olhou.

— Poderíamos ir tomar um trago num bar — sugeriu Carracido. Fiquei com raiva e disse:

— Que pena. Está bom aqui. Prefiro ficar, se não se importa.

Ele hesitou, mas retomou a cordialidade e também aquele ar de súplica que eu já vira antes, aquela vocação para vira-lata.

— Bem, sim — disse. — Talvez, no fim das contas, seja melhor. Deus sabe o que é melhor. — Foi até o aparador, trouxe uma garrafa e dois copos. Antes de sentar, olhou para o relógio. "Gómez Campbell tem razão", disse para mim mesmo. "Esse aí deve aturar os caprichos da patroa com mais espontaneidade que um boi."

E nesse momento teve início o ronronar. Primeiro lento, baixo, profundo; depois mais violento. Era um ronronar, mas que ronronar! Eu parecia estar com a cabeça dentro de uma colmeia. E não podia estar tonto só com um copo.

— Não é nada — disse solicitamente Carracido. — Depois passa.

O ronronar vinha dos cômodos internos. Seguiu-se a ele um estouro sonoro que me pôs em pé instantaneamente.

— Que foi isso? — gritei, avançando para a porta.

— Nada, nada — respondeu ele com firmeza, pondo-se no caminho.

Não respondi; afastei-o com tal violência que ele caiu para o lado, sobre uma poltrona.

— Não grite! — disse, agitado. E depois: — Não se assuste! — Eu já tinha aberto a porta. A princípio, não vi nada; depois, uma forma sinuosa aproximou-se de mim na escuridão.

Era um tigre. Um tigre enorme, totalmente fora de lugar, rajado. Pavoroso e avançando. Recuei; como num sonho, senti que Carracido segurava meu braço. Voltei a empurrá-lo, dessa vez para a frente; cheguei à porta de entrada, abri-a e entrei no elevador. O tigre parou diante de mim. Tinha no pescoço lustroso o colar de ametistas de Rani. Tapei os olhos para não ver seus olhos verdes e apertei o botão.

O tigre me seguiu pela escada, a grandes saltos. Subi novamente e ele subiu. Desci, e dessa vez ele se cansou da brincadeira; soltou um bufido triunfante e foi para a rua. Voltei para o apartamento.

— Por que não fez o que eu disse? — disse Carracido. — Agora foi embora, imbecil! — Serviu-se um copo cheio de uísque e o bebeu de um trago. Imitei-o. Carracido apoiou a cabeça nos braços e começou a soluçar.

— Eu sou um homem tranquilo — soluçou. — Quando me casei com Rani nem sonhava que de noite ela virava tigre. Pedia desculpas. Era incrível, mas pedia desculpas.

— Você não sabe o que foram os primeiros tempos, quando morávamos nos arredores da cidade... — começou ele, como quem faz uma confidência.

— Que me importa onde moraram! — exclamei exasperado.

— É preciso chamar a polícia, o zoológico, o circo. Não se pode deixar um tigre solto na rua!

— Não, não se preocupe. Minha esposa não machuca ninguém. Às vezes assusta um pouco as pessoas. Não reclame — acrescentou, já um pouco bêbado —, eu disse para você vir cedo. E o pior é que não sei o que fazer; no mês passado tive de torrar um terreno para pagar o açougueiro...

Bebeu como um animal, dois ou três copos seguidos.

— Dizem que há um hindu, aqui em Buenos Aires... Um feiticeiro... Vou vê-lo um dia desses; talvez ele possa fazer alguma coisa.

Calou-se e continuou soluçando suavemente.

Fumei por um bom tempo. Imaginei, que pesadelo, algumas cenas habituais de sua vida. Rani desmantelando o sofá, porque brincadeiras não lhe eram permitidas. Rani devorando a carne crua em algum momento da noite, ou deslizando seu longo corpo entre o mobiliário. E Carracido ali, olhando-a... Quando dormiria?

— Bumburumbum — disse Carracido, definitivamente bêbado. Deixou a cabeça cair de lado, inerte, como uma coisa. Aos poucos, um ronco tranquilo deu lugar ao pranto. Finalmente retornara ao mundo simples dos ofícios, dos escritos, dos expedientes. Debaixo da poltrona havia um ossinho.

Fiquei até o raiar do dia. Também devo ter dormido. Por volta das sete tocaram a campainha. Abri; era Rani. Estava despenteada, com a roupa em desalinho, as unhas sujas. Parecia confusa e envergonhada. Virei a cabeça para não constrangê-la, deixei-a entrar, saí e fui embora. Seu Pedro tinha razão: cada família é um mundo.

Depois me mudei de bairro. Muitos meses mais tarde, é curioso como se encadeiam as coisas que as pessoas, para não entrar em desespero, pensam ser casuais, encontrei-me novamente com Gómez Campbell, certa noite, num bar da Rivadavia, perto do número 5000, diante da praça. Contei-lhe a história: ele deve ter pensado que eu estava louco e mudou de assunto. Saímos, caminhando em silêncio pela praça. E vimos Carracido com um cão enorme. Um cão grande, é verdade, mas manso e tranquilo, com um colar de ametistas. Poderia jurar que o animal me fitou com seus grandes olhos verdes. Seu dono não nos vira.

— O hindu! — exclamei. — Pobre Carracido, parece que seu problema se amenizou um pouco. Vamos ver o casal?

— Deixe pra lá — disse Gómez Campbell, desgostoso e atemorizado. — Não o cumprimente. Não gosto dessas coisas. Sou um homem direito. É melhor não se meter com esse tipo de sujeito.

Em vão eu lhe disse que considerava nociva essa distância que os homens mantêm entre si em Buenos Aires, essa aversão pelas esquisitices dos outros, em vão o aconselhei a ser compreensível e tolerante. Acho que nem me ouviu.

PEROWNE, BARRY

Não conseguimos nenhuma informação sobre este autor. Sabemos que é contemporâneo; desconfiamos que seja inglês.

Ponto morto

Annixter sentiu uma ternura de irmão pelo homenzinho.

Pôs o braço em seus ombros, um pouco por ternura, um pouco como apoio.

Estivera bebendo conscienciosamente desde as sete horas da noite anterior. Era quase meia-noite, e as coisas estavam um tanto confusas. O fragor da música animada não cabia no vestíbulo; dois degraus abaixo, havia muitas mesas, muita gente e muito barulho. Annixter não fazia a menor ideia de como se chamava esse lugar, nem quando, nem como havia chegado lá. Desde as sete do dia anterior estivera em tantos lugares...

— Num instante — disse Annixter, apoiando-se pesadamente no homenzinho —, uma mulher nos dá um pontapé, ou o destino nos dá um pontapé. Na verdade, é a mesma coisa: uma mulher e o destino. E daí? A pessoa pensa que tudo se acabou, e sai, e fica cismando, e no fim percebe que esteve incubando a melhor ideia de sua vida. E é assim que começa — disse Annixter —, e essa é a minha filosofia, quanto mais forte batem no dramaturgo, mais ele trabalha!

Gesticulava com tal veemência que teria desabado se o homenzinho não o segurasse. O homenzinho era de confiança, seu pulso era firme. Sua boca também era firme: uma linha reta, descolorida. Usava óculos hexagonais, sem aro, um chapéu de feltro duro, um belo terno cinza. Parecia pálido e amaneirado junto do afogueado Annixter.

Do balcão, a moça do guarda-roupa os olhava com indiferença.

— Não acha — disse o homenzinho — que já é hora de ir para casa? É um orgulho para mim que tenha me contado o argumento de sua peça, mas...

— Precisava contar a alguém — disse Annixter —, senão minha cabeça ia estourar! Ah, rapaz, que drama! Que assassinato, hein? Aquele final...

Sua plena e deslumbrante perfeição o assombrou novamente. Ficou sério, meditando, balançando-se, e de repente procurou às cegas a mão do homenzinho, e apertou-a calorosamente.

— Sinto não poder ficar — disse Annixter. — Tenho o que fazer.

Pôs o chapéu amassado, iniciou um movimento um tanto elíptico através do vestíbulo, precipitou-se sobre as portas duplas, abriu-as com as duas mãos e sumiu na noite.

Sua imaginação exaltada a via cheia de luzes, pestanejando e piscando na escuridão. *Quarto cerrado*, de James Annixter.

Não. *Quarto reservado*, de James... Não, não. *Quarto azul*, de James Annixter...

Deu alguns passos, absorto, desceu da calçada, e um táxi que fazia uma curva exatamente onde ele havia acabado de botar os pés patinou com as rodas travadas e estridentes na calçada úmida.

Annixter sentiu um golpe violento no peito, e todas as luzes que estivera vendo explodiram em seu rosto.

E então não houve mais luzes.

James Annixter, o dramaturgo, foi atropelado ontem à noite por um táxi, ao sair do Casa Habana. Depois de ser atendido no hospital com concussão cerebral e lesões leves, retornou a seu domicílio.

O fragor da música animada não cabia no vestíbulo do Casa Habana; dois degraus abaixo, muitas mesas, muita gente e muito barulho. A moça do guarda-roupa olhou para Annixter, espantada, para o curativo na testa, para o braço esquerdo na tipoia.

— Caramba! — disse a moça —, não esperava vê-lo aqui tão cedo!

— Então você se lembra de mim? — disse Annixter, sorrindo.

— Como não! — disse a moça. — Você me deixou a noite toda sem dormir! Ouvi aquelas freadas estridentes assim que você saiu. Depois, uma espécie de choque! — Estremeceu. — E continuei a ouvi-lo a noite inteira. Ainda o ouço, uma semana depois. É horrível!

— Você é muito sensível — disse Annixter.

— Tenho muita imaginação — reconheceu a moça do guarda--roupa. — Sabia que era você antes de correr para a porta e vê-lo, caído na rua. O homem que falava com você antes estava parado na porta. "Santo Deus!", eu lhe disse, "é o seu amigo?"

— E o que ele falou? — perguntou Annixter.

— "Não é meu amigo", disse. "É alguém que acabei de encontrar." Estranho, não?

Annixter umedeceu os lábios.

— Por quê? *Era* alguém com quem ele acabava de se encontrar.

— Sim, mas um homem com quem ele estivera bebendo junto — disse a moça —, morto diante dele, porque ele deve ter visto; saiu atrás de você. Era de pensar que pelo menos se interessaria. Mas quando o motorista do táxi começou a chamar testemunhas para provar sua inocência, procurei o homem, e ele tinha sumido!

Annixter trocou um olhar com Ransome, seu agente, que o acompanhava. Um olhar ansioso e perplexo. Mas depois sorriu para a moça do guarda-roupa.

— Morto diante dele — disse Annixter —, não. Só um tanto avariado, só isso.

Não era necessário explicar quão curioso, quão extravagante fora o efeito daquela "avaria" em sua mente.

— Se você tivesse se visto, lá no chão, iluminado pelas luzes do táxi.

— Ah, de novo essa sua imaginação! — disse Annixter. Titubeou um instante e depois fez a pergunta que viera fazer, a pergunta que lhe era imensamente importante.

— Aquele homem com quem eu estava conversando, quem era ele?

A encarregada do guarda-roupa olhou para eles e balançou a cabeça.

— Nunca o havia visto antes e não o vi mais depois.

Annixter sentiu como se lhe tivessem dado um soco na cara. Ele esperava, esperava desesperadamente ouvir outra resposta.

Ransome pôs a mão em seu braço, segurando-o.

— Já que estamos aqui, vamos beber alguma coisa.

Desceram dois degraus para entrar na sala onde a banda trombeteava. Um garçom os levou até uma mesa e Ransome pediu algo.

— Não adianta importunar a moça — disse Ransome. — É evidente que não conhece o homem. Meu conselho é: não se preocupe. Pense em outra coisa. Dê um tempo. Afinal de contas, não faz mais de uma semana que...

— Uma semana! — disse Annixter. — E o que fiz numa semana? Os dois primeiros atos e o terceiro justo até esse ponto morto.

A culminação do assunto, a solução, a cena central do drama! Se eu a tivesse feito, Bill, todo o drama, o melhor que fiz na minha vida, estaria terminado em dois dias, não fosse por isto — bateu na testa —, esse ponto morto, essa maldita peça que a memória me prega!

— Você sofreu um tranco daqueles.

— Isso? — disse Annixter desdenhosamente. Baixou a vista sobre o braço na tipoia — Nem senti; nem me preocupou. Acordei na ambulância com a peça tão clara em minha mente como no momento em que o táxi me atropelou; mais, talvez, porque estava completamente lúcido e sabia o que valia. Era barbada, não tinha como dar errado!

— Se você tivesse descansado — disse Ransome —, como o médico aconselhou, em vez de sentar na cama e ficar escrevendo dia e noite...

— Eu precisava escrever. Descansar? — disse Annixter, com uma risada rouca. — Não se descansa quando se tem uma coisa dessas nas mãos. Vive-se para isso, quando se é um dramaturgo. Isso é viver. Vivi oito vidas, nesses oito personagens, nos últimos cinco dias. Vivi tão plenamente neles, Bill, que só quando quis escrever essa última cena compreendi o que havia perdido. Todo o meu drama! Só isso! Como Cynthia foi ferida naquele quarto sem janelas no qual se fechara à chave? Como o assassino fez para entrar? Dúzias de escritores, melhores que eu, trataram do tema do quarto fechado e nunca tão convincentemente; nunca resolveram isso. Eu tinha a solução, me ajude, meu Deus!, eu tinha a solução: simples, perfeita, deslumbrantemente clara quando a vislumbrei uma vez. E esse é o drama, a cortina se levanta naquele quarto hermético e cai nele! Essa era minha revelação! Passei dois dias e duas noites, Bill, tentando recuperar essa ideia. Não quero retroceder. Sou um escritor experiente; conheço meu ofício, poderia acabar minha peça, mas seria como as outras, imperfeita, falsa! Não seria *minha peça*! Agora, anda por aí um homenzinho, em algum lugar dessa cidade, um homenzinho com lentes hexagonais, que possui a minha ideia. Que a possui

352

porque eu a contei a ele. Vou procurar esse homem e recuperar o que é meu!

Se o cavalheiro que na noite de 27 de janeiro, no Casa Habana, ouviu com tanta paciência um escritor que lhe contou um argumento, tiver a gentileza de se comunicar com o endereço abaixo indicado, irá ouvir algo vantajoso para ele.

Um homenzinho que dissera: "Não é meu amigo; é alguém que acabei de encontrar".

Um homenzinho que viu o acidente, mas que não quis esperar para servir de testemunha.

A moça do guarda-roupa tinha razão. *Havia* alguma coisa meio estranha nisso tudo. Nos dias seguintes, quando o anúncio não recebeu resposta, Annixter começou a achar que era mais que meio estranho.

Seu braço já não estava na tipoia, mas ele ainda não conseguia trabalhar. Sentava-se vez ou outra diante do manuscrito quase terminado, lia-o com minuciosa e feroz atenção, pensando: *Deve* voltar outra vez!, para encontrar-se novamente diante daquele ponto morto, diante daquele muro, diante daquele lapso de memória. Então largava o trabalho e saía pelas ruas; entrava em casas e cafés; andava quilômetros de ônibus e de metrô, sobretudo nas horas de maior movimento. Viu milhares de rostos, mas não o rosto do homenzinho de lentes hexagonais.

Pensar nele virou uma obsessão para Annixter. Era injusto, era exasperante, era uma tortura imaginar que um pequeno e banal acaso fazia com que um cidadão andasse calmamente por aí com o último elo da famosa peça de James Annixter, a melhor que ele já havia escrito. E sem perceber seu valor: provavelmente sem a criatividade necessária para apreciar o que tinha consigo. E sem fazer a menor ideia, com toda a certeza, do que isso significava para Annixter! Ou será que fazia alguma ideia? Não seria tão vulgar quanto lhe pareceu? Vira os anúncios? Estaria tramando algo para acabar com Annixter?

Quanto mais Annixter pensava, mais se convencia de que a moça do guarda-roupa tinha razão. Havia algo bastante estranho na atitude do homenzinho, depois do acidente.

A imaginação de Annixter girava em torno do homem que ele procurava, tentando esquadrinhar sua mente, encontrar razões para seu desaparecimento depois do acidente, para sua indiferença em responder aos anúncios.

Annixter possuía uma imaginação dramática muito ativa. O homenzinho que lhe parecera tão vulgar foi assumindo uma forma sinistra na mente de Annixter.

Mas assim que se encontrou com o homenzinho, compreendeu o absurdo de tudo aquilo. Era ridículo. O homenzinho era tão decente; seus ombros tão retos; seu terno cinza tão impecável; seu feltro preto tão bem colocado na cabeça.

As portas do metrô acabavam de fechar quando Annixter o viu parado na plataforma, de maleta na mão e um jornal da tarde debaixo do braço. A luz do veículo brilhou em seu rosto pálido e empertigado; as lentes hexagonais resplandeceram. Virou-se para a saída enquanto Annixter, investindo contra as portas semicerradas do vagão, espremeu-se entre elas até a plataforma.

Esticando a cabeça para olhar sobre a multidão, Annixter abriu passagem a cotoveladas, subiu de dois em dois a escada e pôs a mão no ombro do homenzinho.

— Um momento — disse Annixter. — Estava à sua procura.

O homenzinho parou imediatamente ao sentir a mão de Annixter. Depois se virou e olhou para ele. Atrás dos óculos hexagonais seus olhos eram pálidos, de um cinza pálido. A nuca era uma linha reta, quase descolorida.

Annixter sentia uma ternura de irmão pelo homenzinho. O simples fato de tê-lo encontrado era um alívio tão grande como se uma nuvem negra tivesse se afastado de seu espírito. Deu-lhe tapinhas afetuosos nas costas.

— Preciso falar com você — disse Annixter. — Só por um momento. Vamos para algum lugar.

— Não consigo imaginar o que quer falar comigo — disse o homenzinho.

354

Afastou-se um pouco para o lado, para dar passagem a uma mulher. A multidão diminuía, mas ainda havia gente subindo e descendo a escada. O homenzinho olhou para Annixter interrogativamente cortês.

— Claro que não — disse Annixter —, é algo tão estúpido. Trata-se daquele argumento.

— Argumento?

Annixter teve um leve sobressalto.

— Olhe — disse —, eu estava bêbado naquela noite, muito bêbado! Mas, se bem me lembro, tenho a impressão de que você estava completamente sóbrio. Não é mesmo?

— Jamais fiquei bêbado na vida.

— Graças a Deus! — disse Annixter. — Então não terá dificuldade em recordar o pequeno ponto que eu quero que recorde.

— Não entendo — disse o homenzinho. — Tenho certeza de que me toma por outro. Não faço a menor ideia do que está dizendo. Nunca o vi na vida. Desculpe. Boa noite.

Virou-se e começou a subir a escada. Annixter ficou olhando para ele, aturdido. Não podia acreditar em seus ouvidos. Por um instante ficou absorto, depois uma onda de raiva e de desconfiança varreu seu espanto. Subiu a escada e agarrou o homenzinho pelo braço.

— Um momento — disse Annixter. — Eu podia estar embriagado, mas...

— Parece-me evidente — disse o homenzinho. — Quer tirar a mão de mim?

Annixter se controlou.

— Desculpe — disse. — Deixe que eu me corrija; você diz que nunca me viu. Mas então, mas então você não estava no Casa Habana, número 27, entre dez e meia-noite? Não bebeu um par de copos comigo, nem ficou ouvindo o argumento de uma peça que eu acabara de inventar?

O homenzinho olhou fixo para Annixter.

— Jamais o vi; já lhe disse isso.

— Não viu que um táxi me atropelou? — prosseguiu Annixter,

ansioso. — Não disse para a moça do guarda-roupa: "Não é um amigo, é alguém que acabei de encontrar"?

— Não sei do que está falando — disse o homenzinho laconicamente.

Fez menção de sair, mas Annixter segurou-o novamente pelo braço.

— Não sei nada — disse Annixter entre dentes — sobre seus assuntos pessoais, nem quero saber. Pode ter algum motivo para não querer servir de testemunha num acidente de trânsito. Pode ter algum motivo para agir desse modo. Não sei e não me importa. Mas é um fato. Você é o homem a quem relatei minha peça! Quero que a repita bem como eu contei a você; tenho meus motivos. Motivos pessoais. Que só dizem respeito a mim. Quero que me devolva minha história, é tudo o que eu quero. Não quero saber quem você é, nem nada sobre você, *só quero que me conte essa história.*

— O que me pede é impossível — disse o homenzinho —, é impossível porque nunca a ouvi.

— Trata-se de dinheiro? Me diga quanto quer; eu lhe darei. Me ajude, poderei até lhe dar uma participação na peça! Isso significa dinheiro. Sei disso, porque conheço meu ofício. E talvez, talvez — disse Annixter, assaltado por uma ideia súbita —, talvez você também o conheça, não?

— Você está louco ou bêbado — disse o homenzinho. Soltou o braço com um movimento brusco e saiu correndo pela escada. Lá embaixo sentia-se o retumbar de um trem. As pessoas esbarravam umas nas outras. O homenzinho se meteu entre a gente e se perdeu com espantosa celeridade.

· Era pequeno, leve, e Annixter era pesado. Quando chegou à rua, não havia nem sinal do homenzinho.

Tinha desaparecido.

Será que ele está querendo, pensava Annixter, roubar meu argumento? Por alguma estranha casualidade, o homenzinho alimentaria a ambição fantástica de ser um dramaturgo? Teria, talvez, apregoado seus preciosos manuscritos, em vão, por todas as agências? O argumento de Annixter lhe surgira como um clarão enlouquecedor em meio ao escuro do desengano e do fracasso, como algo que podia roubar impunemente porque lhe parecera a inspiração casual de um bêbado, que na manhã seguinte esqueceria que havia incubado algo mais que um passatempo? Bebeu outro copo. Já haviam sido quinze desde que o homenzinho com os óculos hexagonais lhe escapara, e já estava chegando ao ponto em que perdia a conta dos lugares onde havia bebido. Era o ponto em que começava a se sentir melhor e sua mente passava a trabalhar.

Imaginava o que o homenzinho experimentara ao ouvir o argumento, entre soluços, e como gradualmente o fora compreendendo.

"Meu Deus!", pensara o homenzinho. "Preciso me apropriar disso. Ele está embriagado ou bêbado como um gambá. Amanhã não vai se lembrar de uma única palavra! Avante, avante, senhor. Continue falando!"

Também era ridícula a ideia de que Annixter pudesse esquecer sua peça na manhã seguinte; Annixter esquecia outras coisas e até coisas importantes, mas nunca em sua vida esquecera o menor detalhe dramático.

A não ser uma vez, porque um táxi o derrubara. Annixter virou outro copo. Isso lhe fazia falta. Agora estava bem. Não havia nenhum homenzinho de óculos hexagonais para esclarecer esse ponto obscuro. Ele próprio precisava resolver a questão! De alguma forma!

Tomou outro drinque. Já tomara muitos outros. O bar estava cheio e barulhento, mas ele não percebia o barulho, até que alguém bateu em seu ombro. Era Ransome.

Annixter se levantou, apoiando os nós dos dedos na mesa.

— Olhe, Bill — disse Annixter. — O que acha? Um homem esquece uma ideia, entende? Quer recuperá-la, e a recupera! A ideia vem de dentro para fora, não é verdade? Sai para fora, volta para dentro. Como é isso?

Cambaleou, observando Ransome.

— É melhor você tomar um traguinho — disse Ransome. — Preciso pensar direito.

— Eu — disse Annixter — já pensei! — Ajeitou o chapéu deformado na cabeça. — Até logo, Bill. Tenho muito a fazer!

Saiu ziguezagueando em busca da porta e de seu apartamento. Foi José, seu criado, quem o recebeu em casa, uns vinte minutos depois. José abriu a porta enquanto Annixter descrevia círculos inutilmente ao redor da fechadura.

— Boa noite, senhor — disse José.

Annixter ficou olhando para ele.

— Não lhe disse para ficar esta noite.

— Não tinha motivo para sair, senhor — explicou José.

Ajudou Annixter a tirar o casaco.

— Gosto de uma noite tranquila de vez em quando.

— Precisa ir embora — disse Annixter.

— Obrigado, senhor — disse José. — Vou arrumar a valise.

Annixter entrou na grande biblioteca e serviu-se de um drinque.

O manuscrito de sua peça estava sobre a escrivaninha. Annixter, cambaleando um pouco, com o copo na mão, parou e ficou olhando, incomodado, para a descuidada pilha de papel amarelo, mas não começou a ler. Esperou até ouvir o giro da chave de José; o criado saía, fechando a porta da rua atrás de si. E então Annixter apanhou o manuscrito, a jarra, o copo e a cigarreira. Carregando tudo isso, entrou no hall e o atravessou até a porta do quarto de José.

A porta tinha um trinco por dentro, e o quarto era o único sem janela do apartamento, detalhes que faziam dele o único aposento possível para seus objetivos.

Acendeu a luz.

Era um quarto simples, mas Annixter notou, com um sorriso, que a colcha e o travesseiro na cadeira de palha gasta eram azuis. *Quarto azul*, de James Annixter.

Era evidente que José estivera deitado na cama, lendo o jornal vespertino; o jornal estava sobre a colcha amarrotada, e o travesseiro, parcialmente afundado. Junto à cabeceira da cama, diante da porta, havia uma mesinha coberta de pincéis e telas.

358

Annixter jogou-os no chão. Colocou em cima da mesa seu manuscrito, a jarra, o copo e os cigarros, foi até a porta e fechou o ferrolho. Achegou a cadeira, sentou-se e acendeu um cigarro. Recostou-se na cadeira fumando, deixando a mente tranquila no ambiente desejado, o ambiente espiritual de Cynthia, a mulher de seu drama, a mulher tão assustada que se trancara completamente, num quarto sem janelas, um quarto hermético.

— Sentou-se assim — disse Annixter para si —, justamente como eu estou sentado: num quarto sem janelas, com a porta trancada por um ferrolho. No entanto, ele a alcançou. Alcançou-a com uma faca, num quarto sem janelas, com a porta trancada por um ferrolho. *Como fez isso?*

Havia uma forma de fazê-lo. Ele, Annixter, pensara nesse meio, concebera-o, inventara-o e o esquecera. Sua ideia havia criado as circunstâncias. Agora, ele reproduzia deliberadamente as circunstâncias, tentando recuperar a ideia. Pusera-se na posição da vítima, para que sua mente pudesse recuperar o procedimento perdido. Tudo estava calmo: nem um som no quarto nem no apartamento. Annixter ficou imóvel por um bom tempo. Ficou assim até que a intensidade de sua concentração começou a esmorecer. Apertou a testa com as palmas das mãos e depois apanhou a jarra. Tomou um bom trago. Estava quase recuperando o que buscava, sentia que estava perto, quase à margem do ponto crucial.

— Calma — disse consigo —, encare isso com calma, descanse. Relaxe. Tente de novo mais um pouco.

Olhou ao redor, procurando algo que o distraísse, e pegou o jornal de José.

Às primeiras palavras que lhe caíram nos olhos, seu coração parou.

A mulher em cujo corpo descobriram três punhaladas, as três fatais, jazia num quarto sem janela, cuja única porta estava trancada por dentro com chave e trinco. Parece que essas precauções excessivas lhe eram habituais, e não há dúvida de que temia constantemente por sua vida, pois a polícia sabia que ela era uma chantagista contumaz e impiedosa.

Ao singular problema das circunstâncias do quarto hermeticamente fechado se soma o problema de como o crime pode ter ficado oculto durante tanto tempo, pois o médico estima, pelas condições do cadáver, que deve ter sido cometido há doze ou catorze dias.

Há doze ou catorze dias. Annixter leu novamente o resto da notícia; depois deixou o jornal cair no chão. Suas têmporas latejavam com força. Seu rosto estava lívido. Doze ou catorze dias? Ele poderia ser mais exato. *Fazia exatamente treze noites que ele estivera no Casa Habana e contara a um homenzinho de óculos hexagonais como matar uma mulher num quarto fechado.*

Annixter ficou imóvel por um instante. Depois encheu o copo. Era grande e precisava dele. Sentiu uma curiosa sensação de assombro, de espanto. Há treze noites, ele e o homenzinho passavam pelo mesmo apuro. Ambos ultrajados por uma mulher. Como resultado, um concebera um drama com argumento de crime. O outro levara o drama à realidade.

"E eu, naquela noite, ofereci a ele uma participação!", pensou Annixter. "Falei em dinheiro vivo."

Que piada! Todo o dinheiro do mundo não faria o homenzinho confessar que um dia vira Annixter, esse Annixter que lhe contara o argumento de um drama no qual uma mulher era morta num quarto fechado. Porque ele era a única pessoa no mundo que podia denunciá-lo. Mesmo que não pudesse lhes dizer, porque se esquecera, de que maneira o homenzinho cometera o crime, podia pôr a polícia na pista dele, dar seus dados para que o localizassem. E uma vez em seu encalço, a polícia procuraria os vínculos, quase inevitavelmente, com o crime.

Estranho era que ele, Annixter, fosse provavelmente a única ameaça, o único perigo para o impecável, pálido homenzinho de óculos hexagonais. A única ameaça, e é claro que o homenzinho sabia muito bem disso. Um perigo mortal desde a descoberta do assassinato no quarto fechado. Essa descoberta acabava de ser publicada naquela tarde e o homenzinho poderia estar seguindo seu rasto, a pista de Annixter.

Annixter tinha despachado José. O criminoso devia estar para cair sobre Annixter, sozinho no apartamento, sozinho no quarto sem janelas, com a porta fechada por dentro com chave e tranca, a suas costas.

Annixter sentiu um terror súbito, selvagem, glacial.

Levantou-se um pouco, mas era tarde.

Tarde demais, pois nesse instante a lâmina do punhal, fina, penetrante, delicada, deslizou em seus pulmões, entre as costelas.

A cabeça de Annixter foi se inclinando lentamente para a frente até que sua face descansou sobre o manuscrito da peça. Só se ouviu um som, um som estranho, confuso, algo parecido com uma risada.

Annixter, de repente, havia se lembrado.

PETRÔNIO ÁRBITRO, CAIO

Caio Petrônio Árbitro, provável autor de *Satíricon*, viveu e morreu no século I do Império. Não há outros dados sobre o escritor além dos fornecidos por Tácito. (*Anais*, livro XVI, capítulos XVII, XVIII, XIX). De *Satíricon*, vasto romance de aventuras, restam fragmentos em prosa e em verso.

O lobo
Satíricon, cap. LXII, século I

Consegui que um de meus colegas de pensão — um soldado mais valente que Plutão — me acompanhasse. Ao primeiro canto do galo empreendemos a marcha; a lua brilhava como o sol ao meio-dia. Chegamos a uns túmulos. Meu homem se detém; começa a conjurar astros; eu me sento e me ponho a contar as colunas e a cantarolar. Um momento depois me viro para meu colega e o vejo desnudar-se e deixar a roupa à beira do caminho. Meu sangue gelou de medo; fiquei como morto: vi-o urinar ao redor de sua roupa e transformar-se em lobo.

Lobo, começou a uivar e fugiu para o bosque.

Fui recolher sua roupa e percebi que ela havia se transformado em pedra.

Desembainhei a espada e cheguei em casa tremendo. Melissa estranhou ao me ver chegar àquela hora. "Se tivesse chegado um pouco antes", disse-me, "poderia ter nos ajudado: um lobo entrou no cercado e matou as ovelhas; foi uma verdadeira carnificina; ele conseguiu fugir, mas um dos escravos lhe atravessou o pescoço com uma lança."

No dia seguinte, retornei ao caminho dos túmulos. Em vez da roupa petrificada, havia uma mancha de sangue.

Entrei na pensão; o soldado estava deitado numa cama. Sangrava como um boi; um médico cuidava de seu pescoço.

PEYROU, MANUEL

Manuel Peyrou, escritor argentino, nascido em San Nicolás de los Arroyos (província de Buenos Aires) [1902-74]. Autor de *La espada dormida* (1944), *El estruendo de las rosas* (1948), *La noche repetida* (1953), *Las leyes del juego* (1959), *El árbol de Judas* (1961), *Acto y ceniza* (1963).

O busto
La noche repetida, 1953

Deu o nó na gravata e, enquanto o puxava para baixo para ajustá-lo, apertou com dois dedos o tecido, de modo que a partir do laço se fizesse uma dobra, uma prega central, evitando-se a formação de pequenas rugas. Vestiu o paletó azul e conferiu o efeito geral. Para ele, estar impecável era uma forma de conforto. Satisfeito — dignamente satisfeito —, saiu e fechou com cuidado a porta da rua. Não pudera ir à igreja, mas esperava chegar antes das dez à casa da irmã. Era o dia do casamento de seu sobrinho mais velho, que, mais que parente, era um amigo. Passou diante dos porteiros das casas vizinhas e desejou-lhes, afavelmente, boa noite; apesar da idade, tinha uma silhueta elegante: era alto, moreno, com o cabelo levemente estriado de prata. As cristaleiras do salão dos presentes exibiam algumas joias caras. Um colar de pedras combinadas difundia um pequeno arco-íris sobre seu estojo de fundo vermelho; um anel com um topázio, um par de argolas brilhantes e alguns outros meteoros artificiais e minúsculos refulgiam sob a luz das lâmpadas. Verificou se o broche escolhido por ele para sua nova sobrinha e as abotoaduras de brilhantes para o noivo estavam bem expostos. Contente, saiu à procura do novo casal.

— Não vá me dizer que não é uma coisa estranha! — disse de repente seu sobrinho, surpreendendo-o. Estava no mesmo salão e não havia notado sua presença.

— Não sei a que você se refere... — respondeu, parando.

— Ao busto... ou o que quer que seja aquilo...

Seguiu o olhar do jovem e depois se aproximou franzindo o sobrolho. Um instinto claro o ensinara a desdenhar o hábito portenho de rir do que não se entende.

— Sim, é estranho... mas não me parece ruim. Tem um quê de Blumpel...

O sobrinho não respondeu. Aproximou-se alguns passos, deu uma volta no pedestal que sustentava o busto e disse:

— Acho ainda mais horrível visto de frente...

— De frente? Qual é a frente? — Parou e franziu o sobrolho.

— Creio que não tem frente. Em todo caso, não é bom atribuir ao autor uma intenção que ele provavelmente esteve longe de alimentar.

— Não sei, tio; mas me parece uma intromissão, uma presença escura num lugar de coisas claras...

— Fantasias, filho, fantasias. Você sempre foi muito imaginativo. E sempre se esquece do mais importante. Por exemplo: quem o deu de presente a você?

— Aqui está o cartão. Nunca ouvi esse nome.

O tio pegou o cartão e examinou-o cuidadosamente; olhou o verso e depois novamente o anverso, com seu habitual franzimento de sobrolho, como se fosse capaz de distinguir a olho nu as impressões digitais ou qualquer outro tipo de indício.

— Não será um colega de escola que você esqueceu? — perguntou, devolvendo-lhe o pequeno retângulo de cartolina.

— Não, conferi a lista antes de mandar os convites. Não consta.

O tio se aproximou do busto e o olhou a curta distância.

— Não tinha visto esta chapinha de bronze? — perguntou-lhe. — Talvez não a tenham notado porque estava coberta por um pouco de terra. Olhe, diz: "O homem deste século".

— É verdade — replicou o jovem —, não tinha notado. Mas a que século se refere? E, seja o que for, não me agrada. Não sei explicar, mas não me agrada. Gostaria de jogá-lo fora.

Eduardo Adhemar olhou-o com ar tranquilo. Sentiu crescer sua densa, invariável ternura; sempre gostara de ser o árbitro das decisões de seus parentes.

— Acho que não deve fazer isso — disse. — Em todo caso — acrescentou, animando-se com brusca inspiração —, poderia aproveitar a ocasião para fazer algo original. E, de quebra, aproveitar também o presente...

— Sim, mas não sei como... É uma coisa perfeitamente inútil...

— Justamente por isso — replicou Eduardo Adhemar —, por ser inútil, serve para dar de presente.

O sobrinho estava impressionado com o busto. Não acreditava que presenteando-o podia ficar bem com alguém.

— É uma forma de provocação — disse. — E as pessoas já o viram aqui...

Adhemar era um diletante agradável e culto; dissertava superficialmente sobre qualquer coisa, e tinha prazer nisso. Olhou para o sobrinho franzindo os lábios com ironia.

— Por que se empenha em considerar esse busto de um ponto de vista estético? — perguntou. — Sugiro que o examine como algo estranho, misterioso. — O sobrinho observou-o, piscando os olhos. — Por exemplo: vamos imaginar um ser que não teve possibilidade de realização. A Natureza — digamos — tinha cinco projetos de cavalo e escolheu aquele que conhecemos. Os outros quatro permaneceram uma incógnita, mas nem por isso deixam de ter interesse. Talvez houvesse um com as patas longuíssimas, que pareciam pernas de pau, e outro com o pelo comprido, como uma ovelha, e outro com o rabo preênsil. Muito útil na selva. Talvez este seja o homem que ele conseguiu ser. Advirto-o de que eu não o vejo dessa forma. Isso só me agrada em teoria. Prefiro imaginá-lo numa rua escura, saindo de uma porta de garagem; um ser informe para nosso conceito atual, com dois pares de braços e o nariz de lado, que fala por latidos e diz: "Perdão, eu sou o projeto rejeitado de homem".

— Você responderia: "No clube, vejo seus congêneres toda noite".

— Não diga bobagens — replicou Adhemar, que era muito ponderado quando os outros ficavam imaginativos.

— Prefiro a ideia do presente — disse seu sobrinho. — Mas para quem? Quase todos os meus amigos estão aqui, e, se ainda não repararam nele, logo farão isso...

Eduardo Adhemar lembrou:

— Já sei! Mande-o para o Olegarito! Ele não está aqui. Foi ontem para a fazenda e vai se casar daqui a quinze dias.

Quando Eduardo Adhemar chegou, quinze dias depois, à casa de Olegario M. Banfield, já havia se esquecido do assunto. Por isso, talvez — não havia outro motivo —, teve um sobressalto ao ver-se frente a frente com o busto, ao passar de uma sala para a outra, depois de ter feito a agradável comprovação de que os presentes recebidos pelo casal não eram tão caros quanto os recebidos por seus sobrinhos. O busto estava num canto do salão, mas parecia ser o centro da decoração e das luzes. Adhemar cumprimentou duas ou três pessoas e se retirou.

Um mês depois, já entrado o verão, compareceu a outra recepção; era o casamento do filho do presidente da companhia. O ambiente da Bolsa e dos bancos o incomodava um pouco. Sabia que o presidente — um homem muito meritório, trabalhador, mas sem tradição — se vangloriava de sua amizade, e que a dona da casa ia apresentá-lo com grande entusiasmo a uma série de burguesas ricas. Mas a tirania das conveniências comerciais não permitia que pensasse em evasivas. Chegou, pois, com sua habitual correção, que às vezes brilhava em ligeiro arroubo juvenil — uma flor, uma gravata inovadora —, e seu ar indubitavelmente distinto. Cumprimentou os donos da casa e os noivos, e depois, sem dar tempo para as apresentações que já afluíam à boca da esposa do presidente, expressou, com uma impaciência quase infantil, seu desejo de ver os presentes. Por uma escada bordejada de cestos de flores subiram ao primeiro andar. O busto estava no meio do amplo salão, sob as plaquetas cristalinas do lustre.

No decorrer do verão, e depois, no outono, Eduardo Adhemar compareceu a mais um ou dois casamentos. Em todos eles encontrou o busto. Depois espaçou o cumprimento de seus compromissos sociais e limitou-se a ir de tarde, e às vezes de noite, ao clube.

Numa noite desagradável, no começo do inverno, estava confortavelmente instalado tomando seu uísque e lendo o jornal, quando uma conversa a suas costas o fez aprumar-se um pouco e escutar. Dois sócios falavam animadamente. Pelos poucos termos que conseguiu distinguir, compreendeu que se referiam ao busto. "Por sorte tiveram tempo de..." A frase ficou inconclusa, porque um garçom passou fazendo barulho com uma bandeja cheia de copos. O que era preciso fazer a tempo?, perguntou-se Adhemar. Um rasgo de humorismo, uma ideia surgida num instante de jovialidade, no dia do casamento de seu sobrinho, parecia ter tido consequências imprevisíveis. Ele pusera alguma coisa em movimento, um hábito, uma moda, uma força. Não podia saber o quê, mas decidiu averiguar. Infelizmente, não se dava com nenhum dos cavalheiros. Havia se distanciado deles desde o dia da renovação da diretoria executiva. Resolveu ficar atento, nos dias sucessivos, para ver se conseguia surpreender novas alusões ao busto. Uma tarde, chegou ao salão no momento em que uma conversa entre vários amigos estava terminando. Pensou compreender que alguém sustentava a existência de numerosos bustos. Mas essa opinião foi vitoriosamente rebatida por Pedrito Defferrari Marenco, o jovem advogado e político que já se alinhava como um dos novos valores do Partido Tradicional. Era um único busto, do qual todos se desfaziam nervosamente assim que o recebiam. Adhemar, com uma espécie de vertigem, guardou silêncio.

A partir daquele momento, ficou profundamente preocupado. Os motivos de sua inquietação não diziam respeito a um sentimento egoísta; compreendeu — sentado em sua poltrona habitual no clube, fez uma análise minuciosa de sua situação — que um impulso generoso, embora ainda obscuro, começava a dominá-lo de forma surda e crescente. Começou a pensar constantemente no sobrinho, em sua felicidade, em sua profissão, em aspectos de sua vida matrimonial. O casal ainda não regressara de uma longa viagem pela Europa, e Adhemar experimentou verdadeira angústia durante as semanas que faltavam para a chegada. Depois, quando isso finalmente aconteceu, teve de conter sua impaciência por alguns dias. Uma tarde, convidou o jovem para tomar um uísque no clube. Depois de falar de alguns pormenores relacionados à viagem, explorou com cautela os temas de seu interesse. Tudo estava indo bem; seu sobrinho e a mulher eram felizes, o dinheiro, abundante, e a profissão de engenheiro era a vocação completa do jovem. Adhemar sorriu imperceptivelmente, satisfeito, como um conspirador.

Mas dois ou três dias depois notou, alarmado, que começava a se interessar pelo destino de Olegario Banfield, o amigo a quem seu sobrinho presenteara o busto. O problema era mais difícil, porque sua amizade com Banfield era distante e não havia muitos pretextos para vê-lo. No entanto, passou a visitar amigos comuns, com o propósito de obter detalhes; inventou inúmeros subterfúgios e desculpas para se inteirar completamente da vida do jovem Olegario e de sua esposa. Atingiu seu objetivo, naturalmente, e ficou satisfeito. As investigações seguintes foram mais complicadas, porque à medida que avançava ia encontrando pessoas praticamente desconhecidas. Recorreu, então, a um detetive particular. No princípio, foi difícil vencer a suspeita profissional do inspetor Molina. Este, um homem experiente, pensou, logicamente, em motivos sentimentais. É normal que um cavalheiro de grande fortuna tenha uma aventura cara e que anseie por uma relativa fidelidade. Mas quando as investigações tiveram de se estender a dez ou quinze lares recentemente constituídos, o inspetor acabou aceitando as razões expostas por Adhemar. Todo o trabalho — explicou o cavalheiro — seria feito com vistas à formação de um arquivo; uma grande empresa de crédito, cuja denominação convinha manter em sigilo no momento, estava elaborando um gigantesco registro moral e financeiro do país. Adhemar percebeu, em duas ou três ocasiões, um laivo de ironia no inspetor, mas como o homem executava seu trabalho com consciência logo esqueceu toda preocupação. O inspetor, por sua vez, recebia um considerável salário por suas atividades, de modo que também abandonou as considerações alheias a seu labor rotineiro e colaborou da forma mais eficaz.

Algum tempo depois, Adhemar percebeu que era impossível ter um quadro da vida da pessoa, a partir da posse do busto, sem conhecer sua vida anterior. Só a comparação podia dar a nota exata. Isso desdobrou, complicou infinitamente as investigações. Para cooperar com o inspetor, o próprio Adhemar decidiu agir. Durante dias e noites fez entrevistas, requereu boletins, seguiu demoradamente pessoas desconhecidas pelas ruas. No fim de alguns meses, numa noite de neblina em que percorria o bairro da Recoleta, teve um sobressalto. Uma forma ligeira, quase uma sombra, entrevista ao virar o rosto, deixou-o desconfiado de também estar sendo seguido. O sangue latejou em suas têmporas; um sentimento de horror quase o paralisou. Depois conseguiu apertar o passo, deu duas ou três voltas inesperadas — ou que pensou serem inesperadas — em outras tantas esquinas e finalmente chegou em casa. Poucas horas depois tinha se acalmado; ele se intrometera na vida dos outros: tinha o direito de impedir que alguém espiasse a sua? Mas não pensou mais, porque estava muito cansado; seu estado físico e seu ânimo haviam decaído nas últimas semanas.

Durante um mês prosseguiu com seu trabalho, sempre com a sensação de ser pontualmente observado, até que uma doença estomacal e uma leve pontada no lado esquerdo do peito o obrigaram a ir ao médico. Não era nada preocupante, explicou o doutor. Dieta, supressão do álcool, uma série de injeções e ficaria como novo. Voltou a seu apartamento, na rua Arenales, e se meteu na cama. No dia seguinte era seu aniversário e ele queria estar bem para receber os amigos. Mas ao acordar compreendeu que sua reunião fracassaria. Uma dor forte, reumática ou o que quer que fosse, impedia que se movesse. Chamou o médico, que chegou ao meio-dia. Efetivamente, suas pequenas moléstias complicaram-se com um lumbago.

Ficou o dia todo na cama. O criado recebeu dois ou três amigos que foram cumprimentá-lo; também chegaram alguns presentes. Às nove da noite o criado se retirou, depois de lhe pedir permissão para ir ao cinema. Adhemar sugeriu que deixasse a porta entreaberta, para o caso de chegar algum amigo. Meia hora depois ouviu batidas, e um mensageiro entrou sem esperar resposta. Estava curvado por um pacote muito pesado, que deixou na mesa do hall. Depois foi até a cama, entregou-lhe um envelope e se retirou. No cômodo contíguo, o pacote era uma sombra escura. Dobrado pela dor, sem conseguir se levantar, Adhemar abriu o envelope e pegou um cartão. Nunca lera aquele nome. Sim; já o lera: na noite do casamento de seu sobrinho, no cartão que acompanhava o busto! Ansioso, esticou o braço e pegou o telefone. Aproximou o aparelho de seu ouvido: estava desligado. Dolorosamente, inutilmente, fez um esforço para se levantar. Uma opressão crescente, como uma maré, encheu seu peito e foi subindo, subindo.

Sob o arco do hall a escuridão se estendeu como café derramado e avançou pelo quarto.

Edgar Allan Poe, escritor norte-americano. Nascido em Boston em 1809; falecido num hospital de Nova York em 1849. Inventou o gênero policial; renovou o gênero fantástico; influenciou escritores tão diversos como Baudelaire e Chesterton, Conan Doyle e Paul Valéry. É autor de *A narrativa de Arthur Gordon Pym* (1838), *Tales of the Grotesque and the Arabesque* (1840), *Tales* (1845), *O corvo e outros poemas* (1845), *Eureka* (1848).

POE, EDGAR ALLAN

A verdade sobre o caso de M. Valdemar
Tales, 1845

Não me surpreende que o extraordinário caso de M. Valdemar tenha provocado controvérsia. Em tais circunstâncias, o contrário seria um milagre. Nossa decisão de não divulgar o assunto até completar o estudo deu lugar a boatos exagerados ou fragmentários e suscitou, naturalmente, muita incredulidade.

Agora é necessário que eu exponha os *fatos*, até onde os entendo. Em resumo, são estes:

Há três anos venho estudando os problemas do hipnotismo; nove meses atrás, ocorreu-me que nos experimentos realizados até então havia uma notável e inexplicável lacuna: ninguém fora ainda hipnotizado *in articulo mortis*. Faltava saber, primeiro, se nesse estado o paciente era suscetível à influência hipnótica; segundo, se, em caso afirmativo, esse estado restringia ou favorecia a sensibilidade hipnótica; terceiro, até que ponto e por quanto tempo o hipnotismo poderia deter o processo da morte. Este último ponto, em particular, despertou minha curiosidade.

Em busca de um sujeito para o experimento, pensei em meu amigo M. Ernest Valdemar, o conhecido compilador da *Bibliotheca Forensica* e autor (sob o pseudônimo de Issachar Marx) das versões para o polonês de *Wallenstein* e de *Gargântua*.

M. Valdemar, que morava no Harlem (Nova York) desde 1839, é (ou era) notório por sua extrema magreza — as pernas eram muito parecidas com as de John Randolph — e pela brancura das costeletas, em contraste com o cabelo enegrecido que muitos tomavam por peruca. Com seu temperamento nervoso, era um sujeito excelente para os exercícios hipnóticos. Por duas ou três vezes eu conseguira fazê-lo dormir com facilidade; mas não obtive outros resultados que seu temperamento me induzira a esperar. Sua vontade nunca esteve plenamente submissa e, no que se refere à *clarividência*, não consegui nada. Sempre atribuí meu fracasso ao estado precário de sua saúde. Meses antes de eu conhecê-lo, os médicos descobriram que era tísico. Costumava falar com toda a serenidade de seu fim próximo, como de algo que não podia evitar nem lamentar.

Quando tive as ideias que mencionei, era muito natural que pensasse em M. Valdemar. Conhecia bastante bem a firme filosofia do homem para temer escrúpulos de sua parte; e ele não tinha parentes na América que pudessem interferir. Falei-lhe francamente do assunto e, para minha surpresa, ele manifestou vivo interesse. Digo "para minha surpresa" porque, embora ele tivesse se submetido espontaneamente a minhas experiências, elas nunca lhe haviam interessado. A natureza do mal permitia calcular com certa precisão a data da morte; combinamos que ele me avisaria vinte e quatro horas antes do período fixado pelos médicos.

Já faz sete meses que recebi, de punho e letra de M. Valdemar, a seguinte mensagem:

> Meu caro Poe:
> Pode vir *agora*. D. e F. consideram que não passarei de amanhã à meia-noite; o cálculo me parece correto.
>
> VALDEMAR

Quinze minutos depois eu estava no quarto do moribundo. Fazia dez dias que não o visitava, e sua espantosa alteração me chocou. Seu rosto parecia de chumbo; os olhos eram opacos e a debilitação tão extrema que os pômulos tinham rasgado a pele. A expectoração era abundante; o pulso, fraco. Mantinha, no entanto, sua integridade mental e certo vigor físico. Falava claramente; sem ajuda ingeriu um calmante e, quando entrei, tomava notas em sua caderneta. Estava sentado na cama, apoiado por travesseiros. Cuidavam dele os drs. D. e F.

Depois de apertar a mão de Valdemar, fui falar com os médicos; eles me detalharam o estado do doente. Fazia dezoito meses que o pulmão esquerdo se encontrava num estado quase calcificado ou cartilaginoso. A região superior do pulmão direito estava, em parte, ossificada; a região inferior era uma massa de tubérculos purulentos que se interpenetravam. Havia algumas perfurações profundas e, em certo ponto, estavam aderidas às costelas. Esses fenômenos do lobo direito eram de surgimento relativamente recente. A ossificação progredira com uma rapidez insólita. Um mês antes não se notava nenhum sintoma e a aderência fora descoberta havia poucos dias. Além da tísica, os médicos temiam um aneurisma da aorta; os sintomas ósseos não permitiam um diagnóstico exato. Ambos os médicos eram da opinião de que M. Valdemar morreria à meia-noite do dia seguinte (domingo). Eram sete horas da noite de sábado.

Ao deixarem o doente para conversar comigo, os drs. D. e F. deram o último adeus. Não pretendiam voltar; mas, a meu pedido, prometeram aparecer no domingo, antes da meia-noite.

Quando saíram, falei abertamente com M. Valdemar sobre seu fim próximo, e em particular sobre a experiência. Ele se mostrou disposto, quase impaciente, e me intimou a tentá-la imediatamente. Um enfermeiro e uma enfermeira o assistiam, para o caso de um acidente súbito; mas não me atrevi a realizar um experimento tão grave sem outras testemunhas responsáveis além daquelas. Tive de renunciar à operação até as oito da noite seguinte, quando chegou um estudante de medicina, M. Teodoro L. Eu pretendia esperar os médicos, mas as solicitações de M. Valdemar e minha convicção de que não havia tempo a perder fizeram-me agir imediatamente.

M. L. concordou em tomar notas de tudo o que acontecesse; este informe resume, ou transcreve literalmente, essas notas.

372

Pouco antes das oito, peguei a mão do paciente e pedi que formulasse, o mais claramente possível, sua vontade de que o hipnotizassem naquele estado. Ele respondeu debilmente: "Sim, quero que me hipnotizem". Depois acrescentou: "Temo que tenham esperado demais".

Enquanto ele falava, iniciei os passes que executara com sucesso em ocasiões anteriores. O primeiro toque lateral da mão sobre a testa foi notoriamente eficaz; mas, apesar de todas as minhas tentativas, não houve nenhum avanço até as dez, quando chegaram os drs. D. e F. Expliquei-lhes sucintamente meu projeto. Não se opuseram, e como declararam que o paciente já estava em agonia, agi sem demora, mudando, no entanto, os passes laterais por verticais e concentrando meu olhar no olho direito de Valdemar.

O pulso era imperceptível; a respiração, estertorosa, com intervalos de trinta segundos. Essa condição durou quinze minutos. Depois, o peito do moribundo soltou um suspiro bem natural, mas profundíssimo. A respiração estertorosa cessou; os intervalos não diminuíram. As pernas e os braços do paciente estavam gelados. Às dez para as onze, percebi sinais inequívocos da influência hipnótica. A oscilação vítrea do olho transformou-se naquela expressão de penoso exame interior que só se vê em casos de sonambulismo. Bastaram alguns toques laterais para que as pálpebras tremessem como no sono incipiente; uns poucos mais, para que os olhos se fechassem. Isso não me satisfez. Repeti vigorosamente os passes e empenhei toda a minha vontade, até paralisar os membros do doente, depois de colocá-los numa posição confortável. As pernas estavam bem esticadas; os braços, um pouco estendidos para fora; a cabeça, ligeiramente elevada.

Já era meia-noite; pedi aos presentes que examinassem M. Valdemar. Depois de observá-lo, reconheceram que ele estava num estado excepcionalmente perfeito de transe hipnótico. Os dois médicos manifestaram grande interesse. O dr. D. resolveu ficar a noite toda; o dr. F. prometeu voltar ao amanhecer. M. L. e os enfermeiros permaneceram.

Deixamos M. Valdemar tranquilo até as três da manhã. Ao me aproximar encontrei-o na mesma posição em que estava quando o dr. F. fora embora; a posição era a mesma; o pulso, fraco; a respiração, suave (perceptível apenas pela aplicação de um espelho nos lábios). Os olhos estavam fechados com naturalidade; os membros, rígidos e frios como mármore. Contudo, a aparência geral não era a de um cadáver.

Aproximei-me de M. Valdemar e tentei fazer com que seu braço direito seguisse o movimento do meu, que evoluía suavemente sobre seu corpo. Esse experimento sempre fracassara com M. Valdemar, e eu não esperava um resultado melhor agora. Mas, para meu espanto, seu braço foi seguindo, ainda que debilmente, as evoluções do meu. Resolvi arriscar algumas palavras:

— Monsieur Valdemar — perguntei —, o senhor está dormindo?

Ele não respondeu, mas percebi um tremor nos lábios e repeti a pergunta diversas vezes. Na terceira tentativa, uma vibração levíssima percorreu todo o corpo; as pálpebras se abriram até revelar uma estria branca; os lábios se moveram lentamente e deram passagem a estas palavras, quase imperceptíveis:

— Sim, agora estou dormindo. Não me acorde, me deixe morrer assim.

Apalpei os membros e comprovei que não haviam perdido a rigidez. Como antes, o braço direito seguia a direção de minha mão. Interroguei novamente o sonâmbulo:

— A dor no peito continua, M. Valdemar?

A resposta foi imediata, levemente murmurada:

— Dor? Não, estou morrendo.

Não me pareceu razoável continuar a incomodá-lo, e nada mais foi feito até a chegada, ao amanhecer, do dr. F., que demonstrou um espanto sem limites ao encontrar o paciente com vida. Tomou-lhe o pulso, aplicou-lhe um espelho nos lábios e depois me pediu que lhe perguntasse alguma coisa.

— O senhor continua dormindo, M. Valdemar?

Alguns minutos se passaram antes que respondesse; durante o intervalo, o sonâmbulo parecia reunir suas forças para falar. Na quarta repetição, disse, fraca, quase imperceptivelmente:

— Sim, estou dormindo: estou morrendo.

Os médicos aconselharam que não se incomodasse mais M. Valdemar até que a morte chegasse, fato que, segundo eles, levaria poucos minutos. Porém, resolvi falar mais uma vez e repeti minha pergunta.

Enquanto eu falava houve uma mudança marcante no rosto do sonâmbulo. Seus olhos giraram lentamente nas órbitas, as pupilas desapareceram para cima; a pele adquiriu uma cor cadavérica, menos parecida com pergaminho que com papel branco; e as manchas febris que havia no meio das faces de repente se *apagaram*. Uso esta palavra porque seu desaparecimento lembrou-me da brusca extinção de uma vela. Ao mesmo tempo, o lábio superior se afastou dos dentes, que antes cobria; a mandíbula caiu com um golpe seco, deixando a boca bem aberta e, a descoberto, a língua enegrecida e inchada. Nenhum de nós ignorava os horrores do leito de morte; o aspecto de M. Valdemar, porém, era tão atroz que todos recuamos.

Agora chego à parte inacreditável de meu relato. Mesmo assim vou prosseguir. Já não restava em M. Valdemar o mais leve sinal de vida; pensando que estava morto, íamos deixá-lo aos cuidados dos enfermeiros quando observamos na língua um forte movimento vibratório. Isso durou um minuto, talvez. Depois, das mandíbulas dilatadas e imóveis brotou uma voz, uma voz que seria loucura tentar descrever. É verdade que há dois ou três adjetivos parcialmente aplicáveis: poderíamos dizer, por exemplo, que o som era áspero, e quebrado, e oco; mas o horroroso conjunto é indescritível, pela simples razão de que jamais som igual rangeu em ouvidos humanos.

Duas particularidades, no entanto, pareceram-me (e ainda me parecem) típicas da entonação; vou enunciá-las porque podem comunicar de algum modo sua peculiaridade sobrenatural. Em primeiro lugar, a voz parecia vir de muito longe, ou de uma caverna profunda no interior da terra. Em segundo lugar, impressionava o ouvido (receio, na verdade, que seja impossível me fazer entender) como as matérias gelatinosas e viscosas impressionam o tato.

Falei em *som* e em *voz*. Quero dizer que o som era escandido de uma forma nítida e terrível. M. Valdemar *falou*, em evidente resposta à pergunta que eu lhe fizera minutos antes. Eu perguntara, como devem se lembrar, se ele estava dormindo. Agora ele disse:

— Sim; não, *estive dormindo*, e agora, agora *estou morto*.

Nenhum dos presentes negou, ou tentou ocultar, o terror inefável e arrepiante que essas poucas palavras, e essa voz, foram capazes de infundir. M. L. (o estudante) desmaiou. Os enfermeiros saíram imediatamente do quarto e se recusaram a voltar. Não vou tentar comunicar ao leitor o que senti naquele momento. Durante uma hora nos dedicamos, em silêncio, a reanimar L. Quando ele voltou a si, fomos examinar novamente o estado de M. Valdemar.

O estado era o mesmo, com exceção do espelho, que não embaçava mais ao ser posto diante dos lábios. Uma tentativa de tirar sangue de seu braço falhou. Mencionarei, ainda, que esse membro já não estava sujeito à minha vontade. Em vão tentei fazê-lo seguir a direção de minha mão. A única indicação da influência hipnótica era o movimento vibratrório da língua, toda vez que lhe fazíamos alguma pergunta. Parecia se esforçar para responder, mas já não possuía volição suficiente. Se os outros lhe falavam, parecia completamente insensível, embora eu tentasse colocá-los em relação magnética com ele. Creio que já contei o necessário para que se possa entender o estado do sonâmbulo naquele momento. Conseguimos outros enfermeiros, e às dez horas saí da casa com os dois médicos e com M. L. Voltamos de tarde. O estado de M. Valdemar era o mesmo. Discutimos a possibilidade e a conveniência de acordá-lo, mas logo desistimos. Era inegável que todo o processo hipnótico detivera a morte: isso que geralmente se denomina morte. Pareceu-nos evidente que acordar M. Valdemar seria apressar sua instantânea, ou pelo menos imediata, extinção.

Desde essa tarde até o final da semana passada — *um intervalo de cerca de sete meses* — continuamos visitando diariamente M. Valdemar, acompanhados por médicos ou por outros amigos. Durante esse longo intervalo o estado do sonâmbulo não mudou. A vigilância dos enfermeiros era contínua. Na sexta-feira passada, decidimos fazer o possível para acordá-lo. Recorri aos passes costumeiros. Durante algum tempo, foram ineficazes.

O primeiro sintoma de volta à vida foi uma descida parcial da íris. Imediatamente depois, escorreu pelas faces um líquido seroso e amarelado, de cheiro acre e muito repugnante. Sugeriram, então, que eu tentasse agir novamente sobre o braço do paciente. Minha tentativa falhou. O dr. F. aconselhou-me a fazer alguma pergunta. E a fiz, desta maneira:

— M. Valdemar, o senhor pode me explicar que sensações e desejos tem agora?

As manchas febris ressurgiram nas faces; sua língua tremeu, ou melhor, girou com violência na boca (ainda que a rigidez dos lábios e mandíbulas tenha se mantido) e, finalmente, a voz horrorosa que já descrevi irrompeu:

— Pelo amor de Deus, depressa, depressa, me faça morrer; ou então me acorde depressa. *Estou dizendo que estou morto!*

Fiquei completamente descontrolado e por um momento não soube como agir. Primeiro tentei acalmar o sonâmbulo, mas minha vontade exaurida me fez fracassar; então, tentei acordá-lo. Percebi que essa tentativa seria bem-sucedida e creio que todos se prepararam para assistir ao despertar.

Mas era impossível que um ser humano estivesse preparado para o que realmente aconteceu.

Enquanto eu fazia os passes magnéticos entre gritos de "Morto!", "Morto!" que irrompiam da língua e não dos lábios de Valdemar, todo o seu corpo se encolheu — e depois de um minuto, ou ainda menos —, desintegrou-se e *apodreceu* sob minhas mãos. Sobre a cama, diante de todos, restou uma massa quase líquida, de imunda, de abominável putrefação.

RABELAIS, FRANÇOIS

François Rabelais, escritor satírico francês. Nascido em Chinon, *circa* 1494; falecido em Paris em 1553. Foi eclesiástico; exerceu a medicina em diversas cidades do sul da França. Viajou pela França e pela Itália. Famoso por *Gargântua e Pantagruel* (1532-64), *Supplicatio pro Apostasia* (1535), *La Sciomachie* (1549).

Como descemos na ilha das Ferramentas
Pantagruel, livro v, 1564

Levantamos nosso velame e em menos de dois dias aportamos na ilha das Ferramentas.

Era uma ilha deserta e desabitada. Havia muitas árvores das quais pendiam foices, picaretas, serrotes, serras, cinzéis, facas, furadores, cimitarras, estoques, flechas, espadões e navalhas.

Quem precisasse de qualquer um desses objetos só tinha de sacudir a árvore: logo caíam, como ameixas, e ao aterrissar encontravam uma espécie de planta que se chamava bainha e nela se embainhavam. Quando caíam era preciso tomar cuidado para que não caíssem na cabeça, nos pés ou em outra parte do corpo. Caíam com a ponta para baixo, para embainhar-se, com grande risco de ferir as pessoas.

Sob outras árvores, vi certas espécies de plantas que cresciam como piques, lanças, dardos, alabardas, partasanas, punhais e espetos; cresciam tanto que envolviam a árvore da qual tomavam os ferros e as folhas apropriadas para cada uma...

> Saki (H. H. Munro), escritor inglês. Nascido em Akyab (Birmânia) [1870]; falecido em 1916, no ataque de Beaumont Hamel. Sua obra compreende *The Rise of the Russian Empire* (1900), *Not so Stories* (1902), *When William Came* (1913), *Beasts and Super-Beasts* (1914), *The Short Stories of Saki* (1930).

Sredni Vashtar
The Toys of Peace, 1919

Conradín tinha dez anos e, segundo a opinião do médico, não ia viver mais cinco anos. O médico era fraco, ineficaz, e não era levado em consideração, mas sua opinião tinha o respaldo da sra. de Ropp, que devia ser levada em consideração. A sra. de Ropp, prima de Conradín, era sua tutora, e representava para ele esses três quintos do mundo que são necessários, desagradáveis e reais; os outros dois quintos, em perpétuo antagonismo com os anteriores, estavam concentrados em sua imaginação. Conradín supunha que de um dia para o outro sucumbiria à pressão dominante das coisas necessárias: a doença, as proibições típicas do excesso de cuidado e o tédio interminável. Sua imaginação, estimulada pela solidão, impedia que ele sucumbisse.

Nem nos momentos de maior franqueza a sra. de Ropp confessava a si mesma que não gostava de Conradín, embora houvesse percebido que ao contrariá-lo, "para seu próprio bem", cumpria com um dever que não lhe era particularmente penoso. Conradín a odiava com desesperada sinceridade, que sabia disfarçar à perfeição. As poucas diversões que inventava melhoravam com a perspectiva de aborrecer sua tutora. A sra. de Ropp estava excluída do domínio de sua imaginação como um objeto sujo, que não podia entrar ali.

Ele não via muito encanto no jardim tristonho, vigiado por muitas janelas que poderiam se entreabrir de um momento para outro para lembrá-lo da obrigação de tomar um remédio ou para lhe dizer que não fizesse isto ou aquilo. As poucas árvores frutíferas lhe eram zelosamente proibidas; no entanto, seria difícil descobrir um comprador que oferecesse dez xelins por toda a sua produção anual. Num canto, quase completamente escondida por um arbusto, havia uma casinha de ferramentas, abandonada; sob seu teto, Conradín encontrou um refúgio, que assumiu os diferentes aspectos de um quarto de brinquedos e de uma catedral. Ele a povoara de fantasmas familiares, alguns tirados da história, outros de sua própria imaginação; mas a casinha também abrigava dois hóspedes de carne e osso. Num canto vivia uma galinha de Houdan, de plumagem áspera, à qual o menino dedicava um carinho que quase não tinha outro destinatário. Mais atrás, na penumbra, havia uma gaveta. Estava dividida em dois compartimentos, um deles com grades de ferro na frente. Era a morada de um grande furão dos pântanos; o rapaz do açougue o vendera clandestinamente, com gaiola e tudo, por umas poucas moedas de prata. Conradín tinha muito medo desse animal flexível e de garras afiadas, mas era seu tesouro mais precioso. Para Conradín, sua presença na casinha era uma felicidade secreta e terrível; devia mantê-lo escondido da Mulher (como ele chamava sua prima). Um dia, não se sabe como, inventou para o animal um nome maravilhoso, e desde esse momento o furão dos pântanos foi um deus e uma religião.

A Mulher cumpria com seus deveres religiosos uma vez por semana, numa igreja dos arredores; Conradín a acompanhava. Mas toda quinta-feira, no silêncio musgoso e escuro da casinha de ferramentas, o menino, numa cerimônia mística e elaborada, oficiava diante da gaveta de madeira, santuário de Sredni Vashtar, o Grande Furão. Enfeitava seu altar com flores vermelhas e frutas escarlate, pois era um deus que favorecia o impaciente lado feroz das coisas (a religião da Mulher, segundo Conradín, estava orientada para um sentido oposto). Nas grandes festas, jogava noz-moscada em pó diante da gaveta. Precisava roubar a noz-moscada; isso valorizava sua oferenda. As festas eram variáveis e tinham por objetivo comemorar algum acontecimento passageiro. Por ocasião de uma forte dor de dente que a sra. de Ropp sofreu por três dias, Conradín prolongou as festividades durante todo esse tempo e quase conseguiu se convencer de que Sredni Vashtar era pessoalmente responsável pela dor.

A galinha de Houdan jamais interferiu no culto de Sredni Vashtar. Conradín decidira que era anabatista. Não tinha a menor ideia do que seria um anabatista, mas tinha uma íntima esperança de que fosse algo audaz e não muito respeitável. Para Conradín, a sra. de Ropp encarnava a imagem odiosa de toda respeitabilidade.

Algum tempo depois, as permanências de Conradín na casinha começaram a chamar a atenção de sua tutora. "Não pode ser bom para ele passar o dia lá, quando está frio", decidiu prontamente, e certo dia, na hora do café da manhã, anunciou que a galinha de Houdan fora vendida na noite anterior. Com seus olhos míopes, escrutou Conradín, esperando um acesso de raiva e de tristeza, que estava pronta para reprimir com a força de excelentes preceitos. Mas Conradín não disse nada; não tinha nada a dizer. Alguma coisa, em seu rosto impávido e branco, tranquilizou-a. Naquela tarde, na hora do chá, fizeram torradas: atenção geralmente negada com o pretexto de que "eram ruins para Conradín", e também porque dava trabalho fazê-las.

— Pensei que gostasse de torradas — exclamou, ressentida, a sra. de Ropp, ao observar que ele não estava comendo.

— Às vezes — disse Conradín.

Naquela tarde, na casinha das ferramentas, houve uma mudança no culto ao deus da gaveta. Até então, Conradín não fizera nada além de cantar suas orações: agora ele pediu um favor.

— Me faça um favor, Sredni Vashtar.

O favor não estava especificado. Conradín olhou para o outro canto vazio e, contendo um soluço, voltou ao mundo que detestava.

Todas as noites, na bem-vinda escuridão de seu quarto, todas as tardes, na penumbra da casinha, a amarga ladainha de Conradín continuava:

— Me faça um favor, Sredni Vashtar.

A sra. de Ropp percebeu que as visitas à casinha não tinham parado; uma tarde, realizou uma inspeção mais completa. — O que você guarda nessa gaveta fechada à chave? — perguntou. — Certamente são porquinhos-da-índia. Mandarei levá-los embora.

Conradín apertou os lábios, mas a mulher revistou seu quarto até descobrir a chave escondida e depois desceu até a casinha para coroar sua descoberta. Era uma tarde chuvosa, e Conradín fora proibido de ir ao jardim. Da última janela da copa dava para ver a casinha; Conradín se instalou nessa janela. Viu a Mulher entrar e a imaginou abrindo a porta da gaveta sagrada e examinando com olhos míopes a espessa cama de palha onde seu deus estava oculto. Talvez, com rude impaciência, estivesse tateando a palha com o guarda-chuva. Fervorosamente, Conradín articulou sua última prece. Mas, ao rezar, sentia-se incrédulo. Sabia que a Mulher ia aparecer de um momento para o outro, com o sorriso franzido que ele tanto detestava; dentro de uma ou duas horas o jardineiro levaria embora seu deus prodigioso, não mais um deus, mas um simples furão de cor parda, numa gaveta.

E ele sabia que a Mulher sempre triunfaria, como triunfara até agora, e que suas perseguições e sua tirania o enfraqueceriam pouco a pouco até que nada mais lhe importasse, até que acontecesse o que o doutor previra. E como um desafio, na decepção da derrota, começou a clamar o hino para seu ídolo ameaçado:

Sredni Vashtar investiu:
Seus pensamentos eram pensamentos vermelhos, seus dentes eram brancos.
Seus inimigos pediram paz, mas Ele lhes trouxe a morte.
Sredni Vashtar, o Belo.

De repente parou de cantar e se aproximou da janela. A porta da casinha continuava aberta. Os minutos passavam. Os minu-

382

tos eram longos, mas passavam. Olhava os pardais que voavam e corriam pelo gramado. Contou-os e tornou a contá-los, sem perder de vista a porta. Uma criada de expressão amarga entrou no cômodo e arrumou a mesa para o chá. Conradín continuava esperando, vigiando. Gradualmente, a esperança deslizava em seu coração; o triunfo começou a brilhar em seus olhos, que até agora só conheciam a melancólica paciência da derrota. Com uma exultação furtiva, gritou novamente o peã de vitória e devastação. Seus olhos foram recompensados. Saiu pela porta um comprido animal amarelo e pardo, baixo, com olhos deslumbrados pela luz do entardecer e manchas escuras molhadas na pele das mandíbulas e do pescoço. Conradín caiu de joelhos. O Grande Furão dos Pântanos dirigiu-se a um dos açudes do jardim, tomou água, atravessou uma ponte de tábuas e se perdeu entre os arbustos. Essa foi a passagem de Sredni Vashtar.

— O chá está servido — disse a criada de expressão amarga.

— Aonde a patroa foi?

— Foi até a casinha — disse Conradín.

E enquanto a criada ia procurar a patroa, Conradín tirou da gaveta do aparador o garfo das torradas e começou a torrar o pão.

E enquanto o torrava e punha muita manteiga nele e o saboreava lentamente, ouvia os ruídos e silêncios que caíam em rápidos espasmos do outro lado da porta da copa. Os berros tontos da criada, o correspondente coro da cozinha, os vaivéns, as embaixadas urgentes para pedir ajuda e, depois de uma pausa, os sagrados soluços e o andar arrastado dos que levam uma carga pesada.

— Quem vai contar ao pobre menino? Eu não tenho coragem — disse uma voz estridente.

E enquanto discutiam o assunto entre elas, Conradín preparou outra torrada.

SINCLAIR, MAY

May Sinclair, escritora inglesa nascida em Cheshire em 1863; falecida em Aylesbury em 1946. Autora de *The Divine Fire* (1904), *The Three Sisters* (1914), *Mary Olivier: A Life* (1919).

Onde seu fogo nunca se apaga
Uncanny Stories

Não havia ninguém no pomar. Com cuidado, sem fazer barulho com a aldraba, Harriet Leigh saiu pelo portão de ferro. Seguiu o caminho até a sebe, onde, sob o sabugueiro em flor, o tenente da Marinha George Waring a esperava.

Anos depois, quando pensava em George Waring, Harriet sentia novamente o doce e cálido aroma de vinho da flor de sabugueiro, e quando cheirava flores de sabugueiro revia George Waring, com seu rosto bonito de poeta ou de músico, seus olhos negros e os cabelos de um castanho-oliva.

Waring a pedira em casamento e ela aceitara. Mas seu pai era contra, e ela viera para lhe dizer isso e para se despedir; o barco dele partia no dia seguinte.

— Ele diz que somos jovens demais.

— Quanto ele quer que esperemos?

— Três anos.

— Mais três anos antes de nos casarmos! Estaremos mortos!

Abraçou-o para confortá-lo. Ele a abraçou mais forte e depois correu para a estação, enquanto ela voltava lutando contra as lágrimas.

— Ele estará de volta daqui a três meses. É preciso esperar.

Mas ele não voltou. Morrera num naufrágio no Mediterrâneo. Harriet já não temia uma morte prematura, pois não podia continuar vivendo sem George.

Harriet Leigh esperava na sala de sua casinha em Maida Vale, onde morava desde a morte do pai. Estava inquieta, não conseguia tirar os olhos do relógio; esperando as quatro, a hora que Oscar Wade marcara. Como não o recebera no dia anterior, não tinha certeza de que viria.

Perguntava-se por que o recebia hoje, se na véspera o havia rechaçado definitivamente. Não deveria vê-lo, nunca. Tinha explicado tudo para ele. Recordava-se, rígida na cadeira, exaltada com sua própria integridade, enquanto ele escutava, cabisbaixo, envergonhado. Sentia novamente sua voz trêmula repetindo que não podia, que ele tinha de entender, que ela não voltaria atrás, que ele era casado e que não deviam se esquecer disso.

Oscar respondeu, indignado:

— Não preciso pensar em Muriel. Só vivemos juntos para manter as aparências.

— E para manter as aparências não devemos nos ver mais. Oscar, por favor, vá embora.

— Está falando sério?

— Sim. Não devemos nos ver mais.

Oscar se afastara, vencido. Via-o endireitando as largas costas para suportar o golpe. Sentia pena dele. Fora cruel sem necessidade. Agora que estabelecera um limite, por que não podiam se ver mais? Até ontem esse limite não era claro. Hoje queria lhe pedir que esquecesse o que dissera. Eram quatro horas. Quatro e meia. Cinco. Já havia bebido o chá e desistira de vê-lo quando ele chegou. Veio como das outras vezes: com seu passo medido e cauteloso, suas costas anchas aprumadas com arrogância. Era um homem de cerca de quarenta anos, alto, altivo, de quadris estreitos e pescoço curto, rosto grande, quadrado, os traços bonitos. O bigode bem curto, castanho-avermelhado, eriçava-se sobre o lábio superior. Seus olhos pequenos brilhavam, castanhos, avermelhados, ansiosos e animais. Gostava de pensar nele quando ele estava longe, mas sempre tinha um sobressalto ao vê-lo. Fisicamente, estava bem distante de seu ideal; era bem diferente de George Waring.

Sentou-se diante dela. Houve um silêncio incômodo, interrompido por Oscar Wade.

— Harriet, você disse que eu podia vir. — Parecia querer jogar sobre ela toda a responsabilidade. — Espero que tenha me perdoado.

— Sim, Oscar. Eu o perdoei.

Pediu-lhe que demonstrasse isso indo jantar com ele. Ela concordou, sem saber por quê.

Levou-a ao restaurante Schubler. Oscar Wade comia como um gourmet, dando importância a cada prato. Ela gostava de sua ostensiva generosidade: não tinha nenhuma das virtudes mesquinhas.

O jantar terminou. Um silêncio embaraçoso lhe dizia o que ele estava pensando. Mas acompanhou-a até em casa e despediu-se no portão.

Harriet não sabia se ficava alegre ou triste. Gozara de um momento de exaltação virtuosa, mas não houve alegria nas semanas seguintes. Renunciara a Oscar Wade porque ele não a atraía muito, e agora o desejava com fúria, com perversidade, por ter renunciado a ele.

Jantaram juntos várias vezes. Já conhecia o restaurante de cor. As paredes brancas com painéis de contornos dourados, os pilares brancos e dourados, os tapetes turcos, azuis e vermelhos, as almofadas de veludo vermelho que grudavam em suas saias, os fulgores da prata e dos cristais nas mesas circulares. E os rostos dos fregueses e as luzes nos abajures vermelhos. E o rosto de Oscar, corado após o jantar. Sempre, quando ele se jogava para trás na cadeira, Harriet sabia no que estava pensando. Levantava as pálpebras pesadas e a olhava, inquiridor. Agora sabia como tudo aquilo ia acabar. Pensava em George Waring e em sua própria vida desiludida. Não havia escolhido Oscar, não o desejara de verdade, mas não podia mais deixá-lo ir embora.

Tinha certeza do que ia acontecer. Mas não sabia quando nem onde. Aconteceu no final de uma noite, quando jantaram numa saleta reservada. Oscar falou que não conseguia aguentar o calor e o barulho do restaurante. Ela foi na frente, por uma escada íngreme coberta por um tapete vermelho, até a porta do reservado do segundo andar.

De tempos em tempos, repetiam a furtiva aventura, no quarto do restaurante ou em sua casa, quando a empregada não estava. Mas não convinha se arriscar.

Oscar dizia estar feliz. Harriet duvidava. Isso era o amor, que nunca tivera e com que sonhara e desejara com todas as forças; agora ela o possuía. Mas não estava satisfeita. Sempre esperava algo mais, algum êxtase que se anunciava e não vinha. Havia algo repugnante em Oscar; no entanto, como era sua amante, não podia admitir que fosse um traço de grosseria. Para se justificar, pensava em suas boas qualidades, em sua generosidade, sua força. Pedia que falasse de seus escritórios, de sua fábrica, de suas máquinas, pedia-lhe emprestados os livros que ele lia. Mas sempre que tentava conversar, ele a fazia sentir que não era para isso que estavam juntos, que um homem conversa sobre tudo o que precisa com os amigos.

— É ruim que nos vejamos de um modo tão fugaz; deveríamos morar juntos; é a única coisa razoável — disse Oscar.

Tinha um plano. Sua sogra viria morar com Muriel em outubro. Poderia ir a Paris e encontrar-se lá com Harriet.

Ficaram duas semanas num hotel da Rue de Rivoli. Passaram três dias loucamente apaixonados. Ao acordar, acendia a luz e o observava dormir. O sono o tornava inocente e suave, escondia seus olhos, atenuava a expressão de sua boca.

Depois veio a reação. No final do décimo dia, voltando de Montmartre, Harriet teve um acesso de choro. Quando Oscar lhe perguntou o motivo, disse, ao acaso, que o Hotel Saint Pierre era horrível. Complacente, Oscar atribuiu seu estado a uma fadiga causada pela agitação contínua.

Quis acreditar que estava deprimida porque seu amor era mais puro e espiritual que o de Oscar, mas sabia perfeitamente que tinha chorado de tédio. Estavam apaixonados e se entediavam juntos. Na intimidade, não conseguiam se suportar.

No final da segunda semana, começou a duvidar que um dia o amara.

Em Londres, por um tempo, entusiasmaram-se de novo. Longe do esforço artificial que Paris lhes impusera, tentaram se convencer de que o antigo regime de aventura furtiva era mais adequado a seus temperamentos românticos.

Mas o temor de serem descobertos os perseguia. Durante uma breve enfermidade de Muriel, pensou com terror que ela podia morrer; daí nada mais a impediria de se casar com Oscar; ele continuava jurando que se estivesse livre se casaria com ela. Depois da doença, a vida de Muriel passou a ser valiosa para os dois: era o que os impedia de ter uma união permanente.

Sobreveio a ruptura.

Oscar morreu três anos depois. Foi um grande alívio para Harriet. Agora ninguém mais conhecia seu segredo. Nos primeiros momentos, porém, Harriet pensava que, morto, Oscar estaria mais perto dela do que nunca. Não lembrava que, em vida, não o queria por perto. Muito antes de se passarem vinte anos, pareceu-lhe impossível ter conhecido uma pessoa como Oscar Wade. Schubler e o Hotel Saint Pierre já não eram lembranças importantes. Teriam destoado da reputação de santidade que ela havia adquirido. Agora, aos cinquenta e dois anos, era amiga e assistente do reverendo Clemente Farmer, vigário de Santa Maria, no Maida Vale.

Era secretária do Lar para Jovens Caídas de Maida Vale e Kilburn. Seus momentos de êxtase ocorriam quando Clemente Farmer, o magro e austero vigário, parecido com George Waring, subia no púlpito e levantava os braços na bênção. Mas o momento de sua morte foi o mais perfeito. Estava deitada, sonolenta, na cama branca, sob um crucifixo negro com um Cristo de marfim. O sacerdote se movia tranquilamente no quarto, arrumando as velas, o missal do Santíssimo Sacramento. Aproximou uma cadeira da cama, esperou que ela acordasse. Ela teve um instante de lucidez. Sentiu que estava morrendo e que a morte a tornava importante para Clemente Farmer.

— Está preparada? — perguntou.

— Ainda não. Acho que estou assustada. Tranquilize-me.

Clemente Farmer acendeu duas velas no altar. Pegou o crucifixo da parede e se aproximou da cama novamente.

— Agora não vai sentir medo.

— Não tenho medo do Além. Imagino que a gente se acostume. Mas talvez seja terrível, no começo.

— A primeira etapa na outra vida depende, em grande parte, do que pensamos em nossos últimos momentos.

— Será minha confissão.

— Sente-se capaz de confessar agora? Depois lhe darei a extrema-unção e ficará pensando em Deus.

Lembrou-se do passado. Lá encontrou Oscar Wade. Hesitou. Poderia confessar o caso com Oscar Wade? Quase fez isso, depois compreendeu que não era possível. Não era necessário. Prescindira disso durante vinte anos de sua vida. Tinha outros pecados a confessar. Fez uma seleção cuidadosa:

— A beleza do mundo me seduziu demais. Posso não ter sido muito caridosa com minhas pobres garotas. Em vez de pensar em Deus, pensei frequentemente em pessoas queridas. — Então recebeu a extrema-unção. Pediu ao sacerdote que segurasse sua mão, para não sentir medo; ficaram assim por muito tempo, até que ele a ouviu murmurar: — Isto é a morte. Mas eu pensava que era horrível, e é a felicidade, a felicidade.

Harriet ficou algumas horas no quarto onde essas coisas tinham ocorrido. Seu aspecto lhe era familiar, mas tinha algo de estranho, agora, e de repugnante. O altar, o crucifixo, as velas acesas sugeriam alguma experiência terrível cujos detalhes não conseguia definir, mas que pareciam ter alguma relação com o corpo amortalhado na cama, que ela não associava consigo mesma. Quando a enfermeira chegou e o descobriu, viu que era o de uma mulher de meia-idade. Seu corpo vivo era o de uma jovem de trinta e dois anos.

Sua morte não tinha passado nem futuro, nenhuma lembrança marcante nem coerente, nenhuma ideia do que ia ser.

Depois, subitamente, o quarto começou a se afastar de seus olhos, a se partir em zonas e feixes que se deslocavam e eram projetados em diversos planos. Inclinavam-se em todas as direções, cruzavam-se e se cobriam com uma mistura transparente de diferentes perspectivas, como reflexos em vidros.

A cama e o corpo deslizaram para qualquer lugar, até se perderem de vista. Ela estava de pé diante da porta, que era a única coisa que restara. Abriu-a e se viu na rua, perto de um prédio de um cinza amarelado, com uma grande torre de teto de ardósia. Ela o reconheceu. Era a igreja de Santa Maria, de Maida Vale. Ouvia os acordes do órgão. Abriu a porta e entrou.

Voltara a um espaço e tempo definidos, recuperara uma parte limitada de memória coerente. Lembrava-se de todos os detalhes da igreja que eram, de certo modo, permanentes e reais, ajustados à imagem que agora possuía.

Sabia para que viera. O culto havia terminado. Caminhou pela nave até o assento habitual sob o púlpito. Ajoelhou-se e cobriu o rosto com as mãos. Entre seus dedos podia ver a porta da sacristia. Observou-a calmamente, até que ela se abriu e apareceu Clemente Farmer com sua batina preta. Passou bem perto do banco onde ela estava ajoelhada e esperou-a na porta, pois tinha algo a lhe dizer.

Levantou-se e se aproximou de Farmer. Ele continuava esperando e não se moveu para lhe dar passagem. Aproximou-se tanto que os traços dele se confundiram. Então, afastou-se um pouco para vê-lo melhor e se viu diante do rosto de Oscar Wade. Estava quieto, terrivelmente quieto, barrando-lhe o caminho.

As luzes das naves laterais se apagavam, uma a uma. Se não fugisse ficaria trancada com ele naquela escuridão. Finalmente conseguiu se mover e chegar, tateando, a um altar. Quando se deu conta, Oscar Wade já não estava lá.

Então lembrou que Oscar Wade estava morto. Logo, quem ela vira não era Oscar: era seu fantasma. Ele estava morto. Tinha morrido dezessete anos antes. Estava livre dele para sempre...

Quando saiu para o átrio da igreja, percebeu que a rua havia mudado. Não era a rua que conhecia. Viu-se numa galeria com muitas vitrines; a Rue de Rivoli em Paris. Lá estava a entrada do Hotel Saint Pierre. Passou pela porta giratória; atravessou o vestíbulo cinzento e sufocante que já conhecia; foi direto para a grande escada com carpete vermelho; subiu os inumeráveis degraus que giravam em volta da gaiola do elevador até um an-

390

dar que conhecia e um longo corredor cinzento iluminado por uma janela opaca; ali sentiu o horror do lugar.

Já não se lembrava da igreja de Santa Maria. Não se dava conta desse percurso retrógrado no tempo. Todo o espaço e todo o tempo estavam lá. Lembrava que devia caminhar para a esquerda.

Mas havia um ponto onde o corredor se bifurcava, na janela no final de todos os corredores. Se virasse à direita, se salvaria; mas o corredor acabava ali: uma parede lisa. Teve de virar para a esquerda. Dobrou por outro corredor, que era escuro e secreto e degradado. Chegou a uma porta empenada, que deixava a luz passar pela fresta. Podia ver o número sobre ela: 107. Alguma coisa acontecera ali. Se entrasse, ocorreria novamente. Atrás da porta esperava-a Oscar Wade. Ouviu seus passos medidos, aproximando-se. Fugiu, rápida e cega, como um animal, ouvindo os pés que a perseguiam. A porta giratória a atingiu e jogou-a na rua. O estranho é que estava fora do tempo. Lembrava-se confusamente de que um dia houve uma coisa chamada tempo: não conseguia imaginá-lo. Percebia coisas que aconteciam ou que estavam por acontecer. Fixava-as pelo lugar que ocupavam e media sua duração pelo espaço. Agora pensava: se pelo menos pudesse recuar até o lugar onde aquilo não aconteceu.

Andava por um caminho branco, entre campos e colinas esmaecidas pela névoa. Cruzou a ponte e vislumbrou, por sobre o muro alto do jardim, a antiga casa cinza. Entrou pelo portão de ferro e viu-se numa sala grande de teto baixo, com as cortinas fechadas, diante de uma cama. Era a cama de seu pai. O cadáver estendido sob o lençol era o de seu pai. Levantou o lençol: viu o rosto de Oscar Wade, quieto e suavizado pela inocência do sono e da morte. Observou-o, fascinada, com felicidade absoluta. Oscar estava morto. Lembrou que costumava dormir assim, no Hotel Saint Pierre, a seu lado. Se estava morto, não voltaria a aparecer. Estava salva.

O rosto morto lhe dava medo. Ao cobri-lo, percebeu um leve movimento. Levantou o lençol e esticou-o com força, mas as mãos dele começaram a lutar e os dedos apareceram pelas bordas, puxando o pano para baixo. A boca se abriu, os olhos se abriram: o rosto todo olhou para ela em agonia e terror.

O corpo se ergueu, com os olhos cravados nos dela. Os dois ficaram imóveis, um instante, com medo mútuo. Ela conseguiu escapar e correr; parou no saguão sem saber que direção tomar. À direita, a ponte e o caminho a levariam à Rue de Rivoli e aos abomináveis corredores do Hotel Saint Pierre; à esquerda, o caminho atravessava a aldeia.

Se ainda pudesse recuar, estaria segura, fora do alcance de Oscar. Junto ao leito de morte, havia sido jovem, mas não o bastante. Tinha de voltar ao lugar onde fora mais jovem; sabia onde encontrá-lo; atravessou a aldeia correndo, pelos galpões de uma granja, pelo armazém, pela hospedaria La Cabeza de la Reina, pelo correio, pela igreja e pelo cemitério, até o portão do sul, nos muros do parque de sua infância.

Essas coisas pareciam insubstanciais, sob uma camada de ar que brilhava sobre elas como vidro. Deslocaram-se, flutuaram para longe dela, e em vez do caminho real e dos muros do parque, viu uma rua de Londres, de sujas fachadas brancas, e em vez do portão, a porta giratória do restaurante Schubler.

Entrou. A cena se impôs com o duro impacto da realidade. Foi até uma mesa num canto, onde havia um homem sozinho. Um guardanapo tapava sua boca. Não distinguia bem a parte superior do rosto; o guardanapo escorregou. Viu que era Oscar Wade. Deixou-se cair a seu lado. Wade se aproximou; sentiu o calor do rosto congestionado e o cheiro de vinho.

— Eu sabia que você viria.

Comeu e bebeu em silêncio, adiando o abominável momento final. Por fim se levantaram e se enfrentaram; o grande corpo de Oscar estava diante dela, em cima dela, e quase podia sentir a vibração de seu poder. Levou-a até a escada de tapete vermelho e a obrigou a subir. Passou pela porta branca da saleta, com os mesmos móveis, as cortinas de musselina, o espelho dourado sobre a lareira, com os dois anjos de porcelana, a mancha no tapete diante da mesa, o velho e infame canapé atrás do biombo.

Moveram-se pela saleta, girando como feras enjauladas, incomodados, inimigos, evitando-se.

— Não adianta tentar fugir. O que fizemos não podia acabar de outro jeito.

— Mas acabou. Acabou para sempre.

— Não. Devemos começar outra vez. E continuar, e continuar.

— Ah, não, tudo menos isso. Não se lembra de como nos entediávamos?

— Lembrar-me? Acha que eu tocaria em você, se pudesse evitar? Estamos aqui para isso. Temos de fazer isso.

— Não. Vou embora agora mesmo.

— Não pode. A porta está fechada à chave.

— Oscar, por que você a trancou?

— Sempre fizemos isso, não se lembra?

Ela voltou à porta; não conseguiu abri-la, sacudiu-a, golpeou-a com as mãos.

— É inútil, Harriet. Se você sair agora, terá de voltar. Poderá adiar por uma ou duas horas, mas o que é isso na imortalidade?

— Falaremos da imortalidade quando estivermos mortos...

Sentiam-se atraídos um pelo outro, movendo-se devagar, como figuras de uma dança monstruosa, com as cabeças jogadas para trás, os rostos afastados da horrível proximidade. Embora se movessem em sentidos opostos, alguma coisa atraía os pés de um em direção aos do outro.

De repente seus joelhos bambearam, ela fechou os olhos e abandonou-se à escuridão e ao terror.

Depois voltou no tempo, até a entrada do parque, onde Oscar nunca estivera, onde não poderia alcançá-la. Sua memória estava jovem e cristalina. Ela agora caminhava pela trilha no campo, até o local em que George Waring a esperava. Chegou. O homem que a esperava era Oscar Wade.

— Eu lhe disse que não adiantava fugir. Todos os caminhos a trazem a mim, você me encontrará em cada canto, estou em todas as suas lembranças.

— Minhas lembranças são inocentes. Como você pôde tomar o lugar de meu pai e de George Waring? Você?

— Porque eu tomei.

— Meu amor por eles foi inocente.

— Seu amor por mim era parte desse amor. Você acredita que o passado afeta o futuro; nunca pensou que o futuro afeta o passado?

— Irei embora para longe.

— Desta vez irei com você.

A sebe, a árvore e o campo flutuaram e se perderam de vista. Ia sozinha pela aldeia, mas percebia que Oscar Wade a acompanhava do outro lado do caminho. Passo a passo, como ela, árvore por árvore.

Depois surgiu sob seus pés um pavimento cinza, coberto por uma arcada: seguiam juntos pela Rue de Rivoli em direção ao hotel. Agora estavam sentados na beira da cama desarrumada. Seus braços estavam caídos e suas cabeças olhavam para lados opostos; o amor lhes pesava com o inevitável tédio de sua imortalidade.

— Até quando? — disse ela. — A vida não continua para sempre. Morreremos.

— Morrer? Já morremos. Não sabe onde estamos? Esta é a morte. Estamos mortos, estamos no inferno.

— Sim, não pode haver nada pior.

— Isto não é o pior. Enquanto tivermos forças para fugir, enquanto pudermos nos esconder em nossas lembranças, não estaremos completamente mortos. Mas logo chegaremos à lembrança mais distante e não haverá nada além disso. No último inferno, não fugiremos mais, não encontraremos caminhos, nem passagens, nem portas abertas. Já não precisaremos nos procurar. Na última morte, estaremos encerrados nesta saleta, atrás dessa porta trancada. Jazeremos aqui para sempre.

— Por quê? Por quê? — gritou ela.

— Porque isso é tudo que nos resta.

A escuridão apagou a saleta. Agora Harriet caminhava por um jardim, entre plantas mais altas do que ela. Puxou uns talos e não tinha força para arrancá-los. Era uma criança. Pensou que então estava salva. Voltara tanto no tempo que era menina novamente. Chegou a um gramado com um tanque circular rodeado de flores. Peixes vermelhos ali nadavam. Nos fundos do gramado havia um pomar; sua mãe estaria lá. Ela fora até a lembrança mais remota; não havia nada depois.

Somente a horta, com o portão de ferro que dava para o campo. Alguma coisa era diferente aqui; alguma coisa que a assustava. Uma porta cinzenta, em vez do portão de ferro. Empurrou-a e estava no último corredor do Hotel Saint Pierre.

SKEAT, W. W. [1866-1953]

O lenço que se tece sozinho
Malay Magic, 1900

A mitologia malaia fala de um lenço, *sansistah kalah*, que se tece sozinho e a cada ano ganha uma fileira de pérolas finas; e, quando esse lenço estiver terminado, será o fim do mundo.

STAPLEDON, OLAF

Olaf Stapledon, utopista inglês. Nascido em 1886; falecido em 1950. Autor de *A Modern Theory of Ethics* (1929), *Last and First Men* (1930), *Last Men in London* (1932), *Star Maker* (1937), *Philosophy and Living* (1939).

Histórias universais
Star Maker, 1937

Num universo inconcebivelmente complexo, cada vez que uma criatura se defrontava com diversas alternativas, não escolhia uma, mas todas, criando, dessa forma, muitas histórias universais do cosmo. Já que nesse mundo havia muitas criaturas e que cada uma delas estava continuamente cercada de muitas alternativas, as combinações desses processos eram inumeráveis, e a cada instante esse universo se ramificava infinitamente em outros universos, e estes, por sua vez, em outros.

SWEDENBORG, EMANUEL

Emanuel Swedenborg, teólogo, homem de ciência e místico sueco [1688-1772]. Autor de *Daedalus Hyperboreus* (1716), *Oeconomia Regni Animalis* (1704), *De Caelo et Ejus Mirabilius et de Inferno, ex Auditis et Visis* (1758), *Apocalypsis Revelata* (1766), *Thesaurus Bibliorum Emblematicus et Allegoricus* (1859-63). Há versões de Swedenborg em idiomas orientais e ocidentais.

Um teólogo na morte
Arcana Cœlestia, 1749

Os anjos me comunicaram que quando Melanchton faleceu foi-lhe oferecida no outro mundo uma casa ilusoriamente igual à que ele tivera na terra. (Acontece a mesma coisa com quase todos os recém-chegados à eternidade, que por isso pensam não estar mortos.) Os objetos domésticos eram iguais: a mesa, a escrivaninha com as gavetas, a biblioteca. Quando Melanchton acordou nesse domicílio, retomou suas tarefas literárias como se não fosse um cadáver e escreveu durante alguns dias sobre a justificação pela fé. Como de hábito, não disse uma palavra sobre a caridade. Os anjos perceberam essa omissão e enviaram gente para questioná-lo. Melanchton lhes disse:

— Demonstrei irrefutavelmente que a alma pode prescindir da caridade e que para entrar no céu basta a fé.

Dizia essas coisas com soberba, sem saber que já estava morto e que seu lugar não era o céu. Ao ouvirem esse discurso, os anjos o abandonaram. Em poucas semanas, os móveis foram ficando fantasmagóricos, até se tornarem invisíveis, salvo a poltrona, a mesa, as folhas de papel e o tinteiro. Além disso, as paredes do aposento se mancharam de cal, e o piso, de um verniz amarelo. Sua própria roupa era muito mais ordinária. No entanto, ele continuava escrevendo; como persistia na negação da caridade, foi transferido para um escritório subterrâneo, onde havia outros teólogos como ele. Lá ele ficou por alguns dias, e ao começar a duvidar de sua tese, permitiram que ele voltasse. Sua roupa era de couro não curtido, mas tentou imaginar que o que acontecera antes fora mera alucinação e prosseguiu exaltando a fé e menosprezando a caridade. Num entardecer, sentiu frio. Então percorreu a casa e comprovou que os demais aposentos já não correspondiam aos de sua moradia na terra. Um deles continha instrumentos desconhecidos; outro diminuíra tanto que era impossível entrar nele; outro não havia mudado, mas suas janelas e portas davam para grandes dunas. O cômodo dos fundos estava cheio de pessoas que o adoravam e repetiam que nenhum teólogo era tão sábio como ele. Ele gostou dessa adoração, mas como algumas dessas pessoas não tinham rosto e outras pareciam mortas, acabou por desprezá-las, desconfiado. Então resolveu escrever um elogio da caridade, mas as páginas que eram escritas hoje, amanhã apareciam apagadas. Isso aconteceu porque ele as compunha sem convicção.

Recebia muitas visitas de gente recentemente falecida, mas sentia vergonha de se mostrar num alojamento tão sórdido. Para fazer com que acreditassem que estava no céu, formou conluio com um dos bruxos do cômodo dos fundos, e este os enganava com simulacros de esplendor e serenidade. Mas tão logo as visitas saíam, e às vezes um pouco antes, a pobreza e a cal reapareciam.

As últimas notícias de Melanchton dizem que o bruxo e um dos homens sem rosto o levaram para as dunas e que agora ele é uma espécie de servo dos demônios.

TANG (CONTO DA DINASTIA)

[Autor chinês desconhecido, dinastia Tang (618-907)]

O encontro

Ch'ienniang era filha do sr. Chang Yi, funcionário de Hunan. Tinha um primo chamado Wang Chu, que era um jovem inteligente e bem-apessoado. Foram criados juntos, e, como o sr. Chang Yi gostava muito do jovem, disse que o aceitaria como genro. Ambos ouviram a promessa, e, como ela era filha única e estavam sempre juntos, o amor foi crescendo dia a dia. Já não eram crianças e chegaram a ter relações íntimas. Infelizmente, o pai era o único que não percebia nada. Um dia, um jovem funcionário veio pedir-lhe a mão de sua filha. O pai, descurando ou esquecido de sua antiga promessa, consentiu. Ch'ienniang, dividida entre o amor e o respeito filial, quase morreu de tristeza, e o jovem ficou tão enciumado que resolveu ir embora do país para não ver sua noiva casada com outro. Inventou um pretexto e comunicou a seu tio que precisava ir para a capital. Como o tio não conseguisse dissuadi-lo, deu-lhe dinheiro e presentes e ofereceu uma festa de despedida. Wang Chu, desesperado, não parou de cismar durante a festa e disse para si mesmo que era melhor partir e não perseverar num amor sem nenhuma esperança.

Wang Chu embarcou numa tarde e, após poucas milhas de navegação, veio a noite. Disse ao marinheiro que fundeasse a embarcação para descansarem. Não pôde conciliar o sono e por volta da meia-noite ouviu passos se aproximando. Levantou-se e perguntou:

— Quem anda por aí a esta hora da noite?

— Sou eu, Ch'ienniang — foi a resposta. Surpreso e feliz, pediu-lhe que entrasse na embarcação. Ela falou que planejara ser sua mulher, que seu pai fora injusto com ele e que ela não

398

conseguia se conformar com a separação. Também receara que Wang Chu, solitário e em terras desconhecidas, fosse levado ao suicídio. Por isso desafiara a reprovação do povo e a cólera dos pais e resolvera segui-lo aonde quer que ele fosse. Muito felizes, prosseguiram a viagem para Sichuan.

Passaram cinco anos de felicidade e ela lhe deu dois filhos. Mas não chegava nenhuma notícia da família e Ch'ienniang pensava todo dia em seu pai. Essa era a única nuvem em sua felicidade. Ignorava se seus pais estavam vivos ou não, e uma noite confessou a Wang Chu sua aflição: como era filha única, sentia-se culpada de um grave desrespeito filial.

— Você tem um bom coração de filha e estou do seu lado — respondeu ele. — Cinco anos se passaram e já não devem estar aborrecidos conosco. Vamos voltar para casa. — Ch'ienniang ficou muito contente e se aprontaram para regressar com as crianças.

Quando a embarcação chegou à cidade natal, Wang Chu disse a Ch'ienniang:

— Não sei em que estado de espírito encontraremos seus pais. Deixe-me ir sozinho para averiguar. — Ao avistar a casa, sentiu seu coração disparar. Wang Chu viu o sogro, ajoelhou-se, fez uma reverência e lhe pediu perdão. Chang Yi olhou para ele espantado e disse:

— Do que você está falando? Faz cinco anos que Ch'ienniang está de cama, inconsciente. Não se levantou uma única vez.

— Não estou mentindo — disse Wang Chu. — Ela está bem e nos espera a bordo.

Chang Yi não sabia o que pensar e mandou que duas criadas fossem ver Ch'ienniang. Encontraram-na sentada a bordo, bem-arrumada e contente; até mandou lembranças carinhosas a seus pais. Maravilhadas, as criadas voltaram e a perplexidade de Chang Yi aumentou. Nesse ínterim, a doente já ouvira as notícias e parecia livre de seu mal, e havia luz em seus olhos. Levantou-se da cama e se vestiu diante do espelho. Sorrindo, e sem dizer palavra, dirigiu-se à embarcação. A que estava a bordo caminhava para casa e se encontraram na margem. Abraçaram-se, os dois corpos se confundiram e só permaneceu uma Ch'ienniang, jovem e bela como sempre. Seus pais ficaram muito contentes, mas mandaram que os criados guardassem silêncio, para evitar comentários.

Por mais de quarenta anos, Wang Chu e Ch'ienniang viveram juntos e felizes.

TSAO HSUE-KIN

Tsao Hsue-Kin, romancista chinês, nascido na província de Kiangsu *circa* 1719; falecido em 1764. Dez anos antes de sua morte, começou a escrever o vasto romance que determinou sua glória: *Hong Lou Meng* [O sonho do aposento vermelho]. Como o *Jin Ping Mei* [Flor de ameixa no vaso de ouro] e outros romances da escola realista, é repleto de episódios oníricos e fantásticos. Consultamos as versões de Chi-Chen Wang e do dr. Franz Kuhn.

O espelho de vento-e-lua
O sonho do aposento vermelho

... Em um ano as moléstias de Kia Yui se agravaram. A imagem da inacessível sra. Fênix desperdiçava seus dias; os pesadelos e a insônia, suas noites.

Uma tarde, um mendigo taoista pedia esmola na rua, proclamando que podia curar as doenças da alma.

Kia Yui mandou chamá-lo. O mendigo lhe disse:

— Seu mal não sara com remédios. Tenho um tesouro que poderá curá-lo, se seguir minhas ordens. — Tirou da manga um espelho polido de ambos os lados; o espelho tinha a inscrição PRECIOSO ESPELHO DE VENTO-E-LUA. Acrescentou: — Este espelho vem do Palácio da Fada do Terrível Despertar e tem a virtude de curar os males causados por pensamentos impuros. Mas evite olhar seu anverso. Olhe somente o reverso. Amanhã voltarei para buscar o espelho e para felicitá-lo por sua melhora. — Foi embora sem aceitar as moedas que lhe foram oferecidas.

Kia Yui pegou o espelho e o mirou como o mendigo havia indicado. Descartou-o com espanto: o espelho refletia uma caveira. Amaldiçoou o mendigo; irritado, quis ver o anverso. Empunhou o espelho e olhou: no fundo dele, a sra. Fênix, esplendidamente vestida, fazia-lhe sinais. Kia Yui sentiu-se arrebatado pelo espelho, atravessou o metal e realizou o ato de amor. Depois, Fênix o acompanhou até a saída. Quando Kia Yui despertou, o espelho estava ao contrário e lhe mostrava a caveira novamente. Esgotado pelas delícias do lado ardiloso do espelho, Kia Yui não resistiu, no entanto, à tentação de olhá-lo mais uma vez. Novamente Fênix lhe fez sinais, e ele novamente entrou no espelho e satisfizeram seu amor. Isso aconteceu algumas vezes. Na última, dois homens o prenderam ao sair e o acorrentaram.

— Vou acompanhá-los — murmurou ele —, mas me deixem levar o espelho. — Foram suas últimas palavras. Foi encontrado morto, sobre o lençol manchado.

O sonho infinito de Pao Yu
O sonho do aposento vermelho

Pao Yu sonhou que estava num jardim idêntico ao de sua casa. "Será possível que exista um jardim idêntico ao meu?"

Algumas criadas se aproximaram dele. Pao Yu pensou atônito: "Alguém terá criadas iguais a Hsi-Yen, a Pin-Ehr e a todas as criadas da casa?".

Uma delas exclamou:

— Aí está Pao Yu. Como será que chegou até aqui?

Pao Yu pensou que havia sido reconhecido. Adiantou-se e disse a elas:

— Eu estava caminhando; cheguei até aqui por acaso. Vamos andar um pouco.

As criadas riram.

— Que absurdo! Nós o confundimos com Pao Yu, nosso amo, mas você não é elegante como ele. — Eram criadas de outro Pao Yu.

— Quem é seu amo?

— É Pao Yu — responderam. — Seus pais lhe deram esse nome, formado pelos dois caracteres Pao (precioso) e Yu (jade), para que sua vida fosse longa e feliz. Quem é você para usurpar esse nome? — E saíram, rindo.

Pao Yu ficou abatido. "Nunca me trataram tão mal. Por que essas criadas me desprezam? Haverá, realmente, outro Pao Yu? Preciso averiguar." Imerso nesses pensamentos, chegou a um pátio que lhe pareceu estranhamente familiar. Subiu a escada e entrou em seu quarto. Viu um jovem deitado; ao lado da cama, umas moças riam e trabalhavam. O jovem suspirava. Uma das criadas disse:

— O que está sonhando, Pao Yu? Está aflito?

— Tive um sonho muito estranho. Sonhei que estava num jardim e que vocês não me reconheceram e me deixaram sozinho. Segui-as até em casa e encontrei outro Pao Yu dormindo em minha cama.

Ao ouvir esse diálogo, Pao Yu não pôde se conter e exclamou:

— Vim em busca de Pao Yu; é você.

O jovem se levantou e o abraçou, gritando:

— Não era um sonho, você é Pao Yu.

Do jardim, uma voz chamou: "Pao Yu!". Os dois Pao Yu tremeram. O sonhado se foi; o outro lhe dizia:

— Volte logo, Pao Yu!

Pao Yu acordou. Sua criada Hsi-Yen lhe perguntou:

— Que está sonhando, Pao Yu? Está aflito?

— Tive um sonho muito estranho. Sonhei que estava num jardim e que vocês não me reconheceram...

WEIL, GUSTAV

Gustav Weil, orientalista alemão, nascido em Sulzburg em 1808; falecido em Freiburg em 1889. Traduziu para o alemão *Colares de ouro*, de Samachari, e o *Livro das mil e uma noites*. Publicou uma biografia de Maomé, uma introdução ao Corão e uma história dos povos islâmicos.

História dos dois que sonharam
Geschichte des Abbassidenchalifats in Aegypten, 1860-2

Contam os homens dignos de fé (mas só Alá é onisciente e poderoso e misericordioso e não dorme) que houve no Cairo um homem possuidor de riquezas, mas tão magnânimo e liberal que perdeu todas, menos a casa de seu pai, e que se viu forçado a trabalhar para ganhar o pão. Trabalhou tanto que o sono o venceu sob uma figueira de seu jardim, e em sonhos viu um desconhecido que lhe disse:

— Tua fortuna está na Pérsia, em Isfahan; vai buscá-la.

Na madrugada seguinte, acordou e empreendeu a longa viagem, e enfrentou os perigos dos desertos, dos idólatras, dos rios, das feras e dos homens. Finalmente chegou a Isfahan, mas dentro da cidade a noite o surpreendeu e ele se deitou para dormir no pátio de uma mesquita. Ao lado da mesquita havia uma casa, e por decreto de Deus Todo-Poderoso uma quadrilha de ladrões atravessou a mesquita e entrou na casa, e as pessoas que dormiam acordaram e pediram socorro. Os vizinhos também gritaram, até que o capitão dos guardas-noturnos daquele distrito apareceu com seus homens e os bandoleiros fugiram pelo terraço. O capitão mandou revistar a mesquita e nela deram com o homem do Cairo e o levaram para a prisão. O juiz o intimou e lhe disse:

— Quem és ou qual é tua pátria?

O homem declarou:

— Sou da famosa cidade do Cairo e meu nome é Yacub El Magrebi.

O juiz perguntou:

— O que te trouxe à Pérsia?

O homem resolveu contar a verdade e disse:

— Um homem me ordenou num sonho que eu viesse a Isfahan, porque aqui estava minha fortuna. Já estou em Isfahan e vejo que a fortuna que me prometeu deve ser este cárcere.

O juiz começou a rir.

— Homem insensato — disse-lhe —, sonhei três vezes com uma casa na cidade do Cairo, nos fundos da qual há um jardim, e no jardim, um relógio de sol, e depois do relógio de sol, uma figueira, e sob a figueira um tesouro. Não dei o menor crédito a essa mentira. Tu, no entanto, perambulaste de cidade em cidade, unicamente pela fé em teu sonho. Que eu não volte a ver-te em Isfahan. Toma estas moedas e vai embora.

O homem apanhou-as e voltou para a pátria. Sob a figueira de sua casa (que era a do sonho do juiz), desenterrou o tesouro. Assim Deus o abençoou e o recompensou e o enalteceu. Deus é o Generoso, o Oculto.

H. G. Wells, romancista, contista, enciclopedista. Nascido em Bromley em 1866; falecido em Londres em 1946. A literatura fantástica deve a ele muitos exercícios coerentes. Nesse gênero, seus livros mais admiráveis são *A máquina do tempo* (1895), *A ilha do dr. Moreau* (1896), *The Plattner Story and Others* (1897), *O homem invisível* (1897), *Tales of Space and Time* (1899), *Os primeiros homens da Lua* (1901), *Twelve Stories and a Dream* (1903), *The Croquet Player* (1937).

WELLS, H. G.

O caso do finado Mr. Elvesham
The Plattner Story and Others, 1897

404

Minha intenção, ao escrever este relato, não é exatamente a de que acreditem em mim, mas sim a de evitar que haja uma próxima vítima. Talvez meu infortúnio lhes seja útil. Sei que meu caso é irreparável e estou quase resignado a enfrentá-lo. Meu nome é Edward George Eden. Nasci em Trentham, Staffordshire. Meu pai era jardineiro municipal. Perdi minha mãe quando tinha apenas três anos, e meu pai aos cinco. Meu tio, George Eden, adotou-me. Era um homem solteiro, autodidata e conquistara certo renome como jornalista. Custeou generosamente meus estudos e me estimulou a progredir no mundo. Quando morreu, há quatro anos, deixou-me toda a sua fortuna, que soma umas quinhentas libras, depois de pagos os impostos. Eu tinha dezoito anos naquela época. No testamento ele me aconselhava a empregar esse dinheiro para completar minha educação. Eu escolhera ser médico; e graças a sua generosidade póstuma e a minha boa sorte num exame, logo era estudante de medicina na Universidade de Londres. No ano do início deste relato eu me alojava numa água-furtada, pobremente mobiliada e atravessada por correntes de ar, que dava para os fundos da universidade. Certa tarde, resolvi levar umas botinas para o sapateiro de Tottenham Court Road consertar. Foi a primeira vez que encontrei o velhinho de cara amarela; o homem com o qual minha vida está insoluvelmente emaranhada. Ao abrir a porta da rua, vi que ele olhava, com evidente incerteza, o número da casa. Seus olhos, de um azul aguado e vermelhos nas bordas, ao deparar comigo expressaram uma desajeitada amabilidade.

— Você não poderia ter aparecido em melhor hora — disse-me. — Tinha me esquecido do número de sua casa. Como vai, Mr. Eden?

Admirou-me a familiaridade de seu trato; jamais o vira antes. Fiquei um pouco incomodado por ele ter me surpreendido com as botinas debaixo do braço.

— Deve estar se perguntando quem diabos sou eu — disse, notando minha escassa cordialidade. — Deixe-me assegurar que sou um amigo. Eu já o vi antes, embora você não me reconheça. Onde poderíamos conversar?

Hesitei. Não queria expor a pobreza de meu quarto a um desconhecido.

— Talvez possamos conversar enquanto caminhamos — disse-lhe.

Olhou para todos os lados. Aproveitei para deixar sutilmente as botinas no saguão.

— Olhe — ele disse. — Venha almoçar comigo, Mr. Eden. Sou muito velho, e com o barulho do tráfego não vou conseguir que ouça minha voz.

Com uma mão persuasiva e esquálida, tocou meu braço. Não sei por quê, mas fiquei um pouco incomodado com o convite.

— Vamos — exclamou. — Dê-me esse prazer, ao menos por respeito a meus cabelos brancos.

Acabei aceitando; fomos ao restaurante de Blavitski. Tive de andar lentamente para acomodar-me a seu passo. Durante um almoço excelente, em que todas as minhas perguntas fracassaram, pude estudar seu rosto. Estava barbeado, era magro e sulcado de rugas; os lábios murchos caíam sobre a dentadura postiça; o cabelo era ralo e branco; tinha as costas encurvadas e pareceu-me pequeno; quase todos os homens me pareciam pequenos, naquela época. Percebi que ele também me examinava, com certa cobiça incompreensível.

— E agora — disse por fim — vou lhe explicar o motivo de minha visita. Devo dizer que sou velho, muito velho, e que tenho muito dinheiro que não sei para quem deixar.

Lembrei de contos do vigário e dispus-me a defender o resto de minhas quinhentas libras.

— Andei pensando sobre o melhor destino que poderia dar a meu dinheiro e cheguei à seguinte conclusão: tentarei encontrar um jovem ambicioso, pobre, de corpo e alma saudáveis, e lhe darei tudo o que tenho. — Olhou-me fixamente e repetiu: — Tudo o que tenho. E ele se verá livre, para sempre, das preocupações da pobreza, e poderá tocar sua vida como bem entender.

Tentei fingir indiferença.

— Ah, sei — disse eu, com transparente hipocrisia. — O senhor quer minha ajuda, minha ajuda profissional, para encontrar essa pessoa.

Através da fumaça do cigarro, fitou-me com tranquila ironia, e eu ri ao ser desmascarado.

— Que carreira brilhante a de um homem nessa situação — exclamou. — Tenho inveja de pensar que outro irá aproveitar o que acumulei durante tantos anos. Mas — acrescentou — vou impor algumas condições, como já deve imaginar. Por exemplo, esse indivíduo terá de assumir meu nome. Além disso, quero conhecer todas as circunstâncias de sua vida, e da vida de seus antepassados, antes de nomeá-lo herdeiro.

Isso esfriou um pouco meu entusiasmo.

— E devo crer, então, que eu... que eu... — disse.

— Sim, você! — respondeu, quase com brutalidade. — Você, você!

Fiquei mudo. Minha imaginação se perdia em fantásticas espirais. No entanto, não senti a menor gratidão. Não sabia o que dizer, nem como dizer.

— Mas por que justamente eu? — perguntei, por fim.

Respondeu que o professor Hasler lhe dissera que eu era um jovem sadio e honesto, e que seu propósito era deixar seu dinheiro para uma pessoa que reunisse essas condições.

Assim terminou meu primeiro encontro com o velhinho.

Ele se manteve extremamente reservado, não me disse seu nome, fez algumas perguntas e depois se despediu e me deixou na porta do Blavitski. Notei que para pagar o almoço ele tirou do bolso um punhado de moedas de ouro. Intrigou-me sua insistência em saber da saúde do possível herdeiro.

Cumprindo o combinado, no dia seguinte fui até a Royal Insurance Company para segurar minha vida por uma quantia considerável. Durante uma semana os médicos da companhia me submeteram a contínuos exames. O velhinho ficou satisfeito e pediu ao famoso dr. Henderson que fizesse um exame adicional. Passaram-se alguns dias sem que eu voltasse a ver o ancião. Uma noite, por volta das nove, ele apareceu em minha casa. Parecia mais encurvado e suas faces estavam um pouco mais fundas. Sua voz tremia quando falou.

— Estive com o dr. Henderson. O exame foi satisfatório. Tudo é inteiramente satisfatório. Nesta grande noite, vá jantar comigo e vamos comemorar sua... — foi interrompido pela tosse. — Aliás, não terá de esperar muito — acrescentou, enxugando os lábios com o lenço. — Certamente, não terá de esperar muito. Fomos para a rua e ele chamou um carro de praça. Durante o percurso, revelou-me sua identidade. Era ninguém menos que Egbert Elvesham, o grande filósofo, cujo nome me era familiar desde a infância. Fomos a um restaurante luxuosíssimo. Fiquei desconcertado com os olhares de desdém que minha roupa gasta atraiu. A confiança renasceu em mim de repente, graças ao fogo do champagne. Enquanto eu comia e bebia, o filósofo me observava com um quê de inveja no semblante.

— Quanta vida há em você! — exclamou. E depois, com um suspiro de alívio, disse: — Não será preciso esperar muito.

O garçom trouxe licores.

O ancião tinha tirado um pacotinho da bolsa.

— A hora da sobremesa — disse — é a hora das pequenas coisas: eis aqui uma partícula de minha sabedoria inédita.

Abriu o pacotinho e disse:

— Ponha um pouco deste pó rosado no Kummel e verá como o gosto melhora.

Seus olhos cinzentos me observavam com uma expressão inescrutável. Surpreendeu-me que o mestre dedicasse sua sabedoria a melhorar o gosto dos licores. Mas fingi grande interesse; estava bêbado o bastante para essa adulação.

Ele dividiu o pó em dois copos e, bruscamente, levantando-se com inesperada dignidade, apresentou-me sua taça. Imitei-o; os copos se chocaram.

— A uma pronta sucessão.

— Não, isso não — protestei. — A uma longa vida.

Bebemos, olhando-nos nos olhos. Ao tomar o Kummel tive uma sensação intensa, esquisitíssima. Minha cabeça doía; imagens de coisas meio esquecidas surgiam e desapareciam. Não senti o gosto do licor, nem o aroma, via somente o olhar penetrante do professor. Com um forte suspiro, ele pousou a taça na mesa.

— E então? — perguntou.

— É delicioso — respondi, embora não tivesse sentido nenhum gosto.

Senti pontadas terríveis na cabeça, tive de me sentar. Mas meu poder de percepção aumentara, como se eu visse todas as coisas num espelho côncavo. O ancião estava nervoso. Tirou o relógio e olhou-o, ansioso.

— Onze e dez — disse —, e esta noite tenho que... e o trem sai às onze e trinta da Waterloo. Preciso ir.

Minutos mais tarde nos despedíamos: ele dentro de um carro de praça e eu fora, com aquela sensação absurda de — como expressá-lo? — ver, e mesmo sentir, através de um telescópio invertido.

— Não devia ter lhe dado aquela bebida — disse o velhinho. — Amanhã sua cabeça vai doer. — Esperou um momento. Entregou-me um envelopezinho inchado. — Tome isto com água antes de se deitar, vai aclarar sua cabeça. Outro aperto de mãos. Prosperidade.

Diante do olhar triste e vago que me dirigiu, imaginei que estivesse sob o efeito da bebida.

Depois, sobressaltado, lembrou-se de alguma coisa. Remexeu no bolso e apanhou um pacote cilíndrico, do tamanho de um sabão de barbear. Era branco e tinha dois selos vermelhos.

— Quase me esqueci — disse. — Não o abra até que eu venha amanhã, mas pegue-o agora. — Era muito pesado.

— Muito bem — disse eu, enquanto o carro de praça se afastava. Guardei-o no bolso e saí andando até minha casa.

Lembro-me vivamente de minhas sensações. Ao descer pela Regent Street, estava estranhamente convencido de que essa era a estação Waterloo. Tive um impulso de entrar no Politécnico, como quem vai pegar um trem. Esfreguei os olhos e a rua voltou a ser a Regent Street. Nesse momento me assaltaram várias reminiscências fantásticas. Foi aqui — pensei — que vi meu irmão pela última vez, há trinta anos. Ri: há trinta anos eu não existia, e nunca tive irmãos. No entanto, a lembrança angustiante desse irmão continuava me entristecendo. Em Portland Road minha loucura se modificou. Comecei a me lembrar de lojas desaparecidas e a comparar o aspecto dessa rua no passado e no presente. Passou um ônibus, e o barulho era exatamente igual ao de um trem. Sobravam-me e faltavam-me lembranças. Diante da vitrine de Stevens, o embalsamador, tratei em vão de lembrar o que nos vinculava. É claro — disse em seguida —, Stevens me prometeu duas rãs para amanhã.

Cheguei com dificuldade a minha casa. Enquanto subia para o quarto procurei me acalmar relembrando detalhes do jantar; não consegui evocar a figura do velho: via somente suas mãos; por outro lado, tinha visão total de mim mesmo, sentado à mesa, arrebatado, com os olhos brilhantes e conversando atordoadamente.

Preciso tomar esses outros pós, pensei, isso está ficando impossível.

Fui procurar os fósforos e o candelabro justamente do lado em que não estavam, e não sabia ao certo se meu quarto ficava à esquerda ou à direita. Estou bêbado, pensei, cambaleando ligeiramente para corroborar essa afirmação.

Meu quarto, à primeira vista, pareceu-me desconhecido. No entanto, lá estavam os livros de anatomia e o espelho de sempre. Mas o quarto era um pouco irreal. Tive a sensação de estar num trem e de ver pela janela uma estação deserta. É um caso de clarividência, pensei. Devo comunicar isso à Psychical Research Society.

Coloquei o pacote na mesa de cabeceira e, sentado na cama, comecei a tirar as botinas. O quarto me pareceu transparente; entrevi cortinas pesadas e um espelho espesso. Era como se eu estivesse em dois lugares diferentes ao mesmo tempo. Já tinha tirado a roupa quando entornei o pó no copo d'água e o tomei. Acalmei-me e dormi.

Acordei, sobressaltado, de um sonho cheio de animais bizarros. Senti um gosto estranho na boca, as pernas cansadas e uma espécie de desconforto. Esperei que as sensações do pesadelo se dissipassem. Pareciam aumentar. O quarto estava quase em total escuridão. A princípio não consegui distinguir nada e fiquei imóvel, tentando acostumar a vista. Então notei alguma coisa

410

estranha nas formas escuras dos móveis. Tinha mudado a cama de lugar? Ali na frente, onde deveriam estar os livros, elevava--se uma coisa pálida, uma coisa que não se parecia com livros. Era grande demais para ser minha camisa jogada na cadeira. Superando um terror infantil, atirei os cobertores de lado e tentei pôr um pé para fora da cama. Em vez de chegar ao chão, meu pé só alcançou a borda do colchão. Dei outro passo, por assim dizer, e me sentei na beira da cama. À direita, sobre a cadeira quebrada, deviam estar o candelabro e os fósforos. Estiquei a mão; não havia nada. Ao retirar o braço esbarrei num dossel macio e pesado; dei-lhe um puxão. Parecia uma cortina pendurada no teto da cama.

Eu estava completamente desperto. Comecei a compreender que me encontrava em um quarto estranho. Não sabia como havia entrado ali.

Amanhecia. A tênue claridade que usurpava o lugar dos livros era uma janela; contra a gelosia, distingui o óvalo de um espelho. De pé, surpreendeu-me uma misteriosa fragilidade. Estendendo mãos trêmulas, caminhei devagar até a janela. Minha perna esbarrou numa cadeira. Procurei ao redor do espelho; encontrei uma borla, puxei-a e, com brusco ruído metálico, a persiana se abriu. Eu estava diante de uma paisagem desconhecida. Sob o céu chuvoso havia colinas distantes e esmaecidas, árvores como manchas de tinta e, ao pé da janela, um esboço de enegrecidos gramados e trilhas cinzentas. Toquei a penteadeira; era de madeira polida; havia alguns objetos sobre ela; entre eles, um em forma de ferradura, anguloso e liso; não encontrei nem candelabro nem fósforos.

Olhei de novo para o quarto; vagos espectros de móveis emergiam do breu. Havia uma enorme cama encortinada, e na lareira via-se um resplendor de mármores.

Apoiando-me na mesa, fechei os olhos e os abri novamente, e tentei pensar. Tudo era real demais para ser um sonho. Imaginei que havia um hiato nas lembranças, causado por aquela bebida estranha; que recebera minha herança e que essa brusca felicidade me privara da memória. Se eu esperasse um pouco, talvez as coisas se esclarecessem. Mas o jantar com o velho Elvesham aparecia detalhado e vívido. O champanhe, os garçons, o pó rosado, os licores, eu poderia jurar que tudo isso era muito recente. Então aconteceu uma coisa banal e ao mesmo tempo tão horrível que tremo só de lembrar. Eu disse em voz alta: "Como cheguei aqui?", e a voz não era a minha. Não era a minha: era quebrada, velha, fraca. Para reunir coragem, juntei as mãos e senti rugas de pele flácida e nós ossudos. "Sem dúvida", disse, com aquela voz horrível que de algum modo se estabelecera em minha garganta, "sem dúvida isso é um sonho." Quase imediatamente levei os dedos à boca. Meus dentes tinham desaparecido. Só havia gengivas retraídas. Senti um desejo intenso de me ver, de comprovar em todo o seu horror a inacreditável transformação. Fui até a lareira e procurei, tateando, os fósforos. Agitou-me um acesso de tosse; ao me encurvar descobri que meu corpo estava envolto num grosso camisolão de flanela. Não achei os fósforos. Senti um frio insuportável nas pernas. Tossindo e arquejando, talvez choramingando, abriguei-me na cama. Estou sonhando, gemi, estou sonhando. Era uma repetição senil. Cobri os ombros com a manta, tapei os ouvidos, pus a mão ressecada sob o travesseiro e resolvi dormir. Fechei os olhos, respirando com irregularidade e, como estava com insônia, repeti lentamente a tabuada.

Mas o sono não vinha. Crescia, inexoravelmente, a certeza da realidade de minha mudança. Vi-me com os olhos bem abertos, a tabuada esquecida e os dedos magros nas gengivas enrugadas. Realmente, eu era um velho. De algum modo, caíra no fundo de meus anos; de algum modo me haviam sido roubados o amor, a luta, a força e a esperança. De maneira imperceptível, mas firme, o dia ia clareando. Levantei-me, olhei ao redor. Agora, na penumbra fria, podia observar o quarto. Era espaçoso e bem mobiliado, melhor que todos os outros que já tivera na vida. Divisei um candelabro e alguns fósforos na prateleira. Tiritando com o frio da alvorada, embora fosse verão, levantei-me e acendi a vela. Aproximei-a do espelho: vi *o rosto de Elvesham*. Eu já pressentia isso, mas a impressão foi terrível. Elvesham sempre me parecera fisicamente frágil e lamentável; mas agora, coberto apenas por um camisolão de flanela, que revelava o pescoço descarnado, agora, visto como meu próprio corpo, sua decrepitude era atroz. As faces encovadas, as mechas sujas de cabelo acinzentado, os vagos olhos nublados, os lábios trêmulos e aquelas horríveis gengivas negras...

Fiquei aturdido; o sol já iluminava o quarto quando comecei a refletir. Fui compreendendo a astúcia demoníaca de Elvesham. Pareceu-me evidente que, se eu estava em posse de seu corpo, ele estava em posse do meu: ou seja, de meu vigor e de meu futuro. Mas como provar isso? A vida inteira não seria uma alucinação? Eu era realmente Elvesham e ele era eu? Será que eu não sonhara com Eden? Eden existia? Mas, se eu era Elvesham, devia me lembrar do que acontecera antes do sonho. "Vou ficar louco", gritei, com minha voz detestável.

Desesperado, meti a cabeça numa bacia de água fria, depois a enxuguei e tentei novamente. Era inútil. Eu sentia, sem dúvida nenhuma, que era Eden, não Elvesham, mas Eden no corpo de Elvesham.

Ansiosamente, vesti a roupa que apanhei do chão e só depois percebi que havia posto um terno. Abri o armário e escolhi uma calça cinza e um *robe de chambre*. Deviam ser seis da manhã. A casa estava silenciosa; as janelas, fechadas. O corredor era amplo. A escada atapetada se perdia na escuridão do hall. Por uma porta, entrevi uma grande mesa de trabalho, uma estante giratória, o espaldar de uma poltrona e uma parede com filas e filas de livros. Minha biblioteca, murmurei, e o som de minha voz me trouxe uma lembrança. Voltei ao quarto e coloquei a dentadura postiça com a facilidade adquirida com o hábito. Assim estou melhor, disse, fazendo-a ranger, e voltei ao escritório. As gavetas da escrivaninha estavam trancadas. Não havia sinais das chaves, que tampouco estavam nos bolsos. Revistei a roupa do quarto. Não havia chaves, nem moedas, nem papéis, a não ser a conta do restaurante. Senti um estranho cansaço. A sagacidade dos planos de meu inimigo era verdadeiramente infinita; compreendi que minha situação era desesperadora.

Levantei-me com esforço e voltei ao escritório. Na escada havia uma criada abrindo os postigos. Creio que se assustou ao ver minha expressão. Fechei a porta atrás de mim. Com um atiçador, tentei abrir a escrivaninha à força. Foi assim que me encontraram. A madeira da escrivaninha ficou toda rachada; a fechadura, amassada; as cartas, espalhadas pelo tapete. Em meu furor senil atirei longe a régua e as canetas e entornei a tinta. Não encontrei meu talão de cheques, nem dinheiro, nem a menor indicação de como proceder para recuperar meu corpo. Batia freneticamente nas gavetas, quando o mordomo, ajudado pelas criadas, conseguiu me conter.

Essa é a história de minha transformação. Ninguém acredita em mim. Sou tratado como um demente e, mesmo agora, mantido sob vigilância. Mas estou lúcido, completamente lúcido; e para prová-lo, escrevo o que me aconteceu. Sou um homem jovem, sequestrado no corpo de um velho. Naturalmente, pareço louco para os que não acreditam em mim. Naturalmente, ignoro os nomes dos meus funcionários e dos médicos que vêm me ver; dos empregados de minha casa; da cidade em que estou. Naturalmente, eu me perco em minha própria casa. Naturalmente, choro e grito e tenho acessos de desespero. Não tenho nem dinheiro nem talão de cheques. O banco não reconhece minha assinatura, pois, embora meus músculos estejam fracos, minha letra ainda é a de Eden.

Sou um velho raivoso, desesperado, temido, que perambula por uma casa luxuosa e interminável, e a quem todos evitam. E Elvesham está em Londres, com a sabedoria acumulada de setenta anos e com o corpo jovem que me roubou.

Não entendo direito o que aconteceu. Na biblioteca há muitos volumes que mencionam a psicologia da lembrança, e outros com números e símbolos que não compreendo.

Estou para tentar uma experiência desesperada e última. Esta manhã, com a ajuda de uma faca que consegui surrupiar durante o almoço, consegui forçar a fechadura de uma evidente gavetinha secreta da escrivaninha. Dentro só encontrei um frasco de vidro verde, com o rótulo LIBERTAÇÃO. Certamente contém veneno. Se não estivesse tão escondido, eu poderia pensar que Elvesham o deixara a meu alcance para se livrar da única testemunha de seu crime. Agora viverá em meu corpo até que este envelheça e depois, rejeitando-o, arrebatará a força e a juventude de outra vítima. Desde quando ele vem pulando de um corpo para outro? O pó do frasco se dissolve na água. O gosto não é ruim.

Aqui termina o manuscrito que foi encontrado na biblioteca de Mr. Elvesham. O cadáver foi descoberto entre a mesa de trabalho e a cadeira. O relato estava escrito a lápis. A escrita não parecia ser de Mr. Elvesham. Indiscutivelmente, houve alguma relação entre Eden e Elvesham, pois a propriedade do último foi transferida para o jovem, embora este nunca a tenha herdado. Quando Elvesham se suicidou, Eden já estava morto. Vinte e quatro horas antes, no cruzamento da Gower Street com a Euston Road, morreu atropelado por uma carruagem. O único homem capaz de lançar alguma luz sobre este relato fantástico desapareceu.

WILCOCK, JUAN RODOLFO

Juan Rodolfo Wilcock, nascido em Buenos Aires [1919-78]. Publicou em espanhol e em italiano livros de poesia e de prosa. Entre eles, citaremos *Libro de poemas y canciones* (1940), *Ensayos de poesía lírica* (1945), *Persecución de las musas menores* (1945), *Paseo sentimental* (1946), *Sexto* (1953), *Il caos* (1960), *Fatti inquietanti* (1961), *Luoghi comuni* (1961), *Teatro in prosa e versi* (1962).

Os donguis

Suspensa verticalmente do cinza como essas cortinas de correntinhas que impedem a entrada das moscas nas leiterias, sem fechar a passagem do ar que as sustenta, nem das pessoas, a chuva se elevava entre mim e a Cordilheira quando cheguei a Mendoza, impedindo-me de ver a montanha, embora eu pressentisse sua presença nos regatos que pareciam descer todos da mesma pirâmide.

No dia seguinte de manhã subi ao terraço do hotel e comprovei que efetivamente os cumes eram brancos sob as aberturas do céu entre as nuvens nômades. Não me admirei, em parte por conta de um cartão-postal, com uma vista banal de Puente del Inca, comprado ao acaso num bazar, que depois se mostrou diferente da realidade; como acontece com muitos viajantes, de longe me pareceram as montanhas da Suíça.

No dia do translado levantei-me antes de um amanhecer úmido e, com uma luz de eclipse, arrumei a bagagem. Partimos às sete, de automóvel; acompanhavam-me os engenheiros Balsa e Balsocci, dois sujeitos realmente incapazes de diferenciar um anagrama de uma saudação. Nos arrabaldes, o amanhecer começava a iluminar cactos disformes sobre montículos informes: atravessei o rio Mendoza, que nessa época do ano se destaca principalmente por seu fragor, sob o raio azul das luzes nítidas de verão que caem no fundo do vale, sem mirá-lo, e logo penetramos na montanha.

Balsocci falava com Balsa como uma radiola, e em certo momento disse:

BALSOCCI: Barnaza come mais que um *dongui*.

Balsa me olhou de viés, e depois de outra seleção de notícias do exterior tentou me sondar:

BALSA: Já lhe explicaram, engenheiro, por que motivo estamos construindo o hotel monumental de Punta de Vacas?

Eu sabia, mas não me haviam explicado, e respondi:

EU: Não.

Oferecendo-lhes esta migalha adicional:

EU: Suponho que esteja sendo construído para fomentar o turismo.

BALSOCCI: Sim, fomentar o turismo, sei, sei... Fogo de palha... Ora, ora... Tente outra.

Não tentei outra, mas entendendo, disse:

EU: Não entendo.

BALSA: Depois vamos lhe contar certos detalhes secretos que têm relação com a construção e que, portanto, serão comunicados quando lhe repassarmos os projetos, os editais e os demais detalhes de construção. Por enquanto, permita que abusemos um pouco de sua paciência.

Imagino que os dois juntos não teriam conseguido, nem em catorze anos, forjar um mistério. Sua única honradez — involuntária — consistia em mostrar tudo o que pensavam, como, por exemplo, em vez de disfarçar fazer cara de dissimulado etc.

Observei meu admirável mundo novo. Certos instantes se projetam sobre as horas e os dias subsequentes, assim como quando a gente volta, por exemplo, pela segunda vez à praça côncava de Siena e, entrando pelo outro lado, pensa que a entrada que conheceu primeiro agora é famosa. Móvel entre duas rochas, uma preta, outra vermelha, altas como o obelisco, captei uma visão memorável e dediquei-me a tomar posse de outra grande paisagem: junto ao fragor fluvial refleti que aquele momento era um túnel e que eu viria à tona diferente.

Prosseguimos como um inseto veloz entre planos verdes, amarelos e roxos de basalto e granito por um caminho perigoso. Balsa me perguntou:

BALSA: Tem família em Buenos Aires, engenheiro?

EU: Não tenho família.

BALSA: Ah, entendo — respondeu, porque para eles sempre existia a possibilidade de não entender nem mesmo isso.

BALSOCCI: E está pensando em ficar muito tempo por aqui?

EU: Não sei; o contrato mencionava a construção de um número indefinido de hotéis monumentais, o que naturalmente pode se prolongar por um tempo indefinido.

BALSOCCI (*esperançoso*): Enquanto a altura não lhe fizer mal...

BALSA (*com a mesma esperança*): Dois mil e quatrocentos metros nem afetam, e menos ainda a um rapaz.

Os céus de grande luxo se tranformavam em mercados de nuvens congestionadas entre os cerros: às vezes chovia entre arco-íris, às vezes a chuva era neve. Descemos para tomar café com leite na casa de um eslavo amigo deles, de cinquenta anos, casado com uma argentina de vinte anos e encarregado de manter a estrada de ferro e acionar as chaves de desvio das linhas, esses trabalhos insignificantes dos pobres. A mulher, apenas apresentável, parecia sofrer só por estar viva, mas me despertou tal desejo que tive de sair para não ficar olhando para ela como um macaco. Afundei os pés nessa matéria nova; tirei as luvas e apertei uma semente de panasco, provei-a com os lábios, mordi-a com os dentes, arranquei dos galhos pedaços de escarcha, urinei, escorreguei e caí numa poça congelada.

Quando fomos embora a neve emplumava os vidros do veículo e a umidade impregnou minhas botas. Às vezes passávamos ao lado do rio e às vezes o víamos no fundo de um precipício.

BALSA: Quando alguém cai na água é arrastado até bem longe e quando é encontrado está nu e esfolado.

EU: Por quê?

BALSA: Porque vai se batendo contra as pedras com a força da água.

BALSOCCI: A água corre sete metros por segundo. Dias atrás um capataz, o Antonio, caiu da passarela, a mulher dele está em Mendoza esperando o corpo e ainda não conseguimos encontrá-lo.

BALSA: É verdade, devíamos olhar de vez em quando para ver se o encontramos.

No fundo do vale abriu-se um quadro singelo sob o sol. De um lado, Uspallata com álamos e salgueiros sem folhas; do outro, o caminho que subia por uma garganta vermelha, entre rios solitários.

Esses rios da Cordilheira, rápidos, mais claros que o ar, com suas pedras redondas, verdes, roxas, amarelas e jaspeadas, sempre limpos, sem bichos nem ninfas entre blocos sem idade que algo estranho trouxe e deixou, rios modernos porque não têm história. Às vezes os escuto de pé sobre uma rocha, sob o céu invisível sem nuvens nem pássaros; entre mananciais, ouvindo torrentes, pensando no próprio nada.

Têm nomes de cores, Blanco, Colorado e Negro; alguns aparecem de frente, outros de um salto (dizem que há guanacos, mas até agora não vi nenhum); todos vêm ao vale e no verão engordam, mudam de lugar e de cor, transportam quantidades incríveis de barro.

Passamos para uma elevação aluvial amarela, geologicamente interessante, chamada Paramillo de Juan Pobre, e chegamos à obra na hora do almoço. Não fica exatamente em Punta de Vacas, mas uns dois quilômetros antes; isso me pôs furioso, pois percebi que no inverno a neve poderia me deixar sem mulheres, supondo que eu viesse a querer alguma. Depois me acalmei, porque entendi que, de qualquer modo, sempre podia ir para lá a pé, embora houvesse os *rodados* — uns cones de detritos minerais que periodicamente caem, cobrindo os caminhos e as vias.

A construção ocupa uma espécie de plataforma, a boa distância dos desmoronamentos. O terreno é inclinado e de um lado está limitado por um riacho que, depois de formar uma nobre cascata de sete metros, cai no vale miseravelmente como um jato de torneira. Nesse lugar, tudo o que não veio sobre rodas é basalto, ardósia ou filodendros e arbustos parecidos. Um morro como um serrote vermelho, ou como o teto de uma igreja ou então como a estação de St. Pancras em Londres, fecha a quebrada do outro lado; o céu aqui é tão estreito que o sol se levanta às nove e meia e se põe às quatro e meia, rápido, como que envergonhado pelo frio e pelo vento que virão.

O vento! Como farão para viver aqui as mulheres ricas de Buenos Aires, sempre tão atentas a seus penteados, entre esses ventos que fazem as pedras rolarem como nada? Escuto-as falar da dor de cabeça que lhes provoca, e isso de algum modo me anima a liquidar logo o primeiro hotel e a aperfeiçoar um tipo de janela simples que, uma vez aberta, não pode ser fechada. Em alguns dias vamos inaugurar a ala provisória, se não aparecer Enrique, o tedioso.

Depois do almoço os dois engenheiros me mostraram as plantas e a obra. Estavam satisfeitíssimos porque não houvera interferência de nenhum arquiteto e encomendaram a decoração do edifício a uma marmoraria de Mendoza, com a qual há uma pendenga decorrente de uma remessa de cento e vinte crucifixos, cujo tamanho não está estipulado em nenhum edital, destinados aos dormitórios. Os crucifixos enviados são de "granitit" preto e têm um metro de altura; já que os concebi, insisto em colocá-los, mas Balsocci tem medo. Na verdade, eu exagerei, mas até agora os coitados se deixaram manipular visivelmente, e com exceção da menor do correio e desta crônica, quase não me divirto: quando uma das principais colunas de concreto do anexo para os funcionários estava sendo preenchida, consegui inserir a câmara de ar de uma bola, mas quando o molde foi retirado via-se a câmara onde ela encostara na madeira; foi preciso preencher o buraco com uma injeção de cimento, e agora o incidente é uma lenda confusa que periodicamente provoca demissões de pessoal. A bola pertencia a Balsocci.

Voltamos ao escritório e os colegas mencionaram a parte secreta de minha iniciação. Não tive de fingir curiosidade porque me interessava ouvi-los falar.

2.

BALSOCCI: Você não percebeu nada de estranho ultimamente em Buenos Aires?

EU: Não, nada.

BALSA: Entremos no miolo da questão (*como se decidisse rapidamente sorver até o miolo dos ossos num crânio frondoso*). Nunca ouviu falar dos *donguis*?

EU: Não. São o quê?

BALSA: Você deve ter visto no metrô de Constitución a Boedo que o trem não chega até a estação de Boedo porque ela não está pronta, a parada é numa estação provisória com piso de tábuas. O túnel continua e o buraco onde interromperam a escavação está fechado com tábuas.

BALSOCCI: E os *donguis* apareceram por esse buraco.

EU: O que são?

BALSA: Já explico...

420

BALSOCCI: Dizem que é o animal destinado a substituir o homem na Terra.

BALSA: Espere que eu já explico. Há uns folhetos de circulação restrita e proibida que resumem a opinião dos especialistas estrangeiros e dos especialistas argentinos. Eu li. Dizem que em diferentes épocas predominaram diferentes animais no mundo, por um motivo ou outro. Agora o homem predomina porque temos o sistema nervoso muito desenvolvido, o que nos permite impor-nos aos demais. Mas este novo animal que se chama *dongui*...

BALSOCCI: Ele é chamado de *dongui* porque quem o estudou primeiro foi um biólogo francês chamado Donneguy — escreve num papel e me mostra — e na Inglaterra o chamavam de Donneguy Pig, mas todos dizem *dongui*.

EU: É um porco?

BALSA: Parece um leitão meio transparente.

EU: E o que o *dongui* faz?

BALSA: Esses animais têm um sistema digestivo tão aperfeiçoado que podem digerir qualquer coisa, até terra, ferro, cimento, águas-vivas, sei lá, engolem o que veem pela frente. Um animal bem porco!

BALSOCCI: São cegos, surdos, vivem na escuridão, são uma espécie de verme, como um leitão transparente.

EU: E se reproduzem?

BALSA: Como a peste. Por surtos, imagine.

EU: E são de Boedo?

BALSOCCI: Calma! Eles começaram a aparecer lá, mas depois começaram a aparecer também em outras estações, principalmente onde existem túneis com alguma via abandonada ou depósitos subterrâneos; Constitución está infestada; em Palermo, no túnel iniciado da conexão para Belgrano, eles aparecem aos montes. Mas depois (devem ter feito um túnel) surgiram em outras estações, como Chacarita e Primera Junta. Só vendo o que é o túnel do Once...

BALSA: E no exterior! Bastava haver um túnel para logo se encher de *donguis*. Em Londres até riam, parece, porque lá eles têm muitos quilômetros de túnel; e em Paris, em Nova York, em Madri. Como se espalhassem sementes.

BALSOCCI: Não permitiam que os barcos procedentes de um porto infectado atracassem em seus portos, com receio de que trouxessem *donguis* no porão. Mas nem por isso se salvaram, só estão melhor do que nós.

BALSA: Em nosso país tentam não assustar a população, por isso nunca dizem nada, é um segredo confiado somente aos profissionais, e também a alguns não profissionais.

BALSOCCI: É preciso matá-los, mas quem consegue? Se alguém lhes dá veneno, eles o comem ou não, tanto faz: não acontece nada, comem aquilo tranquilamente, como se fosse qualquer outro mineral. Se lhes jogam gases, os degenerados tapam os túneis e saem pelo outro lado. Cavam túneis por toda parte, não dá para atacá-los diretamente. Não dá para afogá-los ou botar abaixo as galerias, porque o subsolo da cidade pode afundar. Nem é preciso dizer que andam pelos porões e esgotos como se fosse sua própria casa...

BALSA: Você deve ter visto esses desmoronamentos dos últimos meses. Dos depósitos de Lanús, por exemplo; são eles. Querem dominar o homem.

BALSOCCI: Ah!, eles não vão dominar o homem assim sem mais nem menos, ninguém domina o homem, mas podem comê-lo...

EU: Comê-lo?

BALSOCCI: E como! Cinco *donguis* devoram uma pessoa em um minuto, inteirinha, os ossos, a roupa, os sapatos, os dentes, até o certificado de reservista, se me perdoa o exagero.

BALSA: Eles gostam. É a comida preferida deles, veja só que desgraça.

EU: Há casos comprovados?

BALSOCCI: Casos? Sim, sim, numa mina de carvão de Gales eles comeram quinhentos e cinquenta mineiros numa noite: taparam a saída deles.

BALSA: Na capital, comeram um grupo de oito operários que trabalhava nos trilhos entre Loria e Medrano. Foram encurralados.

BALSOCCI: Minha sugestão é inocular uma doença neles.

BALSA: Até agora nada foi feito. Não sei como iriam inocular uma doença numa água-viva.

BALSOCCI: Esses cientistas! Imagino que quem inventou a bomba de hidrogênio contra nós poderia inventar outra coisa também, como uns pobres porquinhos cegos. Os russos, por exemplo, que são tão inteligentes.

BALSA: Sim, sabe o que os russos estão fazendo? Tentando criar uma variedade de *dongui* que resista à luz.

BALSOCCI: Eles que se virem.

BALSA: Sim, eles. Mas eles não importam. Nós desapareceríamos. Não deve ser verdade. Deve ser um boato como tantos outros. Não acredito numa palavra do que lhe disseram.

BALSOCCI: Primeiro pensamos em resolver o problema construindo edifícios sobre pilotis, mas, por um lado tem o custo, e, por outro, eles ainda podem derrubá-los, lá de baixo.

BALSA: Por isso construímos nossos hotéis monumentais aqui. Pois eles não vão escavar a Cordilheira! E as pessoas que estão a par estão loucas para vir para cá. Vamos ver até quando.

BALSOCCI: Podem escavar as rochas, também, mas vão demorar muito; enquanto isso acho que alguém vai tomar alguma providência.

BALSA: Nem uma palavra sobre esse assunto. Ainda bem que você não tem família em Buenos Aires. Por isso nos limitamos a um mínimo de escavações nos alicerces e nenhum dos hotéis projetados terá porões nem pisos superiores.

3.

O ar de Buenos Aires possui uma qualidade coloidal particular para a transmissão intacta de boatos falsos. Em outros lugares o ambiente deforma o que se ouve, mas junto ao Rio as mentiras são transmitidas com esmero. Cada ser humano pode inventar, em seus dias de extroversão, boatos concretos, e não é preciso proclamá-los numa esquina para que lhe sejam devolvidos, idênticos, uma semana mais tarde.

Por isso, quando me avisaram dos *donguis*, há uns dois anos e meio, desdenhei-os, como fiz com os discos voadores, mas um amigo de interesses variados que acabava de se instalar na Europa me confirmou a notícia. Desde o primeiro momento foram simpáticos comigo e tive esperança de gostar deles.

Naquela época, meu interesse por Virginia, vendedora de uma loja de tecidos, descia parabolicamente, e o interesse subsequente pela negrinha Colette subia. Minha desvinculação de Virginia costumava adquirir forma durante a noite, no parque Lezama, embora sua estupidez prolongasse indecorosamente o processo.

Numa dessas noites em que mais sofri ao vê-la sofrer, nós nos afagávamos naquela escada dupla que abarca uns depósitos escavados na barranca do parque onde os jardineiros guardam suas ferramentas. A porta de um desses depósitos estava aberta; no vão escuro vislumbrei de repente oito ou dez *donguis* nervosos, que não se atreviam a sair por causa de um pouco de luz mortiça. Eram os primeiros que eu via; aproximei-me com Virginia e mostrei-os a ela. Virginia estava vestida com uma saia clara estampada com grandes ramos de crisântemos; lembro-me dela porque desmaiou de susto em meus braços, e por sorte parou pela primeira vez de chorar naquela noite. Levei-a desmaiada até a porta aberta e a joguei lá dentro.

A boca dos *donguis* é um cilindro coberto de dentes córneos em todo o seu interior e tritura mediante movimentos helicoidais. Olhei com espontânea curiosidade; na escuridão, distinguia-se a saia de crisântemos e sobre ela o movimento epiléptico das vastas babosas em mastigação. Fui embora, enojado mas contente; ao sair do parque estava cantando.

Esse parque solitário e úmido, com estátuas quebradas e mil vulgaridades modernas para ignorantes, com flores como estrelas e só uma fonte boa, esse parque quase sul-americano, quantas *liaisons* de pessoas que chamam as tumbérgias de jasmins ele não deve ter visto fenecer, de outra forma, sob suas palmeiras empoeiradas.

424

Ali me livrei de Colette, de uma polaca que me emprestou o dinheiro da moto, de uma menorzinha indigna de confiança e finalmente de Rosa, adormecendo-as com uma balinha especial. Mas Rosa chegou, em certo momento, a me excitar tanto que cometi o ato temerário de lhe dar meu telefone, e embora ela tenha jurado destruir o papelzinho e decorar o número, e tenha feito isso, uma vez seu irmão a viu ligar e prestou atenção no número que ela discava, de modo que pouco depois de seu desaparecimento Enrique apareceu e começou a incomodar. Por isso aceitei esse trabalho, renunciando provisoriamente a toda diversão, como os reis pré-históricos, que tinham de passar quarenta dias jejuando na montanha.

Eu me distraio desse voto de castidade à minha maneira, resolvendo quebra-cabeças e preparando coisas para Enrique. A passarela sobre o rio Mendoza, por exemplo; quando eu vim para cá, era apenas uma via, como aquelas desfeitas pela enxurrada de trinta e tantos que retorceu as pontes, e um cabo estendido na lateral, na altura da mão, para servir de apoio. Foi dali que caiu um tal de Antonio, e com esse pretexto mandei retirar o cabo e colocar no lugar um cano longo, cujas pontas foram engatadas num poste. Agora, quando a gente cruza é mais fácil se segurar; e quando é outro que passa, desengatar o cano.

Outra distração poderia ser, por exemplo, no frio, pegar um fósforo e botar fogo nos arbustos que cercam as barracas dos operários, porque eles são tão resinosos que ardem sozinhos. Certa vez organizei um piquenique unipessoal que consistia em subir e subir sem parar levando vários sanduíches de presunto, ovo e alface, mas me cansei tanto de subir que voltei ao meio-dia. Naquela manhã avistei geleiras inexplicavelmente sujas e encontrei, nos *rodados* lá de cima, flores negras, as primeiras que vi. Como não havia terra, apenas pedras soltas e afiadas, fiquei curioso para ver suas raízes; a flor media cinco centímetros, mais ou menos, mas afastando as pedras desenterrei uns dois metros de caule macio que se perdia entre os detritos como um cordão negro e liso; pensei que continuaria assim mais uns cem metros e senti um pouco de tédio.

Numa outra ocasião, vi um céu negro sobre uma neve fosforescente porque absorvia toda a luz da lua; parecia um negativo do mundo e achei que valia a pena descrevê-lo.

WILHELM, RICHARD [1873-1930]

A seita do Lótus Branco
Chinesische Volksmärchen, 1924

Era uma vez um homem que pertencia à seita do Lótus Branco. Muitos, querendo dominar as artes tenebrosas, tomavam-no por mestre.

Um dia o mago quis sair. Então colocou no vestíbulo uma vasilha coberta com outra vasilha e mandou os discípulos cuidarem delas. Disse-lhes que não destampassem as vasilhas nem espiassem o que havia lá dentro.

Assim que se afastou, eles levantaram a tampa e viram que na vasilha havia água pura, e na água um barquinho de palha, com mastros e velame. Surpresos, empurraram-no com o dedo. O barco virou. Endireitaram-no depressa e tamparam a vasilha novamente.

O mago apareceu imediatamente e disse:

— Por que me desobedecestes?

Os discípulos se puseram de pé e negaram. O mago declarou:

— Minha nave soçobrou nos confins do mar Amarelo. Como vos atreveis a me enganar?

Uma tarde, acendeu num canto do pátio uma pequena vela. Ordenou que a resguardassem do vento. Já se passara a segunda vigília e o mago não voltara. Cansados e sonolentos, os discípulos se deitaram e dormiram. No outro dia a vela estava apagada. Acenderam-na de novo.

O mago apareceu imediatamente e lhes disse:

— Por que me desobedecestes?

Os discípulos negaram:

—Nós não dormimos, podemos vos assegurar. Como a luz teria se apagado?

O mago disse:

— Vaguei por quinze léguas na escuridão dos desertos tibetanos, e agora quereis enganar-me.

Isso atemorizou os discípulos.

WILLOUGHBY-MEADE, G. [1875-1958]

Os cervos celestiais

O *Tzu Puh Yu* conta que nas profundezas das minas vivem os cervos celestiais. Esses animais fantásticos querem sair à superfície e para isso buscam a ajuda dos mineiros. Prometem guiá-los até os veios de metais preciosos; quando o ardil fracassa, os cervos fustigam os mineiros e estes acabam por subjugá-los, emparedando-os nas galerias e fixando-os com argila. Às vezes os cervos estão em maior número e então torturam os mineiros, levando-os à morte.

Os cervos que conseguem emergir à luz do dia se transformam num líquido fétido, que espalha pestilência.

A proteção pelo livro

O literato Wu, de Ch'iang Ling, insultara o mago Chang Ch'i Shen. Certo de que este tentaria se vingar, Wu passou a noite de pé, lendo à luz da lâmpada o sagrado Livro das Transformações. De repente ouviu-se um golpe de vento rodeando a casa, e na porta apareceu um guerreiro que o ameaçou com sua lança. Wu o derrubou com o livro. Ao inclinar-se para olhá-lo, viu que não passava de uma figura recortada em papel. Guardou-a entre as folhas. Pouco depois entraram dois pequenos espíritos malignos, de cara negra e brandindo machados. Estes também, quando Wu os derrubou com o livro, mostraram ser figuras de papel. Wu os guardou como guardara a primeira. À meia-noite, uma mulher, chorando e se queixando, bateu à porta.

— Sou a mulher de Chang — declarou. — Meu marido e meus filhos vieram atacá-lo e você os encerrou no livro. Suplico-lhe que os liberte.

— Nem seus filhos nem seu marido estão em meu livro — respondeu Wu. — Só tenho estas figuras de papel.

— As almas deles estão nessas figuras — disse a mulher. — Caso não voltem até de madrugada, seus corpos, que jazem em casa, não poderão reviver.

— Malditos magos! — gritou Wu. — Que perdão podem esperar? Não pretendo libertá-los. Por piedade, devolverei um de seus filhos, mas não me peça mais.

Deu-lhe uma das figuras de cara negra.

No dia seguinte, soube que o mago e seu filho mais velho tinham morrido naquela noite.

WU CHENG'EN
[autor chinês do séc. XVI]

A sentença

Naquela noite, na hora do rato, o imperador sonhou que saíra de seu palácio e que caminhava pelo jardim na escuridão, sob as árvores em flor. Algo se ajoelhou a seus pés e lhe pediu amparo. O imperador acedeu: o suplicante disse que era um dragão e que os astros lhe haviam revelado que no dia seguinte, antes do cair da noite, Wei Cheng, ministro do imperador, cortaria sua cabeça. No sonho, o imperador jurou protegê-lo.

Ao acordar, o imperador perguntou por Wei Cheng. Disseram-lhe que não estava no palácio; o imperador mandou-o buscar e o manteve atarefado o dia todo para que não matasse o dragão, e ao entardecer convidou-o para jogar xadrez. A partida era longa, o ministro estava cansado e adormeceu.

Um estrondo abalou a terra. Pouco depois irromperam dois capitães, trazendo uma imensa cabeça de dragão encharcada de sangue. Lançaram-na aos pés do imperador e disseram:

— Caiu do céu.

Wei Cheng, que acabara de acordar, olhou-a com perplexidade e comentou:

— Que estranho, eu sonhei que estava matando um dragão assim.

ZORRILLA Y MORAL, JOSÉ

José Zorrilla y Moral, poeta e dramaturgo espanhol. Nascido em Valladolid em 1817; falecido em Madri em 1893. Em 22 de janeiro de 1889, recebeu do Liceu de Granada uma coroa de louros, diante de catorze mil pessoas. É autor de *Juan Dándolo* (1839), *A la memoria desgraciada del joven literato D. Mariano José de Larra* (1837), *A buen juez mejor testigo* (1838), *Más vale llegar a tiempo que rondar un año* (1838), *Vigilias del estío* (1842), *Caín pirata* (1842), *El caballo del rey D. Sancho* (1842), *El alcalde Ronquillo* (1845); *Un testigo de bronce* (1845), *La calentura* (1847), *Ofrenda poética al Liceo Artístico y Literario de Madrid* (1848), *Traidor, inconfeso y mártir* (1849), *La rosa de Alejandría* (1857), *Álbum de un loco* (1867), *La leyenda del Cid* (1882), *Gnomos y mujeres* (1886), *A escape y al vuelo* (1888) etc. O insigne poeta colaborou em *El álbum religioso*, em *La corona fúnebre del 2 de mayo de 1808* e em *El álbum del Bardo*.

Fragmento

D. Juan Tenorio, ato III, 1844

D. JUAN Então dobram por mim?

ESTÁTUA Sim.

D. JUAN E esses cantos funerais?

ESTÁTUA Os salmos penitenciais que estão cantando por ti.

D. JUAN E o cortejo fúnebre que passa?

ESTÁTUA É o teu.

D. JUAN Eu, morto!

ESTÁTUA O capitão te matou na porta de tua casa.

Uma antologia excêntrica e clássica
Walter Carlos Costa

As antologias, como as resenhas, costumam florescer em sistemas culturais complexos. É o caso de países como Inglaterra, Estados Unidos, França e Alemanha. Foi o caso também da Argentina durante boa parte da vida adulta de Jorge Luis Borges. Podemos dizer que houve um feliz encontro entre as necessidades da indústria argentina do livro, que chegou a ser a primeira do mundo hispânico, e o gosto pessoal de Borges.

Podemos especular sobre os fatores que contribuíram para que Borges desenvolvesse o hábito de ler e organizar incansavelmente, ao longo de toda a sua carreira de escritor, antologias, coletâneas e coleções que tão bons frutos renderam para a cultura hispânica e mundial. Talvez isso tenha acontecido durante o ensino médio, que Borges cursou na Suíça, por onde também passou Manuel Bandeira, outro grande antologista. Mas pode simplesmente ter sido o resultado de uma paixão precoce pela leitura desenvolvida na biblioteca paterna de "infinitos livros ingleses", onde, de acordo com a tradição editorial britânica, não faltavam antologias e um amplo espectro de obras em colaboração.

A verdade é que Borges praticou a escrita e a organização de livros com uma grande variedade de parceiros e, em especial, com seu grande amigo Adolfo Bioy Casares. A bibliografia conhecida de Borges indica que foi extenso o número de obras em colaboração, que ocupa um grosso volume da primeira edição argentina de suas *Obras completas*, mas o diário de Bioy, publicado em 2006 e intitulado simplesmente *Borges*, comprova que essa produção foi muitíssimo mais ampla e variada do que se pensava. Entre outras coisas, Bioy registra mais de uma dezena de coletâneas que a dupla preparou para diferentes editoras e que permaneceram inéditas. Registra também projetos curiosos, como o de uma antologia pornográfica e outra de autores *justamente* esquecidos. No calhamaço de Bioy, há

numerosas referências a antologias em geral, e, particularmente, à *Antologia da literatura fantástica*. Chama a atenção
o seguinte diálogo ocorrido no sábado de 20 de julho de 1968
entre os dois amigos:

> BORGES: Mesmo prescindindo de seus textos argentinos, nos-
> sa *Antologia fantástica* é uma das obras capitais da literatura
> argentina.
> BIOY: Também me parecem importantes, embora em menor
> grau, os volumes da coleção El Séptimo Círculo: junto com
> a *Antologia*, contribuíram para ensinar a inventar e a contar
> enredos.*

Esse diálogo, como outros no livro, indicam que Borges e Bioy
tinham clara consciência do impacto de seu trabalho de antologistas e organizadores de coleção na literatura argentina.

A fantástica *Antologia da literatura fantástica*

A tradução desempenha um papel central na importação de
gêneros literários, embora esse papel costume ser mais implí-
cito que explícito. O impacto das traduções feitas pela revista
Sur e pela editora homônima, por exemplo, foi assinalado por
estudiosos e mereceu uma análise detida de Patricia Willson
em *La constelación del Sur, traductores y traducciones en la literatura argentina del siglo XX*, editado pela Siglo XXI argentina
em 2004. E, de fato, a *Antologia da literatura fantástica*, de Jorge
Luis Borges, Adolfo Bioy Casares e Silvina Ocampo, com uma
maioria de textos traduzidos, tem sido considerada pela crítica
como uma peça-chave na formação do gênero fantástico na
literatura rio-platense, em um primeiro momento, e hispano-
-americana, nas décadas seguintes, contribuindo para a renovação do cânone e transformando um gênero antes marginal
em central nessas literaturas. Longe de ser uma iniciativa iso-

---

* Adolfo Bioy Casares, *Borges*. Barcelona: Destino, 2006, p. 1220.

lada, a *Antologia* é uma das armas usadas pelos autores para se afirmarem como nomes de primeira linha no sistema literário argentino, da mesma maneira que a colaboração em revistas, jornais e editoras, e, naturalmente, a elaboração das respectivas obras. Em 28 de junho de 1968, quando Borges tinha 69 anos e era uma celebridade mundial, Bioy registra em seu diário uma rara hipérbole borgiana sobre a *Antologia da literatura fantástica*: "É o melhor livro do mundo".[*]

A *Antologia* teve, de fato, duas versões bastante diferentes e que refletem o status do gênero e a posição dos antologistas em dois momentos diversos, e importantes, da história literária rio-platense. Daniel Balderston chama a atenção para um fato importante: a antologia que circula atualmente, e que está disponível em uma variedade de edições, corresponde à segunda edição revista e ampliada, publicada em 1965, e não à compilada originalmente em 1940.[**]

Balderston descreve de maneira precisa o surgimento da verdadeira bomba literária que foi a *Antología de la literatura fantástica*, afirmando que, ao ser lançada, em 24 de dezembro de 1940, "define um marco na história argentina, não por ser a primeira vez que se fez literatura fantástica (essa tradição remonta pelo menos a Eduardo Holmbert, no século XIX), nem que se traduziram obras fantásticas de literaturas estrangeiras, mas pelo caráter didático, até evangélico, que tem".

Emir Rodríguez Monegal, em *Borges: Una biografía literaria*,[***] fala também do "bem-intencionado ardor sectário por parte dos antologistas". Monegal, que ressalta a importância da antologia para a formação de escritores que logo promoveriam uma "ressurreição da literatura hispano-americana", nota a concomitân-

---

[*] Id., ibid., p. 1512.

[**] Daniel Balderston, "De la Antología de la literatura fantástica y sus alrededores", in Sylvia Saítta (org.), *Historia crítica de la literatura argentina*, Buenos Aires: Emecé, 2004, t. 9, pp. 229-51.

[***] Tradução de Homero Alsira Thevenet. México: Fondo de Cultura Económica, 1987, p. 315.

cia de sua publicação com o primeiro livro de destaque de Bioy Casares, *A invenção de Morel*, lançado no dia 14 de novembro de 1940. Essa edição continha, justamente, um prefácio de Borges, que constitui, segundo o crítico uruguaio, "um manifesto sobre a literatura do fantástico".

Um elemento relevante na análise da antologia é sua tríplice colaboração — até que ponto ela foi realmente tríplice? A crítica Annick Louis acredita que o papel de Silvina Ocampo foi menosprezado. A própria Silvina declarou que a ideia inicial fora dela, a partir de modelos ingleses. Já Borges disse que a antologia tinha sido obra dele e de Bioy, e que Silvina tinha colaborado muito pouco.

Um exame atento dos textos sugere que grande parte do trabalho, inclusive de tradução, se deve ao duo Borges-Bioy, e que as ideias gerais que orientam as duas edições — sobretudo a segunda — são principalmente de Borges, mas, claro, compartilhadas em sua maioria por Bioy e, em bem menor medida, por Silvina.

1940-65: Ampliação e borgianização da antologia

A primeira edição traz 54 textos, alguns de autores repetidos, licença típica de Borges e Bioy. Parecem opções típicas do duo alguns dos autores, cuja admiração ambos compartilham: Kipling, Olaf Stapledon, Carlyle, Chesterton, W. W. Jacobs, Max Beerbohm e o norte-americano Eugene O'Neill, assim como Kafka, Maupassant (que Bioy admira mais que Borges), Rabelais, Papini, o episódio do *Livro das mil e uma noites* e o espanhol d. Juan Manuel.

Parecem ser compartilhados pelos três compiladores os autores argentinos incluídos na primeira edição, como Lugones, Macedonio Fernández, Santiago Dabove, Manuel Peyrou, Arturo Cancela e Pilar de Lusarreta, e alguns ingleses, como H. G. Wells, Saki e Lewis Carroll. Já a seleção de María Luisa Bombal pode ter sido uma sugestão de Silvina. São típicas de Borges, me parece, a escolha dos chineses Tsao Hsue-Kin, Chuang Tzu e, especialmente, dos franceses Jean Cocteau e Léon Bloy, o romano Petrônio, os etnógrafos Alexandra David-Néel, James George Frazer, o orientalista Richard Wilhelm, o místico Swedenborg e o filólogo Thomas Bailey Aldrich.

As falsas atribuições, tanto na primeira como na segunda edição, são mais uma preferência de Bioy que de Borges, como comprova o diário de Bioy. Em todo caso, dos 54 textos da primeira edição, apenas um parecia ser uma falsa atribuição: o de Holloway Horn, de que foram reeditados em 2012 *Half-caste* e *Harlequinade*. Todos são, portanto, de autores reais, embora pouco conhecidos. Da segunda edição, apenas um parece ser uma falsa atribuição: o de Ah, med Ech Chiruani, publicado pela primeira vez em 1955, na antologia *Cuentos breves y extraordinarios*, de Borges e Bioy.

Uma das mudanças mais visíveis é a adoção da ordem alfabética, a ordem dos dicionários e das enciclopédias: a ordem borgiana por excelência, poderíamos dizer.

Como fica claro no diário de Bioy, a crescente colaboração entre os dois amigos acaba por ofuscar a de Silvina. Outra alteração relevante é o aumento de contribuições argentinas e de outros países de língua espanhola, incluindo mais textos dos próprios antologistas.

A importância desta antologia se revela em vários níveis. Além de continuar atraindo leitores de diferentes idades, em todo o âmbito hispânico, é notável por dois fatos infrequentes: por cruzar as fronteiras da língua em que nasceu e também por ser assunto da crítica. Assim, a antologia ganhou uma versão em língua inglesa e uma versão italiana: nos dois casos, é a segunda edição que é traduzida.

A segunda edição se caracteriza por cortes e incorporações. São eliminados dois textos, um de Cocteau e outro da chilena María Luisa Bombal. Cocteau continua na segunda edição com outro texto, mas María Luisa Bombal é suprimida como autora.

No total, a segunda edição conta com 75 textos. Entre os novos, estão vários de autores argentinos do agrado dos antologistas, como Juan Rodolfo Wilcock, Julio Cortázar, Manuel

Peyrou, Carlos Peralta, H. A. Murena, José Bianco, assim como alguns autores típicos da preferência de Borges, como o japonês Ryunosuke Akutagawa, Martin Buber e o superborgiano sir Richard Francis Burton.

Cabe destacar, finalmente, que a *Antologia da literatura fantástica* é um êxito permanente, tanto de vendas como entre críticos e escritores. Pode-se dizer que, apesar de constituída em grande parte por textos estrangeiros, se transformou em uma espécie de clássico das letras hispânicas.[*]

---

[*] Versão modificada de "Traducción y formación de géneros: la *Antología de la literatura fantástica* de Jorge Luis Borges, Adolfo Bioy Casares y Silvina Ocampo". *Aletria*, v. 17, pp. 75-81, 2008.

O livro da fantasia
Ursula K. Le Guin

Há dois livros que considero tão estimados e queridos quanto avós ou tias-avós, sábias e doces, ainda que por vezes capazes de conselhos bastante duros, às quais sempre se pode recorrer quando o juízo vacila por falta de material com que se ocupar. Um desses livros fornece fatos, de um tipo peculiar. Bem ao contrário do outro. O *I Ching*, ou *Livro das mutações*, é uma anciã visionária que está além dos fatos, uma ancestral tão velha que fala uma outra língua. Os seus conselhos são às vezes de clareza assombrosa; outras, de uma obscuridade a toda prova. "Ao cruzar o rio, a pequena raposa molha a cauda", diz, com leve sorriso, ou "Um dragão aparece no campo", ou ainda "Mordendo a carne seca e cartilaginosa...". Diante de tais conselhos, é preciso recolher-se e meditar um pouco. Já a outra tia é bem mais jovem e até fala inglês — na verdade, não há quem se compare a ela no domínio desse idioma. Nela, encontram-se muito menos dragões do que uma carne seca e cartilaginosa. Ainda assim, o *Oxford English Dictionary*, cujo subtítulo é *Um novo dicionário do inglês com base em princípios históricos*, também tem algo de *Livro das mutações*. Absolutamente maravilhoso em suas transmutações, ele não chega a ser um *Livro de areia*, mas não há como esgotá-lo; tampouco é um *Aleph*, mas tudo o que podemos dizer está lá, basta encontrá-lo.[*]

"Titia!", digo (empunhando a lupa, pois a minha edição é a Tia Compacta, comprimida em apenas dois volumes graças a letras assustadoramente pequenas) — "Titia, por favor, me explique algo sobre fantasia, pois quero falar sobre a *Antologia da literatura fantástica*, e não tenho certeza do que se trata."

---

[*] Este texto foi publicado como introdução à edição norte-americana da *Antologia da literatura fantástica*, lançada em 1988 pela Viking, em Nova York, com o título *The Book of Fantasy*. (N. E.)

438

"Fantasia", responde titia, limpando a garganta, "vem do grego φαντασία, literalmente 'aparição'." E explica que φαντασία está relacionada a φαντάζειν, "tornar visível", ou, no grego tardio, "imaginar, ter visões", e também a φαντειν, "mostrar". Então ela faz um resumo dos usos antigos do termo em inglês: uma aparição, um fantasma, um processo mental de percepção sensorial, a faculdade da imaginação, uma noção falsa, um capricho ou extravagância. Em seguida, embora não nos peça para jogar varetas de caule de mil-folhas ou moedas polidas com óleos perfumados, pois afinal é uma senhora inglesa, ela começa a falar das mutações: as mudanças sofridas por uma palavra que passa pela mente de pessoas que passam pelos séculos. Ela mostra como uma palavra que, para os escolásticos do final da Idade Média, significava "a apreensão mental de um objeto da percepção" — ou seja, o próprio ato no qual o intelecto se conecta ao mundo dos fenômenos —, veio com o tempo a significar exatamente o contrário: uma alucinação ou fantasma, ou o hábito de se iludir. Depois disso, refazendo os passos como uma lebre, o termo *fantasia* foi empregado para designar a imaginação, "o processo, a faculdade ou o resultado de formar representações mentais de coisas que não estão de fato presentes". Tal definição parece bem próxima do significado escolástico de *fantasia*, mas conduz, evidentemente, à direção oposta — e vai tão longe nesse sentido que, atualmente, chega a sugerir que tal representação é extravagante, visionária ou meramente caprichosa. (O *capricho* é filho da *fantasia*; ao passo que *fantástico* é uma palavra-irmã, com família própria.)

Portanto, a *fantasia* não deixa de ser algo ambíguo: situada em meio ao falso, à tolice, ao ilusório, aos baixios da mente e à crucial conexão da mente com o real. Nesse limiar, por vezes ela se vira para um lado, mascarada e adornada de fitas, frívola e escapista; em seguida se volta para o outro lado, e nela vislumbramos o rosto de um anjo, mensageiro confiável e luminoso, Urizen exaltado.

Desde que o *Oxford English Dictionary* foi compilado, os rastros da palavra *fantasia* complicaram-se mais ainda devido às idas e vindas dos psicólogos. As acepções técnicas de *fantasia* em psicologia influenciaram bastante o modo como percebemos e empregamos o termo. E também nos forneceram esse verbo conveniente que é *fantasiar* — ainda que titia não reconheça a sua existência. No Supplement, pela porta dos fundos, ela admite apenas *fantasista*, e define o recém-chegado — com polidez, mas também, creio, com ligeira crispação no lábio — como "aquele que 'trama' fantasias". Ainda que nos pareça razoável pensar que um fantasista seja alguém que fantasie, não é bem assim. Atualmente, o que se entende quando se diz que alguém fantasia é que está devaneando ou usando a imaginação de forma terapêutica, para descobrir razões que a Razão desconhece, descobrindo-se a si mesmo. Um fantasista é alguém que escreve uma fantasia para outros. O que não significa que o elemento de descoberta também não esteja ali presente.

O uso que titia faz de "tramar" pode parecer condescendente ou antiquado, pois hoje não é nada comum ver escritores dizendo que "tramam" as suas obras — eles preferem, de maneira mais simples, dizer que as escrevem. Os fantasistas do início do século, da época do realismo vitorioso, com frequência assumiam uma postura defensiva em relação ao que faziam, sugerindo tratar-se de algo inferior à ficção "verdadeira" — um mero tricô ou passamanaria comparado com a literatura. Com toda a razão, porém, um número maior de fantasistas mostra-se menos modesto agora que o que faz é, de modo geral, reconhecido como literatura, ou pelo menos como gênero literário, ou no mínimo produto de valor comercial. Pois a verdade é que há uma abundância de fantasias multicoloridas nas prateleiras das livrarias. A cabeça do fabuloso Unicórnio é depositada no colo de Mamom, que aceita a oferenda. A fantasia, na prática, tornou-se um negócio e tanto.

Todavia, em uma noite de 1937, quando três amigos se reuniram em Buenos Aires para conversar sobre literatura fantástica, ela ainda não era um negócio. Tampouco era conhecida como literatura fantástica quando, certa noite em Gênova, em 1818, outros três amigos se juntaram em um casarão para compartilhar histórias de fantasmas. Mary Shelley, seu marido, Percy, e Lord Byron — Claire Clairmont provavelmente também estava lá, assim como o jovem e peculiar dr. Polidori — contaram histórias terríveis uns aos outros, que deixaram Mary Shelley bem assustada. "Agora", exclamou Byron, "cada um de nós vai escrever uma história de fantasmas!" Com isso na cabeça, Mary foi embora e ficou, em vão, pensando naquelas palavras, até que, algumas noites depois, teve um pesadelo, no qual um "estudante pálido" recorria a estranhas artes e maquinações para despertar de sua nulidade o "fantasma medonho de um homem". E assim, a única entre os amigos, ela escreveu uma história de fantasmas — *Frankenstein, ou O Prometeu moderno* — que considero a primeira grande obra de fantasia moderna. Nela não há fantasma algum, mas a fantasia, como mostrou o dicionário, muitas vezes incita o aparecimento de monstros horrendos. Como os fantasmas habitam, ou assombram, parte do vasto domínio da literatura fantástica, tanto oral como escrita, aqueles mais familiarizados com esse recanto nomeiam tudo como Histórias Mal-Assombradas, ou Contos de Terror; assim como outros chamam-nas de Contos de Fadas, em função da parte que mais conhecem ou apreciam; e outros ainda preferem o termo Ficção Científica, para não mencionar aqueles para quem tudo isso não passa de Bobagem e Insensatez. Todavia, o ser desprovido de nome, no qual a vida é infundida pelas artes e maquinações do dr. Frankenstein ou de Mary Shelley, não é fantasma nem fada, e o seu caráter de ficção científica é apenas intencional, mas com certeza nada tem de bobagem e insensatez. É uma criatura da fantasia, arquetípica, imortal. Uma vez despertada, não voltará a dormir, pois a sua dor a deixará sempre acordada, as questões morais irrespondíveis que com ela despertaram não lhe permitirão descansar em paz. Quando a fantasia, como negócio, começou a ser lucrativa, Hollywood ganhou muito dinheiro às suas custas, mas nem isso conseguiu matar a criatura. Se sua história não fosse longa demais para uma antologia, poderia muito bem estar aqui; e provavelmente foi mencionada nessa noite de 1937 em Buenos Aires, quando Jorge Luis Borges, Adolfo Bioy Casares e Silvina Ocampo começaram a conversar — assim nos conta Bioy Casares — "sobre literatura fantástica, discutíamos os contos que nos pareciam melhores; um de nós disse que se os reuníssemos e acrescentássemos os trechos sobre o gênero anotados em nossos cadernos, obteríamos um bom livro. Fizemos este livro".

Dessa maneira encantadora, surgiu há meio século esta *Antologia da literatura fantástica*. Em uma conversa de amigos. Sem planos, definições ou expectativas financeiras — apenas com a intenção de fazer "um bom livro". Claro que, no preparo de uma obra assim por tais pessoas, certas definições estavam implícitas nas escolhas feitas, enquanto outras ficaram de fora; vamos encontrar, então, talvez pela primeira vez, histórias de horror, de fantasmas, de fadas e de ficção científica, todas misturadas entre as capas da *Antologia da literatura fantástica*; ao passo que qualquer fanático que queira se gabar, desqualificando tudo como bobagem e insensatez, tem a permissão tácita de assim agir. As três linhas de Chuang Tzu que constam do livro devem ser suficientes para fazê-lo pensar duas vezes.

A seleção é idiossincrática e absolutamente eclética.[*] Algumas das histórias são bem conhecidas de todos os leitores, outras constituem achados exóticos. Um conto tão conhecido como "O barril de amontillado" parece menos previsível quando posto ao lado de obras e fragmentos do Oriente, da América do Sul e de séculos remotos — escritos por Kafka, Swedenborg, Cortázar, Akutagawa, Niu Jiao — e desse modo como que tem restituída a sua própria estranheza essencial.

---

[*] A edição da Viking, precedida por este prefácio, não segue nem a primeira nem a segunda edição da *Antologia*, acrescentando e eliminando textos segundo seus próprios critérios. (N. E.)

Nota-se também certa inclinação pelos escritores, sobretudo ingleses, do século XIX e início do XX, o que reflete, imagino, a predileção dos organizadores, e talvez especialmente a de Borges, que era ele próprio membro e herdeiro direto dessa tradição de fantasia da qual faziam parte Kipling e Chesterton. Talvez não seja o caso de dizer "tradição", pois não é assim designada e tem pouco reconhecimento nas esferas da crítica, da mesma forma que se distingue nos departamentos universitários de literatura inglesa sobretudo pelo fato de ser ignorada, mas estou convencida de que há um círculo de fantasistas ao qual Borges pertencia, ainda que o tenha transcendido, e que ele honrou mesmo que o tenha transformado. Como incluiu tais escritores mais antigos na *Antologia*, esta até pode ser lida como o seu "caderno" de fontes, filiações e afinidades eletivas. Algumas escolhas, como Bloy ou Andreiev, talvez pareçam um tanto forçadas hoje, mas outras são preciosas. O conto de Dunsany, por exemplo, não só é muito bonito, tanto quanto os primeiros poemas de Yeats, como também é, incrivelmente, uma espécie de miniatura ou espelho da própria antologia, que contém muitas outras reflexões e interconexões desse tipo. Lido aqui, o conhecido conto de Beerbohm, "Enoch Soames", parece implicar e afetar outros textos e escritores na antologia; e por isso agora estou convencida de que, quando as pessoas se acomodarem na sala de leitura da British Library em 3 de junho de 1997, à espera do pobre fantasma de Enoch, a fim de vê-lo descobrir os seus *Fungoides* — ainda ignorados pelos críticos, os professores e o público insensível, ainda vergonhosamente soterrados no catálogo —, acredito que entre os presentes estarão outros fantasmas, talvez até o de Borges. Pois então ele irá ver, e não secretamente, como através de um espelho.

Se, na década de 1890, a fantasia parecia ser uma espécie de fungo literário, na década de 1920 ainda era tida como secundária, e na década de 1980 degenerou-se pela exploração comercial, ignorá-la talvez soe bastante seguro e adequado aos críticos. No entanto, creio que a nossa ficção vem avançando —

de maneira lenta, dispersa e inexorável, e não de acordo com o fluxo e refluxo de tendências e modas, mas como uma corrente profunda — há vários anos em uma direção clara, e que esta é o caminho da fantasia.

Hoje um escritor norte-americano de ficção pode ansiar pela pura verossimilhança de Sarah Orne Jewett ou da *Sister Carrie* de Dreiser, tal como uma escritora inglesa, como Margaret Drabble, pode olhar com nostalgia para a solidez requintada de Bennett, mas as sociedades restritas e racionalmente constituídas nas quais foram escritas tais obras, assim como a linguagem por elas compartilhada, estão perdidas para sempre. A nossa sociedade — global, multilinguística, imensamente irracional — talvez só possa descrever a si mesma com a linguagem universal e intuitiva da fantasia.

Portanto, é bem possível que o principal dilema ético da nossa época, o uso ou não de uma força aniquiladora, tenha sido colocado de forma mais convincente em termos ficcionais pelos mais puros fantasistas. Tolkien começou a escrever *O senhor dos anéis* em 1937 e o concluiu cerca de uma década depois. Durante esses anos, Frodo afastou de si o Anel do Poder, mas o mesmo não se deu com as nações.

Por isso é que, para muitos de nós, *As cidades invisíveis*, de Italo Calvino, são um guia bem mais útil para o nosso mundo do que qualquer *Michelin* ou *Fodor's*.

Por isso é que as descrições mais reveladoras e precisas da vida cotidiana na ficção contemporânea podem ser tingidas de estranheza, deslocadas no tempo, situadas em planetas imaginários, dissolvidas na fantasmagoria das drogas ou da psicose, ou ainda passar subitamente da banalidade para o visionário e, com a mesma simplicidade, para lá retornar.

Por isso é que os autores sul-americanos do "realismo mágico" são lidos pela sua absoluta fidelidade à maneira como são as coisas, e que o nome deles talvez seja o mais apropriado ao tipo de ficção característico do nosso tempo.

E é por isso que os próprios poemas e contos de Jorge Luis Borges, suas reflexões, bibliotecas, labirintos, veredas que se bifurcam e anfisbenas, seus livros de tigres, rios, areias, mistérios e mudanças foram e serão honrados por tantos leitores e por tanto tempo: porque são belos, porque são substanciosos, porque realizam muito bem aquilo a que poemas e contos se propõem, cumprindo a mais antiga e urgente tarefa das palavras, tal como o fazem o *I Ching* e o dicionário: formar para nós "representações mentais de coisas que não estão presentes", de modo que possamos avaliar em que mundo vivemos e aonde podemos ir a partir dele.

Tradução CLAUDIO ALVES MARCONDES

Sobre os organizadores e colaboradores

JORGE LUIS BORGES nasceu em 1899, em Buenos Aires, e morreu em 1986, em Genebra. Leitor voraz de enciclopédias e fluente em inúmeras línguas, o poeta, contista e ensaísta iniciou a carreira literária com o livro de poemas *Fervor de Buenos Aires* (1921), ao qual seguiram-se outros dois. Na década de 1930, começa a publicar os contos e ensaios que o consagrariam. Em 1961 recebe, juntamente com Samuel Beckett, o prêmio Formentor; em 1971, é agraciado com o prêmio Jerusalém. É autor de, entre outros, *O Aleph* e *Ficções*.

ADOLFO BIOY CASARES nasceu em 1914, em Buenos Aires, onde morreu, em 1999. Um dos principais ficcionistas da prosa em espanhol, autor de contos, novelas e romances, ganhou diversos prêmios, entre os quais o Cervantes, em 1990. Amigo e parceiro de Borges, com ele organizou antologias e escreveu roteiros e livros. Publicou, entre outros, *A invenção de Morel*, *Diário da guerra do porco* e *Histórias fantásticas*.

SILVINA OCAMPO nasceu em 1903, em Buenos Aires, e morreu em 1993, na mesma cidade. Ficcionista, poeta e tradutora, foi a caçula de seis irmãs, a mais velha das quais era Victoria Ocampo, fundadora da seminal revista *Sur* e, juntamente com Bioy Casares, uma das mais fortes influências de Silvina. Na juventude, a escritora estudou desenho com Giorgio de Chirico e Fernand Léger, em Paris. Dentre seus livros, destacam-se *Autobiografía de Irene* (contos) e *Enumeración de la patria* (poesia).

WALTER CARLOS COSTA nasceu em Clementina, São Paulo, em 1949. Estudou filologia românica e fez seu doutorado sobre a tradução das obras de Borges para o inglês. Professor da Universidade Federal de Santa Catarina, pesquisa literatura hispano-americana, literatura comparada e estudos da tradução.

URSULA K. LE GUIN nasceu em 1929, em Berkeley, na Califórnia. Uma das principais escritoras de ficção científica e fantasia da atualidade, explorou diversos formatos, como romance, poesia, ensaio, conto e literatura infantil, tendo sido aclamada por Harold Bloom como, "mais do que Tolkien, uma autora que elevou a fantasia à categoria de alta literatura".

JOSELY VIANNA BAPTISTA nasceu em Curitiba, em 1957. Uma das mais importantes tradutoras do espanhol, Josely é também poeta. Além de ter participado de antologias — como *The Oxford Book of Latin American Poetry* (Oxford University Press, 2009), que cobre quinhentos anos da poesia do continente e na qual é a única representante brasileira de sua geração —, publicou *Sol sobre nuvens* (Perspectiva, 2002; arte visual Francisco Faria), *On the Shining Screen of the Eyelids* (San Francisco, Manifest Press, 2003), *Los poros floridos* (México D. F., Aldus, 2002) e *Roça barroca* (Cosac Naify, prêmio Jabuti de poesia 2012), entre outros.

1ª EDIÇÃO [2019] 1 reimpressão

ESTA OBRA FOI COMPOSTA POR DANIEL TRENCH EM SECTRA
E IMPRESSA PELA GEOGRÁFICA EM OFSETE SOBRE PAPEL PÓLEN SOFT
DA SUZANO S.A. PARA A EDITORA SCHWARCZ EM JANEIRO DE 2022

A marca FSC® é a garantia de que a madeira utilizada na fabricação do papel deste livro provém de florestas que foram gerenciadas de maneira ambientalmente correta, socialmente justa e economicamente viável, além de outras fontes de origem controlada.